KB118636

A WEEK IN WINTER
by Maeve Binchy

a week in winter

그 겨울의 일주일

메이브 빈치 장편소설 | 정연희 옮김

하루하루 멋진 인생을 만들어가는
소중한 그대, 너그러운 고든에게

aweekinwinter

차례

치키

　스토니브리지의 라이언 씨 농장에서는 모두 각자 맡은 일이 있었다. 아들들은 들판에서 아버지를 도와 울타리를 고치거나 소떼를 몰고 와 우유를 짜거나 고랑을 파서 감자를 심었다. 메리는 송아지들에게 먹이를 줬고, 캐슬린은 빵을 구웠고, 제럴딘은 암탉을 돌봤다.

　사람들은 제럴딘을 까마득한 옛날부터 본명 대신에 치키라고 불렀다. 이 심각한 여자아이는 날마다 병아리들에게 먹이를 부어주거나 신선한 달걀을 모았고, 그러기 위해 깃털 달린 새들 사이로 은근슬쩍 들어갈 때마다 '구구구' 소리를 냈다. 치키는 닭들에게 일일이 이름을 붙여주었는데, 일요일 점심식사용으로 한 마리 잡을 때면 다들 치키에게 시치미를 뗐다. 그들은 가게에서 사온 닭인 척했지만 치키가 몰랐을 리 없었다.

　아일랜드 서부에 위치한 스토니브리지는 여름엔 아이들에게 천국 같은 곳이었지만, 여름은 짧았다. 대서양 연안은 연중 대부분 비가 오고 바람이 거세고 쓸쓸했다. 하지만 동굴을 탐사할 수 있었고, 절벽을 오를 수도, 새들의 둥우리를 찾아낼 수도, 큰 뿔이 휘어진 야생 양을 살펴볼 수도 있었다. 그리고 스톤하우스가 있었다. 치키는 풀이 무성하게 자란 스톤하우스의 드넓은 정원에서 즐겨 놀았다. 그 집의 주인인 시디 자매는 셋 다 나이든 독신녀로, 치키에게 자신들의 옛날 옷을 입고 놀도록 해주었다.

치키는 캐슬린이 큰 병원에서 간호사 교육을 받으려고 기차를 타고 웨일스 지방으로 떠나는 것을, 이어서 메리가 보험회사에 취직하는 것을 지켜보았다. 치키는 두 직업 모두에 전혀 매력을 느끼지 못했지만 자신도 뭔가를 해야 한다는 것은 알았다. 농사만으로는 라이언 가족 전체가 먹고살 수 없었다. 아들 둘은 이미 서부에 있는 큰 도시로 떠나 일정 기간 동안 계약직으로 근무하고 있었다. 브라이언만 남아 아버지와 함께 일했다.

치키의 어머니는 늘 피곤에 절어 지냈고 아버지는 늘 걱정이 많았다. 치키가 편물공장에서 일자리를 구하자 그들은 한시름 놓았다. 기계로 편물 작업을 하거나 집에서 손뜨개를 하는 게 아니라 사무실에서 일했다. 그녀가 맡은 일은 주문자들에게 완제품을 발송하는 것과 장부를 정리하는 것이었다. 대단치는 않았지만 고향을 떠나지 않아도 되었고 바로 그것이 그녀가 바라던 바였다. 동네 친구들도 많았다. 그리고 매년 여름 오하라 집안의 다른 남자를 사랑했지만, 아무런 소득이 없었다.

그러던 어느 날 월터 스타라는 미국인 청년이 편물공장에 어슬렁어슬렁 들어와서는 아란* 스웨터를 사겠다고 했다. 치키는 회사에서 시킨 대로, 이곳은 소매점이 아니라고, 가게 납품이나 우편 주문을 위해서만 스웨터를 만든다고 설명했다.

"그러면 좋은 기회를 놓치는 셈인데요." 월터 스타가 말했다. "거센 바람이 부는 이곳에 찾아온 사람들은 아란 스웨터가 필요할 테니까요. 몇 주 뒤가 아니라 지금 당장 말이에요."

그는 정말 미남이었다. 그를 보자 그녀는 청년 시절의 잭과 보비 케네디가 떠올랐다. 눈부신 미소와 가지런한 치아, 그을린 피부. 스토니브리지 근방에서 보이는 청년들과는 아주 달랐다. 그녀는 그 남자가 편물공장에서 나가지 않으면 좋겠다고 생각했다. 그도 그럴 생각이 없는 것 같았다.

치키는 상품 사진을 찍을 때 사용했던 스웨터를 기억해냈다. 월터 스타가 그 스웨터를 사고 싶어할지도 모른다—엄밀히 말해서 새것은 아니지만 새것과 다름없으니까.

그는 그거면 딱 좋다고 했다.

그러고는 그녀에게 같이 해변을 거닐자고 하면서, 여기가 지구상에서 가장 아름다운 곳 중 하나라고 했다.

상상해보라! 캘리포니아에도, 이탈리아에도 가본 사람이 스토니브리지를 아름답다고 생각하는 것이다.

그리고 그는 치키도 아름답다고 생각했다. 그녀의 곱슬곱슬한 검은 머리와 크고 파란 눈이 아주 귀엽다고 했다. 그들은 함께할 수 있는 시간은 모두 함께 보냈다. 그는 원래 하루이틀 머물다 떠

---

* 아일랜드섬 서쪽에 있는 작은 섬 세 개를 말하며, 이 지역에서 만드는 뜨개옷이 유명하다.

날 생각이었지만 이제는 다른 곳으로 갈 수 없게 되었다. 물론, 그녀가 함께 간다면 얘기가 달라지겠지만.

편물공장을 그만두고 부모님에게 만난 지 얼마 되지도 않은 미국인과 히치하이킹으로 아일랜드를 돌아다닐 거라고 말하라는 그의 제안에 치키는 폭소를 터뜨렸다! 차라리 달나라로 함께 날아오르자고 하는 편이 더 받아들이기 쉬울 것 같았다.

월터는 그 제안에 대한 치키의 두려움이 감동적이고 거의 사랑스럽기까지 했다.

"인생은 한 번뿐이야, 치키. 부모님이 우리 인생을 대신 살 수는 없어. 우리 인생은 우리가 원하는 대로 살아야 해. 우리 부모님은 내가 이런 낯설고 황량한 땅에서 돌아다니기를 바랐을 것 같아? 신나게 즐기기나 하면서? 아니, 부모님은 내가 컨트리클럽에서 좋은 집안의 딸들이랑 테니스나 치기를 바라지. 하지만 여기가 내가 있고 싶은 곳이야. 간단해."

월터 스타는 만사가 단순한 세상에서 살았다. 그들은 서로 사랑하는 사이이니 사랑을 나누는 것보다 더 자연스러운 일이 뭐가 있겠는가? 서로가 서로를 알아보았으니 다른 사람의 말이나 생각이나 행동으로 복잡해질 이유가 뭐가 있겠는가? 친절한 하느님은 사랑을 이해했다. 사랑에 절대 빠지지 않겠다고 맹세한 존슨 신부는 이해하지 못했다. 그들에게는 바보 같은 혼인계약서나 증명서 따위는 필요하지 않았다. 그런 게 왜 필요하겠는가?

육 주 동안 찬란한 시간을 보낸 뒤 월터가 미국에 돌아가려고 생각했을 즈음에는 치키도 그를 따라갈 마음의 준비가 되어 있었다. 라이언 집안은 노발대발 한바탕 난리법석을 피웠지만 월터는 그런 사실을 전혀 몰랐다.

치키의 아버지는 사람들이 화냥년을 키웠다고 수군댈 거라며 평소보다 더 걱정이 많아졌다. 화냥년이 아니면 뭐란 말인가.

치키의 어머니는 평소보다 더 피곤하고 더 실망한 듯 보였고, 자신이 어떻게 잘못 키웠길래 치키가 그 모양이 되었는지는 하느님과 성모님만 알 거라고 했다.

캐슬린은 자기가 어떤 집안 출신인지 알면 어떤 남자도 자기와 결혼하지 않을 테니 자기 손가락에 약혼반지라도 끼여 있는 게 다행이라고 했다.

보험회사에서 근무하는 메리는 오하라 집안 남자와 사귀는 중이었는데 치키 탓에 자기 연애도 끝장나게 생겼다며 푸념했다. 이 고장 명문가인 오하라 집안은 이 모든 사실을 마뜩잖게 여길 거라면서.

남동생 브라이언은 고개를 숙인 채 아무 말도 하지 않았다. 치키가 어떻게 생각하는지 묻자 브라이언은 아무 생각도 없다고 했다. 자기는 생각할 여유가 없다면서.

치키의 친구들, 편물공장에서 같이 일하는 페기와 시디 자매의 집에서 가정부로 일하는 눌라는 이번 일이 지금껏 들어본 사건들 중 가장 흥미진진하고 무모하다며, 루르드로 수학여행을 갔을 때 여권을 미리 만들어뒀던 것이 신통하지 않느냐고 했다.

월터 스타는 뉴욕에 가게 되면 자신의 친구들과 같이 지낼 거라고 했다. 지금 다니는 로스쿨은 적성에 맞지 않아 그만둘 거라고 했다. 인생이 여러 개면 뭐 그래도 좋겠지만, 인생은 하나뿐이니 법이나 공부하면서 허비할 수는 없다고.

떠나기 전날 밤 치키는 부모님에게 이 점을 납득시키려고 애썼다. 자신은 스무 살이고 앞으로 창창한 인생이 펼쳐져 있다고. 또한 자신은 가족을 사랑하고 싶다고, 가족을 실망시켰지만 그래도 가족이 자신을 사랑해주면 좋겠다고.

아버지의 얼굴은 딱딱하게 굳어 있었다. 치키는 이 집에서 다시는 환영받지 못할 것이다. 가족 전체를 욕되게 했으니까.

어머니는 신랄했다. 치키의 결정은 어리석기 짝이 없다고 했다. 이 관계는 오래가지 않을 것이며 오래갈 수도 없다고. 사랑이 아니라 한때의 열병에 불과하다고. 월터라는 작자가 치키를 정말로 사랑한다면 이런 어처구니없는 짓을 하는 대신 그녀에게 가정과 그의 이름과 미래를 안겨줄 거라고.

라이언 집안의 분위기는 숨통을 조일 듯했다.

언니들도 협조적이지 않았다. 하지만 치키는 완강했다. 언니들은 진정한 사랑이 뭔지 모르니까. 계획을 바꿀 생각은 없다. 여권은 있다. 미국에 갈 것이다.

"잘살라고 빌어줘." 떠나기 전날 밤 치키가 간곡히 부탁했지만, 가족들은 외면했다.

"이렇게 냉대받은 기억을 품고 떠나지는 않게 해주세요." 치키의 얼굴에 눈물이 주르륵 흘러내렸다.

어머니는 한숨을 푹 쉬었다. "우리가 '가서 행복하게 살아'라고 말한다면 그게 바로 냉대야. 우리는 너를 위해 최선을 다하려는 거야. 네가 최선의 인생을 살 수 있게 도와주려는 거야. 이건 사랑이 아니야. 그저 지나가는 열병이야. 축복은 해줄 수 없어. 너를 기다리는 건 행복이 아니니까. 그렇지 않은 척해봤자 소용없어."

그래서 치키는 축복도 받지 못한 채 떠났다.

섀넌 공항은 미국에서 새 출발을 하려는 자식들에게 작별인사를 하러 나온 사람들로 북적거렸다. 치키에게 작별인사를 하러 나온 사람은 없었지만 치키와 월터는 신경쓰지 않았다. 그들 앞에는 그들의 인생이 통째로 기다리고 있었다.

규칙도 없었고, 이웃이나 친지를 기쁘게 해주려고 의무를 다할 필요도 없었다.

그들은 자유롭게 살 것이다—일하고 싶은 곳에서 원하는 일을 할 것이다.

타인의 기대를 만족시키려고 애쓸 필요도 없었다—치키의 경우 돈 많은 농부와 결혼할 필요가 없고, 월터는 가족의 뜻대로 일류 법률가가 될 필요가 없었다.

브루클린에 있는 큰 아파트에서 월터의 친구들이 그들을 반겨줄 것이다. 다정하고 낙천적인 젊은이들. 누구는 서점에서 일했고 누구는 술집에서 일했다. 음악가도 있었다. 그들은 쉽게 왔다 쉽게 떠났다. 어느 누구도 소란을 피우지 않았다. 가정이라는 것과는 거리가 멀었다. 해안 지방에서 온 커플도 있었고 시를 쓴다는 시카고 출신 아가씨도 있었다. 라티노 술집에서 기타를 치는 멕시코 청년도 있었다.

모두 천하태평이었다. 치키에게는 그것이 굉장해 보였다. 어느 누구도 어떤 요구도 하지 않았다. 저녁식사로는 모두가 먹을 만큼 칠리 요리를 듬뿍 만들었다. 어떤 압박도 없었다.

그들은 가족들이 전혀 이해해주지 않는 것이 조금 서운하기는 했지만, 어느 쪽도 그 문제를 심각하게 여기지 않았다. 곧 치키는 스토니브리지가 조금씩 멀어져가는 걸 느꼈다. 하지만 매주 집으로 편지를 써 보냈다. 애초부터 그녀는 절대 자기 쪽에서 가족의 불화를 지속시키지는 않겠다고 결심했었다.

한쪽이 평소처럼 행동하면 조만간 다른 쪽도 평소처럼 반응하고 행동하게 된다.

그녀는 몇몇 친구들을 통해 이런저런 고향 소식을 전해 들었다. 페기와 눌라가 편지로 고향 소식을 전해주었다. 어느 모로 보나 크게 변한 건 없어 보였다. 그 덕분에 치키는 캐슬린과 마이키의 결혼 계획에 기쁘다고 편지에 쓸 수 있었다. 하지만 메리와 소니 오하라의 연애가 깨진 소식을 들었다는 건 언급하지 않았다.

어머니는 결혼식 날짜는 아직 잡지 않았는지, 그곳 교구에 아일랜드 신부님은 있는지 같은 용건만 짤막하게 묻는 엽서를 보냈다.

치키는 오고가며 기타를 치는 사람들이나 자신이 사는 커다랗고 복작거리는 아파트에서의 공동생활에 대한 이야기는 일언반구도 하지 않았다. 가족들은 이해는커녕 이해 근처에도 못 갈 테니까.

그 대신 그녀는 미술 전시회 오프닝이나 극장 개막 공연을 보러 간 이야기를 썼다. 신문을 통해 읽은 내용이었지만, 가끔은 정말로 마티네 공연을 보러 가거나 관객석을 채우고 싶은 친구의 친구를 통해 값싼 시사회 좌석표를 손에 넣기도 했다.

월터는 부모님의 오랜 친구들을 도와 도서관에서 도서 목록 작성하는 일을 했다. 그는 부모님이 이런 식으로 자신을 구슬려 학업에 복귀시키려 한다고 말했지만 일 자체를 싫어하지는 않았다. 그들은 월터 혼자 일하게 내버려두었고 그에게 잔소리를 하지도 않았다. 누구라도 삶에서 바라는 건 그게 전부니까.

치키는 그것이 정녕 월터가 삶에서 바라는 전부임을 알게 되었다. 그래서 그의 부모님은 언제 만날지, 그들만의 보금자리는 언제 마련할지, 앞으로 도대체 어떻게 먹고살지의 문제로 그를 들볶지 않았다. 그들은 뉴욕에서 함께 살았다. 그거면 충분하지 않은가?

여러모로 그랬다.

치키는 작은 식당에 일자리를 구했다. 일하는 시간대가 잘 맞았다. 꼭두새벽에 일어나 누가 일어나기도 전에 아파트에서 나갈 수 있었다. 가게 문 여는 걸 도우면서 근무를 시작해 아침식사를 서빙한 뒤, 다른 사람들이 아등바등 하루를 시작하기 전에 집으로 돌아왔다. 치키는 식당에서 아침에 팔고 남은 차가운 우유나 베이글을 가져왔다. 사람들은 치키가 가져온 음식을 먹는 생활에 익숙해졌다.

그녀는 계속 고향집 소식을 전해 들었지만 고향은 점점 더 멀게 느껴졌다.

캐슬린과 마이키의 결혼과 임신 소식, 메리가 JP와 사귄다는 소식을 들었다. JP는 얼마 전까지만 해도 그들이 딱한 늙은이라고 놀리던 농부였다. 지금 두 사람은 진지한 연애를 하고 있었다. 브라이언은 오하라 집안의 처녀와 사귀고 있었는데, 치키네 가족은 잘됐다고 좋아했지만 오하라네는 무척이나 시큰둥한 듯했다. 존슨 신부는 아일랜드에서 이혼에 대한 국민투표* 이야기가 나올 때마다 성모님이 눈물을 흘린다고 설교했는데, 일부 신자들은 이의를 제기하며 신부가 너무 지나친 것 같다고 말했다.

---

* 아일랜드는 1995년에 이혼에 대한 국민투표를 실시한 후 찬성 투표율이 더 높게 나오자 그 결과에 따라 이혼을 법적으로 승인했다.

몇 달 지나지 않아 스토니브리지는 치키에게 완전히 비현실적인 세상이 되었다.

그들의 아파트 생활도 비현실이 되어갔다. 더 많은 사람들이 오거나 떠났고, 그리스나 이탈리아로 살러 간 친구들도 있었다. 또 어떤 친구들은 시카고에 있는 지하실에서 밤새 음악을 연주했다. 치키에게 현실은, 정신없이 바쁘고 복작거리고 성공을 즐기는 맨해튼 라이프 스타일을 보며 그녀 자신이 만들어낸 환상의 세계였다.

스토니브리지에서 뉴욕까지 오는 사람은 없었다. 따라서 누가 치키를 찾아오거나 그녀의 거짓말과 애처로운 속임수를 들춰낼 위험도 없었다. 그녀는 그저 그들에게 사실대로 밝힐 수가 없었다. 월터는 도서관에서 도서 목록 작성하는 일을 그만두었다. 부모님의 친구 부부가 주말에 부모님을 만나러 가라고 자꾸 말해대는 통에 그 일이 아주 지긋지긋해졌던 것이다.

치키는 부모님을 만나러 가기로 계획을 세워도 큰 문제 없을 것 같았지만, 그렇게 하면 월터의 심기를 더욱 건드릴 것 같아 그가 직장을 그만둘 때에도 다 이해한다는 듯 고개만 끄덕였다. 그러고는 아파트 생활비를 충당하기 위해 식당에서 더 오래 일했다.

월터는 요즘 지나치게 짜증을 부렸다. 별것 아닌 일에도 발끈했다. 그는 치키가 늘 밝고 사랑스럽기를 바랐다. 그래서 치키는 그렇게 해주었다. 하지만 그녀의 내면은 피곤하고 불안했다. 내색은 전혀 하지 않았지만.

그녀는 매주 고향집에 편지를 써 보내면서 자신이 꾸며낸 동화 같은 이야기를 점점 더 믿게 되었다. 그녀는 스프링 노트에 자신이 살아갈 거라고 예상했던 인생을 자세히 써내려갔다. 그녀는 어떤 실수도 하고 싶지 않았다.

그녀는 스스로를 위안하려고 결혼식에 대해 써 보냈다. 그녀와 월터가 조용히 법적 결혼식을 올렸다고 썼다. 프란체스코회 신부님의 축복도 받았다고 썼다. 멋진 결혼식이었고, 이렇게 혼인한 것을 양가 모두 기뻐할 것임을 알고 있다고 썼다. 월터의 부모님이 그때 해외에 있어서 결혼식에 불참하긴 했지만 모두들 아주 기뻐했다고 썼다.

여러모로 그녀는 이 이야기를 사실로 믿게 되었다. 월터가 점점 더 짜증을 부리고 이곳을 떠나려 한다는 사실을 믿는 것보다는 그편이 더 쉬웠다.

월터와 치키의 끝은 순식간에 찾아왔고, 누가 봐도 불가피해 보였다. 월터는 그동안 아주 행복했지만 이제는 끝났다고 부드럽게 말했다.

다른 기회가 찾아왔다고, 술집을 하는 다른 친구가 있는데, 거기서 일하게 될지도 모른다고 했다. 새로운 환경. 새로운 시작. 새로운 도시. 주말에 떠날 거라고 했다.

치키가 그 사실을 받아들이기까지 한참의 시간이 걸렸다.

처음에는 농담인 줄 알았다. 아니면 떠보는 말이거나. 점점 커지기만 하는 뻥 뚫린 구멍처럼, 그녀의 가슴속에 공허하고 비현실적인 느낌이 자리잡았다.

이렇게 끝낼 수는 없었다. 그들의 관계를 끝낼 수는 없었다. 그녀는 애원하고 매달렸다. 자신이 어떤 잘못을 했는지 모르지만 고쳐보겠다고 했다.

그는 무한한 인내심을 보이며 누구의 잘못도 아니라고 그녀를 설득했다. 사랑이 피어났다가 사랑이 죽은 것—그뿐이라고 했다. 물론 슬프지만, 이런 일은 언제나 슬프게 마련이라고. 하지만 그들은 친구로 남을 것이며 함께한 이 시간을 좋은 기억으로 간직하겠다고.

그녀가 할 수 있는 일은 고향으로 돌아가는 것밖에 없었다. 스토니브리지로 돌아가, 그와 함께 걸으며 사랑에 빠졌던 바람 부는 바닷가를 걷는 것밖에.

하지만 치키는 절대 돌아가지 않을 생각이었다.

그녀가 아는 것은 그 한 가지였다. 그녀를 둘러싼 채 끊임없이 변화하는 모래늪 같은 세상에서 그것만이 단 하나의 확실한 사실이었다. 아파트 사람들은 그녀가 계속 같이 살기를 바랐지만 그녀는 더 머물 수가 없었다. 이곳 외의 생활에서는 친구도 거의 사귀지 않았다. 그동안 너무 폐쇄적으로 살았다. 친구를 사귀는 데 필요한 특별한 얘깃거리도 없었고 뚜렷한 관점도 없었다. 그녀에게 필요한 것은 어떤 질문도, 어떤 추측도 하지 않는 사람들이었다.

치키는 또한 직장이 필요했다.

식당에서는 계속 일할 수가 없었다. 식당 사람들은 그녀가 계속 일했으면 했겠지만, 치키는 월터가 떠난 뒤에는 더이상 그 동네에 머물고 싶지 않았다.

어떤 일인지는 중요하지 않았다. 정말로 상관없었다. 생활비만 벌 수 있으면 괜찮았다. 정신을 다시 차릴 때까지 그녀를 지탱해줄 일이면 충분했다.

월터가 떠나고 치키는 잠을 이루지 못했다.

애는 썼지만 잠이 오지 않았다. 그래서 찬란했던 다섯 달 동안, 그리고 불안했던 석 달 동안 월터 스타와 함께 살았던 방안에서 의자에 똑바로 앉아 있었다.

그는 어디에서도 이만큼 오래 머물렀던 적은 없었다고 했다. 그녀의 마음을 다치게 하고 싶진 않았다고 했다. 자기가 그녀를 처음 찾아냈던 아일랜드로 돌아가라고, 그는 그녀에게 간곡히 말했다.

그녀는 눈물을 흘리며 그저 미소만 지었다.

그녀가 다시 일하고 생활할 장소를 찾는 데 나흘이 걸렸다. 식당 옆 건물 공사장에서 일하던 인부 하나가 그만 추락하는 바람에 식당 안으로 옮겨져 안정을 취하게 되었다.

"병원에 갈 만큼 심하게 다치지는 않았어요." 그가 통사정을 했다. "캐시디 아주머니한테 연락해줄 수 있어요? 어떻게 하면 될지 그분이 알 거예요."

"캐시디 아주머니가 누구예요?" 치키가 날품팔이 일자리를 잃을까봐 두려워하는, 아일랜드 억양을 쓰는 그 남자에게 물었다.

"셀렉트 게스트하우스를 운영하는 분이에요." 그가 말했다. "좋은 분이에요. 사람들과 잘 어울리는 편은 아니지만, 그분에게 연락하면 될 거예요."

그의 말이 맞았다. 캐시디 여사가 그를 떠맡았다.

그녀는 몸집이 작고 부지런해 보였다. 눈빛은 예리했고 머리칼은 머리 뒤로 흐트러짐 없이 틀어올렸다. 시간 낭비라곤 모르는 사람이었다.

치키는 그녀를 감탄하는 눈빛으로 쳐다보았다.

캐시디 여사는 다친 남자를 차에 실어 그녀의 게스트하우스로 옮기도록 조치했다. 옆집에 간호사가 사는데다, 만약 남자의 상태가 더 나빠지면 직접 병원으로 데려가겠다고 했다.

다음날 치키는 캐시디 여사의 셀렉트 게스트하우스에 찾아갔다.

먼저, 다쳐서 식당으로 옮겨졌던 공사장 인부의 안부를 물었다. 그러고는 일자리를 달라고 부탁했다.

"왜 나를 찾아왔어요?" 캐시디 여사가 물었다.

"아주머니는 사람들과 잘 어울리지 않는다고, 이야기를 여기저기 흘리고 다니지 않는다고 들어서요."

"바빠서 그럴 틈도 없지요." 캐시디 여사가 인정했다.

"저는 청소를 할 수 있어요. 힘도 세고 지치지도 않아요."

"몇 살인가요?" 캐시디 여사가 물었다.

"내일이면 스물하나가 돼요."

오랫동안 거의 말없이 사람들을 지켜보면서, 캐시디 여사는 매우 결단력 있는 사람이 되어 있었다.

"생일 축하해요. 짐을 챙겨서 오늘 옮겨오도록 해요." 그녀가 말했다.

치키가 짐을 꾸리는 데는 많은 시간이 걸리지 않았다. 즐겁던 시절이 가버리기 전의 행복했던 몇 달 동안, 불안한 청춘들과 더불어 월터 스타의 여자로 살았던 휑뎅그렁하고 무질서한 아파트에서 그녀는 가방 하나만 달랑 챙겼을 뿐이었다.

그렇게 치키의 새 인생이 시작되었다. 그녀는 게스트하우스 맨 위층의 거의 수도원 같은 작은 침실을 썼다. 아침에 일어나면 놋그릇을 닦고 계단을 청소하고 아침식사를 준비했다.

캐시디 여사의 게스트하우스에는 여덟 명이 묵고 있었는데 모두 아일랜드인이었다. 이들은 하루를 시작할 때 시리얼과 과일을 먹는 사람들이 아니었다. 공사장이나 지하철에서 일하는 사람들, 베이컨과 달걀을 넉넉히 먹어야 점심시간까지 버티는 사람들이었다. 점심은 그들이 일을 나가기 전에 치키가 파라핀지에 싸서 건넨 햄 샌드위치였다.

그러고 나면 치키는 침대를 정돈하고 유리창을 닦고 응접실을 치웠고, 캐시디 여사와 함께 장을 보러 갔다. 값싼 고기를 어떻게 재워두면 맛이 좋아지는지를 배웠고, 어떻게 하면 가장 소박한 식사도 축제 음식처럼 보이게 하는지를 알게 되었다. 식탁에는 항상 꽃병이나 화분이 놓여 있었다.

캐시디 여사는 저녁식사를 차려낼 때 항상 단정히 차려입었고, 하숙집 남자들도 그럭저럭 그녀를 본받게 되었다. 그들은 모두 깨끗이 씻고 셔츠를 갈아입은 다음에야 식탁 앞에 앉았다. 상대에게 예의를 바란다면 당신도 보답으로 예의를 갖추어야 한다.

치키는 언제나 그녀를 캐시디 아주머니라고 불렀다. 성만 알았지 이름은 몰랐고, 어떻게 살아왔는지도, 남편인 캐시디 씨에게 어떤 일이 있었는지도 몰랐다. 캐시디 씨가 존재한 적은 있었는지조차 몰랐다.

보답으로, 캐시디 여사도 치키에게 아무것도 묻지 않았다.

그들은 매우 평안한 관계를 유지했다.

캐시디 여사는 치키가 그린카드*를 받아 시의원 투표에 유권자로 등록하는 것이 중요하다고 강조했다. 필요한 수만큼의 아일랜드 출신 관리들이 권력을 되찾게 하기 위해서였다. 캐시디 여사는 편지를 보낼 때 사는 곳이나 하는 일을 알리지 않기 위해 우체국 사서함을 이용하는 법을 알려주었다.

캐시디 여사는 치키가 사람들과 어울리는 게 좋을 거라고 생각했지만 그녀를 설득하는 것은 이미 포기했다. 치키는 세계에서 가장 흥미진진한 도시에서 사는 젊은 아가씨였다. 펼쳐진 기회가 어마어마했다. 하지만 치키는 매우 확고했다. 그런 것은 전혀 원하지 않았다. 그녀는 퍼브에도, 아이리시 클럽에도 가지 않았다. 숙박인 중에서 남편감으로 좋은 사람은 누구인지에 대한 잡담도 하지 않았다. 캐시디 여사는 무슨 뜻인지 알아들었다.

캐시디 여사는 그 대신 성인 대상 강좌나 직업훈련 과정으로 치키의 눈을 돌리게 했다. 치키는 요리를 배워 훌륭한 제빵사가 되었다. 그 지역 빵집에서 상근직을 제안했지만 그녀는 캐시디 여사의 셀렉트 게스트하우스를 떠날 마음이 없었다.

치키가 쓰는 돈은 많지 않았다. 돈이 모였다. 게스트하우스 근무를 쉬는 날에도 일할 곳은 많았다. 세례식이나 첫영성체, 바르미츠바**, 퇴임식 파티에 쓸 음식을 만들었다.

밤마다 치키는 캐시디 여사와 함께 숙박인들이 둘러앉은 식탁 분위기를 주도했다.

하지만 치키는 여전히 캐시디 여사가 어떻게 살아왔는지 몰랐고,

---

* 미국에서 발행하는 영주권을 지칭하는 이름. 2차세계대전 이후 이민의 급증으로 이민 비자 소유자나 불법체류자와의 구별을 위해 초록색 '그린카드'가 발행되었으나 그 색깔은 역사적 변천을 겪었다.
** 유대교 남자아이가 열세 살에 치르는 성년식.

캐시디 여사도 그에 관해 치키에게 구체적으로 물어본 적이 없었다. 그래서 캐시디 여사가 스토니브리지에 가보는 게 좋겠다는 말을 꺼냈을 때 치키는 깜짝 놀랐다.

"지금 가. 안 그러면 너무 늦어져. 그러면 돌아가는 게 아주 큰일이 되거든. 올해 잠시 다녀오면 돌아가기가 훨씬 쉬워질 거야."

정말로, 그녀가 생각했던 것보다 훨씬 더 쉬웠다.

그녀는 스토니브리지에 있는 식구들에게, 월터가 LA로 일주일 출장을 가면서 그동안 자기더러 아일랜드에 가보라고 했다는 편지를 써 보냈다. 집에 잠시 들르고 싶은데 식구들 모두 좋게 생각해주기를 바란다고 했다.

아버지가 다시는 이 집에 발을 들여놓지 말라고 한 그날 이후로 오 년이 흘렀다. 모든 것이 달라져 있었다.

아버지도 이제는 딴사람이 되었다. 몇 번 심장발작이 일어난 뒤로, 세상은커녕 세상의 일부인 자기 자신조차 뜻대로 할 수 없다는 사실을 깨달은 것이다.

어머니는 예전에 사람들이 알던 겁 많은 사람이 아니었다.

치키의 언니 캐슬린은 이제 마이키의 아내이자 올라와 로리의 엄마가 되었고, 치키에게 집안의 수치라며 가혹한 말로 쏘아붙였던 사실도 잊어버렸다.

메리는 언덕에 사는 늙고 미친 농부 JP와 결혼해 한결 온유해졌다.

오하라 집안의 반대에 부딪혀 상처를 입은 브라이언은 일에만 전념하느라 누나가 돌아온 것에 별 관심이 없었다.

결국 그 방문은 놀랄 만큼 문제없이 끝났고, 그뒤로 치키는 여름만 되면 식구들이 따뜻하게 반기는 고향으로 돌아갔다.

스토니브리지에 돌아가면 그녀는 그 주변을 몇 마일이고 걸어다니면서 이웃들에게 자신이 꾸며낸 대서양 건너에서의 생활에 대해 들려주었다. 이 부근에서 미국까지 가본 사람은 거의 없었다—느닷없이 찾아오는 사람은 없을 거라는 사실에 그녀는 마음이 놓였다. 스토니브리지에서 존재하지도 않는 뉴욕의 아파트로 불쑥 찾아오는 사람 때문에 허울이 벗겨지는 일은 없을 것이다.

치키는 곧 그 풍경에 스며들었다.

친구 페기도 만났는데, 그녀는 편물공장에서 일어나는 온갖 재미있는 사건들을 들려주었다. 눌라는 오래전에 더블린으로 떠난 뒤로 소식이 끊겼다.

"해마다 치키가 돌아와서 해변을 거니는 걸 보면 7월이 온 줄 알지." 시디 자매가 그녀에게 말했다.

그 말을 들으면 치키의 얼굴은 환하게 밝아졌고, 그 따뜻한 미소는 그들 모두를 감싸안았다. 치키는 그들을 비롯해 자신의 말을 듣는 사람이 있으면 누구에게든, 이국에서 멋진 구경을 많이 했지만 지구상에서 스토니브리지만큼 특별한 곳은 어디에도 없었다고 말했다.

그 말에 사람들은 기뻐했다.

당신이 스토니브리지에 머무른 것이 지혜로운 선택이라는, 당신의 선택이 옳다는 칭찬을 듣는 것은 기분좋은 일이었다.

식구들은 월터에 대해 질문했고, 그의 성공과 인기에 대해 들으며 즐거워하는 것 같았다. 식구들이 그에 대해 크게 오해했다는 사실을 창피하게 느꼈을지는 몰라도 그런 말을 구구절절 늘어놓은 적은 없었다.

그러던 어느 날 상황이 완전히 달라졌다.

큰조카 올라는 이제 십대 소녀가 되었다. 그 조카가 내년에 친구 브리짓과 함께 미국에 오고 싶다는 것이었다. 브리짓은 빨간 머리 오하라 집안이었다. 치키 이모와 월터 이모부와 함께 잠시 지내도 될까요? 올라가 물었다. 폐를 끼치지는 않을 거라면서.

치키는 한순간도 망설이지 않았다.

올라와 브리짓 너희라면 당연히 놀러와도 된다. 그날이 몹시 기다려진다. 너희가 오면 정말 좋겠다고, 아무 문제 없을 거라고 그녀는 그들에게 장담했다. 가슴속은 쿵쾅거렸지만, 아무도 알아차리지 못한 것 같았다. 지금은 침착해야 한다. 해결은 나중에 하면 된다. 지금은 그들의 방문을 환영하고 고대할 시간, 기쁨을 표현해야 할 시간이었다.

올라는 뉴욕에 가면 무엇을 할 수 있는지 알고 싶어했다.

"이모부가 케네디 공항에 마중을 나갈 거야. 우리집에 와서 일단 씻고 기운을 차리면 내가 곧바로 너희를 데리고 나갈게. 유람선을 타고 맨해튼 주변을 도는 서클라인 투어를 하면서 주변을 둘러보자. 다른 날에는 엘리스섬이랑 차이나타운에도 가고. 다 같이 멋진 시간을 보낼 거야."

치키는 손뼉을 치며 그 모든 이야기를 신나게 늘어놓으면서 그들이 실제로 찾아오는 날을 그려보았다. 그리고 삼촌이 된 친절한 월터의 얼굴도 그려보았다. 아이들의 응석을 다 받아주면서 태어나지 않은 딸들에 대한 아쉬움과 후회가 뒤섞인 표정으로 웃는 그의 모습을. 하지만 그 월터는 뉴욕에서 고작 몇 달을 함께 보낸 뒤 그녀를 버리고 방대한 미국 대륙을 가로질러 서쪽으로 가버렸다.

그 충격은 오래전에 사라졌고, 그와 함께한 기억은 점점 희미해져갔다. 어쨌거나 그녀의 마음은 그때 일을 거의 돌이켜보지 않았다. 하지만 거짓된 삶, 그 가공의 삶은 수정처럼 날카롭고 투명하게 존재했다.

지금까지 그녀를 살아 있게 한 믿음은 이것이었다. 결국 그녀의 나이 스물일 때 스토니브리지 사람들은 모두 틀렸고 자신은 그들보다 더 현명했다는 것. 그녀의 결혼생활은 행복했고 뉴욕생활은 바쁘고 성공적이었다는 것. 그는 떠났고 그녀는 캐시디 여사의 게스트하우스에서 바닥을 닦고 욕실을 치우고 식사를 준비하는 신세가 된 사실이나, 일 년에 한 번씩 일주일 동안 아일랜드로 돌아가는 것만 빼면 돈을 아끼느라 휴가도 즐기지 않는다는 사실을 그들이 알게 되면 모든 게 허사가 된다.

그녀에게는 꾸며낸 그 삶이 보상이었다.

올라와 브리짓이 온다면 어떻게 그것을 다시 꾸며낼 수 있을까? 몇 년에 걸쳐 치밀하게 구성한 그 모든 허울이 이제 벗겨지게 되는 건가? 하지만 지금은 걱정하지 않을 것이다. 그 문제 때문에 휴가를 망치지도 않을 것이다. 그 문제는 나중에 생각하면 된다.

뉴욕생활로 돌아온 뒤에도 그녀는 뾰족한 수가 떠오르지 않았다. 스토니브리지의 어느 누구도 그녀가 이렇게 살고 있다고는 꿈에도 생각지 않을 것이었다. 올라와 브리짓 오하라가 방문하는 문제에 대해 치키는 어떤 해답도 생각해낼 수 없었다. 그 생각을 하자 화가 났다. 올라는 왜 다른 아일랜드 젊은이들처럼 오스트레일리아를 선택하지 않았는가? 왜 하필 뉴욕에 온다고 했는가?

캐시디 여사의 셀렉트 게스트하우스에 돌아온 치키는 두 사람 사이에 오랫동안 지켜온 규칙을 깼다.

"문제가 생겼어요." 그녀가 간단히 말했다.

"저녁식사를 마친 뒤에 이야기할까." 캐시디 여사가 말했다.

캐시디 여사는 포트와인이라는 술을 한 잔 따라주었고, 치키는 지금껏 한 번도 하지 않았던 이야기를 털어놓았다. 맨 처음부터. 그동안 숨겨온 모든 진실이 양파 껍질처럼 한 꺼풀씩 벗겨졌다. 그녀는 이제 게임은 끝났다고, 월터가 존재한다고 믿는 집안 식구가 여기로 와서 그를 만나고 싶어한다고 설명했다.

"월터는 죽은 것 같은데." 캐시디 여사가 천천히 말했다.

"네?"

"롱아일랜드 고속도로에서 다중 추돌 사고가 일어났을 때 죽은 것 같아. 시신은 신원조차 파악할 수 없었고."

"안 통할 거예요."

"그런 일은 매일 일어나, 치키."

여느 때처럼 캐시디 여사가 옳았다.

그 말은 통했다.

끔찍한 비극, 광란의 질주, 끝나버린 목숨. 스토니브리지에 있는 식구들은 치키를 몹시 안타깝게 여겼다. 그들이 장례식에 참석하러 뉴욕에 오겠다고 했지만, 치키는 장례식은 아주 조용히 치를 거라고 말했다. 월터가 그러길 원할 거라면서.

어머니는 통화를 하면서 울었다.

"치키, 우리가 그 사람한테 너무 가혹했구나. 하느님이 우리를 용서하시기를."

"오래전에 용서하셨을 거예요." 치키는 침착했다.

"우리는 최선을 다하려 했던 거였어." 아버지가 말했다. "우리가 사람을 잘 보는 줄 알았는데, 이제는 우리가 잘못했다는 말을 해주고 싶어도 너무 늦어버렸구나."

"그이는 이해했어요. 정말이에요."

"우리가 가족한테 편지를 써 보내면 안 되겠니?"

"이미 안타까워하신다고 전해드렸어요, 아빠."

"불쌍한 양반들. 상심이 크실 텐데."

"아주 긍정적인 분들이세요. 잘살다 갔어, 그렇게 말씀하시는걸요."

그들은 신문에 부고를 낼지 물어보았다. 그러지 마세요. 그녀는 자신이 슬픔을 이겨내는 방법은 자신의 삶을 자기가 알던 대로 이곳에서 잘 정리하는 것이라고 했다. 그들이 뭐라도 해주고 싶다면 월터를 애정 어린 마음으로 기억해주고, 상처가 아물 때까지 자신을 내버려두라고 했다. 내년 여름에도 평소처럼 집에 찾아갈 거라면서.

그녀는 다른 곳으로 옮길 거라고 했다.

그녀의 편지를 읽은 식구들은 그 말이 잘 이해되지 않았다. 너무 슬퍼서 치키가 제정신이 아닌 것 같다고 생각했다. 어쨌거나 그들은 월터 스타가 살아 있는 동안 그를 완전히 잘못 생각했다. 죽은 그에게는 존경을 표해야 마땅할 것이다. 치키의 친구들은 혼자 있고 싶어하는 그녀의 마음을 이해했다. 치키는 식구들도 그렇게 해주기를 바랐다.

세븐스 애비뉴에 있는 아파트로 놀러올 계획을 세웠던 올라와 브리짓은 일이 틀어지자 몹시 당황했다.

공항까지 마중나올 이모부가 사라졌을 뿐 아니라 뉴욕에서의 휴가 자체가 없어진 것이다. 치키 이모가 맨해튼섬을 도는 서클라인 투어를 시켜줄 가능성도 사라졌다. 이모는 다른 곳으로 옮길 것이 분명했다.

어쨌거나, 뉴욕에 가도 좋다는 허락을 받을 기회도 사라졌다. 어쩌면 타이밍이 이렇게 안 좋을 수 있느냐고 그들은 생각했다.

그들은 계속 연락을 주고받았고 그녀는 고향 소식을 모두 전해 들었다. 오하라 집안 사람들이 스토니브리지에 휴가철 별장 단지를 개발한다며 주변 땅을 매입하는 데 혈안이 되어 있었다. 겨울 동안 늙은 시디 자매 중 두 명이 폐렴으로 세상을 떠났다. 늙은이의 친구, 폐렴을 일컫는 명칭이었다. 호흡을 제대로 가누지 못하는 사람들의 목숨을 폐렴이 평화롭게 끊어주었다.

미스 퀴니 시디는 아직 거기 살고 있었다. 자신만의 작은 세상에서 살았으니, 그녀는 당연히 좀 이상했다. 스톤하우스는 실제로 여기저기 허물어지고 있었다. 미스 퀴니에게 청구서 비용을 지불할 돈도 없다는 소문이 나돌았다. 모두들 그녀가 절벽에 우뚝 솟은 그 저택을 팔아야 할 거라고 생각했다.

치키는 그 모든 소식을 다른 행성에서 일어난 일처럼 읽었다. 그럼에도 그녀는 이듬해 여름에 아일랜드행 항공편을 예약했다. 이번에는 더 어두운 색깔의 옷을 가져갔다. 식구들이 기대했을 상복은 아니었지만, 상하의 모두 밝은 노란색이나 빨간색은 삼가고 회색이나 짙은 청색 옷을 더 가져갔다. 그리고 변함없이 튼튼한 운동화를 챙겨갔다.

스토니브리지 주변의 해변과 절벽을 따라 하루에 20킬로미터는 걸었을 것이다. 숲에도 갔고, 오하라 집안이 히스패닉 양식으로 별장 단지를 건설하느라 분주한 공사장도 지나갔다. 별장들은 검은색 연철 울타리로 마무리되고 탁 트인 일광욕 테라스가 있어, 거센 바람이 부는 스토니브리지 부근의 대서양 연안 기후보다는 더 온화한 기후에 적합했다.

그렇게 돌아다니던 어느 날, 이제는 두 자매를 잃어 외롭고 쇠약해진 미스 퀴니 시디를 만났다. 그들은 사랑하는 사람을 잃은 것에 대해 서로를 위로했다.

"이제 그곳 생활도 끝났으니 여기로 돌아오지 않겠니? 사랑하는 남편이 딱하게도 하느님께 돌아갔으니 말이다." 미스 퀴니가 말했다.

"글쎄요, 미스 퀴니. 저는 이제 이곳에서 잘 지내지 못할 거예요. 부모님과 살기에는 나이를 너무 먹었고요."

"그렇겠구나, 모든 일이 다르게 흘러갔으니까, 그렇지? 나는 늘 네가 돌아와 이 집에서 살았으면 했어. 그게 내 꿈이었단다."

시작은 그렇게였다.

절벽에 우뚝 솟은 저택을 구입한다는 그 미친 발상의 시작은. 그녀가 어렸을 때 정원에서 놀고, 바다에서 수영을 할 때면 올려다보고, 친구 눌라가 사랑스러운 시디 자매를 위해 일했던 스톤하우스를.

가능한 일이었다. 월터는 어떤 일이 가능한지는 우리에게 달려 있다고 입버릇처럼 말했다.

캐시디 여사는 다른 사람이 된다면 우리는 왜 안 되겠느냐고 늘 말했다.

미스 퀴니는 그것이 프라이드 브레드* 이후로 가장 좋은 생각이라고 했다.

"저는 집값을 다른 사람들만큼 많이 드릴 수 없을 거예요." 치키가 말했다.

"이만큼 살았는데 돈이 왜 필요하겠니?" 미스 퀴니가 말했다.

"여기를 떠난 지 너무 오래됐어요."

"너는 꼭 돌아와야 해. 이 주변을 돌아다니는 걸 좋아하잖아. 그러면서 활기도 되찾았고. 여기는 햇볕도 좋고 하늘은 시시각각 변해. 뉴욕으로 돌아가봤자 그동안 그렇게 잘해주던 남편이 없어졌으니 얼마나 외롭겠니. 뭘 봐도 남편 생각이 날 텐데 거기서 살고싶지 않을 거야. 돌아올 거라면 지금 와. 난 아래층 조식실로 옮기면 돼. 낡은 계단을 오르내리기가 이제 힘들기도 하고."

"바보 같은 말씀 마세요, 미스 퀴니. 여기가 누구 집인데요. 제가여기에 들어와 살다니요. 게다가 이렇게 큰 집을 저 혼자 어떻게감당해요?"

"호텔로 만들면 되지 않겠니?" 미스 퀴니의 생각은 확고했다. "오하라 집안 사람들이 예전부터 호시탐탐 이 집에 눈독을 들였어. 그 사람들은 이 집을 허물어버릴 거야. 난 그러길 바라지 않아. 호텔로 개조하는 건 내가 도와줄게."

"호텔이요? 진심이세요? 호텔을 경영한다고요?"

"너는 이곳을 특별한 곳으로 만들 거야. 너 같은 사람들을 위한

---

* 잉글랜드식 아침식사에 먹는 기름에 튀긴 빵.

장소로 말이지."

"저 같은 사람은 없어요. 저처럼 유별나고 사연 많은 사람은요."

"그런 사람들이 얼마나 많은지 알면 놀랄걸, 치키. 게다가 내 남은 목숨이 길지도 않을 테고. 언니들을 따라 성당 묘지에 묻힐 날이 얼마 남지 않았어. 그러니까 지금 결정해야 해. 그래야 우리가 스톤하우스를 다시 아름답게 만들 계획을 세울 수 있을 테니까."

치키는 말이 없었다.

"내가 저세상으로 가기 전에 네가 돌아오면 정말 좋겠구나. 나도 그 일에 동참할 수 있다면 정말 기쁠 거야." 퀴니가 간곡히 부탁했다. 그들은 스톤하우스의 부엌 식탁에 앉아 그 문제를 진지하게 논의했다.

치키가 뉴욕으로 돌아가 그 계획을 이야기하자 캐시디 여사는 찬성한다는 듯 고개를 끄덕였다.

"제가 정말로 할 수 있을 거라고 생각하세요?"

"네가 그리워지겠지. 하지만 그게 네게 좋은 기회가 되리란 건 너도 알잖아."

"저를 보러 오실 거예요? 제 호텔에 묵으실 거예요?"

"물론이지. 언제 겨울에 한 주 동안 가 있을게. 나는 겨울의 아일랜드 시골을 좋아하지. 시끄럽고 구경거리가 많고 사람들이 레프러콘*처럼 바쁘게 움직이는 계절이 아니라."

---

* 아일랜드 민화에 나오는 남자 모습의 작은 요정으로, 하루종일 구두를 만들거나 무지개 끝에 숨겨둔 황금 단지에 동전을 쟁이는 일을 한다.

캐시디 여사는 휴가를 가져본 적이 없는 사람이었다. 그러니 이 약속은 획기적인 일이었다.

"서둘러 가야 할 것 같아요. 미스 퀴니가 아직 살아 계실 때요."

"가급적 빨리 호텔을 지어 사업을 시작하는 게 좋을 거야." 캐시디 여사는 꾸물꾸물 미루는 것을 싫어했다.

"사람들한테…… 어떻게 다 설명하죠?"

"네가 생각하는 것만큼 많이 설명할 필요는 없어. 그저 월터가 남겨준 돈으로 샀다고 하면 돼. 따지고 보면 그게 사실이기도 하니까."

"어떻게 그게 사실일 수 있어요?"

"월터 때문에 네가 뉴욕에 왔으니까. 월터가 너를 떠났기 때문에 네가 이만큼 벌고 모을 수 있었으니까. 그렇게 보면 그가 남겨준 돈인 게 맞지. 내가 보기엔 거짓말 같지 않은데." 캐시디 여사는 그 문제는 다시 거론하지 말자는 표정을 지었다.

다음 몇 주 동안 치키는 저축한 돈을 아일랜드 은행에 송금했다. 은행가들과 법률가들과의 협상은 끝날 것 같지가 않았다. 건축 허가 신청서를 내고, 굴착기 기사와 연락하고, 호텔 관련 규정에 대해 자문을 구하고, 세금 문제를 고민했다. 이 사실을 공표하기까지 도대체 얼마나 많은 일을 처리해야 하는지 치키는 믿을 수 없었다. 치키와 미스 퀴니는 그들의 계획을 누구에게도 말하지 않았다.

마침내 모든 준비가 끝난 듯했다.

"더는 미룰 수 없겠어요." 치키는 저녁을 먹은 뒤 식탁을 치우면서 캐시디 여사에게 말했다.

"마음이 아프지만 내일 떠나도록 해."

"내일이요?"

"미스 퀴니도 더는 기다릴 수 없을 테고 너도 때를 봐서 식구들한테 말해야지. 그 소식이 다른 사람들을 통해 알려지기 전에 네가 직접 말해. 그편이 더 나아."

"하루 만에 떠날 준비를 하라고요? 짐도 꾸려야 하고 작별인사도 해야 하는데……"

"짐이야 이십 분이면 꾸릴 거고, 챙겨갈 짐도 얼마 없잖아. 이 집에 사는 남자들이야 그럴싸한 작별인사를 할 위인들이 못 되지. 나만큼이나."

"제가 그 일을 하겠다고 나서다니 머리가 어떻게 됐나봐요, 캐시디 아주머니."

"아니, 치키. 그 일을 하지 않는다면 머리가 어떻게 된 거지. 너는 기회를 잡는 데 늘 선수였잖아."

"월터 스타를 따라오는 기회는 안 잡는 게 더 좋았을 거예요." 치키가 후회하며 말했다.

"과연 그럴까? 너는 편물공장에서 승진을 했겠지. 미친 농부와 결혼해 자식 여섯을 낳았을 테고, 그애들 직장을 찾아주려고 애를 써야 했을 거야. 나는 네 결정이 훌륭했다고 생각해. 너는 결단을 내리고 일자리를 달라고 나를 찾아왔어. 이십 년 동안 우리는 잘 지냈고, 그렇지? 네가 여기 뉴욕으로 온 건 잘한 일이었어. 이제 고향에 돌아가면 그 근방에서 가장 큰 저택의 주인이 될 테고. 지금까지 네가 걸어온 길에서 뭐가 잘못됐는지 모르겠구나."

"사랑해요, 아주머니." 치키가 말했다.

"네가 그런 말을 다 하는 걸 보니 켈트의 안개와 황혼으로 돌아갈 때가 된 모양이다." 말은 그렇게 해도 캐시디 여사의 표정은 평소보다 한결 부드러워져 있었다.

치키가 계획을 말하자, 식구들은 앉은 채로 입이 쩍 벌어져서 다물지를 못했다.

치키가 완전히 돌아온다고? 시디네 저택을 사서? 호텔을 세워여름과 겨울에 문을 열 거라고? 다들 도무지 믿기지 않는다는 반응이었다.

그 계획에 순수하게 기뻐한 사람은 남동생 브라이언뿐이었다.

"오하라네 사람들 기침 소리가 잦아들겠는데." 브라이언이 활짝웃으며 말했다. "오랫동안 그 집을 호시탐탐 노리며 얼쩡거렸거든.그 집을 때려 부수고 그 자리에 최고급 별장 여섯 채를 지으려고했어."

"미스 퀴니가 질색했던 게 바로 그거야!" 치키가 맞장구를 쳤다.

"오하라네 사람들이 이 소식을 듣는 순간을 꼭 내 눈으로 지켜보고 싶어." 브라이언이 말했다. 오하라 집안에서 자신을 딸의 상대로 걸맞지 않다고 생각한 게 아직도 분한 듯했다. 그 딸이 결혼한남자는 오하라 집안의 재산 상당 부분을 경마에 탕진했고, 브라이언은 종종 고소하다는 듯 그 사실을 언급했다.

어머니는 치키가 바로 다음날 미스 퀴니의 집으로 옮긴다는 사실이 믿기지 않는 모양이었다.

"제가 거기 가 있어야 해요." 치키가 설명했다. "게다가 미스 퀴니한테 이따금 차를 갖다줄 사람이 있어도 나쁠 건 없잖아요."

"포리지나 비스킷을 갖다주는 것도 좋겠지." 캐슬린이 말했다. "마이키가 봤는데, 미스 퀴니가 얼마 전에 블랙베리를 따고 있었 대. 그건 공짜라면서."

"정말로 그 집의 주인이 된다고, 치키?" 아버지는 언제나처럼 걱 정했다. "눌라처럼 가정부로 가는 게 아니라 그 집을 너한테 넘겨 준다는 약속을 받고 가는 거란 말이지?"

치키는 가족들을 다독이며 그 집은 그녀의 소유라고 안심시켰다.

그들은 정말로 그 일이 현실이 되리라는 것을 서서히 깨달았다. 그들이 어떤 반대 의견을 내놓아도 치키에게는 이미 준비해둔 답 변이 있었다. 뉴욕에서 사는 동안 그녀는 사업가가 되어 있었다. 그들은 과거의 일을 통해, 치키를 얕보면 안 된다는 사실을 깨닫고 있었다. 그런 실수를 두 번은 하지 않을 것이다.

가족들은 월터를 위한 위령미사를 이미 올렸지만 그때는 치키가 없었기 때문에 한번 더 올리기로 했다. 스토니브리지의 작은 성당 에 앉아 있노라니 치키는 하느님이 정말로 내려다보며 그들의 기 도를 듣는지 궁금해졌다.

그럴 것 같지는 않았다.

하지만 여기 있는 모두는 그렇다고 믿는 것 같았다. 지역 주민 전체가 월터 스타의 영혼을 위해 안식기도를 올렸다. 그가 지금 일 어나는 일을 알면 비웃지 않을까? 자신이 어느 휴가철에 로맨스를 즐겼던 아일랜드 바닷가 마을에서 사람들이 이런 미신 같은 것을 믿고 있다는 사실에 충격을 받지 않을까?

이제 돌아왔으니 치키는 자신도 다시 성당에 다녀야 한다는 사 실을 깨달았다. 어렵진 않을 것이다. 캐시디 여사도 뉴욕에서 일요일 아침마다 미사를 드리러 갔으니까. 그것이 그들이 한 번도 논의해본 적 없는 또 한 가지 문제였다.

그녀는 자신이 세례를 받고 첫영성체를 하고 견진을 받은 성당을, 언니들이 결혼식을 올렸고 사람들이 죽지도 않은 남자의 영혼을 위해 안식기도를 올리는 성당을 둘러보았다. 기분이 아주 야릇했다.

하지만 그녀는 그 기도의 힘으로 어딘가에 있을 누군가에게 좋은 일이 생기기를 바랐다.

조심조심 걸어가야 하는 지뢰밭의 연속이었다. 치키는 주변에서 이미 민박을 경영하거나 여름 별장을 빌려주는 사람들의 심기를 건드리지 않게 단단히 주의를 기울여야 했다. 그녀는 자신이 지금 하려는 사업은 이 지역에 완전히 새로운 뭔가를 만드는 것이지 그들의 손님을 뺏는 게 아니라는 사실을 잘 알아듣게 설명하며 쉴 틈 없이 돌아다녔다.

그녀는 주변 시골 지역에 흩어져 있는 술집들을 찾아가 그녀의 계획을 말했다. 그녀의 손님들이 스토니브리지 주변 절벽과 언덕을 구경하고 싶어할 거라고. 그들에게 진짜 아일랜드를 구경하면서 근방의 전통 술집이나 퍼브에서 점심식사를 해보라고 권하겠다고. 가게에서 수프나 간단한 음식을 제공하는지 알려주면 손님들을 기꺼이 그쪽으로 보내겠다고.

그녀는 또한 다른 지역에서 건설업자를 데려왔는데, 오하라 집안이나 그들의 경쟁 업체들에게 우선권을 주기 싫었기 때문이었다. 그렇게 하는 것이 여기로 할까 저기로 할까 고민하는 것보다 훨씬 쉬웠다. 물자 구입도 마찬가지였다. 한 곳만 선호하는 것처럼 보이면 원한을 사기 쉬웠다.

치키는 이 사업을 통해 모두가 뭔가를 얻어갈 수 있게 하려고 애썼다. 그녀는 모두를 한편에 서게 만드는 재주가 있었다.

가장 큰 문제는 꾸준히 들락거릴 건축가들과 현장에서 일할 인부들을 구하는 것이었다. 지배인이 필요하겠지만 아직은 아니었다. 같이 살면서 요리를 도와줄 사람도 필요하겠지만 그것도 나중 일이었다.

치키는 그 일에 조카 올라를 점찍어두고 있었다. 올라는 동작이 빠르고 성격이 밝았다. 스토니브리지와 이곳에서 누릴 수 있는 삶을 사랑했다. 활기가 넘치고 운동을 좋아해서 윈드서핑과 암벽등반을 즐겼다. 더블린에서 컴퓨터 과정을 마쳤고 경영학을 전공했다. 요리는 치키가 가르쳐주면 된다. 올라는 활발했고 사람들과도 잘 지냈다. 스톤하우스에 적격이었다. 안타깝게도 올라는 지금 새 직장을 구해 런던에서 살고 싶어하는 것 같았다. 떠날 때도 별다른 설명 없이 훌쩍 떠났다. 요즘 젊은 애들은 뭘 하든 간에 자신이 젊었던 시절보다 훨씬 쉽게 한다고 치키는 생각했다. 올라는 허락을 구하거나 가족의 승인을 받을 필요조차 없었다. 자신은 성인이니 자신의 인생에 대해 누가 왈가왈부할 수 없다는 전제가 깔려 있었다.

계획이 착착 세워졌다. 객실이 여덟 개, 손님들이 모두 모여 한자리에서 저녁식사를 할 수 있는 커다란 부엌 겸 식당이 하나. 그녀는 커다란 구닥다리 식탁도 하나 찾아냈는데, 날마다 문질러 닦아야 했지만 진짜였다. 화려한 마호가니 식탁이나 식탁 매트, 두꺼운 아일랜드 리넨 식탁보는 이곳에 어울리지 않았다. 진짜만 존재해야 했다.

그녀는 지역 장인 한 명에게 의자 열네 개를 주문했고, 또 한 명에게는 자기 그릇을 진열할 낡은 그릇장을 복원하게 했다. 또한 미스 퀴니와 함께 근방에서 열리는 경매장이나 매장을 돌아다니며 적당한 유리잔과 접시, 그릇을 구입했다.

그들은 시디 저택에 있는 오래된 러그를 복원해줄 사람들과 작은 앤티크 테이블 윗면의 낡은 가죽을 교체해줄 사람들을 만났다.

미스 퀴니가 가장 좋아한 부분이 이런 것이었다. 그녀는 이 아름다운 보물들을 되살려내는 것은 기적과 같다고 틈만 나면 말했다. 언니들이 이 상황을 내려다보며 아주 좋아할 거라고도 말했다. 미스 퀴니는 언니들이 스톤하우스에서 진행되는 일을 낱낱이 알고 그 모든 걸 흐뭇하게 지켜보고 있다고 믿었다. 언니들이 어딘가 행복한 곳에서 호텔 문이 열리기를 기다리며 스토니브리지를 들락거리는 사람들을 지켜본다는 생각은 감동적이었다.

미스 퀴니는 월터 스타도 시디 두 자매와 함께 천국 어딘가에서 용기 있는 아내가 착착 일을 추진해가는 것을 응원할 거라고 말했는데, 그럴 때는 좀 불안했다.

치키는 가족들에게 매주 자신의 계획을 착실히 설명해서 그들이 충분한 설명을 듣고 진행 사항을 미리 알 수 있도록 했다. 건축 허가를 받은 것, 직접 채소를 재배해서 쓸 수 있게 부엌 뒤꼍에 텃밭을 만들기로 한 것, 집 전체에 기름으로 불을 땔 때는 중앙난방 시스템을 설치한다는 사실을 미리 알기만 해도 남들 앞에서 우쭐할 수 있었다.

아마도 전문 설계사가 필요할 것이었다. 치키도, 미스 퀴니도 그곳이 어떻게 바뀌어야 할지 머릿속으로는 알고 있었지만 실력 있는 설계사들을 수소문하고 있었다. 제값을 주고 제대로 된 집을 지을 것이다. 치키는 품위 있다고 생각하는 것을 누군가는 촌스럽게 여길 수도 있었다.

호텔이나 전원주택 사진은 잡지에서 볼 만큼 보았지만, 치키가 외관을 제대로 갖추어낼 만큼 실제적인 경험을 한 것은 아니었다. 캐시디 여사의 셀렉트 게스트하우스는 스타일에 있어서만큼은 실질적인 훈련을 시켜주지 않았다.

남은 일이 태산이었다. 홈페이지도 만들어야 했고 온라인 예약도 받아야 했다. 하지만 인터넷은 아직 그녀에게 아주 낯선 영역이었다. 젊은 세대인 올라가 런던에서 돌아오면 이 영역에서 그녀의 오른팔이 되어줄 것이다. 치키가 두 번이나 통화를 해봤지만 올라는 관심도 없는 것 같고 시큰둥했다. 치키의 언니 캐슬린은 올라는 자루에 담긴 새끼 고양이들* 같다며 어떤 문제로든 그애한테 말해봤자 헛수고라고 했다.

"어쩌나 고집불통인지." 캐슬린이 속상한 듯 말했다. "그것만 봐도 앞날이 훤히 보인다니까."

"내가 결국 얼마나 멀쩡하게 잘사는지 봐." 치키가 웃었다.

"호텔 문을 열려면 아직 멀었잖아." 캐슬린의 목소리는 비장했다. "네가 얼마나 멀쩡하게 잘사는지는 문을 열어봐야 알지."

---

* 아일랜드에서 잘 쓰는 관용어로 성미가 까다롭거나 못된 사람을 일컫는다.

그 계획이 실현되어 크게 성공할 거라고 믿는 사람은 미스 퀴니와 뉴욕에 있는 캐시디 여사뿐이었다. 다른 사람들은 치키의 기분을 맞추며 잘되기를 바랐지만, 그 바람은 길고 뜨거운 여름을 바라거나 아일랜드 축구팀이 월드컵에서 선전하기를 바라는 것과 다르지 않았다.

치키는 이따금 밤중에 절벽을 거닐며 대서양을 바라보았다. 그러면 어김없이 힘이 솟았다.

앞으로 무슨 일이 일어날지 모른 채 작고 흔들리는 배에 타고 출렁거리는 바다로 나아갈 용기는 누구에게나 있었다. 게스트하우스를 시작하는 일이 너무 어렵지는 않겠지? 그러고 나서 치키가 다시 집안으로 들어가면 집에서는 미스 퀴니가 분주히 사람들에게 핫초콜릿을 만들어주면서 소녀 시절 이후로, 언니들과 함께 여우 사냥꾼들의 무도회*에 가서 자기들에게 청혼할 저돌적인 청년들을 만나기를 바라던 그 시절 이후로 이렇게 행복했던 적이 없었다고 말했다. 그때의 바람은 이루어지지 않았지만 이번에는 이루어질 것이다. 스톤하우스는 잘될 것이다.

치키는 미스 퀴니의 손을 토닥이며 자신들은 이 지역의 화젯거리가 될 거라고 했다. 그 말을 하면서 그녀는 정말로 그렇게 믿었다. 모든 걱정이 사라졌다. 거센 바람 속을 걸어서인지, 마음을 녹여주는 핫초콜릿을 마셔서인지, 희망에 부푼 미스 퀴니의 얼굴을 보아서인지, 혹은 그 세 가지 모두 때문인지는 몰라도 치키는 매일 밤 숙면을 취했다.

---

* 여우수렵회가 개최하는 무도회로 남자들은 전통적으로 다홍색 연미복을 입는다.

치키는 어떤 일이든 정신을 차리고 시작할 준비가 되어 있었다. 그러는 편이 좋았다. 앞으로 몇 달 동안 할 일이 아주 많았으니까.

리거

리거는 아버지가 누군지 몰랐다. 아버지 이야기는 들은 적도 없었다. 어머니 눌라에 대해서도 잘 모르기는 마찬가지였다. 한 가지 이유는 눌라가 쉴새없이 일을 했기 때문이었고, 또 한 가지는 눌라가 스토니브리지라는 아일랜드 서부의 작은 마을에서 살았다고 하지만 그곳 생활에 대해 거의 말해준 적이 없었기 때문이었다. 리거도 어머니가 시다라는 독신녀 세 자매의 저택에서 가정부로 일한 것까지는 알았지만 눌라는 그 이야기도, 고향집 식구들 이야기도 하고 싶어하지 않았다.

그는 대수롭지 않게 넘겼다. 어차피 어른들을 이해하기란 불가능했다.

눌라는 자기 것을 가져본 적이 없었다. 그녀는 형제들 중 막내여서, 그녀가 입는 옷은 이미 누가 입을 만큼 입었던 옷이었다. 사치품을 사기는커녕 첫영성체 드레스도 사 입지 못했다. 눌라가 열다섯이 되자 가족들은 그녀에게 시디 자매가 사는 스톤하우스에 일자리를 구해주었다. 시디 자매는 더없이 선량한 숙녀들이었다. 세 사람 모두 그랬다.

일은 고됐다. 돌바닥과 나무 테이블들을 닦고 낡은 가구는 광을 내야 했다. 눌라의 방은 작은 철제 침대가 있는 아주 작은 방이었다. 하지만 그 방은 그녀만의 방이었고, 집에서 쓰던 방보다 훨씬 좋았다. 시디 자매는 사실 돈이 없어서, 습기와 누수로 애를 먹으면서도 난방과 페인트칠―두 가지 다 절실했다―을 제대로 할 여유가 없었다. 식탁에 둘러앉은 그들은 작은 참새들 같았다.

눌라에게는 그들이 신기해 보였다. 그들은 냅킨을 냅킨 고리에 끼워넣게 했고 식사시간을 알리는 작은 징을 치게 했다. 마치 연극을 하는 것 같았다.

이따금 미스 퀴니가 눌라에게 남자친구가 있는지 물어봤지만, 나머지 자매들은 가정부와 나누기에 적합하지 않은 대화라는 듯 쯧쯧거렸다.

그렇다고 그 주제로 할 이야기가 많은 것도 아니었다. 스토니브리지에는 남자친구가 될 만한 상대가 거의 없었다. 오빠들과 알고 지내던 청년들은 일자리를 찾아 잉글랜드나 미국으로 떠나고 없었다. 더욱이 눌라는 오하라 집안이나 그 지역 명문가의 자제와 어울리는 짝이 아니었다. 그녀도 치키처럼 여름 동안 이곳에 놀러오는 누군가를 만나고 싶었다. 그녀를 사랑하고 그녀가 가정부라는 사실에 신경쓰지 않을 남자를.

그러던 어느 여름 그녀는 정말로 드루라는 이름의 관광객을 만났다. 드루는 앤드루를 줄여 부르는 이름이었다. 그는 오하라 집안의 친구로, 해변에서 사람들과 어울려 공을 차고 있었다. 눌라는 세련된 수영복을 입은 젊은 여자들을 지켜보며 앉아 있었다. 시내에 가서 그런 수영복을 살 수 있다면 얼마나 멋질까. 아름다운 색깔의 바구니와 수건도 챙겨오고.

그때 드루가 그녀에게 다가와 같이 공놀이를 하자고 했다. 한 주 뒤에 그녀는 그를 사랑하게 되었다. 두 주 뒤에 그들은 연인이 되었다. 모든 일이 더없이 자연스럽고 아무렇지 않게 일어나서, 그녀는 왜 예전에 학교에서 자신과 다른 여자애들이 그런 것 때문에 키득거렸는지 이해가 되지 않았다. 드루는 그녀를 열렬히 사랑한다고 말했고, 더블린에 돌아가면 날마다 편지를 쓰겠다고 약속했다.

그는 꼭 한 번 편지를 써 보냈다. 그해 여름은 황홀했고 그녀를 결코 잊지 못할 거라는 내용이었다. 심지어 자기 주소도 알려주지 않았다. 눌라는 오히려 집안 사람들에게 그가 어디 사는지 물어보지 않았다. 생리 날짜가 늦어지고 임신 가능성이 아주 높아졌을 때에도 물어보지 않았다.

임신 사실이 부인할 수 없을 만큼 확실해지자 그녀는 어떻게 해야 할지 알 수가 없었다. 엄마에게 말하면 가슴 아파할 것이다. 눌라는 살면서 이렇게 외로웠던 적이 없었다.

그녀는 시디 자매에게 말하기로 결심했다.

그녀는 아주 간소한 그들의 저녁식사 설거지를 마친 뒤 참았던 이야기를 꺼냈다. 자초지종을 털어놓으면서 그들과 시선이 마주치는 것을 피해 돌바닥만 내려다보았다.

시디 자매는 깜짝 놀랐다. 눌라가 자신들과 한집에서 지내는 동안 이런 일이 일어났다는 데 경악한 나머지, 그들의 감정을 표현할 말도 제대로 찾지 못했다.

"어떻게 할 작정이니?" 미스 퀴니가 눈물이 그렁그렁해서 물었다.

미스 제시카와 미스 비어트리스는 그만큼 안타까워해주진 않았지만 해결책이 떠오르지 않기는 마찬가지였다.

눌라는 그들이 뭘 해줄 거라고 기대했을까? 그 집에서 아기를 키우라고 말해주기를? 그 집에서 아기가 자라는 것을 보면 다시 젊어지는 기분일 거라고 말해주기를?

아니, 그만큼은 바라지 않았다. 하지만 괜찮다고 안심시켜주기를, 이런 일로 세상이 끝나지는 않는다고 일말의 희망을 불어넣어주기를 바랐다.

그들은 어떻게 할지 알아보겠다고 했다. 아기를 낳고 입양 보낼 때까지 지낼 만한 장소가 있다는 이야기를 들었다고 했다.

"아기를 입양 보내지는 않을 거예요." 눌라가 말했다.

"하지만 아기를 데리고 있을 수는 없어, 눌라." 미스 퀴니가 말했다.

"저는 이 집에서 받은 방과 침대 말고 저만의 무언가를 가져본 적이 없어요."

시디 자매는 서로 마주보았다. 이 아이는 자기가 떠안게 되는 게 뭔지 아직 모르는 것이다. 책임, 수런거림, 수치심.

"지금은 1990년대예요." 눌라가 말했다. "암흑시대가 아니잖아요."

"그렇긴 하지. 하지만 존슨 신부님은 여전히 존슨 신부님이야." 미스 퀴니가 말했다.

"그 남자가, 혹시……?" 미스 제시카가 망설이며 물었다.

"그 남자가 오하라 집안의 친구라면 훌륭한 청년이라서 책임을 질지도……" 미스 비어트리스도 맞장구를 쳤다.

"아니요. 그러지 않을 거예요. 저한테 작별을 고하는 편지를 써 보낸걸요. 황홀한 여름이었다고요."

"저런, 그 말은 진심이었을 거야." 미스 퀴니가 자매들의 못마땅한 표정은 아랑곳없이 안타깝게 혀를 찼다.

"부모님께는 말씀드릴 수 없어요." 눌라가 말했다.

"그렇다면 너를 되도록 빨리 더블린에 보내야겠구나. 그리로 가면 사람들이 어떻게 할지 알고 있을 거야." 미스 제시카는 이 문제를 최대한 빨리 그들의 집 밖으로 몰아내고 싶은 것 같았다.

"내가 알아볼게." 미스 비어트리스가 연락해볼 곳을 알고 있었다.

더블린에는 눌라의 큰오빠 네이시가 살고 있었다. 그는 형제들 중에서 좀 별난 성격이었다. 말수가 너무 적고 사람들과 잘 어울리지 못한다고, 가족들은 늘 한숨을 쉬며 말하곤 했다. 그는 정육점에 일자리를 구해 이제는 정착한 듯했다.

그는 독신이고 자기 집이 있었지만 그녀가 의지할 상대는 못 될 것 같았다. 그는 고향을 떠난 지 너무 오래되어 그녀를 잘 모를 테고, 그녀에게 관심도 없을 것이었다. 물론 혹시 꼭 필요한 때가 있을지 몰라 그의 주소는 가지고 있었지만 연락해볼 마음은 없었다.

시디 자매가 눌라가 지낼 곳을 알아봐주었다. 그 호스텔에는 눌라와 마찬가지로 임신한 여자들이 몇 명 있었다.

그들은 대부분 슈퍼마켓이나 세탁소에서 일했다. 눌라는 고된 일에 익숙했고, 맡게 된 일은 스톤하우스에서 쓸고 닦던 일에 비하면 훨씬 수월했다. 일자리는 입소문을 통해 구했다. 사람들은 그녀가 싹싹한데다 어떤 일을 맡겨도 척척 잘해낸다고 했다. 그녀는 아기가 태어나면 같이 살 방을 빌릴 만큼 돈을 모았다.

그녀는 고향에 있는 가족들에게 편지를 보내 더블린 생활과 자신이 일하는 곳의 주인들에 대해 말했지만 산부인과에 다녀온 이야기는 꺼내지 않았다. 시디 자매에게는 사실대로 쓴 편지를 보냈고, 마침내 리처드 앤서니가 3킬로그램 몸무게로 태어났다는 소식을 알렸다. 어느 모로 보나 완벽한 아기였다. 시디 자매는 양육비에 보태라며 5파운드를 보냈고, 미스 퀴니는 세례복을 보내주었다.

리처드 앤서니는 그 옷을 입고 세례를 받았다. 그날 리피강 옆에 자리한 성당에서 모두 열여섯 명의 아기가 세례를 받았다.

"이런 때 같이할 가족이 없어서 참 안타깝구나. 네 오빠가 너와 새로 태어난 조카를 보면 좋아했을 텐데." 미스 퀴니가 써 보냈다.

눌라는 그럴 것 같지 않았다. 그녀가 기억하는 네이시는 내성적이었고 거리감이 느껴졌다.

"리처드가 좀더 자랄 때까지 기다리려고요." 그녀는 이렇게 적었다.

눌라는 이제 아기를 데리고 다닐 수 있는 직장을 구해야 했다. 처음에는 쉽지 않았지만, 그녀가 오래 일해주고 아기도 거의 말썽을 일으키지 않아서 일할 곳이 늘어났다.

그녀는 이 집 저 집 일하면서 각양각색의 삶을 목격했다. 가정에 불만이 많은 여자들은 삶을 늘 뭔가 부족한 끝없는 시험처럼 여겼다. 부부가 서로 기본적인 예의조차 지키지 않는 가정도 있었다.

어떤 가정은 아이를 응석받이로 키우며 갖고 싶다는 건 뭐든 사줬지만 아이는 여전히 만족할 줄을 몰랐다.

그녀는 또한 친절하고 선량한 사람들도 만났다. 그들은 그녀와 어린 아들에게 따뜻이 대해주었고, 그녀가 특별히 포테이토케이크를 만들거나 낡고 윤기 없는 놋쇠 식기를 새것처럼 반짝거리게 닦아주면 고마워할 줄도 알았다.

리처드가 세 살이 되면서부터 일하러 갈 때 데리고 다니기가 더 힘들어졌다. 아기는 이것저것 만져보고 여기저기 돌아다니고 싶어 했다. 눌라가 특별히 좋아했던 고용주는 이탈리아어를 가르치는 시뇨라라고 불리는 여자였다. 그녀는 정말 특이한 사람이었다. 세상일에는 전혀 관심이 없었고 유별나게 치렁치렁한 옷을 입었다. 회색과 빨간색과 짙은 갈색이 섞인 긴 머리는 뒤에서 리본으로 묶었다.

시뇨라는 자기 집에는 청소하는 가정부를 두지 않았지만, 눌라에게 돈을 지불하며 일주일에 두 번씩 오후에 어머니의 집을 청소해달라고 했다. 그녀의 어머니는 대하기 힘들고 성미가 까다로운 사람으로, 시뇨라에 대해서도 바보 같고 고집 세고 장점이라고는 없는 아이라고 말할 뿐 좋은 말은 해주지 않았다.

하지만 시뇨라는 그 사실을 알았다 하더라도 그냥 무시했다. 그녀는 눌라에게 작은 놀이방을 아는데 굉장히 좋은 곳이라고 소개했다. 그녀의 친구가 운영하는 곳이었다.

"저한테는 너무 비쌀 거예요." 눌라가 슬픈 목소리로 말했다.

"아이를 맡기는 대가로 당신이 청소만 몇 시간 해주면 아주 좋아할 거예요."

"하지만 다른 부모들이 좋아하지 않을 텐데요. 청소부의 아이가 같이 있으면요."

"그런 생각은 하지 않을 거예요. 어쨌거나 알지도 못할 텐데요." 시뇨라는 아주 단호했다. "놀이방에 가게 돼서 좋겠구나, 리처드?" 시뇨라는 아이들에게도 어른 대하듯 말하는 아주 멋진 습관이 있었다. 절대 아기 같은 목소리를 내지 않았다.

"나는 리거예요." 아이가 말했다. 그때부터 아이는 리거라는 이름으로 불렸다.

리거는 놀이방을 좋아했고, 누구도 리거가 다른 아이들보다 두 시간 먼저 온다는 사실을 몰랐다. 그 두 시간 동안 리거의 엄마는 청소를 하고 여기저기 닦고 그날 하루 놀이방을 시작할 준비를 했다.

시뇨라를 통해 눌라는 근처에서 다른 일자리도 몇 개 구했다. 미용실에서도 청소를 했는데, 그곳 사람들은 그녀를 한식구처럼 대했고 심지어 아주 비싼 부분염색도 공짜로 해주었다. 부두에 있는 엔니오스라는 식당에서도 일주일에 몇 시간씩 일했는데, 그곳 사람들도 그녀를 가족처럼 대하며 점심때가 되면 늘 파스타를 권했다. 그리고 나면 눌라는 리거를 데리러 갔다. 리거를 데리고 나오면서 다른 아이들도 함께 데리고 세인트스티븐그린 공원까지 걸어가 오리들에게 먹이를 주었다.

눌라의 가족은 리거의 존재를 까맣게 몰랐다. 그냥 그렇게 두는 편이 더 편할 것 같았다.

대가족에서 흔히 그러듯, 떠나간 자식들은 고향집과는 점점 멀어졌다. 이따금 크리스마스가 돌아오면 그녀는 스토니브리지가, 그리고 시디 자매의 집에서 자신이 트리를 장식하면 그들이 장식

하나하나의 사연을 들려주던 날들이 떠올라 외로움에 젖어들었다. 그녀는 어머니와 아버지를, 크리스마스에 식구들이 먹을 거위 요리를, 고향을 떠나 사는 모든 사람들—특히 미국으로 건너간 두 언니와 버밍엄에 사는 오빠, 더블린에 사는 네이시와 그녀 자신—을 위해 그들이 올릴 기도를 생각했다. 하지만 그녀의 삶은 외롭지 않았다. 리거가 있는데 어떻게 외로울 수 있겠는가? 그들은 서로가 없으면 못 살았다.

그녀가 어쩌다 네이시 오빠에게 연락을 했는지는 그녀 자신도 잘 기억나지 않았다. 아마도 미스 퀴니에게서 온 또 한 통의 편지 때문이었을 것이다. 모든 상황을 아주 낙관적으로 보는 미스 퀴니는, 아마도 네이시가 더블린에서 혼자 외롭게 생활하고 있을 거라면서 고향 식구를 만나면 좋아할 거라고 했다.

눌라는 네이시에 대한 기억이 거의 없었다. 그는 대가족의 장남이었고 그녀는 막내였다. 눌라에게 학교에 다닐 만큼 큰 아들이 있다는 사실을 알아도 그는 충격을 받거나 놀라지 않을 것이었다.

한 번쯤 연락을 해보는 것도 괜찮을 듯했다.

눌라는 리거의 손을 잡고 네이시가 일하는 정육점을 찾아갔다. 그녀는 흰 가운을 입은 채 큰 칼로 능숙하게 양고기를 써는 오빠를 한눈에 알아보았다.

"나는 오빠 여동생 눌라야. 이 아이는 리거고." 그녀가 간단히 말했다.

리거는 겁먹은 듯 그를 올려다보았고, 눌라는 오빠의 얼굴을 한참 동안 뚫어져라 바라보았다. 그 순간 네이시의 얼굴에 환한 미소가 떠올랐다. 그는 그녀를 만난 것이 정말로 기쁜 것 같았다. 오 년이라는 시간을 왜 그냥 흘려보낸 걸까. 오빠가 자신을 알고 싶어하지 않을지도 모른다고 염려하면서.

"십 분 있으면 휴식 시간이야. 길 건너 카페에서 기다려. 멀론 사장님, 여기는 제 여동생과 여동생의 아들 리거예요."

"얼른 가봐, 네이시. 할 이야기가 아주 많겠구나." 멀론 씨는 친절했다. 그리고 그들 사이에 이야기가 봇물 터지듯 쏟아져나왔다.

네이시는 편안한 성격이었다. 리거의 아버지가 누군지 묻지 않았고, 자신에게 연락하기까지 왜 그렇게 오래 걸렸는지도 묻지 않았다. 그는 그녀가 일하는 곳들에 관심을 보였고, 멀론 씨 부부가 집에서 일손을 도울 사람을 찾고 있는데 아주 점잖은 가족이라고 했다. 그녀는 그 집에서 일하는 것도 괜찮겠다고 생각했다. 그는 딩고라는 이름의 조카와도 연락하고 지냈다. 딩고는 선량한 청년으로 꿈과 허황된 생각을 품고 살았으며 자기 트럭으로 배달일을 했다. 그는 혼자 살았지만, 자신과 거래하는 사람들이 빈자리를 메워준다면서 그들이 사는 이야기를 듣는 게 좋다고 늘 말했다. 친척이 새로 나타난 것을 알면 그도 좋아할 터였다.

네이시가 고향집 소식을 물었지만 눌라도 자세한 이야기는 알지 못했다.

"식구들은 리거의 존재를 몰라." 그녀가 말했다. 굳이 그 말을 꺼낼 필요조차 없었다. 그는 알고 있었다.

"식구들한테 너무 많은 사실을 알려줘서 부담을 지울 건 없지." 그가 믿음직스럽게 고개를 끄덕이며 말했다.

그는 자신에게 맞는 짝을 아직 찾지 못했지만 언젠가 만날 꿈을 버리지는 않았다고 했다. 퍼브에서 여자를 만나고 싶지는 않았는데, 솔직히 거기가 아니면 어디서 만나겠는가? 젊은 애들이 다니는 댄스클럽 같은 곳에 가기에는 너무 나이를 먹었다.

그날 만난 이후로 그는 눌라와 리거에게 삶의 일부가 되었다.

그는 동물원 관리인을 알고 있고 리거에게 자전거를 가르쳐주고 조카의 첫 시합에 따라가는 이상적인 삼촌이었다. 리거가 열한 살이 됐을 때 학교에서 나쁜 아이들과 어울려 다니며 가게를 털다가 몇몇 가게에서 쫓겨났다는 걸 눌라에게 알려준 사람도 네이시였다.

그녀는 깜짝 놀랐지만, 리거는 대수롭지 않게 여기는 듯했다. 모두 그러는걸요. 가게에서도 다 알아요. 다 그렇게 돌아가는 거죠, 뭐.

그다음에 리거는 노인들을 협박해서 매주 나오는 연금을 갈취하는 사건에 가담했다. 그 사건은 소년법원에 넘겨졌고 리거는 집행유예를 선고받았다.

창고에서 텔레비전을 훔치다 붙잡혔을 때는 소년원에 보내졌다.

눌라는 자신이 그렇게 많이 울 수 있는지 몰랐다. 충격에서 헤어날 수가 없었다. 그녀의 귀여운 아들에게 무슨 일이 생긴 것인가? 언제 이렇게 됐지? 이제는 그 무엇도 의미가 없었다. 일도 그저 일에 불과했다.

케이티스 미용실이나 엔니오스 레스토랑, 집들이 다닥다닥 붙은 세인트잘라스 크레센트에서 사람들이 나누는 대화를 그녀는 거의 듣지 않았다. 한때는 그녀도 그곳에서 사람들 틈에 끼어 즐겁게 대화를 나누곤 했었다.

그녀는 아들에게 매주 편지를 쓰기로 결심했지만 아들이 무엇에 관심이 있는지 도무지 알 수가 없었다.

혹시 축구에 관심이 있을까. 그래서 그녀는 석간신문을 펼쳐서 다음 시합 날짜를 찾아보고 리거가 좋아할 만한 영화가 있는지도 살펴보았다. 일주일마다 편지를 보냈다. 리거가 답장을 할 때도 있었고 그러지 않을 때도 있었다. 하지만 그녀는 한 주도 거르지 않았다.

그 무렵 아버지가 병환으로 숨져서 그녀는 장례식에 참석하러 스토니브리지에 갔다 왔고, 리거에게 그 이야기를 해주었다. 고향을 떠난 지 그토록 오랜 세월이 지난 지금, 다시 가보니 그곳이 너무도 작게 느껴져 낯설었다는 내용도 썼다. 아는 사람도 거의 없고 언니 오빠들은 처음 보는 사람들 같았다. 어머니는 작고 늙어 보였다. 너무 많은 것이 변해서 엉뚱한 곳을 찾아간 느낌이었다.

리거는 그 편지에는 답장을 했다.

엄마의 아빠가 돌아가셨다니 유감이네요. 우리는 왜 할아버지를 만나러 간 적이 없어요? 왜 그곳에 찾아가지 않았나요? 여기 아이들은 할머니와 할아버지 이야기를 많이 해요.

눌라가 답장을 보냈다.

네가 집에 돌아오면 기차를 타고 스토니브리지에 가보자. 가보면 알게 될 거야. 이야기가 길어서 편지로 쓰는 것보다 말하는 편이 더 쉬울 것 같구나.

소년원에서 나와 집에 돌아왔을 때 리거는 열여섯 살이었다. 눌라의 어머니는 이미 세상을 떠난 뒤였다.

장례식에는 네이시 혼자 갔다. 눌라는 가지 않았다. 아버지를 묻는 것을 보러 갔을 때 마음이 무척 불편했기 때문이었다. 그녀는 이웃들이 자기를 이상하게 쳐다봤다고, 또 자기가 꼬박꼬박 집에 찾아가지 않은 것 때문에 미국에 사는 언니들이 화가 나 있었다고 믿었다. 버밍엄에서 돌아온 오빠는 그녀더러 이젠 더블린에서 즐기며 돌아다닐 게 아니라 정착해서 가정을 이룰 때라고 말하면서 아주 짜증나는 설교를 늘어놓았다.

네이시는 가족들에게 이따금 눌라를 만난다고만 했을 뿐 다른 말은 하지 않았다. 그는 사람들에게 너무 많은 사실을 알려서 부담을 지워서는 안 된다는 원칙을 지켰다. 그가 고향 소식을 갖고 돌아왔다. 시디 자매 중 둘이 먼저 세상을 떠났다. 이제 미스 퀴니만 남았다.

그러던 어느 날, 치키 스타가 미국에서 돌아와 스톤하우스를 매입한다는 소식이 들려왔다. 미스 퀴니는 죽는 날까지 거기서 살면서 치키와 함께 그 집을 호텔로 개조할 계획이라고 했다.

눌라는 치키를 아주 또렷이 기억하고 있었다. 그들은 같이 학교에 다녔다. 치키는 월터 스타라는 미국인과 결혼해 뉴욕에 갔다. 눌라는 뉴욕으로 치키에게 편지를 써 보낸 적이 있었다. 치키의 남편은 불쌍하게도 끔찍한 자동차 충돌 사고로 죽었다고 했다.

널찍하게 자리잡은 그 집을 어떻게든 손봐서 사람들이 돈을 내고 묵을 만한 호텔로 개조하면 치키는 자신에게 딱 맞는 일을 하게 되는 것이었다.

집에 돌아온 리거는 소년원에서 보낸 시간에 대해 별로 말하지 않았다. 그저 이런저런 일들을 조금씩 배웠다는 말만 했다. 하지만 어떤 일도 특출하게 잘하지는 못했다. 소년원에서 건물 공사를 좀 했다고 했다. 한 주는 회반죽을 발랐고 또 한 주는 땅을 팠다. 네이시는 멀론 씨의 정육점에 리거를 취직시켜보겠다고 했지만 아주 힘든 시절이었다. 슈퍼마켓에서 포장된 고기를 구입하는 사람들이 점점 더 많아졌다.

시뇨라는 눌라에게 리거가 다시 학교에 다니고 싶어하는지 물었다. 그렇다면 자기가 공부를 좀 가르쳐 학교 수업을 따라갈 수 있게 도와주겠다고 나섰다. 하지만 리거는 원하지 않았다.

학교는 다닐 만큼 다녔다고 그는 말했다.

눌라는 리거가 과거에서 손을 씻었기를, 새 친구를 사귀고 다른 삶을 살아가기를 간절히 바랐다.

하지만 리거가 몇 주 동안 집에 발걸음도 거의 하지 않자, 눌라는 아들이 예전에 어울리던 친구들과 다시 연락한다는 걸 깨달았다. 몇몇 친구들은 더이상 이곳에 살지 않았다. 두 명은 수감중이었고 한 명은 도주중이었다. 아마 잉글랜드에 갔을 것이다. 나머지는 끊임없이 경찰의 감시를 받고 있었다.

리거는 뭘 하든, 죄를 또 지으면 범죄자로 기록이 남는다는 경고의 말을 들었다.

그는 일찍 집을 나갔다가 밤늦게 귀가했지만 뭘 하다 왔는지 어떤 설명이나 해명도 없었다. 어느 밤 그녀는 고함을 지르고 후다닥 뛰어가고 문을 쾅쾅거리는 소리를 들었다. 어둠 속에서 바들바들 떨면서 경찰이 사이렌을 울리며 도착하기를 기다렸다. 하지만 아무도 나타나지 않았다.

다음날 아침 그녀는 해쓱해진 얼굴로 불안에 휩싸여 있었지만, 리거는 누가 봐도 푹 잘 잔 것 같았고 아무 걱정도 없어 보였다. 리거가 일자리를 찾으러 나간다고 하자 그녀는 마음이 놓였다.

리거가 친구 둘을 데리고 정육점에 나타났을 때 네이시는 깜짝 놀랐다. 놀라기는 했어도 그다지 기쁜 마음은 아니었다.

리거가 온 것은 허드렛일이라도 있는지 물어보기 위해서였다. 예컨대, 마당이라도 청소할까요?

네이시는 리거가 합법적인 일에 관심을 보이는 것이 기뻐서 멀론 씨에게 이 아이들이 몇 시간만 일을 해도 되겠는지 물었다. 그들은 칭찬을 받아도 될 만큼 일을 썩 잘했다. 네이시는 그 사실을 눌라에게 즐거운 마음으로 알렸다. 그 녀석들이 일을 끝낸 대가로 몇 유로를 받은 뒤 뿌듯해하며 떠나더라고.

눌라는 그제야 숨을 제대로 쉴 수 있었다. 어쩌면 별일 아닌 것에 지나치게 수선을 피웠는지도 모른다.

이틀 뒤 네이시는 늦은 밤에 산책을 나갔다가 정육점 앞을 지나게 되었다. 그는 습관적으로 정육점 경보기를 올려다보았는데 놀랍게도 경보기가 켜져 있지 않았다. 그가 경보기 스위치를 '작동'으로 돌려놓지 않고 퇴근한 적은 한 번도 없었다. 그는 더럭 겁이 나서 안으로 들어갔다. 가게 뒤쪽 냉동실에서 웅성거리는 소리가 들렸다.

그가 들어가서 보니 남자 셋이 커다란 소고기 덩어리들을 뒷마당에 세워놓은 밴에 옮겨 싣고 있었다.

그가 그들에게 달려들자 그중 하나가 커다란 고깃덩이를 내려놓더니 쇠지레를 들고 덤볐다.

"무슨 짓을 하는 거요?" 네이시가 외쳤다. 그 사내가 그를 후려치려는 찰나 어디선가 어떤 목소리가 들려왔다. "놔둬. 놔두라고, 제발 좀."

쇠지레를 든 손이 멈추었다. 네이시는 자신을 보호해준 사람이 조카 리거임을 알아보았다.

"어떻게 이럴 수가, 리거?" 네이시는 눈물이 흐를 것 같았다. "일한 대가로 돈을 받아가놓고 이제 그 사람들의 고기를 훔치러 왔구나."

"입 닥쳐요, 삼촌. 돌았어요? 여기서 나가요. 삼촌은 여기 안 온 거예요, 알아들었어요? 집에 돌아가서 아무 말도 하지 말아요. 걱정은 하지 말고요."

"아니. 그럴 수 없어. 멀론 씨의 생계가 이런 식으로 사라지는 걸 보고 있을 수만은 없어……"

"멀론 씨는 보험을 들어뒀잖아요, 삼촌. 상식적으로 좀 생각을 해봐요."

"네가 이럴 수는 없어. 고깃덩이를 어떻게 할 생각이지?"

"토막을 내야죠. 마운틴뷰 주택단지를 돌면서 팔 거예요. 그 근방 사람들은 모두 값싼 고기를 사고 싶어하니까요. 네이시 삼촌, 여기서 나가요, 네?"

"안 가. 이 일도 잊어버리지 않을 거고."

"리거, 네가 저 작자 입을 다물게 하지 않으면 내가 하지." 다른 친구 하나가 말했다.

네이시는 몸이 문밖으로 떠밀려나가는 걸 느꼈다. 그의 얼굴에 리거의 숨결이 뜨겁게 와닿았다.

"젠장, 네이시 삼촌. 생각이 조금이라도 있는 거예요? 이 자식들이 삼촌 머리를 후려칠 거예요. 나가요. 얼른 달아나요, 달아나라니까요!"

네이시는 눌라의 집까지 한달음에 달려가 어떤 일이 벌어졌는지 말했다. 그들은 하얗게 질린 얼굴로 앉아 머그잔에 차를 마셨다.

"내가 직접 말하지 않더라도 멀론 씨가 어떻게든 알아낼 거야. 그분은 바보가 아니니까. 문을 열고 들어가 정육점이 그 꼴이 된 걸 보고서 그 세 녀석을 의심하지 않을 사람이 누가 있겠어? 게다가 멀론 씨는 리거가 내 조카라는 걸 알고 있어."

"정말 미안해, 네이시." 눌라가 울었다.

"리거를 어떻게 할지 생각해봐. 이 일 때문에 감방에 가게 될 수도 있어." 네이시가 말했다.

"전부 내 잘못이야. 그애가 엇나가지 않게 내가 막았어야 했는데. 그애를 위해 돈을 버느라 너무 바빴어. 받지도 않을 교육에 쓴답시고 돈만 모았으니."

"그만해. 네 책임이 아니야."

"내 잘못이 아니면 누구의 잘못이겠어?"

"지금은 잘잘못을 가릴 때가 아니야. 그애를 숨겨야 해. 경찰들이 그애를 찾으러 여기로 올 거야."

"그애를 스토니브리지로 보낼 수 있을까?" 그녀의 얼굴에 절망감이 떠올랐다.

"하지만 거기서 누가 그애를 돌보지? 게다가 너는 그애의 존재를 알리는 걸 원치 않는 줄 알았는데."

"그애가 감옥살이를 하는 것도 원하지 않아. 다른 사람이 그애를 알고 말고는 이제 중요하지 않아."

"누구도 그애를 다루지 못할 거야." 네이시가 말했다. "그애가 살면서 일할 곳만 있다면……"

눌라는 그런 곳이 없을지 곰곰이 생각했다.

"스톤하우스에서 치키를 위해 일할 수 있을까? 얼마 전에 미스 퀴니가 일손을 도울 사람을 찾는다는 편지를 보냈는데."

"진득하게 있을 애가 못 돼." 네이시가 고개를 저었다.

"거기냐 감옥이냐 둘 중 하나라면 거길 갈 거야."

"치키한테 전화해봐." 네이시가 말했다.

네이시는 통화 내용을 듣지 못했다. 거리로 나가 리거가 돌아오기를 기다렸기 때문이었다. 리거가 달려오는 것이 보였다. 리거가 돌아왔다. 얼굴은 하얗게 질렸고 손은 부들거렸다. 자기 잘못은 전혀 생각하지 않고 전부 남 탓만 하려 들었다.

"내가 잘못되면 다 삼촌 탓이에요. 다른 애들이 나를 쫓아냈어요. 우리 손에 들어온 걸 나한테는 나눠주지 않았어요. 정말 억울해요. 그 일을 꾸민 건 나라고요. 내가 그 안에 들어갈 수 있게 해줬어요."

"그래, 네가 그랬지." 네이시가 침울하게 말했다.

"다른 애들한테 삼촌은 우리를 신고하지 않았을 거라고 말했지만 그애들은 내 말을 믿지 않았어요. 삼촌이 벌써 경찰서에 갔을 거라면서요. 그랬어요?"

"아니." 네이시가 말했다.

"어쨌거나 그건 다행이네요. 왜 가라고 할 때 그냥 가지 않았어요?"

"갔잖아. 네 말대로 달아났잖아."

"그러면 일러바치지 않을 거죠?" 리거는 어린애처럼 보였다.

"내 입으로 말할 필요도 없어, 리거. 멀론 씨라면 스스로 알아낼 거야."

"제기랄, 이래도 멀론 씨, 저래도 멀론 씨. 삼촌은 자기 생각이 없어요?" 리거가 빈정댔다. "삼촌은 멀론 씨한테 네, 사장님, 네, 사장님, 두말하면 잔소리죠, 하고 말하는 대신 자기 생각대로 행동할 만큼 나이 먹은 어른 아닌가요?"

"내가 입을 철석같이 다물고 있다 해도 경찰이 너를 찾아낼 거야." 네이시가 말했다.

"닥치고 잘 들어, 리거." 눌라가 느닷없이 말했다.

리거는 깜짝 놀라 그녀를 쳐다보았다. 어머니의 얼굴에 용서할 수 없다는 단호함이 떠올라 있었다. 어머니가 그에게 이토록 언성을 높인 것은 처음이었다.

"오늘밤 너를 더블린에서 떠나보낼 거야. 그리고 넌 다시는 돌아오지 않을 거고."

"네?"

"오늘밤 스토니브리지에 간다는 화물트럭 운전기사가 있어. 너는 그 사람을 따라갈 거야. 그 사람이 너를 스톤하우스까지 데려다줄 거고."

"스톤하우스가 뭐예요? 학교 같은 데예요?" 리거는 더럭 겁이 났다.

"네 엄마가 젊었을 때 일하던 곳이란다. 너를 낳으려고 그곳을 떠났지. 아주 오래전에. 네가 안겨줄 기쁨과 자부심을 고대하며 부푼 가슴으로." 네이시의 목소리가 그렇게 비장했던 적이 없었다.

리거가 무슨 말을 하려 했지만, 삼촌은 한마디도 용납하지 않았다. "짐을 꾸려라. 네 전화기는 내게 줘. 어디로 가는지 아무한테도 말하지 말고. 내일 아침 멀론 씨네 정육점이 문을 열 때쯤이면 너는 스토니브리지에 도착한 뒤일 거야."

"하지만 어쨌거나 경찰이 찾아낼 거라면서요."

"네가 여기 없으면 그러지 못할 거야. 네가 어디로 갔는지 아는 사람이 아무도 없으면 불가능하지."

"엄마, 그 말이 맞아요?"

"이번 한 번은 치키가 도와줄 거야. 치키가 운전기사를 소개해줬으니까. 일주일 동안 너를 데리고 있으면서 어떻게 할지 생각해보겠대. 뭐든 네 못된 버릇이 또 튀어나오면 치키가 거기 경찰을 부를 거야. 그러면 경찰이 너를 다시 이리로 보낼 거고, 너는 무슨 일이 일어났는지 깨달을 새도 없이 철창신세가 되어 있을걸."

"엄마!"

"'엄마'라고 부르지 마. 나는 너한테 좋은 엄마가 아니었어. 가족인 척했을 뿐이지. 그게 전부였지만 그것도 오늘밤으로 끝이야."

"네이시 삼촌?"

"왜?"

"삼촌이 곤란해질까요?" 리거가 물었다. 그가 자기 말고 다른 사람도 걱정할 수 있음을 보여주는 첫 조짐이었다.

"모르겠구나. 두고 봐야지. 멀론 씨에게 그 일에 대해서는 정말 미안하다고 말할 거야. 너한테 마당일을 시키라고 부탁한 것 말이야. 그건 정말로 정말로 많이 미안하니까."

"잘리지는 않겠죠?"

"누가 알겠니? 그러지 않기를 바라야지. 그렇게 오래 일했는데, 실수 한 번에 그렇게 된다면."

"다른 애들은……"

"네가 말한 것처럼 그애들은 너를 쫓아내고 자기들끼리 달아났어. 그애들은 너를 생각하지 않을 거다. 그애들 걱정은 하지 않아도 돼."

"하지만 그애들이 잡히면요?"

"잡히겠지. 하지만 너는 멀리 가서 새 일을 시작할 거야." 네이시는 침착하고 냉정했다.

그다음부터는 모든 일이 순식간에 일어났다. 침묵 속에서 리거의 가방이 꾸려졌다. 운전기사가 빈 트럭을 몰고 도착했다. 그는 말없이 앞좌석을 가리켰다. 아일랜드를 가로질러가는 여정에 대화는 거의 없을 터였다.

리거가 작별인사를 하려는 순간 어머니가 외면했다. 리거는 눈물을 글썽였다.

"죄송해요, 엄마." 그가 말했다.

"그래." 눌라가 말했다.

그리고 리거는 떠났다. 거기까지 가는 길이 그렇게 먼 줄은 정말 몰랐다. 앞으로 어떤 일이 기다리는지도 그는 몰랐다. 운전기사와는 어떤 이야기도 절대 해서는 안 된다고 했다. 양옆으로 작고 어두운 들판이 스쳐지나갈 때 리거는 창밖을 내다보았다. 이런 곳에서 사람들이 어떻게 살지? 이따금 길에는 토끼와 여우가 죽어 있었다. 그는 이런 짐승들이 왜 차가 지나다니는 길로 뛰어드는지 물어보고 싶었지만 대화는 금지된 듯해서, 그 대신 낙오자와 주정뱅이와 배신당한 사람들에 대한 컨트리 웨스턴 음악만 줄기차게 들었다.

스토니브리지에 도착했을 때 리거는 그 어느 때보다 기분이 가라앉아 있었다.

운전기사가 스톤하우스 정문 앞에 그를 내려주었다. 여기가 어머니가 일하던 곳이었다. 살던 곳이었다. 여기로 돌아오지 않은 게 이상할 것도 없었다. 이 근처에 어머니의 친척은 없는지 궁금했다. 아버지도 여기 살았을까? 아마 다른 여자와 결혼했겠지?

자신은 왜 그런 것을 물어보거나 알고 싶어하지 않았을까? 더블린에서 그 일이 잠잠해질 때까지 도대체 뭘 하며 기다리지? 잠잠해지기는 할까?

그는 가서 문을 두드렸다. 짧은 곱슬머리 여자가 바로 문을 열더니 입술에 손가락을 댔다.

"조용히 들어와. 미스 퀴니를 깨우면 안 돼." 그녀가 목소리를 낮추었다. 미국 억양이 약간 묻어나왔다.

치키와 퀴니라는 이 사람들은 누구지?

춥고 헛간 같은 이곳에서 내가 뭘 한다는 거지? 그는 고장난 레인지가 있는 허름한 부엌으로 들어갔다. 작은 고양이 한 마리가 그 앞에 앉아 제 몸을 덥히고 있었다. 작고 검은 삼각형 꼬리와 작고 검은 귀가 달린 흰 고양이였다. 그를 보자 고양이는 애처롭게 울었다.

리거는 고양이를 집어올려 머리를 쓰다듬어주었다. "이름이 뭐예요?"

"오늘 왔어. 너처럼. 한 시간 전에."

"키울 거예요?" 그가 물었다.

"얘가 하기 나름이지." 치키 스타는 더이상 말하지 않았다.

리거는 치키의 눈을 처음으로 쳐다보았다. "뭘 하기 나름인데요?" 그가 물었다.

"열심히 제 일을 해서 쥐를 잡고, 말썽을 일으키지 않고, 미스 퀴니한테 사근사근하게 굴고, 뭐 그런 거."

"알겠어요." 리거가 말했다. 그는 정말로 알아들었다. "제가 뭘 먼저 하면 될까요?" 그가 물었다.

"아침부터 먹어야 할 것 같은데." 그녀가 대답했다.

그렇게 시작되었다. 그의 새 인생은.

이 집을 호텔로 개조한다니, 미친 생각이었다. 이들은 도대체 어떤 사람들이 여기에, 이런 곳에 올 거라고 생각하는 것인가? 하지만 이 동네에서 그나마 할 만한 일은 그것밖에 없었다.

고양이를 이 집에 데려온 것은 미스 퀴니였다. 언덕 아래 어느 농장의 작은 집에서 고양이를 키우는데, 그 고양이가 낳은 한배의 새끼들 중 마지막으로 태어난 녀석이었다. 녀석이 살아날 수 있을지가 미지수였을 때 미스 퀴니가 그 앙증맞은 녀석을 주머니에 넣어 집에 데려오는 것으로 문제를 정리했다. 그녀가 암컷 새끼 고양이를 손바닥에 올려놓고 어르듯이 말을 걸면 녀석은 커다란 회청색 눈으로 진지하게 그녀를 쳐다보았다. 그녀는 고양이 이름을 글로리아로 정했다고 리거에게 말했다. 리거는 미스 퀴니가 오래된 흑백영화 주인공 같다는 사실을 금세 알아차렸다. 그녀는 작은 징으로 식사시간을 알리고 테이블 세팅을 제대로 하는 등 이 집에서 지켜온 전통을 유지하고 싶어했다. 그녀는 세련된 모자와 장갑을 착용하지 않고는 절대 외출하지 않았다.

그녀는 리거를 친구로 생각하는 것 같았다. 그리고 필요한 순간에 딱 맞춰 나타난 아주 유용한 사람으로 생각했다. 그녀는 비어트리스나 제시카, 그리고 오래전에 세상을 떠난 사람들에 대해 장황하고 헷갈리는 이야기를 해주었다. 그녀는 나쁜 사람은 전혀 아니었지만 그렇다고 정신이 완전히 멀쩡한 것 같지도 않았다.

치키의 충고를 유념하며, 리거는 미스 퀴니에게 잘하는 것이 얼마나 중요한지 깨달았다. 그는 매일 아침 머그잔에 차를 담아 조식실이라는 곳으로 가져갔다. 그러는 한편 글로리아에게도 먹이를 주었다.

미스 퀴니는 고양이에게 우유는 주면 안 되지만 물은 많이 주고 고양이 사료도 조금 줘야 한다고 했다. 글로리아는 무럭무럭 자라는 듯했다. 거의 온종일 잠을 잤는데, 똑똑한 고양이가 아닌 것은 분명했다. 제 꼬리가 저를 쫓아오는 다른 짐승인 줄 아는지 가끔 발작적으로 엄청난 불안 증상을 보였다. 미스 퀴니는 그 문제가 전적으로 글로리아의 탓은 아니라고 했다. 어쨌거나 꼬리와 몸통 색깔이 제각각이었으니까. 미스 퀴니는 레인지 옆 부엌 구석에 글로리아의 작은 잠자리를 만들어주었다. 글로리아가 잠들면 미스 퀴니는 그 모습을 몇 시간이고 행복하게 바라보았다.

치키는 과묵한 편이었다. 그녀는 열심히 일했고 리거도 그렇게 하기를 기대했다. 가벼운 담소도 거의 나누지 않았다.

이곳에는 할 일이 아주 많았다.

그는 허리가 아플 때까지, 바다에서 끊임없이 튀어오르는 물보라에 얼굴이 거칠어질 때까지, 무작정 방치되어 있던 스톤하우스 정원의 땅을 일궜다. 흙은 단단하고 돌이 많았고, 들장미와 검은딸기나무가 무성하게 자라 있었다. 조심한다고 했는데도 여기저기 긁히고 상처가 났다. 그는 글로리아가 따라나설 때가 가장 좋았다. 그가 땅을 파면 글로리아는 작고 검은 삼각형 꼬리를 하늘 높이 쳐들고 냄새를 맡았다. 글로리아가 덤불숲에 덤벼들어 잔가지를 잘근거릴 때 리거가 검은딸기나무를 획획 쳐내며 앞으로 나아가다가 간발의 차이로 녀석의 모가지가 날아갈 뻔한 것도 여러 번이었다. 글로리아의 끝없는 호기심은 채워질 줄을 몰랐다. 그가 일하는 동안 글로리아는 지치지도 않고 탐험을 즐겼다. 그가 삽에 기대어 쉴 때면 글로리아는 근엄하게 몸을 뒤집고 드러누워 그를 올려다보았다.

대서양의 폭풍이 저택 건물에 들이치고 비가 수평으로 퍼붓는 나날이면, 낡은 고미다락을 치우고 가구를 옮기고 목조 부분에 새로 페인트칠을 했다. 낡은 별채들은 건축업자 두어 명이 열심히 잘라내고 손질해서 더 좋게 만들었다. 리거가 그들에게 벽돌과 돌과 나무판자를 날라주었다. 그는 매일 아침 불을 땔 장작을 패고 벽난로 장작받침대를 청소했다. 그런 다음 글로리아에게 깨끗한 물과 아침식사를 부어주고 미스 퀴니에게 차를 내려주었다.

그녀는 선량한 노인이었다. 약간 정신이 나간 듯했지만 나쁜 사람은 전혀 아니었다. 그녀는 모든 것에 관심을 보였고, 그에게 언니들이 살아 있던 옛 시절에 대해 긴 이야기를 들려주었다. 그들 자매는 테니스장이 정말 갖고 싶었지만 그것을 만들 만큼 돈이 있었던 적이 없었다고 했다.

"네 엄마가 여기 있을 때는 정말 좋았지. 눌라가 떠났을 때 정말 많이 그리웠어." 미스 퀴니가 말했다. "눌라처럼 포테이토케이크를 잘 만드는 사람은 없었거든."

리거는 처음 듣는 이야기였다. 집에서 포테이토케이크를 먹어본 기억이 없었다.

리거는 부엌 뒤쪽 침실을 썼다. 밤이면 거기서 녹초가 된 몸으로 일곱 시간씩 잠을 잤다. 어느 토요일에 치키는 리거에게 버스를 타고 이웃 동네에 가서 영화를 보고 햄버거를 사 먹을 만큼 돈을 주었다.

그가 이곳에 와 있는 이유나, 숨어 지낸다는 사실을 입 밖에 내는 사람은 아무도 없었다. 그는 이 부근에서 친구를 사귈 시간도 거의 없었는데, 자신의 처지가 처지인 만큼 그 점 역시 좋았다. 그에 대해 아는 사람이 적을수록 더 좋았다.

그러던 어느 날 그는 기다리던 소식을 들었다.

네이시가 전화를 해서 자세히 알려주었다. 정육점에서 고기를 훔친 죄로 두 청년이 붙잡혔다고 했다. 법정에서 육 개월 징역형을 선고받았다.

경찰이 몇 주 동안 눌라의 집을 감시했지만, 리거가 드나드는 흔적도 없고 어디로 갔는지 아는 사람도 없자 그 문제는 그쯤에서 일단락되었다.

"그애들을 어떻게 잡았대요?" 리거가 소곤소곤 물었다.

"어떤 사람이 마운틴뷰 주택단지 관할 경찰한테 찔렀대. 뻔뻔하게도 이 집 저 집 돌아다니면서 고기를 팔았다는구나."

리거는 그 '어떤 사람'이 네이시임에 틀림없다는 것을 알았지만 말은 하지 않았다. "삼촌 직장은요?"

"아직 일하고 있어. 멀론 씨는 이따금씩 네가 달아나야 했던 사실에 대해 나와 같이 안타까워하시지. 더블린을 떠나는 게 네가 더 잘사는 길일 수 있겠다는 말도 했고."

"그렇군요."

"멀론 씨 말이 맞을지도 몰라, 리거."

"다시 한번 고마워요, 네이시 삼촌. 엄마는요?"

"알겠지만 아직은 약간 충격을 받은 상태야. 사실 엄마는 네가 소년원에서 나올 날만 손꼽아 기다리고 있었어. 너를 위해 세워둔 계획도 있었는데. 이제 다 끝났지."

"아니에요. 끝나지 않았어요. 완전히 끝난 건 아니에요. 길거리에 돌아다니던 친구들도 없어졌는데 이제 더블린에 돌아가도 되지 않아요?"

"아니, 리거, 그 친구들한테는 다른 친구들이 있지. 그애들은 갱단에 속해 있으니까. 한동안은 돌아오지 않는 게 좋겠구나."

"하지만 여기서 영원히 살 수는 없어요." 리거가 부르짖었다.

"거기서 좀더 지내야 해." 네이시가 타일렀다.

"제가 소년원에 있을 때 엄마가 편지를 보내줬던 게 그리워요."

"엄마가 너한테 편지를 쓸 수 있을 것 같지는 않구나. 아직은 아니야. 물론 너는 언제든 엄마한테 편지를 써 보낼 수 있지." 네이시가 말했다.

"그럴 수 있겠네요. 어쩌면……"

"좋아, 좋아." 네이시가 전화를 끊었다.

미스 퀴니가 어머니한테 편지 쓰는 것을 도와줄 것이다.

미스 퀴니는 정말로 큰 도움이 되었다. 그녀는 눌라의 관심을 끌 만한 것들을 말해주었다. 여기 차고가 어떻게 팔렸는지, 오하라네 새 별장들—그들을 백만장자로 만들어줄 거라고 기대했던—이 지금은 가치가 뚝 떨어져 무용지물이 되었다는 이야기 같은 것을. 성당에 존슨 신부를 보좌할 새 신부가 왔는데, 그 신부가 교구 일을 도맡아 한다는 이야기도 했다.

어머니가 답장을 하지 않았기 때문에, 리거는 어머니가 그런 이야기를 재미있게 읽었는지는 알 수 없었다.

"엄마가 왜 답장을 하지 않는 걸까요?" 그가 미스 퀴니에게 물었다.

노부인도 알 길이 없었다. 글로리아를 무릎에 앉히고 쓰다듬는 그녀의 연푸른 눈동자에, 리거를 걱정하는 안타깝고 슬픈 눈빛이 떠올랐다. 그녀는 눌라가 리거를 아주 자랑스러워해서 세례식과 첫영성체 사진도 보내줬는데 왜 그러는지 모르겠다고 했다. 혹시 치키가 알지도 모르겠다고.

그는 조바심이 나서 치키에게 물었지만 그녀는 짤막하게 대답할 뿐이었다. 어머니가 모든 것을 극복했으리라고 생각한다면, 그가 인생을 너무 낙관적으로 바라보는 거라고.

"네 엄마가 한밤중에 나한테 전화를 걸기는 쉽지 않았을 거야. 우리는 이십 년 동안이나 못 만났는데, 눌라는 자신을 도와줄 사람이 이 세상에 나밖에 없다는 말을 해야 했으니까. 그런 부탁을 하는 게 좋았을 리 없지. 나라도 싫었을 거야."

"네, 알겠어요. 하지만 엄마한테 제가 달라졌다고 말씀해주실 수 있나요?" 그가 간절히 부탁했다.

"이미 말해줬어."

"그런데 왜 엄마가 저한테 답장을 안 하실까요?"

"엄마는 전부 자기 잘못이라고 생각하거든. 그래서 네 일에 다시 관여하지 않으려고 하는 거야. 매정하게 말해서 미안하다만, 네가 물어보니까."

"네, 제가 여쭤본 거니까요." 그는 큰 충격을 받았다.

이제 리거도 그 오래된 집을 세련된 게스트하우스로 개조한다는 미친 계획에 흥미를 갖게 되었다. 고된 작업과 땅을 고르는 일이 다 끝났다. 이제는 다시 지어올릴 시점이었다. 도급업자들이 현장에 투입될 것이다. 그는 부엌 식탁에 펼쳐진 욕실과 중앙난방 도면을 감탄하는 눈빛으로 쳐다보았다. 글로리아가 도면을 이쪽저쪽 툭툭 건드리고 다녔다. 은행과 보험사 사람들을 만나서 논의할 문제가 남아 있다는 것을 그도 알고 있었다. 실내장식 디자이너는 더 나중에 만날 것이다.

치키가 불쑥 계약 조건을 바꿀 때가 되었다는 말을 꺼냈을 때 그는 마음의 준비가 전혀 되어 있지 않았다.

"네가 여기 온 지 여섯 달이 지났고, 그동안 큰 도움이 됐어, 리거." 어느 저녁 미스 퀴니가 잠자리에 든 뒤 치키가 말했다. 그는 칭찬을 듣자 기분이 매우 좋아졌다. 칭찬을 들어본 적이 별로 없던 것이다. 리거는 다음 말을 기다렸다.

"예정대로 몇 주 뒤면 건축업자들이 올 거야. 그러면 미스 퀴니를 닥터 데이의 병원이나 진료소에 모시고 다닐 사람이 필요해. 네가 운전해줄 수 있겠니?"

"네, 운전할 줄 알아요." 리거가 말했다.

"운전면허는 있어? 면허시험 같은 건 봤니?"

"그렇지는 않아요." 리거가 솔직히 말했다.

"그러면 우선 면허부터 따야겠구나. 디니한테 차고에서 운전을 배운 뒤에 면허시험을 봐. 뭘 키울 줄은 아니?"

"어떤 거요?"

"여기서 우리가 먹을 건 직접 키울 거거든. 감자나 채소, 과일 같은 거. 닭도 키워야 하고."

"진심이세요?" 이따금 리거는 치키가 미친 게 아닌가 생각했다.

"진심이고말고. 우리 호텔을 찾아오는 손님들한테 특별한 걸 제공해야 해. 시내 슈퍼마켓에서 모든 식재료를 사오는 곳이 아니라 정말로 음식다운 음식을 대접하는 곳이라는 느낌이 들게 해야 해."

"알겠어요." 리거가 대답했지만 완전히 이해하지는 못했다.

"그래서 너를 지배인으로 고용해 알맞은 보수를 주면 네가 이곳에 더 애착을 갖지 않을까 생각해봤어. 그러면 여기는 단순히 네가 숨어 지내는 곳이 아니라, 진정한 미래가 있는 진정한 직장이 되는 거야."

"여기서요? 스토니브리지에서요?" 리거는 이런 곳에서 자신의 미래를 보는 사람이 있다는 사실이 놀라웠다.

"그래, 여기 스토니브리지에서. 네가 가까운 미래에 더블린으로 돌아갈 수 있다면 모를까. 나는 네가 이곳에 정착해서 뭔가 이룰 수 있으면 좋겠어."

"저한테 이 모든 걸 베풀어주셔서 무척 감사하지만……"

"하지만 뭐, 리거? 너는 더블린에서 고깃덩이나 훔치고 자기 가게를 지키려고 애쓰는 정직한 정육점 주인들을 두들겨 패는 데서 찬란한 미래를 보는 거니?"

"두들겨 패지는 않았어요." 그가 발끈했다.

"그건 나도 알아. 그랬다면 내가 널 받아줬겠니? 네이시가 그러던데, 네가 자기 목숨을 살려줬다고. 네이시는 네가 반드시 새 출발을 해야 한다고 생각해. 그래서 내가 너한테 새 출발의 기회를 주려는 거야. 어려운 일이지만."

"제가 마음에 드세요, 치키?"

"그래, 솔직히 그렇구나. 나도 네가 마음에 들 줄은 몰랐지만 그게 사실이야. 미스 퀴니한테도 아주 잘하고, 고양이한테도 잘하고, 너는 장점이 아주 많아. 게다가 아주 젊고. 너한테 기술을 좀 가르쳐서 조금이라도 제대로 사는 모습을 보고 싶은 거야. 그런데 너는 그 마음을 외면하고 이곳에서 보낸 시간이 아무것도 아니었다고 말하는구나. 그래서 나는 지금 좀 당황스러워, 정말로."

"저는 제 인생이 이렇게 될 거라는 생각은 못했거든요."

"나도 내 인생이 이렇게 될 거라는 생각은 못했지. 하지만 살다가 어느 시점이 되면 우리도 정리할 건 정리하고 앞으로 나아가야 해."

"그래도 아주머니의 불운은 아주머니 잘못이 아니었잖아요." 리거가 말했다.

"어떤 면에서는 내 잘못이었을 거야." 그녀는 눈길을 돌렸다.

"하지만 남편분이 사고를 당해 돌아가신 건…… 그건 아주머니 잘못이 아니에요."

"그래, 그렇구나."

"지금도 저를 받아주실 생각이시면, 지배인을 해볼게요." 그가 잠시 뒤에 말했다.

"내일 아침에는 텃밭을 일구기 시작할 거고 오후에는 디니가 첫 운전 수업을 할 거야. 내일밤에는 도로 규칙을 배울 텐데 그건 미스 퀴니가 가르쳐줄 거고."

"뭐든 할 준비가 됐어요." 리거가 말했다.

"우체국에 계좌를 개설해서 매주 급여의 절반은 거기 넣고 나머지 절반은 현찰로 줄게. 그렇게 하면 너도 멋진 옷을 사 입고 여자 애랑 춤추러 갈 수 있을 거야."

"엄마랑 네이시 삼촌한테 말해도 돼요?"

"그럼 물론이지. 하지만 나라면 엄마에 대한 희망은 품지 않을 거야."

"엄마가 저에 대해 처음 듣는 좋은 소식일 거예요." 그가 말했다.

"아니, 엄마는 오래전에 네가 태어났을 때 기뻐했어. 미스 퀴니 한테 편지를 써서 다 말했대. 네 몸무게는 3킬로그램이었다던데. 하지만 지금은 상황이 다르지. 엄마가 병원에 가봐야 한다고 네이시가 그러더라. 우울증 같은 거라는데, 엄마는 들은 척도 하지 않는대."

치키는 리거의 눈에 눈물이 고였다고 생각했지만 확실하지는 않았다.

운전 수업은 착착 진행되었다. 디니는 리거가 겁은 없지만 무모하고, 반응이 빠르지만 성급하다고 말했다. 도로 규칙을 가르치는 것이 난제였지만 미스 퀴니는 저녁마다 리거에게 시험 문제 내는 것을 좋아했다.

"교외로 나갔을 때 원 안에 사선으로 줄이 그어진 표시가 보이면 그건 무슨 뜻일까?" 그녀가 물었다.

"속도를 내고 싶은 만큼 내도 된다는 뜻이요?" 리거가 답을 말해보았다.

"아니야, 틀렸어. 법정 최고 속도를 낼 수 있다는 뜻이야." 미스 퀴니는 승리를 거둔 듯 소리를 질렀다.

"제가 하고 싶은 말이 그거였어요."

"너는 네가 내고 싶은 만큼 속도를 낸다는 뜻이랬잖아." 미스 퀴니가 말했다. "그렇게 말하면 시험에 떨어질걸."

그는 거뜬히 시험을 통과했다.

그는 미스 퀴니를 차에 태워 여기저기 데리고 다녔다. 닥터 데이에게도 데려갔고, 건강검진을 받으러 병원에도 갔다. 글로리아의 난소를 제거하러 동물병원에도 갔다.

"글로리아가 자식을 낳을 수 없게 됐으니 딱하기도 하지." 미스 퀴니는 그 작은 고양이를 무릎에 앉히고 쓰다듬어주었다.

"하지만 새끼들이 태어나면 데려갈 집을 찾아야 하잖아요, 미스 퀴니. 손님들이 왔을 때 호텔에 고양이가 득시글거리는 건 곤란해요." 그는 자신을 이 계획의 일부로 생각하게 되었다는 걸 깨달았다.

"언젠가는 너도 자식을 낳고 싶겠지, 리거?" 그녀는 언제나 누구도 묻지 않는 생뚱맞은 질문을 직설적으로 던졌다.

"솔직히 말씀드리면 그럴 생각은 없어요. 자식은 보람보다 골칫거리만 더 안겨주는 것 같아요. 결국 실망만 시키잖아요." 그는 자신의 말이 야멸차게 들리는 것 같아 웃음으로 무마하려 했다. 하지만 미스 퀴니는 아예 눈치채지 못한 것 같았다.

"우리한테도 자식이 있었다면 정말 좋았을 텐데. 제시카랑 비어트리스랑 나한테도. 우리 아이들이 스톤하우스 주변에서 뛰어노는 모습을 늘 상상했었는데. 하지만 우리가 결혼을 했다면 이곳에 살지도 못했을 테니 그야말로 어리석은 상상이었지. 어쨌거나 다 꿈 같은 이야기가 됐어."

"특별히 결혼하고 싶었던 분이 있었나요, 미스 퀴니?" 리거는 그런 질문을 해놓고 자기가 놀랐다.

"한 명 있었지…… 오, 결혼까지 하고 싶었지만 안타깝게도 그 사람 가족 중에 결핵 환자가 있었어. 그 사람은 결혼이란 걸 할 수가 없었단다."

"왜 못해요?"

"결핵은 폐질환인데 그 병에 걸리면 자식들에게 유전이 되거든. 그 사람은 요양원에서 죽었어. 딱한 사람, 딱한 사람. 그 사람이 나한테 보낸 편지를 아직 가지고 있단다."

리거는 미스 퀴니의 손을 어루만지다가 순간 당황하며 글로리아의 머리를 어루만졌다. 그들은 차에 탄 채 말없이 달려 동물병원에 도착했다.

"걱정하지 마, 글로리아. 아무 느낌도 없을 거야. 게다가 삶에는 섹스와 새끼들보다 더 많은 게 있단다." 미스 퀴니는 푸르르 몸을 떠는 고양이를 의사에게 건네며 안심시키듯 말했다.

수의사와 리거는 시선을 교환했다. 수술을 앞두고 흔히 하는 대화는 아니었으니까.

글로리아를 동물병원에 맡겨놓고 리거와 미스 퀴니는 차에 올라탔다. 치키가 사오라는 물품들을 구입하기 위해서였다. 리거는 스토니브리지와 그 근방에서 자기 이름을 아는 사람이 아주 많다는 사실에 놀랐다. 자신이 성장한 곳에서 아들이 이렇게 받아들여진다는 사실을 알면 어머니도 분명 기뻐할 것이다.

하지만 어머니는 여전히 답장이 없었다.

그는 어머니에게 보내는 편지에, 갓 태어난 병아리들을 사왔는데 글로리아가 사냥 기술을 발휘해보고 싶어하는 바람에 그것들을 지켜줘야 했다는 내용을 썼다. 감자밭을 일구기가 정말 힘들었다고도 썼다. 건축업자가 담벼락 정원을 만드는 비용을 너무 많이 청구해서 자신이 직접 하나씩 돌을 쌓아올렸고 모종도 재배했다고 썼다. 그가 뭔가를 심으려고 구멍을 팔 때마다 글로리아가 그 안에 들어앉아서는 그를 심각하게 쳐다보더라는 내용도 썼다. 어쨌거나 지금은 관목이나 화초가 벽에 붙어 자라고 있었다. 그런 식물을 이스팰리어라고 불렀다. 그들은 깍지콩, 호박, 온갖 샐러드용 채소와 허브도 키웠다.

그는 카멀 히키라는 예쁜 여자애에 대해서는 어머니에게 말하지 않았다. 카멀은 고등학교 졸업시험을 치려고 열심히 공부하고 있었지만 리거가 영화를 보자거나 해변으로 드라이브를 가자고 하면 따라나섰다.

카멀의 가족을 포함한 일부 이웃들은 리거가 두 여자와 함께 스톤하우스에서 산다는 사실에 곱지 않은 시선을 보냈다.

치키는 웃어넘겼다. 사람들은 리거가 그렇게 지내는 게 이상해 보인다고 했지만 그 이상은 없었다. 치키는 그런 말에 신경쓰지 않았고, 세 사람의 삶은 편안하게 흘러갔다. 그들은 장시간 일했고,

사람들이 약속한 시간에 늦거나 아예 나타나지 않으면 그 문제를 처리했다. 그녀는 리거에게 미스 퀴니가 좋아하는 음식을 만드는 법을 가르쳤다. 미스 퀴니는 작은 스콘과 오믈렛을 좋아했다. 그는 재빨리 익혔다. 그냥 한 가지 더 배우는 것뿐이었다.

리거는 이따금 여자들이 무엇을 좋아하는지 치키에게 조언을 구했다. 카멀에게 특별한 것을 해주고 싶다고. 무엇이 좋을 것 같으냐고.

치키는 카멀이 매년 근처 타운에서 열리는 축제에 가고 싶어할 것 같다고 말했다. 불꽃놀이도 있을 것이고 범퍼카나 커다란 원형 관람차를 탈 수도 있을 것이다. 온갖 즐길 거리가 있었다.

카멀은 그곳을 매우 좋아했다.

리거가 옷을 깔끔하게 차려입고 낡은 밴에 여자친구를 태워 데리고 나가는 모습은 감동적이었다. 치키는 그들의 차가 절벽 옆길로 달려가는 것을 보며 안도의 한숨을 내쉬었다. 리거는 술을 마시지 않았기 때문에, 치키는 그들에게 위험한 일이 생길지 모른다는 걱정은 하지 않았다. 하지만 그녀도 몇 달 뒤에 어떤 대화가 오갈지는 예측하지 못했을 것이다.

카멀이 임신을 한 것이다.

카멀 히키, 열일곱 살에 곧 고등학교 졸업시험을 치게 될 소녀가 이제 열여덟인 리거의 아이를 낳게 된 것이다. 그들은 서로 사랑했다. 그래서 잉글랜드로 달아나 결혼식을 올리려고 했다. 치키를 실망시키고 이렇게 떠나게 되어 매우 미안하지만 그것이 유일한 방법이라고 그는 말했다. 낙태는 가당치 않았다. 카멀의 부모는 두 사람 모두를 죽여버릴 것이다. 카멀 히키의 가족이 너그럽게 받아줄 거라는 기대는 할 수 없었다.

치키는 이 모든 일에 부자연스러울 만큼 침착했다.

치키는 가장 먼저, 누구에게도 알리지 말라고 말했다. 어느 누구에게도.

카멀은 아무 일도 없는 것처럼 졸업시험을 쳐야 한다. 삼 주 뒤에 시험이 끝나면 그들은 여기 스토니브리지에서 결혼식을 올릴 것이고, 거기서부터 시작하면 된다.

리거는 치키가 미친 사람이라도 되는 듯 그녀를 쳐다보았다.

"치키 아주머니는 그분들이 어떻게 나올지 전혀 모르잖아요. 산 채로 제 살가죽을 벗길 수도 있어요. 그분들이 카멀한테 품은 기대가 있어요. 직장, 인생, 훌륭한 남편을 구하는 것까지요. 딸이 저처럼 막장인 남자하고 결혼하는 건 원하지 않을 거예요. 백만 년이 지나도 용납하지 못할걸요. 그러니까 달아나는 수밖에 없어요."

"지금까지 너무 많은 사람들이 달아났어." 치키가 말했다. "네 엄마도 달아났고, 나도 달아났지. 너도 달아났고. 언젠가는 멈춰야 해. 지금 멈추도록 하자."

"제가 카멀에게 뭘 해줄 수 있어요?"

"너는 여기 직장이 있잖아. 좋은 직장이야. 우체국에 모아둔 돈도 있고. 담벼락 정원 옆에 있는 작은 집에서 살게 해줄게. 거기서 가정을 꾸리면 돼. 여기서 키운 농작물은 스톤하우스에서 쓰거나 누구든 사갈 사람이 있으면 팔면 되고. 너는 그야말로 천재적인 사업가야. 요즘 세상에 이만큼 준비되어 있고 가정을 만들 능력이 있는 사람은 찾기 힘들걸."

"아니에요. 치키 아주머니는 그분들이 어떤 분들인지 몰라요."

"어떤 사람들인지 잘 알아. 나는 히키 집안을 평생 알아왔는걸. 그들이 환영할 거라는 얘기를 하는 게 아니야. 하지만 경찰을 잉글랜드에 보내 너희를 찾거나 구세군한테 너희를 추적해달라고 부탁하는 것보다는 훨씬 낫지."

"결혼을요? 여기 스토니브리지에서요?"

"네가 원하는 게 그거라면, 결혼해. 내가 보기에는 너희 둘 다 너무 어리구나. 결혼을 나중으로 미룰 수도 있어. 하지만 지금 결혼하고 싶으면 존슨 신부님은 나한테 맡겨."

"어려울 거예요."

"네가 아무 소리 하지 않고 그 집만 잘 수리하면 될 거야. 히키네 식구들한테 카멀의 임신 소식을 알리는 날 보란듯이 보여줄 수 있을 만큼 집을 완성시켜야 해."

"치키, 생각을 좀 해보세요. 그 모든 걸 삼 주나 한 달 만에 할 수는 없어요."

"내가 건설업자들에게 스톤카티지가 먼저라고 말하면 가능하지. 그리고 여기 보관해둔 가구를 네가 좀 가져가."

그녀를 쳐다보는 그의 눈빛에 희망이 깃들었다. "정말로 그렇게 생각하세요?"

"허튼 데 쓸 시간이 없어. 네 엄마한테는 말하지 마. 아직은."

"그럼요. 엄마가 미쳐버릴 거예요. 또 나쁜 소식이라고."

"모든 이야기를 한꺼번에 들으면 괜찮을 거야. 너한테 집이 있고, 제대로 된 직장이 있고, 결혼할 신부가 있다는 말을 한꺼번에 들으면 말이지. 그중에 나쁜 소식이 있니? 네 엄마가 너한테 늘 바라던 게 이거 아니었어?"

카멀 히키는 놀랄 만큼 현실적이었다. 그녀는 취직을 하기 위해 부기와 상업을 배우고 싶다면서 시험에만 오롯이 열중하겠다고 맹세했다. 리거에게는 깨어 있는 시간을 오로지 스톤카티지를 제대로 수리하는 데만 쓰라고 당부했다. 그녀는 이민선을 타고 달아나 잉글랜드에서 맨손으로 시작하지 않아도 된다는 사실에 크게 안도하는 것 같았다.

카멀은 치키를 완전히 신뢰했고, 심지어 치키가 존슨 신부를 그들의 편으로 만들어줄 거라는 것도 믿었다.

카멀이 믿은 대로 되었다. 졸업시험이 끝났을 무렵, 존슨 신부는 누가 봐도 젊은데다 아기를 가진 지 얼마 되지 않은 두 젊은이가 신성한 가톨릭 결혼식을 올리는 것은 나쁜 일이 아니라 좋은 일이라고 확신하게 되었다.

히키의 집안에서 안 된다고 한바탕 난리를 피우자 존슨 신부는 그들을 나무라면서, 하느님의 일을 가로막아서는 안 된다고 일깨워주었다.

스톤카티지를 처음 둘러보았을 때 히키 집안 사람들은 약간 놀라는 눈치였다. 그 집 덕분에 리거는 잡다한 일을 도맡는 치키의 일꾼이 아니라 누구의 지시도 받지 않는 독자적인 사람처럼 보였다. 그들은 그 집이 아주 안락하고 '잘 꾸며진' 것을 인정할 수밖에 없었다.

글로리아가 찾아와 분위기를 더욱 아늑하게 만들었다. 글로리아가 작은 레인지 앞에 앉아 제 몸을 핥는 모습은 더욱 가정적인 분위기를 자아냈다. 예전에 시디 자매가 아끼던 오래된 램프들을 꺼내 광이 나게 닦았고 낡은 카펫에서 쓸 만한 부분을 잘라내 러그를 만들었다. 전체적인 색깔은 밝은 색조로 칠했다.

결혼식은 소박하고 조용하게 치러질 것이다. 둘 다 요란한 결혼식은 피하고 싶었다.

눌라는 짧은 편지 한 장을 보내고 간단한 전화 통화를 했을 뿐이었다. 그녀는 둘의 행복을 빌어주면서, 결혼식에는 갈 수 없을 거라고 했다.

"엄마, 이곳에 와서 카멀도 만나보고 저희 집도 구경하세요." 리거는 어머니가 오지 않겠다고 할 줄은 꿈에도 몰랐다.

"못 갈 것 같구나, 리거. 가봤자 소용없어. 앞으로 둘이 잘살고 좋은 일이 생기기를 바란다. 언젠가는 너희를 꼭 보러 갈게."

"하지만 결혼식은 단 한 번뿐이에요, 엄마."

"나는 그 한 번도 없었어." 눌라가 말했다.

"엄마, 왜 아직도 저한테 이러세요? 엄마와 네이시 삼촌이 하라는 대로 했잖아요. 여기서 새로운 삶을 찾았어요. 일도 열심히 했고요. 어리석은 나쁜 짓에서 손도 씻었어요. 그런데 어째서 저희가 결혼하는 걸 보러 오지 않으시려는 거예요?"

"내가 너를 잘못 키웠어, 리거. 나는 너한테 가르친 게 없어. 너를 돌봐주지도 않았고 잘 이끌어주지도 못했어. 네가 그 꼴이 되도록 방치했어. 지금 변한 네 모습에는 내가 기여한 게 아무것도 없어. 나 없이 너 혼자 해낸 거야."

"그런 말씀 마세요. 엄마가 없었다면 저는 아무것도 아니에요. 저는 지독히 말을 안 듣는 바보 멍청이였어요. 엄마, 꼭 와주세요."

"이번에는 못 가겠구나, 리거. 하지만 언젠가는 갈게."

"아기 말인데요…… 여자아이면 이름을 눌라라고 지을 거예요."

"그러지 마. 제발 그러지 마! 너희는 그렇게 하면 내가 좋아할 줄 알겠지만 난 정말로 원하지 않아."

"왜요, 엄마? 왜 그런 말씀을 하세요?"

"나는 그럴 가치가 없는 사람이니까. 내가 언제 너한테 뭐라도 제대로 해준 적이 있었니, 리거? 네 인생에 도움이 된 일이 있었어? 혼자 그 질문을 수도 없이 해봤지만 답을 찾을 수가 없었어."

눌라는 결혼 선물로 값비싼 유리 꽃병을 보내면서, 직접 가볼 수 없어 미안하다는 말이 적힌 카드를 함께 보냈다.

카멀은 눌라를 이해했다.

"어머니가 준비되실 때까지 기다리자. 아기가 태어나면 어머니는 쏜살같이 달려오실 거야. 그때 어머니가 당신을 얼마나 잘 키웠는지 보여드리면 돼."

결혼식 당일은 그들이 기대했던 것보다 더 흥겨웠다. 네이시가 더블린에서 리거의 사촌 딩고를 데리고 결혼식에 왔다.

네이시가 나서서 카멀의 부모에게 사정을 말했다. 리거의 어머니는 올 수만 있다면 당연히 왔겠지만, 안타깝게도 먼길을 떠날 만큼 몸이 건강하지 않다고 했다. 그녀가 모두에게 안부를 전하더라고.

하지만 치키에게만은, 눌라가 점점 더 움츠러드는 것 같다고 살짝 귀띔해주었다.

네이시가 리거에게 그런 말을 해서 당황하게 만들 것까지는 없겠지만 눌라는 아들을 완전히 놓아버린 것 같다고.

결혼식 날 미스 퀴니는 진분홍색 양단 드레스를 입고 눈부시게

찬란한 모습으로 나타났다. 마지막으로 그 드레스를 입은 것이 삼십오 년 전이었다. 드레스와 어울리는 모자는 테두리에 꽃이 빙 둘러 꽂혀 있었다. 치키는 우아한 짙은 남색 실크 드레스와 재킷을 사 입었다. 무늬가 없는 밀짚모자를 구해서 테두리에 남색과 흰색 실크 꽃들을 꽂았다. 히키 부부는 이 결혼식에 쓴 돈만큼의 만족감을 누리게 될 것이었다.

치키는 스톤카티지에서 점심식사로 맛좋은 양고기 로스트를 대접했고, 히키 부부가 5성급 호텔에서나 봤음직한—정말로 가봤다면—웨딩케이크를 만들었다. 신혼여행은 생략했다. 젊은 부부는 양계장을 고치고 우유를 짜는 외양간을 짓는 등 바쁘게 움직였다. 가축시장에서 구입한 소 세 마리가 들판에서 풀을 뜯었다. 스톤카티지는 손님들에게 자체적으로 우유를 공급할 뿐 아니라 요거트와 유기농 버터까지 제공할 예정이었다. 할 일이 무지하게 많았다.

카멀은 치키가 호텔 객실을 꾸밀 색깔을 고르는 것을 도왔다. 카멀은 미적 감각이 있었고, 필요한 재료들이 있는 곳도 잘 찾아냈다. 그러는 도중에 알게 된 일부 인테리어 디자이너들의 값비싼 조언과 취향에 대해 그녀는 아주 냉소적이었다.

"솔직히 말하면요, 치키, 그 사람들은 우리만큼도 몰라요. 사실 우리보다 더 몰라요. 그래도 아주머니는 원래 이 집이 어땠는지 알고 계시잖아요. 그 사람들은 그저 이 집에 자기들이 원하는 이미지를 박아넣으려는 것뿐이에요."

하지만 치키는 이미 큰돈을 썼기 때문에 인테리어 디자이너에게 돈을 더 써도 큰 차이는 없을 거라고 했다. 지금 제대로 되고 있는 건지, 적어도 그것만큼은 알 수 있을 거라고 했다.

치키의 조카 올라는 내키지 않았지만 그렇게 하자고 했다. 인테리어 디자이너에게 한번 맡겨보자고. 올라는 치키와 다시 이야기를 나눈 끝에 런던에서 돌아와 있었다. 그녀는 몇 주 전에 치키의 팀에 합류하기로 약속했다.

그때 올라는 말했었다. "이제 스토니브리지로는 못 돌아가요. 이만큼 런던생활을 하고 난 뒤에는요. 엄마 때문에 돌아버릴걸요. 스톤하우스에서 이모랑 같이 살아도 돼요? 거기는 방이 많잖아요."

"그건 안 돼. 나는 예전에 이미 우리 가족을 충분히 힘들게 했어. 지금 또 너를 가로챘다는 비난을 받을 순 없어. 돌아와서 엄마 집에서 자도록 해."

"그럴 수는 없어요. 엄마가 하루종일 저를 들들 볶는걸요. 왜 브리짓 오하라처럼 은행가랑 결혼하지 않느냐고 말예요. 브리짓처럼 어수룩한 부자 남자도 만나지 않고 런던에서 뭘 했느냐고요."

"나도 캐슬린한테 들들 볶이고 싶지 않아. 계속 버텨봐, 올라. 네가 나랑 확실히 일하겠다고만 하면 네가 살 집을 찾아볼게. 여기에는 허물어져가는 작은 집들이 많거든. 한 채를 수리해서 쓰면 돼."

"그럼 제가 평생 스토니브리지에서 살아야 한다는 말씀인가요?"

"아니, 그건 아니야. 그 집은 나중에 임대하거나 팔면 돼. 일단 내가 먼저 너를 좀 가르친 뒤에. 다 배우고 나면 네 요리 솜씨는 더할 나위 없이 훌륭해질 거야. 하지만 그 집에 계속 남지는 마. 일을 다 끝내면 손을 털고 여길 떠날 수 있어야 해."

"이모는 기적 같은 분이에요. 정말로 그래요."

"그렇지는 않아. 그냥 경험이 많은 거지." 치키가 말했다. 결정은 내려졌다.

리거와 카멀은 모두에게 자신들의 능력을 증명하기로 결심하고 깨어 있는 내내 부지런히 노력해서 계획을 현실로 바꾸었다. 리거는 멀리 로키리지 근처 농장까지 배달을 하고 싶어했지만, 카멀은 그 지역에서 식료품점을 운영하는 사촌들이 자기네 고객을 뺏어간다고 화를 낼 거라면서 말렸다. 그들은 그 대신 마멀레이드와 잼을 만들고, 그것을 담을 작고 예쁜 병들을 구해 일일이 스톤카티지 그림을 그렸다.

치키가 그랬던 것처럼, 그들도 근방에서 장사하는 사람들을 외면하지 않고 사업을 추진할 방법을 찾아내야 했다. 기존의 업체를 대체하기보다는 새로운 서비스를 생각해내야 했다.

곧 호텔과 관광객을 위한 기념품점에서 그들의 제품을 구입해갔고, 더 공급해달라는 요청을 해왔다.

카멀은 옛날 요리책을 찾아내 처트니, 피클, 그 지방 특산물인 파도에 떠밀려온 적갈색 해초로 만든 특별히 맛있는 아이리시 모스 요리법을 배웠다. 치키는 어렸을 때 먹었던 툽툽하고 뿌연 푸딩을 기억했지만, 카멀이 만든 것은 완전히 다른 요리였다. 달걀과 레몬과 설탕을 넣어 깃털처럼 가벼운 질감이었다. 그녀는 거기 생크림을 얹고 아이리시 위스키를 뿌렸다.

미스 퀴니는 새로 태어날 아기에게 무척 관심이 많았다. 병원에서 아기가 쌍둥이라는 사실을 듣고 카멀과 리거가 깜짝 놀라 돌아왔을 때 그 소식을 처음 들은 사람도 그녀였다.

닥터 데이 모건은 웨일스 출신으로 삼십 년쯤 전에 스토니브리지에서 대리로 진료를 시작한 의사였는데, 그 소식을 전하며 매우 기뻐했다.

"기쁨은 두 배, 노력은 절반이 되겠네요." 그가 두 젊은이에게 말했지만 두 사람 다 그 말이 완전히 와닿지는 않았다.

"정말 잘됐어! 한 번에 한 가족이 완벽하게 만들어지겠구나. 게다가 쌍둥이끼리 서로 좋은 친구가 되어줄 거야." 미스 퀴니가 손뼉을 쳤다.

처음에 그 소식을 듣고 당황했던 리거와 카멀에게, 그녀의 말은 꼭 필요한 것이었다. 하나도 키우기 힘든데 둘은 불가능할 거라고 그들은 생각했던 것이다.

카멀은 처음에는 이 상황을 편하게 받아들이기가 힘들었다. 하지만 서로 대화를 나눈 끝에 그것이 특권임을 깨달을 수 있었다.

시간은 한 주 한 주 천천히 흘러갔다. 카멀은 필요한 것들을 이미 가방에 꾸려놓았다. 리거는 그녀가 숨만 깊이 쉬어도 얼른 데려갈 준비가 되어 있었다.

진통은 한밤중에 시작되었다. 리거는 침착했다. 먼저 닥터 데이에게 전화를 걸었다. 의사는 얼른 치키를 깨워 준비하도록 하라고 말했다. 병원에 가기에는 너무 늦은 것 같다면서. 십 분이면 도착할 거라고. 그들이 미처 상황을 파악하기도 전에 그가 스톤카티지의 문을 열고 들어왔다.

치키도 수건을 들고 왔다. 그녀의 침착한 태도 덕분에 그들도 마음이 진정되었다. 쌍둥이 남매가 태어나 카멀의 품에 안겼다. 동이 트기까지는 아직 한참 남은 시각이었다.

미스 퀴니가 아침을 먹으러 왔다가 치키와 닥터 데이가 커피와 함께 브랜디를 마시는 것을 보았다.

"다 놓쳤네." 그녀가 실망해서 말했다.

"삼십 분 뒤에 가서 보실 수 있어요. 지금은 거기 간호사가 있어서요. 모두 건강해요." 의사가 말했다.

"하느님께 감사를. 아기의 탄생을 축하하려면 나도 브랜디를 좀 마셔야겠는걸."

그들은 하루종일 갓 태어난 아기들을 보러 들락거렸다.

미스 퀴니는 태어난 지 몇 시간밖에 되지 않은 아기들에게서도 벌써 부모와 닮은 데를 찾아냈다. 남자아이는 리거를 쏙 빼닮았고 여자아이는 눈이 카멀과 똑같았다. 미스 퀴니는 아기들의 부모가 이름을 뭐라고 지을지 궁금해 죽겠다고 했다.

이름을 지으려면 아마도 시간이 필요할 거라고 치키가 말하려는 찰나, 두 사람이 이미 지어놓은 이름이 있다고 했다. 남자아이는 카멀의 아버지 이름을 따서 매켄, 딸은 로즈메리로 부를 거라고. 아니면 로지라고 하거나.

"그 이름은 어떻게 지은 거니?" 치키가 물었다.

"미스 퀴니의 이름이에요. 세례명이 로즈메리셨어요." 리거가 말했다.

치키는 눈물을 흘리며 그에게 미소를 지었다. 리거가, 자기 집 문 앞에 뿌루퉁하게 나타났던 반항적인 청년이 이제는 사려 깊고 다정한 사람이 되어 미스 퀴니에게 경의를 표하고 있는 것이다. 이런 벅찬 감동을 눌라와 함께 나눌 수 없다는 사실에 치키는 파도처럼 밀려오는 슬픔을 느꼈다. 눌라가 아기들의 할머니가 되어야 하는데 자신이 그 역할을 떠맡은 것 같았다. 눌라는 더블린에서 미칠 듯한 죄책감의 안개에 휩싸여 의미 없이 죽도록 일하며 지낼 게 아니라, 여기서 외할머니가 된 히키 부인과 힘을 겨루어야 했는데.

하지만 미스 퀴니를 바라보는 것은 아주 즐거운 일이었다. 지금껏 어느 누구도 그녀만큼 아기를 살뜰히 돌보지는 못했을 것이다.

"이런 일이 일어날 거라고는 생각조차 못했어!" 미스 퀴니가 경이로운 듯 말했다. "우리 자매들의 아이는 아예 세상에 태어나지 않았으니까 나한테는 조카도 없었지. 그러니까 내 이름을 딴 아이도 없었는데 이제 생긴 거야."

미스 퀴니는 연신 코를 풀고 목을 큼큼거리다 불쑥 물었다. "아기들이 태어났으니 눌라도 기뻐하겠지?"

눌라.

아직 눌라에게 이 소식을 전한 사람은 없었다.

"내가 알릴까……" 치키가 입을 열었다.

"아니요, 제가 직접 전화할게요." 리거가 말했다. 그는 자리를 옮겨 어머니에게 전화를 걸었다.

"리거니?" 눌라가 피곤한 목소리로 전화를 받았다. 아마 정말로 피곤했을 것이다. 그녀가 요즘 청소일을 얼마나 많이 맡았는지 누가 알겠는가?

"엄마도 궁금해하실 것 같아서요. 아기들이 태어났어요. 아들이랑 딸이에요."

"좋은 소식이구나. 카멀은 괜찮고?"

"네, 괜찮아요. 순식간이었어요. 아기들은 아주 건강하고요. 아주요. 둘 다 몸무게가 2킬로그램이에요. 아기들이 아주 예뻐요, 엄마."

"예쁘겠구나." 흥분했다기보다는 좀 미지근한 목소리였다.

"엄마, 저를 낳았을 땐 금방 낳았어요, 아니면 오래 걸렸어요?"

"오래 걸렸어."

"병원에는 혼자만 계셨어요?"

"음, 간호사들이 있었고 아기를 낳은 다른 엄마들도 있었지."

"하지만 엄마 옆에 있어준 사람은 아무도 없었어요?"

"없었어. 그게 지금 뭐가 중요하니? 오래전 일이야."

"엄마가 많이 속상하셨겠네요."

침묵이 흘렀다.

"아기들 이름은 로지와 매켄으로 지었어요." 그가 말했다.

"잘 지었구나."

"엄마가 딸 이름을 눌라로 하지 않았으면 좋겠다고 하셔서요."

"그래, 그랬지, 리거. 진심이었어. 사과는 그만두렴. 로지, 좋구나."

"로지는 세상을 움직이는 사람이 될 거예요, 엄마. 로지와 매켄 모두요."

"물론 그래야지."

어머니는 전화를 끊었다.

손주들이 태어났는데 대체 어떤 여자가 이렇게 무심할까? 정상은 아니었다. 하지만 그날 밤 멀론의 정육점에서 일어난 사건 이후 어머니는 정상이 아니었다. 그가 어머니를 미치게 만든 걸까?

그렇다고 풀이 죽어선 안 되었다. 그에게는 평생 최고의 날이었으니까.

그런 날을 망칠 수는 없었다.

쌍둥이를 돌봐줄 사람은 부족하지 않았다. 아기들은 그들의 집인 스톤카티지나 스톤하우스 저택이나 똑같이 집처럼 느끼며 성장했다. 치키와 카멀이 부엌 식탁에서 카탈로그나 원단 견본을 살펴보는 동안 아기들은 유모차에서 잠을 잤다. 모두가 나갔을 때에는 미스 퀴니가 가만히 앉아 귀여운 두 얼굴을 물끄러미 바라보았다. 글로리아가 질투를 느낄까봐 이따금 녀석을 무릎에 앉히기도 했다.

더블린에서 네이시가 아이린이라는 정말로 괜찮은 여자와 결혼한다는 소식을 알려왔다. 그는 리거와 카멀이 결혼식에 와주기를 바랐다.

그들이 그 문제를 의논했다. 그들은 집을 떠나고 싶지 않았지만, 그가 그들에게 힘이 되어준 것처럼 그들도 가서 네이시에게 힘이 되어주고 싶었다. 그들도 그 아이린이라는 여자가 정말로 보고 싶었다. 그들은 네이시가 연애를 할 나이는 훨씬 지났다고 생각했었다. 또한 이 결혼식은 그들이 중립적인 장소에서 눌라를 만나볼 이상적인 기회가 될 것이었다.

"아기들을 보면 좋아서 어쩔 줄 모르실 거야." 리거가 말했다.

"로지와 매켄을 데려갈 수는 없어."

"아기들을 두고 갈 수는 없어."

"두고 가도 돼. 하룻밤인걸. 치키와 미스 퀴니가 잘 돌봐줄 거야. 우리 엄마도 있고. 아기들을 돌봐줄 사람은 많아."

"하지만 엄마한테 아기들을 보여드리고 싶은걸." 리거가 여섯 살짜리 아이처럼 말했다.

"그래, 어머니가 준비되면 보여드려야지. 어머니는 아직 준비가 안 되셨어. 어쨌거나 쌍둥이를 데려가면 우리가 결혼식의 중심이 될 거야. 그날은 네이시와 아이린의 날이야."

리거는 그 말에 일리가 있다고 생각했지만, 별것 아닌 방식으로도 손을 내밀지 못하는 어머니 때문에 마음이 무거웠다. 카멀이 옳다는 것은 그도 알았다. 이번은 아니다. 어머니를 다시 볼 수 있다는 사실만으로 이번은 충분하다. 차곡차곡 진행해야 한다.

리거는 어머니를 보고도 잘 알아볼 수가 없었다. 어머니는 폭삭 늙은 듯했다. 얼굴에는 예전에 없던 주름이 자글자글했고 걷는 자세도 구부정했다.

그토록 짧은 시간에 사람이 이토록 변해버릴 수 있는가?

눌라가 카멀을 대하는 태도는 더없이 정중했지만 무서울 만큼 거리감이 느껴졌다. 퍼브에서 파티가 열리는 동안 리거는 사촌 딩고를 따로 불러냈다.

"엄마한테 무슨 문제가 있는지 말해줄 수 있어? 엄마가 엄마 같지 않아."

"한동안 저러셨어." 딩고가 말했다.

"어떠셨는데? 듣고 있는데 듣지 않는 느낌?"

"있어도 없는 사람 같달까. 네이시는 그게 다 충격 때문이라는데…… 음, 뭐 그런 일이 있긴 했었잖아."

딩고는 나쁜 기억을 들춰내고 싶지 않았다.

"하지만 지금쯤은 털어버리셨어야지." 리거가 소리쳤다. "지금은 상황이 달라졌잖아."

"네 엄마는 너를 키우는 데 완전히 실패했다고 생각하신대. 네이시 삼촌이 그랬어. 삼촌이 터무니없는 생각이라고 설득해봤지만 잘 안 되나봐."

"내가 엄마랑 이야기를 해보려면 어떻게 해야 할까?"

"네 엄마가 속으로 어떻게 느끼는지가 문제야. 음, 자기가 뚱뚱하다고 생각해서 굶어죽을 때까지 먹지 않는 사람들처럼. 그런 사람들은 자신의 실제 모습을 모르잖아. 네 엄마는 아마 심리치료를 받으셔야 할 거야." 딩고가 말했다.

"맙소사, 그렇게 심각해?" 리거가 기겁을 했다.

"저기, 너무 깊이 들어가지 않으면 좋겠어. 오늘은 네이시와 아이린의 날이잖아. 웃는 얼굴을 하고 있자, 어때?"

그래서 리거는 계속 웃음을 짓고 있었고 노래까지 한 곡조 멋지게 뽑아냈다. 〈The Ballad of Joe Hill〉이라는 노래였다.

네이시는 결혼 소감을 말할 때 리거와 딩고의 어깨에 팔을 두르며, 자신은 서구 사회에서 가장 훌륭한 조카 둘을 두었다고 말했다.

리거는 어머니를 쳐다보았다. 텅 빈 듯한 표정이었다.

카멀은 누가 알려주지 않아도 모든 사실을 알아차리고 상황을 대부분 이해했다. 그녀가 대략적인 정황을 파악하는 데는 긴 시간이 걸리지 않았다. 그녀는 리거나 가족과 별 상관이 없는 주제로 시어머니에게 말을 걸었다. 하지만 주제를 하나씩 던질 때마다 땅에 툭툭 떨어지는 느낌이었다. 텔레비전 프로그램에 대해 물어도 소용없었다―눌라에게는 텔레비전 자체가 없었다. 영화도 거의 보러 가지 않았다. 책을 읽을 시간도 없었다. 경기 불황 때문에 괜찮은 일자리를 구하기가 어렵다고 했다. 어디에서 일하건 최저임금 이상은 받지 못했다. 요즘 여자들은 예전처럼 입던 옷을 눌라에게 주지 않고 인터넷에 올려 팔았다.

눌라는 질문에 대답은 했지만 마치 경찰서에서 면담을 하는 것처럼 보였다. 정상적으로 대화를 주고받는 느낌이 아니었다. 스토니브리지 사람들이 모두 잘 지내면 좋겠다는 말은커녕, 손자와 손녀 안부도 묻지 않았다.

"혹시 술을 드세요, 어머니?" 카멀이 물었다.

"아니, 안 마셔. 여태 술 마시는 버릇은 들인 적이 없어."

"리거도 술은 안 마셔요. 우리가 사는 이 나라에서는 흔치 않은 일이잖아요. 하지만 저는 가끔 와인 한잔 하는 건 좋아하거든요. 한잔 가져올까요?"

"그러고 싶으면, 그러렴." 눌라가 말했다.

카멀은 그들이 앉은 작은 테이블로 화이트와인 두 잔을 가져왔다.

"신부와 신랑에게 행운이 있기를." 그녀가 말했다.

"아무렴." 눌라가 기계적으로 잔을 들어올렸다.

"이런 말씀을 드려도 될지 모르겠지만, 말씀드릴게요. 저는 리거를 진심으로 사랑해요. 리거는 완벽한 남편이고 완벽한 아빠예요. 어머니는 그이가 그런 역할을 하는 걸 본 적이 없어서 모르실 거예요. 리거는 하느님이 주신 시간을 전부 일하는 데 써요. 하지만 그이가 한 가지 부족한 게 있는데…… 그이는 아들이 아니에요. 리거는 지금 누구의 아들도 아니에요. 자신이 아빠가 되고 보니까 그이도 자기 아버지에 대해 알고 싶어해요. 그이가 아버지에 대해 어머니한테 물어보는 일은 백만 년이 지나도 없겠지만요. 그보다 훨씬 더 중요한 일은 어머니를 되찾는 거예요. 그이는 지금 누리는 이 좋은 삶을 정말로 어머니와 함께하고 싶어해요."

눌라가 놀라서 그녀를 쳐다보았다.

"내가 죽지는 않았잖니." 눌라가 말했다.

"이 말씀만 다 드리고 나면, 다시는 이 문제를 언급하지 않겠다고 약속할게요. 그이한테는 퍼즐의 한 조각이 빠져 있어요. 어머니가 바로 빠진 한 조각이에요. 그이는 어머니가 나쁜 엄마였다고 생각한 적이 없어요. 그이가 어머니 이야기를 할 때는 훌륭하시다는 말만 해요. 제 아들 매켄이 저에 대해 그처럼 좋은 말을 해준다고 생각하면 저는 죽을 때까지 행복할 거예요. 어머니더러 뭘 어떻게 해달라는 건 아니에요. 제가 말씀드린 건 다 잊으셔도 돼요. 그이한테는 말하지 않을 테니까요. 그이가 아기들을 데려와 어머니께 보여드리자고 하는 걸 제가 말렸어요. 언젠가는 아기들도 눌라 할머니를 만날 수 있겠지만 먼저 어머니가 준비되셔야 한다고요. 어머니는 그이가 제멋대로 자라게 방치한 것에 대해 죄의식을 느낀다고 말씀하시지만요, 그이는 지금 자신이 어머니 삶의 균형을 깨뜨리고 망쳐놓은 것 때문에 죄의식을 느껴요."

"균형을 깼다고?"

"음, 사실이 그렇지 않나요? 지금 균형이 어긋나 있으시잖아요. 눈금을 고치려면 누군가의 도움을 받으셔야 해요. 다리가 부러졌을 때랑 같아요. 누가 고쳐주지 않으면 낫지 않아요."

"의사는 필요 없어."

"누구든 살다보면 언젠가는 의사가 필요해요. 왜 해보지도 않으세요? 해도 소용없으면 소용없는 거겠지만요. 하지만 해보기는 하셔야죠."

눌라는 아무 말도 하지 않았다.

카멀은 이쯤에서 멈추기로 했다. "저희는 언제나 준비가 돼 있어요. 그이는 다시 아들로 살아야 해요. 제가 드리고 싶은 말씀은 이게 전부예요. 진심으로요." 그녀는 눌라의 눈을 감히 쳐다볼 수 없었다. 그녀가 지나치게 관여한 것 같았다.

이 여인은 마음이 온전하지 않았다. 그녀는 자기만의 세계에서 살았다. 카멀이 한 말은 그녀를 더욱 속상하고 당황스럽게 만들었을 뿐이었다.

하지만 카멀은 이 여인의 주름지고 긴장된 얼굴이 약간은 변한 것 같다고 생각했다. 눌라는 아직 아무 말도 하지 않았지만 확실히 덜 긴장돼 보였다. 테이블 모서리를 꽉 잡았던 손에도 힘이 풀렸다.

그녀의 상상이었을까, 진짜였을까?

카멀은 자신이 이미 차고 넘칠 만큼 충분히 말했다는 것을 알았다. 더는 말하지 않을 것이다. 그녀는 가만히 앉아 있었다. 아주 긴 시간이 흐른 듯했지만 어쩌면 일이 분에 불과했을 것이다. 그들의 주위에서 결혼식 손님들이 〈Stand By Your Man〉을 부르고 있었다.

리거가 그들에게 다가왔다.

"몇 분 있으면 신랑 신부가 떠날 거예요. 두 사람에게 뿌릴 색종이 조각을 가져올까요?" 그가 물었다.

그 순간 카멀은 눌라의 얼굴 표정이 달라진 것을 깨달았다. 그녀는 아들의 진지하고 행복한 얼굴을 분명 아까와는 다른 눈빛으로 바라보고 있었다. 이제 그녀는 아들에게서 자신이 망쳐놓았던 누군가가 아니라, 자신감 있고 바위처럼 굳건한 자랑스럽고 행복한 젊은이의 모습을 보는 것 같았다.

"잠시 앉으렴, 리거. 내가 네이시를 잘 알지. 정말로 떠나려면 몇 시간은 더 있어야 할 거야."

"그럼요." 그는 놀랐지만 한편 기뻤다.

"오늘밤에는 누가 로지와 매켄을 봐주는지 궁금하구나." 그녀가 물었다.

"치키 아주머니와 미스 퀴니가 봐주세요. 두 분이 저희 휴대전화 번호를 아시거든요. 치키 아주머니가 한 시간 전에도 전화를 해서 아주머니만 빼고 모두 잠들었다고 했어요. 미스 퀴니도, 쌍둥이 남매도, 글로리아도……"

"글로리아?"

"고양이예요. 글로리아는 잠꾸러기예요."

"고양이가 유모차에서 자는 건 아니지?" 눌라가 걱정스러운 표정을 지었다.

"아니요, 글로리아는 게을러터져서 그렇게 높이까지 뛰어오르지도 않아요. 어쨌거나 아기들을 봐주는 사람은 늘 있어요."

"잘됐구나. 잘됐어."

"치키 아주머니가 여기가 어떻게 되어가는지 궁금해하셨어요." 리거가 말했다.

"그래서 뭐라고 했니?" 어머니가 지금 질문을 하고 있었다. 뭔가를 알려달라고 하고 있었다.

"정말 멋진 결혼식이라고 말씀드렸어요." 리거가 말했다.

"오늘밤 다시 통화할 생각이니?" 눌라가 물었다.

"네, 당연히 해야죠. 저희가 아기들을 두고 온 건 오늘밤이 처음이거든요." 카멀이 말했다.

"치키에게 아기들을 잘 돌봐달라고 말 좀 전해줄래? 너무 늦기 전에 내가 아기들을 보러 갈 거라는 말도 전해주고. 내가 병원에

볼일이 좀 있는데 그것만 끝나면 가본다고."

리거는 대답할 말을 찾으려 애썼다. 분위기를 깨고 싶지 않았다. 지금은 부둥켜안고 눈물을 흘릴 때가 아니었다.

"그분들이 이 이야기를 들으면 정말로 기뻐하실 거예요, 엄마." 그가 말했다. "정말, 진짜로요."

그때 사람들이 문 쪽으로 몰려갔다. 신부와 신랑이 정말로 떠나려 했다.

카멀이 눌라를 쳐다보았다. 눌라에게, 그녀가 그렇게 말해준 덕분에 리거가 마침내 스스로 완전한 사람이라고 느꼈을 거라는 말을 해주고 싶었다.

하지만 그럴 필요는 없었다. 눌라는 알고 있었으니까.

올라

올라가 열 살이 되었을 때 세인트앤서니 수녀원 학교에 신임 교사가 부임했다. 이름은 데일리였다. 빨간 머리를 길게 기른 그녀는, 수녀들이나 존슨 신부나 자기 딸을 최우등으로 졸업시켜 장학생으로 대학에 진학시켜달라는 학부모들을 전혀 무서워하지 않았다. 데일리 선생은 영어와 역사를 가르쳤고 수업은 항상 재미있었다. 여학생들은 모두 그녀를 열광적으로 좋아했고 자라면 그녀처럼 되고 싶어했다.

데일리 선생은 경주용 자전거를 타고 다녔는데, 종종 미친듯이 페달을 밟아 절벽 위로 날아가듯 달리곤 했다. 모두 운동을 해야 한다고, 그녀는 말했다. 안 그러면 나이들어 쭈그렁 할머니가 되어 구부정하게 돌아다닐 거라면서. 더 건강하면 더 재미있게 살 수 있는 것이다. 세인트앤서니 여학생들에게 갑자기 운동 열풍이 불었다. 데일리 선생이 새벽반 무용 수업을 새로 개설하자 학생들 모두 그

수업을 듣겠다는 일념으로 아침 일찍 등교했다.

데일리 선생은 컴퓨터 수업을 듣지 않겠다고 하는 것은 매우 어리석은 일이라고 했다. 그것이 미래가 될 거라고, 단조로운 생활에서 탈출하는 여권이 될 거라고 했다. 심지어 올라나 올라의 친구 브리짓 오하라처럼 시끄러운 말썽쟁이들도 그녀의 말을 듣고는 그럴듯하다고 생각했다. 그들은 학교에 더 많은 컴퓨터를 들여놓자는 모금 운동에 참여했다.

학부모들이 데일리 선생에 대해 느끼는 감정은 복잡했다. 그들은 데일리 선생이 학생들에게 그런 영향력을 미친다는 사실과 다른 교사들은 엄두도 못 낼 정도의 통제력을 발휘한다는 사실이 반가웠지만, 한편으로는 깜짝 놀랐다. 게다가 데일리 선생은 경주용 자전거를 탈 때면 아주 짧은 반바지를 입었다. 건강해도 너무 건강해 보였다. 어떤 계절에도 젖은 머리에, 방금 바다에서 나온 듯한 모습이었다. 그녀는 퍼브에 가서 커다란 잔으로 맥주를 마셨는데 보통 여자들은 그러지 않았다.

들리는 말로는, 어느 나이 지긋한 술집 주인이 맥주를 따라 그녀에게 건네기 전에 머뭇거리며 여자들은 보통 이런 식으로 술을 마시지 않는다고 말했다고 한다. 데일리 선생이 그에게 맥주를 따라주든지 평등위원회에 제출될 항의서를 처리하든지 둘 중 원하는 쪽을 선택하라고 정중하게 말했고, 그러자 그가 맥주를 따라주었다는 것이다.

데일리 선생은 주일미사에는 잘 가지 않았지만 어느 교사보다 학교 일에 더 많은 시간을 쏟아부었다. 그녀는 무용 수업이 시작되기 삼십 분 전에 학교에 도착했고, 네시에 전체 수업이 끝나면 컴퓨터실로 가서 학생들을 도와주고 격려했다. 그 시절에 세인트앤서니 수녀원 학교에 다닌 여학생들은 데일리 선생을 역할 모델로 삼으며 자신감을 얻었다. 그녀는 그들이 할 수 없는 것은 아무것도 없다고 말했고 그들은 그녀의 말을 철석같이 믿었다.

올라가 졸업반이 되었을 때 데일리 선생은 세인트앤서니 학교를, 스토니브리지를 떠날 거라고 선언했다. 수녀들을 포함한 모두에게 케리 출신의 셰인이라는 멋진 청년을 만났다고 말했다. 셰인은 원예용품점을 차릴 예정인 스물한 살 청년이었다. 아주 잘생겼고 그녀보다 열두 살 어렸다. 그리고 그녀에게 반했다. 그녀는 셰인을 도와 원예용품점의 명성을 드높이겠다고 생각했다.

수녀들은 그 사실에 깜짝 놀랐고, 그녀를 보내야 한다는 것을 아쉬워했다.

원장수녀는 나이 어린 남자와 결혼을 했다가는 호되게 당할지도 모른다고 말하는 실수를 저질렀다. 데일리 선생은 지금 결혼할 마음 같은 건 전혀 없다면서, 비밀을 털어놓듯 결혼은 정말로 낡은 생각인 것 같다고 원장수녀에게 말했다.

원장수녀는 깜짝 놀랐지만, 데일리 선생은 미안해하는 기색을 내비치지 않았다.

"그걸 깨달으셨던 것 아닌가요, 원장수녀님? 그러니까 원장수녀님은 시대를 앞서 그 전부가 잘못됐다고 결론 내렸기에……"

학생들은 데일리 선생을 위해 송별 야유회를 준비했다. 어느 밤 해변에 모닥불이 피워졌다. 그녀는 학생들에게 케리 출신의 청년 셰인의 사진을 보여주었고, 모두 여행을 떠나 세상 구경을 하라고 당부했다. 날마다 시 한 편을 읽고 생각해보라고, 처음 가보는 곳은 그 역사를 공부하고 그곳이 어떻게 현재처럼 되었는지 알아보라고 했다.

그녀는 브리지 카드놀이, 자동차 바퀴 갈아끼우기, 제대로 머리드라이하기 등 뭐든 어렸을 때 배워두라고 했다. 이런 것 자체는크게 중요하지 않지만 나중에 시간과 돈 낭비를 막을 수 있다면서.

그녀는 학생들에게 이메일 주소를 알려주면서 앞으로 일 년에서너 번씩은 소식을 듣고 싶다고 했다. 그녀는 그들이 훌륭한 사람이 되기를 바랐다. 학생들은 울면서 가지 말라고 매달렸지만, 그녀는 셰인의 사진을 다시 보여주면서 제정신인 여자라면 누가 이런남자를 포기하겠는지 진지하게 생각해보라고 했다.

올라는 데일리 선생에게 이메일을 보냈다. 더블린에 가서 학업과정을 마친 것과 학년말에 우등상을 받은 사실을 말했다. 어머니가 촌뜨기 근성이 너무 심해서 도저히 견딜 수 없다는 말도 했고, 자기가 더블린에서 돌아오면 보통 사흘도 안 가서 옷이나 귀가시간같은 하찮은 문제로 어머니와 한바탕 말싸움이 벌어진다는 말도했다. 아버지는 제발 분란을 일으키지 말라고 부탁했다. 마음 편히살 수만 있다면 뭐든 하겠다고 올라는 썼다. 치키 이모가 미국에서돌아왔는데 아주 딴사람이 되어 있었다. 사고방식이 정말로 자유로웠다. 휴가 때 브리짓과 함께 뉴욕에 치키를 만나러 가고 싶다고도 썼다. 올라는 셰인과 원예용품점의 안부를 빠짐없이 챙겨 물었지만 그 대답은 듣지 못했다. 데일리 선생은 학생들이 사는 이야기를 듣는 데에만 관심이 있었을 뿐 자기 이야기는 하지 않았다.

올라는 또다시 이메일을 보냈다. 뉴욕 여행이 완전히 취소되었다고, 월터 이모부가 끔찍한 충돌 사고로 고속도로에서 사망했다고 알렸다. 데일리 선생은 인생이란 자기 손에 달린 거라고 다시금 일깨워주었다. 결정은 스스로 내리는 것이다.

집과 떨어진 곳에 직장을 구해 잠깐씩만 집에 들르는 건 어때? 세상은 넓어. 지평선은 더블린보다 더 먼 곳까지 펼쳐져 있어.

그리하여 올라는 브리짓과 함께 런던에 간다는 이메일을 보냈다.

브리짓은 광고회사에 취직했고 광고주들 중에는 럭비팀도 있었다. 그들은 아주 많은 사람들을 만나게 될 터였다. 올라는 전시회와 박람회를 기획하는 회사에 취직했다. 온갖 것을 접해볼 기회가 있었다. 건강식품을 다루는가 하면 빈티지 자동차를 취급하기도 했다. 경영자인 제임스와 사이먼은 둘 다 일중독이었고, 올라에게 마음을 강하게 먹고 힘든 상황을 견디며 일하라고 가르쳤다. 한 달이 지나자 그녀도 평소라면 무서워했을 사람들에게 당당하고 대차게 말할 수 있게 되었다.

제임스와 사이먼이 모두 올라에게 매력을 느끼고 접근해오자 올라는 깜짝 놀랐다. 그녀는 그들의 면전에 대고 웃음을 터뜨릴 뻔했다. 상상도 할 수 없었던 예상 밖의 구애자 두 명. 가족은 거의 팽개쳐두고 주된 관심사는 경쟁사를 물리치는 것뿐인 유부남들. 그들이 원하는 것은 오직 순간의 쾌락이었다.

그들은 올라의 거절을 흔쾌히 받아들였다. 올라는 그 전부를 유치한 실수로 가볍게 넘긴 뒤 더 많은 것을 배워나갔다.

그녀는 데일리 선생에게 자신을 자랑스럽게 여겨주셔야 한다고 써 보냈다. 이 직업 자체가 배움의 과정이었다. 그녀는 전시회 준비뿐 아니라 세금, 웹사이트, 네트워킹 분야에서도 빠른 속도로 전문가가 되어갔다.

올라와 브리짓은 해머스미스에서 아파트를 빌려 같이 썼다. 고향집과 비교하면 눈부실 만큼 자유로웠다. 게다가 할 것이 아주 많았다. 그녀와 브리짓은 화요일 밤마다 코번트가든에 가서 탭댄스를 배웠다. 올라는 또한 월요일마다 점심시간에 캘리그래피를 배우러 갔다.

제임스와 사이먼은 처음엔 반대했다. 올라가 예쁜 손글씨를 배우러 다니면 일에 전념하지 않을 거라는 우려에서였다. 올라는 그들의 말에 괘념치 않았다. 이렇게 바쁘고 재미없고 사업만 생각하는 세상에서 벌어먹고 살려면 한 주를 시작할 때 조금이라도 예술적 자극을 받을 수 있는 안전밸브가 전적으로 필요하다고 그녀는 말했다. 그뒤로는 그들도 감히 그런 말을 꺼내지 못했다.

브리짓과 올라는 밤이 되면 극장에 가거나 올라가 준비한 리셉션, 전시장에서 열리는 다양한 행사에 참석했다. 그들은 활기 넘치고 당당한 젊은이들이었고, 사람들은 그들을 좋아했다. 지금까지는 둘 다 특별한 사람을 만나지 못했지만 브리짓도 올라도 서둘러 정착할 생각은 없었다.

폭시 패럴이 나타나기 전까지는.

폭시는 브리짓이나 올라 모두 싫어하는 부류의 남자였다. 목소리가 크고 자신만만하며 큰 차를 몰고 커다란 양가죽 재킷을 입고 상업은행에서 높은 직책을 맡은 남자. 자신이 대단한 줄 아는 남자. 그런 그가 브리짓에게 홀딱 반한 것이다. 희한한 일은, 처음에는 그 일을 우스워하고 당황스럽게 여기던 브리짓이 차츰 그러지 않게 되었다는 것이었다.

"본바탕은 점잖은 사람이야, 올라." 그녀가 방어적으로 말했다.

"나도 알아." 올라가 생각도 해보지 않고 대꾸했다. "하지만 참을 수 있을 것 같아? 그러니까 아침에 그 사람 옆에서 눈뜨는 거?"

"그래봤어." 브리짓이 간단히 대답했다.

"그럴 리가! 언제?"

"지난 주말 해러게이트에 갔을 때. 그 사람이 나를 보겠다고 차를 몰고 거기까지 달려왔어."

"그래서 너는 그가 달려온 보람을 느끼게 해줬구나." 올라는 충격 때문에 여전히 휘청거렸다.

"정말 괜찮은 사람이야. 그 사람이 좀 잘난 체하긴 해도 그 세계에서는 다들 그러고 살아."

"적절한 방식으로 알게 되면 분명 괜찮은 사람이겠지……" 올라는 말을 바꾸기 시작했고, 자신의 대응이 너무 늦은 것은 아니기를 바랐다.

"음, 그래. 다음 주말에는 그 사람을 부적절한 방식으로 알아볼 생각이야. 같이 파리에 가려고." 브리짓이 말하고는 쿡 웃었다.

"우리 둘이 스토니브리지에 가서 주말 연휴를 보내기로 했잖아." 올라가 대꾸했다.

"그럴 계획이었지. 네가 말 좀 잘해줘."

"폭시랑 파리에 가는 걸 다른 주로 미룰 수는 없어?"

"아니, 이번 여행은 특별해."

"그러니까 나더러 너를 대신해서 해명을 해달라는 거지? 내가 뭘 해명해야 하니?" 올라는 짜증이 났다. 그들은 일 년에 서너 번씩 의무적으로 함께 고향에 갔다. 그것이 자유를 얻기 위해 그들이 지불한 대가였다. 돌아가서 주말 연휴를 보내는 것.

"지금 당장은 가능한 한 얘기하지 말아줘." 브리짓이 대수롭지 않은 듯 말했다. "가족들의 기대치를 높이고 싶지는 않으니까."

"기대치를 높인다고? 폭시에 대해?" 올라의 목소리에는 호의적으로 들리지 않을 만큼 불신의 감정이 가득 실렸다.

"물론이지." 브리짓이 말했다. "폭시는 정말로 돈이 무지 많아. 내가 폭시를 놓치면 가족들이 맨날 그 타령을 할 거야."

그래서 올라는 스토니브리지로 혼자 돌아갔고, 브리짓은 일이 많아 오지 못했다고 애매하게 둘러댔다.

스토니브리지는 크게 달라진 것이 없었다. 올라는 그곳이 얼마나 아름다운지 늘 잊고 살았지만, 절벽 길을 따라 걸으며 모래밭이 펼쳐진 해안과 들쭉날쭉 솟은 검은 암벽면을 바라보면 숨이 멎는 것 같았다.

치키 이모는 스톤하우스를 개조하는 일에 몰두해 있었고, 미스 퀴니는 그 주위를 맴돌면서 이런저런 이야기를 늘어놓고 모든 일에 기뻐하며 손뼉을 쳤다. 그곳에서 치키를 돕는 리거는 전보다 훨씬 사근사근해져 있었다. 그는 운전을 배워서, 길에서 올라를 보면 차를 세우고 태워주기까지 했다. 그가 올라에게 자기 어머니를 기억하는지 물었지만 올라는 모른다고 대답했다. 눌라라는 이름을 들어본 적은 있지만 그 사람은 올라가 태어나기도 전에 더블린에 갔다고 했다.

"치키 이모는 그분에 대해 잘 알 거예요." 올라가 말했다.

"나는 치키 아주머니한테 뭘 묻지 않아요." 리거가 말했다. "아주머니도 나한테 묻지 않고요. 그러는 편이 더 편해요."

올라는 그 의미를 잘 알아들었다. 리거 본인에 대해 뭘 물어보려다가, 그 말을 먼저 들은 덕분에 그 생각을 접을 수 있었다.

그래서 그들은 스톤하우스 개축에 대해, 새로 만드는 담벼락 정원이나 설계에 대해 이야기했다. 그는 대박이 날 거라고 생각하는 것 같았고 사업 초기부터 참여했다는 사실에 흥분해 있었다.

하지만 올라의 어머니는 그 사업 계획에 찬물을 끼얹기만 했다. 치키는 늘 그 모양이라면서. 허락도 받지 않고 미국으로 달아났을 때처럼 늘 그렇게 미치광이 같은 생각에 휩쓸린다면서.

"그 일은 결국 잘 풀렸잖아요, 안 그래요?" 올라가 자신을 늘 어른처럼 대해준 치키를 두둔했다. "결혼을 잘해서 이모부한테 스톤하우스를 구입할 만큼 큰돈을 물려받았잖아요."

"하지만 그 남자가 그뒤로 한 번도 여기 오지 않은 건 이상하지 않니?" 캐슬린은 어떤 상황도 전적으로 좋게 받아들이지 않았다.

"아, 엄마, 그만 좀 하세요. 뭐든 문제가 없는 일은 없어요."

"그건 그렇지." 캐슬린이 동의했다. "또 한 가지는, 치키가 그 집에서 젊은 남자와 노인네하고만 사는 것에 대해 이러쿵저러쿵 말이 많다는 거야. 뭔가 이상하거든. 상식적이지 않잖아."

"엄마!" 올라가 폭소를 터뜨렸다. "엄마가 사는 세상은 도대체 어떤 세상이에요? 리거가 담벼락 정원에서 치키 이모랑 재미라도 보는 줄 아세요? 미스 퀴니랑 셋이서 할 수도 있겠네요!"

어머니는 심사가 뒤틀렸는지 얼굴이 시뻘게졌다. "그렇게 저속한 소리는 그만, 올라. 나는 그저 이 주변에서 떠도는 이야기를 한 것뿐이야. 그뿐이라고!"

"이 주변에서 누가 그러는데요?"

"우선은, 오하라 집안에서."

"그 사람들이 그러는 건 미스 시디가 그 집을 자기들한테 팔지 않았다는 사실에 화가 나서죠."

"너도 네 삼촌 브라이언만큼이나 못됐구나. 걸핏하면 그 사람들을 헐뜯고! 브리짓이 네 가장 친한 친구라면서?"

"맞아요. 하지만 그애 삼촌들이 탐욕스러운 투기꾼인 건 맞잖아요. 그건 그애도 알아요."

"그런데 그애는 어디 갔니? 식구들을 보러 집에 돌아오는 것도 귀찮다니?"

"먹고살려면 열심히 일해야 해요, 엄마. 그래도 저는 왔잖아요. 그러니까 엄마는 오하라네보다 훨씬 운이 좋은 거예요. 저는 엄마를 우선순위로 생각했으니까요. 그렇죠?"

어머니는 그 말에 더이상 대꾸할 말이 없었다.

올라는 가능한 한 치키와 많은 시간을 보냈다. 스톤하우스에 사람들이 드나들며 이런저런 일로 어수선해도 치키는 매우 침착했다. 치키는 올라에게 런던에 남자친구가 있는지, 거기서 평생 살 건지 물어보지 않았다. 올라가 짧은 스커트를 입건 긴 스커트를 입건 찢어진 청바지를 입건 그때그때 뭘 입건 간에, 사람들이 이상하게 생각할 거라는 말도 하지 않았다. 심지어 사람들이 무슨 말을 하고 어떤 생각을 하고 무엇을 궁금해하는지 아는 것 같지도 않았다. 치키는 올라에게 앞으로 어떻게 살아야 한다는 말도 하지 않았다.

그래서 치키가 올라에게 요리를 잘하는지 물었을 때 올라는 깜짝 놀랐다.

"그럭저럭요. 브리짓이랑 일주일에 두세 번은 레시피를 보고 음식을 만들어 먹거든요. 브리짓은 생선 요리를 정말 잘해요. 거기는 요리법이 좀 다른데, 뼈를 그대로 두지도 않고 여기처럼 대구간유 맛도 나지 않아요."

치키가 웃었다. "이제는 아니야. 여기도 이제는 그렇게 안 해. 페이스트리는 만들 줄 아니?"

"아니요. 그건 너무 어려워요. 손도 많이 가고."

"내가 너한테 훌륭한 요리사가 되는 법을 가르쳐줄게." 치키가 제안했다.

"이모는 훌륭한 요리사예요?"

"어쩌다보니 그렇게 됐구나. 나도 내가 그렇게 될 거라고는 생각 못했었지만, 지금은 요리를 아주 좋아해."

"월터 이모부도 요리를 했어요?"

"아니, 요리는 주로 나한테 다 맡겼지. 그 사람은 늘 바빴거든, 알겠지만."

"알아요." 올라는 알지 못했지만 치키가 그 화제를 끝내려 한다는 건 눈치챌 수 있었다. "저한테 요리는 왜 가르쳐주시게요?" 그녀가 물었다.

"언젠가, 지금은 아니더라도 언젠가 네가 고향에 돌아와 이 호텔을 운영하는 걸 도와줬으면 해서."

"스토니브리지로 돌아올 것 같지는 않아요." 올라가 말했다.

"알고 있어." 치키는 그럴 만도 하다고 생각하는 것 같았다. "나도 다시는 돌아오고 싶지 않았지만 돌아왔잖아." 그날 그녀는 올라에게 브라운 브레드와 파스닙 사과 수프를 만드는 정말로 쉬운 방법을 가르쳐주었다. 힘들이지 않고 요리가 뚝딱 끝나버린 것 같았다. 그들은 점심으로 그것을 먹었다. 미스 퀴니는 치키가 이곳에 오기 전에는 그렇게 맛좋은 음식을 먹어본 적이 없다고 했다.

"생각해봐, 올라. 파스닙은 우리 텃밭에서 재배한 거고 사과는 오래된 과수원에서 딴 거야. 그걸 가지고 치키가 이렇게 맛좋은 음식을 만들어낸 거지!"

"알아요, 이모는 정말 천재예요!" 올라가 빙긋 웃으며 말했다.

"정말로 천재야. 치키가 머나먼 미국에서 계속 살지 않고 우리한테 돌아온 건 정말 행운 아니니? 너는 어때, 런던에서 즐겁게 지내고 있는 거니?"

"좋고말고요, 미스 퀴니. 당연히 바쁘고 힘들지만 아주 재미있게 지내고 있어요."

"나도 더 많이 돌아다녔으면 좋았을 텐데." 미스 퀴니가 말했다. "하지만 그랬다 하더라도 언제나 이곳으로 돌아왔을 거야."

"이곳의 어떤 점이 그렇게 좋으세요, 미스 퀴니?"

"바다, 평화, 추억. 여기는 뭐든 딱 적당한 만큼인 것 같아. 우리 자매는 한번은 파리에 갔었고, 옥스퍼드에도 갔었지. 두 곳 다 이루 말할 수 없이 아름다웠어. 나중에 제시카, 비어트리스랑 종종 그때 이야기를 했지. 정말 멋졌지만 진짜 같지는 않았어. 내 말 뜻을 알지 모르겠다만, 거기서 우린 무대에서 연기를 하는 것 같았어. 여기서는 그러지 않잖아."

"아, 무슨 뜻인지 알겠어요, 미스 퀴니." 올라는 치키가 순간 고마움의 눈빛으로 자신을 바라보는 것을 깨달았다. 올라는 솔직히 가엾은 미스 퀴니가 한 말이 무슨 뜻인지 잘 몰랐지만 자신의 대답이 적절했다는 사실이 기뻤다.

런던에 돌아간 올라는, 파리에서 돌아온 브리짓을 환영하기 위해 브라운 브레드와 파스닙 수프를 만들어주었다.

"어머나, 네가 가정적으로 변했구나." 브리짓이 말했다.

"나한테 할말이 있는 것 같은데." 올라가 말했다.

"그 사람이랑 결혼할 거야." 브리짓이 말했다.

"굉장해! 언제?"

"여름에. 당연히, 네가 신부 들러리가 돼줘야 해."

"당연히 그래야지. 자주색 태피터 드레스나 연두색 시폰 드레스를 입지 않아도 된다면."

"내가 결혼하는 게 기쁘니?"

"무슨 소리야, 네 모습을 한번 봐. 네가 얼마나 행복해 보이는데. 나는 무지무지 기뻐." 올라는 자신의 목소리에 기뻐하는 마음이 충분히 실렸기를 바랐다.

"그 사람을 그냥 바보 늙다리 폭시라고 생각하진 않는 거지?"

"무슨 소리야? 당연히 그런 생각은 안 해. 폭시는 행운아야. 그 사람이 언제 어디서 청혼했는지 말해봐."

"나는 그 사람을 사랑해, 너도 알겠지만." 브리짓이 말했다.

"그럼, 알지." 올라는, 이유는 결코 밝히지 않겠지만 어떤 이유에선가 폭시 패럴과 정착하려고 하는 친구 브리짓의 얼굴을 보면서 거짓말을 했다.

그뒤로는 일이 일사천리로 진행되었다.

브리짓은 직장을 그만두고 버크셔에 사는 폭시의 가족과 많은 시간을 보냈다. 결혼식은 스토니브리지에서 올릴 예정이었다.

"치키 아줌마의 호텔이 문을 열었으면 좋았을 걸 안타깝네. 패럴 집안 사람들이 결혼식 때 거기서 묵으면 정말 좋을 텐데. 그 사람들은 스토니브리지에 오면 질색을 할 거야." 브리짓이 말했다.

"나는 스토니브리지로 돌아갈까봐." 올라가 불쑥 말했다.

"진심은 아니지?" 브리짓은 충격을 받았다. "우리가 얼마나 힘들게 거기서 벗어났는데."

"아직은 몰라…… 그냥 생각해본 거야."

"그렇다면 그 생각은 집어치워." 브리짓은 아주 단호했다. "돌아가서 이십 분만 있어도 다시 탈출하고 싶어 안달이 날걸. 더구나 직장은 어떻게 구할래? 편물공장에서 일하게?"

"아니, 치키 이모의 호텔로 가려고."

"하지만 그 호텔은 잘 안 될 거야. 장담해. 두 계절도 못 버틸걸. 그러면 치키 아줌마는 그 집을 팔아야 할 테고 엄청난 손해를 볼 거야. 그걸 모르는 사람이 누가 있어."

"치키 이모는 몰라. 나도 모르고. 네 삼촌들이나 그런 말을 하지. 그 집을 사고 싶어했으니까."

"내 결혼식 들러리와 싸울 생각은 없어." 브리짓이 말했다.

"연보라색 태피터 드레스를 입지 않아도 된다고만 약속해줘." 올라가 말했고, 두 사람은 다시 사이가 좋아졌다. 다만 폭시 패럴과 결혼하고 싶어하는 사람이 있다는 사실이 올라는 도저히 믿기지 않았다.

변화의 시기가 오면 올라는 데일리 선생에게 조언을 구하는 이메일을 보내곤 했다. 이번에도 그랬다.

"스토니브리지에 돌아가고 싶어하는 걸 보면 제가 미친 걸까요? 브리짓이 그런 멍청이랑 결혼을 결심한 것에 대한 일종의 반작용 같은 걸까요? 선생님은 스토니브리지에서 지낼 때 정말 그렇게 지루하셨어요?"

데일리 선생이 답장을 보냈다.

나는 가르치는 일을 좋아했어. 너희는 아주 훌륭한 학생이었고. 나는 그곳을 아주 좋아했단다. 지금도 그곳을 떠올리면 기분이 좋아져. 나는 지금 산간 지방에 살고 있어. 아름다운 곳이야. 바다까지 차를 운전해서 갈 수 있지만, 바다가 바로 발밑에 펼쳐지는 스토니브리지와는 다르지. 시험 삼아 일 년 동안 돌아가 있는 건 어떠니? 이모한테는 죽을 때까지 거기서 일할 마음은 없다고 하고. 세인에 대해 물어보지 않아줘서 고마워. 그 사람은 나보다 약간 더 흥미를 느끼는 대상이 생겨서 잠시 떠나 있지만 곧 돌아올 거야. 나는 그 사람을 다시 받아줄 거고. 살다보면 별일이 다 생기니까. 그걸 깨달았다면 너도 반쯤은 온 거야.

올라의 회사에서 제임스와 사이먼은 요즘 입을 꾹 다물고 지냈다. 사업이 신통치 않았다. 경기 침체 때문이었다. 정치인들이 뭐라고 하는지는 중요하지 않았다. 다들 알고 있었다. 박람회를 개최해도 부스 예약이 예전 같지 않았다. 무역 박람회 규모는 작년보다 작아졌다. 전망은 암담했다. 그들은 모든 희망을 콘퍼런스 업계의 거물인 마티 그린에게 걸고 있었다. 그들은 사무실에서 술을 마시며 그에게 강한 인상을 남길 방법을 고민했다.

"그 섹시한 빨간 머리 친구한테 와서 자리를 빛내달라고 부탁해봐." 제임스가 제안했다.

"브리짓은 얼마 전에 약혼했어요. 요즘은 파티걸이 되고 싶어하지 않아요."

"그렇다면 약혼자도 데려오라고 해. 남들에게 소개해도 될 만한 사람인가?"

"사장님은 제 어머니와 브리짓의 어머니를 합쳐놓은 것보다 더심하세요. 되다마다요. 하느님보다 더 부자인걸요." 올라가 말했다.

브리짓과 폭시는 대수롭지 않게 웃으며 그 부탁을 받아들인 뒤아주 고급스러운 차림새로 나타났다. 마티 그린은 그들 모두를 보며 즐거워했고 그들의 영업 전략을 충분히 이해한 것 같았다. 그는 또한 올라에게 유난히 관심을 보였다. 그녀는 중고품 가게에서 찾아낸 진홍색 실크 드레스에, 정말로 값비싼 빨간색과 검은색의 반짝거리는 하이힐을 신고 있었다. 끝내주게 매력적이었다. 그녀는 화이트와인과 카나페를 담은 쟁반을 들고 돌아다녔다.

"맛이 정말 좋은데요." 마티 그린이 음미하며 말했다. "음식은 어느 업체에서 준비했나요?"

"오, 제가 직접 준비한 거예요." 올라가 그를 보며 웃었다.

"정말인가요? 얼굴만 예쁜 게 아니로군요?" 그는 정말로 감동받은 듯 보였다. 이 리셉션의 목적은 달성된 셈이었다. 하지만 올라는 그가 회사보다도 그녀 자신에 대해 더 강렬한 인상을 받은 것같다고 느꼈다.

"그렇게 말씀해주셔서 정말 감사해요, 그린 씨. 하지만 저는 여기서 카나페나 만들고 미소니 지으러고 고용된 게 아니에요. 저희

116

모두 열심히 일하고 있고, 제임스와 사이먼이 말한 것처럼 일한 만큼 성과가 있었어요. 저희도 시장이나 전반적인 상황은 아주 잘 알고 있어요. 이런 문제를 따로 말씀드릴 기회가 있어 다행이에요."

"그런 이야기를 따로 들어서 아주 기분이 좋은데요." 그의 시선은 그녀의 얼굴을 떠나지 않았다.

올라는 그를 떠나 이동했지만 그가 계속 자신을 쳐다보는 것을 알고 있었다. 제임스가 통계치에 대해 말할 때도 그랬고, 사이먼이 사업 동향에 대해 말할 때나, 폭시가 새로 문을 연 훌륭한 레스토랑에 대해 떠벌리고 브리짓이 표를 구해줄 것처럼 그린 씨에게 럭비에 관심이 있느냐고 물어볼 때도 그랬다.

마티 그린은 올라에게 같이 저녁을 먹을 수 있겠느냐고 물었다.

그녀는 제임스와 사이먼이 안심했다는 듯 서로 쳐다보며 웃는 것을 보자 갑자기 울컥 화가 치밀었다. 그녀가 마티 그린에게 제물로 바쳐진 것이다. 간단한 사실이었다. 그녀는 이 행사를 위해 예쁘게 차려입었고, 손이 가는 작은 파티 음식을 만드느라 점심시간을 바쳤고, 아스파라거스를 페이스트리로 말아 디핑소스와 함께 냈고, 셀러리 소금을 친 상추 잎사귀로 메추리알을 예쁘게 장식했다. 그런데 이제 그들은 그녀가 마치 마티 그린이 원하면 얼마든지 손을 뻗쳐도 좋은 희생양인 양 그녀를 바치려는 것이었다.

"아주 고맙지만 안타깝게도 오늘밤은 다른 계획이 있어요, 그린 씨." 그녀가 말했다.

그가 그녀에게 예의를 차렸으므로 그녀도 그만큼 예의를 갖춘 것이었다. "물론 계획이 있으시겠지요. 그럼 다음번을 기약해야겠군요."

그들 모두 웃었지만 각자 의미는 달랐다. 올라는 억지웃음을 지었고, 제임스와 사이먼의 웃음은 공포영화에 나오는 가면을 쓴 것 같았다. 브리짓의 웃음은 올라가 마티 그린처럼 돈 많고 매력적인 남자와의 데이트를 날려버린 것에 대한 충격을 감추고 있었다. 폭시의 웃음은 언제나처럼 애매모호하고 멍청해 보였다.

마티 그린은 다시 연락하겠다는 말을 남기고 떠났다. 올라는 큰 잔에 와인을 따랐다.

"그 사람한테 왜 그렇게 무례하게 굴었어?" 사이먼이 물었다.

"무례하게 굴지는 않았어요. 고맙다고 말하고 계획이 따로 있다고 말한 것뿐이잖아요."

"내 말이 그거야. 다른 계획은 없었잖아."

"왜요, 있어요. 콜걸이나 매춘부처럼 비즈니스맨하고 데이트를 하러 가지 않는다는 게 제 계획이에요."

"왜 그래, 그런 제안을 받은 건 전혀 아니던데." 제임스가 말했다.

"얼굴에 또박또박 쓰여 있던데요." 올라는 이제 씩씩거렸다. "그 남자를 데리고 나가 사랑을 속삭이고 계약서에 서명을 받아오라고요."

"우리 모두 한배를 탔어. 우리는 당연히……"

"봉을 가져와 여기 사무실 한복판에 세워놓고 내 옷을 홀랑 벗긴 뒤 그걸 잡고 춤추게 하지 그랬어요? 그것도 도움이 됐을 텐데요?"

"그냥 저녁식사일 뿐이잖아." 사이먼이 말했다.

"네, 값비싼 저녁식사를 한 뒤에 불쑥 일어나 작별인사와 감사인사만 하고 돌아오라고요? 도대체 어떤 세상에서 사는 건가요? 제가 그 사람과 같이 저녁을 먹고서 그 사람이 묵는 호텔로 가시 않으면 저는 상대방을 놀린 셈이 될 거예요. 제가 그 사람을 거짓으로 유혹할 수도 있었겠죠. 그러면 그 사람은 더욱 화가 났을 거고요. 이렇게 하는 게 우리 모두의 체면을 살리는 길이에요. 음, 우리 대부분이라고 해야겠죠."

"저기요, 올라. 이 문제를 너무 심각하게 생각하는데요." 폭시가 말했다.

브리짓이 그를 노려보았지만 그는 알아차리지 못했다.

"내 말은, 애초에 오늘밤이 마련된 목적이 그거였잖아요."

"그보다 더한 진실은 없겠네요, 폭시." 올라가 말했다.

다음날 제임스와 사이먼은 올라를 너그럽게 용서할 생각이었다. 그 문제를 다시 논의한 뒤, 그렇게 했더라면 더 나쁜 인상을 심어줄 수도 있었다고 결론을 내린 것이다. 그들은 자기들이 끝까지 하려고 하지 않았던 것…… 그러니까, 올라가 그들에게 덮어씌운 그것이었다고 말했다.

올라는 그들의 말이 끝나기를 예의바르게 기다렸다. 그러고는 아주 조심스럽게 말했다.

"삐쳤거나 토라져서 이런 말씀을 드리는 건 아니에요. 한동안 여기를 떠나 있을까 해요. 이모가 아일랜드 서부에서 호텔을 하시겠대요. 뭔가 몰두할 게 필요한데 그 일이 적당할 것 같아요. 부디 이걸 삐쳐서라거나 사장님들 머리를 숙이게 하려는 시위로 여기지는 마세요. 그런 건 절대 아니니까요. 그만두기 한 달 전에 미리 알려드리는 거예요. 여기서 배운 모든 것에 대해서는 진심으로 감사해요."

어떤 말도 그녀의 마음을 바꿀 수 없었다. 결국 그들은 그녀를 보내기로 했다.

올라는 치키에게 일 년만 있을 거라고, 호텔 문을 열어 운영하는 것을 볼 때까지만이라고 말했다.

"요리를 훌륭하게 하는 법을 가르쳐주셔도 보람이 있을지 모르겠어요."

"요리를 가르치는 건 언제나 보람 있는 일이지."

"사람들한테 요리 교실을 열어도 될 것 같은데요." 올라가 제안했다.

"우리가 여기서 가장 중점적으로 제공해야 하는 건 경치야. 요리는 어디서든 배울 수 있으니까." 치키가 말했다. "어쨌거나 그 비법은 우리끼리만 아는 걸로 하자."

"집에 갔을 때 엄마한테 도끼를 들고 덤비지 않을 방법은 뭘까요?" 올라가 물었다.

"집에서 살지 않으면 돼." 치키가 충고했다.

"이모랑 같이 살아도 돼요?"

"아니. 그러면 엄마 기분만 더 나빠질걸. 네가 살 만한 곳이 있는지 알아볼게. 리거가 수리를 해줄 거야. 너만의 작은 공간이 되는 거지. 나한테 맡겨. 언제 돌아올 생각이니?"

"언제라도요. 회사에서 한 달 더 일할 필요는 없다고 하네요. 저를 대체할 직원은 시간제로 고용할 거래요. 제가 이러는 게 완전히 미친 짓일까요, 이모?"

"네가 말한 것처럼 겨우 일 년이야. 시간이 언제 흘러갔는지도 모를걸."

올라가 도착했을 즈음 리거는 그와 카멀 히키가 살게 될 담벼락 정원 옆의 낡고 작은 집을 손보느라 바빴다. 리거가 말하길, 옛날에 정원사가 살던 작은 집이 있는데, 지붕이 튼튼해서 습기가 전혀 안 찼다고 했다. 청소만 깨끗이 하면 살 수 있을 거라고.

새집이 올라를 기다리고 있었다.

"자칫 데일리 선생의 도덕관념을 이어받아 타운의 입방아에 오르내리는 일은 없어야 할 거야." 올라가 돌아온 첫날밤에 어머니가 말했다.

"엄마, 저도 같은 생각이에요." 올라가 열심히 맞장구를 쳤다. 치키가 웃음을 참는 모습이 올라의 눈에 보이는 것 같았다.

"네 아빠랑 나는 네가 왜 그런 낡고 눅눅한 집에서 살아야 하는지 모르겠구나. 여기 이렇게 완벽한 집이 있는데 말이다. 사람들이 이상하게 생각할 거야."

"음, 엄마, 그러지 않을 거예요. 신경도 안 쓸걸요." 올라가 반사적으로 대답했다.

데일리 선생과 치키가 독립적으로 사는 것에 대해 해준 충고는 참으로 현명했다. 이제 그녀는 고향으로 돌아오겠다는 충동이 어리석은 생각이 아니라 올바른 결정이었기를 바랐다.

그런지 아닌지 따져볼 겨를도 거의 없었다. 그들은 곧장 일에 뛰어들었다. 올라는 제임스와 사이먼과 사무실에서 바쁘게 보내던 나날이 아주 긴 휴가를 갔다 온 것처럼 느껴지기 시작했다. 틀을 갖춰 정리할 일이 그렇게 많은 줄은 몰랐다.

치키의 재정 관리 체계는 손볼 곳이 많았다. 물론 정직하고 꼼꼼

하긴 했다. 하지만 장부는…… 어느 정도 관리되어 있었지만, 전산화되어 있지 않았다. 치키는 회계 소프트웨어를 써본 적이 없었고 원장元帳과 종이 파일로만 관리했다. 오십 년 전 방식이었다. 그래서 올라는 가장 먼저 사무실로 쓸 방을 골랐다. 그곳에 치키와 함께 그들에게 필요한 컴퓨터, 프린터, 참고 도서, 인출금과 파일을 보관할 캐비닛을 들여놓을 것이었다.

치키는 부엌으로 통하는 커다란 식료품 저장실 하나를 사무실로 쓰자고 했다. 올라는 리거를 설득해, 카멀 히키의 가족에게 좋은 인상을 주기 위해 살림집을 고치는 시간을 몇 시간만 빼서 사무실에 선반을 만들어넣고 페인트칠을 하게 했다.

"결국엔 보람 있는 일이 될 거예요." 올라가 강력히 주장했다. "이렇게 하면 귀찮게 전부 식탁에 펼쳐놓았다가 다시 모아들이는 일은 하지 않아도 돼요." 그녀는 그들이 쓸 컴퓨터를 구입해 필요한 프로그램을 깔았다. 그리고 치키에게 사무실로 들어와 처음부터 배우라고 했다.

"아니, 아니, 그건 네 일이야." 치키가 버텼다.

"부탁이에요. 저는 어젯밤에 두 시간 동안이나 슈 페이스트리를 만드는 법을 배웠잖아요. 하지만 요리가 이모 일이라고 하지는 않았어요. 오늘은 이모가 부기 프로그램 쓰는 법을 배울 차례예요. 집중하면 사십오 분이면 충분할 거예요."

치키는 집중했다.

"그리 나쁘지 않은데요." 올라가 잘했다는 뜻으로 말했다. "그러면 내일은 예약 시스템을 만들어보기로 해요. 그다음날에는 매매하는 법을 배우고요."

"너는 정말로 우리가 이럴 필요가……" 치키는 밖에서 일상적인 문제들을 처리하는 대신 사무실에서 너무 많은 시간을 보내는 것이 두려웠다.

"그렇다마다요. 이를테면 부엌에 필요한 물품을 산다고 해보세요. 이렇게 하면 전화를 걸거나 쇼핑을 하러 가는 수고를 덜 수 있어요."

"그렇기도 하겠네." 미심쩍어하면서도 치키는 동의했다.

하지만 그녀가 동의한 것은, 모든 일을 자신의 손끝으로 처리한다는 것이 굉장하게 느껴졌기 때문이었다. 올라가 치키에게 간단한 문제를 냈다. 예컨대 다음달에 예약한 사람이 한 주 더 머물고 싶어할 때 그 사람을 어떻게 찾으면 되는지 물어보면, 치키는 곧 예약 시스템을 화면에 불러냈다. 한편 올라는 고기 요리에 어울리는 소스를 만드는 법과 청소하는 법, 바다에서 갓 잡아올린 물고기의 살을 노련한 생선장수도 부러워할 만큼 멋지게 발라 대접하는 법을 배웠다.

그들은 한 가지씩 장애물을 돌파했다.

오하라 집안 삼촌들이 설계 허가를 받지 못하게 방해하는 치사한 공작을 폈다. 치키는 그중 누구와도 사이가 틀어지지 않게 그 문제를 해결할 수 있었다. 그야말로 기적이나 다름없었다. 새로 들어설 호텔 때문에 조류나 다른 야생동물의 서식지가 교란되는 것을 염려하는 환경주의자들의 로비활동도 해결했다. 걱정하는 사람들에게는 먼저 차와 스콘을 대접한 뒤, 산책을 데리고 나가 어떻게 모든 방면에서 지언을 보호할지 보여주었다.

모두 만족하며 떠났다.

건설업자들은 매일 가정식 요리를 먹을 수 있다는 생각에 더욱 일에 박차를 가했다. 치키는 한시가 되면 식탁에 음식을 차렸고 한시 삼십분이 되면 다시 각자의 일터로 돌려보냈다. 각자 자기 샌드위치를 싸들고 다니던 일꾼들 대부분은 이처럼 성대한 점심식사를 그날의 하이라이트로 생각했다. 그들은 집으로 돌아가 스타 부인의 집에서 먹은 아이리시 스튜나 베이컨, 양배추 요리는 집에서 먹던 것과 맛이 완전히 다르더라고 말했고, 그러면 부부싸움이 났다.

조경에 투자한 결과가 나타나기 시작했다. 미스 퀴니는 이 집이 그녀가 소녀 시절에 살던 때―돈이 부족해지기 전―와 비슷해 보인다고 말했다.

한편 스톤하우스와 별개로 스톤카티지도 모양새를 갖춰가고 있었다. 그들 모두 리거를 위해 가구를 옮겨주면서 즐거워했다. 올라는 리거가 그들의 계획을 밝힌 뒤 히키네 식구들을 어떻게 대해야 할지 매우 불안해한다는 사실을 눈치챘지만, 치키로부터 이런 문제는 논의해봐야 좋을 게 없다는 사실을 배웠다.

브리짓과 살던 때와는 딴판이었다. 그때는 모든 것을 의논하고 철저히 따졌다. 물론 그것은 지난일이 되었다. 브리짓은 이제 예전 같지 않았다. 그녀는 결혼식, 하객 명단, 결혼식 준비 목록, 좌석 배치 때문에 애가 닳았고, 올라가 지금 스토니브리지에서 지내고 있으니 일종의 웨딩플래너가 되어주기를 바랐다.

올라가 교회에 가서 신자석 통로쪽 끝에 어떤 꽃다발을 걸면 좋을지 알아봐줄 수 있을까? 올라가 스토니브리지에는 그런 것을 본 사람은 아무도 없다고 말해도 막무가내였다. 브리짓은 누구도 멈출 수 없는 '미친 신부' 상태로 변해 있었다.

올라는 절망에 빠져 치키에게 조언을 구했다. 치키가 잠시 생각에 잠겼다.

"가족들이 하고 싶어할 거라고, 이런 일은 가족들이 처리해야 하는 거라고 말해봐."

"하지만 그애는 가족들을 믿지 않는걸요. 식구들은 촌뜨기라면서요."

"그애 말이 아마도 맞겠지. 하지만 그애 가족들은 스톤하우스와 관련된 것이면 뭐든 적대감을 보이니까, 네가 나서면 모양새가 이상해진다는 점을 강조해. 그렇게 하면 그 문제에서 빠져나올 수 있을 거야."

"이모는 여기서 썩을 분이 아니에요. 유엔에 들어가셔야 해요." 올라가 감탄하며 말했다.

브리짓은 긴장되고 불안한 마음 때문에 결혼식 전 이곳에 두 번이나 찾아왔다.

"네 집에서 지내도 될까?" 브리짓이 올라에게 부탁했다. "내가 우리집에서 지내면 우리 엄마는 딸이 결혼식을 올리기도 전에 돌아가실 거야."

올라는 브리짓을 자기 집에서 지내게 하고 싶지 않았다. 그렇게 하면 브리짓의 집안과 정말로 사이가 나빠질 것이었다. 더욱이 그녀 자신은 그 미친 결혼식 준비에 꼼짝없이 붙들릴 게 뻔했다.

"그럴 수 없어, 브리짓. 데일리 선생님이 와서 묵기로 했어."

"데일리 선생님? 우리 학교 데일리 선생님?"

"그래, 그러기로 했어."

"맙소사, 너는 스토니브리지로 돌아간 뒤로 아주 이상해졌구나."

"알아. 전부 바다 공기 때문이야."

"언제부터 데일리 선생님과 그런 사이가 됐어?"

"줄곧 그랬어."

"내 생각엔 미스 퀴니랑 일하는 게 너한테 안 좋은 것 같아, 올라. 넌 완전히 괴짜가 됐구나."

"하지만 카나리아 노란색을 입을 만큼 미치진 않았지. 신부 들러리 드레스 색깔은 정했어?"

"아, 네가 원하는 색깔로 입어. 어쨌거나 네 맘대로 할 거잖아."

"좋아. 딱 맞는 색깔이 있지. 크림색 레이스가 달린 짙은 금색 드레스. 과하지 않으면서 세련됐어."

"길어?"

"물론 길지."

"그 옷은 어디 있어? 내가 거기 가면 볼 수 있을까?"

"나한테 있어."

"벌써 샀어?" 브리짓이 화를 냈다.

"결혼식 때 꼭 그걸 입겠다는 건 아니야. 한번 보기만 해."

"하지만 그 옷이 적당하지 않으면 어떻게 할래? 돌려줄 거야?"

"그 옷은 어느 때건 유용하게 입을 수 있을 거야."

"유용하게? 게스트하우스에서 냄비 씻을 때? 맙소사, 올라. 너 정신이 어떻게 된 거 아니야?"

"나도 모르지." 올라가 맞장구를 쳤다.

그녀의 주된 걱정은, 원래 미스 퀴니가 입던 것이었다는 사실을 알리지 않고 그 드레스를 브리짓에게 보여줄 수 있는지였다. 육십 년 전에 미스 퀴니는 그 드레스를 입고 사냥꾼 무도회에 갔다가 대단한 인기를 얻었다. 드레스는 올라를 위해 만들어진 것처럼 잘 맞았다.

데일리 선생은 옛 모습 그대로였다. 그녀는 큰 가방 두 개와 자전거를 가져왔다.

"급하게 알렸는데 와주셔서 정말 감사해요." 올라는 다급한 연락에도 선생님이 선뜻 와준 것이 정말 고마웠다.

"마침 시기가 잘 맞았어. 지나가는 거라고 생각했던 셰인의 바람이 생각보다 더 길어져서 거의 영원한 것이 돼버렸거든."

"안타깝네요." 올라가 말했다.

"나는 안타깝지 않아. 진심이야. 흘러가야 하는 대로 흘러간 거지. 나한테 짧고 강렬한 충격이 필요했던가봐."

"그런 일을 겪으셨어요?"

"그래. 열여덟 살짜리가 임신을 했어. 그뒤로는 그저 아기가 생겨서 기쁘다는 식이 돼버렸고. 며칠 시간을 갖고 다시 생각해보기에 적절한 시점이야."

"그게 여기 있는 동안 하시려는 일이에요?"

"응, 여긴 생각하기에 좋은 장소야. 바닷가에 나가면 더 작아진 기분이 들거든. 내가 덜 중요해지는 것 같고. 그러면 모든 것이 알맞은 비율을 되찾게 되지."

"그게 브리짓한테도 통하면 좋겠네요." 올라가 한숨을 쉬었다.

"브리짓을 잃었다고 생각하는구나. 그렇지?" 데일리 선생이 올라의 마음을 알아주었다.

"네, 솔직히 그래요. 열 살 때부터 가장 친한 친구였으니까요. 다 지나가는 단계 같아요. 브리짓과 제가 잠시 탭댄스를 배우던 때처럼요. 레오타드를 입고 셔플홉스텝과 탭볼체인지를 연습하고 또 연습했어요. 하지만 이번은 평생 동안이겠죠? 폭시랑 말예요!"

"브리짓은 폭시를 사랑하는 거겠지."

"아니요. 폭시를 사랑한다면 그 사람 가족에게 잘 보이려고 그렇게 미친듯이 노력하지는 않을 거예요."

"아니면 그냥 안전막이 필요하든가."

"브리짓이요? 혼자서도 아주 잘 지내는 아이인데요?"

"너는 누구를 사랑해본 적이 있니, 올라?"

"아니요. 사랑한 적은 없어요. 반했던 적은 있지만요."

"음, 적어도 그 차이는 아는구나. 그렇다면 어떤 사람들보다는 더 나은데. 스톤하우스에서 살아남을 식물을 심도록 내가 좀 도와줄게. 네가 심은 식물의 절반은 겨울이 되면 죽을 거야."

데일리 선생은 자전거를 타고 동네를 돌았다. 몇 군데 퍼브에 들러 맥주를 마시면서 자기 영역을 표시했다. 브리짓이 고향에 왔을 때 데일리 선생은 올라는 감히 물어보지 못했던 모든 것을 물어보았다. 일을 그만둘 거면 신혼여행에서 돌아온 뒤 하루종일 무엇을 할 거냐는 질문 같은 것. 곧바로 아기를 낳을 계획인지? 인사를 드리러 폭시네 식구들을 자주 찾아갈 작정인지?

대답은 전혀 만족스럽지 않았다. 브리짓은 경마대회를 자주 보러 가거나 폭시의 여동생이 산다는 스페인에 찾아가는 것 말고는 별 관심이 없는 것 같았다. 하지만 다행스러운 일도 있었다. 브리짓은 빈티지라면서 미스 퀴니의 드레스를 마음에 들어했다. 폭시의 여동생도 빈티지 드레스를 입고 올 거라고 했다. 그 드레스라면 딱 좋을 거라면서.

결혼식은 올라가 염려했던 것만큼이나 끔찍했다. 모든 것이 지나쳤다. 거대한 천막에, 어디를 봐도 돈을 처바른 느낌이었다.

오하라 집안은 풍덩풍덩 돈을 썼고, 심지어 부동산 시장이 활황일 때 구입했다가 경기 침체가 시작되면서 하릴없이 비워두었던 타운하우스도 몇 채 수리했다. 급하게 페인트칠을 하는 등 패럴 집안 사람들이 묵을 수 있게 새단장을 했다. 고생한 보람이 있어 찬사가 쏟아졌다.

폭시의 들러리를 선 코너는 아일랜드 뿌리와 억양을 버린 또다른 꼭두각시 같은 사람이었다. 그의 축하사는 저속하기 짝이 없었다. 신랑 들러리의 특권이라면 신부 들러리와 놀아주는 것인데 오늘밤은 그것이 큰 시련이 아닐 것 같다고 말한 것이다. 폭시는 폭소를 터뜨렸다. 올라는 석상이 된 것처럼 앞만 바라보면서 치키와 시선을 마주치지 않으려 애썼다.

치키는 동생 브라이언에게 그 집안에 들어가지 않은 것은 잘된 일이라고 속삭였다. 하지만 브라이언은 오하라 집안이 자신을 거부했던 사실 때문에 아직 마음이 쓰라린 한편, 실라 오하라—한때 아주 잘 낚은 줄 알았던 도박꾼 남편과 지금 별거중이었다—에 대한 미련도 아직 남아 있었다.

신랑 신부가 섀넌 공항으로 떠난 뒤 코너가 올라에게 다가왔다.

"혼자 살고 있다면서요." 그가 말했다.

"그쪽 매너가 어찌나 멋지던지 말예요." 그녀가 감탄하듯 대꾸했다. "여자들이 전부 졸졸 따라다니겠어요."

"다른 여자들은 일단 접어두지요. 오늘밤은 당신의 이야기를 해봐요. 어때요?" 그가 그녀의 말을 액면 그대로 받아들이며 말했다.

올라가 아연실색하여 그를 쳐다보았다. 그는 그녀가 자신을 조롱한 것을 알아차리지 못한 것이다. 코너와 폭시가 은행가인 걸 보면 서구 경제가 이 꼴이 된 것도 놀랄 일은 아니었다.

"내가 섹스란 게 무엇인지 궁금해서 죽을 지경이어도 당신 엉덩이 근처에는 가지 않겠어요, 코너." 그녀가 싱긋 웃어주며 말했다.

"레즈비언." 그가 쏘아붙였다.

"그렇게 해두면 되겠군요." 올라가 유쾌하게 말했다.

"알겠습니다. 남자를 무시하면서 살아보시죠. 으레 그렇게들 하니까 물어본 거였습니다."

"당연히 그러셨겠죠, 코너 씨." 올라가 어르듯 말했다.

데일리 선생은 결혼식에 참석하지 않으려고 산을 넘어 긴 트레킹을 떠났다. 그녀는 휴가를 온 프랑스인 치과의사 둘을 만났다. 그들은 내일 도니골로 이동한다고 했다. 데일리 선생도 동행하기로 했다. 그들에게는 지붕에 짐을 실을 수 있는 차가 있었다―자전거를 싣기에 완벽했다.

올라는 입을 쩍 벌리고 데일리 선생을 쳐다보았다.

"나도 알아, 올라. 세상은 나 같은 사람들과 브리짓 같은 사람들로 나뉘어 있어. 너는 그 중간이니까 운이 좋은 거지."

올라는 그 문제에 대해 생각해볼 시간이 거의 없었다. 이제 곧 리거의 결혼식이었다. 훨씬 평범한 결혼식이 될 것이었다.

치키는 스톤카티지에서 구운 양고기를 대접할 것이고, 리거와 카멀을 위해 엄청나게 큰 케이크를 만들었다. 어처구니없는 대형 천막이나 패럴과 오하라 집안의 허세에 비하면 아주 편안하고 즐거움이 넘치는 결혼식이었다.

결혼식이 끝나고 히키네 가족이 집으로 행복하게 돌아갔을 때 치키, 올라, 미스 퀴니는 한자리에 앉아 서로를 축하했다.

스톤하우스 개축에서 가장 중요한 건축 공사가 거의 완성되었다. 이제 인테리어 디자인과 실내장식만 합의를 보면 끝이었다. 치키는 아직도 전문가를 고용하고 싶어했지만, 올라는 누구든 그 능력이 입증될 때까지는 비용을 지급해서는 안 된다고 주장했다. 올라는 치키 혼자서도 그 일을 잘해낼 거라고 생각했다. 어쨌거나 집의 원래 모습에 대한 자료를 가진 사람은 치키였다. 미스 퀴니가 옛날에 그 집이 어떤 모습이었는지 말해주면 되는 것이다.

치키는 안락함과 스타일에 대해 잘 이해했지만 자신의 생각에 확신이 없었다.

"여기 와서 묵는 사람들은 제법 많은 돈을 내게 될 거야. 이곳이 가짜 같다거나 천박하다는 말을 듣고 싶지는 않아."

"저는 런던에서 디자이너라는 사람들을 많이 만나봤어요." 올라가 말했다. "개중에는 아주 훌륭한 사람들도 있지만 상당수가 사기꾼들이에요. 그야말로 벌거벗은 임금님 같은 거죠. 그 사람들을 매처럼 감시해야 할걸요."

하워드와 바버라 부부에게 일을 맡기기로 결정되었다. 브리짓이 잘한다고 추천한 사람들이었는데, 더블린에서 열린 어느 파티에 폭시 패럴과 함께 갔다가 만났다고 했다.

올라는 보자마자 그들이 마음에 들지 않았다. 사십대 초반의 부부였는데, 가식적인 억양에 뭔가를 무시할 때면 '달링'이라든가 '너무' 같은 말을 턱없이 많이 썼다.

"달링, 홀에 커다란 괘종시계를 건다는 생각은 꿈에도 하지 말아요. 수면 리듬을 너무 교란시키거든요."

"홀에는 항상 커다란 괘종시계가 걸려 있었어요." 가엾은 미스 퀴니가 온화하게 말했다.

"이보셔요, 지금 이곳을 더 괜찮은 장소로 만들려고 하는 것 아닌가요? 우리가 여기 온 이유도 그걸 텐데요, 달링."

그들은 하워드와 바버라에게 커다란 창문과 바다를 내다보는 발코니가 있는 최고로 좋은 침실 하나를 내주었다. 그들은 방을 둘러보더니 코웃음을 쳤다. 계단을 내려가면서는 서로 시선을 교환했다. 부엌에 깔린 돌바닥처럼 그들의 마음에 들지 않는 것이 보이면 살짝 몸서리를 쳤다. 돌을 뜯어내고 품질이 아주 좋은 원목 마루를 깔아야 한다고 했다. 올라는 돌바닥이 진짜이며, 이 집이 지어진 1820년대 이후로 줄곧 그랬다고 말했다.

"더이상 왈가왈부할 것 없어요." 하워드가 말했다. "지금은 없애야 할 때예요." 하지만 그 싸움에서는 올라가 이겼다. 돌바닥만큼은 타협할 수 없었다.

바버라와 하워드는 오전용 거실을 미스 시디 룸이라고 부르는 것을 반대했다. 그들은 그러는 것이 좀 감상적이라면서 달링, 어떤 곳의 품위를 떨어뜨리는 게 있다면 그건 바로 감상적인 요소예요, 하고 말했다. 하지만 그들의 방은 젖은 수건을 욕실 바닥에 던져놓고 지저분한 커피잔과 유리잔과 재떨이를 잔뜩 늘어놓아 그야말로 엉망진창이었다. 여기서는 금연이라고 몇 번이나 말해줘도 소용없었다.

그들은 담벼락 정원이 완전히 아마추어 솜씨라며 좋게 평가하지 않았다. 손님들은 훨씬 더 크고 정교하게 가꾼 조경에 익숙할 거라고 했다. 그들은 글로리아를 보더니 얼굴을 심하게 찡그리며 음식 근처에 고양이를 두는 것은 비위생적이라고 했다. 미스 퀴니, 치키, 올라가 글로리아는 흠잡을 데 없이 얌전한 고양이라 식사중일 때는 식탁 근처에 얼씬도 하지 않는다고 말해도 소용없었다. 뭐, 이런 사건이 있긴 했다. 글로리아가 하워드의 다리를 스크래처로 착각한 것이다. 하워드의 비명소리에 깜짝 놀란 글로리아가 그의 바지 안으로 기어오르려 했다. 바버라는 불쌍한 고양이에게 소리를 지르며 팔을 휘둘렀고, 글로리아는 소파 뒤로 달아나 벌벌 떨면서 미스 퀴니가 구해줄 때까지 숨어 있었다. 이쯤 되자 하워드와 바버라를 미워하는 사람은 올라만이 아니었다.

글로리아가 꼭 있어야 한다는 주장을 이기지 못하자 그들은 카멀에게 적대감을 돌렸다. 카멀의 임신이 너무 티가 난다는 것이었다. 그들은 아기가 태어나면 카멀을 멀찍이 떨어뜨려놓아야 할 거라고 말했다. 손님이 가장 싫어하는 게, 달링, 아기들이 빽빽 우는 소리잖아요. 아기 울음소리에는 사람을 불쾌하게 만드는 요소들이 너무 많거든요.

그들은 치키가 올라와 함께 대접한 맛좋은 요리를 한 번도 칭찬하지 않았다. 오히려 스톤하우스에 적당한 와인셀러가 있어야 한다고 고집을 부렸고, 저녁식사를 마친 뒤에는 큰 잔에 브랜디를 따라달라고 요구했다.

올라는 마음을 단단히 먹었다. 둘째 날 아침식사를 마친 뒤 그녀는 실내장식이나 자재, 색깔을 어떻게 할 것인지 실질적인 조언을 바란다면서 그런 것들은 어디서 구하는지도 함께 알려달라고 했다.

바버라와 하워드는 약간 뜨끔한 것 같았다. 그들은 이곳의 느낌을 충분히 흡수하면서 며칠 동안 구상을 했다고 말했다. 올라가 예상한 대답이었다. 그녀는 아침식사를 마친 뒤 커피 퍼컬레이터를 들고 사무실에 들어와서는 뭔가 기대하는 표정으로 컴퓨터 옆에 앉았다.

"물론 이곳은 후기 조지언 양식으로 지어진 옛날 집이에요." 올라가 당차게 말했다. "인터넷에서 이런 양식으로 지어진 집들을 찾아봤는데, 상의를 드릴까 하고 프린터로 몇 장 뽑아왔어요. 두 분은 어떤 자료를 가지고 있으신지 궁금해서요. 비교해보면 좋을 것 같아요."

그들이 깜짝 놀라 그녀를 쳐다보았다. "음, 물론 누구나 고전적인 조지언 양식으로 지어진 저택들을 알고 있지요……" 바버라가 입을 열었다. 올라는 저만치 떨어진 곳에서 누군가가 버럭 소리를 지르는 모습이 보이는 것 같았다.

"네, 하지만 이 집은 물론 저택이 아니지요. 그냥 아담한 소지주의 주택에 불과하고, 뚜렷하게 조지언 양식을 따랐다기보다는 오히려 거의 빅토리언 양식이라고 볼 수 있죠. 전체적인 색채 계획은 어떻게 잡고 계신지 궁금한데요."

"그 문제는 우리가 어디서부터 시작하는지에 거의 달린 것 같은데요, 달링. 그렇지 않아요? 마치 끈 하나의 길이가 얼마나 되는지 묻는 것과 너무 비슷하군요. 색채만 물어보시다니 말이죠." 하워드가 카랑카랑한 목소리로 말했다.

"그러면 천은 어디서 구하면 될까요?" 올라가 프린터로 뽑아온 종이들을 홀홀 넘겨보며 말했다. 하워드와 바버라가 서로 눈빛을 교환했다.

치키가 끼어들었다.

"우리도 물론 생각하는 게 있어요. 하지만 진정한 전문가들이 우리를 이끌어주기를 바라지요. 우리보다는 두 분이 경험도 훨씬 많고 아는 업체도 훨씬 많으실 테니까요."

"당신이 컴퓨터를 그렇게 잘하는지 몰랐네요." 바버라가 올라에게 쌀쌀맞게 말했다.

"제 세대를 말씀하시는 거죠?" 올라가 빙긋 웃었다. "두 분은 왜 홈페이지도 없는지, 그것도 궁금해요."

"필요한 적이 없었으니까요." 바버라가 잘난 체하며 말했다.

"그럼 사람들이 두 분을 어떻게 찾아내나요?" 올라의 표정은 천진난만했다.

"소개를 받아요."

"네, 그렇게 두 분의 이름을 알게 되는 거군요. 그러면 두 분이 실제로 어떤 작업을 했는지는 어떻게 알 수 있을까요?"

이번에도 올라의 표정은 천진난만했지만 여지없는 도전적인 분위기였다.

회의가 끝났을 무렵 그들의 중도 하차는 확실해졌다.

바버라가 지금까지 자신들이 들인 시간과 노력에 대한 비용을 언급했다. 치키와 올라는 어리둥절한 표정으로 서로를 쳐다보았다. 하워드가 서로 딱히 문제가 생긴 건 없으니 우호적으로 헤어지자고 제안했다. 그들은 사업의 성공을 빌어주었다. 후회와 불신이 뒤섞인 어조로, 스톤하우스가 문을 열기라도 한다면 일주일 이상 버티기를 바란다고 말했다.

리거는 그들을 차에 태워 역까지 데려다주었다.

리거가 나중에 말해주기로, 그들은 역으로 가는 동안 한마디도 하지 않고 앉아 있었다. 다시 와서 실내장식을 감독할 것인지 그가 묻자 그들은 그런 일은 없을 것 같다고 대답했다.

"여기서 즐거운 시간을 보내셨기를 바랍니다." 리거가 말했다.

"즐겁다는 말은 너무 거창하군요, 달링." 리거가 그들의 짐을 기차에 실어줄 때 그들이 말했다.

치키, 카멀, 올라는 그날 밤 인테리어에 쓸 색깔과 천들을 골랐고 다음날 작업에 착수했다. 그 사건은 교훈이 되었다. 세상에는 실력 있는 디자이너들도 있겠지만, 그들은 찾아내지 못했다. 다시 찾아볼 시간은 없었다. 지금은 그들 자신을 믿을 때였다.

호텔이 조금씩 형태를 갖추어갔다.

홈페이지를 만들었고 스톤하우스에서 바라본 전망 사진들을 찍어 올렸다. 그리고 이곳에 오면 어떤 것이 제공되는지도 자세히 써 올렸다. 문의는 많았지만, 아직 확실히 예약한 사람은 없었다.

올라는 보도자료를 만들어 신문과 잡지와 라디오 프로그램에 보냈다. 이벤트 몇 개에 '스톤하우스에서 보내는 일주일간의 겨울 휴가'를 상품으로 내걸었다. 홍보가 되리라는 판단에서였다. 올라는 커다란 스크랩북을 사서 미스 퀴니에게 혹시 쓸모가 있을 것 같은 글이 실리면 오려서 모아달라고 부탁했다. 공항과 여행 안내소, 독서클럽, 조류 관찰 단체, 스포츠클럽에도 홍보했다. 페이스북과 트위터 계정도 만들었다.

치키는 스톤하우스의 작은 사무실에서 그런 세상에 접근할 수 있다는 사실이 좋았다. 메뉴를 완성해서 홈페이지에 올렸다. 호텔을 무리 없이 운영하기 위해 공급업자와 배달업자와 계약을 맺어 시간을 정하는 등 일상 업무를 정립했다. 점차 확실히 예약하겠다는 사람들이 생겨났다. 첫 방문객들을 맞이할 시간이 임박했을 때 카멀이 쌍둥이를 낳았다.

미스 퀴니는 올라에게 이렇게 행복했던 적이 없었다고 말했다. 그 무렵 스톤하우스에서는 아주 많은 일들이 일어나고 있었고, 그 모든 중심에 미스 퀴니가 있었다. 오전용 거실에는 이제 공식적으로 미스 시디 룸이라는 명칭이 붙었다. 비어트리스, 제시카, 미스 퀴니의 소녀 시절을 보여주는 사진들을 복원해 그곳에 걸어놓았다. 예전에 미스 퀴니는 스토니브리지 사람들 중 극소수만 알고 지냈지만 지금은 모두를 알았다. 맛좋은 식사도 했고 집도 따뜻했다. 나이를 먹어가면서 삶이 이토록 좋아질 거라고 누가 생각이나 했겠는가?

"치키가 걱정이야. 일을 너무 열심히 해." 미스 퀴니가 고개를 설레설레 저으며 올라에게 속마음을 털어놓았다. "치키는 아직 젊어. 어쨌거나 내가 보기에는 그래. 치키를 연모하는 시선들이 많은데 치키는 그 사람들을 신랑감으로 생각조차 하지 않으니."

"저는요, 미스 퀴니? 제 걱정은 안 되세요?"

"응, 올라. 조금도. 너는 약속대로 여기서 치키와 일 년 동안 일한 다음 그 기간이 끝나면 다시 세상으로 나가 네 뜻을 펼치며 살거잖니. 네 얼굴에 다 쓰여 있어."

올라는 그런 신임을 얻었는데도 기분이 좋아지는 대신 불현듯 외로움이 밀려왔다. 그녀는 세상으로 나가 자신의 뜻을 펼치며 살고 싶지 않았다. 여기 계속 있으면서 끝까지 함께하고 싶었다.

"서둘러 떠날 생각은 없어요, 미스 퀴니." 올라가 말했다.

"스토니브리지에서 너무 오래 지내는 건 위험해. 너도 알겠지만 갈매기나 개닛*하고 결혼할 수는 없잖아." 미스 퀴니가 말했다.

"하지만 방금 지금이 그 어느 때보다 행복하다고 말씀하지 않으셨어요?"

"이 상황에서 최선을 다한 거지. 나는 운이 좋았어. 아주 좋았어." 미스 퀴니가 말했다.

다음날 아침 미스 퀴니에게 차를 가져간 올라는, 침대를 보자마자 한눈에 그녀가 잠든 사이 숨진 것을 알아차렸다. 두 손이 포개져 있었다. 얼굴은 평온했다. 관절염이나 통증이 말끔하게 나은 것처럼 이십 년은 젊어 보였다.

올라는 지금껏 죽은 사람을 본 적이 없었다. 하지만 그렇게 무섭지는 않았다.

그녀는 찻잔을 치키의 방으로 가져갔다.

---

*캐나다와 스코틀랜드의 대서양 연안에 많은 바닷새.

치키는 이미 깨어 있었다. 그녀는 올라를 보자마자 무슨 일이 일어났는지 바로 알아차렸다.

"하느님이 있을 리가 없어. 호텔 문을 열기도 전에 퀴니를 데려가다니. 너무 억울해." 치키가 울먹였다.

"어쩌면 그게 최선인지도 모르잖아요." 올라가 말했다.

"무슨 뜻이니, 올라? 미스 퀴니도 얼마나 함께하고 싶어하셨는데."

"아니요. 불안해하셨어요. 저한테 손님들이 저녁을 먹을 때 당신도 같이 먹는 게 좋을지 어떨지 물어보신 것만도 여러 번이었어요."

"물론 같이 드셔야지."

"너무 늙고 초라해서 염려된다고…… 미스 퀴니가 그렇게 말씀하셨어요. 제가 한 말이 아니고요."

"너는 어떻게 그렇게 침착할 수 있니? 불쌍한 퀴니. 불쌍한 우리 퀴니. 이렇다 할 인생을 살지도 못하셨는데."

올라가 손을 내밀었다. "미스 퀴니를 보러 가요, 이모. 그냥 얼굴만 보세요. 보시면 그분도 행복한 인생을 살았다는 걸 아실 거예요. 이모가 그걸 가능하게 했어요."

그들은 미스 퀴니가 팔십 평생을 살았던 방으로 들어갔다. 1930년대로 거슬러올라가 아일랜드가 독립한 지 십 년이 되던 그해부터 살았던 방으로.

고양이 글로리아도 따라 들어왔다. 글로리아는 침대에 올라가지 않고, 지금이 좋지 않은 상황인 것을 아는 것처럼 방 입구에서 경건한 자세로 쳐다만 보았다. 그들은 가만히 서서 미스 퀴니의 얼굴을 바라보았다. 치키가 몸을 숙여 그녀의 차가운 손을 만졌다.

"저희를 자랑스럽게 여기시도록 노력할게요, 퀴니." 그녀가 말했다. 그들은 문을 닫고 나간 뒤 리거와 카멀에게 가서 그녀의 죽음을 알렸다. 그리고 닥터 데이에게 전화를 걸었다.

스토니브리지 전체가 미스 퀴니 시디에게 성대한 작별인사를 했다. 많은 사람들이 스톤하우스 밖에 모여, 그녀를 싣고 느리게 성당으로 달려가는 영구차 뒤를 따라 걸었다.

존슨 신부는, 다음주는 수십 년 만에 처음으로 이 성당에서 시디 집안 사람을 보지 못하는 주가 될 거라고 했다. 그는 미스 시디가 지난주에 자신을 찾아와서, 장례식이 언제가 될지 모르겠지만 그날 사람들이 〈Lord of the Dance〉를 불러도 괜찮은지 물어보았다고 했다. 존슨 신부는 천국의 선물을 받는 것은 때가 없어 누구든 미스 퀴니가 받기 전에 먼저 받았을 수 있겠지만, 하느님의 뜻은 신비롭기에 그녀는 이제 잘살았던 이 세상의 기억을 뒤로한 채 사랑하는 언니들의 품으로 가게 되었다고 말했다.

참석한 사람들 모두 〈Lord of the Dance〉를 노래했다. 사람들은 마음씨 착한 미스 퀴니가 기억도 잘 나지 않는 오래전부터 수십 년 동안 그들과 그들의 자녀들을 흐뭇하게 바라보던 것을 생각하며 코를 풀고 눈물을 훔쳤다.

리거는 작은 관을 묘지까지 운구하는 넷 중 한 명이 되었다. 미스 퀴니가 그녀의 집에서 처음에 어떻게 그를 맞아주었는지를, 그리고 담벼락 정원에서 스톤카티지, 그가 모는 밴을 타고 돌아다니던 시간들, 쌍둥이의 탄생에 이르기까지 그 모든 일에 미스 퀴니가 얼마나 신나했었는지를 떠올리며 그는 비장한 표정을 지었다.

그는 로지와 매퀸이 앞으로 살아가면서 그토록 사랑스러운 할머니를 볼 수 없게 되었다는 사실이 안타까웠다. 아이들에게 그녀에 대해 전부 말해줄 것이다. 어느 날 그 자신이 이 묘지에 묻힐 때, 그의 아이들은 자기네 아이들에게 훌륭했던 미스 퀴니에 대해 말해줄 것이다. 종종 폭풍 같았던 옛 아일랜드로부터 내려온 훌륭한 유산, 미스 퀴니에 대해.

시디의 친척은 없었다. 리거가 첫 삽을 떠서 무덤에 뿌려달라는 부탁을 받았다. 그의 뒤로 치키와 올라가 흙을 뿌렸다. 참석한 많은 사람들은 말없이 서 있었고, 웨일스 출신인 닥터 데이가 풍부한 성량으로 느닷없이 〈Abide With Me〉*를 노래했다. 그리고 나서 모두 줄을 지어 언덕을 내려왔다.

스톤하우스에서는 차와 샌드위치를 대접했다.

글로리아는 미스 퀴니를 찾아 폴짝폴짝 뛰어다니다가, 앞문 밖에 어리둥절하게 앉아 제 몸을 열심히 핥아댔다.

바쁘게 음식을 나르면서부터 올라는 정신을 차렸고, 얼마나 많은 사람들이 참석했는지를 깨달았다. 런던에서 브리짓과 폭시가 왔다. 데일리 선생도 누군가로부터 소식을 전해 듣고, 이제는 가까운 친구가 된 프랑스인 치과의사 하나와 함께 나타났다. 오하라 집안 사람들도 이전의 적대감은 잊고 모두 참석했다. 건축업자들, 공급업자들, 지역 농부들, 편물공장 직원들, 그리고 치키에게 반했다고 소문난 근처 타운의 사무변호사 에이딘도 참석했다.

미스 퀴니가 살아 있었다면 손뼉을 치며 "이 사람들이 전부 나 때문에 왔다니! 정말 착한 분들이네!"라고 말했을 것이다.

---

* '때 저물어 날 이미 어두우니'라는 곡명으로 알려져 있다.

에이던은 올라를 따로 불러 미스 퀴니가 지난주에 유언장을 작성했다는 사실을 알려주었다. 남은 유산 거의 전부를 치키에게 남겼지만 일부 재산은 리거와 올라 각각에게 남겼다고 했다.

그는 또한 올라에게 자신이 점잖게 요청하면 치키가 그와 함께 저녁을 먹으러 나갈 것 같은지 물었다.

올라는 스톤하우스가 일반인들에게 문을 열 때까지 기다려야 할 거라고 말했다. 치키가 지금 당장은 그 일에 완전히 몰입해 있다면서. 그리고 치키에게 지금 달리 만나는 사람은 없다고 에이던을 안심시켰다.

"귀찮게 굴지는 않을 겁니다." 그가 말했다.

"정말 좋은 분들을 소개해주셨던데요." 올라가 몇몇 삼촌들과 비통한 표정을 한 폭시를 맹렬하게 쏘아보며 말했다.

"정말 그러네요. 바버라와 하워드가 이곳을 정말 멋지게 바꾸어놓았군요." 폭시가 인정한다는 듯 말했다.

"그렇죠?" 치키가 맞장구를 쳤다.

리거가 입을 열어 그 사람들은 기여한 바가 전혀 없다는 말을 하려는 찰나, 올라가 얼굴을 찡그렸다. 인생은 짧다. 치키는 이런 식으로 넘기기로 이미 결정을 내렸다. 그냥 이렇게 두자.

며칠 있으면 첫 손님들이 도착할 것이었다. 예약이 거의 다 찼다. 남은 방은 하나뿐이었다. 올라와 치키는 매일 저녁 앉아서 손님 명단을 훑어보았다. 스웨덴, 잉글랜드, 더블린에서 오는 손님들이었다. 차를 운전해서 온다는 사람도 있었고 기차를 타고 온다는 사람도 있었다. 리거가 모든 손님의 도착 시각을 전달받았다.

그들은 메뉴를 검토하고 또 검토하면서 빠진 재료가 없는지 점검했다. 그들은 이 모든 사람들이 밤마다 식탁에 둘러앉고 매일 아침 식사를 하러 모이는 장면을 그려보았다. 미스 시디 룸에는 잡지와 소설을 선별하여 구비했다. 지도와 조류 관찰 서적, 가이드북도 준비했다. 장화, 우산, 레인코트도 현관에 구비해놓았다.

글로리아는 미스 퀴니에 대한 짧은 애도의 기간을 보낸 뒤 서서히 회복하여, 평소처럼 난롯가에 엎드려 가장 고달픈 이의 가슴을 달래주듯 가르랑거렸다.

"이제 다시 탈출할 돈이 마련됐겠구나, 올라." 치키가 문을 열기 전날 저녁에 말했다.

"탈출할 돈은 언제나 있었어요." 올라가 말했다.

"너를 붙잡고 있지는 않겠다는 얘기야. 너는 약속한 것 이상으로 잘해줬어."

"왜 모두 나를 떠나보내려 하는 거죠?" 올라가 물었다. "미스 퀴니도 그러셨어요. 돌아가시기 전날 밤에 저더러 스토니브리지에서 갈매기나 개닛하고 결혼할 수는 없다고 하셨거든요."

"미스 퀴니의 말씀이 옳아." 치키도 동의했다.

"이모는요? 에이던이 이모에 대해 물어봤어요."

"그 얘긴 그만, 올라!"

"월터 이모부라면 이모가 다시 결혼하기를 바랄 거예요."

"응, 그럴 거야."

"그런데요?"

"그런데 뭐? 아내가 있는 닥터 데이를 가로챌까? 존슨 신부님을 파계시킬까? 인터넷에 광고라도 낼까? '자영업을 하는 돈 많은 과

부'라고?" 치키가 웃었다. "지금은 네 이야기를 하는 중이야. 인생은 한 번뿐이야, 올라."

"그렇다면 여기서 잠시 사는 게 뭐가 잘못이에요?" 올라가 물었다. "이 호텔이 제대로 돌아가는지 일 년도 지켜보지 않고 떠난다면 누구라도 견디기 힘들 거예요."

치키가 의자에 편히 기대앉았다. 글로리아도 그 말이 맞다는 듯 기지개를 폈다.

홀에 걸린 괘종시계가 자정을 알렸다.

그날은 스톤하우스가 일반인들에게 처음 문을 여는 날이었다. 앞으로 올 많은 밤들에는, 이 부엌에 그들끼리만 앉아 있는 일은 없을 것이었다.

그들은 잔을 들어 건배했다. 바닷가에는 파도가 밀려와 부서졌고, 나무들 사이로 바람이 쌩쌩 불었다.

위니

물론 위니는 결혼을 하고 싶었다. 혹은 오래가는 연애를 하고 싶었다. 누가 그런 마음이 없겠는가?

평생 곁에 있어줄 사람이 생기는 것이다. 삶을 같이할 사람, 궁극적으로는 자식을 함께 낳을 사람. 그녀가 원하는 게 그것이라는 사실은 확실했다. 하지만 대가 없이 되는 일은 없다.

어느 친구처럼 술꾼과 결혼하는 일은 절대 없을 것이다. 그 친구 남편이 결혼 파티 때 어찌나 폭력적으로 굴었는지, 몇 년이 지나도 위니는 그날의 충격이 생생했다.

만사에 제멋대로인 남자나 구두쇠와도 결혼하지 않을 것이다. 하지만 친구들이 결혼한 남자들은 대부분 선량하고 따뜻하고 행복했으며, 일생의 배필이 되어주었다.

그런 사람이 저기 어딘가에 있다면.

있다 하더라도 위니가 어떻게 찾을 것인가? 온라인 데이트도,

스피드 데이트도 해보았다. 클럽에도 가보았다. 다 허탕이었다.

삼십대 초반이 되자 위니는 사실상 포기했다. 그녀는 바쁘게 살았다. 파견 간호사로 일했기 때문에 더블린에 있는 병원들을 돌면서 어느 낮은 여기서, 어느 밤은 저기서 일했다. 그녀는 극장에 가고 친구를 만나고 요리 강좌를 듣고 독서를 많이 했다.

그녀의 인생이 슬프고 외로운 것은 아니었다. 결코 그런 건 아니었지만, 누군가를 만나 이 사람이 바로 그 사람이라고 알아볼 수 있다면 좋을 것 같았다. 한눈에 알아보는 것이다.

위니는 낙천주의자였다. 병동 사람들은 그녀에 대해 같이 일하기에 정말 좋은 간호사라고 입을 모았는데, 언제나 즐거움을 느낄 일을 찾아내는 사람이었기 때문이다. 환자들도 그녀를 아주 좋아했다—그녀는 늘 시간을 내서 그들을 안심시키고 그들이 얼마나 잘 이겨내고 있는지, 현대 의학이 얼마나 발전했는지 말해주곤 했다. 병원 구내식당에서 아일랜드 남자들은 다 한심하다고 징징대면서 시간을 허비하는 일도 없었다. 그녀는 그저 그 상황을 받아들이며 지냈다.

그녀는 아직도 어딘가에 사랑할 사람이 있을 거라는 희망을 막연히 품고 있었다—정말로 그런 사람을 찾을 수 있을 거라는 확신까지는 하지 못했지만.

그녀가 테디를 만난 것은 서른네번째 생일날이었다.

그녀는 여자 친구들 셋—모두 결혼했고 모두 간호사였다—과 함께 리피 강가 부두에 있는 엔니오스 레스토랑에 저녁을 먹으러 갔다. 위니는 새로 산 은색과 검은색 조합의 재킷을 입고 있었다.

엄청 비싼 컨디셔닝 시술을 받으라는 미용사의 설득에 넘어가 머리도 새로 했다. 친구들은 그녀에게 아주 멋져 보인다고 말했지만, 그들은 늘 그런 말을 해주었다. 다만 인생의 동반자를 얻는 일에는 그런 게 통하지 않는 것 같았다.

아름다운 저녁이었다. 직원들이 모두 테이블로 와서 생일 축하 노래를 해주었고, 식당에서 이탈리아 술을 공짜로 제공했다. 옆 테이블에서 두 남자가 그들을 감탄하며 지켜보았다. 그 남자들이 생일 축하 노래를 어찌나 활기차게 불렀는지 레스토랑에서 그들에게도 공짜 술을 제공했다. 그들은 정중하게 자신들이 너무 주제넘었던 건 아닌지 모르겠다고 사과했다.

피터가 자신은 로스모어 출신의 호텔 경영자이고 그의 친구는 그 지역에서 치즈 제조업을 하는 테디 헤너시라고 소개했다. 피터의 아내와 테디의 어머니가 공연 관람을 좋아해서 매주 더블린에 온다고 했다. 그들은 매번 새 레스토랑에 가보는 것을 좋아했다. 엔니오스 레스토랑은 이번이 처음이었다.

"아내분은 같이 더블린에 오지 않으세요?" 피오나가 테디를 향해 예리하게 질문했다.

위니는 얼굴이 달아오르는 것을 느꼈다. 피오나는 테디가 짝이 있는지 없는지 알아보려고 떠본 것이었다. 테디는 눈치채지 못한 것 같았다.

"아니요. 저는 아내가 없어요. 치즈를 만드느라 너무 바빠서 그런 거라고들 하네요. 전 완벽하게 자유의 몸이랍니다." 그는 소년 같고 진지했다. 부드러운 금발 머리가 흘러내려 그의 눈을 덮었다.

위니는 그가 자신을 쳐다보는 것 같다고 생각했다.

하지만 어리석은 기대를 하거나 지나치게 낙천적이 되어서는 안 되었다. 어쩌면 그는 네 여자들 중 결혼반지를 끼지 않은 사람이 그녀뿐인 것을 알아차렸을 수도 있었다. 어쩌면 순전히 그녀 혼자 상상한 것인지도 몰랐다.

대화는 술술 풀렸다. 피터는 그의 호텔에 대해 말했다. 피오나는 자신이 일하는 심장전문 병원 이야기를 했다. 바버라는 남편 데이비드가 도자기 공방을 시작하면서 부딪친 굵직한 사건들에 대해 말했다. 폴란드 출신으로 최근에 간호사 교육을 마친 아니아는 그녀가 낳은 아기 사진을 보여주었다.

테디와 위니는 거의 말을 하지 않았지만 서로를 의식하고 있었다. 그들은 한자리에 편안히 앉아 있었다는 점만 빼면 서로에 대해 알게 된 것이 거의 없었다. 그리고 남자들이 극장에 가서 숙녀들을 데려올 시간이 되었다. 로스모어까지는 차로 두 시간이 걸릴 것이다.

"다시 만날 수 있으면 좋겠군요." 테디가 위니에게 말했다.

세 여자는 피터에게 열심히 작별인사를 해댔다.

"저도요." 위니가 말했다. 두 사람 중 누구도 전화번호나 주소를 주고받으려는 시도는 하지 않았다.

결국 피터가 그 일을 맡았다.

"제가 숙녀분들께 명함을 드려도 되겠습니까? 이만큼 좋은 다른 레스토랑을 알면 저희한테 알려주시겠어요?" 그가 말했다.

"그거 좋은데요, 피터. 아, 위니, 너도 명함 있지?" 피오나가 의미심장하게 말했다.

위니는 엔니오스의 품질 좋은 와인을 홍보하는 명함 뒷면에 자신의 이메일 주소와 전화번호를 써주었다. 남자들이 떠났다.

"정말이지, 피오나, 차라리 내 머리 위에 '절박한 노처녀'라고 네 온사인을 다는 게 낫겠다." 위니가 따졌다.

피오나는 어깨를 으쓱했다. "괜찮은 남자였어. 나더러 어쩌라고, 그 남자를 그냥 보내?"

"치즈 제조업을 한단 말이지!" 바버라가 곰곰이 생각했다. "내 느낌엔, 여유가 아주 있어 보여."

"헤너시 부인…… 그거 괜찮게 들리는데." 아니아가 웃으며 말했다.

위니는 한숨을 내쉬었다. 그는 분명 괜찮은 사람이었다. 이 우연한 만남 이후 그녀의 기대감은 잔뜩 커졌다.

테디가 다음날 위니에게 전화를 했다. 이번 주말에도 더블린에 온다고. 같이 만나 커피를 마시면 어떨까요?

그들은 너르고 해가 잘 드는 카페에서 오후 내내 이야기를 나누었다. 할말도, 들을 말도 아주 많았다. 그녀는 자신의 가족에 대해 말했다—여자 형제 셋과 남자 형제 둘이 있는데 모두 세계 각지에 흩어져 살았다. 떠날 때 공항에서 울며불며 작별인사를 하고 또 했고, 꼭 찾아오라고 당부하면서 난리법석을 떨었다고 했다. 하지만 위니는 오스트레일리아나 미국에 가고 싶은 마음은 없었다. 그녀는 정말로 고향을 떠나기가 싫었다.

테디도 고개를 끄덕였다. 그도 그녀와 생각이 똑같았다. 그는 한 번도 로스모어에서 멀리 떨어져 살고 싶었던 적이 없었다.

위니가 열두 살이었을 때 어머니가 돌아가시면서 집안의 불빛이 사라졌다. 오 년 뒤 아버지가 재혼을 했다. 올리브라는 이름의 여자였는데 성격은 좋았지만 거리감이 느껴졌다. 장신구를 만들어 시장이라든가 이 나라 곳곳에서 열리는 박람회에 내다팔았다. 그녀가 올리브를 좋아했는지 아니었는지 말하기는 쉽지 않았다. 올리브는 저멀리 떨어진 다른 세상에 사는 사람 같았다.

테디는 외아들이었고, 어머니는 남편과 사별했다. 그의 아버지는 아주 오래전에 농장에서 사고로 숨졌다. 어머니는 테디를 명문 학교에 보내기 위해 지역 유제품공장에서 일했다. 그는 즐겁게 학교에 다녔지만, 어머니는 아들이 의사나 변호사가 되지 않자 크게 실망했다. 그가 그런 직업을 가졌다면 그녀가 그토록 오랜 시간 고되게 일한 것에 대한 보상이 되었을 것이다.

그는 치즈 만드는 일을 좋아했다. 몇 차례 상도 받았다. 규모는 작았지만 꾸준하고 착실한 업체였다. 그는 좋은 사람들을 많이 만났고, 멀리 해외에서 일자리를 구해야 했을 사람들에게 로스모어에서 일할 기회를 줄 수 있었다. 그의 어머니는 유제품공장에서 오래오래 일한 끝에 뛰어난 사업가가 되어, 그의 회사 회계도 맡았고 사업에도 깊이 관여했다.

위니는 간호사로서의 삶에 대해 말하고, 업체에 소속된 파견 간호사라는 것이 무슨 의미인지 설명해주었다. 말 그대로 내일 어디에 가서 근무하게 될지 모르는 것이었다. 새로 지어 번쩍거리는 큰 사설 병원이 될 수도 있었고, 부산한 도심 병원이 될 수도 있었다. 분만실이나 노인 요양원이 될 수도 있었다. 아주 다양했기 때문에 여러모로 좋았지만, 한편으로는 맡은 환자를 잘 모른다는 의미이기도 했다―치료에 연속성을 갖거나 개입하는 것이 불가능했다.

두 사람 다 휴가 때 터키를 여행한 적이 있었고, 스릴러 소설을 좋아했다. 또한 그들에게 데이트 상대를 소개해 결혼하게 만들려는 오지랖 넓은 친구들의 희생양이 되어왔다. 그 일이 성사될지 아닐지는 모르지만, 두 사람은 서로 마음 맞는 친구처럼 대화했다. 그들은 빠른 시일 내에 다시 만날 거라는 사실을 예감했다.

"오늘 즐거웠어요." 그가 말했다.

"다음번에는 요리를 해드릴까요?"

그의 얼굴이 밝아졌다.

그날 이후로 그는 그녀의 생활에서 한 부분을 차지하게 되었다. 큰 부분은 아니었고, 일주일에 두 번쯤은 그랬다.

그는 그녀의 아파트에 몇 번 찾아왔지만, 자정 전에는 떠나 먼 길을 달려 로스모어로 돌아갔다. 그러던 어느 저녁 그는 그녀가 괜찮다면 그날 밤 자고 가도 되는지 물었다. 위니는 흔쾌히 그러라고 했다.

그들은 한두 번 주말여행을 떠났지만 긴 여행은 아니었다. 그녀는 곧 아무것도 그의 어머니의 계획을 바꾸진 못한다는 사실을 깨달았다. 테디는 금요일에는 전혀 시간을 내지 못했는데, 어머니를 모시고 피터의 호텔에 가서 저녁을 먹는 날이기 때문이었다.

그래요, 금요일마다요, 그가 아쉬운 듯 말했다. 별것 아니지만 어머니가 그 시간을 아주 좋아한다면서. 어머니가 그토록 오랜 세월 동안 그를 위해 희생한 것을 생각하면……

위니는 그 점을 곰곰이 생각해보았다. 그가 마마보이 같지는 않았지만 그녀를 어머니에게 소개하는 데 불안감을 느끼는 것 같았다. 그녀가 시험에 통과하지 못할 것처럼. 하지만 그녀 혼자만의 생각일지도 몰랐다. 그는 다 큰 성인이다. 그녀는 서두르지 않을 것이다.

그러는 대신, 그녀는 둘이 함께 짧은 휴가를 보내는 계획을 세웠다.

위니는 서부에 스톤하우스라는 호텔이 새로 문을 연다는 소식을 들었다. 홍보 책자에 실린 사진이 아주 매혹적이었다. 사진 속에는 저녁때 손님들이 둘러앉을 커다란 식탁이 있었고, 이글거리는 벽난로 옆에 검은색과 흰색이 섞인 작고 귀여운 고양이가 앉아 있었다. 훌륭한 가정식 요리와 산책 코스, 조류 관찰, 황홀한 해안선을 돌아볼 기회와 더불어 편안한 휴식을 약속했다.

그녀와 테디가 함께 가기에 정말 좋은 장소가 아닌가? 다만 어머니와 함께 보낸다는 그 소중한 금요일 밤에 그를 가로챌 수만 있다면.

그의 어머니!

애지중지하는 아들을 낚아채서 아일랜드 서부로 데려간다는 말을 꺼내기 전에 먼저 어머니와의 만남을 해치우는 것이 좋을 것 같았다! 하지만 그 호텔은 정말로 인기가 많을 것 같았다. 그곳에 가자고 하면 테디도 좋아할 테고, 만약 그의 일정에 맞지 않으면 예약이야 언제든 취소하면 된다……

마침내 그의 어머니를 만날 날이 왔다―아들을 위해 큰 희생을 한 어머니, 금요일 밤은 누구에게도 방해받을 수 없는 어머니. 그 어머니가 테디에게 더블린에 사는 친구 위니를 데려오라고 초대한 것이다. 금요일 저녁에는 호텔에서 같이 저녁을 먹고 그다음날에는 같이 점심식사를 하자고 했다.

위니는 어떤 옷을 입고 갈지, 헤너시 부인의 마음에 드는 옷은 어떤 것일지 고르느라 한참 고민했다.

그 노부인은 로스모어 밖으로는 거의 나가본 적이 없었다. 요란한 옷을 입으면 탐탁지 않게 여길 것이다.

은색과 검은색으로 된 재킷은 너무 화려한 것 같았다. 위니는 얌전한 감청색 바지 정장을 입었다.

"어머니를 만나 뵙는다고 생각하니 많이 떨려." 그녀가 테디에게 속마음을 말했다.

"무슨 소리야. 둘이 엄청 친해져서 소방대를 출동시켜야 할걸." 그가 말했다.

그녀는 하룻밤 묵을 짐을 챙겨 로스모어행 기차를 탈 것이다. 피터와 그의 아내 그레타가 그녀를 초대해 그들의 호텔에 손님으로 묵게 할 것이다. 헤너시 부인은 그들이 잠을 같이 자는지 아닌지는 모르게 될 테니, 괜찮은 생각인 것 같았다.

"우리 호텔에서 최고로 좋은 방을 드릴게요. 그 괴팍한 여인을 만나고 나면 기분이 좋아지는 건 뭐든 다 필요할 테니까요." 피터가 말했다.

"그분을 좋아하신다고 생각했는데요!" 위니는 깜짝 놀랐다.

"릴리언이 대단한 여장부인 건 분명해요. 친구로서도 최고죠. 하지만 야생의 세계에서도 릴리언만큼 제 새끼를 보호하는 어미는 볼 수 없을 거예요. 릴리언은 한 명씩 겁을 줘서 떠나가게 만들거든요." 피터는 웃어넘겼다.

위니는 그의 말을 듣지 않은 척했다. 테디를 놓고 전선戰線을 그어 대립하는 일은 없을 것이다. 그는 성인이고, 스스로 판단을 내릴 수 있는 사람이었다.

테디가 기차역으로 그녀를 마중나왔다. "엄마가 내일 점심식사 때 초대할 사람들 명단을 만들었는데 엄청나." 그가 기뻐하며 말했다. "자기가 여기까지 오는데 보람찬 시간이 되게 해야 한다고 엄마가 그러셨어."

"어머니가 정말 너그러우시네." 위니가 중얼거렸다. "그러면 자기 집에도 가보겠네." 헤너시 부인에게 줄 작은 선물을 미리 포장해온 것이 참으로 다행스러웠다. 다 잘될 것이다.

호텔에 도착했을 때 피터와 그레타는 아주 들떠 있었다. "먼저 방을 구경하고 저녁식사에 맞춰 옷을 갈아입겠어요?" 그레타가 물었다.

"아니요, 괜찮아요. 지금 이 차림으로 바로 식사하러 가도 좋아요." 위니가 말했다. 그녀는 헤너시 부인이 약속 시간에 철저하며 기다리는 것을 싫어한다는 것을 알고 있었다.

"그러시든가요." 그레타가 아리송하게 말했다.

위니는 마음을 단단히 먹고 로스모어 호텔의 바 겸 식당으로 들어갔다. 노부인을 안심시켜서 그녀의 편으로 만들 생각이었다. 자신이 위험인물이나 라이벌이 아니라는 사실을 알리는 것이 관건이었다. 그들 모두 한배를 탄 사람들이었다.

커다란 안락의자에 앉아 있는 나이 지긋한 여인은 어디에도 보이지 않았다. 아마 약속 시간에 철저하다는 헤너시 부인의 전설은 과장된 소문일 것이다. 그 순간 위니는 테디가 바에 앉은 가장 화려한 여인에게 반갑게 소리지르는 것을 보았다.

"여기 계셨군요, 어머니! 역시나 우리 모두를 앞지르셨는데요! 어머니, 여기는 제 친구 위니예요."

위니는 믿기지 않는 눈으로 그녀를 쳐다보았다. 이 여인은 아들에게 매달리는 나약하고 늙은 여자가 아니었다. 나이는 오십대 초반으로, 예쁘게 치장하고 화장도 곱게 하고 옷도 끝내주게 입었다. 와인색 실크 드레스에 브로케이드로 만든 금색 재킷 차림이었다. 방금 미용실에 다녀온 모양이었다. 핸드백과 구두는 부드럽고 비싼 가죽으로 만든 것이었다. 장신구도 아주 고급스러웠다.

위니가 뭔가 착각했던 것이다.

위니의 입이 벌어졌다가 다물어졌다. 지금껏 할말이 없어 당황했던 적은 없었지만, 지금은 할말이 전혀 떠오르지 않았다.

하지만 헤너시 부인은 자신의 놀란 마음을 훨씬 품위 있게 다스렸다.

"위니, 만나게 되어 무척 반갑네요! 테디에게 이야기 많이 들었어요." 그녀가 위니를 다시 머리에서 발끝까지 훑어보았다.

위니는 자신의 큼직하고 편안한 신발이 무척 신경쓰였다. 왜 이렇게 칙칙한 감청색 바지 정장을 입고 왔을까? 그녀는 마치 가구를 운반하려고 호텔에 온 사람처럼 보였다. 이런 스타일 아이콘과 세련된 차림으로 저녁을 먹으러 온 것이 아니라.

테디는 자신이 늘 원했던 장면을 바라보며, 환하게 웃는 얼굴로 이쪽저쪽 돌아보았다. 어머니와 여자친구가 만나 좋은 시간을 보내는 것이다. 그는 식사시간 내내 어머니가 위니를 깔보고 무시하고 거의 대놓고 비웃는데도 마냥 즐거워했다. 테디 헤너시는 그런 일은 눈치도 채지 못했다. 그는 그들 셋을 한가족으로 묶어 생각했을 뿐이었다.

헤너시 부인은 위니에게, 어쨌거나 이제 친구가 되었으니 자신을 물론 릴리언이라고 불러도 된다고 했다. "댁은 내 예상과는 아주 다르네요." 그녀가 감탄하듯 말했다.

"아, 그런가요?" 불쌍한 위니. 그녀는 자신이 이렇게 서툴고 어색했던 적이 있었는지 의심스러웠다.

"그래요, 정말 그러네요. 테디가 더블린에서 귀여운 간호사를 만났다고 말했을 때 나는 훨씬 어리고 철없는 아가씨를 생각했어요. 이렇게 성숙하고 지각 있는 여성을 만나다니 놀라워요."

"오, 제가 그렇게 보이나요?" 그녀는 헤너시 부인이 무슨 뜻으로 그런 말을 했는지 알고 있었다. 성숙하고 지각 있다는 말은 원숙하고 따분하고 평범하고 늙었다는 뜻이었다. 그녀는 릴리언 헤너시가 완벽하게 화장한 입술로 조그맣게 안도의 한숨을 내쉬는 소리를 들었다. 이 위니라는 여자는 전혀 위험인물이 아닌 것이다. 애지중지하는 아들 테디가 이렇게 매력 없는 여자에게 반할 리 없었다.

"테디가 더블린에 갔을 때 어울릴 만한 사람들이 있다니 정말 잘됐지 뭐예요." 릴리언은 거의 터져나올 듯 우렁찬 목소리로 말을 이어갔다. "테디가 나쁜 길로 빠지지 않게 하고 적절하지 않은 관계를 피하게 해줄 사람 말이에요."

"그럼요. 제가 그런 건 잘해요." 위니가 말했다.

"그래요?" 릴리언의 눈빛이 사나워졌다.

테디는 잠시 어리둥절한 것 같았다.

"저는 서른네 살이고 저 스스로가 지금껏 부적절한 관계는 피해왔어요." 위니가 말했다.

릴리언은 기뻐하며 소리를 질렀다. "정말 훌륭하군요! 음, 테디는 이제 겨우 서른둘이니까 우리가 테디를 잘 보살펴야지요." 그녀가 쩌렁쩌렁한 소리로 말했다.

릴리언은 식당에 있는 모두를 알았고 모두에게 고개를 까딱하거나 손을 흔들어주었다. 심지어 이따금 위니를 '더블린에서 온 아주 오랜 친구'라고 소개하기도 했다. 헤너시 부인이 와인을 골랐고, 헤너시 치즈가 접시에 제대로 놓이지 않았다고 불평했다. 그리고 마침내 다음날 점심 초대에 대해 말하면서 저녁식사를 끝냈다.

"어떤 사람들을 같이 초대해야 할지 고민하느라 거의 심멎하는 줄 알았는데, 지금 만나보니 누구와도 쉽게 어울리겠군요. 내일은 이 근처에 사는 늙은이들을 많이 만나게 될 거예요. 더블린에 비하면 모두 고만고만한 동네 사람들이지만 좋아할 만한 사람도 몇 명은 있을 거예요." 테디가 위니를 엘리베이터 앞에 데려다줄 때까지 릴리언은 우아한 구두를 신은 발끝을 바닥에 톡톡 치며 로비에 서 있었다.

"멋진 시간이 될 줄 알고 있었어." 그가 말했다. 그러고는 그녀의 뺨에 짧게 키스하고 어머니를 집에 데려다준다며 가버렸다.

로스모어 호텔에서 위니는 더는 눈물이 나오지 않을 때까지 울었다. 화장이 번진 얼굴이 거울에 비쳤다. 나이들고 밋밋한 얼굴, 늙은이들에게나 소개될 얼굴. 아무도 심멎하게 만들지 못할 얼굴. 그 여자는 그런 표현을 대체 어디서 들은 거지?

그녀는 테디 때문에도 울었다. 그는 엘리베이터 앞에 그녀를 내팽개치고서, 과한 옷차림을 한 채 권력을 휘둘러대는 어머니나 쫓아가는 남자였던가? 아니면 그녀와는 제대로 사귈 마음이 아예 없었던 꼭두각시 같은 남자였던가?

내일 그 끔찍한 점심식사에는 가지 않을 것이다. 핑계를 대고 더 블린으로 돌아가는 기차를 탈 것이다. 모든 일이 그들이 원하는 대로 굴러가게 내버려두자. 지난 몇 달은 헛된 기대 속에 살았다. 이만큼 나이를 먹었으면 위니도 더 잘 알았어야 했다.

나이에 대해 말하면서, 릴리언은 테디가 서른둘이라며 그가 마치 어린아이라도 되는 것처럼 말했다. 두 주 뒤면 그도 서른셋이 될 것이다. 그는 위니보다 고작 열네 달이 어렸다. 그녀와 테디는 나이 차이를 이미 대수롭지 않게 넘겨버린 뒤였다. 그들에게 나이는 중요하지 않았다. 그런데 릴리언이 모든 상황을 뒤엎고, 위니를 자기를 지킬 줄 모르는 어린 테디나 졸졸 쫓아다니는 중년 여자로 만들어버린 것이다.

음, 신경쓰지 말자. 더이상 그들을 볼 일은 없을 테니까.

그녀는 잠을 설쳤고 일어났을 때는 머리가 지끈거렸다.

그레타가 아침식사 쟁반을 들고 그녀의 침대 옆에 서 있었다.

"뭔가요? 주문은 하지 않았는데……"

"맙소사, 위니. 릴리언과 저녁식사를 했잖아요. 수혈이나 충격 치료가 필요하겠지만, 기운을 좀 차리라고 커피와 크루아상과 블러디메리를 가져왔어요."

"릴리언은 이제 중요하지 않아요. 다음 기차를 타고 더블린에 돌아갈 생각이에요. 릴리언한테 그렇게 당할 수는 없어요. 저도 무대를 떠날 때가 언제인지는 알아요."

"먼저 블러디메리를 들이켜요. 어서, 위니. 쭉 마셔요. 레몬주스와 셀러리 소금, 타바스코 같은 좋은 재료를 넣었어요."

"보드카도요." 위니가 말했다.

"그것도 절대적으로 필요하죠. 치료가 급하니까요." 그레타가 잔을 내밀자 위니가 받아 마셨다.

"릴리언이 왜 저를 미워하는 거죠?" 위니는 정말 알고 싶었다.

"미워하는 건 아니에요. 테디를 잃을까봐 무척 겁을 내는 거죠. 릴리언은 테디를 데려갈 것 같은 사람만 나타나면 발톱을 세워요. 릴리언이 두려움을 느낄 때면 그런 모습이 나타나요. 하지만 이번 에는 이렇게 피해갈 수 없을 거예요."

커피를 마시면서 그레타는 그날 호텔에서 결혼식이 있다고, 그 래서 미용사가 오기로 되어 있다고 말했다. 미용사가 위니의 방에 올라와 머리 손질을 빠르게 마치면 그뒤에 메이크업 아티스트가 올라올 것이다.

"지금 단장을 해서 모습을 바꾼다고 해도 너무 늦었어요." 위니 가 목소리를 높였다. "릴리언은 제가 어떤 모습인지 이미 본걸요. 릴리언을 놀라게 하고 싶지 않아서 일부러 세련된 옷은 가져오지 않았어요. 내가 릴리언을 놀라게 해요? 내가 미쳤던 거죠."

"나한테 멋진 상의가 있어요. 그걸 빌려줄게요. 릴리언은 그 옷 을 못 봤어요. 정말 비싼 거예요. 미소니요. 정말 고급 옷이에요. 아웃렛에서 구입했어요. 릴리언의 눈이 휘둥그레질걸요."

"릴리언의 눈이 휘둥그레지게 만들 생각은 없어요. 나는 릴리언 이든 릴리언의 아들이든 누구한테도 관심이 없으니까요."

"릴리언한테는 아무도 관심이 없지만, 우리는 모두 테디를 사랑 해요. 당신이 테디를 구해낼 유일한 사람이에요. 제발요, 위니. 그 냥 같이 점심식사 한번 하는 거예요. 할 수 있어요. 믿거나 말거나지만. 릴리언도 본바탕은 아주 괜찮아요."

어떤 마음이 들어선지 위니는 샤워를 하고 미용사에게 머리를 맡기고 눈썹을 뽑고 광대뼈에 블러셔를 발랐다. 이탈리아인 디자이너가 만든 블라우스의 아름다운 라일락색과 아콰마린색에 어울리는 아이섀도도 발랐다.

"무대를 떠나더라도 싸움은 해보고 떠나요." 그레타는 위니의 달라진 모습에 감탄하면서 이렇게 충고했다.

"가서 결혼식을 준비하셔야죠, 그레타. 여긴 먹고살기 위해 일하는 곳이잖아요. 생계를 챙겨야죠."

"결혼식은 괜찮아요. 테디를 그 여자의 손아귀에서 빼내는 일이 더 걱정이죠. 있잖아요, 위니. 릴리언이 우리 친구인 건 맞지만 테디도 자기 인생을 살 수 있어야 해요. 그리고 그 일을 가능하게 해줄 사람은 당신이고요. 방법은 나도 모르겠지만 그건 당신한테 달렸어요."

"최후통첩 같은 건 하지 않을 거예요. 테디가 나를 원하거나 그렇지 않거나죠."

"오, 위니. 인생이 그렇게 쉽다면야 얼마나 좋겠어요. 우리는 여기서 일 년 내내 매주 결혼식을 준비해야 하지만 위니는 그렇지 않잖아요. 결혼식장에 입장하는 순간까지 얼마나 험한 길을 걸어야 하는지 모를걸요."

"나는 바위가 없는 편한 길을 택하겠어요. 즐겁고 쉬운 길이요. 그 길을 혼자 걷겠어요." 위니가 말했다.

"할 수 있어요. 해봐요, 위니." 그레타가 애원했다.

릴리언은 점심식사에 열두 명이 넘는 사람들을 초대했다. 신선한 연어에 햇감자와 박하로 맛을 낸 완두콩이 곁들여졌다. 아스파라거스, 아보카도, 호두, 블루치즈를 넣은 아주 우아한 샐러드도 있었다.

위니는 주위를 둘러보았다. 아주 편안하고 매력적인 집이었다. 나무 바닥에 러그가 깔려 있었다. 친츠 천을 씌운 커다란 소파와 의자들이 여기저기 놓여 있었고, 작은 사이드테이블에는 액자에 넣은 가족사진들이 놓여 있었다.

테이블에 여름 음료가 차려져 있는 온실은 잘 관리된 정원과 통했다. 이곳이 릴리언의 영역인 것이다.

위니는 깊은 인상을 받았지만 아첨이나 감탄이나 칭찬은 하지 않을 작정이었다. 오히려 그녀는 다른 손님들에게 관심을 돌렸다. 자신도 모르게 그녀는 릴리언의 친구들을 좋아하게 되었다.

그녀는 지역 변호사 옆에 앉았다. 그는 언제부터 아일랜드가 소송을 일삼는 국가가 됐는지 사람들이 무슨 일에나 보상을 바란다고 말하고는, 자신이 들은 기막히게 재미있는 소송 사건들에 대해 이야기해주었다. 다른 쪽 옆에는 해나와 체스터 코바츠가 앉았다. 그들은 그 지역에서 의료센터를 운영하는 사람들로, 공공의료 서비스 문제에 대해 이야기했다. 맞은편에는 노인 요양원을 운영하는 네다라는 신사가 앉았다. 아내 클레어는 그 지역 학교의 교장이었다. 그들의 친구인 주디와 서배스천은 처음에는 도심지의 작은 신문판매소로 시작했지만 지금은 로스모어 중심가에 큰 가게를 갖고 있다고 했다. 우회도로를 놓는 문제는 처음에 타운 사업이 쇠퇴할 거라는 염려 때문에 주민들의 큰 반발을 샀지만, 결과적으로 더블린 사람들이 화이트손우즈 지역에 별장을 구입하면서 경기 활황을 가져왔다.

이 사람들은 소박하고 마음이 따뜻했으며, 릴리언 헤너시와 더없이 잘 지내는 것 같았다. 틀림없이 이 여인에게는 위니에게 보여준 것보다 훨씬 더 많은 면이 있는 듯했다.

위니는 릴리언이 이따금 생각에 잠긴 듯 자신을 흘끗거리는 것을 느꼈다. 릴리언은 위니가 어젯밤 이후 겉모습 말고도 뭔가가 달라진 것을 느낀 듯했다. 하지만 위니가 깨닫지 못한 것은, 그 지역 변호사가 샤블리라는 훌륭한 프랑스산 화이트와인을 그녀의 잔에 계속 채워주고 있다는 사실이었다. 딸기가 나왔을 때 위니는 이미 자신의 뜻대로 생각을 또렷이 할 수가 없었다.

그녀는 테디의 얼굴을 쳐다보면서 그가 얼마나 천성이 착하고 마음이 따뜻한지 생각했다. 그녀는 그가 정중하게 어머니의 친구들을 대하는 것과 모두가 즐거운 시간을 보낼 수 있게 애쓰는 것에 감탄했다. 그는 건너편에 앉은 그녀를 자주 쳐다보며 계속 미소를 보냈다. 그녀가 찾아와서 평생의 꿈이 이루어졌다는 듯한 미소였다.

릴리언은 초대한 주인으로서 훌륭한 태도를 보였다. 위니도 그 사실만큼은 인정할 수밖에 없었다.

그녀는 다양한 사람들과 서로 대화를 나눌 수 있게 손님들을 옮겨다니게 했다. 위니는 사람들이 춤추는 모습을 지켜보다가 릴리언과 부딪치는 것을 피하려고 일어나 욕실에 가야겠다고 생각했다.

하지만 타이밍을 놓쳤다.

"미소니 상의가 정말 예쁜데요." 릴리언이 감탄하며 그녀에게 말했다.

"감사합니다." 위니가 말했다.

"어디서 샀는지 물어봐도 될까요?"

"선물로 받았어요." 위니는 이어질 질문을 차단했다.

"지루한 시간이 아니면 좋겠네요. 틀림없이 촌사람들의 야유회 같은 거라고 생각하겠지만요." 크림색 리넨 드레스에 재킷을 입은 릴리언의 모습은 상류사회의 세련된 결혼식에 온 것 같았다.

"정말 즐거워요. 릴리언. 친구분들이 정말 멋지시네요."

"맥도 더블린에 좋은 친구들이 많을 텐데요."

"네, 그래요. 부인처럼 저도 사람을 좋아해서요. 그래서 친구가 많은 것 같아요." 위니는 자신의 목소리가 멀리서 앵앵거리는 것처럼 느껴졌다. 아마 약간 취했을 것이다. 정말 조심해야 한다.

릴리언의 눈이 가느스름해졌지만 꿰뚫어 보는 시선은 여전히 살아 있었다. 위니는 릴리언이 자신을 미워하는 것은 충분히 가능한 일임을 충격을 받은 듯 깨달았다. 그 눈빛은 그만큼 강렬했다. 이것은 영역 싸움이다. 위니가 그녀의 애지중지하는 아들에게 손을 대다니, 있을 수 없는 일이다. 어머니는 아들을 지키기 위해 싸울 것이다. 반격하기에 위니는 너무 지쳐 있었다. 울면서 밤을 보냈고 오전 내내 준비를 하느라 기진맥진해 있었다. 아침식사 때는 블러디메리를 마셨다. 게다가 점심시간에 마시는 와인은 익숙지 않았다. 그 모든 것이 그녀에게 타격을 입힌 것이다. 이기지도 못할 싸움을 왜 하겠는가?

그 순간 그녀는 테디가 테이블 건너편에서 자랑스럽게 웃고 있는 것을 보았다. 그는 그녀를 정말로 사랑했다. 그는 그녀가 늙었다거나 따분하다고 생각하지 않았다. 싸워보지도 않고 포기하기엔 그는 정말 괜찮은 사람이었다.

"집이 정말이지 품격 있어요, 릴리언. 이렇게 아름다운 집에서 자란 테디는 행운아예요."

"고마워요." 릴리언의 시선이 어젯밤처럼 단단해졌다. 이제는 적대감을 감추려는 노력조차 하지 않았다.

"왜 멀리 휴가를 떠나지 않으시는지 알 것 같아요. 여기는 없는 게 없네요." 위니는 자신의 미소가 끝까지 머물러 있기를 바랐다.

"오, 물론 나도 여행하거나 구경하거나 여기저기 다니는 걸 좋아해요. 댁은요? 올해 휴가 계획은 어떻게 되나요?"

테디가 자리를 옮겨 그들에게 합류했다. 그는 위니와 어머니를 번갈아 쳐다보며 싱글벙글했다. 상황은 그가 꿈꿨던 것보다 더 잘 풀리고 있었다. 위니가 불쑥 그들에게 스톤하우스에 대한 말을 꺼냈다.

릴리언이 흥미를 보였다. "괜찮은 곳 같네요. 조용한 휴양지랄까. 누구랑 같이 갈 생각인가요? 그렇게 좋은 곳이라면 틀림없이 같이 갈 사람이 있겠지요. 그런 곳이라면 나라도 가고 싶어지니까요. 좀더 교양 있는 사람들에게 더 매력적일 장소 같네요. 누구 같이 갈 만한 사람이 있어요? 간호사 친구들 중 하나? 아니면 그 친구들 전부 햇볕 쬐는 걸 즐기는 사람들인가요?" 릴리언이 그쯤에서 그만둘 것 같지는 않았다.

"정말 그래요. 맞는 말씀이세요. 하지만 날씨가 추워진다고 모두가 태양을 찾아가지는 않으니까요." 위니가 허둥거렸다. "저는 사실 아름다운 장소에 갔을 때 바람이 불고 비가 오는 게 좋아요. 그리고 하루를 보낸 뒤 뜨거운 물에 기분좋게 목욕을 하고 맛있는 저녁식사를 하는 거예요. 그런 걸 좋아하는 사람들도 틀림없이 많을 거예요."

"같이 갈 사람을 꼭 찾을 수 있을 거예요." 릴리언이 선심 쓰듯 말했다.

"테디가 같이 가면 어떨까 생각하고 있어요." 그녀가 술기운에 간이 커져서 사자처럼 용감하게 말했다.

"테디가!" 릴리언은 국제 전범戰犯의 이름이라도 들은 것처럼 깜짝 놀랐다.

"멋진 생각인데!" 테디가 기뻐하며 말했다. "그 지역은 아직 오염되지 않은데다, 사람이 많은 여름에 가는 것보다 겨울이 훨씬 더 매력적일 거야. 예약을 할 수 있을 것 같아?"

"예약은 문제없어." 위니가 말했다.

테디는 모든 생일을 한꺼번에 다 맞은 사람의 표정을 지었다.

"우리 모두 가는 건 어때?" 그가 말했다. "아주 아름다운 곳 같은 데다 이제 어머니랑 자기도 서로 잘 알게 됐으니까, 우리 셋이 같이 가면 좋지 않을까?" 그는 둘 사이가 이렇게 가까워진 것이 신기한 듯 어머니와 여자친구를 번갈아 쳐다보았다.

두 사람은 그의 말에 어안이 벙벙해져 입을 열지 못했다. 어떻게 그는 그 침묵을 알아차리지 못했을 수 있을까? 그는 그런 분위기를 가볍게 넘겨버린 것 같았다.

"그렇게만 되면 더 바랄 게 없지." 그는 다시 둘을 번갈아 쳐다보았다.

먼저 숨을 고르고 입을 연 쪽은 릴리언이었다. "물론, 방금 네가 말한 것처럼 예약을 하기가 간단치 않을 수 있겠구나." 그녀가 멈칫멈칫 말했다.

이제는 위니에게 달려 있었다. 하지만 그녀는 지혜롭게 받아치지 못했다. 그녀는 간신히 진실을 말했을 뿐이었다. "사실은 임시로 일주일을 예약해뒀어요." 위니가 바닥을 내려다보았다.

"정말 잘됐는데?" 테디는 몹시 기뻐했다. "다 해결됐네. 날짜가 언제야?"

위니가 떠듬떠듬 날짜를 말했다. 이런 일이 일어나서는 안 된다. 그들의 휴가에 그가 어머니를 데려가려 하다니? 그들이 결혼이라도 하게 되면 신혼여행에도 어머니를 데려갈 건가? 하느님, 제발 그 날짜는 안 된다고 해주세요.

그녀는 테디의 얼굴이 흐려지는 것을 보았다.

"이런, 안 돼! 그 주에 치즈 제조업자들의 콘퍼런스가 있어. 그 주가 일 년 중에 유일하게 안 되는 주야." 그가 말했다.

위니는 진심으로 하느님에게 감사했고, 앞으로 하느님에게 더 많은 관심을 기울이겠다고 결심했다.

"할 수 없지. 자기한테 확인도 안 하고 예약부터 먼저 한 내가 바보지 뭐. 하지만 대충 잡아놓은 거야. 그쪽에 전화를 해서 말하면……" 위니는 사과하듯 말하면서, 자신이 안심하는 모습을 들키지 않기를 바랐다.

"게다가 아주 추울 거야. 눅눅하고." 릴리언이 잽싸게 거들었다.

하지만 테디는 전혀 눈치채지 못했다. "두 사람이 같이 가면 되겠네요."

릴리언은 기침을 했는데, 그 모습이 꼭 그 문제를 조금 생각해보는 것처럼 보였다. "아니야, 다음에 다른 날로 다시 잡자."

"왕자가 나오지 않는 〈햄릿〉 같을 거야." 위니는 간신히 억지 미소를 지으며 말했다. 자신의 얼굴이 꼭 죽은 사람처럼 보일 것 같았다.

"다른 주말에 다른 장소에 갈 수도 있지." 릴리언이 간절하게 말했다.

"자기 없이 떠나는 건 생각지도 말자." 위니는 릴리언의 품질 좋은 리넨 테이블 냅킨을 그야말로 갈기갈기 찢어놓고 있었다.

"하지만 내가 집을 비웠을 때 어머니랑 자기가 같이 휴가를 즐기는 것보다 더 좋은 일이 있을까? 서로를 잘 알 수 있는 기회도 될 거고. 내가 사랑하는 두 사람이." 그는 누가 봐도 진심이었다. 두 여자는 덫에 갇혀버렸다.

"음, 물론 우리는 서로 더 잘 알게 되겠지, 테디. 단지 우리는 휴가에 네가 빠지는 걸 원치 않는다는 거야." 릴리언이 말문을 열었다.

"자기가 집을 비울 때 어머니가 더블린에 오시면, 내가 하루 동안 모시고 다닐 수도 있어." 위니는 자신의 목소리가 울먹이는 듯 들렸다.

"어머니랑 자기한테 잘 어울리는 곳 같은데. 게다가 예약도 돼 있고. 꼭 가야 해." 그가 말했다.

"우리하고는 연령대가 안 맞을지도 몰라. 젊은 사람들만 수두룩할 수도 있고." 릴리언은 지푸라기라도 잡고 싶은 심정이었다. "물론 젊은 사람들을 끌어당길 만한 휴가지는 아니지만." 그녀는 결국 이렇게 말해버렸다.

"맞아. 우리랑은 잘 안 맞을지 몰라." 어찌나 열심히 머리를 주억거렸는지, 위니는 자신의 가엾고 피곤하고 혼란스러운 머리가 떨어져나가지는 않을까 걱정이 될 정도였다.

해안에 떠밀려온 물고기가 죽어가면서 마지막 숨을 헐떡이는 것 같았다. 그들은 서로 쳐다보았다. 거부하면 그를 잃게 되리라는 사실을 두 사람 다 알았다. 그리고 둘 중 누구도 그 길로 들어서고 싶지 않았다. 그들은 되돌아가는 길을 택했다.

릴리언이 먼저 항복했다.

"하지만 그게 네가 정말로 바라는 거라면…… 그래, 어쨌거나 아주 괜찮은 곳 같으니까. 우리가 같이 간다면 아주 좋겠군요, 위니."

"네?" 위니는 총에 맞은 것 같았다.

"테디의 말이 맞아요. 우리는 서로를 잘 알 필요가 있어요. 맘 편히 같이 가면 되겠군요. 아닌 게 아니라 즐거운 여행이 될 것 같네요."

위니는 자신이 있는 공간 전체가 기우뚱하는 것 같았다.

바로 이 순간 그녀는 무슨 말이든 해야 했다. 그러지 않으면 이 혐오스러운 여인과 한 주 동안 휴가를 떠나는 데 동의한다는 의미가 된다. 하지만 목이 메어 말이 나오지 않았다. 그녀는 그저 바보처럼 고개만 끄덕였다. 마치 물에 빠진 사람처럼, 머리 위로 점점 물이 차오르지만 이 상황을 멈추게 할 수 없는 기분이었다. 그녀는 지금 말하지 않으면 결국 릴리언 헤너시와 서부로 가게 되리라는 사실을 깨달았다.

릴리언의 작고 심술궂은 얼굴이 위니의 코앞에 있었다. 테디와 위니가 어떤 관계라고 주장하든, 릴리언은 서부에서 보낼 그 한 주를 그들의 관계를 파괴하는 수단으로 삼을 작정인 것이었다.

위니는 허리를 곧게 폈다.

그리고 마음속으로 말했다. 좋아, 해보자, 누가 이기나 보자. 하지만 겉으로는 이렇게 말했다. "좋은 생각이네요, 릴리언. 틀림없이 즐거운 시간이 될 거예요. 우리 두 사람 이름으로 예약을 확실히 해둘게요."

어쨌거나 식사는 끝이 났고 테디가 그녀를 기차역까지 바래다줘야 할 시간이 되었다.

"휴가 떠나기 전에 서로 연락하기로 하지요." 릴리언이 홀 입구에서 소리쳤다.

"내가 뭐랬어?" 테디가 말했다. "둘이 잘 맞을 줄 알았다니까."

"그래, 어머니가 아주 친절히 반겨주시네."

"게다가 둘이 같이 휴가도 떠나게 되었고. 정말 마법 같지 않아?"

"그래. 어머니는 스토니브리지에 대한 이야기를 듣고 그곳이 마음에 든다고 말씀하셨지."

"어머니는 누구하고도 휴가를 가지 않아. 아주 까다로우시거든. 그러니까 자기가 보자마자 마음에 드신 거야."

"그렇구나, 정말 잘됐네⋯⋯" 위니가 말했다. 그녀는 기운이 쭉 빠지고 싸움에서 진 것 같았다. 술기운이 얼얼하게 돌기 시작한 것처럼. 앞으로 여생 동안 점심때는 와인을 삼가라는 경고 같았다. 하지만 그 경고는 너무 늦게 주어졌다.

기차가 아일랜드 시골을 빠른 속도로 통과하는 동안 위니는 창밖을 내다보고 있었다. 어떤 사람들이 이 작은 초록 들판에 소떼를 몰고 다니고 단단한 땅을 파서 경작물을 심는 걸까? 점심때, 혹은 어느 때건 결코 와인을 너무 많이 마시지는 않는 사람들일 것이다. 아일랜드에서 가장 혐오스러운 여자와 함께 한 주 동안 휴가를 보내는 일에는 결코 동의하지 않는 사람들일 것이다. 그녀는 잠을 청했다. 기차의 리듬을 타며 스르르 잠이 들려는 찰나 문자메시지가 왔다.

테디가 보낸 것이었다.

자기가 정말 보고 싶어. 자기 덕분에 점심식사 분위기가 전체적으로 밝아졌어. 사람들이 모두 자기를 아주 좋아했어. 나도 그렇고. 하지만 자기가 어머니한테 얼마나 잘해줬는지 자기는 모를 거야. 어머니는 자기랑 휴가 떠나는 이야기 말고 다른 말씀은 아무것도 안 하셔. 자기는 대단해. 사랑해.

그래도 그녀의 기분은 나아지지 않았다. 오히려 자신이 더욱 비참하게 느껴졌다. 그녀는 성인이었다. 학생이 아니었다. 그런데 모든 것을 엉망진창으로 만들어버린 것이다. 십 주 뒤면 릴리언 헤너시와 함께 스톤하우스에 가야 한다. 미친 모자장수*의 다과회 같았다. 우스꽝스럽지만 끔찍한 악몽을 꾼 것 같았다.

위니의 친구들은 그녀가 달라진 것을 알아차렸다. 친구들이 로스모어에 갔던 일은 어떻게 됐는지 물었지만 그녀는 어깨만 으쓱했다. 그들은 테디가 여전히 그녀를 찾아오는지 물어볼 엄두조차

* 『이상한 나라의 앨리스』의 등장인물.

내지 못했다. 그들이 함께 휴가를 가자고 해도 위니는 거절했다.

피오나와 데클런은 그녀에게 웩스퍼드에 휴가용 별장을 빌렸으니 함께 지내자고 했다. 공간도 충분할 테니 같이 가면 좋겠다고. 하지만 위니는 생각조차 해보지 않았다. 바버라와 데이비드가 이탈리아 여행을 떠나면서 버스 투어를 함께 하자고 했을 때도 마찬가지였다. 아니아가 섀넌강에서 빌리려고 하는 보트 사진도 그녀의 관심을 전혀 끌지 못했다.

"너도 휴가를 좀 즐겨야지." 보다 못한 피오나가 말했다.

"아, 그래야지. 겨울 한 주 동안 서부에 가서 보낼 거야. 근사할걸." 그녀는 간신히 목소리를 쥐어짰지만 마치 충치 치료를 받으러 가는 것처럼 들렸다.

"테디도 같이 가?" 바버라가 이따금 그러듯 용감하게 물었다.

"테디? 아니, 테디는 매년 참석하는 행사랑 겹쳐서. 치즈 제조업자들의 무슨 행사라나."

"다른 주에 가면 안 돼?" 피오나가 물었다.

위니는 그 말을 못 들은 척했다.

테디는 일주일에 한두 번 더블린에 와서 위니의 작은 아파트에서 자고 갔다. 그는 언제나처럼 쾌활하고 행복한 모습이었고, 이번 휴가 계획이 두 여자 사이에 즉시 생성된 우정의 자연스러운 결과라고 여기는 것 같았다. 그가 늘 가능하리라고 생각했지만 설마했던 것이 아주 극적으로 이루어진 것이다. 그는 아주 사랑스러웠고 어느 모로 보나 완벽한 친구이자 연인이며 삶의 동반자였다. 그는 벌써 결혼식 이야기를 꺼냈다. 위니는 분위기를 가볍게 유지하려 애썼다.

"아, 그건 한참 뒤의 일이잖아." 그녀는 웃어넘겼다.

"다 생각해뒀어. 어쨌거나 치즈 사업 때문에 더블린에 사무실을 얻어야 해. 절반은 로스모어에서 살고 절반은 여기서 살면 돼."

"서두를 것 없어, 테디."

"어째서. 나는 로스모어에서 성대한 결혼식을 올려 자기를 자랑하고 싶은데."

위니는 아무 말도 하지 않았다.

"물론 자기가 원하면 여기 더블린에서 자기 친구들을 불러모아 결혼식을 올릴 수도 있어. 그날은 자기의 날이니까. 자기가 선택해, 위니."

"지금 이대로 좋지 않아?"

그의 어머니와 함께 스톤하우스에서 불행한 휴가를 보내고 돌아올 때쯤이면 더이상 미래는 없으리란 걸 위니는 알고 있었다.

릴리언과의 사이에 편지 몇 통, 문자메시지, 전화 몇 통이 오갔다. 위니가 전화기에 대고 이 모든 게 끔찍한 실수였다고 소리를 지르지 않기 위해선 온갖 요령과 자제력이 절대적으로 필요했다.

마침내 테디가 치즈 제조업자 모임 때문에 떠나는 날이 되었다. 다음날 아침 위니는 더블린에서 서부로, 릴리언 헤너시는 로스모어에서 북서부로 차를 몰았다.

그들은 스톤하우스에서 만났다. 우연히 엇비슷한 시간에 도착해 차를 댔다. 위니의 차는 그녀가 일하는 병원의 운반 직원에게 구입한 아주 오래되고 낡아빠진 고물차였다. 릴리언은 신형 메르세데스 벤츠를 몰고 왔다.

위니는 큰 캔버스 가방 하나를 가져왔다. 릴리언은 한 세트인 여행가방 두 개를 가져와 차 옆에 내려놓았다.

스타 부인이 정문에서 기다리고 있었다. 사십대 중반쯤으로 보이는 작은 체구의 여자였다. 곱슬곱슬한 짧은 머리에 미소가 환하고 살짝 미국 억양이 느껴졌다. 그녀는 그들을 아주 따뜻이 맞아주었다. 그녀가 달려와 릴리언의 가방을 받아든 뒤 그들을 너르고 따뜻한 부엌으로 데려갔다. 테이블에는 따뜻한 스콘과 버터, 잼이 있었다. 한쪽 끝에는 장작불이 활활 타오르고 있었고, 반대쪽 끝에는 고체 연료를 쓰는 레인지가 있었다. 홍보 책자에서 보던 그대로였다.

그들은 곧장 앉을 자리로 안내를 받았다.

"두 분이 저희 호텔의 첫 손님이세요." 스타 부인이 말했다. "다른 손님들은 한두 시간 안에 도착할 거예요. 차나 커피를 드시겠어요?"

얼마 지나지 않아 스타 부인은 릴리언과 위니에 대해 두 사람끼리는 전혀 몰랐던 사실들을 알아냈다. 릴리언은 아들이 어렸을 때 남편이 사고로 죽었다며 그 소식을 들은 끔찍한 날에 대해 이야기했다. 위니는 자기 아버지는 장신구를 만드는 아주 쾌활한 여자와 재혼했고 형제들은 모두 해외에서 산다고 이야기했다.

스타 부인은 두 사람이 휴가를 같이 보낼 친구이자 동행 같지는 않다고 생각했지만 그런 내색은 전혀 하지 않았다.

위니는 릴리언이 꼭 바다가 보이는 방을 써야 한다고 말했다. 커다란 내밀창이 있는 조용하고 따뜻한 방이었다. 마음을 달래주는 초록색 셰이드가 내려져 있었다. 텔레비전은 없고 작은 샤워실이 딸려 있었다. 아주 아름답게 재단장한 방이었다. 위니의 방은 비슷했지만 더 작았고 주차장이 내다보였다.

위니는 고단함이 밀려오는 것을 느꼈다. 먼길이었던데다 비가 내렸고, 스토니브리지에 가까워지면서 도로가 좁아져 운전하기가 힘들었다. 그녀는 정말로 누워서 휴식을 취하고 싶었다. 방에는 커다란 침대와 더 작은 침대가 하나씩 있었다. 릴리언이 어찌어찌 그들이 친구인 척하는 데 성공했지만, 그들이 정말로 친구였다면 이 방을 같이 썼어도 무방했을 것이다. 작은 주전자와 비스킷 통이 준비된 쟁반에서 차도 더 만들어 마셨을 것이고, 화장대 위에 놓인 책과 지도와 지역 안내책자도 함께 읽었을 것이다.

하지만 위니는 다른 사람의 생각에 관심을 갖기에는 벅찬 상황이었다. 스타 부인은 호텔 경영자이자 주인이자 사업가였다. 첫 손님으로 도착한 이상한 커플 때문에 고민할 겨를이 없었다.

위니는 스르르 잠이 들었다. 아래층에 손님들이 속속 도착했고, 그들을 환영하며 웅성거리는 소리가 들렸다. 그러자 왠지 모르게 안심이 되었다. 익숙한 집처럼 안전한 느낌이었다. 오래전 위니의 어머니가 살아 있고 언제나 형제들이 들락거리던 그 집처럼.

스타 부인은 저녁식사 시간 이십 분 전에 시디 자매가 쓰던 징을 울릴 거라고 말해두었다. 이 집에서 한세월을 가난한 상류층으로 살다 간 시디 세 자매는 저녁마다 한결같이 그 징을 울렸다. 그 여인들은 종종 저녁식사로 정어리나 구운 콩을 얹은 토스트를 먹었지만 징소리만은 언제나 집안에 울려퍼졌다. 그들의 어머니와 아버지도 그러는 것을 좋아했을 것이다.

위니는 은은하게 울리는 징소리에 눈을 떴다. 맙소사! 이제 저녁 시간이 되었다. 릴리언은 모두에게 잘난 척을 하겠지. 멀리 떨어진 야생지 같은 이곳에서 아직도 여섯 밤을 더 보내야 했다. 상황을 여기까지 몰고 오다니 틀림없이 위니 자신이 미친 것이다. 설명할 방법은 그것밖에 없었다.

방에서 나오기 전에 위니는 문자메시지를 받았다.

아름다운 저녁 시간을 보내기 바랄게. 나도 여기가 아니라 거기서 어머니랑 자기랑 같이 있고 싶은 마음뿐이야. 예전에는 이런 모임을 좋아했는데 지금은 외롭고 둘 다 너무 보고 싶어. 그곳이 어떤지 말해줘. 정말 사랑해, 테디가.

다른 손님들이 모였다. 스타 부인은 자신은 음식을 만들어야 하니 서로들 인사를 나누라고 했다. 그녀의 젊은 조카 올라가 저녁식사 준비를 도울 거라고 했다.

위니는 예상대로 릴리언이 끝내주는 옷차림을 한 채 나타나 슬슬 대화를 풀어가며 사람들을 매료시키는 것을 지켜보았다. 그녀는 젊은 스웨덴 남자에게 자신과 위니가 옛날부터 알고 지낸 오랜 친구 사이지만 만나지 못한 지 오래되어, 먼길을 같이 걸으며 그동안 미뤄뒀던 이야기를 할 거라고 했다.

그녀는 넬이라는 퇴임 교사에게도 말을 걸었다. 넬이 여기 온 것은 학교 직원들의 선물이었다고 했다. 그들은 그녀가 이곳을 마음에 들어할 거라고 생각했다는 것이다. 넬은 그에 대한 확신이 전혀 없었다. 릴리언이 목소리를 낮추더니, 자기도 처음에는 좀 미심쩍었지만 옛날부터 알고 지낸 오랜 친구 위니가 같이 가자고 고집을 부렸다고 했다. 지금까지는 모든 것이 아주 만족스럽다고 인정할 수밖에 없다면서.

위니는 잉글랜드에서 온 의사 부부 헨리와 니콜라와 대화를 나누었다. 그들은 아주 평화로운 곳을 찾다가 인터넷에서 여기를 찾아냈다고 했다. 위니는 의사 부부가 누군가를 저세상으로 떠나보낸 것 같다고 생각했다. 그들의 얼굴은 창백했고 표정은 약간 흔들렸다. 하지만 그것은 그녀 혼자만의 생각일 수도 있었다. 또다른 커플은 애매하게 불만스러운 표정이었고 말을 많이 하지 않았다. 식탁 저쪽에도 사람들이 있었다. 그들과는 나중에 인사를 나눌 것이었다.

그들은 고추냉이 크림을 곁들인 훈제 송어와 호텔에서 직접 만든 갈색 소다빵으로 식사를 시작했고, 이어서 스타 부인이 노련한 솜씨로 저민 구운 양고기를 먹었다. 채식주의자들을 위한 요리도 있었고 커다란 애플파이도 있었다. 와인은 오래된 크리스털 디캔터에서 따랐다. 시디 자매는 이 디캔터로 오렌지스쿼시나 레모네이드를 따라 마시곤 했었다. 디캔터는 골동품이었지만 아름다웠고 이 집의 일부처럼 느껴졌다.

위니는 이 모든 것이 진행되는 방식에 감탄을 금치 못했다. 손님들은 편안하게 대화를 나누는 것 같았다. 스타 부인이 직접 나서서 사람들을 소개해주려고 수선을 피우지 않은 것은 아주 잘한 일이었다. 순식간에 식탁이 치워졌고, 젊은 올라는 커다란 식기세척기에 접시들을 집어넣은 뒤 집으로 돌아갔다. 스타 부인이 같이 커피를 마시며 대화에 끼었다.

그녀는 아침식사로 뷔페를 준비해두겠지만, 제대로 된 요리를 먹고 싶은 사람은 아홉시에 모이라고 알려주었다. 점심 도시락을 요청하면 싸줄 것이고, 아니면 가벼운 점심식사를 판매하는 근처 퍼브들을 정리한 목록이 있다고 했다. 자전거를 타고 싶으면 밖에 있고, 쌍안경과 우산과 장화도 구비되어 있다고 했다. 그녀는 가볼 만한 다양한 산책길과 지역 명소들도 알려주었다. 예쁜 개울과 작은 만도 있는데 바람이 없을 때 돌아보기 좋은 곳이었다. 절벽에서 숲길을 통과해 바다로 내려가는 길도 있는데 주의가 많이 필요했다. 동굴도 가볼 만했지만 조수潮水를 먼저 살펴야 했다. 마젤라 동굴이 가볼 만했다. 여름에 연인들이 가보기 좋은 장소라고 그녀는 설명했다. 밀물 때는 길이 차단되므로, 그곳을 돌아다니던 남녀는 바닷물이 빠지고 그곳에서 풀려날 때까지 예상보다 더 오랜 시간을 보내야 한다고……

저녁식사를 마친 뒤 위니는 테디에게 이곳이 매력적이고 색다르다고, 이곳에서 진심 어린 환영을 받았다고 문자를 보냈다. 그리고 자신도 그를 아주 사랑한다는 말을 덧붙였다. 하지만 그녀는 그 말이 진심인지는 잘 알 수가 없었다.

아마도 그녀는 어딘가 네버-네버랜드 같은 곳에 살고 있는 것이었다. 어떤 역할을 맡아 연기를 하는 것이었다. 지금은, 그리고 어쩌면 영원히, 장래 시어머니의 옛날부터 알고 지내는 오랜 친구 역할을 맡았다. 그녀는 깊은 잠에 빠졌다가 누가 문을 두드리는 소리에 깼다.

옷을 완벽하게 차려입고 화장까지 만반의 준비를 마친 릴리언이었다.

"제대로 된 아침식사를 거르고 싶지는 않을 것 같아서요." 그녀가 말했다. "우리 나이에는 하루를 기분좋게 시작해야 하잖아요."

위니는 분노가 치솟는 것을 느꼈다. 릴리언은 정말로 그들이 같은 나이라고 생각하는 건가?

"십 분 뒤에 내려갈게요." 그녀가 눈을 비비며 말했다.

"저런, 이 방에서는 바다가 보이지 않네요." 릴리언이 말했다.

"저는 아름다운 산도 좋아해요. 저는 산이 좋아요." 위니는 이를 악물고 말했다.

"그렇군요. 댁의 가장 큰 장점은 기분이 쉽게 좋아진다는 거네요. 위니, 그러면 아래층에서 봐요."

위니는 샤워를 하며 생각했다. 앞으로 남은 한 주가 끝없이 길게 느껴졌지만, 탓할 사람은 그녀 자신밖에 없다고……

젊은 스웨덴 남자는 프리다라는 이름의 작고 진지한 여자와 함께 나가고 없었다. 잉글랜드인 의사 헨리와 그의 아내는 그릴에 구운 고등어 요리를 주문했다. 다른 손님들은 스타 부인이 준 지도를 보면서 어디로 가보는 게 좋을지 신나게 떠들어댔다. 존이라는 미국인은 시차 때문에 고생을 했는지 매우 피곤해 보였다.

날씨는 좋았다―우산이나 장화는 필요 없었다. 도시락은 싸가겠다고 한 사람들에게 내줄 수 있게 파라핀지에 싸여 준비되어 있었다. 다른 손님들은 퍼브 목록을 받아갔다.

열시가 되자 모든 손님들이 스톤하우스를 떠났고 스타 부인의 조카인 올라가 침실을 정리하러 왔다. 일과는 이미 잘 정립되어 있었다. 비틀비틀 첫걸음을 뗀다기보다는, 이런 휴가 손님을 맞는 일을 오래전부터 해온 것 같았다.

위니와 릴리언은 절벽을 따라 이어지는 산책길을 택했다. 절경이 이어지는 길을 4마일 걸으면 서쪽 항구에 도착한다. 거기서 브래디 바에 갈 것이다. 점심을 먹은 뒤에는 스토니브리지로 매시간 출발하는 버스를 탈 것이다.

위니는 아쉬운 듯 스톤하우스를 돌아보았다.

돌아가 스타 부인과 함께 식탁에 앉아 차를 더 마시고 갓 구운 소다빵을 먹으며 세상 이야기나 하면 얼마나 좋을까. 하지만 그녀는 릴리언 헤너시와 몇 시간 동안 경쟁하듯 대화를 주고받아야 했다. 하지만 브래디 바에 도착했을 때쯤에는 위니도 어깨 근육이 풀어지는 것을 느꼈다. 풍경은 약속한 대로 장관이었다. 다행스럽게도 릴리언은 말이 많은 편은 아니었다.

하지만 이제 릴리언은 다시 독선적인 여인으로 돌아와 있었다.

"확실히 즐거운 산책이었어요. 하지만 그렇게 도전적인 길은 아니군요." 그녀가 말했다.

"경치가 아름다워요. 저 넓은 하늘을 평생 볼 수 있으면 좋겠어요." 위니가 말했다.

"오, 정말 그래요. 하지만 내일은 다른 길로 가봐요. 남쪽 길로요. 스타 부인이 그쪽에 볼 게 더 많다고 했잖아요. 작은 개울과 만이 있고, 동굴에도 들어가볼 수 있고요."

"그 길은 좀 위험할 것 같던데요. 먼저 갔다 온 사람들이 있는지 보고요." 위니는 신중했다.

"그 사람들은 다들 겁쟁이들인걸요. 모험 같은 건 하지 않는 사람들이에요. 우리는 모험을 하러 온 거잖아요. 안 그래요, 위니? 우리가 중년에 안주하기 전에 마지막으로 한번 폭풍과 맞서 싸워보기는 해야죠."

"어디에도 안주하실 분 같지는 않은데요." 위니가 말했다.

"그건 그렇죠. 하지만 댁한테는 벌써 중년을 바라보는 위험신호가 보이는데요. 용기를 내봐야죠, 위니? 내일은 우리도 도시락을 싸서 스토니브리지 남쪽에 가보는 거예요."

위니도 동의한다는 듯 미소를 지었다. 릴리언이 이 상황을 게임으로 몰아갔다고 해서 그녀 자신이 위험을 자초할 생각은 없었다. 하지만 이 문제는 내일 아침에 처리하면 된다. 그동안은 매력적이고 유쾌하고 침착하게 행동할 것이다. 그 상은 테디였다.

부디, 사랑하는 친절하신 하느님, 그 사람이 그만큼 가치 있는 사람이게 해주세요.

그들은 버스를 타고 스톤하우스로 돌아갔고, 손님들도 각자 일정을 마치고 속속 돌아왔다. 벽난로에서 장작불이 활활 타오르고 있었다. 모두 차를 마시고 스콘을 먹었다. 항상 이런 삶을 살아왔던 사람들 같았다.

저녁식사 시간에 위니는 프리다 맞은편에 앉았다. 프리다는 도서관 사서보조라고 했다. 위니는 자신을 간호사라고 소개했다.

"정착했어요?" 프리다가 물었다.

"아니요, 파견근무를 해요. 날마다 다른 병원에서요. 정말 매일 다른 곳에서요."

"그게 아니라요, 사랑하는 누군가에게 정착했느냐고요."

릴리언이 듣고 있다 끼어들었다. "우리 나이가 되면 사랑에는 흥미가 좀 없어지지요." 그녀가 식기를 쟁그랑거렸다.

"글쎄요……" 프리다가 생각에 잠기며 말했다. "저는 아닌데요."

"정말 이상한 여자예요. 그 여자." 릴리언이 나중에 소곤거렸다.

"저는 아주 재미있는 분이라고 생각했는데요." 위니가 말했다.

"아까도 말했지만, 위니, 댁은 정말 바라는 게 없군요. 인생에서 바라는 게 그렇게 없다니 놀랍네요."

위니는 간신히 입술을 벌려 미소를 지었다. "그게 저예요." 그녀가 바보처럼 웃었다. "부인 말씀처럼 쉽게 즐거워지거든요."

다른 손님들은 전부 내일 날씨 이야기를 하고 있었다. 남쪽에서 폭풍이 올라온다고 했다. 스타 부인은 조심 또 조심해야 한다고 당부했다. 개울과 만은 순식간에 물이 차오른다면서. 지역 주민들도 세찬 바람과 조수 때문에 봉변을 당했다고. 위니는 안도의 한숨을 쉬었다. 적어도 탐험가처럼 행동하려는 릴리언의 바보 같은 계획은 무산될 것이다.

하지만 다음날 아침, 점심 도시락을 챙긴 릴리언은 가지 말라는 방향으로 곧장 발걸음을 옮겼다. 순간 위니는 망설였다. 따라가지 않겠다고 말할 수도 있었다. 하지만 릴리언의 말이 맞을 수도 있겠다는 생각이 들었다. 스타 부인이 자신을 보호하려고 지나치게 조심하는 것인지도 몰랐다.

위니는 할 수 있다. 아직 서른넷이다. 세상에나. 릴리언은 아무리 적게 잡아도 쉰셋은 됐을 것이다. 위니는 이미 너무 많은 것을 견뎠다. 너무 많은 시간을 투자했고 너무 많이 참았다―이제 와서 그만두는 건 억울했다.

처음에는 날씨가 쾌청했다. 물보라는 짭조름했고 커다란 검은 바위가 위협적으로 늘어서 있었다. 야생 조류의 울음소리와 요란한 파도 소리 때문에 대화도 제대로 할 수 없었다. 그들은 함께 걷다가 잠시 멈추고 대서양을 바라보았다. 그리고 바로 옆의 대륙은 3000마일 떨어진 미국이라는 사실을 깨달았다.

그들은 스타 부인이 말해준 마젤라 동굴 입구를 발견했다. 그곳에서 몸을 피할 수 있었고, 바람의 기세도 자신들을 반으로 갈라버릴 듯 거세진 않았다. 그들은 암벽에 튀어나온 바위에 앉아 챙겨온 도시락을 꺼냈다. 빵과 치즈와 수프가 담긴 보온통이었다. 바람과 바다 공기 때문에 눈이 따끔거렸고 빨개진 뺨은 얼얼했다. 둘 다 몸도 괜찮고 기력도 있었지만 몹시 허기가 졌다.

"이런 날씨와 싸워가며 여기까지 오다니 기쁘네요." 위니가 말했다. "도전할 만한 가치가 있는 일이었어요."

"속으로는 오기 싫었겠지요." 릴리언은 승리를 거둔 듯 우쭐해져 있었다. "내가 무모하다고 생각했을 거예요."

"설사 그런 생각을 했더라도 제가 틀렸어요. 이따금씩 자기 한계를 넘어서 도전해봐도 좋은 것 같아요." 위니가 그 말을 하는데 얼굴에 물이 철벅 튀었다—파도가 동굴 깊숙이까지 들이친 것이다. 희한한 것은, 파도가 그들의 예상과 달리 다시 바다로 쓸려나가지 않는다는 점이었다. 오히려 몇 차례 더 들이쳐서는 그들의 발을 적시며 찰랑거렸다. 두 여자는 얼른 뒤로 물러났다. 하지만 파도는 더 밀려왔다. 검고 차가운 물. 앞서 밀려온 파도가 물러날 틈도 주지 않았다. 그들은 말없이 더 높은 바위로 올라갔다. 수면보다 한참 위로 올라왔으니 괜찮을 것이다.

파도는 계속 들이쳤다. 더 높이 올라가려고 버둥거리던 릴리언이 그만 그들의 도시락과 휴대전화와 따뜻한 마른 양말이 든 캔버스 가방 두 개를 발로 차버리고 말았다. 그들은 가방이 파도에 휩쓸려가는 것을 하릴없이 지켜보았다.

"조수 방향이 바뀌려면 얼마나 걸리지요?" 릴리언이 물었다.

"여섯 시간쯤요." 위니가 딱 잘라 대꾸했다.

"그러면 사람들이 우리를 찾으러 오겠지요." 릴리언이 말했다.

"사람들은 우리가 어디 있는지 몰라요." 위니가 말했다.

그들은 더이상 말하지 않았다. 마젤라 동굴에는 바람과 파도 소리만 가득했다.

"마젤라가 누굴까요." 한참 시간이 지난 뒤 위니가 입을 열었다.

"제라드 마젤라라는 성인이 있어요." 릴리언이 자신 없이 말했다. 그녀가 확신 없는 목소리로 말한 것은 이번이 처음이었다.

"충분히 가능한 이야기네요." 위니가 말했다. "그 성인이 누군지는 모르지만 위기에 빠진 사람들을 많이 구했기를 바라야겠어요."

"댁도 여기 오는 데 동의한 거예요. 우리가 이런 날씨와 싸우면서 여기까지 온 게 기쁘다고 했었잖아요."

"그랬죠. 그때는요."

"기도는 해요?" 릴리언이 물었다.

"아니요. 자주 하지는 않아요. 부인은요?"

"한때는 했었죠. 지금은 안 해요."

그들은 더이상 할말이 없는 것 같았다. 그래서 말없이 앉아 부딪치는 파도 소리와 윙윙 부는 바람 소리만 들었다. 이제 올라갈 바위는 하나밖에 남지 않았고, 상황이 더 악화되면 그 바위까지 기어올라가야 했다.

그들은 추웠고 몸이 젖었고 겁에 질려 있었다.

그들은 서로 도움이 되지 않았다.

위니는 자신들이 여기서 죽을 수도 있겠다고 생각했다. 그녀는 테디를 생각했고, 스타 부인이 그에게 그 소식을 알리는 장면을 그려보았다. 그녀의 마지막 시간이 그의 어머니에 대한 차가운 증오와 자기 자신에 대한 엄청난 자책으로 채워졌다는 것을 그는 결코 알지 못할 것이다. 이렇게 파국을 맞을 것이 뻔했던, 어리석은 허세 게임에 빠져든 스스로에 대한 자책. 하지만 정말로 이렇게까지 나쁜 결말이 될 줄 누가 알았겠는가?

릴리언의 얼굴은 보이지 않았지만, 릴리언의 어깨가 떨리고 이가 딱딱 부딪치고 있는 건 느껴졌다. 그녀도 겁에 질린 것이 틀림없었다. 하지만 이번 일은 제길, 전적으로 릴리언의 잘못이었다. 그렇다 해도, 어쩌다 이렇게 되었건 지금은 한배를 탄 운명이었다.

한참 시간이 흐른 뒤 위니가 말했다. "뭣 때문에 이렇게 됐는지는 이제 중요하지 않지만, 우리가 왜 여기 함께 있는 거죠? 여기 스토니브리지에요. 부인은 저를 보자마자 미워했어요. 하지만 우리는 둘 다 테디를 사랑해요. 그러면 우리는 유대감을 가져야 하는 거 아닌가요?" 그녀가 테디를 사랑한다는 말을 한 것은 이번이 처음이었다. 여기 마젤라 동굴에서, 익사하거나 저체온증 때문에 죽을 위기에 처한 채로. 지금까지 위니는 엄마 대신 테디를 지켜봐주는 역할을 하는, 폐경기를 앞둔 늙다리 대접을 받았다.

"저는 테디를 사랑해요." 위니가 큰 소리로 말했다. "테디는 부인을 사랑하고요. 그래서 저도 부인을 더 잘 알고 좋아해보려고 노력했어요. 그뿐이에요."

"하지만 잘되지 않았어요, 그렇죠?" 릴리언이 침울하게 말했다. "우리가 이곳에 오게 된 건 우연 때문이었어요. 댁도 나랑 이곳에 오고 싶지 않았겠지만 나도 마찬가지였어요. 댁이 이곳 스톤하우스를 찾아냈고 오늘 여기까지 같이 오게 된 거예요. 그런데 지금 우리 모습을 한번 봐요."

침묵이 흘렀다.

"뭐라고 말 좀 해봐요. 뭐라도 물어봐요." 릴리언이 말했다.

"나이가 어떻게 되세요, 릴리언?"

"쉰다섯."

"훨씬 젊어 보이세요."

"고마워요."

"그런데 왜 부인과 제가 같은 나이인 것처럼 말씀하세요? 제가 태어났을 때 부인은 스물하나였어요."

"댁이 물러나기를 바랐으니까. 테디는 지금 그대로 나한테 두고."

또다시 침묵이 흘렀다.

마침내 위니가 말했다. "그럼 결국에는 우리 둘 다 테디를 놓치게 돼요."

"우리가 여기서 빠져나갈 수 있을 것 같아요?" 릴리언의 목소리는 나이를 폭삭 먹은 사람처럼 들렸다. 확신에 가득 찬 릴리언이 아니었다.

위니의 잠재의식에 약간의 연민이 스며들었다. 그 감정을 물리치려 했지만 사라지지 않았다.

"이럴 땐 긍정적인 마음을 갖고 계속 움직여야 한대요." 위니가 바위에서 약간 돌아앉으며 말했다.

"움직이라고요? 여기서? 이런 상황에서 긍정적이 되려면 어떻게 해야 하죠?"

"저도 알아요. 우리가 움직일 수는 없겠죠. 노래를 부르면 되겠네요."

"노래요, 위니? 정신 나갔어요?"

"부인이 물어보셨잖아요."

"좋아요, 그러면 시작해봐요."

위니가 잠시 생각했다. 그녀의 어머니가 좋아한 노래는 〈Carrick-fergus*〉였다.

캐릭퍼거스에 당신이 있으면 좋겠네,

밸리그랜드에서 겨우 3마일인데

밸리그랜드에서 보낸 나날을 생각하며

나는 깊고 깊은 바다를 헤엄쳐 갈 테야……

그녀가 노래를 멈추었다. 릴리언이 따라 부르는 바람에 그녀는 깜짝 놀랐다.

하지만 바다는 깊고 나는 헤엄쳐 건널 수 없어,

날개가 없으니 날아 건널 수도 없어.

나를 도와줄 뱃사공이 있으면 좋겠네,

---

* '퍼거스의 바위'라는 뜻의 아일랜드어.

내 사랑과 내 몸을 실어나르게.

그 순간 두 사람 다 방금 부른 노래의 가사를 생각하며 노래를 멈추었다.

"이 상황에 그보다 더 적절하지 않은 노래는 없었겠어요. 일부러 생각해낸다 해도 말이죠." 위니가 사과했다.

그녀는 처음으로 릴리언의 진짜 웃음소리를 들었다. 흥흥거리는 웃음도, 얕보거나 조롱하는 웃음도 아니었다. 그녀는 이 상황이 정말로 재미있는 것 같았다.

"〈Cool Clear Water〉를 부를 수도 있었겠네요." 이윽고 릴리언이 말했다.

"부인 차례예요." 위니가 말했다.

릴리언은 〈The Way You Look Tonight〉을 노래했다. 테디의 아버지가 수확기 사고로 죽기 전날에 그녀에게 불러주었던 노래라고 했다.

위니는 〈Only The Lonely〉를 불렀다. 그녀는 아버지가 장신구를 만드는 낯설고 서먹서먹한 여자와 결혼한 직후에 그 레코드판을 발견했다. 그러자 릴리언은 〈True Love〉를 불렀다. 그러고는 테디의 아버지가 죽고 나서 다른 사람을 만나고 싶은 마음은 줄곧 있었지만 그러지 못했다고 말했다. 그녀는 로스모어에서 유력 인사가 되기 위해 장시간 일하고 이를 악물고 노력했다고 말했다. 사랑하는 데 쓸 시간이 없었다.

위니가 〈St Louis Blues〉를 불렀다. 그녀는 한때 퍼브에서 열린 장기자랑에서 그 노래를 불러 양 다리를 상으로 받았다.

"도움을 요청해야 할지도 모르는데 목소리를 낭비하는 건 아닐까요?" 릴리언이 물었다. 정말로 위니의 대답을 듣고 싶은 것 같았다.

"어차피 아무도 우리 목소리를 듣지 못할 거예요. 최선의 희망은 계속 긍정적인 생각을 하는 거예요." 위니가 말했다. "비틀스 노래 중에 아는 거 있으세요?" 그래서 그들은 〈Hey Jude〉를 불렀다.

릴리언은 자기 어머니가 비틀스는 장발족이기 때문에 타락한 사람들이라고 했다는 이야기를 해주었다. 위니는 자기 계모는 비틀스가 누군지 아예 모르고 심지어 아버지도 비틀스를 잘 모른다고 말했다. 그들과는 어떤 주제로도 대화다운 대화를 나누기가 힘들었다고.

"부모님이 아가씨가 여기 온 건 알아요?" 릴리언이 물었다.

"우리가 여기 있는 걸 아는 사람은 아무도 없어요. 그게 문제예요." 위니가 한숨을 쉬었다.

"아니, 우리가 여기 아일랜드 서부에 온 것 말예요. 그분들은 테디를 알아요?"

"아니요. 부모님은 제 친구 아무도 모르세요."

"테디한테 그분들을 데려가 소개하는 게 좋겠어요. 테디가 아직 아가씨네 가족은 아무도 만나지 못했다고 하던데요."

"음, 아시겠지만……" 위니는 그 모든 것을 가볍게 생각하려는 듯 어깨를 으쓱했다.

"테디는 아가씨를 나한테 소개했죠."

"네, 그랬어요." 그날의 기억은 여전히 쓰라렸다. 위니는 아들을 얻겠다고 이 끔찍한 시어머니를 떠맡으려 했던 자신의 어리석음을, 그녀와 대립하면서도 우정을 가장했던 그 어리석음을 저주했다. 그래서 결국 어떻게 되었는지 보라. 이 동굴 안에서, 최악의 경우 물에 잠겨 서서히 죽는 순간이, 잘해야 류머티즘열이 기다리는 것이다.

"처음에 전적으로 기뻤다고는 말할 수 없어요." 릴리언이 잠시 뒤에 말했다. "아가씨도 그랬겠지요. 하지만 이번 휴가를 제안한 건 아가씨였어요."

"제가 같이 휴가를 가자고 제안한 건 아니었어요. 저는 그저 스톤하우스 이야기를 꺼냈고 테디랑 같이 오고 싶다고 말했을 뿐이에요. 그게 다예요. 부인이 스스로 나선 거죠."

"그애가 떠민 거지. 아가씨는 그냥 맞춰준 거고."

"이제 그런 건 중요하지 않아요." 위니가 말했다. 패배감이 깃든 목소리였다.

"기운을 잃지 말아요, 부탁이에요. 겁이 나니까. 아까처럼 아가씨가 강한 게 더 좋아요. 다른 노래는 없어요?"

"없어요." 위니는 시무룩해졌다.

"아가씨가 당연히 노래를 더 많이 알겠지요."

"〈By The Rivers of Babylon〉은 어때요?" 위니가 제안했다.

알고 보니 릴리언은 로스모어의 세인트오거스틴 교회에서 열린 결혼식에 간 적이 있었는데, 그때 신랑 신부가 결혼식 찬송가로 고른 노래가 이것이었다고 했다. 폴란드인 사제는 그것이 아일랜드 전통이라고 생각해 같이 불렀다.

위니는 어느 해 크리스마스에 병원에서 근무를 했는데, 그때 환자들의 기운을 북돋아주기 위해 모두 콩가댄스 대열로 서서 이 노래를 부르며 병동을 돌아다녔다고 했다. 뚱한 성격의 병동 담당 간호사마저 그 노래가 효과가 있었다고 전해주었다.

그러자 릴리언은 〈Heartbreak Hotel〉을 능가하는 노래는 없다고 말했고, 그들은 같이 그 노래를 불렀다. 위니는 엘비스가 부르는 〈Suspicious Minds〉를 더 좋아한다고 말했지만 그들은 한 소절밖에 가사를 몰랐다. 뭔가 덫에 걸리는 것에 관한 내용이었다. 하지만 그들은 그 한 소절을 부르고 또 부르고, 그 소리가 공허하게 들릴 때까지 불렀다.

오티스 레딩의 〈Sitting On The Dock Of The Bay〉를 부르는 동안 두 사람은 수면이 내려간 것을 깨달았다. 또다시 거대한 파도가 밀려올까봐 그들은 차마 그 말을 입 밖에 내지도 못했다. 조수의 방향이 바뀐 것이 확실해지자 그들은 서로에게 손을 내밀었다. 노래와 짭조름한 물보라 때문에 목이 컬컬했다. 춥고 축축하고 부들부들 떨렸지만 그들은 그렇게 잠시 서로를 붙잡고 있었다. 입을 열면 그들이 간신히 손에 넣은 가녀린 희망과 아슬아슬한 평화가 깨질 것 같았다.

이제 문제는 기다리는 것이었다.

스타 부인은 손님 둘이 사라진 사실이 명백해지자 리거를 불렀다. 그는 치키의 형부들이 포함된 수색대를 꾸렸다.

"남쪽 절벽에는 가면 안 된다고 경고했어. 그러니까 그리로 간 게 확실해." 그녀가 확신에 차서 말했다. 리거는 그들에게 구체적으로 언급한 장소가 있는지 물었다. 치키는 곰곰이 생각해보았고 그러자 무슨 일이 일어났는지 분명해졌다. 그녀가 전날 밤 날씨에 대해 경고했을 때 릴리언 헤너시의 얼굴에 그 경고를 무시하는 도

전적인 표정이 떠올랐던 것이 기억났다. 그리고 그날 아침 릴리언이 어느 방향으로 가는지 말하지도 않고 그냥 떠나버린 것을 치키는 눈치챘었다.

남자들은 마젤라 동굴 쪽으로 가보겠다면서 뭔가 소식이 있으면 곧바로 전화를 하겠다고 했다.

하지만 무슨 소식이 들려오기도 전에 릴리언의 아들이라는 테디 헤너시가 잉글랜드에서 전화를 걸어왔다. 그는 폐를 끼쳐 죄송하지만 어머니와 위니에게 휴대전화로 연락이 되지 않는다고 했다. 그들이 전화기를 꺼놓은 것 같다면서.

치키 스타는 노련하고 신중했다. 정말 걱정할 만한 사건이 발생했다는 증거가 있을 때까진 위험 가능성을 알려봤자 소용없었다. 그녀는 조심스럽게 그의 전화번호를 받아 적었다.

"절벽 길로 걸어간 것으로 아는데 곧 돌아올 시간이 됐어요, 헤너시 씨."

"두 사람 다 즐거운 시간을 보내고 있는 거겠죠?" 그는 모든 것이 아무 문제 없이 잘 흘러가고 있는지 몹시 듣고 싶은 것 같았다.

"네. 그분들이 지금 여기서 직접 대답하시지 못하는 게 유감이네요. 헤너시 씨의 전화를 받지 못한 것을 알면 속상해하실 거예요."

"위니한테서 어젯밤에 문자메시지를 받았어요. 아주 멋진 곳이라고 하더군요."

"이곳에 만족하신다니 기쁘네요." 스타 부인은 목구멍에 덩어리가 걸린 것 같았다. "오랜 친구들이 함께하며 즐거워하는 것을 보면 좋거든요……" 제발 하느님, 몇 시간 뒤에 이 남자에게 완전히 다른 이야기를 해야 하는 일은 없기를.

"릴리언은 말씀드린 대로 제 어머니예요. 이번 휴가에서 두 사람이 서로를 잘 알게 될 거예요. 다 잘되고 있다니 정말 기분좋은데요."

그는 희망에 부풀고 신이 난 것 같았다. 그의 까다롭고 심술궂은 어머니가 결국 그의 여자친구로 밝혀진 위니와 전혀 잘 지내지 못하고 있다는 말을 그녀가 어떻게 할 수 있겠는가? 두 사람은 심지어 자신들의 관계조차 인정하지 않고 있었다. 최악의 사건이 발생했다면 역사는 어떻게 고쳐 쓰여야 할까?

그녀는 목에 손을 댄 채 서 있다가, 조카 올라가 소매를 잡아당기며 지금 식탁을 차릴지 물어봤을 때에야 정신을 차렸다. 그녀는 손님들을 식탁에 앉혔다. 그들은 실종된 두 여자의 소식을 몹시 궁금해했다. 식탁에는 불안한 분위기가 감돌았다.

"둘 다 무사해요." 프리다가 불쑥 말했다. "둘 다 괜찮아요. 걱정할 것 없어요. 추위와 굶주림 때문에 고생은 했겠지만 무사할 거예요." 그녀는 확신에 넘쳐서 말했지만, 전화벨이 울릴 때까지는 모든 것이 느리게 움직이는 것 같았다.

그들은 무사했다. 수색대가 그들을 먼저 닥터 데이의 병원에 데려갔지만 추위와 정신적 충격 말고 큰 문제는 없는 것 같았다. 치키 스타는 안도하는 내색은 조금도 내비치지 않고서 다른 손님들에게, 위니와 릴리언은 조류에 갇혔던 터라 뜨거운 목욕을 해야 하니 두 사람 없이 저녁식사를 시작하자고 말했다.

두 사람이 하얗게 질린 얼굴로 담요와 러그에 싸여 문을 열고 들어왔을 때 모두가 환호했다.

릴리언은 전부 별일 아니었던 것처럼 행동했다.

"여러분 모두 화장을 하지 않은 내 얼굴을 봤으니 이제 회복할 방법이 없겠는데요." 그녀가 웃었다.

"조수 때문에 갇혔던 거예요?" 프리다는 무슨 일이 있었는지 알고 싶어했다.

"네. 하지만 바닷물이 다시 빠져나가리라는 걸 알고 있었으니까요." 위니가 말했다. 그녀는 떨고 있었지만, 극적인 사건은 더이상 없을 것이었다.

"많이 겁나지 않았어요?" 잉글랜드인 의사와 그의 아내가 걱정했다.

"아니요. 그렇지는 않았어요. 위니가 훌륭했죠. 기운을 잃지 않으려고 계속 노래를 불러줬어요. 〈St Louis Blues〉를 곧잘 부르던데요. 우리 앞에서 하룻밤 리사이틀을 열어도 될 거예요."

"부인이 〈Heartbreak Hotel〉을 부르시면요." 위니가 말했다.

스타 부인이 끼어들었다. "잉글랜드에서 아드님이 전화를 했었어요, 릴리언. 돌아오시면 전화하실 거라고 말했어요."

"먼저 목욕부터 하고요." 릴리언이 말했다.

"우리한테 일어난 일을 그 사람한테……" 위니가 말했다.

"돌아오는 시간이 늦어지는 것 같다고, 그렇게만 말했어요."

두 사람은 고마운 표정으로 그녀를 쳐다보았다.

릴리언은 생각에 잠기는 것 같았다. "위니, 그애한테 직접 전화를 걸지 그래요? 아가씨 남자친구니까. 어쨌거나 그애가 이야기하고 싶어하는 것도 아가씨잖아요. 나는 나중에 전화하겠다고 해요." 그리고 그녀는 목욕을 하러 갔다.

치키 스타와 프리다 오도너번만 그 말의 의미를 알아차렸다. 대서양의 조수가 바뀌기를 기다리는 긴 시간 동안 두 사람 사이에 큰 변화가 일어난 것이다. 다가올 앞날에 늘 태양이 비치거나 쉬운 길만 펼쳐지지는 않겠지만, 아침나절보다 훨씬 잠잠해지고 덜 험난해진 것은 날씨만이 아니었다.

존

사람들이 그의 이름을 부를 때면 존은 자기를 부르는 것임을 잊지 않으려 애써야 했다. 존이라는 이름은 그의 진짜 이름, 적어도 오래전에 고아원에서 붙여준 이름이었지만, 누가 자신을 그 이름으로 부른 것은 실로 아주 오랜만이었다.

평소에 그는 코리라는 이름으로 통했다.

잠자리에 들기 전 수녀님들이 읽어주던 동화책에 코리라는 등장인물이 나왔다. 모두가 사랑하는 귀여운 아기 천사였다. 그래서 존은 그것이 좋은 이름이라고 생각했고, 수녀님들은 흔쾌히 그렇게 불러주었다.

고아원에는 정원사가 한 명 있었다. 살리나스라는 곳에서 온 노인이었다. 그는 늘 거기가 세상에서 가장 멋진 곳이고, 언젠가 돈을 충분히 모으면 그리로 돌아가 작은 집을 사서 살 거라고 했다.

코리는 살리나스라는 이름을 틈만 나면 중얼거리곤 했다. 그 이름도 마음에 들었다.

그는 이름이 없었다. 이것을 그의 이름으로 삼으면 좋을 것 같았다.

그는 코리 살리나스가 되었고, 열여섯이 되자 샌드위치 가게에서 첫 일자리를 구했다.

샌드위치 가게가 영화제작팀과 점심식사 공급 계약을 맺게 되자 코리는 곧 모두의 눈에 띄었다. 매부리코에 짙은 눈동자, 관자놀이께에서 살짝 곱슬곱슬한 머리, 늘 공모를 벌이자는 듯 눈웃음을 치는 지적인 눈—그것 때문만은 아니었다. 누가 피넛버터를 좋아하고 누가 저지방 치즈를 좋아하는지를 일일이 기억한다는 사실도 그 이유 중 하나였다. 그는 어떤 것도 귀찮게 여기지 않았다. 자기 마음이 바뀌었으면서 그에게 샌드위치를 잘못 가져왔다고 나무라는, 짜증스럽기 그지없고 자기 자신만 생각하는 신인 여자 배우조차 그를 인상 깊게 보았다.

"도대체 그런 인내심이 어디서 나오는지 모르겠어." 그와 같이 일하는 모니카는 성미가 급했다.

"샌드위치 가게는 우리 가게 말고도 있으니까. 우리 샌드위치를 사 먹게 하고 싶으면 처음에는 좀더 노력할 필요가 있어." 코리가 명랑하게 말했다. 그는 고된 일을 두려워하지 않았다. 그는 세탁소 윗집에 살면서 집세를 내는 대신 매일 아침 세탁소 청소를 했다.

샌드위치 가게에는 늘 먹을 것이 있었기 때문에 먹는 데 돈을 쓸 필요가 없었다. 돈이 모이자 그는 그 전부를 연기 수업에 쏟아붓기로 했다. 로스앤젤레스에 살면서 영화산업에 뛰어들고 싶은 마음이 생기지 않을 수는 없었다.

그와 모니카는 이제 연인이 되었다.

잘생긴 외모 덕분에 코리는 엑스트라 자리쯤은 쉽게 구할 수 있었다. 하지만 그 일만 하고 살 수는 없었다. 그렇게 하려면 점심때 샌드위치를 팔아 버는 돈보다 훨씬 적은 돈을 벌면서 하루종일 발품을 팔아야 했다. 대사가 있는 배역을 맡을 때까지는, 어쩌면 소속사를 잡을 때까지는 계속 그렇게 살아야 할 것이었다.

그것도 모두 그 꿈을 이루기 위한 과정이었다.

모니카의 꿈은 달랐다. 그녀는 그들만의 집을 얻고 그들만의 패스트푸드점 사업을 하고 싶어했다. 왜 긴 시간 동안 죽어라 일해서 고용주의 배만 불리는가?

하지만 코리의 결심은 단호했다. 그의 꿈은 배우였다. 요식업에 자신의 인생을 바칠 수는 없었다.

모니카는 당황스러웠다. 그녀는 할리우드 진출을 꿈꾸며 평생을 허비하는 사람들을 너무 많이 보아왔다. 그녀의 아버지도 그런 사람들 중 하나였다. 하지만 코리는 그녀가 평생 사랑할 남자였다. 표정이 풍부하고 영화배우가 꼭 되고 말겠다는 확신에 찬 이 잘생긴 남자. 그녀는 억지로 밀어붙이다 그를 잃는 위험을 감수하고 싶지 않았다.

그러다 모니카가 아기를 가졌다. 그녀는 코리에게 어떻게 말을 꺼내야 할지 고민이 되었다. 코리가 자신은 알 바 아니라고 외면할까봐 두려웠다. 피임은 쭉 그녀 쪽에서 해왔다. 모니카가 일부러 피임약을 빠뜨린 건 아니었다. 그녀는 그가 느낄 당혹감을 가능한 한 줄이면서 사실을 털어놓을 방법을 고민하느라 며칠을 보냈다. 결국엔 그럴 필요가 없었다. 코리가 알아차린 것이다.

"왜 진작 말하지 않았어?" 그는 애정이 넘치는 모습이었다.

"당신 꿈을 망치고 싶지 않았어."

"이제 나한테는 두 개의 꿈이 생겼어. 가족 그리고 영화배우." 그가 말했다.

삼 주 뒤 그들은 결혼식을 올렸고, 모니카는 세탁소 윗집으로 옮겨왔다. 그들은 돈을 마련하기 위해 더 많은 일거리를 찾았다. 연기 수업을 받는 데에 돈이 많이 들어갔고, 사람들은 아기를 키우는 것도 돈이 적게 드는 일은 아니라고 했다.

마리아 로자가 태어났을 즈음 코리 살리나스는 소속사를 찾았고 대형 뮤지컬 코미디 영화에서 노래하는 웨이터 셋 중 하나로 뽑혔다. 대단한 역할은 아니지만 성공의 사다리를 오르는 기회는 될 거라고 에이전트는 말했다. 그 영화는 어느 늙어가는 까다로운 여배우를 위해 기획된 작품이었다. 영화를 찍는 내내 모두가 그녀 때문에 지옥처럼 힘들어했다. 하지만 그들이 그에게 호감을 가진다면 어떤 일이 뒤따를지 누가 알겠는가?

코리는 사람들의 호감을 사는 방법을 알았다. 배려심이 있었고 일이 아무리 길어져도 끝까지 참았다. 그는 제1조감독도 하느님처럼 떠받들었다. 그는 까다로운 주연배우에게 신선한 특제 주스를 만들어주었다. 그녀는 모두에게 그가 귀엽다고 말했다.

노래하는 다른 두 웨이터는 짜증을 부렸을지 모르지만 코리는 절대 그러지 않았다. 그의 웃는 얼굴과 다른 사람들을 즐겁게 해주려는 태도는 보상을 받았다. 촬영이 끝날 즈음 그에게 다른 영화의 출연 제의가 들어왔다.

마리아 로자는 세상에서 가장 예쁜 아기였다.

모니카의 가족은 그들을 여러모로 도와주면서 모니카의 남편이 적절한 보수를 받는 안정된 직장을 구하기를 기다렸다. 코리는 그들을 도와줄 자신의 가족은 없었지만, 아기를 유모차에 태워 그가 자란 고아원에 데리고 가면 큰 환영을 받았다. 그는 자신의 친부모에 대해 아는 것이 있는지 늘 물어보았지만 고아원 사람들은 늘 없다고 대답했다. 그는 생후 삼 주쯤 되었을 때 고아원 정문 앞에 버려졌다. 그를 잘 키워서 잘살게 해달라고 부탁한, 이탈리아어로 쓴 편지 한 장과 함께.

"수녀님들이 저를 잘살게 키워주신 거예요." 코리는 그들에게 항상 이렇게 말했다. 고아원 수녀들은 그를 사랑했다. 그들이 키웠던 많은 아이들이 이런 보호시설에서 어린 시절을 보낸 것에 비통해하고 분노하면서 고아원을 떠났다. 이제 시대가 바뀌어 수녀들도 영화나 연극을 보러 다닐 수 있게 되었다. 그들은 코리에게 그가 출연하는 영화는 다 챙겨보고 팬클럽도 만들겠다고 약속했다.

모니카는 아기를 유모차에 태워 세탁소 위까지 계단을 오르내리는 것이 무척 힘들 거라고 했지만, 코리는 아직은 집을 옮길 수 없다고 했다. 배우라는 직업은 위험부담이 컸다. 아기를 위해 정말 아름다운 집을 구하겠지만, 지금은 아니었다.

두번째 영화에서 코리는 말썽을 일으키는 십대 역할을 맡았고 나이를 먹어가는 까다로운 여배우는 그의 계모 역할을 맡았다. 그 영화는 그 유명 여배우를 지나치게 부각해 쓴 작품이었다. 그녀의 시대는 끝났다고 평론가는 말했다. 그녀의 전성기는 끝났다고. 하지만 그 청년은! 재능 있는 배우가 나타났다! 그때부터 출연 제의가 쏟아져들어오기 시작했다.

코리는 모니카가 바라던 집을 샀다. 하지만 마리아 로자가 세 살이 됐을 때 모든 것이 허물어지기 시작했다. 그는 영화사에서 제공한 독신자용 아파트에서 점점 더 많은 나날을 보냈다. 리셉션에도, 나이트클럽에도, 자선 행사의 밤에도 참석해야 했다.

모니카는 그의 이름이 최근에 같이 영화를 찍은 하이디라는 배우 이름과 나란히 실린 것을 보았다. 다음 주말 그가 이틀 내내 집에서 시간을 보내려고 왔을 때 그녀는 가십 칼럼에 쓰인 말이 진짜냐고 대놓고 물었다.

코리는 매스컴은 이런 종류의 떠들썩한 사건이 필요하다고 설명했다.

"하지만 사실인 내용도 있어?" 모니카가 물었다.

"음, 내가 그 여자랑 같이 자는 건 사실이야. 그건 맞아. 하지만 당신과 마리아 로자와 비교하면 그 여자는 중요하지 않아." 그가 말했다.

이혼은 신속히 진행됐다. 그는 마리아 로자를 토요일마다, 그리고 매년 휴가 때 열흘간 만날 수 있었다.

가십 칼럼에서는 코리 살리나스가 틀림없이 하이디와 결혼할 거라고 떠들어댔지만 그런 일은 일어나지 않았다. 하이디는 이에 앙심을 품고 대응했다. 그녀는 자신이 나쁜 남자의 희생양이 되었다며 매스컴의 큰 관심을 끌었다.

모니카는 침묵을 지켰고 어떤 인터뷰도 하지 않았다. 코리가 마리아 로자를 데려가는 토요일이면 그녀는 집을 비웠다. 그녀의 아버지나 어머니는 별말 없이 아이를 내주었지만 얼굴에는 분노와 실망감이 떠올랐다.

이따금 코리는 외로움을 느꼈고 모니카에게 다시 생각해보자고 말했다. 하지만 대답은 항상 똑같았다.

"당신한테 나쁜 마음은 없어. 하지만 연락은 변호사를 통해서만 해줘."

이별은 점점 견딜 만한 것이 되어갔다. 세월이 흘렀다.

그는 스물여덟 살 때 실비아와 결혼했다. 첫번째와는 아주 다른 결혼식이었다. 실비아는 호텔산업에서 떼돈을 수차례 벌어들인 아주 부유한 집안 출신이었다. 아름다웠고 뭐든 자기가 하고 싶은 것은 다 하고 자란 응석받이 딸이었다. 스물한번째 생일 선물로 성대한 상류사회 결혼식을 하겠다고 하자 그것도 받아들여졌다.

코리는 눈부시게 아름다운 이 여자가 자신을 그토록 원한다는 사실이 어리둥절했다. 그는 실비아의 가족이 하자는 대로 다 들어주었다. 딱 한 가지, 열 살 된 그의 딸 마리아 로자에게 화동을 시키자는 것만은 단호히 거절했다. 딱 잘라 거절했고, 두 번 다시 언급하지 않았다.

실비아의 변호사들은 코리의 변호사들과 혼전계약서를 썼다. 결혼식 홍보는 확실하게 진행되었고, 누가 사진을 찍을지를 놓고 치열한 경쟁이 벌어졌다.

결혼식 자체는 순식간에 끝났다. 코리가 열여덟 살 때 모니카와 희망에 부풀어 치렀던 소박한 첫 결혼 파티를 얼마간은 그리워했을지 몰라도, 그 생각은 바로 몰아냈다. 그때는 그때고 지금은 지금이었다.

'지금'은 오래가지 않았다. 코리는 집을 비우는 시간이 많았다. 스튜디오 촬영을 해야 했고 의상을 맞춰야 했고 홍보 투어를 다녀야 했고 외국 영화제에 참석해야 했다. 실비아는 지루했다. 그래서 테니스를 자주 쳤고, 자선사업에 필요한 기금 마련 행사를 열었다.

코리의 서른번째 생일에 맞춰 실비아는 또다른 화려한 행사를 준비했다. 때마침 그가 출연한 영화가 개봉해 대중의 관심이 한창 그에게 쏠려 있을 때였다. 영화에서 그는 어려운 도덕적 선택의 문제로 고뇌하는 의사 역할을 맡았다. 어떤 선택을 할지 고민하는 코리의 감성적인 얼굴이 찍힌 포스터가 어디에나 붙어 있었다. 여자들은 그를 만나 그 고뇌하는 눈빛을 없애주고 싶어 안달이 났다.

그가 초대자 명단을 훑었다. 할리우드와 호텔업계 거물이 다 모여 있었다. 딸의 이름은 없었다.

이번에는 그도 고집을 부렸다.

"그애는 열두 살이야. 그애도 이 기사를 읽을 거야. 그애도 불러야 해."

"이건 내가 주최하는 파티야. 나는 그애가 오는 게 싫어. 그애는 당신 과거의 일부지 현재가 아니잖아. 미래는 물론 아니고. 어쨌거나 이젠 우리 아이를 가질 때인 것 같아." 실비아는 완강했다. 결혼식 이후 그녀는 자기가 어린 여자애들과는 잘 지내지 못한다면서, 코리의 딸 마리아 로자를 만나는 데 고작 대여섯 번 동의했을 뿐이었다. 어린 여자아이들은 어리석은데다 아무것도 아닌 일에 깔깔거린다면서.

실비아가 말하는 방식은 무척 거만했고, '나는 뭐든 내가 원하는 대로 한다'는 암시가 느껴졌다. 그가 한때 아주 매력적이라고 생각했던 장미꽃 봉오리 같은 미소가 이제는 샐쭉하게 보였다.

그는 그녀를 떠보려고 자신이 자란 고아원 사람들을 초대해도 되는지 물어보았다.

"여보. 그 자리에 그 사람들은 정말 어울리지 않아. 자기도 그건 잘 알잖아?"

"그분들은 절대 내 삶에서 뺄 수 없어. 그분들이 나를 키우고 지금의 나로 만들어주셨어."

"그럼 돈을 보내, 여보. 기금을 모아주면 되잖아. 그런 화려한 행사에 초대하는 것보다 그러는 게 두 배는 더 가치 있을 거야. 초대해봤자 물 밖으로 튀어나온 물고기처럼 느낄 게 뻔해."

코리는 이미 고아원에 돈을 보냈다. 그는 기부금 모금위원회에 속해 있었다. 요점은 그게 아니었다. 수수한 옷을 입은 친절한 세 수녀님은 멋진 음식이 잔뜩 차려진 행사에 초대받으면 아주 즐거워할 것이었다. 고아원 문 앞에 버려진 그를 돌봐준 그 여인들에게 어느 자리든 어울리지 않는 곳이 있겠는가?

그는 이마에 핏줄이 서는 것을 느꼈다. 머리가 지끈거렸다. 심지어 약간 어지럽기까지 했다. 자기 목소리가 먼 곳에서 들리는 것처럼 느껴졌다. 전혀 자기 안에서 나오는 소리 같지 않았다.

"내 딸이 오지 않는 파티, 나를 가르치고 먹이고 입혀준 분들이 오지 않는 파티에는 가고 싶지 않아."

"자기는 너무 많이 지쳤어, 코리. 일을 너무 열심히 해서 그래." 실비아가 말했다.

"맞아. 나는 일을 열심히 하지. 하지만 지금은 진지해. 살면서 이렇게 진지했던 적은 없었어."

실비아는 당장은 그 문제를 접어두자고 했다.

"당신이 초대장을 보내. 그러면 그 문제를 접을 수 있어."

"나는 협박이나 위협을 받았다고 하기 싫은 일을 억지로 하지는 않아."

"알겠어." 코리가 말했고, 그들의 결혼생활은 끝이 났다.

여러모로 그리 힘든 과정은 아니었다. 이혼 문제는 코리의 변호사들과 실비아의 변호사들이 처리했다. 합의가 이루어졌다. 하지만 나중에 실비아는, 코리 살리나스가 곁에 없는 사교생활은 예전처럼 빛나지 않는다는 사실을 깨달았다. 그녀는 그들의 폭풍 같던 결혼생활에 대해 인터뷰를 해달라는 요청을 받았다.

코리는 믿을 수 없는 심정으로 그 인터뷰 기사를 읽었다. 그들이 살았던 삶과는 전혀 달랐다.

그는 딸 마리아 로자에게 실비아와의 결혼생활은 무대 행사의 연속이었다고 말했다. 모든 것이 남들의 감탄과 부러움을 끌어내기 위해 금붕어 어항 속에 차려진 허상이었다고. 보도된 것 같은 격렬한 언쟁은 없었다고. 코리는 늘 실비아에게 져주었다고. 진실은, 코리와 실비아는 서로에 대해 아는 게 거의 없었다는 것이었다.

"그러면 결혼은 왜 하셨어요, 아빠?" 마리아 로자가 물었다.

"우쭐해지는 기분이 들었던 것 같아." 그가 간단히 말했다.

마리아 로자는 그의 말을 믿었다. 자기 나이보다 훨씬 더 철이 들었고, 어머니로부터도 똑같은 설명을 들었기 때문이었다.

다음 이십 년 동안 코리 살리나스는 미국뿐 아니라 전 세계에서 누구나 다 아는 이름이 되었다. 그가 출연한 영화는 어떤 영화든 흥행에 성공했다. 그는 우아한 여성들과 함께 세간의 이목을 끄는 행사나 영화 시사회에, 브로드웨이 초연의 밤에, 전시회 오프닝에, 지중해에 띄운 웅장하고 값비싼 요트에 나타나곤 했다. 가십 칼럼 기자들은 늘 그가 영화배우나 부유한 상속자나 심지어 왕가의 먼 친척과 결혼할 거라고 떠들어댔지만 그런 일은 일어나지 않았다.

마리아 로자는 코리를 닮아 짙은 색 눈동자에 외모가 아름다웠고, 모니카를 닮아 실제적이고 차분했다. 부모의 직업윤리를 물려받았고, 교사 공부를 마친 뒤 해외에서 자원봉사를 했다. 그녀는 아버지가 영위하는 일류 유명 인사의 라이프 스타일에는 조금도 매력을 느끼지 못했다. 그녀가 자라면서 깨닫기로 그런 것은 어떤 가정이든 파괴할 수 있는 적이었다.

그녀는 청소년기에 파파라치를 피해 달아나느라, 언론에서 자신이 잘못 언급된 경우 사람들과의 대화를 아예 피하느라 신경을 너무 곤두세우고 살았다. 코리 살리나스의 딸이라는 이유로 어떤 문이라도 통과할 수 있었겠지만 그 문으로 들어갈 생각은 절대 없었다.

그녀는 아버지에게 적대감이나 분노는 전혀 느끼지 않았다. LA로 돌아올 때마다 늘 아버지에게 전화를 걸어 근처 식당에서 피자를 먹거나 멕시코식 저녁식사를 하자고 제안했다. 코리 살리나스가 어디를 가든 쫓아오는 매스컴의 주목을 피해 그들은 부스 안에서 조용히 식사를 했다.

그는 모니카가 꽃집을 경영하는 자상한 하비와 재혼했다는 소식을 딸에게 전해 들었다. 마리아 로자는 어머니가 그렇게 행복해하는 모습은 처음 보았다고 말했다. 하늘에 드리운 유일한 먹구름은 마리아 로자가 결혼할 생각이 없어 보인다는 것, 그러면 손주를 못

볼 가능성도 커진다는 것이었다. 마리아 로자는 한숨을 쉬며 아직 그럴 만한 사람을 만나지 못했다고 말했다. 맙소사, 이 도시는 결혼생활이 얼마나 끔찍이 틀어질 수 있는지 여실히 보여주는 곳이 아닌가.

남자가 나이를 먹어가면서 더 멋있게 변하는 것은 불공평한 일이라고 사람들은 종종 말했다. 같은 오십대 여자들이 성격과 배우로 살아남으려 기를 쓸 때 그는 여전히 열정적인 주인공 역을 맡았다. 하지만 그것이 영원히 지속되지 않을 것임은 그도 알았다.

오십대 후반이 되자 코리는, 자신에게 정녕 필요한 것은 영원히 사람들의 기억에 남을 하나의 배역이라는 사실을 깨달았다. 진지하고 감수성이 요구되는 역할. 영원히 그와 결부될 역할. 하지만 아직 그런 배역은 주어지지 않았다.

지칠 줄 모르는 에이전트 트레버가 그를 텔레비전 드라마에 출연시키려고 설득하고 있었다. 하지만 코리는 그런 역은 맡으려 하지 않았다. 그가 처음 연기를 시작했던 시기에 사람들은 텔레비전에는 늙고 쇠약한 배우들만 출연한다고 여겼다. 진짜는 영화관이었다. 다른 것은 중요하게 여겨지지 않았다.

트레버는 한숨을 쉬었다.

그는 코리가 시대에 아주 뒤처진 인물이라고 했다. 지금은 텔레비전의 황금기라고 했다. 텔레비전 대본 집필에 최고의 역량을 쏟아붓는 훌륭한 작가들도 있다고. 그가 열망하는 진지하고 비중 있는 역할에 대한 제의도 들어왔다—그가 맡을 역할은 미국 대통령이었다! 계약 조건은 코리 마음대로 할 수 있었다. 성공을 거두는 진정한 법칙은 적응하는 것에 있다고 트레버는 계속 설득했다. 하지만 코리는 듣지 않았다.

에이전트를 바꾼다고 해결될 문제는 아니었다. 이 단계에는 아니었다. 트레버는 자신의 가장 유명한 고객에게 맞는 완벽한 역할을 찾으려고 정말로 쉬지 않고 노력했다. 코리는 에이전트를 바꾸는 것은 타이타닉호의 갑판 의자 위치를 바꾸는 것만큼이나 의미 없는 일이라는 속언을 알고 있었다.

코리는 지금까지 느긋하고 편안한 모습을 보이며 살아왔다. 그러던 그가 갑자기 완고한 사람으로 변해 자신이 소속사보다, 영화 제작사보다, 영화업계 전체보다 더 잘 안다며 자신만만해했다.

사실 코리는 예전에도 다른 사람들의 말은 듣지 않았다. 그가 신부가 되기를 바랐던 다정한 수녀님들의 말도, 코리에게 정규직을 제안했던 샌드위치 가게 주인의 말도 듣지 않았다. 연기 수업 비용을 감당할 수 없을 거라고 했던 사람들의 말에도 귀를 막았었다. 알고 보면 그는 줄곧 자기만 옳다고 믿었던 사람인 것이다.

그는 곧 예순이 된다. 트레버는 이 기념일에 맞춰 뭔가 대단한 것을 선포할 수 있기를 바랐지만 코리에게 들어오는 제의는 여전히 텔레비전 드라마 배역뿐이었다.

"이번 건 정말 대박이에요." 트레버가 간곡히 부탁했다. "자기가 치명적인 병에 걸렸다고 생각하고 죽기 전에 뿌리를 찾아 이탈리아로 돌아가는 이탈리아인 역할이에요. 그런데 한 여자를 만나게 되는 거죠. 만약 선생님이 남주인공을 하신다면 여주인공을 하겠다는 배우들이 줄을 섰어요. 이름을 대면 깜짝 놀라실걸요."

"텔레비전은 안 해요." 코리가 말했다.

"시대가 바뀌었어요. 제 말을 믿으세요. 시상식을 보시라고요!

이제 전부 텔레비전 스타가 되려고 난리예요."

"안 한다니까, 트레버."

그 상태로 몇 주가 흘렀다.

코리는 마리아 로자에게 모든 상황을 설명했다.

"왜 안 하시게요, 아빠? 제 친구들도 영화관에 갈 시간은 없어요. 그애들 전부 텔레비전을 보거나 컴퓨터로 받아서 봐요. 시대가 변했어요. 모든 게 변했어요."

그들 둘보다 딸이 더 잘 알았다.

코리에게 늘 유익한 자문을 해주던 재무 관리자가 경기 침체 때문에 큰 타격을 입었다. 투자를 통해 수익을 거두지 못하자 더 성급하고 더 어리석은 투자를 했다. 재무 관리자가 자동차 사고로 사망한 날 모든 것이 날아갔다.

그 사람은 벽을 향해 차를 몰았고, 그 이후로 코리는 해결될 때까지 여러 해가 소요될 재정적인 혼란에 빠졌다.

코리는 몇십 년 만에 처음으로 순전히 돈을 벌기 위해 배역을 맡기로 했다. 그가 가진 대부분의 재산이 조각조각 팔려나갔다.

트레버는 코리 살리나스의 재정 문제가 신문에 실리지 않게 하려고 여전히 동분서주했다. 그 와중에도 그는 몇 차례나 목을 큼큼 거리며 텔레비전 드라마에 대해 말했다. 이번에는 코리도 들을 수밖에 없었다.

투자자들이 프랑크푸르트에서 회의를 한다고 했다. 그들은 코리도 참석해 관심을 표명하면 좋겠다고 말했다. 그렇게 하면 더 많은 투자를 받을 수 있을 것이다. 트레버는 이번 일이 엄청나게 커질 거라고 했다. 그렇게 되면 코리도 재산을 되찾을 수 있을 것이다.

"내 딸이 물려받을 돈이 많기를 바랄 뿐이오." 코리는 독일로 가려고 짐을 꾸리면서 침울하게 말했다.

코리는 늘 이륙 직전에 신중하게 비행기에 태워졌다. 그는 최대한 소란을 일으키지 않게 슬그머니 일등석에 앉았다. 그를 알아본 손님들이 있었을지도 모르지만 내색은 하지 않았다. 그는 무릎에 올려놓은 새 텔레비전 드라마의 트리트먼트*와 샘플 대본을 마지못해 폈다. 지칠 줄 모르는 트레버는 이 작품이 그의 재정 상황을 회복시키고 그를 지금까지보다 더 유명하게 만들어줄 거라고 했지만, 그는 이 작품에 마음이 끌리지 않았다. 일단 프랑크푸르트에 도착해 호텔에서 샤워를 하고 옷을 갈아입은 뒤 마음을 결정할 것이다. 그는 피곤했다. 편안한 좌석에 앉은 지 얼마 되지 않아 스르르 잠이 들었다.

그는 눈을 떴지만 비행기가 아직 이륙도 하지 않았다는 것을 깨달았다. 승무원이 신선한 오렌지주스를 가져왔다. 비행기 점검 때문에 이륙이 지연되고 있지만 아무 문제 없다고 했다. 기장은 곧 이륙할 예정이라고 했다.

코리는 손목시계를 보았다. 방송이 나왔다. 이 비행기는 떠나지 않는다. 비행은 취소되었다. 승객 모두를 익일 항공편에 태우려고 애쓰고 있다. 기다리고 싶지 않은 사람은 다른 항공사로 갈아타면 된다. 하지만 직항은 아니라고. 다음날이면 너무 늦는다. 회의를 완전히 놓치게 될 터였다. 그전에 호텔에 들어가서 처리할 일도 아

---

* 줄거리가 진행되는 순서대로 주요 배역과 액션을 제시한 것.

주 많았다. 트레버는 이 사실을 믿으려고 하지 않을 것이다. 그를 절대 용서하지 않을 것이다.

모두 항공편을 바꾸려 했기 때문에 공항은 난리도 아니었다. 결국 어떻게든 프랑크푸르트로 가려면 아일랜드 섀넌 공항을 경유하는 방법밖에 없었다. 트레버에게는 겨우 전화를 걸 시간만 있었다. 시간을 절약하기 위해 트레버가 공항에 나와 그를 태워가겠다고 했다. 대중매체에 연락을 취해 공항에 들어오는 코리의 모습을 촬영하게 할 것이다. 연착된 사정을 밝히고 인터뷰 몇 개를 마치면 트레버가 곧장 그를 회의에 데려갈 것이다. 무슨 수를 써서든 그곳에 가야 했다. 모두가 그에게 기대를 걸고 있었다.

모두가 기대를 걸고 있다고? 할 수 없지. 그렇다면야. 그는 늦겠지만 아슬아슬하게 도착할 것이다. 걱정을 한다고 비행 속도가 빨라지지도, 거리가 단축되지도 않는다. 그래서 그는 비행기가 밤을 통과해 동쪽으로 날아가는 동안 잠을 잤다. 마침내 아일랜드에 착륙하고 있었다.

저 아래 퀼트이불처럼 펼쳐진 작은 초록 들판이 내려다보였다. 해안선이 보였다. 마리아 로자가 몇 년 전에 학생들을 데리고 아일랜드에 왔던 적이 있었다. 아주 즐거운 시간을 보냈다고 했다. 그녀가 만난 사람들은 모두 뭔가 사연을 지니고 있었다. 그는 딸과 함께 휴가를 떠나면 어떤 기분일지 상상해보았다. 딸아이는 이제 사십대 초반이었다─교육에 전념하는 어여쁜 딸, 그와 그러는 것처럼 꽃집에서 엄마와 하비와도 편하게 지내는 딸, 할리우드 최고급 호텔에서 아빠와 함께 술을 마시는 딸.

하지만 딸은 아직 누군가와 연애하는 것 같지는 않았다. 딸은 그런 이야기를 웃어넘겼고 코리도 더는 묻지 않았다. 같이 휴가를 떠나다면 딸은 좋아하겠지. 집에 돌아가면 곧바로 딸에게 전화를 걸어 물어봐야겠다.

그는 다시 손목시계를 보았다. 정말로 아슬아슬했다. 독일행 연결편을 잡아타려면 뛰어야 할 것이다.

아슬아슬해도 너무 아슬아슬했다. 코리는 선 채로 프랑크푸르트행 항공기가 그를 태우지 않고 이륙하는 것을 하릴없이 지켜보았다.

지칠 줄 모르는 트레버가 공항에서 그를 기다리고 있을 것이고, 기자들은 그가 타지도 않은 비행기를 맞으려고 모였을 것이다. 그는 트레버의 휴대전화에 전화를 했고, 트레버가 그 소식을 듣고 펄쩍펄쩍 뛰며 성을 낼 때 전화기를 귀에서 멀리 뗐다. 마침내 따질 말도, 비난할 말도 동이 나자 트레버의 목소리는 그저 고단하게만 들렸다.

"그러면 어떻게 할 생각이에요?" 트레버가 물었다.

코리가 말했다. "피곤해요. 정말 피곤하다고요."

"선생님이 피곤해요?" 트레버의 목소리가 다시 위험수위까지 높아졌다. "선생님이 피곤할 일이 뭐가 있어요. 피곤해질 일은 여기 우리가 다 뒤집어쓰게 생겼는데요. 결코 설명할 수 없는 일을 설명하려고 애쓰면서 말이죠."

"항공편 때문에……" 코리가 입을 열었다.

"항공편 이야기는 꺼내지도 마세요. 정말로 오고 싶었다면 왔을 거예요."

"회의를 오늘밤이나 내일로 미룰 수는 없어요?"

"당연히 안 되죠. 이 사람들이 누구라고 생각하세요? 모두 각지에서 특별히 모인 사람들이에요. 그 사람들은 길바닥에 주저앉지 않은 비행기를 탔다고요." 트레버는 화가 머리끝까지 치솟아 있었다.

"그렇다면 나는 일주일 동안 여기서 지낼게요. 너무 늦은 거라면 관두죠 뭐. 한동안은 빠져 있겠어요."

"선생님, 지금은 그럴 때가…… 모든 준비를 끝내놨단 말이에요."

"그래서 나도 가려고 노력했어요. 하지만 항공편 때문에 이렇게 된 걸 어떡해요. 끊을게요, 트레버. 일주일 뒤에 이야기합시다."

"어딜 가요? 뭘 하려고요? 이렇게 빠져나갈 수는 없어요!"

"나도 어른이오. 그것도 당신이 줄기차게 상기시켜준 것처럼 늙어빠진 어른. 여기서 일주일은 휴가를 즐겨도 되겠죠. 내키면 한 달이 될 수도 있겠지만. LA에서 봅시다." 코리는 휴대전화를 닫고 통화 설정을 음성메시지로 돌려놓았다.

그는 커피 한 잔을 더 마셨다. 이런 자유는 그에게 새로운 것이었다. 그는 끔찍이도 가기 싫었던 회의로부터 탈출했다. 매니저든 에이전트든 그런 사람들에게 자문을 구하지 않고도 이제 자신이 원하는 것을 할 수 있었다.

비행기가 좋은 일을 해준 것이다.

하지만 어디로 간다? 아마도 여행 안내서를 구입하거나 여행사를 찾아야 할 것이다. 주변 테이블에는 이 지역에서 무엇을 하면 좋을지 알려주는 다양한 홍보 책자들이 있었다. 성에서 중세를 흉내낸 연회가 열렸다. 절경을 자랑하는 모허라는 이름의 절벽에 가는 투어 버스도 있었는데, 그 절벽은 세계 불가사의 중 하나가 되어야 마땅했다. 골프 패키지도 있었다. 하지만 어느 것 하나 코리의 마음을 끌지 못했다.

그 순간 '일주일 동안의 겨울 휴가'라는 제목이 붙은 작은 홍보지가 보였다. 반갑게 맞아주는 따뜻한 집과 길게 펼쳐진 모래밭, 절벽, 야생 조류를 즐길 수 있다고 쓰여 있었다. 그는 빈방이 있는지 알아보려고 적혀 있는 전화번호로 전화를 걸었다.

기분좋은 목소리의 여자가 마침 그가 쓸 방이 있다면서, 차를 렌트해서 북쪽으로 올라오라고 했다. 스토니브리지에 도착하면 호텔로 오는 방향을 알려줄 테니 다시 전화를 걸라고.

"숙박비는 어떻게 드리나요?" 코리가 말했다. 그는 이름을 알려주고 싶지 않았다. 어쩌면 자신이 누군지 감출 수 있을 것 같았다. 그렇게 되면 진정한 휴식을 누릴 수 있을 터였다.

"도착하시면 처리하기로 해요." 스타 부인이 짤막하게 답했다. "성함이……?"

"존입니다." 코리가 대뜸 말했다.

"알겠습니다, 존 씨. 서두르지 말고 오세요. 아일랜드 운전자들은 정말 조심하셔야 해요. 깜빡이도 켜지 않고 갑자기 차를 세우는 경향이 있거든요. 그 점만 유념하면 괜찮으실 거예요."

그는 어깨에 긴장이 조금 풀리는 것 같았다. 평범한 휴가를 떠나는 평범한 여행자가 된 것이다. 기자회견도 없고 그를 졸졸 쫓아다니는 연예계 기자들도 없었다.

아침 공기는 차가웠지만 날씨는 화창했다. 코리 살리나스는 렌트한 차의 뒤쪽에 가방을 넣고 호텔에서 알려준 대로 북쪽으로 차를 몰았다.

이제부터 그는 자신의 이름이 존임을 기억해야 했다.

다른 손님들은 이미 도착해서 짐을 푼 것 같았다. 집은 홍보 책자에서 본 것과 똑같았다. 존은 얼굴을 조금이라도 가리려고 옷깃을 세웠다.

그는 사람들이 자신을 보고 멍하니 있다가 갑자기 누군지 깨달으며 "오 맙소사, 코리 살리나스 아닌가요!" 하고 소리를 지르는 것에 익숙해져 있었다. 하지만 스톤하우스에서는 아무도 그를 알아보지 못했다. 지칠 줄 모르는 트레버가 코리 살리나스는 이제 한물간 상품이 될 위험이 크다고 말한 것이 아마도 옳았으리라.

물어보는 사람들에게, 그는 자신이 로스앤젤레스에서 활동하는 사업가인데 열심히 일한 만큼 일주일 동안 휴가를 오게 됐다고 말했다. 더는 옷깃을 세울 필요가 없을 것 같았다. 사람들이 그를 알아보고도 말하지 않는 것일 수도 있었다. 하지만 그가 누군지 전혀 모를 가능성이 더 컸다.

음식은 맛있었고 대화는 편안했지만 그는 매우 고단했다. 그는 역할을 맡아 연기를 하는 것에 익숙해져 있었다. 여기서는 그런 요구가 없었다. 그 사실이 위로가 되면서도 한편 얼마간은 당혹스러웠다. 그의 역할은 무엇인가?

그는 가장 먼저 일어나 방으로 돌아갔다. 그는 양해해달라고, 그가 날짜변경선을 창안한 사람이 아님을 믿어달라고 농담했다. 그들은 웃으며 잘 자라고 말해주었다.

존은 편안한 침대에서 금세 깊은 잠에 빠졌지만 시차 때문에 오래는 자지 못했다. 그는 여전히 캘리포니아 시간에 따라 새벽 세시에 눈을 떴고, 말똥말똥한 정신으로 그날 하루를 시작할 준비를 마쳤다.

그는 차를 끓이고 창밖으로 저 아래 해안에 부서지는 파도를 내다보았다. 마리아 로자에게 전화를 걸고 싶었다. 고국은 여덟 시간이나 아홉 시간이 일렀다. 어쩌면 딸은 아이들을 가르치며 긴 하루를 보낸 뒤 지금쯤 자기 아파트로 돌아왔을 것이다.

그는 휴대전화를 들어 전화번호를 누르려다 멈추었다. 그가 이런 별난 휴가를 떠났다는 사실을 알면 딸은 정말로 흥미를 보일까? 딸은 공손했지만 그가 하는 일에 늘 거리를 두었다. 마치 그것이 매스컴의 관심도를 나타내는 지표인 순위 평가와 리뷰와 칼럼들로 이루어진, 비현실적이고 유치한 미로에서 일어나는 무언가인 것처럼. 마리아 로자에게 그런 것은 진짜 세상과는 거의 상관이 없었다.

그는 이렇게 따져보는 건 그만하자고 혼잣말을 했다.

그리고 전화번호를 눌렀다.

"마리아 로자? 아빠야."

"아, 아빠. 잘 지내세요?"

"잘 지내지. 지금 다른 곳도 아닌 아일랜드에 발이 묶여 있단다. 독일로 가는 연결편 항공기를 놓쳤거든."

"아일랜드면 잘됐네요, 아빠. 더 곤란한 곳에 가게 됐을 수도 있잖아요."

"그렇지. 좋아. 지금 내가 있는 곳은 대서양 바로 옆인데, 자연 그대로를 느낄 수 있어."

"하지만 춥겠네요?"

"그렇지. 그래도 호텔은 따뜻해. 여기서 일주일 동안 묵을 예정이야."

"잘됐네요, 아빠."

딸이 관심을 보였나? 지루해했나? 6000마일이 떨어진 곳에서는 알기가 어려웠다. "그냥 잘 지내는지 전화로 확인하고 싶었어."

"아빠한테 전화를 받으니 좋아요."

잠시 침묵이 흘렀다. 딸이 통화를 끝내려고 하는 걸까?

"바깥에서……" 그는 딸을 놓아주기가 싫었다. "파도가 부딪치는 소리가 들리니? 소리가 정말 커. 드럼 소리 같아."

"거기는 몇시예요?" 그녀가 물었다.

"이제 막 새벽 세시가 지났어." 그가 말했다.

"아빠, 이제 주무셔야겠어요." 하나밖에 없는 그의 딸이 말했다.

코리는 잘 자라는 인사를 했고, 평생 느꼈던 것보다 더 깊은 외로움과 상실감에 빠졌다.

그는 그뒤로 잠을 설쳤다. 아침을 먹으러 내려갈 때는 몸이 찌뿌듯하고 개운하지 않았다. 벌써 식탁에 앉아 있던 몇 명은 시차 때문에 힘들어하는 그를 안타깝게 여겼다. 위니라는 젊은 간호사가 그에게 실질적인 조언을 해주었다. 그는 그녀의 말을 따르겠다고 약속하고는 조언을 따라 일종의 치료법으로 아일랜드식 아침식사를 먹었다. 스타 부인은 그의 앞에 커피 카페티에르*를 내려놓고 마음껏 마시라고 했다.

아침식사를 마친 뒤 스타 부인의 조카 올라가 식탁을 치우고 스

---

* 유리로 된 커피 기구. 금속 필터로 커피를 걸러 마신다.

타 부인이 산책을 떠나는 손님들에게 지도, 쌍안경, 점심 도시락을 부지런히 챙겨주는 동안, 그는 마지막 남은 커피를 따라 마시며 남아 있었다. 마지막 손님까지 떠나자 그는 굳었던 어깨가 풀어지는 것을 느꼈고, 자신이 내면에 얼마나 많은 긴장을 끌어안고 살았는지 깨달았다.

스타 부인이 돌아보다가 그와 시선이 마주쳤고, 그가 자신을 지켜보고 있다는 걸 알아챘다.

"이번주에 문을 열었어요." 그녀가 알려주었다.

"하지만 이런 일이 전혀 처음 같지 않네요. 확실히 그래 보여요." 그가 말했다.

"맞아요." 그녀가 말했다. "하지만 그때는 제 사업이 아니었어요. 다른 분을 위해 일했거든요. 지금은 모든 게 제 책임이지요. 저기, 존, 오늘 뭘 할 생각이세요? 커피 한잔 더 드시겠어요? 여기서 뭘 할 수 있는지 알려드릴까요?"

그들은 커피를 더 마시면서 정다운 대화를 나누었다. 기분이 한결 좋아진 존은 거센 바람과 햇볕 속으로 첫날의 산책을 나섰다.

치키의 충고에 따라 그는 내륙으로 가는 길을 골랐다. 혼자 걷는 동안 얼굴이 까맣고 휘어진 뿔이 달린 큰 양들을 보았다. 아니면 들염소인가? 그는 자랄 때 자연을 관찰할 시간이 거의 없었다. 그가 많은 것들을 이해하는 방식과는 큰 간격이 있었다.

그는 작은 퍼브를 발견하고는, 추운 날씨와 환한 햇볕을 떠나 작은 난로에서 토탄불이 타오르는 어둑어둑한 실내로 들어갔다. 맥주를 마시던 남자 대여섯이 고개를 들고 낯선 사람이 들어오는 것을 흥미롭게 바라보았다.

존은 그들 모두에게 유쾌하게 인사했다. 자신이 미국에서 왔는데 스톤하우스에서 묵고 있다고 말했다. 하지만 불필요한 설명이었다. 이곳은 스타 부인이 가보기 괜찮을 거라고 미리 말해주었던 퍼브였다.

"기품 있는 여인이지요. 치키 스타는." 술집 주인은 자기가 한 칭찬이 만족스러운지 평소보다 더 힘차게 맥주잔을 닦았다.

"치키는 미국에서 오래 살았어요. 거기서 알게 됐나요?" 한 노인이 물었다.

"아니요. 그렇지 않아요. 어제 섀넌 공항에서 홍보지를 봤어요. 그래서 여기 온 거고요!"

그게 겨우 어제였던가? 그는 이미 다른 어떤 삶과도 완전히 단절된 기분이 들었다.

커다란 모자를 쓴 덩치 큰 남자가 존을 빤히 쳐다보았다. 그의 얼굴은 크고 붉었고, 작은 눈에는 호기심이 어려 있었다.

"저기, 낯이 좀 익은데요. 이전에 정말로 여기 온 적이 없어요?"

"없어요. 처음 온 겁니다. 여러분은 정말 멋진 곳에서 살고 계시네요."

그 말이 그들을 기쁘게 했다. 존은 그들이 이런 곳에서 살고 있다는 사실이 얼마나 행운인지에 대한 칭찬을 통해, 자신에게 쏠린 관심을 손쉽게 다른 데로 돌리는 데 성공했다.

"치키 스타는 미국인하고 결혼했지요. 남편이 끔찍한 자동차 사고로 죽었어요. 가엾은 양반." 붉은 얼굴의 남자가 말했다.

"그 양반에게 자비를." 나머지 사람들이 합창했다.

"정말 안타깝네요." 존이 말했다.

"그렇지요. 치키가 많이 힘들어했어요. 하지만 치키는 대단한 용기를 지닌 여자예요. 여기 고향으로 돌아와 시디 집안의 오래된 저택을 구입했지요. 개조하는 데 시간이 한참 걸렸어요. 그 집에 얼마나 많은 노력을 기울였는지 믿어지지 않을 정도죠."

"정말이지 굉장히 편안한 곳이더군요." 존이 말했다.

"미국에 돌아가면 친구들에게 이곳에 와보라고 하겠어요?"

"그럼요." 존은 로스앤젤레스에서 알고 지내는 사람들 중에 이토록 먼 외지까지 와볼 사람이 있을지 궁금했다.

그들은 그가 수프를 먹고 기네스를 마실 수 있게 가만히 내버려두었다. 신기하게도 그는 그들과 함께 있는 것이 편안했다. 그들이 늙은이 프랭크 한래티에 대해 말할 때는 귀를 기울였다. 그 남자는 어디 세워놓아도 쉽게 찾을 수 있도록 자신이 몰고 다니는 밴을 연분홍색으로 칠했다고 했다. 프랭크는 안경을 통해 세상을 응시하지만 자기 앞에, 혹은 뒤에 뭐가 있는지 전혀 보지 않으면서 이 근방을 운전해 돌아다닌다고 했다. 하지만 사고를 낸 적은 한 번도 없었다. 아직은.

프랭크는 결혼은 아예 하지 않았지만 어느 누구보다도 사람들과 잘 지냈다. 그는 여기저기 돌아다녔고 어디를 가든 환영받았다. 영화광이기도 해서 일주일마다 도시까지 분홍색 차로 30마일을 달려가 적어도 두 편씩은 영화를 챙겨 보았다.

그들의 대화는 다시 존을 중심으로 흘러갔다. 그는 한래티라는 남자가 살아온 평화롭고 욕심 없는 인생, 어떤 카드패가 돌려지건 수긍하고 행복하게 살아가는 인생에 대해 상상해보았다. 그는 모두에게 술을 한 잔씩 돌려야 할지 고민했다. 영화에서라면 그렇게 할 것이다. 하지만 삶은 영화가 아니었다. 이 사람들이 모욕감을 느낄지도 몰랐다. 그는 모두를 아우르는 큼지막한 웃음을 지으며 다시 오겠다고 약속했다.

"수프가 정말 맛있네요. 안에 든 닭고기도 훌륭하고요." 그가 말했다.

어떤 말도 주인을 그만큼 기쁘게 해주지는 않았을 것이다.

"그 닭은 어제 아침까지 뒷마당을 뛰어다니던 놈이지요." 그가 자랑스럽게 말했다.

낮에 걸어다닌 덕분에 시차 문제가 말끔히 해결되어, 그날 밤 그는 깊은 잠을 잤다. 여섯시에 깼지만 바람과 바다 소리를 들으며 그냥 침대에 누워 있노라니 행복감이 밀려왔다. 오늘은 확실히 소리가 더 커진 것 같았다. 바람이 방향을 바꾸었는지 유리창을 사납게 때렸다. 그가 마침내 자리에서 일어났을 때는 파도가 음산하고 화난 표정을 하고 있었다.

아니나 다를까, 스타 부인은 아침 식탁에 앉은 모두에게 날씨를 조심하라고 당부했다. 그는 바위가 많은 작은 만의 해안선까지 걸어가볼까 생각했지만 그녀의 충고를 받아들여 생각을 바꾸었다. 그가 마지막 커피를 마시면서 또 걸어갈 만한 길이 있을지 고민하며 남아 있는 동안 다른 손님들은 서둘러 문을 빠져나갔다. 마지막 사람이 떠나자 그는 한쪽 눈썹을 치켜세우며 치키 스타를 향해 미소를 짓고는 같이 앉아 차를 마시자고 했다.

"한동안 뉴욕에서 살았다고 들었어요." 그가 말했다.

그는 그들과의 대화를 고대하게 되었다. 그에 대한 선입견이 없는 사람들, 그의 다른 삶을 전혀 모르는 사람들, 그에게 어떤 기대도 없는 사람들과 평범한 대화를 나눌 수 있다는 사실이 어딘지 모르게 편안했다. 다음날 아침에도 존은 아침식사가 끝난 뒤 마지막까지 남았다. 그는 식탁을 치우는 올라의 모습을 지켜보았다.

"이곳에 당신을 도와줄 가족이 있으니 운이 좋으신데요." 존이 말했다.

"그렇죠. 올라는 원래 다른 계획이 있었는데 그게 틀어졌어요. 올라도 여기서 행복하게 지낼 거라고 생각했어요. 어쨌거나 한동안은요." 스타 부인은 평소에 급한 성격이 아닌 듯했지만 이날 아침은 약간 정신이 없어 보였다.

"저 때문에 다른 일을 못하시는 건 아니시죠?"

"죄송해요, 존. 약간 정신이 없긴 해요. 제 차가 고장이 났거든요. 정비소에서 일하는 디니가 와서 고쳐준다고는 했는데 저녁때나 올 수 있대요. 리거는─여기 지배인인데─아기들을 데리고 병원에 가야 해요. 예방접종을 시켜야 하거든요. 저는 올라와 함께 쇼핑을 가야 하고요. 어떻게 할지 고민하느라……"

"제가 모셔다드릴까요?" 그가 즉시 제안했다.

"아니에요. 그건 안 되죠. 휴가를 즐기러 오신 거잖아요."

올라가 식탁에서 듣고 있었다. "오, 이모, 왜 안 돼요. 괜찮으실 거예요. 고작 십오 분 거리인데요. 제가 같이 갔다가 돌아올 때는 다른 차를 얻어 타고 돌아올게요."

그렇게 하기로 결정되었다.

그들은 함께 차를 타고 시내로 갔다. 올라는 편안한 대화를 나눌 수 있는 예쁜 아가씨였다.

"휴가를 즐기러 오셨는데 이런 부탁까지 드리는 건 예의가 아니 겠지만, 이번주에 치키 이모가 처음 호텔 문을 열었거든요. 이모는 생각할 게 많을 거예요. 이렇게 실례를 해도 괜찮을 거라 생각했 어요."

"괜찮아요. 도움을 드릴 수 있어 정말 기쁜걸요. 아무튼 제가 동 행하지요. 사실 저는 가게 구경을 좋아해요." 존이 말했다. 그는 올 라가 정육점 주인이나 치즈 제조업자와 나누는 대화에, 채소 가게 에 진열된 채소들이 자아내는 온갖 느낌에 정말로 마음을 빼앗겼 다. 구입한 물품을 포장하고 계산하는 일은 금방 끝났다.

올라가 아주 고마워했다. "정말 고맙습니다. 돌아가는 길은 오 하라네 식구들한테 태워달라고 하면 되니까 이제 선생님은 하루를 즐기세요."

"안 그래도 커피 한잔이 더 생각나던 참이었어요." 존이 알았다 고 했다. "저쪽에 봐둔 데가 있는데, 짐은 차에 두고 카페로 가서 십 분만 있다 나오는 건 어때요?"

대화는 술술 풀렸다. 올라는 예전에 월터 이모부와 치키 이모를 만나러 뉴욕에 갈 뻔했던 이야기를 했다. 물론 그때 자동차 사고가 일어나 그 계획이 틀어졌다. 월터 이모부는 불쌍하게도 숨졌다.

올라는 더블린에서 학업을 마친 뒤 친구 브리짓과 함께 런던에 일을 하러 갔던 이야기도 했다. 한동안 아주 재미있게 지냈지만 브 리짓이 미친 남자와 약혼하고 결혼해버렸다. 그녀는 초조해졌고 스토니브리지의 바다와 절벽이 그리워졌다. 치키 이모가 없었다면 딱히 일할 곳도 없었을 것이다. 이곳에는 치유의 힘이 있었다. 그 덕분에 아픔도 조금 가셨다.

"이곳에 치유의 힘이 있다는 말이 어떤 뜻인지 알 것 같군요." 존이 말했다. "저는 여기 온 지 얼마 되지 않았지만 벌써 그 힘이 느껴지는 것 같아요."

"선생님이 익숙하게 살아오신 삶과는 아주 다를 거예요." 그녀가 공감했다.

"정말 그래요." 그는 자신에게 익숙한 삶에 대해 설명하지 않고 그렇게 대답했다.

"선생님이 살아온 세상에는 이런 곳에 느긋이 앉아 커피를 마실 여유도 없었겠지요."

그가 그녀를 날카롭게 쳐다보았다. "무슨 뜻인가요?" 마침내 그가 물었다.

"존, 우리는 당연히 선생님이 코리 살리나스라는 걸 알고 있어요. 치키 이모와 저는 처음 봤을 때부터 알았어요."

"하지만 말하지 않았잖아요." 그는 깜짝 놀랐다.

"여기는 존으로서 온 거니까요. 그냥 개인으로 오신 거잖아요. 우리가 왜 그런 말을 하겠어요?"

"다른 사람들은, 손님들은요? 그 사람들도 알아요?"

"네. 스웨덴에서 온 남자분도 첫날밤에 눈치를 챘고요. 잉글랜드에서 온 헨리와 니콜라 부부도 선생님이 정체를 숨기고 온 건지 살짝 물어봤어요."

"내가 했던 말은 사실이에요. 독일에서 열리는 업무상 회의에 가던 길이었어요. 여기로 오게 된 건 충동적인 결정이었고요."

"아무렴요. 이름은 원하는 대로 쓰시면 돼요. 선생님 인생이잖아요. 선생님 휴가고요."

"하지만 모두가 안다면……?" 그가 미심쩍게 말했다.

"솔직히, 모두들 선생님이 평범한 사람으로 지내고 싶어하는 마음을 존중해요. 게다가 어쨌거나 자신의 삶이 더 중요하니까요."

"사람들이 이미 알고 있다니 생활하기가 더 편해지겠군요. 적어도 잠시 동안은 세상을 뒤로한 채 모든 짐을 내려놓고 싶었거든요."

"뭐든 다 설명해야 하고 톰 크루즈나 브래드 피트를 아느냐는 질문을 받는 삶은 정말 견디기 힘들 거예요."

"그런 것보다도 사람들이 나한테 높은 기대를 갖는다는 게 더 힘들어요. 사람들은 나를 영화에 나온 인물과 동일한 사람으로 여기거든요. 내가 언제나 사람들을 실망시키는 기분이에요."

"오, 설마요. 여기서는 모두가 선생님이 아주 매력적이라고 생각하는걸요. 저도 그렇고요. 저는 사실 남자가 좀 시들해졌는데 선생님을 보니 다시 눈에 불꽃이 튀는데요."

"놀리지 말아요. 나는 늙디늙은 사람이에요." 그가 웃었다.

"오, 놀리는 게 아니에요. 정말이라니까요. 하지만 저는 선생님이 그 때문에 더 재미있게 사셨을 거라고 생각해요. 세계적으로 유명해졌고 성공을 거뒀고 모두의 사랑을 받고 있잖아요. 선생님이 이루신 걸 만일 제가 이루었다면 저는 뿌듯해서 누구를 만나든 환하게 웃어주며 돌아다닐 거예요."

"그건 그저 연기지요." 그가 말했다. "그게 내 본업이니까. 일상생활에서도 그러고 싶지는 않아요."

올라는 그 말을 진지하게 생각해보았다. "하지만 가족과 함께 있을 때는 자기 자신일 수 있잖아요?" 그녀가 물었다.

"나는 가족이 없어요. 딸은 하나 있지요. 요전날 밤에 캘리포니아에 사는 딸한테 전화를 걸었어요."

"스톤하우스 이야기를 하셨어요? 언젠가 따님도 가족을 데리고 여기로 오겠지요?"

"그애도 가족을 이루지 못했어요. 그애는 교사예요."

"따님이 틀림없이 아버지를 아주 자랑스러워할 거예요. 따님이 가르치는 학교에 가서 꼬마들에게 말은 걸어보셨어요?"

"아니, 아니요. 그런 적은 없어요."

"학생들이 영화배우를 만나면 좋아하지 않을까요?" 올라가 놀라며 말했다.

"오, 마리아 로자는 그런 걸 원하지 않을 거예요." 그가 말했다.

"원할걸요. 제가 장담해요. 물어는 보셨어요?"

"아니요. 그애한테 나 자신이나 내가 살아온 인생의 짐을 지우고 싶지는 않아요."

"맙소사. 선생님은 누구보다 멋진 아버지 아닌가요? 저한테는 왜 선생님 같은 부모가 없는 거죠?"

코리는 잠자코 듣고 있었다. 늘 그럴 때가 가장 편안했다.

"부모님이 힘든 분들인가요?" 그가 연민이 가득한 표정으로 물었다.

"네, 솔직히 그래요. 부모님은 제가 달라지기를 원하는 것 같아요. 부모님은 제가 저만의 공간을 갖는 게 좀 이르다고 생각하세요. 제가 치키 이모를 위해 설거지를 하는 걸 시간 낭비라고 생각하고요. 그렇게 말씀하셨어요. 부모님은 제가 끔찍이 싫어하는 오하라 집안 자제와 결혼해서 집 앞에 기둥이 있고 욕실이 세 개 있는 크고 천박한 집에서 살기를 바라세요."

"부모님이 그렇게 말씀하셨어요?"

"굳이 말씀하실 필요도 없어요. 그런 분위기가 거대한 버섯구름처럼 떠 있는걸요."

"부모님은 아가씨가 누구보다 잘되기를 바라지만 어떻게 전달해야 할지 모르는 게 아닐까요?"

"오, 아니에요. 어머니는 어떻게 말할지 몰랐던 적이 없어요. 같은 말, 그러니까 제가 인생을 낭비하고 있다는 말을 네 가지 다른 방식으로 하시는걸요."

"아가씨가 끔찍이 싫어한다는 오하라 집안 이야기는 잠깐 제쳐두고, 좋아하는 사람은 있어요?" 그가 부드럽게, 관심은 있지만 캐묻지는 않겠다는 듯이 물었다.

"아니요. 말씀드린 것처럼 남자들에 대해서는 마음을 좀 닫았어요."

"안타까운데요. 정말 좋은 남자들도 있거든요." 그가 약간 짓궂은, 재미난 음모를 꾸미는 듯한 매력적인 미소를 지었다.

"위험을 무릅쓰고 싶지는 않아요. 그건 선생님도 잘 아시잖아요."

"알지요. 나도 두 번이나 결혼했고 많은 여자들과 어울렸으니까. 여자들을 정말로 이해한 적도 없었지만 포기한 적도 결코 없었지요!"

"저랑은 다르시잖아요. 선생님은 온 세상 여자들 중에서 고르는 거니까요."

"내가 보기에는 아가씨도 선택의 범위가 넓을 것 같은데요, 올라."

"아니요. 그건 아닌 것 같은데요. 잘해봤자 타협이죠. 잘못되면 악몽이고요."

"사랑했던 사람은 없었어요?"

"없었어요. 정말로요. 선생님은요?"

"모니카, 첫 아내는 사랑했어요. 그건 확실해요. 우리는 어렸고, 모든 게 아주 새롭고 흥미로웠어요. 우리는 마리아 로자를 낳았지요. 하지만 그 사랑은……"

"그러면 저보다 낫네요."

"사랑이라는 걸 피하는 건가요?"

"아니요. 하지만 바보가 되거나 타협할 생각은 없어요. 그런 일을 너무 많이 목격했거든요. 어머니와 아버지는 서로 나눌 이야기도 거의 없지만, 그분들이 만약…… 제 친척 아주머니 메리는 재산이 어마어마하게 많다는 이유로 백 살쯤 된 남자하고 결혼했지만, 그 할아버지는 오늘이 무슨 요일인지도 잘 몰라요. 치키 이모는 사랑 때문에 결혼했지만 자동차 사고로 남편이 지구상에서 사라져버렸죠. 사랑에 대해서는 권할 만한 게 없어요. 어떤 것도요!"

"남자들이 아가씨를 제대로 알 기회도 얻기 전에 단단히 무장부터 하는 것 같은데요." 그가 말했다.

"그럴지도 몰라요. 하지만 남자를 무시하는 여자가 되고 싶은 건 아니에요. 결국 그렇게 될 것 같지만요."

"아니, 나는 그런 말을 하려는 게 아니라……"

"그리고 제가 정말로 짜증나는 건 부모님인 것 같아요. 부모님은 제 인생에 너무 관심이 많아요. 그게 얼마나 짜증나는지를 숨기기가 점점 어려워지고요."

"오, 부모란 늘 잘못 아는 사람들이에요, 올라. 부모가 되면 원래 그래요." 존의 목소리에서 회한이 느껴졌다.

"선생님은 따님하고 잘 풀어오신 것 같아요."

"절대 아니에요. 딸애한테 바란 게 너무 많아요. 딸애가 가장 좋은 걸 갖기를 바랐지만 내가 해주지 못한다는 걸 나도 알아요. 나도 잘못 알았던 거지요."

"선생님 부모님은 어떤 분들이셨어요?"

"나는 부모님이 없어요. 아버지는 어떤 분인지 전혀 모르고, 어머니도 나를 찾으러 돌아오지 않았어요."

"어머, 죄송해요." 올라가 손을 뻗어 그의 손에 얹었다. "제가 바보 같았어요. 아무것도 몰랐네요. 용서해주세요."

"아니, 괜찮아요. 내가 왜 가족이란 것에 지나치게 신경을 쓰고 매달리는지 그 이유를 말하려는 거였어요." 존이 말했다. "어머니에 대해 아는 건 어머니가 이탈리아어를 했고 육십 년쯤 전에 나를 포대기에 싸서 고아원 앞에 내려놓았다는 것밖에 없어요. 어머니에 대해 궁금해하고, 어머니가 잘 지내기를 바라고, 어머니가 나를 버린 이유를 알아내려고 애쓰다가 이토록 많은 세월이 흘렀네요." 올라의 손은 여전히 그의 손 위에 놓여 있었다. 그녀가 공감한다는 듯 그의 손을 꽉 잡았다.

"어머니도 늘 선생님을 생각하실 거예요. 장담해요. 선생님이 어떤 인생을 살았는지 보세요! 아주 자랑스러워하실 거예요."

"그럴까요? 음, 나는 유명한 사람이 됐지만 보다시피 인생의 재미와 기쁨을 충분히 누리지 못했어요. 어머니는 아마 내가 즐겁게 지내면서 더 행복하고 덜 불안한 삶을 살기를 바랐을지도 몰라요."

"그럼 우리 협상을 해요." 올라가 제안했다. "이제부터 저도 남자들에게 마음을 더 열어볼게요. 모든 남자가 따분하기 짝이 없을 거라는 생각은 미리 하지 않을게요. 낯선 사람을 아직 만나지 않은 친구로 여기는 미국적 사고방식을 가져볼게요!"

"그게 미국적인 거라고만은 할 수 없지요." 존이 방어하듯 말했다.

"아닐 수도 있겠지요. 아무튼 브리짓 오하라의 끔찍한 오빠들이나 삼촌들과 데이트를 한다고 상상해도 구역질은 하지 않을게요. 그 사람들한테도 기회를 줄게요. 합리적인 생각 같아요?"

"아주 합리적인데요." 그가 그녀의 진지한 표정을 보며 빙긋 웃었다.

"그리고 선생님은 말예요, 지금 그대로를 즐기세요. 사람들은 유명한 사람을 만나는 걸 좋아하잖아요. 그게 활력소가 되거든요. 우리 생활은 따분하니까요. 영화배우를 만나면 그냥 좋아요. 그 점은 너그럽게 양해해주세요."

"그러겠다고 약속할게요. 그런 식으로는 생각해보지 않았어요."

"오, 그리고 따님 말인데요. 따님한테도 방금 사랑에 대해 하신 말씀 같은 걸 해주세요. 저는 그런 걸 말해주는 아버지가 있으면 좋을 것 같아요."

"그래본 적이 없는데." 그가 말했다.

"그 말이 아니라요. 지금부터 시작하면 돼요. 따님한테 네가 보고 싶다, 네 친구들도 만나보고 싶다, 그렇게 말씀해보세요. 따님이나 친구들이 당혹스러워하지 않는다면요. 따님이 좋아할 거라고 장담해요."

"딸애가 거부할까봐 좀 겁이 나는데요."

"저도 저를 거부할지 모르는 남자를 만나볼게요. 이건 협상이에요. 안 그래요?"

"좋아요. 그러면 아가씨도 부모님을 좀 이해해볼 거죠? 부모님이 아가씨를 미치게 만들 것처럼 닦달할지 몰라도 부모란 자식한테 최선을 바라는 사람들이니까요."

"네, 노력해볼게요. 아마 제가 죽기도 전에 성인聖人이 될 것 같지만요. 하지만 노력할게요!" 그녀가 웃었다. 그들은 협상이 이루어졌다는 의미로 악수를 한 뒤 스톤하우스로 돌아갔다.

돌아가는 길에 그들은 스토니브리지 골프클럽을 지나갔다. 건강해 보이는 골퍼 몇몇이 골프장에 나와 있었다. 문밖에는 강렬한 분홍색 밴이 주차되어 있었다.

"오, 저런. 프랭크가 벌써부터 핫 위스키를 마시는 모양이네." 올라가 한숨을 쉬었다.

존이 갑자기 브레이크를 밟았다.

"나도 핫 위스키를 한잔 하고 싶은데요." 그가 말했다.

"안 될걸요. 선생님은 클럽 회원이 아니잖아요. 어쨌거나 방금 아침식사를 마치셨고요."

하지만 존은 차를 세우고 성큼성큼 정문을 향해 걸어갔다.

깜짝 놀란 올라가 그를 뒤쫓았다.

바에는 헝클어진 머리를 한 노인이 높은 스툴에 홀로 돋보기를 들고 앉아 신문을 뚫어져라 쳐다보고 있었다. 문이 덜컹 열리자 그가 고개를 들었다. 처음 보는 낯선 남자가 안으로 들어왔다. 값비싼 가죽 재킷을 입은 오십대 남자였다.

"이거 참 오랜만인걸. 프랭크 한래티 아닌가요?" 낯선 사람이 말했다.

"음…… 그런데요?" 프랭크에게 아는 사람이 말을 붙인 적은 거의 없었고, 모르는 사람이 그러는 경우는 더더욱 없었다.

"어떻게 지내나요, 프랭크, 오랜 친구?"

프랭크가 그를 뚫어져라 쳐다보았다. "당신은 코리 살리나스." 마침내 그가 믿지 못하겠다는 표정으로 말했다.

"물론 코리 살리나스지요. 아니면 내가 누구겠어요?"

"그런데 어떻게 나를 아시오?"

"어제 퍼브에서 프랭크 씨 이야기를 들었거든요. 영화광이라고 들었는데, 오늘 여기서 이렇게 당신을 보게 되는군요."

"그런데 내가 여기 있는 건 어떻게 알았어요?" 가엾게도 프랭크는 어리둥절한 것 같았다.

"밖에 있는 게 당신 밴 아닌가요?" 존이 그만큼 간단한 문제는 없다는 듯 말했다.

프랭크가 생각에 잠기며 고개를 주억거렸다. 물론 납득이 가고도 남을 말이었다. "핫 위스키 한잔 하겠소, 코리?" 프랭크가 권했다.

"오전 술은 익숙하지 않아서요. 커피가 좋겠어요. 내 친구 올라는 알지요?"

그들은 앉아서 영화 이야기를 나누었다. 종업원이 그들의 커피를 테이블로 가져왔다.

"당신이 나를 만나러 여기 들어왔다니 믿을 수가 없군요." 프랭크는 그 어느 때보다 행복했다.

존과 올라가 시선을 교환했다.

협상이 이루어졌다.

헨리와 니콜라

헨리가 의사 자격증을 따자 그의 부모는 그가 학업을 계속해 외과 전문의가 되기를 바랐다. 그의 부모는 둘 다 의사였는데 학업을 계속하지 않았던 것을 후회했다. 공부를 하면 어떤 세상이 펼쳐질지 생각해봐, 그들이 아쉬워하며 말했다.

하지만 헨리는 뜻을 굽히지 않았다. 그는 일반의가 될 생각이었다.

부모의 병원에는 자리가 없었지만, 그는 곧 작은 동네를 찾을 것이었다. 그와 니콜라는 동네 사람 전부를 알게 될 것이었다. 아이를 갖고 그 동네의 일원이 될 것이었다.

헨리는 의과대학에 진학한 첫째 주에 니콜라를 만났다. 두 사람 다 무척 어린 나이였지만 몇 주 지나지 않아 그것이 운명적인 만남임을 깨달았다. 두 사람의 부모들은 기다리라고, 결혼하기 전에 연애 기간을 조금 가져보라고 그들을 타일렀다. 사 년이 지난 뒤 그들은 더이상 기다릴 수가 없었다.

그들은 니콜라의 고향에서 소박하고 즐거운 결혼식을 올렸다. 하객들은 헨리와 니콜라를 두고, 혼란과 오해가 난무하는 복잡한 세상에서 폭풍이 몰아치는 바다에 우뚝 선 두 바윗덩어리처럼 듬직하다고 입을 모았다.

그들은 산부인과 병원, 심장전문 병원, 아동시설에서 육 개월씩 파견 근무를 한 뒤 일반의로 개업할 준비를 완벽하게 마쳤다. 곧 간판을 내걸 수 있을 것 같았다. 완벽한 정착지를 찾는 동안 그들은 아기를 가져보기로 했다. 이제 때가 됐다.

살기에 완벽한 장소를 찾는 것도 힘들었지만 아기를 갖기는 더욱 힘들었다. 그들은 이해할 수가 없었다. 그들은 어쨌거나 의사였다. 언제 시도하면 되는지도, 임신 가능성은 어느 정도인지도 알고 있었다. 검사를 해봐도 뚜렷한 문제는 없었다. 계속 노력해보라는 말만 들었는데 어쨌거나 노력은 하고 있었다. 일 년 뒤 체외수정을 시도했지만 그것도 잘되지 않았다.

그들은 손주를 바라는 부모들과 아기를 봐주겠다는 친구들이 선의로 하는 짜증나는 말도 견뎠다.

아기는 생길 것이다. 혹은 생기지 않을 것이다. 헨리와 니콜라는 어떤 일이든 헤쳐나갈 수 있었다. 그들은 응급실에서 근무하는 동안 그들 바로 앞에서 일어난 비극도 견뎌냈다. 마약을 하고 잔뜩 흥분한 젊은 남자가 자신이 두들겨 팬 여자친구를 데리고 들어와 모두가 지켜보는 가운데 총으로 쏴서 죽인 뒤 자살한 사건이었다.

표면적으로는 잘 헤쳐나갔다. 헨리와 니콜라는 그 상황에 잘 대처하고 다른 환자들을 트라우마로부터 지켜준 것에 대해 큰 칭찬을 받았다. 하지만 그들의 내면은 그렇지 않았다. 그들은 매우 큰 충격을 받았고, 5피트 앞에서 두 생명이 끝나는 것을 지켜본 그날 아침의 기억은 그들의 가슴속 깊이 남았다. 그들은 생명과 죽음 앞에서 의연히 대처하는 훈련을 받았지만, 이 사건은 너무 원초적이고 너무 잔인하고 너무 광적이었다. 그 사건은 그들에게 큰 타격을 입혔다. 그들은 살림과 병원을 병행할 완벽한 지역을 찾으려는 노력을 서두르지 않기로 했다. 그들이 눈앞에서 목격한 폭력 사건과 비교하면 그런 것은 이제 중요하지 않게 느껴졌다.

어느 날 니콜라는 지중해를 항해하는 해운회사에서 올린 구인 광고를 보았다. 크루즈에 상주할 의사를 찾는다는 내용이었다. 그들은 함께 그것을 보며 웃음 지었다. 얼마나 멋진 인생인가. 갑판에서 테니스를 치고 선장과 함께 칵테일을 마신다. 경미한 소화불량과 햇볕 화상을 치료한다. 그것이 가장 흔한 질병일 테니까. 얼마나 멋진 피크닉이 될 것인가. 그 순간 뭔가가 그들의 마음을 움직인 것 같았다. 그들은 늘 열심히 살아왔다. 외국에서 휴가를 즐길 시간이 없었다. 아마도 그들에게는 그런 시간이 필요할 것이다.

약간의 햇볕, 휴식, 기분 전환. 그날의 기억을 지울 수 있는 것이면 뭐든 어떠랴. 짐작도 하지 못했던 마약중독자의 행동에 대한, 해봤자 소용없는 후회를 지워버릴 수만 있다면.

그들은 그 자리에 지원했고 면접을 보러 갔다.

해운회사는 그들에게 의사는 한 명만 고용하겠지만 나머지 한 명이 다른 할 일이 있다면 같이 크루즈를 타도 좋다고 했다.

니콜라는 브리지게임을 가르치고 선박 도서관을 운영하겠다고 제안했다.

"아니면 당신이 의사를 하고 내가 다른 걸 하면 돼." 헨리가 말했다.

"그럼 해운회사에서는 당신이 나이 많은 숙녀들 춤 상대를 해주길 바랄걸. 당신한테 흰 가운을 입혀놓는 게 더 안전할 것 같아." 니콜라가 웃었다.

그렇게 그들은 계약서에 서명했다.

그들은 배에서 아주 인기 있는 부부였다. 그리고 선상생활에 쉽게 적응했다. 크루즈 선객들은 대체로 열정적이고 순수했다. 건강에 문제가 있다면 대체로 노령과 관련된 것이었다. 그들을 안심시키고 격려해주어야 했다. 헨리는 그 두 가지 모두를 잘했다.

니콜라는 자신에게 주어진 작은 세상에서 점점 더 많은 것을 이루어갔다. 테크놀로지 수업을 시작해 승객들에게 휴대전화 사용법과 스카이프, 기본적인 컴퓨터 사용법을 가르쳤다.

그들은 이런 기회가 없었다면 절대 가보지 않았을 장소들을 구경했다. 탕혜르의 시장이나 몬테카를로의 카지노나 폼페이와 에페수스의 폐허를 그들이 무슨 수로 가봤겠는가? 예루살렘 통곡의 벽 앞에도 서봤고 크레타섬 주변의 푸른 바다에서 수영도 해봤다.

원래 육 개월만 배를 탈 생각이었지만 회사에서 재계약을 제의하자 차마 거절할 수가 없었다. 이렇게 완전히 긴장을 풀고 지낸 것은 이번이 처음이었다. 그들은 서로 대화를 나누고 경험을 공유할 시간을 가질 수 있었다. 머리가 가벼워지는 것 같았다. 이전에는 느끼지 못했던 기분이었다. 응급실에서 목격한 그 끔찍한 총격 사건의 충격이 차츰 무뎌져갔다.

다음에는 겨울에 떠나는 카리브해 크루즈 여행을 제안받았다. 이런 식이 아니라면 어떻게 그들이 그 머나먼 곳에 가볼 수 있겠는가? 이런 기회가 어디 있겠는가! 그들은 다시 계약서에 서명했다.

그들은 자메이카의 오래된 플랜테이션 농장을 걷거나 바베이도스의 이국적인 꽃들 속에 앉아 운좋게 붙잡은 이런 우연한 기회를 자축했다. 이따금 그들은 '진정한' 의료 행위로 되돌아가는 문제와 아이를 입양하여 가정을 꾸리는 문제를 상의했다. 하지만 그런 대화를 자주 하지는 않았다. 그저 이런 시간을 보낼 수 있다는 것을 행운으로 여겼다.

그렇다고 느긋하게 즐기기만 한 것은 아니었다. 그들은 해야 할 일을 했다. 승선한 사람들을 돌봤다. 헨리는 어떤 소년의 맹장이 파열된 것을 진단하고 항공기로 소년을 병원에 이송시켜 생명을 구했다. 니콜라는 하임리히 구명법을 써서 질식사할 뻔한 노부인의 생명을 구했다. 헨리는 열여섯 살인 여자아이의 임신을 확인하고 부모에게 그 사실을 알리도록 도와주었다. 니콜라는 우울증에 걸려 목숨을 끊으려고 크루즈에 승선한 여자와 몇 시간이고 같이 앉아 있었다. 그 여자는 해운회사 사장에게 평생 그처럼 따뜻한 관심을 받아본 적이 없었고 기분이 훨씬 좋아졌다는 편지를 써 보냈다.

헨리와 니콜라는 이듬해 봄에 스칸디나비아로 떠나는 크루즈 근무를 제안받았다.

니콜라는 새로운 아이디어를 떠올려 그것을 크루즈 총책임자에게 제안했다. 미용사를 배에 태워 남편들에게 아내의 머리를 드라이하는 법을 가르치는 건 어떨까?

총책임자는 어리둥절한 표정으로 그녀를 쳐다보았다.

하지만 그녀는 집요하게 주장했다. 아내들은 남편들이 미용의 기초를 배워 직접 머리를 만져주면 좋아할 거라고. 남편들은 그렇게 하면 돈이 절약되어 좋아할 거라고.

"이미 영업중인 미용실은 어쩌고요?" 크루즈 총책임자가 물었다.

"그 미용실에서 먼저 커트와 스타일링을 한 번씩은 해야죠. 정말이라니까요. 다들 좋아할 거예요. 곧 모든 게 안정을 찾을 거고요."

그녀의 말이 맞았다. 드라이 수업은 가장 인기 있는 선상활동 중 하나가 되었다.

헨리와 니콜라 둘 다 베르겐에서 트롬쇠까지 이어지는 노르웨이의 해안선을 아주 좋아했다. 그들은 배의 난간에 나란히 서서 풍경을 바라보며 서로 피오르를 가리켰다. 빛은 찬란했다. 선객들 중에는 여느 때처럼 크루즈 여행을 많이 해본 사람들과 처음 해보는 사람들이 섞여 있었다. 처음인 사람들은 크루즈에서 제공되는 즐길 거리와 음식과 음료에 몹시 감탄했다.

크루즈에 승선하고 셋째 날 베아타라는 이름의 승무원이 헨리를 찾아왔다. 폴란드 출신의 매력적인 금발 여자였다. 그녀는 참으로 난처한, 정말로 몹시 난처한 문제가 생겼다고 했다.

헨리는 서두르지 말고 어떤 문제인지 말해보라고 했다. 그는 베아타가 그녀 자신에게 뭔가 심각한 문제가 생겼다는 이야기는 하지 않기를 바랐다. 베아타가 양손을 비비고 시선을 피하더니 예상치 못했던 이야기를 꺼냈다.

5347호 객실에 묵고 있는 헬렌 모리스라는 여자 손님 이야기였다. 그 손님은 이 배에 어머니, 아버지와 함께 탔다고 했다. 베아타가 잠시 말을 멈추었다.

헨리가 고개를 가로저었다. "거기는 가족 전용실이 아니던가요? 문제가 정확히 뭔가요?"

"부모님이요." 베아타가 말했다. "헬렌의 아버지는 눈이 멀었고 어머니는 치매예요."

"아니, 그럴 리가 없어요." 헨리가 말했다. "승선하기 전에 현재 앓고 있는 질병이 없다는 사실을 밝혀야 해요. 서약서에 서명을 해야 하고요. 보험에 가입해야 하니까요."

"헬렌은 어머니를 객실에 가둬놓은 채 아버지를 갑판에 데리고 나와서 신선한 공기를 마시게 해요. 그런 다음에는 아버지를 가두고 어머니를 데리고 나오고요. 잠시 주변을 구경하러 육지에 내리는 일도 없어요. 식사는 전부 객실에서 하고요."

"그 이야기를 왜 저한테 하시는 거죠? 선장이나 총책임자에게 알려야 하지 않아요?" 헨리는 영문을 알 수 없었다.

"그러면 다음 항구에서 그 손님은 내려야 할 테니까요. 크루즈측에서 그분들을 태우고 다니는 위험은 무릅쓰지 않을 거예요." 베아타가 고개를 가로저었다.

"하지만 제가 뭘 할 수 있나요?" 헨리는 정말로 어떻게 해야 할지 알 수가 없었다.

"이제 아셨겠지만 그게 다예요. 저는 그 사실을 비밀로 간직할 수가 없었어요. 선생님과 사모님은 무척 친절하시잖아요. 해결책을 아시지 않을까 해서요."

"그 헬렌 모리스라는 여자분은 몇 살인가요?"

"마흔쯤 됐을 거예요."

"그 손님은 정상적인, 안정된 분인가요, 베아타?"

"네, 아주 좋은 분이에요. 제가 그분들의 객실로 가서 식사를 넣어드리는걸요. 그 손님은 저를 믿어요. 그리고 부모님에게 휴가를 드리려면 이 방법밖에 없다고 했어요. 선생님은 어떻게 하면 될지 아실 거예요."

헨리와 니콜라는 그날 밤 그 문제를 상의했다. 그들은 자신들이 어떻게 해야 하는지 알았다. 한 선객이 가족의 건강과 탑승 자격에 대해 거짓말을 했다고 알리는 것이 옳았다. 회사에서 납부한 거액의 보험료가 이런 속임수에는 해당되지 않는다는 것을 그들도 알고 있었다.

결정을 내려야 할 때다!

"가서 직접 말해보지그래?" 니콜라가 제안했다.

"그 손님과 억지로 모의를 하고 싶지는 않아."

"알았어, 꼭 해야 할 일을 해. 하지만 이 일이 알려지게 하면 안 돼. 직접 가서 말해봐, 헨리. 부탁이야."

그는 선객 명단에서 그들을 찾아보았다. 아버지든 어머니든 장애나 문제가 있다는 말은 없었다. 헬렌의 주소는 런던 서부로 되어 있었고 거기서 부모와 함께 살았다.

그는 객실 5347호의 문을 두드렸다. 긴 생머리에 눈이 크고 눈빛이 불안한 하얀 피부의 여자가 문을 열었다.

"어머, 선생님?" 그녀가 조금 놀라며 말했다.

헨리는 진료기록판을 들고 있었다. "의례적인 방문입니다. 팔십 세 이상의 선객들이 있는 객실을 모두 방문하고 있거든요. 건강 상태를 확인하기 위해서요." 그는 자신의 목소리가 조금 불안정하고 과장되게 유쾌하다고 생각했다.

"부모님 건강은 괜찮으세요. 감사해요, 선생님."

"제가 부모님을 직접 만나뵐 수 있을까요? 그저 확인을……"

"어머니는 주무세요. 아버지는 음악을 듣고 계시고요." 헬렌이 말했다.

"안 될까요?" 그가 말했다.

"여기는 왜 오셨죠?" 그녀의 얼굴이 일그러졌다.

"부모님이 식사를 하러 나오지 않으셔서요. 그래서 뱃멀미를 하는 게 아닌지 걱정이 되었어요."

"누가 무슨 말을 해준 건 아니고요?" 그녀의 목소리에 두려움이 깃들어 있었다.

"아니요, 아닙니다." 헨리는 아주 단호했다. "그냥 의례적인 겁니다. 이것도 제 의무니까요." 그는 그녀를 향해 미소를 지으며 그녀가 들어오라고 말하기를 기다렸다.

헬렌은 삼십 초 동안 그의 얼굴을 샅샅이 훑었다. 마침내 그녀가 용단을 내렸다.

"들어오세요, 선생님." 그녀가 말한 뒤 객실 문을 활짝 열었다.

헨리는 노인이 안락의자에 앉아 헤드폰에서 들리는 소리에 맞춰 발을 바닥에 탁탁 치고 있는 것을 보았다. 노인의 앞을 볼 수 없는 눈이 맞은편 벽을 바라보고 있었다. 바깥에는 그가 볼 수 없는 노르웨이의 찬란한 피오르 풍경이 천천히 흘러가고 있었다. 노인의 아내는 인형을 품에 안고 침대에 앉아 있었다. "헬렌 우리 아가, 헬렌 우리 아가." 그녀는 그 말을 반복하며 인형을 얼러 재우고 있었다.

헨리는 침을 꿀꺽 삼켰다. 이런 식이 될 거라고는 전혀 예상하지 못했었다. "말씀드린 대로 의례적인 일입니다." 그가 목을 큼큼거렸다.

"꼭 말씀하셔야 해요?" 그녀의 눈시울이 붉어졌고 눈빛은 애원하고 있었다.

"네, 그래요." 그가 간단히 말했다.

"하지만 왜요, 선생님? 나흘 동안 잘 지냈어요. 앞으로 구 일밖에 남지 않았어요."

"그렇게 간단한 문제가 아니에요. 아시다시피 아주 확실한 규정이 있으니까요."

"부모님께 휴가를 드리고, 상쾌한 공기를 들이마시게 하고, 오르내려야 하는 계단이 있는 해머스미스의 아파트를 벗어나 기분 전환을 하게 해주는 규정. 그러니까 저한테 도움이 되는 규정 같은 건 없는걸요…… 저한테는 이번 기회밖에 없어요, 선생님."

"하지만 미리 다 밝히지 않으셨잖아요."

"전부 다 밝힐 수는 없었어요. 그랬다면 우리를 태우지도 않았을 테니까요."

그는 침묵했다.

"저기요, 선생님. 선생님은 아무 문제 없이 행복하게 살아오셨을 테고 그건 다행한 일이에요. 하지만 모두가 그런 행운을 누리지는 않아요. 저는 외동딸이에요. 부모님한테 다른 사람은 전혀 없어요. 부모님은 저한테 굉장히 잘해주셨어요. 교사가 될 수 있게 교육도 시켜주셨고요. 지금 부모님을 버릴 수는 없어요." 그녀는 마음을 진정시키려는 듯 잠시 말을 멈추었다. 그리고 다시 말했다. "저는 지금 집에서 통신강좌를 듣는 학생들이 제출한 보고서를 받아 수정하고 채점하는 일을 하고 있어요. 해도 해도 끝이 없는 고된 일이지만 적어도 부모님을 보살필 수는 있어요. 부모님은 요구하는 게 거의 없으시고요…… 그런데도 이런 짧은 휴가에 부모님을 모셔온 게 정말 범죄인가요? 제가 휴식을 취하며 이런 아름다운 장소들을 구경하는 게요?"

헨리는 숙연해졌다.

헬렌은 무릎에 올린 손을 비볐다. 그녀의 아버지가 음악을 들으며 미소를 지었다. 어머니는 아기 인형을 헬렌이라고 부르며 품에 안은 채 어르고 방긋거렸다.

"저도 이해합니다. 정말로 이해해요." 그는 이렇게 말하면서 무기력한 기분이 들었다.

"그래도 알려야 하지요? 그러면 우리는 배에서 내리게 되겠죠?"

"크루즈회사에서 위험을 무릅쓰려고 하지는 않을 테니까……" 그가 말했다.

"그러면 선생님은 위험을 무릅쓸 수 있으세요? 세상에서 행운만 누리며 살아왔고, 훌륭한 교육을 받았고, 아름다운 아내가 있는, 그런 선생님이요? 두 분이 함께 있는 걸 봤어요. 휴가만 즐기면 되는 멋진 직업을 가지셨죠. 이런 어려움은 알지도 못하시잖아요. 선생님의 인생은 평탄했어요. 혹시라도 친절을 베푸셔서 저희를 위해 위험을 무릅쓸 수 있으시겠어요? 제가 정말 조심할게요, 믿어주세요. 조심할게요."

헨리는 자신의 삶도 평탄하지는 않았다는 말을 해야 할지 말아야 할지 망설였다. 그들은 둘 다 아이를 원했지만 아이는 생기지 않았다. 두 사람이 끔찍하게 죽는 것을 바로 곁에서 지켜보았고, 그 사건은 여전히 자신들이 조금만 더 현명하게 행동했다면 막을 수 있었을 것처럼 느껴졌다. 그들은 배를 타고 지내는 생활 방식에 희미한 불안과 약간의 죄의식을 느꼈다. 하지만 그런 것을 어떻게 지금 그의 앞에 있는 여자가 살아온 인생과 비교할 수 있겠는가?

"비용은 어떻게 마련……?" 그가 말했다.

"큰아버지가 돌아가셨어요. 아버지한테 1만 파운드를 남기셨고요. 이런 기회가 다시는 오지 않을 것 같았어요. 그래서 이용하기로 한 거예요."

"알겠습니다."

"지금까지는 아주 좋았어요. 정말 좋았어요. 제가 꿈꿨던 것보다 더요." 그녀는 희망에 부풀어 있었다.

"쉽지는 않을 겁니다." 그가 말했다.

그녀의 미소가 그에게는 보상이었다. 그는 보살핌의 부담과 그녀를 계속 버티게 해준 순수한 결심을 터놓고 이야기할 사람이 그녀 주변에 있었는지가 궁금했다.

"니콜라한테도 도와줄 수 있는지 물어볼게요." 헨리가 말했고, 상황은 그렇게 정리되었다.

결국 그 일이 그렇게 힘들지는 않았다. 니콜라는 날마다 헬렌의 객실에 찾아갔고, 그동안 헬렌은 아버지를 데리고 나가 산책을 하거나 심지어 수영도 시켰다. 헨리가 일거리를 가지고 가서 헬렌의 아버지 곁을 지키는 동안 헬렌과 어머니는 인형을 데리고 갑판에 나가 산책을 했다.

헬렌은 다른 선객들과의 대화를 요령 있게 잘 피했다. 그녀는 날마다 더 강해지고 더 편안해지는 것 같았다.

헨리는 어떻게 하기로 했는지 베아타에게 말하지 않았지만 그녀가 알고 있다는 것을, 그리고 고마워한다는 것을 알았다.

몇 번 들킬 뻔한 적도 있었다. 매일 하는 크루즈 회의에서 총책임자가 어떤 노인이 갑판에서 비틀거리는 것을 누가 봤다는 말을 했다. 닥터 헨리는 그 사실을 알고 있었는가? 무슨 문제라도 있는가?

헨리는 능청스럽게 거짓말을 했다. 네, 좀 쇠약한 노인이 한 분 계시긴 한데 그분 딸이 아주 잘 보살피고 있는 것 같습니다.

어느 날 니콜라가 노부인을 봐주고 있는 동안 객실 총책임자가 불시 점검을 했다. 그녀는 베아타를 데리고 불시에 도착했다.

니콜라는 침을 꼴깍 삼켰다. 정신을 바짝 차려야 했다. "일대일 컴퓨터 수업을 하는 중이에요." 베아타가 활짝 웃으며 말했다. 다행히도 헬렌의 어머니는 그 순간 인형에게 자장가를 불러주고 있지 않았다. 총책임자는 일대일 컴퓨터 수업은 마흔 살 이상의 모든 사람에게 필요하다고 중얼거리면서 다음 객실로 이동했다.

"음, 그러면 제 사무실로 오셔서 시간 약속을 잡아봐요." 니콜라가 말했다. "총책임자님이 비번인 시간으로 맞춰볼게요."

그러던 어느 날 선장이 주최하는 칵테일파티가 열렸다. 5347호 객실에서는 아무도 참석하지 않은 것이 밝혀졌다.

"좀 이른 저녁식사를 하고 계세요." 니콜라가 설명했다.

"그분들은 자기들끼리 있는 걸 좋아하세요." 헨리가 거들었다.

그들이 헬렌을 알게 된 지 아흐레가 넘었다. 그녀는 교사 시절이 그립다고 했다. 그녀는 교실을, 아이들이 뭔가를 이해하도록 가르칠 때의 기쁨을 사랑했다. 그녀는 헨리와 니콜라에게 진심으로 고마워하면서, 모든 행운을 누릴 자격이 있는 좋은 사람들이라고 말했다. 헨리와 니콜라는 그녀에게 집으로 돌아가면 어떻게 할 것인지 조심스럽게 물었다.

"이전과 같겠죠." 그녀가 침울하게 말했다. "하지만 적어도 돌이켜볼 추억이 생긴 거니까요. 돈을 잘 쓴 것 같아요."

"더 받을 유산이 있나요?" 헨리가 분위기를 가볍게 하려고 애썼다.

"아니요. 하지만 아직 1000파운드가 남았어요. 그 돈이면 몇 가지 더 해볼 수 있을 거예요." 또다시 슬픈 미소가 떠올랐다.

크루즈가 사우샘프턴에 닿았다. 니콜라와 헨리는 그제야 좀더 편한 숨을 쉬기 시작했다.

헬렌은 런던까지 가는 렌터카를 예약해놓았다. 렌터카 사무소까지는 내린 곳에서 택시를 타고 가면 된다.

그들은 주소를 교환했다.

"다음 크루즈에서 엽서를 보내주세요." 헬렌은 아흐레 밤낮 동안의 공범자라기보다는 선상에서 오다가다 알게 된 사이처럼 말했다.

"네, 당신도 어떻게 지내는지 알려주세요." 니콜라가 말했다. 그녀의 목소리가 공허하게 울려퍼졌다.

헬렌의 예상처럼, 이전 생활과 다르지 않겠지만.

선장을 포함한 모든 승무원들이 승객들에게 작별인사를 하려고 갑판에 나와 섰다. 헬렌이 한 팔로 한 명씩 부모를 부축하며 떠날 때 니콜라와 헨리가 그녀를 안아주었다. 그들은 트랩을 걸어가는 그녀를 보았다. 작고 다부진 몸은 흔들림이 없었고 머리는 꼿꼿이 든 채였다.

니콜라와 헨리가 내릴 때는 청소부들이 벌써 배에서 청소를 하고 있었다. 니콜라와 헨리는 집으로 돌아가 다음 크루즈를 탈 때까지 열흘 동안 부모와 친구들과 그사이 하지 못했던 이야기를 나눌 것이다. 다음은 마데이라와 카나리아제도였다.

크루즈 총책임자에게 작별인사를 하려던 순간 그들은 그 소식을 들었다. 사우샘프턴 외곽에서 끔찍한 자동차 사고가 일어났다는 것이다. 자동차 충돌로 세 명이 사망했는데, 모두 크루즈에서 방금 내린 손님들이었다. 헨리와 니콜라는 서로 망연히 쳐다보았다. 크루즈 총책임자가 말하기 전에 그들은 이미 알고 있었다.

"자살로 보이는데, 믿어지세요? 빌린 차를 벽에 들이받았답니다. 완전히 짜부라져서 모두 즉사했어요. 크루즈 라벨이 발견됐대요. 그래서 우리한테 연락을 해온 거고요. 5347호 객실의 헬렌 모리스와 그 부모가 틀림없어 보이는데……"

"틀림없이 사고였을 거예요." 헨리가 간신히 입을 열었다.

"그건 아닌 것 같아요. 목격자들 말이, 그 여자가 몰고 가던 차를 세우고는 방향을 반대로 돌려 왔던 거리만큼 달려가 들이받았답니다. 맙소사, 왜 그런 짓을 했을까요?"

"우리가 알 수는 없지요……" 니콜라가 말했다.

"알 수 있어요, 니콜라. 이곳에 법이 있고 경찰들이 조사를 하고 있으니까요. 우리도 경찰서에 가서 진술을 해야 해요."

크루즈 총책임자는 딱딱하게 요점만 말했다.

"우리는 문제가 없겠지요, 헨리? 이상한 점은 못 느끼셨지요?"

헨리는 자신이 대답을 하기까지 백만 년은 지난 것처럼 느꼈지만, 고작 사 초였을 것이다.

"네, 그 여자분은 잘 지내는 것 같았어요. 아주 긍정적이었고요."

크루즈 총책임자는 안심하면서도 여전히 걱정이 되는 것 같았다.

"그러면 노인분들은요? 그분들도 잘 지냈나요?"

"그분들은 쇠약했지만 그 여자분이 잘 보살폈어요." 그는 그뒤부터 거짓말을 줄줄이 엮어냈고, 그와 니콜라는 다음 스물네 시간 동안 그 거짓말들을 잘 지켜낼 수 있었다.

배에서 내리기 전에 헨리는 베아타를 찾아갔다. 그녀도 그 소식을 들었는가? 네, 모두가 들어서 알아요. 베아타가 아주 차분하고 침착한 시선으로 헨리를 쳐다보았다.

"그 불쌍한 숙녀분과 가족들에게 일어난 일은 안됐지만 그분들이 생을 마감하기 전에 행복한 휴가를 보낸 건 참으로 다행스러운 일이에요." 그녀는 그에게 아무 말도 하지 말아달라고 부탁했다. 그녀 역시 비밀을 지킨 것 때문에 힘들어질 것이다.

그는 그녀의 뺨에 작별키스를 해주었다.

"다른 크루즈에서 또 만나겠지요, 헨리 선생님."

"그럴 것 같지는 않아요." 헨리가 말했다. 그는 크루즈 상주 의사로서의 나날은 끝났다고 느꼈다. 지금부터는 애초에 결심했던 일을 할 것이다. 사람들의 병을 고쳐주고, 삶의 질을 높여주고, 감상적이 되어 규정을 어기면서까지 세 사람의 목숨을 자신의 책임으로 끌어안지 않는 것.

"그 여자는 어쨌거나 그렇게 했을 거야." 차를 타고 이셔로 돌아가면서 니콜라가 위로하며 말했다.

그는 대답하지 않고 계속 앞만 쳐다보았다.

"베르겐이 될 수도 있었고 트롬쇠나 그 어디가 됐을지 몰라……"

여전히 침묵이 흘렀다.

"당신이 그 여자에게 구 일간의 휴가를 더 준 거야. 당신이 한 건 그게 다야. 우리가 한 건 그게 다야."

"내가 규칙을 깼어. 내가 하느님처럼 행동한 거야. 그 사실만큼 은 피할 수 없어."

"사랑해, 헨리."

"나도 사랑해. 하지만 그런다고 이미 일어난 일이 달라지지는 않아."

그들은 그 이야기를 아무한테도 하지 않았다. 그들은 지구상에 서 최고의 직장처럼 보이는 그곳을 그만둔 이유를 어느 누구에게 도 설명하지 않았다. 그들은 자살 방지에 대해 연구하고 우울증을 치료하는 프로그램에 자원했다. 친구와 가족을 멀리했다. 단기 대 리의사 자리를 구했다. 작은 시골 지역에서 개업하는 꿈은 멀어져 갔다. 그 일을 감당할 수 있을 것 같지가 않았다. 그들은 시행착오 를 겪었고 아직 부족한 것이 많다는 사실을 깨달았다.

마침내 헨리의 부모는 툭 터놓고 얘기하기로 결심했다. 부모의 집에서 또 한번 조용하고 우울한 점심식사를 마친 뒤였다.

"크루즈에서 돌아온 뒤로 너희가 너무 많이 달라졌구나." 그의 아버지가 말했다.

"저희가 한 일을 인정하지 않으신 줄 알았는데요. 그건 진정한 의료 행위가 아니라고 하셨잖아요." 헨리가 성급하게 말했다.

"그랬었지. 너희가 전문의가 되어야 한다는 생각에는 변함이 없어. 너한테 열려 있었던 그 모든 기회를 생각해보면 너는 지금쯤 최고의 전문의가 되어 있어야 했어."

"우리가 바라는 건 그저 너희의 행복이야. 그뿐이야." 어머니가 말했다.

"누구도 행복하지 않아요." 헨리가 툭 내뱉고는 정원에 나가 늙은 개와 막대기를 던지며 놀았다.

그러자 헨리의 부모는 니콜라에게 말해보기로 했다. 그들은 니콜라가 부엌에 앉아 차를 홀짝이며 멍하니 허공을 바라보고 있을 때 말을 붙였다.

"우리가 끼어들고 싶지는 않지만, 니콜라." 헨리의 어머니가 말을 꺼냈다.

"알고 있어요. 그러신 적이 없으시잖아요. 두 분은 정말로 훌륭하세요." 니콜라가 그뒤에 나올 말을 어떻게 피해갈지 고심하며 존경심을 담아 말했다.

"우리가 걱정이 되는 건……" 헨리의 아버지는 대화를 시작하기도 전에 끝내고 싶지는 않았다.

니콜라의 얼굴은 밝았지만 공허해 보였다. "물론 걱정이 되시겠죠." 그녀도 인정했다. "부모님들은 원래 그러시니까요."

"너희는 이 년 넘게 이리저리 돌아다니기만 했지 어디에도 정착은 하지 못했구나. 저기 말이다, 우리가 신경쓸 일은 아니다만, 그래도 신경이 쓰여서 말인데." 헨리의 아버지가 꼭 들어달라는 듯 말했다.

니콜라가 그를 돌아보았다.

"저희가 어떻게 하기를 바라세요? 그냥 솔직히 말씀해주세요. 원하시는 대로 해볼 수 있을지도 모르니까요."

그녀의 얼굴에 떠오른 표정에 그는 깜짝 놀랐다. 그는 그렇게 화난 니콜라의 모습은 본 적이 없었다. 그는 즉시 하려던 말을 되돌리려 했다.

"내가 말하려 했던 건…… 내가 무슨 말을 하려 했느냐 하면…… 너희가 휴가를 떠나서 휴식도 좀 취하고……" 말꼬리가 흐려졌.

"오, 휴가요!" 니콜라는 그 말에 반색했지만 신경질적으로 들렸다. 휴가만 떠나는 거라면 감당할 수 있을 것이다. 그것만이라면. "저희도 휴가를 떠나볼까 생각하고 있었는데 마침 아버님도 그 말씀을 하시니 재미있네요. 헨리와 이야기해서 저희 계획을 알려드릴게요." 헨리의 부모가 더 무슨 말을 하기 전에 그녀는 부리나케 부엌에서 나갔다.

그날 저녁 그들이 차를 몰아 집으로 돌아갈 때 그녀가 헨리에게 휴가 이야기를 꺼냈다.

"휴가를 갈 만큼 체력이 남아 있지 않은 것 같아." 그가 말했다.

"나도 그래. 하지만 부모님의 관심을 떨쳐내려면 뭐라도 말씀드려야 할 것 같아."

"미안해. 당신 부모님은 우리한테 이렇게 잔소리를 안 하시는데."

"하셔. 당신 앞에서만 안 하시는 거야. 사위를 약간 부담스러워하시거든. 알잖아!"

"휴가를 가고 싶어, 니콜라?"

"한겨울이 되기 전에 어디론가 가서 일주일을 보내고 싶긴 해. 어디로 가야 할지는 정말 모르겠지만." 그녀가 말했다.

"음, 우리 둘 다 카나리아제도로 가서 겨울 햇볕을 쬐고 싶지 않은 건 확실하고." 헨리가 말했다.

"겨울 눈도 싫어. 스키도 싫고." 니콜라가 말했다.

"버스 투어는 정말 별로야." 헨리가 말했다.

"파리에 가든가. 하지만 많이 춥고 비가 올 거야."

"우리는 아직 마흔도 되지 않았는데 쉽게 짜증을 내는 까다로운 사람이 돼버렸어." 헨리가 불쑥 말했다. "우리가 정말로 늙었을 때 어떻게 될지 누가 알겠어."

그녀가 애정 어린 눈빛으로 그를 바라보았다. "어쩌면 우리는 이 노년기를 먼저 거쳐가야 하는지도 몰라. 그러면 결국에는 정상으로 돌아갈 수 있을 거야." 그녀는 가볍게 말했지만 목소리에는 아쉬움이 깃들어 있었다.

"우리가 어떻게 하면 좋을지 알겠어." 헨리가 말했다. "도보 여행을 하자."

"도보 여행?"

"그래. 우리가 한 번도 가보지 않은 곳에 가는 거야. 스코틀랜드 고지나 요크셔 황무지로."

"아니면 웨일스는 어때?"

"그래. 집에 돌아가서 몇 곳 찾아보자."

"유스호스텔에 묵어야 하는 건 아니겠지?" 니콜라가 간절하게 말했다.

"그럼! 뜨거운 물과 맛있는 음식이 나오는 따뜻한 호텔을 찾아야지."

니콜라는 조수석에 기대앉아 한숨을 쉬었다.

이 년 만에 처음으로 그녀는 그들이 정말로 고비를 넘긴 건지도 모르겠다고 생각했다. 일주일 동안 겨울 휴가를 떠난다고 근심이 모두 해결되거나 끝나지는 않겠지만, 회복하는 여정의 시작은 될 것이다.

그날 저녁 늦게 이서에 있는 그들의 집에 돌아왔을 때는 날씨가 매우 추워졌다. 헨리는 벽난로에 불을 지폈다. 이 년 만에 처음이었다. 니콜라의 얼굴에 놀란 표정이 떠올랐다.

"음, 휴가지를 고르는 엄청난 결정을 내릴 거라면 다른 전통도 죄다 깨버리자." 그가 해명하듯 말했다.

니콜라가 핫초콜릿을 만들어 가져왔다. 이것도 최초였다. 어느 쪽 부모건 부모를 방문하고 돌아오면 그들은 대체로 녹초가 되어 있었지만 오늘밤은 좀더 활력이 생긴 것 같았다. 그들은 벽난로 근처 작은 테이블로 노트북을 가져와 휴가지를 검색하기 시작했다.

독특한 휴가 상품들이 있었다. 인적이 드문 웨일스 지방의 농가? 하지만 너무 외진 곳이었다. 그렇게 외딴곳에서 지내고 싶지는 않았다. 야생 조랑말이 창문 앞까지 다가오는 뉴포리스트의 통나무집? 어쩌면 괜찮을지도. 하지만 하루이틀 지나면 야생 조랑말이 지겨워지지 않을까? 하드리아누스 방벽 근처 오래된 마차 여관? 물론 그곳도 괜찮겠지만 대번에 확신이 서지는 않았다.

그때 아일랜드 서부에 있는 어떤 집의 사진을 보았다. 대서양이 내려다보이는 절벽에 세워진 커다란 석조 건물이었다. 산책도 할 수 있고, 야생 조류도 관찰할 수 있고, 고즈넉한데다 맛있는 음식도 먹을 수 있었다. 뭔가 그들을 끌어당기는 것이 있었다.

"약간 과대 포장된 것 같기는 해…… 물론 전혀 이렇지 않을 수도 있겠지." 니콜라는 흥분을 드러내는 게 거의 두려운 듯 보였다.

"그렇지. 하지만 사진은 가짜로 꾸밀 수 없어. 파도와 드넓은 텅 빈 해변…… 이런 온갖 새들 같은 건."

"전화를 걸어볼까? 이름이……? 그렇지, 스타 부인."

전화를 받은 목소리는 약간 미국 억양이 섞여 있었다. "스톤하우스입니다. 말씀하세요?"

니콜라는 자신들이 삼십대이며 아주 열심히 일했기 때문에 휴가와 기분 전환이 필요하다고 설명했다. 그곳에 대해 좀더 말해줄 수 있을까요?

그러자 치키 스타는, 지극히 소박한 곳이지만 자신의 의견으로는 아주 평화로운 치유의 장소라고 말했다. 그녀 자신도 뉴욕에서 일할 때 해마다 그리로 돌아와 휴가를 보냈다고. 걷고 또 걸으며 넓은 바다를 바라보았고, 그러고 나서 미국으로 돌아가면 항상 뭐든 다 감당할 수 있을 것 같은 기분이 들었다고.

그녀는 손님들도 같은 느낌을 받기 바란다고 말했다.

사실이라고 생각하기에는 너무나 좋은 곳처럼 들렸다.

"그러면 아일랜드 퍼브처럼 종일 노래를 부르는 그런 곳인가요?" 헨리가 주저하며 물었다.

"그런 곳은 아니기를 바라요." 치키가 웃었다. "저녁식사 때는 물론 와인을 제공하겠지만 좀더 활기찬 밤을 보내고 싶은 손님들은 음악을 즐길 수 있는 퍼브에 갈 수도 있어요."

"식사는 전부 함께 하게 되나요?"

치키는 그 질문의 의미를 알아들은 것 같았다.

"저녁마다 열한 명이나 열두 명이 식탁에 둘러앉아 식사를 하겠지만 인내심 테스트 같은 건 아닐 거예요. 저는 이 호텔 문을 열기 전에 평생 여관에서 일했어요. 누구도 억지로 즐거워하도록 몰아붙이지는 않을 거예요. 믿으셔도 좋아요."

그들은 그녀의 말을 믿고 당장 예약을 했다.

헨리의 부모는 기뻐했다.

"니콜라가 그러던데, 계획을 세웠다고." 그의 어머니가 말했다. "내가 너무 참견한 게 아닌가 싶기도 하지만, 아무튼 니콜라가 아직 확정된 건 아니라고 하더라."

"아니에요, 엄마. 참견이라니요." 그는 마음에도 없는 말을 했다.

니콜라의 부모는 깜짝 놀랐다.

"아일랜드?" 그들의 입이 쩍 벌어졌다. "왜 영국이 아니고? 여기도 안 가본 곳이 수천 곳은 될 텐데."

"헨리가 결정한 거예요." 니콜라는 거짓말을 했다. 그러자 다 해결되었다. 니콜라의 부모는 정말로 사위를 약간 부담스러워했다.

그들은 더블린까지는 비행기로 가서 기차를 타고 서부로 향했다. 창밖으로 아담한 들판과 비에 젖은 소떼와 두 개의 언어로 쓰인 익숙지 않은 이름의 마을들이 보였다. 다들 영어를 썼지만 아주 낯선 느낌이었다.

기차에서 내리니 치키 스타가 알려준 대로 스토니브리지로 가는 버스가 보였다. 치키는 차로 그들을 데리러 가겠다고 했다.

"어떻게 알아보지요?" 헨리가 걱정스럽게 물었다.

"제가 알아볼 거예요." 스타 부인이 말했고, 정말로 알아보았다.

그녀는 자그마한 체구의 여자였고 그들을 보자마자 손을 흔들었다. 스톤하우스로 가는 동안 그들은 편하게 대화를 나누었다.

그곳 풍경은 홈페이지에서 봤던 사진과 똑같았다. 집은 자갈이 깔린 길 끝에 견고하게 서 있었다. 햇살이 약해지면서 유리창이 은은한 빛으로 반짝거렸다. 검은색과 흰색이 섞인 고양이가 온몸을 불가능하리만큼 작게 웅크려 귀와 발이 달린 털뭉치처럼 창가에 앉아 있었다.

그들 뒤로는 크림색 거품을 잔뜩 문 파도가 해안으로 밀려와 깎아지른 듯한 절벽에 부딪히며 장엄하면서도 절제된 풍경을 만들어냈다.

치키는 그들에게 차와 스콘을 내온 뒤 방으로 안내했다. 바다를 내다보는 작은 발코니가 딸린 방이었다.

그녀는 차분했고, 그들의 사연이나 이 호텔을 선택한 이유에 대해서는 아무것도 묻지 않았다. 그녀는 다른 손님들도 모두 유쾌한 사람들인 것 같다는 말로 그들을 안심시켜주었다. 몇몇은 벌써 도착했다고 했다. 그들은 커다란 침대에 누워 스르르 잠이 들었다. 오후 다섯시에 즐기는 시에스타라! 헨리와 니콜라에게는 이것 역시 최초였다.

그들은 징소리에 눈을 떴다. 그 소리가 없었다면 다음날 아침까지 잠을 잤을지도 몰랐다. 그들은 조심스럽게 넓은 부엌으로 들어가 다른 사람들을 만났다.

존이라는 이름의 미국인이 이미 와 있었다. 낯이 매우 익었지만 처음에는 누군지 알아보지 못했다. 그는 섀넌 공항에서 비행기를 놓치는 바람에 충동적으로 이곳에 왔다고 말했다. 위니라는 발랄

한 간호사도 있었는데 릴리언이라는 나이 많은 친구와 함께 여행 중이라고 했다. 둘 다 아일랜드인으로 서로 어색한 사이 같았지만 각자는 유쾌한 사람들이었다. 그리고 넬이라는 노부인이 있었다. 조용하고 경계심이 많으며 약간 내성적인 것 같았다. 스웨덴 청년도 있었는데, 이름은 그들이 잘 알아듣지 못했다.

음식은 훌륭했다. 그 지역 관광 정보에 대해서도 빈틈없는 조언을 받았다. 바이올린이나 아코디언, 아일랜드 민요 메들리를 준비해온 사람은 없었다. 스타 부인의 조카인 올라가 식탁을 치우자 모두 긴 이야기나 별다른 말 없이 편안히 잠자리에 들었다. 방으로 돌아온 니콜라와 헨리는 선택을 잘한 것 같다는 말이 차마 나오지 않았다. 지난 이 년 동안 잘못된 시작이 너무 많았던 것이다.

미신적이고 마법 같은 힘이 그들을 매순간 조심하게 했다. 하지만 그들은 다시 깊은 잠에 빠졌고, 절벽 아래 부딪치는 파도 소리는 두렵기보다 위로가 되었다.

다음날 아침 그들이 눈을 떴을 때는 구름이 휙휙 지나가고 거센 바람이 불고 있었다. 이곳은 정말로 상쾌한 공기를 들이마실 수 있는 장소인 듯했다. 다른 손님들과는 친숙하게 느껴질 만큼 가까워졌지만 서로 간섭하지는 않았다. 다음날 밤에 위니와 릴리언이 실종됐을 때 헨리는 의료 처치가 필요할지 모르니 자신도 수색대에 들어가겠다고 했다. 스타 부인은 실종된 두 사람이 수색대보다 먼저 돌아올지도 모르니 헨리와 니콜라는 집에서 대기하는 게 더 좋겠다고 했다. 그 지역 의사인 데이 모건도 그 소식을 듣고 자기 진료실에서 대기했다.

"데이 모건이요? 아일랜드인 이름 같지는 않네요." 헨리가 말했다.

"맞아요. 삼십 년 전에 연로하신 배리 선생님이 병들었을 때 웨일스에서 대리의사로 오셨어요. 배리 선생님이 돌아가신 뒤 데이 선생님이 남으신 거지요. 그냥 그렇게 됐어요."

"왜 남으셨어요?" 니콜라가 물었다.

"모두 그분을 사랑했으니까요. 아직도 사랑하고요. 데이와 애니는 이곳에 아주 잘 적응했어요. 베선이라는 이름의 딸이 있는데, 마찬가지로 이곳을 아주 사랑했지요. 베선도 지금 의사가 됐어요. 굉장하지요!"

다음날 데이 모건은 동굴에 갇혔다 살아나온 두 여자에게 후유증은 없는지 살펴보려고 스톤하우스까지 왕진했다. 치키가 커다란 식탁에 커피를 내온 뒤, 산책을 나섰다가 잠시 쉬러 들어온 헨리와 니콜라를 한 식탁에 앉혀둔 채 자리를 비웠다.

데이 모건은 떡 벌어진 체격에 시원시원하고 확신을 주는 태도를 지녔고 환한 웃음을 짓는 육십대 중반의 남자였다.

"치키가 그러던데 두 분도 저와 같은 직종에 종사하신다고요." 그가 말했다.

그들은 곧바로 방어적이 되었다. 그들이 어떤 일을 해왔고 어떤 이력을 쌓았는지 같은 질문에는 정말로 대답하고 싶지 않았다. 하지만 무례하게 행동할 수는 없었다.

"네, 맞아요." 니콜라가 말했다.

"우리 죄를 씻기 위해서요." 헨리가 덧붙였다.

"음, 바깥세상에는 우리보다 훨씬 더 나쁜 사람도 있을 거예요."
데이 모건이 말했다.

그들은 예의바르게 미소를 지었다.

"이곳이 그리울 거예요." 데이 모건이 불쑥 말했다.

"떠나시게요?" 그들은 깜짝 놀랐다. 치키 스타는 이에 관해 아무런 말을 하지 않았었다.

"네. 이번주에야 결심이 섰어요. 아내 애니가 심각한 병에 걸렸어요. 그래서 스완지로 돌아가고 싶어해요. 모두 거기 살거든요. 처형과 처제들도 그렇고, 여든이 넘으셨지만 아직 정정하신 장모님도 그렇고요."

"정말 안타깝네요." 니콜라가 말했다.

"상태가 그렇게 안 좋으신가요?" 헨리가 물었다.

"네, 몇 달 남지 않았대요. 다른 병원에도 두 곳 더 찾아갔는데 유감스럽게도 그렇다고 하네요."

"부인은 그 사실을 받아들이셨나요?"

"오. 애니는 다이아몬드처럼 강해요. 상황을 전부 알고 있어요. 하지만 소란을 피우지도 않고 울고불고하지도 않아요. 그저 가족과 함께 있고 싶어할 뿐이죠."

"하지만 그뒤에는요……?" 헨리가 물었다.

"여기로 돌아올 생각은 없어요. 스토니브리지는 우리 두 사람의 터전이었지요. 나 혼자서는 예전 같지 않을 거예요."

"이곳 주민들은 선생님을 사랑해요. 선생님이 사람들의 인생을 바꾸어놓았다고 하던데요." 니콜라가 말했다.

"나도 여기가 좋아요. 하지만 혼자서는 아니에요."

"그러면 언제 떠나실 건가요?"

"크리스마스가 되기 전에요." 그가 간단히 말했다.

나중에 헨리와 니콜라는 얼굴이 까만 양이 문 앞에 와서 안을 빠끔 들여다보는 산자락 퍼브에 앉아 그 의사 이야기를 했다. 한 남자와 그의 아내가 자신들의 뿌리로부터 아주 멀리 떨어진 이곳까지 와서 그토록 긴 세월을 머물다 결국 돌아가는 것이 신기하게 느껴졌다.

길게 이어진 텅 빈 해변을 아무도 없이 둘만 걸어갈 때도 그들은 계속 웨일스 출신의 그 의사 이야기를 했다. 그는 무엇 때문에 이렇게 작고 외로운 곳에 머물기로 했을까? 환자들에 대해서도, 그들의 배경에 대해서도 아무것도 모르는 이런 곳에?

그들은 밤에 방으로 돌아가 절벽 아래 철썩이는 파도 소리를 들으면서도 그 의사 이야기를 했다.

"우리가 지금 하는 이야기가 어떤 이야기인지 당신도 알지?" 헨리가 말했다.

"알아. 우리 이야기를 하는 거잖아. 그 선생님이 아니라. 우리도 그분처럼 이런 곳에서 평화를 얻을 수 있을까?"

"그분한테는 가능했지. 하지만 모두가 그렇지는 않을 거야." 헨리는 이 상황에 휩쓸려버리지 않으려 애썼다.

"하지만 어딘가 그런 곳이 있을 거야. 우리가 그 일부로서 속할 수 있는 곳. 제도권 안에서 빙빙 도는 게 아니라 뭔가를 정말 해볼 수 있는 곳." 그녀의 눈빛이 희망으로 밝아졌다.

헨리는 그녀를 향해 몸을 숙이고 두 손으로 그녀의 얼굴을 감쌌다. "사랑해, 니콜라. 헬렌의 말이 맞았어. 나는 행복한 삶을 사는 운좋은 놈이야. 그건 당신이 그 중심에 있기 때문이고."

그들은 데이 모건과의 대화에 점점 빠져들었다. 그는 그들과 같이 있는 것을 좋아하는 것 같았다. 그들은 그의 아내에 대해 가식적인 위로는 하지 않았다. 그들의 긴장과 경계는 그와 처음 만났을 때보다 더 수그러졌다. 그리고 그들은 조금씩 자신들의 희망을 말했다. 그들이 변화를 일으킬 수 있는 곳, 그런 지역을 찾겠다는 희망을. 데이 모건이 해낸 것 같은 일을 할 수 있는 곳을.

"오, 아직 여기서 못다 한 일이 많아요." 데이 모건이 한숨을 쉬었다. "다시 시간이 주어진다면 어떤 일들은 아주 다르게 처리할 거예요."

"이를테면요?" 헨리가 물었지만 캐묻는 것 같지는 않았다. 그는 그저 알고 싶은 것 같았다.

"저기 새로 지은 타운하우스에 덩치 크고 주먹 센 놈이 살았지요. 나는 그 집에 두 번이나 왕진을 갔어요. 그 남자가 아내 디어드리한테 현기증이 좀 있다고 그랬어요. 한번은 아내가 사다리에서 떨어졌다고 했고 또 한번은 차에서 떨어졌다고 했지요. 아내는 뼈가 부러지고 타박상을 입었어요. 그 남자가 아내를 때린 걸 수도 있겠다 싶었어요. 나는 그 남자가 싫었지만 내가 뭘 어쩔 수 있었겠어요? 아내는 맹세코 자기가 떨어져서 그렇게 된 거라고 했지요. 세번째 때 나는 확실히 깨달았어요. 하지만 그때는 너무 늦었어요. 디어드리는 살아나지 못했으니까."

"오, 하느님……" 니콜라가 말했다.

"오 하느님, 정말 그런 마음이었죠. 그 악당이 마지막으로 아내를 때렸을 때 나의 하느님은, 그녀의 하느님은 어디에 계셨던 걸까요? 그전에는 그냥 직감이라고 생각해서 말하지 않았어요. 디어드리가 죽은 건 내가 그 직감을 믿지 않기 때문이었어요."

"그 당시에 말씀하셨어요?" 니콜라는 눈물이 그렁그렁했다.

"말하려 했지만 그 아내의 가족들이 입을 다물라고 하더군요. 형제들은 죽은 사람의 이름이 그런 식으로 더럽혀져서는 안 된다고 했어요. 사랑받은 아내이자 행복한 어머니로 땅에 묻혀야 한다면서요. 그렇게 하지 않으면 그 사람의 인생 자체가 허무해진다고요. 나는 이해할 수가 없었어요. 지금도 이해되지 않아요. 하지만 그때로 돌아간다면 애초부터 말했을 거예요."

"그 사람은 어떻게 됐어요? 남편 말이에요."

"여기서 계속 살았어요. 거짓 눈물을 몇 방울 흘리고 내 불쌍한 아내 디어드리, 하며 몇 마디 하더군요. 그러고는 다른 여자를 만났는데 완전히 다른 성격의 여자였어요. 그 여자는 그 남자에게 맞은 첫날 곧장 경찰서로 달려갔어요. 그 남자는 폭행죄로 잡혀갔고요. 육 개월 징역을 살고 수치스럽게 마을을 떠났죠. 디어드리의 가족은 그 사건이 아내의 죽음을 너무 슬퍼해서 일어난 일이라고 치부해버렸어요. 어떻게 보면 인과응보였던 셈이죠." 그는 그때 일을 회상하며 침울한 표정을 지었다.

"그 생각을 자주 하세요?" 니콜라가 물었다.

"했었죠. 항상. 날마다 디어드리가 묻힌 묘지를 지나다니니까요. 그들의 집을 볼 때마다, 사다리에서 떨어졌다고 맹세를 하던 디어드리의 얼굴이 떠올라요. 하지만 그때 애니가 말했어요. 그 사건 때문에 내가 완전히 엉망이 됐지만 그걸 극복하지 못하면 나는 이곳에서 아무짝에도 쓸모가 없을 거라고요. 그래서 어느 정도는 극복했던 것 같아요."

데이는 그들이 진심으로 공감하고 이해하며 고개를 끄덕이는 것을 지켜보면서, 그들이 정말로 이해했음을 깨달았다. 아마 그들에게도 비슷한 일이 있었을 것이다.

그가 조심스럽게 말했다. "애니는 내가 나 자신을 무대 중심에 세워서 모든 걸 내 문제로 몰아간 뒤 내가 개입하거나 개입하지 않거나의 문제로 만들어버리는 경향이 있다고 했어요. 다른 요인도 고려해볼 수 있는데 말이지요. 그 남편은 늘 주먹이 먼저 나가는 잔인한 놈이고 아내는 늘 희생자였다든가요. 내가 나 자신을 세상을 바로잡기 위해 내려온 복수의 천사라고 생각했던 걸까요? 그랬던 것 같군요."

"자기 자신을 용서하셨어요?" 헨리가 물었다.

"그때 다른 일이 일어났어요. 내가 진료실에 있을 때 오하라 집안의 어린아이 하나가 실려왔어요. 배탈이 났는지 자꾸 토한다고 그러더군요. 아이가 자꾸 졸려하고 열도 있다고 했어요. 뭔가 심상치 않은 것 같아 꼼꼼히 진찰을 했어요. 수막염에 걸린 것 같기에 병원에 전화를 걸었지요. 병원에서는 당장 데려와 검사를 받게 해야 한다고 했어요. 여기까지 구급차가 오려면 시간이 너무 많이 걸릴 것 같아서 내가 아이를 들쳐안고 밖으로 뛰쳐나갔어요. 그리고 아이와 엄마를 뒷좌석에 태웠어요. 병원까지 미친듯이 차를 몰았지요. 병원에서는 이미 검사를 하고 항생제를 투여할 준비를 마쳤더군요. 그렇게 그 아이를 살렸어요. 그 아이는 지금 대단한 술꾼이 되어 술을 엄청나게 마셔댄답니다. 하지만 괜찮은 청년이에요. 셰이라는 막냇동생한테 무척 잘해주고요. 그 아이를 종종 돌봐주고 있어요. 내가 지나갈 때마다 그 청년은 '저분이 내 생명을 구해주신 대단한 선생님이에요'라고 말하죠. 그러면 나는 그 청년한테 그래서 내가 기뻐해야 할 이유를 한 가지만 대보라고 하고요. 하지만 내가 그런 일을 해낸 건 나도 알아요. 그 한 번은 내가 일으킨 변화였어요."

"한 번만은 아니었을 거예요." 니콜라가 말했다.

"어쩌면 그렇겠지요. 하지만 그 일은 나한테 일종의 구원이었고, 그 당시는 내게 그런 경험이 몹시 필요하던 시기였어요. 정말로."

헨리와 니콜라는 스톤하우스에 있는 그들의 방안에 앉아 저녁식사를 알리는 징소리가 들리기를 기다리며 그 이야기를 했다.

"구원…… 우리가 찾고 있는 게 그거잖아." 니콜라가 말했다.

"어쩌면 이의 요정* 같은 존재가 우리한테 구원을 찾아줄지도 모르지." 헨리는 그 말을 묵살해버리지도, 냉소적인 태도를 보이지도 않았다. 그는 얼굴에 미소를 지으며 그녀의 손을 잡았다.

그들이 저녁 식탁에 일착으로 앉았다.

치키와 조카 올라는 쟁반에 손님들이 마실 술잔을 준비하고 있었다. 뭔가를 진지하게 이야기하는 중이었다.

"어떻게 하면 될까요, 치키? 사슬로 그 아이 다리를 침대에 묶을

---

* 밤에 어린아이가 침대 머리맡에 빠진 이를 놓아두면 그것을 가져가고 그 대신에 동전을 놓아둔다는 상상의 존재.

까요?"

"그건 안 되지, 하지만 밤중에 그 아이 혼자 돌아다니게 두면 안 돼."

"못하게 해야죠. 그래도 어쨌든 빠져나가겠지만……"

니콜라와 헨리가 들어오자 그들의 대화가 뚝 끊겼다. 치키는 정말로 프로다웠다. 손님들 앞에서 내부적인 문제는 절대 의논하지 않았다. 호텔은 술술 흘러가다시피 매끄럽게 운영되었지만 모든 것은 신중한 준비의 결과였다. 그들은 니콜라와 헨리에게 낮 동안 무엇을 했는지 물었다. 그들은 니콜라와 헨리 부부가 목격했다는, 호수 근처 질퍽한 들판에서 날개를 펴고 걸어가던 기러기가 어떤 기러기인지 알아보려고 조류도감을 꺼냈다. 다리는 분홍색, 커다란 부리는 오렌지색이었다.

"회색기러기 같네요." 치키가 『아일랜드 조류도감』을 넘겨보며 말했다. "이거 같아요?"

그들은 그런 것 같다고 했다.

"해마다 아이슬란드에서 날아와요. 굉장하죠!" 치키는 그 사실이 정말로 경이롭다는 듯 잠시 말을 멈추었다.

"저도 그렇게 새에 대해 다 알면 정말 좋겠어요." 니콜라는 아이슬란드에서 날아오는 기러기 생각에 그처럼 빠져드는 치키의 모습이 부러웠다.

"뭘요, 저는 그냥 아마추어예요. 손님들을 위해 진짜 조류 관찰자를 여기 와 있게 하고 싶었어요. 이 지역에 셰이 오하라라는 소년이 살고 있는데 하늘을 나는 새는 뭐든 다 알거든요. 하지만 뜻대로 안 됐죠."

"그렇게만 됐으면 그 아이도 자신의 능력을 키울 수 있었을 텐데." 올라가 슬프게 고개를 저었다.

치키는 이 점에 대해서는 뭔가 설명이 필요하다고 느꼈다. "셰이가 요즘 평소와 달라요. 우울증에 걸렸거든요. 아무도 그 아이한테 다가갈 수 없어요. 우리 모두는 그냥 지나가는 한 단계이기를 바라고 있어요."

"어린 나이에 우울증이라면 아주 심각한데요." 헨리가 말했다.

"저도 알아요. 데이 선생님이 봐주고는 있지만, 셰이는 약도 거부하고 심리상담도 거부하고 누구의 말도 들으려 하지 않아요." 치키가 한숨을 쉬었다.

다른 손님들이 부엌에 들어오기 시작하자 그 이야기는 중단됐다.

니콜라는 스스로를 아직 존이라고 부르는 잘생긴 미국인 옆에 앉았다. 그는 프랭크 한래티라는 지역 주민과 친구가 되었다. 프랭크는 그를 분홍색 밴에 태우고 수십 마일 산길을 달려 늙은 영화감독을 만나러 갔다. 그 감독은 오래전에 은퇴한 뒤 이 고장에 와서 살고 있었다. 아주 유쾌하고 평온해 보이는 신사로 그들에게 쐐기풀 수프를 대접했다.

"그분이 선생님을 알아보던가요?" 니콜라가 무심코 물었다.

지금껏 그들은 존이 영화배우이자 유명 인사라는 사실을 공공연히 말하지는 않았다.

존은 태연하게 받아들였다. "네. 친절하게도 제가 출연한 영화를 알고 있다고 말씀하시더군요. 참 매력적인 분이셨어요. 닭도 키우고 꿀벌도, 염소도 키우고 계셨고요. 집에는 책이 아주 많았어요.

제가 만나본 그 누구보다 행복한 분이셨어요."

"보기 드문 일이에요." 니콜라는 동경의 눈빛을 띠었다. "행복하다는 건 정말 굉장한 일이겠지요."

존이 그녀에게 예리한 시선을 보냈지만 말은 하지 않았다.

잠자리에 들기 전 그들은 차가운 바닷바람을 쐬러 바깥으로 나갔다. 올라는 집으로 돌아가려고 자전거를 끌고 나왔다.

"이곳 풍경이 지겨워질 때도 있어요?" 헨리가 물었다.

"아니요. 런던에서 살 때는 이곳 풍경이 정말 그리웠어요. 누군가는 슬프다고 하지만 저는 아니에요."

"아까 말씀해주신 그 가엾은 조류 관찰자 소년은요? 그 소년도 이곳 풍경을 슬프다고 생각할까요?"

"셰이는 모든 걸 슬프게 생각해요." 올라는 그렇게 말하고, 자전거를 타고 집으로 돌아갔다.

헨리와 니콜라가 새들이 서로 외치는 소리에 눈을 뜬 것은 새벽 세시였다. 갈매기들이 새벽 합창을 하거나 이른 아침에 모여들 시간은 아니었다. 아마도 그들의 작은 발코니에 나와 있는 고뇌에 빠진 새 한 마리 때문일 것이다.

그들은 무슨 일인지 알아보려고 일어났다.

달빛을 받은 바다에 사람의 윤곽이 보였다. 소년이 얇은 점퍼를 입고 두 팔로 자신의 몸을 끌어안고 있었다. 고개를 뒤로 젖힌 채 울고 있었다.

저 아이가 셰이로구나. 셰이, 모든 것을 슬퍼한다는 아이.

그들은 서로 어떻게 할지 물어보지도 않고, 코트를 걸치고 신발을 신고서 아래층으로 내려갔다. 차가운 밤공기가 그들을 맞았다.

소년의 눈은 감겨 있었고 얼굴은 일그러져 있었다. 소년은 여전히 큰 소리로 울부짖고 있었지만 그들이 알아들을 수는 없었다. 소년은 떨고 있었고 가녀린 어깨는 절망에 휩싸인 듯 움츠러져 있었다. 그는 위험하게도 절벽 가장자리까지 가 있었다.

소년이 다가오는 그들을 보고 놀라지 않게 그들은 서로 이야기를 나누며 천천히 다가갔다.

소년이 눈을 뜨고 그들을 쳐다보았다. "누구도 제 마음을 바꿀 수는 없어요." 소년이 말했다.

"그럼, 그 말은 맞아." 헨리가 말했다.

"무슨 뜻이에요?"

"네 말이 맞다고. 나는 네 마음을 바꾸지 않아. 네가 생각한 걸 지금 해치우지 않으면 너는 오늘밤 늦게건 다음주건 언제건 다시 하겠지. 나도 그건 알고 있어."

"그러면 왜 막으려는 거죠?"

"막는다고? 우리는 막을 생각이 없어. 그렇지, 니콜라?"

"그럼. 당연하지. 사람들은 자기가 하고 싶은 걸 하거든."

"그러면 여기서 뭘 하시는 거예요?" 소년의 커다란 눈에는 두려움이 어려 있었고, 가녀린 몸은 부들부들 떨고 있었다.

"너한테 회색기러기에 대해 물어보고 싶어서. 오늘 한 마리를 봤거든. 아이슬란드에서 날아온 것 같던데."

"회색기러기를 본 게 이상할 건 없어요. 곧 이곳에 그 새들이 몰려올 거예요. 그건 틀림없어요. 흰기러기를 봤다면 그건 이야깃거리가 될 만하죠." 셰이가 말했다.

"흰기러기? 그 새도 아이슬란드에서 내려오니?" 니콜라는 무심한 듯 소년의 뒤로 옮겨가서는, 달빛에 흰기러기가 눈에 띄기를 바란다는 듯 애매하게 바다를 쳐다보았다.

"아니요, 그 새들은 캐나다 극지방에서 내려와요. 그린란드에서도요. 동쪽 해안에 있는 웩스퍼드에 가면 볼 수 있을 거예요. 여기는 많이 안 와요."

"그 새도 봤니?" 헨리가 물었다.

"그럼요, 종종 봤어요. 하지만 말씀드린 것처럼 이 주변에서는 아니에요. 작년에는 큰기러기*를 봤어요. 그건 아주 드문 일이에요."

"큰기러기를 봤다고!" 헨리는 일부러 놀라움과 감탄을 실어 말했다.

소년이 빙긋 웃었다.

"같이 들어가서 조류도감에서 큰기러기를 찾아줄 수 있겠니?" 니콜라가 방금 그 생각이 떠올랐다는 듯 말했다.

"싫어요. 들어가면 치키 아줌마가 자꾸 의사 선생님한테 가라고 할 거예요. 나는 의사가 싫어요."

"알고 있어." 니콜라는 소년의 관심사를 공유하려는 듯 눈을 치떠 하늘을 보았다.

"어쨌거나 직접 찾아보면 되잖아요. 치키 아줌마가 책을 다 가지고 있어요."

"그건 다르지. 네가 직접 설명해주면……"

---

* 겨울에 북쪽에서 떼지어 날아오는 새로. 울음소리가 불길해서 잉글랜드에서는 흔히 죽음의 예고자라 불린다.

"싫어요. 별로 그러고 싶지 않은데요." 그는 뒤로 물러서려고 했다. 니콜라가 바로 그의 뒤에 있었다.

그녀가 소년의 팔에 부드럽게 손을 올렸다. "우리랑 같이 들어가자. 헨리가 잠을 잘 못 자서 그래. 그렇게 해주면 우리한테 도움이 될 거야."

"그렇다면 좋아요. 잠시만이에요." 소년이 말하고는 그들과 함께 스톤하우스 부엌으로 들어갔다.

소년의 얇은 스웨터를 라디에이터에 얹어 말리는 동안, 그들은 소년에게 큼직한 타탄체크무늬 재킷을 찾아 입혔다. 그들은 니콜라가 끓인 차에 빵과 치즈를 곁들여 먹었다. 오하라 집안 사람들이 나타나 소년의 이름을 부를 때까지도 소년은 흰뺨기러기와 흑기러기가 어떻게 다른지를 설명하고 있었다.

오하라 집안 사람들은 소년이 식탁에 남겨놓은 쪽지를 읽고 왔는데, 쪽지에는 미안하지만 이 방법이 유일한 탈출구라고 쓰여 있었다. 절벽으로 달려가면서 그들은 늦지 않았기를 기도했다.

셰이의 아버지는 치키의 식탁에 앉아 아기처럼 울었다.

그들은 셰이의 어머니에게 전화를 걸었다. 극심한 충격 때문에 소년을 찾는 데 따라나서지 못했던 것이다. 치키가 아래층으로 내려와 이 일이 원래 하루 일과였던 것처럼 모든 것을 능숙하게 처리했다.

"의사 선생님이 필요해요." 셰이의 누나가 말했다.

셰이가 그 말에 발끈하여 고개를 들었다.

치키가 부엌에 이미 의사가 두 명 있다고 말하려던 순간이었다. 헨리가 고개를 가로저었다.

"데이 선생님이 오실 거예요." 그가 말했다.

"데이 선생님이 어떻게 할지 아실 거예요." 니콜라도 거들었다.

치키는 그 말을 알아들었다.

다음날 아침식사를 할 때 그 사건에 대한 언급은 없었다. 올라는 이미 알고 있었다. 스토니브리지 사람들 모두 잉글랜드인 두 명이 소년에게 말을 걸어 자살 계획을 막았다는 소식을 들었다. 그녀는 음식을 내면서 고마운 눈빛으로 그들을 쳐다보았다.

밤중에 누가 외치는 소리를 들었다는 손님들이 있었다. 치키는 아무 일도 아니었다고 말해주었고, 대화는 다시 그날 무엇을 할지에 대한 화제로 옮겨갔다.

헨리와 니콜라는 그날 오후가 되기 전에 데이 모건을 찾아갔다.

"두 분 덕분에 오늘 한 목숨이 살아 있군요." 그가 말했다.

"하지만 얼마나 갈까요? 또 시도할 거예요. 그렇지 않을까요?" 헨리가 물었다.

"어쩌면 그러지 않을지도 몰라요. 병원에 입원하기로 했거든요. 약도 먹고 심리상담가도 만나보겠다고 했어요. 이전보다 훨씬 더 가야 할 길이 멀겠지만요."

헨리와 니콜라는 서로를 쳐다보았다.

데이 모건이 말을 이었다. "나는 마음먹었던 것을 가급적 빨리 실행에 옮기고 싶어요. 오늘부터 사람들한테 말해야죠. 이런 생각을 해봤는데…… 내가 좀 주제넘은 게 아닌가 싶기도 하지만…… 내가 생각해본 건……"

그들은 그가 무슨 말을 할지 알고 있었다.

"몇 달 동안 대리의사가 필요해요. 한번 생각해보겠어요?"

"사람들이 우리를 신뢰하지 않을 텐데요. 우리는 이방인이잖아요."

"나도 이방인이었어요."

"그건 달라요. 이곳 사람들은 우리에 대해 아무것도 몰라요."

"두 분이 셰이 오하라의 생명을 구한 건 알고 있지요. 그게 어떤 것보다 더 좋은 명함이에요." 데이 모건이 말했다.

그렇게 하기로 결정하자 더 많은 대화가 오갔다.

"나처럼 삼십 년 동안 있을 필요는 없어요." 데이가 말했다.

데이는 겨울 햇살 속에 함께 선 그들을 지켜보았다. 그들은 이 순간 어느 때보다 편안해 보였다.

"물론, 더 오래 있고 싶을 수도 있겠지만요." 그가 덧붙였다.

안데르스

안데르스가 학교에 다닐 때 사람들은 자라면 뭐가 되고 싶은지 물었고, 그는 그럴 때마다 아버지나 할아버지처럼 회계사가 되고 싶다고 대답했다. 그는 스톡홀름에 으리으리한 사무실이 있는 큰 가족회사에서 일할 예정이었다. 알름크비스트는 스웨덴에서 가장 오래된 회사 중 하나라고 그는 자랑스럽게 말할 것이었다.

안데르스는 아주 행복한 아이였다. 금발 머리칼은 길게 내려와 눈을 가렸다. 그는 어렸을 때부터 음악을 좋아했고 다섯 살 때는 피아노를 훌륭하게 연주할 수 있었다. 좀더 큰 뒤에는 기타를 갖고 싶어했고, 배우지도 않고 독학으로 연주법을 터득했다. 숙제를 끝 낸 뒤 밤마다 자기 방에서 연습하는 소리가 들렸다. 그러자 가정부 프루 칼손이 그에게 건반이 딸린 스웨덴 전통 현악기인 니켈하르 파를 소개했다. 원래 그녀 할아버지의 것이었는데, 프루 칼손은 할 아버지에게 연주법을 배운 덕분에 이제 안데르스에게 가르쳐줄 수 있었다. 그녀는 그 악기로 스웨덴 전통 민요를 연주하는 법을 가르쳐주었고 그는 그 영롱한 소리에 반했다.

그는 부모인 파트리크와 구닐라 알름크비스트, 프루 칼손, 그리고 그들이 키우는 개 리바와 함께 유르고르드스카날렌이 내려다보이는 아름다운 아파트에서 살았다. 그는 사람들에게 자신이 다닌 학교가 스웨덴에서 가장 좋은 학교이고 리바가 세상에서 가장 훌륭한 개라고 말했다. 아버지 회사를 자랑하는 것은 그가 살고 있는 만족스러운 세상의 일부분에 지나지 않았다. 사촌인 클라라와 마트스는 이미 그 가족회사에서 일하고 있었다. 회계를 공부하면서 실무 경험을 쌓는 중이었다. 마트스는 약간 거들먹거리는 편이었지만 클라라는 철저히 현실적이었고 사업을 이미 속속들이 파악하고 있었다. 그들은 상속자이자 후계자인 안데르스가 피아노와 니켈하르파를 그만두고 대학에 진학하여 언젠가 그의 것이 될 회사에 필요한 교육을 받게 되리라는 것을 알고 있었다. 그때를 기다리면서, 그들은 그를 데리고 나가 커피를 마시며 그들이 만난 고객들의 이야기를 들려주었다.

대기업, 스포츠, 엔터테인먼트 업계의 온갖 유명한 인물들이 회사의 큰 아치문을 통과해 줄줄이 찾아왔다. 이사회실에서 회의가 열렸고 레스토랑 별실에서 조심스러운 점심식사도 했다. 회사 사람들 모두 옷을 잘 입고 다녔다. 마트스는 디자이너 정장에 티끌 하나 묻지 않은 셔츠를 입었고, 클라라의 옷차림은 늘 우아했다. 비록 절제되고 단아한 사무용 복장이었지만 언제라도 패션쇼 무대에 올라설 수 있을 것 같았다. 능률성, 스타일, 신중함은 알름크비스트 회사의 사훈이었다. 마트스와 클라라는 그 사훈을 말과 모습으로 대표했다. 안데르스는 이런 세상이 자신에게 편안할지 그렇지 않을지 잘 알 수가 없었다.

안데르스가 가장 받아들이기 힘들었던 것은 스타일이었다. 그는 다른 사람들이 어떤 옷을 입고 다니는지 잘 보지도 않았고 늘 편안한 옷차림을 즐겨 했다. 수제화, 정확한 스위스 시계, 실크 100퍼센트 넥타이가 왜 중요한지 이해할 수 없었다. 한편 다른 사람들은 그가 가장 매료되어 있는 포크음악에는 문외한이었다.

그의 어머니는 애정 어린 시선으로 그를 바라보며 웃었다.

"말쑥한 옷을 입으면 훨씬 멋져 보인단다. 안데르스. 옷을 잘 입고 다니면 여자들이 너를 다른 눈으로 볼걸."

"여자들은 옷에 신경쓰지 않을 거예요. 나를 좋아하거나 좋아하지 않거나겠죠." 그는 서툴고 확신이 없는 열다섯 살이었다.

"그 생각은 잘못됐어. 아주 잘못됐어. 여자들이 너를 사랑하게 되겠지만 그전에 먼저 너를 눈으로 봐야 해. 첫인상이 중요해. 엄마 말을 믿어. 엄마가 알아." 구닐라 알름크비스트는 늘 우아해 보였다. 그녀는 스타일을 중시하는 텔레비전 방송국에서 일했다. 그녀는 그날 일정에 어울리는 옷차림을 갖추기 전에는 절대 집을 나서지 않았다. 그녀는 운동화를 신고 2킬로미터를 걸어서 출근했다. 우아한 하이힐은 사무실 선반 맨 아래칸에 보관되어 있었다―모두 일곱 켤레였다.

그녀는 안데르스를 더 세련되게 입히고 그가 열정을 느끼지 못하는 것에 열정을 갖게 하려고 갖은 애를 썼다. 그가 열여덟 살이 되었을 때, 그녀는 더이상 회유하려는 어조로 말하지 않았다.

"이젠 농담이 아니야, 안데르스. 군대에 가면 군복을 입어야 해.

외교부에 들어가면 적절한 옷차림에 대한 규정이 있고. 너는 알름 크비스트 앤드 알름크비스트 어카운턴츠에서 일하게 될 거야. 그 곳에도 규정이 있어. 기대되는 바도 있고."

"저는 회계학을 공부할 거예요. 그거면 되지 않아요?"

"그건 일부일 뿐이야. 가족 전통을 존중하는 문제나 그 전통에 맞추는 문제도 생각해봐야지." 이번에 어머니의 목소리는 평소와 달리 이상하게 들렸다.

그가 고개를 들었다. "그런 건 전혀 중요하지 않아요. 그렇죠? 인생은 그런 게 아니잖아요."

"내가 너한테 해준 말을 다 잊어버리더라도 이것만은 기억해. 크게 보면 그런 건 중요하지 않다는 네 말도 맞지만, 그 작은 걸 할 수 있다면 사는 게 더 쉬워질 거야. 내 말은 다 했어. 내가 너한테 그 말을 했다는 것만 기억해."

어머니의 말이 왜 이렇게 이상하게 들릴까?

"엄마는 맨날 옷과 스타일 타령만 하세요. 제가 마음에 새길 필요는 없겠지만, 엄마가 말씀하고 싶으시면 계속 말씀하세요." 그는 모든 것이 평소대로 돌아가기를 바라며 어머니를 향해 싱긋 웃었다.

모든 것이 평소와는 달랐다.

"앞으로는 내가 여기서 그 말을 해줄 수 없을 거야." 그녀가 목멘 소리로 말했다. "네가 내 말을 듣는 게 중요한 이유가 그거야. 나는 멀리 떠날 거야. 네 아빠를 떠날 거야. 너는 이번 가을에 대학에 갈 거잖아. 지금이 변화를 이룰 시기야."

"엄마가 떠나는 걸 아빠도 알아요?" 안데르스의 목소리는 귓속 말처럼 작았다.

"그래. 네가 학교를 마칠 때까지만 기다리기로 한 걸 아빠도 알고 있어. 엄마는 런던으로 갈 거야. 직장도 구했고, 거기서 가정을 꾸릴 거야."

"거기 가면 외롭지 않을까요?"

"아니, 안데르스. 이곳에서 외로웠지. 아빠와 엄마는 긴 세월에 걸쳐 점점 멀어졌어. 아빠는 회사와 결혼했고. 엄마를 그리워하지도 않을 거야."

"하지만…… 저는 엄마가 그리울 거예요! 이럴 수는 없어요! 저는 왜 여태 아무것도 눈치채지 못하고 아무것도 몰랐죠?"

"우리가 아주 신중하게 행동했으니까. 지금까지는 너한테 알릴 필요가 없었거든."

"런던에 다른 사람이 있어요?" 그는 자신이 일곱 살짜리처럼 말한다는 것을 깨달았다.

"그래, 윌리엄이라는 따뜻하고 친절하고 재미있는 사람이 있어. 우리는 같이 있으면 많이 웃는단다. 나중에 너도 그 사람을 만나서 좋아하게 되면 좋겠어. 하지만 네 아빠를 위해 너 자신을 세련되게 가꾸라고 했던 말은 꼭 기억해. 그러면 사는 게 훨씬 편해질 테니까."

그는 어머니에게 자신의 슬픈 얼굴을 들키지 않으려고 고개를 돌렸다. 어머니는 런던에 가서 어머니를 웃게 만드는 윌리엄이라는 남자와 같이 살 것이다. 어머니는 떠나면서 무슨 말을 하고 있는가? 옷이다. 빌어먹을 옷. 그는 세상이 고개를 돌려버린 것 같은, 모든 사물의 초점이 흐려진 것 같은 느낌이 들었다.

어머니와 아버지는 사이가 멀어진 것이 아니었다. 지난 금요일만 해도 같이 디너파티를 열었다. 아버지가 맞은편에 앉은 어머니를 향해 잔을 들었다. "아름다운 아내를 위해." 그러는 내내 아버지는 자기 아내가 윌리엄이라는 남자에게로 떠나려는 것을 알고 있었다는 말이다.

사실일 리가 없다, 안 그런가?

어머니는 아들이 움찔하며 자신을 밀어낼까봐 만지지도 못하고 가만히 서 있기만 했다. "사랑해, 안데르스. 믿기 어렵겠지만 엄마는 너를 사랑한다. 아빠도 너를 사랑하고. 아주 많이. 내색은 하지 않아도 아빠는 너를 아주 자랑스러워하고 아주 많이 사랑해."

"자랑스러워하는 것과 사랑하는 건 다른 거예요." 안데르스가 말했다. "아빠는 엄마를 자랑스러워했나요, 아니면 사랑했나요?" 안데르스는 처음으로 어머니를 똑바로 쳐다보았다.

"아빠는 엄마가 의무를 다한 걸 자랑스러워해. 엄마는 가정을 잘 꾸려왔어. 끝도 없이 이어지던 그 모든 디너파티에서 아빠를 만족스럽게 내조했고. 엄마는 좋은 내조자였어. 아들도 낳았고. 아빠가 만족했을 거라고 엄마는 생각해. 아무렴."

"사랑은요?"

"그건 몰라, 안데르스. 엄마는 아빠가 회사와 너 말고 다른 대상을 사랑한 것 같지는 않구나."

"아빠 말씀에서 저를 사랑하는 것이 느껴진 적은 없었어요. 아빠한테는 늘 거리감이 느껴졌어요."

"그게 아빠 방식이야. 늘 그런 식일 거야. 하지만 내가 지금까지 지켜봐서 아는데 아빠가 너를 사랑하는 건 확실해. 단지 표현을 못 할 뿐이야."

"아빠가 엄마한테 표현을 했다면 엄마는 계속 여기 살았을까요?"

"그 질문은 좀 곤란하구나. 사각형이 원형이기를 바라는 것과 같은 거니까." 어머니가 말했다. 어머니를 믿었기 때문에 안데르스는 팔을 벌렸고, 어머니는 그에게 안겨 한참을 울었다.

그뒤로는 모든 일이 순식간에 흘러갔다.

구닐라 알름크비스트가 옷을 꾸릴 때 프루 칼손은 못마땅한 듯 툴툴거렸다. 구닐라는 보석류는 모두 두고 갔다. 공식적인 핑계가 꾸며졌다. 구닐라는 런던의 어느 위성방송국에서 일자리 제의가 들어와 그곳에 일하러 간 것으로 하기로 했다. 그 기회를 놓치는 것은 범죄나 다름없다. 안데르스도 대학 진학을 위해 집을 떠나기 때문에, 남편은 아내가 떠나는 것을 전적으로 지지한다는 것이었다. 그런 핑계로 아내가 집을 나간 것, 결혼생활이 실패한 것에 대한 비난을 모면했다. 소문이 퍼질 염려는 없었다. 소문이란 아주 솔깃한 것이지만, 알름크비스트에는 있을 자리가 없었다.

파트리크 알름크비스트는 예의를 지켰고 고마움을 표시했다. 그는 하나뿐인 아들과는 그 문제에 관해 이야기를 나눈 적이 없었다. 그는 안데르스가 머리를 단정히 깎고 멋진 정장을 맞춘 것을 보자 기뻐하는 듯했다.

파트리크가 회사에서 보내는 시간이 점점 더 길어졌다.

안데르스의 어머니가 떠나기 전날 그들 셋은 함께 나가 저녁을 먹었다. 파트리크는 아내를 위해 건배했다. "런던에서 당신이 바라던 전부를 가질 수 있기를." 그가 말했다.

안데르스는 믿을 수 없다는 눈빛으로 그들을 바라보았다. 함께 이십 년을 보냈고, 그 기간만큼 간직했던 희망과 꿈이 종지부를 찍었는데도, 부모님은 여전히 연기를 하고 있었다. 모든 사람들이 이런 식인가? 그는 그 순간 절대로 누군가를 사랑하지 못할 것 같다는 생각을 했다. 사랑은 시인과 사랑 노래와 몽상가들을 위해 존재하는 것이었다. 사람들이 실생활에서 하는 것이 아니었다.

다음날 그는 예테보리에 있는 대학으로 떠났다. 새로운 삶이 시작되었다.

도착한 지 일주일 만에 그는 에리카를 만났다. 섬유디자인을 전공하는 여학생이었다. 그녀는 어느 파티에서 곧바로 그에게 다가오더니 춤을 추자고 했다.

나중에 그는 에리카에게 그날 밤 자신에게 다가온 이유를 물었다.

"네가 세련돼 보여서. 그게 다야. 후줄근하지 않았거든." 그녀가 말했다.

안데르스는 크게 실망했다. "그런 게 중요해?" 그가 물었다.

"네가 자기 자신에 대해 신경을 쓴다는 말이니까 중요하지. 그리고 상대방한테 좋은 모습을 보이려고 애쓴다는 말이기도 하고. 그게 다였어. 나는 후줄근한 사람들은 질색이야." 그녀가 말했다.

그들은 그때부터 사귀는 것처럼 보였다. 에리카는 요리를 좋아했지만 만들고 싶을 때만, 그리고 먹고 싶은 것만 만들었다. 그녀는 자기 아파트로 사람들을 초대하는 것을 좋아했다. 안데르스가 니켈하르파를 연주한다는 사실을 알고는 그가 대학에 올 때 그 악기를 가져오지 않았다는 사실에 몹시 아쉬워했다. 다음에 그가 집에 다녀올 때는 꼭 가져오겠다는 다짐을 받았다. 그녀는 자기 집에 연주자들을 불러모아 함께 즉흥연주를 하게 했고 맛좋은 저녁식사를 대접했다.

에리카는 체구가 작고 성격이 재미있었고, 여권女權과 패션은 양립할 수 없는 것이 아니라고 생각했다. 그녀는 어떤 행사에 가건 예쁘게 차려입었다. 모인 사람들 중에서 가장 매력적이고 스타일이 멋진 여자였고, 안데르스는 그 사실이 놀라웠다. 그들은 같이 있으면 즐거웠고 곧 떼려야 뗄 수 없는 사이가 되었다.

부활절이 되기 전에 에리카는, 자신은 결혼을 일종의 노예제도라고 생각하기 때문에 절대 그와 결혼은 하지 않겠지만 평생 그를 사랑하겠다고 말했다. 그녀는 어중간한 상황을 피하기 위해 미리 이런 설명을 해두지만 이런 말도 이번뿐이라고 했다.

안데르스는 깜짝 놀랐다. 아직 청혼을 한 것도 아니었다. 하지만 에리카의 말대로 해도 괜찮을 것 같아서 그 말을 듣고도 계속 만났다.

에리카는 그에게 자신의 부모를 만나러 가자고 했다.

에리카의 아버지는 작은 레스토랑을 경영했고 어머니는 택시 운전사였다. 그들은 안데르스를 따뜻하게 맞아주었다. 그는 그들 모두가 나누는 가족생활이 부러웠다. 에리카는 열두 살 된 쌍둥이 남매 동생들이 있었는데 그애들은 무슨 일이든 끼어서 함께 하려고 했다. 용돈, 가슴 성형, 신앙, 왕실에 이르기까지 모든 주제로 부모와 즐거운 논쟁을 벌였다. 알름크비스트 가족은 절대 꺼내지 않는 주제들이었다. 쌍둥이 남매는 에리카에게 언제 안데르스의 가족을 만나러 갈 건지 물었다. 그의 대답이 나오기도 전에 에리카가 냉큼 서두를 것 없다고 말했다. 자신은 오래 봐야 진국이라면서. 사람들이 자신을 기꺼이 받아들이기까지는 시간이 더 오래 걸린다고 했다.

"진국이 뭐야?" 쌍둥이 남동생이 물었다.

"찾아봐." 에리카가 약올리듯 말했다.

나중에 안데르스가 말했다. "우리 아버지 집에 같이 가서 지내면 좋을 것 같아."

"싫어. 나를 보면 아버지가 심장발작을 일으키실 거야. 하지만 런던에 가서 어머니와 지낼 수는 있을 것 같아."

"그게 좋은 생각인지 잘 모르겠어……"

"너는 윌리엄을 만나고 싶지 않겠지. 윌리엄이 어머니랑 같이 자는 걸 생각하기 싫은 거고. 그런 거지."

"'그렇지 않아." 그가 말했다. 하지만 계속 그 거짓말을 이어갈 수는 없어서 고쳐 말했다. "약간은 사실인 것 같아."

"런던에 갈 수 있는지 알아보자. 내가 갈 만한 핑계를 만들어볼 게. 영어 실력을 높일 수도 있고, 런던 구경을 해도 되고, 새아버지 가 어떤 사람인지 확인할 수도 있잖아."

그들이 마침내 런던에 간 것은 4월이었다. 공원과 정원에는 수 선화가 만발해 있었고, 만물이 살아서 반짝거리는 것 같았다. 구닐 라와 윌리엄은 임페리얼 전쟁박물관과 인접한 아름다운 부지에 지 어진 우아한 집에서 살고 있었다. 거기서 템스강까지는, 그리고 런 던에서 유명한 역사적 유물과 행사를 보러 가는 데는 걸어서 몇 분 밖에 걸리지 않았다. 그들이 런던이라는 도시와 그곳의 풍요롭고 부산스러운 풍경을 본 것은 처음이었다. 북적거리는 사람들과 소음 때문에 처음에는 기가 죽었지만 곧 그 물결에 신나게 휩쓸려 모든 순간을 만끽하기로 결심했다.

구닐라는 여유로워 보였고 그들을 만나 즐거운 것 같았다. 구닐라가 알름크비스트 후계자의 배우자로서 에리카가 적합한지를 놓고 미심쩍게 여겼는지는 모르겠지만 내색은 전혀 하지 않았다. 윌리엄은 그들을 뜨겁게 반기며 방송국에 사흘 휴가를 내고 두 청춘 남녀에게 진짜 런던을 보여주었다. 처음 가본 곳은 런던아이였는데, 그것을 타고 하늘로 올라가면 런던을 저멀리까지 다 볼 수 있었다. 윌리엄은 미리 찾아놓은 런던의 포크음악 클럽을 몇 군데 알려주면서 원하면 둘이 가서 저녁 시간을 즐기라고 했다. 윌리엄은 심지어 버몬지에서 멀지 않은 펍에서 스칸디나비아 세션을 하는 것도 알아놓았다. 거기서는 니켈하르파 연주도 들을 수 있었다.

안데르스는 어머니와 대화하는 것이 예전보다 더 쉬워졌다는 것을 깨달았다. 그가 어떤 차림으로 다니는지에 대해 어머니도 이제는 불평하지 않았다. 사실 온통 칭찬 일색이었다.

"에리카가 마음에 쏙 드는데." 그녀가 안데르스에게 말했다. "아빠한테 인사시켜드렸니?"

"아직요. 아시겠지만……"

설령 알았다 하더라도 어머니는 그런 말은 하지 않았다.

"너무 오래 끌지 마. 조만간 에리카를 데리고 가서 아빠한테 인사시켜드려. 사랑스러운 아이야."

"아빠가 얼마나 속물적인지 엄마도 알잖아요. 사람들이 어떤 일을 하는지, 어떤 사람인지 얼마나 신경을 쓰시는데요. 엄마는 아빠가 어떤 사람인지 잊어버리셨나보네요. 에리카는 독립적인 성격의 아이예요. 큰 회사를 싫어하고요. 아빠가 하루종일 대면하는 사람들을 참아내기 힘들 거예요."

"에리카는 예의가 바르니까 그런 내색은 전혀 하지 않을 거야."

안데르스는 어머니의 말이 맞기를 바랐다.

구닐라는 회사 소식을 알고 싶어했다. 안데르스가 집에 돌아가면 회사일에 많이 개입하는지?

"집에는 그렇게 자주 가는 편이 아니에요." 그가 솔직히 말했다.

"가서 네 영역과 네가 물려받게 될 것을 잘 지켜야 해." 그녀가 말했다. "그러면 아빠가 좋아하실 거야."

"아빠는 그런 말씀은 꺼내지도 않으시는데요."

"네가 먼저 말하지 않으니까. 네가 가보지도 않고." 어머니가 대답했다.

스웨덴으로 돌아간 뒤 안데르스는 아버지에게 전화를 걸었다. 대화는 딱딱했다. 파트리크 알름크비스트는 평소 알고 지내는 여느 사람과 대화하는 것처럼 말했다. 안데르스가 이해하기로, 아버지는 아들이 이번 여름에 집에 돌아와 회사에서 일하고 싶어한다는 이야기를 듣고 기뻐하는 것 같았다.

"제가 큰 피해를 입히지 않을 만한 곳에서요." 안데르스가 제안했다.

"모두 너를 도와주려고 야단일 거다." 그가 장담했다.

정말 그랬다. 안데르스는 회사 사람들이 앞다투어 자신을 돕고 격려하는 모습이 조금 당황스러웠다. 그들은 학생 신분인 안데르스에게 가당찮은 존경심을 보였다. 그는 확실히 회사를 물려받을 후계자였다. 아무도 그의 심기를 건드리려 하지 않았다. 그가 바로 미래였다.

심지어 두 사촌 마트스와 클라라조차도 자신들이 얼마나 열심히 일하는지 보여주려고 안달이었다. 그들은 지금까지 자신들이 어떤 성과를 이루어냈고 맡은 업무를 얼마나 잘 처리하는지를 꾸준히 알려주었다. 그들은 젊은 안데르스가 흥미를 보이는 것을 알아내려고 애썼다. 그는 고급 레스토랑에서 값비싼 식사를 하고 싶어하는 것 같지 않았다. 사업과 관련된 소문에도 무관심했다. 심지어 경쟁 업체의 도산에 대해서도 알고 싶어하지 않았다.

그는 수수께끼 같은 인물이었다.

아버지 역시 안데르스의 관심이 어디 있는지 알아내는 데 어려움을 겪는 것 같았다. 그는 아들의 대학생활에 대해 점잖게 질문했다. 교수들에게 학문적 이력 외에 실무 경험이 있는지.

그는 안데르스의 다른 관심사는 무엇인지, 사랑하는 사람은 있는지, 여전히 음악을 좋아하는지, 니켈하르파는 계속 연주하는지, 심지어 그의 친구들은 누구인지도 물어보지 않았다. 저녁에는 외스테르말름에 있는 아파트에서 아버지와 아들이 같이 앉아 회사와 그날 만난 다양한 고객들에 대한 이야기를 했다. 파트리크가 즐겨 찾는 레스토랑에서 함께 저녁식사를 하는 날도 있었다. 다른 날에는 집에서 식탁에 앉아 못마땅한 표정을 한 프루 칼손이 말없이 차려주는 찬 고기와 치즈를 먹었다. 아버지가 말을 더 많이 할수록 안데르스는 아버지를 알기가 더 어려워졌다. 아버지에게는 알름크비스트에서의 삶 말고는 다른 삶이 없었다.

안데르스는 어머니에게, 아버지가 속마음을 열 수 있도록 노력하겠다고 약속했지만, 막상 해보니 생각보다 더 힘들었다. 그는 에리카에 대해 말하려고 해보았다.

"아버지, 여자친구가 있는데요. 같은 학교 학생이에요."

"잘됐구나." 아버지는 노트북을 업데이트했다는 말을 들은 것처럼 애매한 표정으로 고개를 끄덕였다.

"그애 부모님 댁에서 지낸 적도 있어요. 저도 에리카더러 여기 와서 며칠 지내라고 하면 좋을 것 같아요."

"여기로?" 아버지는 깜짝 놀랐다.

"네."

"하지만 그애가 여기서 하루종일 뭘 하면서 지내지?"

"시내 구경을 하다가 저랑 점심때 만나서 같이 식사를 하면 돼요. 제가 며칠 쉬면서 구경을 시켜줘도 되고요."

"그래, 그러렴, 네가 그러고 싶다면…… 물론 그래야지."

"엄마를 만나러 런던에 갔을 때 그애도 같이 갔었어요."

"그래?"

"아주 잘 지냈어요. 런던에서는 할 게 충분히 많았어요."

"런던에서는 누구든 그럴 수 있겠지. 하지만 여기는 좀 달라." 아버지는 얼음장 같았다.

"전 그애를 무척 좋아해요, 아빠."

"알았다, 알았어." 그의 목소리는 어떤 감정이 올라오더라도 억누르려는 것처럼 들렸다.

"사실, 같이 살까 해요." 이제는 그 말까지 해버렸다.

"네가 그 비용을 어떻게 감당할지 모르겠구나."

"제가 여기 있는 동안 같이 의논해보려고요. 그럼 다음주에 에리카를 오라고 해도 될까요?"

"원한다면 그렇게 해. 다른 준비는 프루 칼손한테 맡기고. 여자친구가 쓸 방을 준비해야 할 거야."

"같이 살 거라니까요, 아빠. 제 방을 같이 쓰면 돼요."

"프루 칼손한테 네 도덕 기준을 강요하고 싶지는 않구나."

"아빠, 이건 제 도덕성의 문제가 아니에요. 지금은 21세기예요!"

"알아. 네 엄마는 현실감각이 별로 없었지만 그래도 분별력 있게 행동하는 것과 개인생활을 존중하는 것이 중요하다는 건 알았어. 프루 칼손이 네 여자친구의 방을 준비할 거야. 잠자는 문제는 너희가 알아서 해라."

"저 때문에 화나셨어요?"

"전혀. 솔직히 네 직설적인 태도가 존경스럽구나. 하지만 너도 내가 말하는 바를 알아들었을 거라고 믿는다." 그는 사무실에서 이야기하는 것처럼 말했다. 그의 언성은 전혀 높아지지 않았고, 자신이 옳다는 확신도 결코 흔들리지 않았다.

에리카는 7월 첫주에 기차를 타고 왔다. 그녀는 같이 기차에 탄 승객들 이야기를 한 보따리 풀어놓았다. 청바지와 진홍색 재킷을 입고 큰 배낭에 공부할 것들을 잔뜩 넣어 왔다. 아침에는 공부를 하고 매일 점심때 그를 만나겠다고 했다.

"아버지는 우리를 고급스러운 장소에 데려가겠다고 하셔." 그가 불안하게 말을 꺼냈다.

"그러면 너도 고급 옷을 입는 게 좋겠구나." 그녀가 말했다.

"나를 말한 게 아니라, 내 말은……"

"걱정하지 마, 안데르스. 구두를 가져왔어. 드레스도 가져왔고." 그녀가 말했다.

그녀의 말은 사실이었다. 그의 아버지가 즐겨 찾는 레스토랑에 갔을 때 그녀는 리틀 블랙 드레스를 입고 강렬한 분홍색 숄을 걸치고 세련된 하이힐을 신었다. 에리카의 모습은 황홀했다. 그녀는 귀를 기울여 듣다가 예리한 질문을 했고, 자신의 가족—악마 같은 쌍둥이 남매, 택시 기사인 어머니의 모험담, 37종의 절인 청어를 파는 아버지의 레스토랑—에 대해 명랑하게 이야기했다. 런던에 갔던 것이나 안데르스의 어머니가 아주 잘해준 사실에 대해서도 스스럼없이 말했다. 심지어 윌리엄에 대한 말도 거리낌없이 했다.

"상황이 상황인 만큼 아마 그분을 잘 모르실 거예요. 하지만 정말 놀라운 분이세요. 그분이 버몬지에 있는 퍼브를 찾아주셨는데 거기서 니켈하르파 연주도 들을 수 있었어요. 안데르스가 아주 좋아했어요. 또 천장이 황금색 모자이크로 되어 있는 굉장히 아름다운 레스토랑에 저녁을 먹으러 갔어요. 그분은 텔레비전 방송국을 소유하고 계세요. 알고 계셨어요? 물론 전적으로 자본가시죠. 사회복지 개념과는 반대의 삶을 사시고요. 그분은 사회복지를 나눠주기라고 부르셨어요. 하지만 너그러운 분이셨고 많은 도움을 주셨어요. 사람들을 이렇다저렇다 딱 나누어 분류할 수 없다는 증거죠."

안데르스는 아버지를 불안하게 쳐다보았다. 사람들은 보통 알름크비스트의 대표에게 이런 식으로 말하지 않았다. 사람들은 대체로 불평등이나 특권 같은 주제는 피했다. 하지만 아버지는 그 대화에 완벽하게 잘 대처하는 것 같았고, 그가 평소 잘 아는 사람과 대화하듯 말했다. 그는 에리카의 학업이나 희망이나 미래 계획에 대해서는 아무것도 묻지 않았다.

안데르스는 아버지가 평생 몸 바친 회사 말고 다른 것에도 열정이나 열망을 가진 적이 있었는지 궁금했다.

에리카는 그런 고민은 하지 않았다. "자기 아버지는 그저 눈가리개를 하고 사는 거야. 그런 사람들이 많아. 그 세대는 그래. 우리 아버지는 주류 세금이나 술을 싸게 사려고 페리로 덴마크에 가는 사람들 말고는 아무 관심이 없어. 어머니는 여성 전용 택시가 필요하다는 생각에 꽂혀 있고. 네 아버지는 절세 방법이나 자산 관리, 신탁 같은 것에만 매달려 있지. 네 아버지의 세상에서는 다들 그러니까. 그런 문제로 수선을 피울 건 없어."

"하지만 그건 정상적인 삶의 방식이 아니야." 안데르스가 고집을 피웠다.

에리카는 어깨를 으쓱했다. "네 아버지한테는 그게 정상이야. 늘 그랬고 앞으로도 쭉 그럴 거고. 중요한 건 네가 원하는 거야."

"나는 그렇게 회사 말고는 아무 관심도 없이 살다가 인생을 끝내고 싶지는 않아. 네가 말한 것처럼 눈가리개를 한 채로 살다가."

"그러면 너는 눈가리개를 벗어. 오늘밤 같이 나가서 좋은 음악을 들을 만한 곳을 찾아보는 건 어때?"

에리카는 모든 문제에서 철저히 현실적이었다. 프루 칼손에게 자신이 손님방에서 자는 척하는 것도 아무 문제가 없다고 했다. 그 것은 존중의 문제라고 그녀는 말했다.

한 주가 너무 빠르게 지나갔다. 안데르스와 아버지는 다시 빈집에서 그날 업무의 일부였던 회계감사와 신규 업체, 합병에 대해 이야기를 나누었다. 안데르스는 자신이 사업에 관한 대화를 좋아하고 토론을 즐긴다는 사실을 깨달았지만 대학에 돌아가 새 아파트에서 에리카와 살고 싶었다. 자신이 회사를 떠난다고 하자 사촌들이 안심하는 것이 느껴졌다. 아버지는 무관심한 듯 형식적인 악수를 했다. 그러고는 공부를 잘 마치고 현시대의 사유와 경제이론을 알름크비스트에 가지고 돌아오기 바란다고 말했다.

그가 대학으로 돌아가자 아버지의 목소리는 다른 행성에서 들리는 것 같았다.

몇 달이 순식간에 지나갔다. 그는 어머니에게 약속했던 대로 아버지와 계속 연락했다. 그는 대략 열흘에 한 번씩 아버지와 통화했다. 격식을 차린 부자연스러운 통화였고, 언제나 알름크비스트의 인력과 업계의 신규 사업에 대한 대화로 끝났다. 이따금 그는 아버지에게 사업 전개 방향과 자신이 알게 된 세법 문제, 주말 연휴에 에리카의 부모와 마요르카로 놀러갔던 이야기를 했다. 하지만 늘 통화가 끝나면 긴장이 풀렸고 아버지도 똑같이 느끼는 것 같았다.

안데르스는 다음해 여름휴가 때는 에리카와 함께 그리스로 가서 두 달을 보낼 거라고 써 보냈다. 아버지는 그 기간 동안 안데르스가 일을 배우러 회사에 오지 않는다는 사실에 놀랐을지는 몰라도, 그런 말을 하지는 않았다. 안데르스는 마뜩잖아하는 아버지의 마음을 듣지는 못했지만 느낄 수는 있었다.

"저는 공부를 아주 열심히 했어요. 휴식이 필요해요, 아버지."

"그렇겠지." 아버지가 냉랭한 목소리로 말했다.

그들은 그리스 섬들을 돌며 황홀한 여름을 보냈다. 수영하고 웃고 레치나*를 마시고 밤에는 술집에서 부주키** 연주에 맞춰 춤을 추었다.

에리카가 자신의 계획을 털어놓았다. 졸업하면 옛날 직물을 보존하는 새로운 벤처사업에 가담할 거라고. 자금은 마련되어 있었다. 아주 흥미로운 일이었다. 그렇다면 그 사업은 어느 지역을 기반으로 하는가? 물론 바로 예테보리에서. 세계문화박물관과 연계할 것이었다.

안데르스는 침묵했다. 그는 줄곧 에리카가 스톡홀름에서 직장을 찾기를 바라고 있었다. 시내 중심부의 어느 섬에서 작은 아파트를 얻어 같이 살고 싶었다.

에리카가 아직도 결혼을 노예제도의 한 형태로 생각했기 때문에 결혼은 하지 않겠지만, 그가 알름크비스트를 경영할 때 같이 살면서 아이도 둘은 낳을 생각이었다.

그의 생각은 에리카의 계획과는 맞지 않는 것 같았다. 하지만 그는 생각이 완전히 정리될 때까지 아무 말도 하지 않을 작정이었다.

"아무 말도 하지 않는구나. 기뻐해줄 줄 알았는데."

"당연히 기쁘지."

"그런데?"

"나는 우리가 같이 살기를 바랐던 것 같아. 그게 이기적인 거니?"

"물론 아니지. 하지만 우리는 서로가 원하는 게 뭔지 알 때까지 기다리고 있었던 거야. 너는 아직 결정을 내리지 못했으니까 내가 내 계획을 먼저 말하고 네가 그 계획에 따라줄 수 있는지 물어본 거고." 그녀는 그의 이해를 간절히 바라는 것 같았다.

---

* 나뭇진 향을 첨가한 그리스 와인.
** 손으로 뜯는 그리스 현악기.

"하지만 내가 뭘 하게 될지는 우리 둘 다 잘 알고 있잖아. 나는 돌아가서 가족회사를 운영할 거야."

에리카가 그를 이상하게 쳐다보았다. "진심은 아니지?" 그녀가 말했다.

"물론 진심이야. 너도 알잖아. 너도 같이 있었잖아. 어떤 상황인지 다 봤잖아. 나는 그 일을 해야 해. 다른 건 생각해본 적도 없어."

"하지만 너는 그 일을 하고 싶어하지 않잖아!" 그녀가 아연실색했다.

"지금 이런 방식은 아닐 거야, 나한테 눈가리개를 벗으라면서. 나는 그 말을 따랐어. 어쨌거나 그러려고 노력하고 있어. 나는 아버지처럼 회사일만 생각하며 살지는 않을 거야."

"하지만 너는 자유를 얻으려는 거 아니었어? 이번 여름 내내 거기서 일하는 대신 그리스를 돌아본 이유도 그거 아니었어?" 그녀는 완전히 어리둥절한 표정이었다.

"하지만 내가 돌아가야 하는 건 우리 둘 다 아는 사실이야, 에리카."

"아니, 네가 돌아가야 하는 걸 우리가 다 알지는 않아. 인생은 한 번뿐이야. 너는 그 회사에서 네 인생을 보내고 싶은 게 아니잖아. 그 작은 세상에서 사촌들과 동료들과 함께 말이야."

"대안은 없어. 아버지한테 아들은 하나뿐이야. 회사를 물려받을 다른 남자 형제가 있다면……" 그가 말끝을 흐렸다.

"아니면 여자 형제가 있거나." 에리카가 단박에 고쳐주었다. "아버지의 시간, 그 사람들의 시간, 네 시간을 낭비하느니 차라리 지금 말하는 게 옳아."

"나는 그럴 수 없어. 어쨌든 노력은 해봐야 하잖아. 말하는 건 모욕이 될 거야. 너도 존중에 대해서는 생각이 확실하잖아. 나는 아버지를 그만큼 존중해." 그들은 바닷가 작은 술집에 앉아 있었고 저녁 공기는 따뜻했다. 멀리서 사람들이 웃는 소리가 들렸다. 휴가를 온 행복한 사람들. 음악가들이 음을 맞추기 시작했다.

안데르스와 에리카는 그 자리에 앉아, 그들 사이에 어마어마한 간격이 벌어지고 있다는 것을 알아차렸다.

이제 그 문제는 그들의 손아귀를 벗어났다. 반시간 전만 해도 아주 멋져 보이던 미래가 지금은 완전히 사라지려 하고 있었다.

그들은 남은 휴가를 잘 보내려 애썼지만 소용없었다. 그 문제가 마음을 떠나지 않았다. 알름크비스트에 평생을 바칠 거라는 안데르스의 굳은 믿음과 안데르스가 아직 할 일을 찾지 못했다는 에리카의 강한 생각은 그냥 덮고 가기에는 달라도 너무 달랐다. 그들이 스웨덴에 돌아왔을 때 두 사람에게는 더이상 미래가 없었다.

그들은 레코드판과 책을 사이좋게 나누었다. 안데르스는 학생 거주지에 방을 얻었다. 아버지에게는 에리카와 헤어졌다고 말했다.

아버지의 반응은 기차가 연착한다는 말을 전해 들었을 때와 다르지 않았다. 살다보면 그런 일도 있다며 남의 일처럼 미적지근하게 중얼거렸을 뿐이었다. 그러고는 다음 화제로 넘어갔다.

그는 좋은 성적을 받겠다고 결심하고 열심히 공부했다. 도서관을 오가다 가끔 에리카가 사람들과 어울려 웃고 있는 것을 발견했는데, 그럴 때면 가슴이 저릿하면서 아쉬움이 밀려왔다. 두 사람은 늘 서로에게 다정하게 인사했다. 이따금 그도 학생 카페에서 그들과 어울려 맥주를 마셨다.

친구들은 이 모든 것에 어리둥절해했다. 두 사람은 예전처럼 잘 지냈다. 표면적으로는 바뀐 것이 전혀 없었다. 그저 사귀는 것이 아닐 뿐이었다.

어머니는 그에게 이메일을 보내 헤어졌다니 유감이라고 했다. 에리카가 알려준 것이 틀림없었다. 구닐라는 자신과 윌리엄은 에리카가 마음에 들었다면서, 문은 닫혀도 다시 열릴 수 있다는 사실을 명심했으면 좋겠다고 썼다. 어머니는 또한 음악을 해보든가 테니스나 브리지게임, 골프, 혹은 알름크비스트 바깥세상에 존재하는 뭔가 다른 것을 배워보라고 충고했다. 어쩌면 다시 피아노를 쳐도 괜찮을 것이다. 그는 에리카와 헤어진 뒤 니켈하르파도 그만두었다.

안데르스는 어머니의 편지에 감동받았지만, 취미를 개발하는 데에 쓸 시간은 거의 없었다. 기말고사에 집중해야 했다. 좋은 성적을 거두어 돌아가지 않으면 알름크비스트에서 자기 자리를 차지할 수 없었다. 지금은 마음을 다잡고 정진할 시간이었다.

그는 매달 집으로 돌아가 며칠씩 회사에서 일하면서 자신의 입지를 다졌다. 의견은 어떻게 피력하는지, 결정은 어떻게 내리는지를 배웠다. 그는 사업 수완이 있었고, 사람들은 그를 진지하게 대하기 시작했다. 그는 더이상 경영주의 아들이나 후계자가 아니었다. 그 자신으로서 당당했다. 사촌 마트스가 음주 문제로 말썽을 좀 일으켰는데, 이제는 그가 사촌에게 한마디할 수도 있었다. 마트스가 가족의 일원이었기 때문에 그때까지는 누구도 그 문제를 입밖에 내지 않았었다. 안데르스는 단호했지만 공정했다. 비난은 거의 하지 않았지만 경고는 따끔하게 했다. 마트스는 정신을 바짝 차렸고 상황은 잘 정리되었다.

아버지가 그 사실을 알았는지는 모르겠지만 말은 한마디도 하지 않았다. 하지만 아버지는 점점 안데르스에게 많은 일을 맡기는 것 같았다. 안데르스가 의지하는 사람은 클라라였다. 그녀는 자신의 경험을 기꺼이 나누어주었고, 그녀의 조언은 기말고사가 몇 주 남지 않은 이 시점에 큰 도움이 되었다.

6월의 어느 화창한 날 파트리크 알름크비스트는 아들의 졸업식에 참석해 아내 옆에 앉았다. 윌리엄은 일 때문에 꼼짝할 수 없다며 런던에 있겠다고 했다. 안데르스는 윌리엄이 배려하느라 일부러 오지 않은 거라고 생각했다. 왔다면 몹시 난처했을 것이다. 안데르스는 부모님이 오후 내내, 그리고 저녁까지 미소를 짓고 있는 것이 단지 예의를 차리기 위해서만은 아니라는 사실이 기뻤다. 부모님이 더이상 같이 살지 않기 때문에 서로 긴장을 늦출 수 있다는 사실을 그는 깨달았다. 부모님 사이에 우정 같은 것이 자라났고 그들 모두 아들이 이루어낸 결과에 즐거워할 수 있다는 사실이 그는 놀라웠다.

저녁식사를 하면서 나눈 대화는 주로 미래에 대한 것이었다. 오래전부터 안데르스는 졸업을 하면 미국의 큰 회계법인에서 일 년 동안 일하기로 되어 있었다. 이름 있는 회사로, 단기간에 많은 것을 배워올 예정이었다. 그 회사의 공동대표들과 협의는 다 끝났다. 안데르스는 그날만을 학수고대하고 있었다. 클라라가 보스턴에 아는 사람들이 있다며 많은 도움을 주었고 모든 준비를 해주었다. 알고 보니 구닐라도 보스턴에 아는 사람들이 있었다. 그는 그곳에서 멋진 시간을 보낼 수 있을 것 같았다. 부모님과 예테보리의 거리를 걸어다니면서 안데르스는 모든 것이 잘 되어간다고 생각했다.

하지만 다음날 아침 파트리크 알름크비스트가 호텔 로비에서 쓰러졌다.

심장마비였다.

심각하지는 않다고, 병원에서는 그렇게 말했다. 알름크비스트 씨는 위험한 상태는 아니었지만 휴식이 필요했다. 안데르스와 구닐라는 그의 침대 옆을 이틀 동안 지켰다. 어머니는 비행기를 타고 런던으로 돌아갔고, 안데르스는 아버지를 데리고 스톡홀름으로 돌아왔다.

프루 칼손이 즉시 아버지를 맡았다. 아버지는 이제 안심할 수 있는 사람의 손에 맡겨진 것이다. 안데르스가 프루 칼손과 함께 재가간병에 대해 알아보았지만 아버지가 안 된다고 딱 잘랐다.

"지금은 보스턴에 못 간다. 안데르스, 네가 사업에 본격적으로 뛰어들 때야. 네가 회사에서 내 눈과 귀가 되어주어야 해. 이제 네 시대가 됐어."

아직 그의 시대일 수는 없었다. 그는 한참 어렸다. 아직 제대로 살아가는 법도 몰랐다.

보스턴행은 취소되었다. 얼마 되지 않아 안데르스는 줄곧 그 일을 했던 사람처럼 일할 수 있었다. 그는 도전을 기꺼이 받아들였지만, 능숙하고 충실한 클라라의 도움이 없다면 잘해나갈 수 없다는 사실을 잘 알고 있었다. 그녀는 회의가 있을 때마다 브리핑을 해주었고 고객 하나하나에 대한 정보를 알려주었다. 이전 집권자인 아버지는 벽에 패널이 둘러진 어두운 식당에서 날마다 거한 식사를 했지만, 그는 점심때 시간을 내서 수영을 했다. 일주일에 한 번은 라이브 음악을 들으러 갔고, 이틀에 한 번 프루 칼손이 저녁식사를 치우는 동안 아버지와 함께 앉아 그날 회사에서 있었던 일을 이야기했다.

파트리크 알름크비스트는 조금씩 건강을 회복했다. 하지만 예전만큼은 아니었다. 그는 다시 출근을 했지만 며칠씩이었고 주로 이사회실에서 회의에 참석하는 정도였다. 그가 나타나면 회의에 무게감과 중요성이 실렸다.

몇 주가 몇 달이 되었다.

안데르스는 어떤 때는 회사일에 압도되는 느낌을 받았고, 또 어떤 때는 어딘가 진짜 세상에서는 정말로 하고 싶은 것이나 정말로 중요한 것 혹은 그 두 가지를 다 하면서 살아가는 사람이 있을 것 같았다. 하지만 그는 자신이 명예로운 지위를 물려받은 특권층임을 알고 있었다. 고용과 경제가 불안정한 이 세상에서, 이런 지위에 올라 날마다 새로운 도전이 펼쳐지는 일을 하는 자신은 실로 굉장한 행운아였다. 하지만 특권에는 의무가 뒤따랐다. 그 사실을 몰랐던 적은 없었다. 그의 의무는 여기에 있었다.

그에게 휴가를 제안한 것은 아버지였다.

아버지가 아들에게 일을 너무 열심히 하고 있으니 재충전이 필요하다고 말한 것이다. 안데르스는 어디로 떠날지 정할 수가 없었다. 포크음악 클럽에서 만난 친구 요한이 아일랜드가 좋겠다고 제안했다. 도착해서 어디로 갈지 방향을 정하면 어디든 볼거리가 있을 거라고, 혹은 함께 어울릴 사람들이 있을 거라고 했다.

그는 더블린행 표를 예약한 뒤 아무 계획 없이 출발했다. 알름크비스트에서는 어느 누구도 이런 행동을 하지 않았다. 이 회사 사람들은 어디를 가든 출발하기 전에 모든 것을 범죄 수사하듯 샅샅이 조사했다. 공항에 도착하자 그는 에리카가 몹시 그리웠다. 이곳에서 함께 런던으로, 스페인으로, 그리스로 떠났었다. 지금은 그 혼자였다.

그녀를 그렇게 떠나보내다니 그가 미쳤던 걸까?

하지만 그 당시 다른 결정은 불가능했다. 예테보리에서 에리카와 평생을 보낼 수는 없었다. 그곳에서 에리카는 완벽한 직장을 찾았다. 그녀는 알름크비스트의 그림자 속에서 살면서 어머니처럼 회사 대표의 나긋나긋한 사모님이 되지는 않았을 것이다.

그는 그녀를 잊고 싶었다. 저녁을 같이 먹거나 춤추러 갈 여자는 쉽게 찾을 수 있었다. 알름크비스트의 상속자인 그는 최고의 신랑감이었지만 어떤 여자도 그의 관심을 오래 끌지는 못했다. 그는 사교 행사란 행사에는 다 참석했지만 사귈 만큼 관심이 갔던 사람은 없었다. 에리카도 아직 사귀는 사람이 없다는 사실을 알고서 그는 기뻤다. 지금 공항에서 그는 그녀와 몹시 대화를 나누고 싶었다. 아일랜드로 간다는 말을 해주고 싶었다. 그녀는 곧바로 전화를 받았고 그의 연락에 진심으로 기뻐했다. 에리카는 그가 하는 모든 얘기에 흥미를 보이는 것 같았지만, 원래 에리카는 무엇에든 어떤 사람에게든 흥미를 보이는 성격이었다. 그를 특별하게 대한 것 같지는 않았다.

"친구들이랑 같이 가?" 그녀가 물었다.

"친구들이랑 가고 싶지는 않아." 그가 아쉬운 듯 말했다. "너랑 가고 싶어."

"그런 말은 하지 마. 그런 말을 한다고 동정표를 받지는 못해. 너는 필요한 친구들을 다 가졌잖아. 네가 선택한 삶을 살고 있고." 가볍게 들렸지만 그녀의 말은 진심이었다. 그런 선택을 한 것은 그였다. "아일랜드에서 새 친구들을 많이 만날 거야. 나는 여기서 아이리시 바에 갈게. 아일랜드 음악이 아주 좋아. 사람들도 사귀기 쉽고."

"그래, 도착해서 아이리시 바를 찾으면 엽서를 보낼게."

"아이리시 바를 찾지 못하는 게 더 힘들걸. 하지만 보내줘."

그녀의 목소리는 그의 연락을 받아 정말 기뻐하는 것처럼 들렸는가? 아니면 그저 평소의 에리카—편안하고 여유 있으면서도 상대에게 관심을 기울이는—였을까?

그는 침울하게 비행기로 걸어갔다.

에리카도 더블린 호텔을 좋아할 것 같았다. 무질서하면서도 매력적인 곳이었다. 호텔 직원들이 일단 시티버스 투어를 하며 이 주변을 익히고 밤에는 근처 퍼브에서 아일랜드의 전통적인 저녁 시간을 즐기라고 조언했다. 다음날 아침식사를 하면서 그는 아일랜드계 미국인 한 무리를 만났다. 그들은 섀넌강에서 보트를 빌리는 문제로 상의를 하고 있었다. 비용이 그들의 생각보다 많이 들어서 돈을 나눠 낼 또 한 사람이 절실했다. 그가 모자란 인원수를 채워줄 수 있을까?

그러지 뭐, 그는 동의했다. 홍보 책자가 멋져 보였다—아름다운 호수와 넓은 강, 정박할 작은 항구들. 그는 어느새 모터크루즈에 올라타 주의사항을 들었고, 아일랜드 한복판에 있는 애슬론으로 나아갔다. 곧 갈대숲과 강둑, 고성古城, 작은 항구가 있고 긴 지명이 붙은 곳들을 지나갔다. 햇빛은 반짝거렸고 세상은 느리게 흘러갔다.

같이 탄 사람들은 전부 다섯이었는데, 시카고 보험회사에서 놀러 온 성격 좋은 남녀들이었다. 그들은 조상이나 친척을 찾아 여기로 온 것이었지만 그 일에 그렇게 열성적이진 않았다. 그들은 좋은 아일랜드 음악을 찾고 아일랜드 맥주를 많이 마시는 것에 더 흥미를 느꼈다. 안데르스도 신나게 어울렸다.

그는 작은 우체국에서 엽서 세 장을 사서 아버지와 어머니, 에리카에게 보냈다.

아버지에게는 한참 동안 고민하다 몇 줄만 써 보냈다. 나이든 아버지의 관심을 끌 만한 것은 정말이지 아무것도 없었다. 결국 그는 아일랜드 경제가 불황 때문에 심각한 타격을 받았다고 쓰기로 했다. 그것은 적어도 아버지가 이해할 내용이었다.

강 유람이 끝나자 아일랜드계 미국인들은 닷새 동안 골프 투어를 떠났다. 그에게도 같이 가자고 했지만 그는 사양했다. 섀넌강에서 그의 보트 조종 실력이 미숙했기 때문에 골프를 잘 치는 그들을 따라가 또다시 방해하고 싶지 않았다.

대신에 그는 아일랜드 서부를 도는 버스 투어를 발견했다.

얼굴이 붉고 유쾌한 버스 운전사 존 폴은, 자신이 서해안에서 최고로 좋은 음악 퍼브를 다 꿰고 있다고 했다. 그들은 밤마다 다른 곳에서 멋진 연주를 들었다. 존 폴은 연주자들의 이름을 다 알아서, 매일 저녁 새로운 곳에 가기 전에 연주자들의 경력과 레퍼토리를 알려주었다.

"미키 무어에게 〈Mo Ghile Mear〉*를 노래해달라고 해요. 목덜미에서 털이 곤두설 거예요." 그가 말했다. 그는 은퇴한 늙은 파이프 연주자들이 와서 실력을 뽐내는 시간대도 알고 있었다. 안데르스는 그 모든 것에 흥미를 느꼈다.

알고 보니 존 폴도 파이프를 연주할 줄 알았다. 백파이프가 아니었다. 아니, 백파이프는 스코틀랜드 것이다. 진짜 파이프는 일런파이프다. 스코틀랜드 백파이프처럼 공기를 불어넣는 것이 아니다. 그 대신 팔 밑에 끼우고 팔꿈치로 누르는 풀무 같은 것이 달려 있었다. 실제로 일런은 팔꿈치를 뜻하는 아일랜드어였다.

음악은 마음을 홀렸고, 안데르스는 그 분위기에 흠뻑 젖어들었다.

존 폴은 돈이 좀 모이면 직접 가게를 열어 온갖 음악가들을 다 불러모을 거라고 했다.

"여기 아일랜드 서부에서요?" 안데르스가 물었다.

"어쩌면요. 하지만 이미 이곳에 정착한 사람들의 생계 수단을 뺏고 싶지는 않아요. 다 친구들인걸요." 그가 말했다.

존 폴과 안데르스는 신과 운명과 악惡과 상상력에 대해 이야기했다. 안데르스가 존 폴에게 나이를 물었다. 존 폴은 깜짝 놀라서 그를 쳐다보았다.

"영어를 아주 잘하셔서 여기 출신이 아니라는 걸 잊고 있었어요. 나는 1980년에 태어났어요. 교황 요한 바오로가 아일랜드를 방문하고 아홉 달 뒤에요. 그해에 태어난 남자아이들 이름은 거의 다

---

* '내 용감한 그대'라는 뜻의 아일랜드 민요.

존 폴일걸요."

"버스 운전은 평생 하실 생각이세요?" 안데르스가 물었다.

"아니요. 언젠가는 고향에 계신 아버지한테 돌아가야지요. 다른 사람들은 다들 멀리 떠나서 잘살고 있어요. 나는 그저 바보 존 폴인 거죠. 아버지 혼자서는 그 땅을 잘 관리하지 못해요. 조만간 스토니브리지로 돌아가 물려받아야지요."

"힘들겠군요." 안데르스가 안타까워했다.

"이제 그 이야기는 그만해요! 어쨌거나 나한테는 건물과 들판에 뛰노는 짐승과 작은 농장이 기다리고 있잖아요? 아일랜드 사람 절반은 그걸 가질 수 있다면 송곳니라도 뽑아서 줄 거예요. 단지 내가 원하지 않을 뿐이지요. 나는 다리를 쳐들고 드러누워 있는 양을 찾아 바로 일으켜세우는 재주는 신통치 않거든요. 우유 할당량이나 어떤 작물은 심고 어떤 작물은 심지 말라는 유럽 정책과 씨름하기도 싫고요. 어떤 사람들에게는 그게 생명처럼 소중한 거예요. 나한테는 고역인 거고요. 하지만 다 먹고사는 수단이잖아요. 심지어 훌륭한 수단이요."

"하지만 음악가들이 연주하는 가게는 어떻게 하고요?"

"환생할 때까지 기다려야죠, 안데르스. 다음 생에서나 해야죠 뭐." 세파에 시달린 그의 둥글고 큰 얼굴은 완전히 체념하는 표정이 되었다.

버스 투어의 마지막날 일행은 돈을 모아 존 폴에게 식사를 대접했다. 감사의 표시로 그는 일런파이프로 몇 곡을 연주해주었다. 그가 단체사진을 찍었고, 모두 사진 뒤에 각자의 이름과 이메일 주소를 적었다.

　안데르스는 마지막날 아침에 존 폴과 함께 커피를 마셨다.

　"함께한 시간이 그리울 거예요." 안데르스가 말했다. "이렇게 같이 세상 이야기를 나눌 수 있는 사람은 아마 없을 거예요."

　"그만 놀려요! 스웨덴에는 우리 같은 사색가와 음악가가 넘쳐나지 않나요?"

　안데르스는 자신이 연주자이자 사색가로 여겨진 것이 겸연쩍었지만 우쭐한 기분도 들었다.

　"아마 그렇겠지요. 하지만 나는 그런 사람들을 만날 기회가 없었어요. 뭐, 그런 거죠."

　"그런 사람들은 틀림없이 있어요." 존 폴이 단호하게 말했다. "나는 여기로 여행 온 멋진 스웨덴 사람들을 만나봤어요. 숟가락 연주를 하는 사람들도 있었고, 〈Bunch of Thyme〉을 부를 줄 아는 사람들도 있었어요. 조 힐이 스웨덴 출신 아니었던가요?"

　"아마 그럴 거예요. 그런 사람들을 만나게 되면 말씀드릴게요."

　"계속 연락하고 지내요. 안데르스 씨는 좋은 사람이에요." 존 폴이 말했다.

　알름크비스트로 돌아갔을 때, 안데르스는 자신이 정말로 괜찮은 사람인지 생각해보았다. 그는 돌아온 지 한 시간 만에 음주 문제가 있었던 사촌 마츠가 어지간히 화려하게 옛날 습관으로 되돌아간 것을 알게 되었다. 게다가 알름크비스트의 가장 유명한 고객 하나가 새파랗게 젊은 여자와 눈이 맞아 회계감사 몇 주 전에 어마어마한 자금을 챙겨 달아난 일도 있었다.

아버지는 그 어느 때보다 안색이 어둡고 근심이 가득해 보였다. 돌아온 지 몇 시간 만에 안데르스는 아일랜드 휴가에서 누린 즐거움이 다시 빠져나가는 것을 느꼈다. 그는 아일랜드에서 가져온 음악을 틀었다. 일런파이프로 연주되는 외로운 비가悲歌, 모두가 같이 부르는 쩌렁쩌렁한 합창 소리. 그는 그때의 걱정 없던 나날과 편안한 친구가 그리웠다. 하지만 그것도 그저 잠시라는 것을 그는 알았다. 생일 파티가 평생 계속되기를 바라는 아이의 심정과 같은 것이었다.

그는 아버지에게 여행 이야기를 들려주려 했지만, 아무리 애써도 아버지는 관심을 보이지 않았다.

"제가 찍은 사진을 보여드릴까요?" 그가 제안했다. "같이 음악을 들어보시지 않을래요? 아일랜드 전통음악이 아주 좋던데요……"

"그래, 그래, 아주 재미있었겠지. 하지만 그건 그저 휴가에 불과해, 안데르스. 너는 간밤에 꾼 꿈 이야기를 꺼내는 프루 칼손 같구나. 그런 건 아무짝에도 쓸모가 없어."

그 순간 그는 아버지의 아파트에서 나오기로 결심했다. 작지만 자기만의 공간을 얻어, 아침부터 밤까지 끝도 없이 일 이야기만 하는 이 반복되는 생활에서 탈출하는 것이다.

그는 자신에게 그럴 수 있는 힘이 있기를 바랐다. 모두가 하지 말라고 말릴 것이다. 언젠가 그의 것이 될, 더없이 편안하고 격조 높은 이 집을 왜 떠나는가? 프루 칼손을, 그녀의 방식을 왜 어지럽히는가? 왜 말년을 보내는 아버지의 말벗이 되어주지 않고 그를 혼자 내버려두려 하는가?

안데르스는 아버지를 돌보겠다고 했던 존 폴이 생각났다. 그는 자신의 의무를 다하기 위해 음악가들의 안식처를 만들겠다는 꿈을 버리고 드러누운 양들을 일으켜세우겠다고 했다. 하지만 그런 존 폴조차 자기만의 시간을 즐길 것이다. 어쩌면 어느 저녁에 일런파이프를 연주하러 갈 것이다. 달이 하늘 높이 떠오를 때까지 아버지와 농장 일을 의논할 필요는 없을 것이다.

안데르스 자신에게 아들이 있다면 애초부터 마음이 이끄는 일을 하라고, 알룸크비스트에서 거는 기대를 따라야 할 필요는 없다고 말해줄 것이다. 하지만 그에게 아들이 생길 것 같지는 않았다. 그는 에리카가 아니면 누구와도 정착할 수 없을 것 같았다. 그런데 스스로 그 기회를 날려버린 것이다.

그럼에도 불구하고 그는 아일랜드를 여행한 이야기를 하려고 그녀에게 전화를 했다.

에리카는 뭐든 관심이 있었고 아일랜드 음악도 이미 잘 알고 있었다. 그녀는 틴휘슬을 사서 혼자 연습도 하고 있었다.

"주말 동안 이곳에 와서 지내면 어때? '더 골웨이'에 데려가줄게. 너도 좋아할 거야." 그녀가 제안했다.

알룸크비스트를 떠나, 사촌이 알코올 재활 치료를 받는 상황을 떠나, 자금을 챙겨서 여자와 달아난 고객을 떠나, 아버지의 근심을 떠나, 업계 전반의 불황을 떠나 주말을 보내는 것…… 그에게 필요한 것이 바로 그것이었다.

차를 몰아 한때 행복한 대학생활을 하던 예테보리로 가면서 안데르스는 도착하면 에리카의 아파트에서 지내게 될지 궁금했다. 그런 이야기는 미리 나누지 않았었다. 그가 묵을 호텔을 에리카가 예약해놓았을지도 몰랐다. 그녀의 아파트에서 지내게 된다면 그들은 같은 방을 쓰게 될까? 그녀가 바닥에 매트리스를 깔아놓고 그에게 거기서 자라고 한다면 아주 어색할 것 같았다. 어쨌거나 에리카는 요즘 사귀는 남자나 같이 사는 사람은 없었다. 그도 그런 사람이 없으니 서로 애인을 속이고 바람을 피울까봐 걱정할 필요는 없었다.

하지만 그들의 관계가 예전으로 되돌아갈 거라고 기대하기는 어려웠다. 그는 한숨을 쉬었다. 더 기다려봐야 알 수 있을 것이다.

에리카는 근사해 보였다. 보존 프로젝트가 얼마나 성공적이었는지를 말할 때 그녀의 눈동자는 춤을 추었고 단어들은 속사포처럼 쏟아져나왔다. 그들은 서로를 진지하게 대했고 소중하게 여겼다. 그녀는 그에게 저녁식사를 만들어주었다. 축하할 일이 있을 때 만들어 먹던 스웨덴 미트볼이었다. 그녀의 공간은 많이 달라지지 않았다―새 커튼을 달고 책장을 마련한 것뿐이었다.

저녁식사를 마친 뒤 그들은 바로 '더 골웨이'로 갔다. 에리카는 그곳 단골이었다. 그녀는 바에 앉아 양옆에 앉은 사람들에게 안데르스를 소개했다. 그들은 자리를 잡고 앉아 귀기울여 연주를 들었다. 갑자기, 해변에 파도가 들이치고 밤마다 새로운 연주자들이 허리를 구부린 채 바이올린이나 일런파이프, 아코디언을 연주하는 아일랜드 서부로 돌아간 듯한 기분에 휩싸였다. 그는 음악에 흠뻑 빠져들었다.

나중에 그는 연주자들에게 말을 걸었다. 특히 파이프를 연주한 케빈이라는 남자와 대화를 나누었다.

"〈브렌던 항해〉* 모음곡의 주제음악을 아세요?" 그가 물었다.

"그럼요. 하지만 자주 연주하지는 않아요. 예전에 런던 퍼브에서 그 곡을 연주할 때마다 사람들이 울었거든요."

"그 곡을 들으면 저도 눈물이 나던데요." 안데르스가 말했다.

에리카가 놀라서 고개를 들었다. "너는 울지 않잖아." 그녀가 말했다.

"아일랜드에서는 울었어." 그가 그리운 듯 말했다.

"우리가 사람들 마음을 흔들어놓는 재주가 좀 있지요." 케빈이 구슬픈 목소리로 말했다. "내일밤에 오면 그 곡을 연주해줄게요. 그러고 나서 소리를 지르며 놀아보자고요. 맥주도 마시고요."

"약속한 거예요." 안데르스가 흔쾌히 좋다고 받아들였다.

나중에 에리카의 아파트로 돌아가, 둘은 맥주를 마시고 남은 음식을 조금 먹었다. 그녀가 커피 테이블에 올려놓은 초에 불을 켜고 그의 맞은편에 앉았다. 그들은 갑자기 서로의 존재를 강렬하게 의식했다. 그녀가 그를 진지하게 바라보았다.

"많이 달라졌구나." 그녀가 말했다.

"너를 아주 많이 좋아한다는 사실만큼은 달라지지 않았어." 그가 말했다.

"나도 마찬가지야. 그렇지만 너는 다른 방에서 자야 해." 그녀가 웃었다.

"유감인데." 그가 웃었다.

"그래. 하지만 일어날지도 모르는 일 때문에 후회하며 몇 주 몇 달을 보내고 싶지는 않아."

---

* 아일랜드 작곡가 숀 데이비가 1980년에 발표한 그의 첫 오케스트라 모음곡. 6세기에 성 브렌던이 대서양을 건너 미국으로 간 이야기를 재구성하여, 가죽보트를 타고 대서양을 건넌 탐험가 팀 세버린의 서사적인 항해를 그리고 있다.

"그때 그 일을 오랫동안 후회했어?"

"내가 그랬다는 건 너도 알잖아, 안데르스."

"하지만 아직도 나하고 같이 가서 알름크비스트를 견뎌볼 생각은 없겠지."

"그리고 너도 알름크비스트를 포기하고 여기 와서 나랑 같이 살 생각은 없지. 저기, 이 이야기는 이전에 다 나눴어. 할 만큼 했어."

"내가 거기서 맡은 책임이 있다는 건 너도 알잖아. 지금도 마찬가지야."

"너는 거길 좋아하지 않아, 내 친구 안데르스. 너는 행복하지 않아. 너는 나한테 회사생활 이야기는 한마디도 하지 않았어. 나는 그게 불만이야. 그게 네가 원하는 삶이었다면 나도 고려해봤을 거야."

"너는 나를 친구라고 부르는구나……!" 그가 말했다.

"맞잖아. 너와 내가 각각 다른 사람과 결혼해서 오랜 세월이 지나도 너는 언제나 내 친구야."

"그런 일은 없을 거야, 에리카. 나도 찾을 만큼 찾아봤어. 그런 사람은 없어."

"음, 그럼 우리 둘 다 더 열심히 찾아봐야지. 아일랜드 이야기를 더 해줘."

그는 섀넌강에서 함께 보트를 탄 아일랜드계 미국인들에 대해, 아버지를 돌보려고 돌아간 존 폴에 대해 얘기했다. 그러고는 밝은 색깔로 칠해진 손님방에 잠을 자러 갔다. 그는 오래도록 잠을 이루지 못했다.

다음날 '더 골웨이'에서 안데르스와 에리카는 케빈의 파이프 연주를 들었다. 연주를 듣는 내내 안데르스는 거친 대서양 연안에 파도가 밀려와 철썩이는 듯한 느낌을 받았다. 갑자기 그는 참담한 기분에 휩싸였다. 눈앞에 그의 인생이 끝없는 직선처럼 펼쳐졌다. 아침에 일어나 양복을 입고 회사에 출근했다가 다시 외로운 아파트로 돌아와 잠자리에 들고, 다시 다음날 아침에 일어나…… 책임감, 충직함, 의무, 규칙, 기대, 가문의 전통. 연주자들의 휴식시간에 안데르스는 에리카에게 자신이 아버지와 함께 지내야 하는 이유를 설명하려 했지만 적당한 말이 떠오르지 않았다. 그의 말이 차츰 잦아들었다.

"그러니까 그건……" 그가 말을 시작했지만 이번에도 말이 잘 나오지 않았다. "가문의 전통이야. 내 말은, 내가 하지 않으면…… 나한테 기대를 거니까. 그게 나란 사람이야. 나는 할 수 있어. 지금 하고 있고. 내가 알름크비스트의 후계자니까. 모두 나를 기다리고 있어. 내 평생…… 아무튼 내가 그걸 하지 않으면 나는 대체 누구란 말이지?"

"안데르스, 제발 그만. 생각해봐. 내가 싫어하는 건 네가 아버지의 사업에 뛰어든다는 그 자체가 아니야. 네가 그 일을 싫어하고 앞으로도 쭉 그럴 거라는 사실이야. 하지만 너는 다른 건 해볼 생각도 하지 않잖아. 네가 결정할 문제지 그 사람들이 이래라저래라 할 문제는 아니야. 네 인생이지 그 사람들 인생이 아니야. 너는 네 인생에 대해 뭐든 할 수 있어. 적어도 네가 다른 어떤 일을 할 수 있을지 생각은 해봐. 그 뭔가를 찾아낸다면, 너도 회사를 떠나는 걸 고려해볼 수 있겠지."

그녀는 허리를 굽혀 그의 손을 어루만졌다. "당분간 그 문제는 그냥 둬." 그녀가 말했다.

"그건 영원히 그냥 두라는 말이야." 그가 슬프게 말했다.

"아니, 갈 수 있는 데까지 간다 하더라도 언제나 같은 갈림길이 나올 거야. 어쩌면 어떤 일이 생기겠지. 회사보다 더 하고 싶은 일이. 그날이 오면 다시 생각해봐."

그는 회사보다 에리카를 더 원한다고 말하고 싶은 마음이 절실했지만, 엄밀히 말해서 그것은 사실이 아니었다. 그는 모든 걸 버리고 떠날 수 없었고, 두 사람 다 그 사실을 알고 있었다. 그가 차를 몰아 먼길을 돌아가기 전에 그들은 서로를 안아주었다.

그는 차 안에서 음악을 들었다. 마음이 무거웠다. 그것은 그저 꿈이었고, 휴가의 추억이었다. 그에게 또다른 삶이 있을 거라는 생각은 유치한 것이었다.

몇 주가 지났다. 아버지는 따로 아파트를 얻어 나간 안데르스를 차갑게 대했다. 프루 칼손은 발끈하여 떽떽거렸다. 그녀는 그에게 아버지 집에 매일 밤 오겠다는 약속을 받아내려 했다.

그는 종종 자신의 아파트에서 반조리 음식을 전자레인지에 데우고 맥주 캔을 따서 혼자 식사를 했다. 아버지의 넓은 아파트에서는 아버지 혼자 식사를 했다.

안데르스는 일주일에 한 번씩 저녁을 먹으러 갔다. 자신을 맞을 분노와 압박에 대한 마음의 준비를 단단히 한 채. 아버지나 프루 칼손이 그에게 자고 간다면 방은 언제든 준비되어 있다고 일깨워주었다. 가족 아파트는 크기만 했지 휑뎅그렁해서 무거운 한숨이 나왔다. 아버지는 요즘 회사가 어떻게 돌아가는지 알기가 어렵다고 했다. 그 자신은 하루에 세 시간만 회사에 가 있고 아들 안데르스는 매일 저녁 저 혼자 시간을 보낼 뿐 그날 일어난 일을 같이 논의하지 않는다면서.

안데르스는 존 폴을 마지막으로 본 뒤 몇 달 동안 종종 그가 어떻게 지내는지 궁금했다. 농장에서의 삶이 그가 두려워했던 것보다는 나았을까, 아니면 더 나빴을까? 그 희생은 가치 있는 것이었을까? 존 폴은 돌아가서 아버지를 돌보는 것이 내키지 않는다고 속마음을 털어놓았던 것을 후회하고 있을지도 몰랐다. 그 문제를 또다시 입에 올리는 걸 좋아하지 않을 것이다.

어느 저녁 안데르스는 존 폴이 돌아가겠다고 했던 스토니브리지를 노트북으로 찾아보았다. 화면에 보이는 그곳은 아담하고 매력적인 바닷가 마을이었다. 여름 동안은 활기가 살아나겠지만 요즘 같은 겨울에는 꽤나 쓸쓸한 곳이었다. 하지만 그는 그곳에서 새로운 사업이 시작되었다는 내용을 읽었다. 절벽 위에 세워진 스톤하우스라는 큰 집에서 장관을 자랑하는 대서양 연안을 바라보며 한주 동안 겨울 휴가를 보낼 수 있었다. 맛있는 음식도 먹을 수 있었고, 산책을 하거나 야생 조류를 관찰할 수도 있었다. 찾아보려고만 하면 퍼브에 가서 음악을 즐길 수도 있을 것이다. 생뚱맞은 생각이었고 그도 그렇다는 것을 알고 있었지만, 그래도 그는 인터넷으로 일주일 동안 숙박을 예약했다.

아버지에게는 그 여행에 대해 거의 말하지 않았다. 그저 일주일 동안 겨울 휴가를 떠나겠다고만 했다. 아버지는 물론 아무것도 묻지 않았고, 갑작스레 떠나겠다는 그의 결정에 못마땅하다는 기색만 희미하게 내비쳤다.

안데르스는 에리카에게도 그 여행에 대해 말하지 않았다. 그들의 마지막 만남은 일종의 분수령이 되었다. 그녀에게 다시 아일랜드로 떠난다는 말을 한다 해도 아무런 의미가 없었다. 그녀는 같이 가지 않을 테니까. 그저 그가 인생을 낭비한다는 얘기만 계속 해댈 것이다. 그녀는 그가 그 문제에 선택권이 없다는 사실을 이해하지 못했다. 그런 대화는 다시 나누고 싶지 않았다.

그는 비행기를 타고 더블린에 도착해서 서부로 가는 기차에 올라탔다.

치키 스타가 역까지 그를 마중나왔다. 그녀는 스웨덴의 젊은 회계사가 이런 황량한 곳에서 시간을 보내려고 비행기를 타고 온 것을 전혀 이상하게 생각하지 않는 것 같았다. 그녀는 그에게 영어를 아주 잘한다고 칭찬했다. 그리고 스칸디나비아반도 사람들은 언어에 소질이 있는 것 같다고 말했다. 그녀가 뉴욕에서 살 때 덴마크나 스웨덴, 노르웨이에서 온 사람들이 적응을 아주 잘하는 것을 보고 깜짝 놀랐다는 말도 했다.

오래된 멋진 집에 도착해 다른 손님들을 만나보기도 전에, 그는 긴장이 풀리고 마음이 편안해지는 것을 느꼈다. 미국에서 왔다는 남자는 영화배우 코리 살리나스와 똑같이 생긴데다 말투까지 비슷했다. 안데르스는 도대체 코리 살리나스가 이런 데 뭘 하러 온 거지, 하고 궁금해하는 자신을 발견했다. 그래서 뭐? 그 사람이 휴식과 기분 전환을 원한다면 그도 여기 온 다른 사람들과 다를 바가 없는 것이다. 아무도 다른 이를 귀찮게 하지 않을 것이다.

저녁을 먹으면서 그는 프리다라는 멋진 여자와 대화를 나누었다. 그녀는 그가 음악에 관심이 있다고 말하자 놀라는 것 같았다. 제대로 잘 찾아온 거라고, 아일랜드의 이 지역에서는 음악이 바로 숨쉬는 이 공기 속에 있다고 그녀는 말했다. 그녀도 좋은 음악을 정말로 듣고 싶어했다.

"직접 악기를 연주하시는군요." 그녀가 말했다. 그것은 질문이라기보다는 선언처럼 들렸다. 안데르스는 어느새 니켈하르파와 음악에 대한 그의 애정을 이야기하고 있었다.

"그러면 어떤 일을 하세요?" 그녀가 물었다.

"따분한 회계사예요." 그가 자조적인 웃음을 띠며 말했다.

"회계사나 다른 일이나 따분하긴 다 마찬가지죠." 그녀가 대답했다. "하지만 마음이 다른 곳에 있다면 자신의 운명을 따라가고 싶지는 않아요?" 그녀는 그 말을 하면서 멍하니 먼 곳을 바라보았다.

"아, 아니에요." 그가 아쉬운 듯 말했다. "내 운명이 어디에 있는지는 정확히 알아요. 곧 아버지 회사를 물려받아 아버지 평생의 업적인 사업을 이어가는 거죠. 하지만 일주일에 한두 번은 작은 클럽에 가서 대여섯 명을 앉혀놓고 음악을 연주할 거예요. 그게 제 삶이 될 거예요." 그러고는 자신의 말이 너무 우울하다고 생각됐는지 싱긋 웃으며 덧붙였다. "하지만 지금은 휴가를 즐기러 온 거니까요. 이 카운티에서 최고의 연주를 들을 수 있는 곳을 찾아봐야죠. 같이 갈래요?"

그렇게 하기로 했다. 다음날 그들은 아침식사를 마친 뒤 최고의 연주를 들을 수 있는 곳을 찾아나서기로 했다.

해야 할 일이라곤 전혀 없는 여행이었다. 그는 이곳에 온 것이 기뻤다. 침대에 누워 창밖을 내다보면 달빛에 파도가 부서지는 것이 보였고, 그걸 보니 잠을 푹 잘 수 있을 것 같았다. 평소처럼 밤에 불안하고 초조해서 두 번이고 세 번이고 깨는 일이 없었다. 그것만으로도 여기 온 보람이 충분한 것 같았다.

다음날 아침 안데르스는 치키 스타에게 어디로 가면 음악 연주를 들을 수 있는지 물었다.

그녀는 퍼브 두 곳을 알고 있었다. 두 곳 다 그 지역에서 훌륭한 연주로 유명한 곳이었다. 그가 지역 음식을 맛보는 데도 관심이 있다면 그중 한 곳은 점심때 끝내주는 해산물 요리를 판다고 했다.

그들이 이야기를 나누고 있을 때 프리다가 하루를 힘차게 시작할 준비를 마친 채 대화에 끼었다. 날씨는 좋아 보였고, 두 사람은 한껏 들뜬 마음으로 시내 쪽으로 걸음을 옮겼다. 안데르스는 지도와 가이드북을 넣은 작은 배낭을 멨다. 그들은 회반죽을 바른 작은 시골집과 농가, 별채를 지나갔다. 길은 한동안 해안선을 따라 이어졌다. 높은 절벽 위를 걷다보니 바람과 물보라 때문에 얼굴이 따끔거렸다. 나무들조차 휘어져 있거나 대서양의 강풍에 제대로 자라지 못한 것 같았다. 길이 내륙을 향하자 바다가 시야에서 물러났다. 시내에 가까워지자 들판이 사라지면서 땅을 닦아 새로 지은 집들이 줄지어 나타났는데, 묘하게 텅 비어 보였다.

스토니브리지 중심가에는 이층집과 삼층집이 늘어서 있었다. 집들은 각각 다른 색깔로 칠해져 있었다. 퍼브는 금세 눈에 띄었지만, 탐험을 나선 두 사람은 먼저 작은 카페에 들어갔다. 그들은 편안하게 대화를 나누었고 스톤하우스에서 묵는 손님들에 대한 첫인상을 짤막하게 교환했다.

안데르스가 느끼기에, 프리다는 자신이 스톤하우스에 온 이유는 거의 밝히지 않았지만 다른 사람들에 대해서는 아주 면밀히 관찰

하고 있었다. 그녀가 고개를 살짝 흔들며 말하길, 의사 부부는 큰 슬픔에 잠겨 있다고 했다―최근에 누가 죽은 게 확실하다고. 어떻게 알았는지는 말하지 않았다. 그리고 친절한 간호사―이름이 뭐였더라? 위니, 그런 이름이었나?―는 친구 릴리언과 끔찍한 시간을 보내고 있지만 결국에는 참고 견딘 보람이 있을 거라고 했다.

그들은 점심을 먹으러 두 곳 중 더 큰 퍼브에 들어갔다. 큰 그릇에 담겨 나온 모락모락 김이 나고 즙이 많은 홍합과 갓 구운 바삭거리는 빵을 먹었다. 그리고 어떤 조용한 신호라도 받은 것처럼 구석에 앉아 있던 얼굴이 붉고 체구가 작은 남자가 바이올린을 꺼내 켜기 시작했다. 연주가 시작된 것이다……

처음에는 연주자들의 수가 청중의 수보다 많았지만, 사람들이 점점 늘어났다. 대부분의 사람들은 저녁에 이곳을 찾지만 어떤 사람들은 오후에 연주하는 것을 즐겼다. 아무나 참여할 수 있다고 했다. 음악은 처음에는 잔잔하고 매혹적이었지만 점점 빨라졌다. 한쪽에서 한 커플이 춤을 추기 시작했고, 안데르스도 기타를 빌려 스웨덴 노래를 두어 곡 연주했다. 그는 모두에게 노랫말을 가르쳐주었고 그들은 흥이 나서 합창을 했다.

그가 살짝 수줍게, 이곳으로 휴가를 올 때 스웨덴 전통악기를 가져왔는데 다음날 가져와 연주하겠다고 말했다. 물론 그래도 좋다면……

그가 테이블로 돌아왔을 때 프리다는 묘한 시선으로 쳐다보았다. "일주일에 한두 번 청중 여섯 명 앞에서요? 아니요, 그건 아닌 것 같은데요." 그녀의 목소리가 어찌나 조용한지 환호하는 소리에 묻혀 그는 제대로 알아들을 수도 없었다.

안데르스는 자신이 이곳 말고 다른 곳에 살았던 적이 없었던 것 같은 느낌이 들었다. 미국 남자는 실제로 코리 살리나스였는데, 자신을 존이라고 부르면서 정체를 감추고 있는 것이 확실했다. 두 여자 위니와 릴리언은 둘째 날 동굴에 갇혀 물에 빠져 죽을 뻔했다가 구조되었다. 안데르스는 저녁 연주회에 참가하느라 시내에 있었기 때문에 떠들썩했던 순간을 모두 놓쳤다. 이번에는 니켈하르파를 가져왔고, 연주회가 있을 때마다 연주와 노래를 해달라는 요청을 받았다. 안데르스는 두 퍼브를 왔다갔다했지만 존 폴의 흔적은 찾을 수 없었다.

마침내 그는 틴휘슬을 부는 우락부락하게 생긴 남자에게 그 지역 출신의 존 폴이라는 파이프 연주자를 아는지 물었다.

물론 알고 있었다. 그를 모르는 사람은 없었다. 아주 괜찮은 젊은이라고 했다. 대번에 연주자들 네 명이 대화에 끼었다. 그들 모두 가엾은 존 폴을 알고 있었다. 그는 어느 누구도 기분을 맞춰줄 수 없는 고약한 아버지와 함께 로키리지에 붙잡혀 있었다. 그 영감은 오래전에 이민선을 타고 떠났어야 했는데 그러지 못한 것을 후회하면서 그 탓을 자기만 빼고 모두에게 돌리는 불만쟁이였다.

"존 폴이 이 근처 어디에서 일런파이프를 연주하기는 하나요?"

"여기에는 벌써 몇 달 동안 안 왔어요." 한 사람이 슬프게 고개를 가로저으며 말했다. "한번은 우리가 다 같이 밴을 타고 존 폴을 찾아갔지만, 그는 노인을 두고 떠날 수 없다고 하더군요."

다음날 아침 안데르스는 치키에게 로키리지로 가는 길을 물었다. 그녀가 점심 도시락을 싸주었다.

"존 폴이 틀림없이 점심식사를 대접하겠지만, 혹시 집을 비웠을지 모르니까 가져가는 게 좋겠어요." 그녀가 말했다.

길은 예상보다 더 멀었다. 마침내 넓고 어수선한 농가 마당에 도착했을 때 안데르스는 지쳐 있었다. 근처에 아무도 없는 것 같았다. 안데르스가 문 쪽으로 다가가자 방해를 받아 짜증이 난 닭들이 꼬꼬댁거리며 뛰쳐나왔다.

한 노인이 테이블에 앉아 돋보기로 신문을 읽고 있었다. 커다란 양치기 개가 그의 발치에 앉아 있었다. 개라기보다는 러그처럼 보였다.

"존 폴을 찾아왔는데……" 안데르스가 말했다.

"자네뿐 아니라 이 마을 사람들 절반이 그 녀석을 찾고 있을 게야. 나간 지 몇 시간이 지났는데—몇 시간이 지났는지는 누가 알겠나마는—코빼기도 보이지 않아. 그건 그렇고 나는 그애 아비 매티일세. 벌써 세시가 지났는데 아직 점심도 못 먹었어."

"저는 안데르스라고 합니다. 도시락을 싸왔는데 같이 드시면 되겠네요." 안데르스가 말하고는 치키가 싸준 작은 봉지의 내용물을 꺼내 파라핀지 포장을 풀었다.

그가 접시 두 개를 가져와 차가운 닭고기와 치즈, 처트니를 나눴다. 차도 한 주전자 끓여왔다. 그들은 함께 앉아서, 존 폴의 아버지가 지나가던 스웨덴 관광객에게 식사 대접을 받는 것이 아주 일상적인 일인 것처럼 그것을 먹었다.

그들은 농사에 대해, 농사 방법이 세월과 더불어 어떻게 달라졌는지에 대해, 불황과 거만한 오하라 집안에서 지은 타운하우스들이 유령 지구처럼 텅 비어 있는 것에 대해 이야기했다. 그게 다 사람들이 탐욕스러운데다 켈틱 타이거*가 영원히 계속될 거라고 믿었기 때문이었다. 그는 다른 자식들 이야기도 했는데 모두 해외로 나가 잘살고 있다고 했다. 양치기 개가 지금은 눈이 멀어 쓸모없어졌지만 절대 내다버리는 일은 없을 거라는 얘기도 했다.

그는 스웨덴의 농사에 대해 알고 싶어했다. 안데르스는 최선을 다해 대답했지만, 더 많은 이야기를 해줄 수 없어 아쉽다는 말을 덧붙여야 했다. 그는 뼛속까지 도시 청년이었다.

"그런데 이곳에 온 이유는 뭔가? 자네는 도시 청년이라면서?" 매티가 알고 싶어했다.

안데르스는 버스 투어에서 존 폴을 만난 이야기를 했다.

"존은 술집을 드나들면서 낡은 버스를 모는 그 한심한 직업을 좋아했지. 숲에 사는 새처럼 행복해했어. 그놈은 직접 술집을 차릴 생각도 했지만 마음을 바꿔먹고 이곳에서 농사를 짓기로 결심한 모양이야. 이 땅에서 마지막으로 몇 푼이나마 더 쥐어짜내보겠다고 말이지." 그가 못마땅한 듯 고개를 가로저으며 말했다.

안데르스는 울컥 속이 뒤틀렸다. 이것이 아들의 희생에 대해 늙은 아버지가 보여주는 감사의 표시란 말인가? 인생이 이보다 더 억울할 수 있는가?

안데르스는 이성을 되찾아, 존 폴이 아마 아버지를 돕고 싶어서 그랬을 거라고 설명했다.

---

* 1995부터 2000년 사이 고도의 경제 성장을 이룰 당시 아일랜드를 '켈트 호랑이'(Celtic Tiger)라고 불렀다.

"혹시 이 땅을 사고 싶은 건 아니지?" 매티는 반쯤 감은 눈으로 그를 뚫어져라 처다보았다.

"아니, 아니에요. 이 땅을 파시게요?"

"그럴 수만 있다면. 오늘 저녁에라도 여길 떠나고 싶어."

"그러면 어디로 가시게요, 어르신?"

"세인트조지프로 가야지. 요양원 같은 곳이야. 거기로 와서 같이 지내자고 나를 불러대는 인간들이 있어. 존 폴은 하느님이 주신 시간 동안 일만 하는데, 내가 이곳 로키리지에 붙잡혀 살 이유가 뭐가 있겠나? 여기 있어봐야 뭘 하겠어."

"그런 말씀을 존 폴에게도 해보셨어요?"

"못해. 그애는 여기가 자기가 살 곳이라고 생각하니까. 그애는 지금까지 뭐 하나 자기 자신을 위해 해본 적이 없지만 심성 하나는 착한 놈이야. 이 땅을 쓸모 있게 만들어보려고 애를 쓰는데, 변변치 않아도 보람은 있어야지. 그러니 내가 나서서 그애 몰래 이 땅을 팔아버릴 수는 없지 않겠나."

안데르스는 한동안 말없이 앉아 있었다. 매티는 침묵에 익숙한 사람이었다. 양치기 개가 코를 골기 시작했다. 어쩌면 삶은 이런 오해들로 가득할 것이다.

존 폴은 하기 싫은 일을 감당하면서 산꼭대기에서 살고 있었고, 그의 아버지는 오라는 사람도 있고 매일 한시에 꼬박꼬박 점심식사도 차려지는 쾌적하고 따뜻하고 안전한 요양원에서 살기를 갈망하고 있었다. 그들은 서로 상대방이 농장을 간절히 살리고 싶어한다고 오해했던 것이다.

스웨덴에서도 상황이 같을 수 있을까?

안데르스의 아버지는 회사를 다른 사람에게 물려주고, 그 자신도 즐거움을 얻지 못했던 삶에서 아들을 풀어주고 싶어하는 것은 아닐까? 이런 생각은 단지 그의 바람일까? 잘못된 평행선 같은 것?

문제가 그 자체로 말끔히 풀리지 않는 것은 우연들 때문이다. 문제가 풀리는 것은 결심을 할 때다. 그것은 에리카가 늘 했던 말이었고, 그는 그녀가 자기주장이 강한 사람이라고 생각했다. 하지만 그 말은 사실이었다. 아무것도 바꾸지 않겠다는 결심도 결심이다. 그는 이전에는 그것을 잘 이해하지 못했었다.

햇살이 이울고 양치기 개가 꿈결에 뒤척였다. 안데르스는 차를 더 끓이고 비스킷을 찾아서 가져왔다. 매티는 치키에 대한 이야기를 해주었다. 그녀는 결혼해서 뉴욕에 살았지만 남편이 자동차 사고로 죽었다고 했다. 남편이 큰돈을 남겨준 덕에 고향으로 돌아와 시디 집안의 저택을 구입할 수 있었다는 것이다. 매티는 치키가 진정한 생존자라고 했다. 치키는 누가 그녀 대신 싸워주는 것은 바라지 않았다고 했다. 관심을 보인 남자들이 많았지만 그녀는 모두에게 공평했다. 그녀는 그들에게 자신은 독립적인 여자라고 말했다.

하지만 하느님이 누군가에게 어떤 계획을 세워놓았는지는 아무도 모른다. 어쩌면 멋진 미국인 남자가 휴가 때 놀러왔다가 그녀를 다시 낚아채 갈지도 모르는 일이다. 손님들 중에 적당한 사람이 있는가?

안데르스는 없다고 했다. 괜찮은 미국인이 있긴 한데 무난하기는 하지만 연애의 조짐은 보이지 않는다고.

"아, 코리 살리나스를 말하나? 그 사람이 와 있다는 말은 들었는데." 매티가 말했다.

"들으셨어요?"

"들었지. 그 사람은 비밀로 붙이려고 했지만 여기 사람 모두가 알아봤다던데. 프랭크 한래티가 대충 말해줬어. 그 사람이 골프클럽 밖에 세워진 분홍색 밴을 보고 프랭크한테 술을 사주려고 클럽에 들어왔다고. 프랭크가 꽤나 흥분했더군."

바로 그때 밴이 서는 소리가 들렸고 존 폴이 집안으로 달려들어왔다.

"아버지, 꼭대기 들판에서 가축들이 울타리를 뚫고 달아났어요. 길로 나가 사방팔방 돌아다녔어요. 데이 선생님이 골프채를 들고 뚫린 구멍을 통해 그 녀석들을 다시 들판으로 돌려보내려고 애써주셨어요. 선생님은 저보다 더 서툴던데요. 울타리를 고칠 사람이 도착했을 때쯤……" 그가 하던 말을 중단하고 안데르스를 쳐다보았다. 그의 큰 얼굴이 기쁨으로 환해졌다.

"안데르스 알름크비스트! 우리를 만나러 왔군요!" 그가 기뻐하며 말했다. "아버지, 제 친구……"

"이 청년이 누군지는 나도 다 안다. 네가 돌아오기를 기다리는 동안 한참 이야기를 나눴거든. 스웨덴 사람들이 유로가 아닌 크로나를 쓰면서 더 잘사는 이유도 알지." 매티가 말했다.

존 폴이 입을 벌린 채 쳐다보았다.

"게다가 이 청년 덕분에 점심도 먹었어." 그의 아버지가 말했다. 마지막 칭찬이었다. 안데르스는 머그잔을 하나 더 가져와 존 폴에게도 차를 따라주었다.

서두를 필요는 없었다. 뭐든 설명할 시간은 충분했다.

안데르스 321

존 폴은 안데르스를 다시 스톤하우스까지 태워주었다. "안데르스 씨가 나를 보러 로키리지까지 올 줄은 꿈에도 몰랐어요!" 그가 말했다.

"당신이 이 근처 어느 퍼브에서 연주하는 걸 듣고 싶었어요. 하지만 일을 너무 열심히 한다고 그러더군요. 너무 지쳐 보여요."

"나는 안데르스 씨가 그 회사를 그만뒀다는 말을 하러 오기를 바라고 있었는데요." 존 폴이 말했다.

"아니요. 아직은 아니에요."

"하지만 어쩌면……?" 존 폴은 친구를 만나 즐거운 것 같았다. "기적은 일어나는 거니까요."

"당신 아버지가 정말로 원하는 게 뭔지 내가 말해줄 테니까 기다려봐요. 듣고 나면 기적에 대해 다시 생각하게 될걸요." 안데르스가 말했다.

안데르스는 치키의 커다란 저녁 식탁에 슬그머니 앉으면서 정말로 미안하다고 했다. "죄송해요. 좀 늦었어요." 그가 의사 부부 옆에 앉으며 말했다.

"괜찮아요. 오늘밤은 오리 요리예요. 식지 않게 준비해뒀어요. 존 폴은 별일 없이 잘 지내죠?"

"잘 지내던데요. 세인트조지프는 지내기에 어떤 곳인가요?"

"아주 좋은 곳이에요. 매티를 설득해서 그곳에 보낼 수만 있다면 매티도 아주 좋아할 거예요. 제 이모가 그곳에서 지내시는데 찾아가도 같이 이야기할 시간이 거의 없어요."

"아니, 매티 아저씨는 그곳에 가고 싶어하세요. 그렇지 않을 거라고 생각했던 건 존 폴이었어요."

"그러면 매티 씨 문제는 해결되겠네요. 존 폴은 이곳을 떠나 여행을 좀 하고, 다른 형제들은 돌아와 자식으로서 의무를 다하게 해야 한다고 존 폴한테 전해주세요. 모든 걸 존 폴한테만 미루지 말고 종종 매티를 찾아뵈라고요."

"저한테 생각이 있어요."

"그 생각이 존 폴에게 새로운 인생의 기회를 주는 거라면 저는 전적으로 찬성이에요."

"스웨덴에서 아이리시 바를 운영해볼까 해요. 존 폴한테 스웨덴으로 건너와서 저 대신 음악 쪽을 맡아달라고 부탁하려고요. 영업은 제가 맡으면 되니까요."

"당신이 이곳에 온 이유가 그거였군요. 궁금했거든요." 치키는 캐묻지 않고 알아낸 것이 즐거운 것 같았다.

"아니요. 의도한 건 아니고요. 그냥 그렇게 풀렸어요."

"여기서는 다 그런 식으로 풀려가지요. 그런 경우를 여러 차례 봤어요. 바다 공기 속에 떠 있는 뭔가 때문인 것 같아요."

"아직 아버지한테는 말씀드리지 않았어요."

"아버지가 반대하시면요?" 치키가 부드럽게 물었다.

"설명해야지요. 아버지는 늘 분명하고 정중했으니까 저도 그렇게 할 거예요. 아버지의 꿈에 대해서는 어떤 비난도 하지 않을 거예요. 다만 그 꿈이 제 꿈은 아니라는 것을 분명히 밝히려고요." 그의 목소리는 자신감에 넘쳤다.

치키는 몇 번이나 고개를 끄덕였다. 안데르스가 말한 그대로 이루어진 장면이 눈에 보이는 것 같았다. "음식을 맡을 사람이 필요하면 제 조카 올라에게 부탁해도 될 거예요. 잠시 동안은요. 퍼브를 유명하게 만들어줄 거예요. 올라가 저와 함께 나이들고 미쳐가는 것도 막아줄 수 있을 거고요."

"나이들고 미쳐가기에 더 나쁜 장소도 있어요." 안데르스가 웃었다. 그는 그 전부를 아버지에게 잘 설명할 수 있기를, 아버지가 너무 실망하지 않기를 바랐다. 알름크비스트는 클라라가 맡으면 된다. 그 회사는 그가 물려받은 것인 만큼 클라라도 물려받은 것이었다. 클라라는 안데르스로서는 절대 할 수 없는 방식으로 이 사업을 알고 사랑했다. 이제 그가 할 일은 여자도 알름크비스트 같은 일류 기업의 경영자가 될 수 있다고 아버지를 설득하는 것이었다. 그는 한숨을 쉬고 자리에 앉았다. 그를 도와 아버지를 설득할 수 있는 사람이 누가 있을까? 그는 연필과 메모장을 꺼내 해야 할 일의 목록을 작성했다. 에리카에게 전화를 거는 것이 가장 먼저였다.

월 부부

그들은 자신들을 앤과 찰리라고 소개한 적이 없었다. 늘 "우리는 월 부부입니다"라고 말했다.

그들은 크리스마스카드에도 '월 부부'로 서명했고 전화를 받을 때도 "월 부부의 집입니다"라고 말했다.

아마도 유대감을 표현하는 행동이었을 것이다. 두 사람 중 한 명만 보일 때는 거의 없었고 서로 늘 붙어다녔다. 함께 있는 것이 둘다 전혀 지겹지 않은 것 같았다. 그들이 더블린에 있는 집에서 통신대학 교수로 일하면서 보고서를 고칠 때도 마찬가지였다. 예전에는 둘 다 교사로 일했지만 이 일은 같이 할 수 있었고 스트레스도 덜 받았다. 집에는 작은 서재가 있었는데, 그들은 오전 아홉시에 거기로 들어갔다가 오후 두시가 되면 나왔다. 집에서 일하는 사람들은 자체 규율을 잘 지키는 것이 아주 중요하다고 월 부부는 말했다. 그러지 않으면 하루가 후딱 가버린다고.

오후에는 함께 산책을 나가거나 정원을 돌보거나 쇼핑을 했고, 다섯시가 되면 하루의 하이라이트인 '이벤트 응모'에 착수했다.

그들은 수없이 많은 상품을 받았다. 부활절 토끼 초콜릿의 이름을 짓는 것부터 정원 창고를 찬양하는 리머릭*을 짓는 것까지 뭐든 참여했다. 신제품 향수의 광고 문구를 지어 프랑스 남부로 여행을 다녀오기도 했다. 칠면조 몸무게를 알아맞혀서 무거운 주철 냄비 세트도 받았다. 최신형 텔레비전, 최고급 전자레인지, 커플 스포츠 바이크, 벨벳 커튼에다 신제품 전기포트, 가죽 장정 사진첩 같은 소소하고 다양한 물건들도 상품으로 탔다. 뭔가 괜찮은 상품을 받지 못한 주는 속상한 주였다. 그들은 상품이 안겨주는 생활의 편의뿐 아니라 상품을 쫓는 데서 오는 재미도 즐겼다.

아들이 둘 있었지만, 자식들이 그들의 인생에서 차지하는 비중은 아주 작았다. 줄곧 그랬다. 학교에 다닐 때도 아이들은 늘 다른 친구들의 집에 가서 놀았다. 윌 부부는 아이들을 즐겁게 해주는 부류가 아니었다. 그러던 어느 날 아들 중 하나인 앤디가 잉글랜드의 메이저 축구팀에 뽑혀 프로선수가 되었다. 또 한 아들 로리는 장거리 트럭 운전사가 되어 유럽을 사방팔방 누비고 다녔다.

윌 부부는 자식들이 선택한 직업도, 자식들이 대학에 가려 하지 않는 이유도 이해할 수 없었다. 한편 자식들은 전기 토스터 같은 것을 타겠다고 신문과 잡지를 샅샅이 뒤지는 부모를 이해할 수 없었다.

하지만 윌 부부의 세월은 평화롭게 흘러갔다. 그들은 자신들이

---

* 5행 희시(戱詩).

살아온 삶에 매우 만족했다. 어떤 이벤트에 응모할지 신중하게 골랐고 승산이 있는 것에만 참여했다. 텔레비전 이벤트는 경멸했다. 예컨대 비엔나는 어느 나라의 수도일까요. a) 안도라 b) 오스트리아 c) 오스트레일리아, 같은 선다형 문제 말이다. 그것은 진정한 응모가 아니라 할증요금 전화를 이용해 돈을 벌려는 수작에 불과했다. 자존심 있는 응모자라면 그런 것은 고려하지 않는다.

그들은 또한 짧은 노래를 만드는 것이건 운율시를 짓는 것이건 너무 뛰어나도 안 된다는 사실을 알고 있었다. 중도를 따라야 한다는 것을 경험으로 알았다. 그들은 일반적인 참가자 수준을 넘어서는 언어유희나 말은 없는지 서로 검토해주었다. 또한 시류를 벗어나지 않도록 조심해야 했다. 지금까지는 아주 잘되어왔다.

어느 여름날 저녁 월 부부는 정원 의자에 앉아 워터퍼드 유리 텀블러에 담긴 음료를 마시면서 이십오 년 동안 이어져온 행복한 결혼생활을 축하했다. 정원 의자는 정원용 화초 열두 종류가 각각 꽃을 피우는 달을 알아맞혀서 받은 상품이었고, 워터퍼드 유리 텀블러는 크리스털에 바치는 시를 써서 받은 상품이었다. 그날 저녁에 그들은 매우 들떠 있었다. 몇 달 뒤로 다가온 은혼식을 기념하기 위해 아주 굉장한 상품을 탈 계획을 세우고 있었기 때문이었다. 우선 알래스카 크루즈가 있었다. 응모자가 아주 많을 것이다. 세계 각지에서 참가할 것이니 승산에 확신이 없었다. 이탈리아 가정에서 지내면서 요리를 배우는 이벤트도 있었는데 그것도 괜찮아 보였다. 스코틀랜드에 있는 성에서 한 주를 보내는 상품도 있었다. 기회는 수없이 많았다. 응모를 하는 건 그들이 쩨쩨해서나 씀씀이를 아끼기 위해서가 아니었다. 월 부부는 해외 휴가를 떠날 경제적

여유가 있었지만, 뭔가 상품을 타는 것에서 오는 짜릿함이 훨씬 만족스러웠다. 그래서 그들은 서식을 작성해 보내거나 열정을 다해 문구를 만들었다.

그러던 어느 날 꿈에 그리던 상품을 찾아냈다. 파리에 있는 호화 호텔에서 보내는 일주일의 겨울 휴가였다. 운전사가 딸린 차도 제공되어 일주일 동안 마음대로 이용할 수 있었다. 시티 투어와 세계적으로 유명한 레스토랑에서의 식사는 물론이고 베르사유, 샤르트르에도 갈 수 있었다. 일생에 한 번 있을까 말까 한 경험이었다.

승산도 아주 낙관적이었다. 그 이벤트는 소수만 보는 품격 있는 잡지에 실려 있었다. 좋은 징조였다. 수백만 독자가 봤을 리는 없었다. 응모 방법도 그들이 이 휴가를 떠날 자격이 충분하다는 내용을 한 문단으로 적어 보내면 끝이었다.

월 부부는 농담처럼 가볍게 쓰지 않는 법을 알고 있었다. 심사위원은 잡지 편집자, 여행사, 이등상과 삼등상을 제공하는 아일랜드와 영국의 호텔 경영자들이었다. 이 사람들이 그들의 글을 진지하게 검토할 것이었다. 풍자적이거나 무례한 글은 당첨되기 어렵다. 이 주제에도 똑같이 진지하게 접근해야 했다.

그들은 써 보낸 내용에 스스로 만족스러워했다. 이십오 년 동안 동반자로서 만족스럽게 살아왔으니 이제 자신들의 삶에 약간의 로맨스를 되살리고 싶다고 아주 간단하게 썼다. 자신들은 절대로 사치스러운 라이프 스타일을 즐기는 사람들이 아니지만, 누구나 그렇듯이 만약 자신들의 생활에 마법의 가루가 뿌려진다면 아주 기쁠 거라고 썼다. 이전에 응모할 때도 제목이나 표어에 '뿌려진다'나 '마법' 같은 단어를 사용한 적이 있었는데 결과가 좋았다. 이번에도 그럴 것이다.

그들은 그 상품을 받을 거라고 믿어 의심치 않았다. 그래서 이등상을 탔다는 소식을 듣자 충격에 빠졌다. 이등상은 아일랜드 서부의 대서양을 내려다보는 절벽에 세워진 외딴집에서 휴가를 보내는 것이었다. 그들은 실망해서 서로를 쳐다보았다. 마법의 가루가 뿌려져야 한다고 그토록 열정적이고 진지한 글을 써 보냈는데, 들인 공에 비해 돌아온 보상은 초라했다.

전화로 소식을 알려온 여성은, 그들이 스톤하우스에서 보내는 일주일 동안의 휴가를 상품으로 받아 매우 기뻐할 거라고 기대하는 듯했다. 월 부부는 원래 예의바른 사람들이라 무척 기쁜 듯 전화를 받으려고 몹시 애썼다. 하지만 파리에서 다른 누군가가 운전기사가 모는 차를 타고 오성급 레스토랑의 음식을 먹는다는 사실에 그들은 마음이 몹시 무거웠다. 그 차는 그들이 탔어야 할 차였고, 그 음식은 그들이 먹었어야 할 음식이었다.

앤 월은 여행에 챙겨 갈 옷들을 펼쳐놓고 있었다. 이전에 응모했던 이벤트에서 받은 유명 브랜드 핸드백과 에르메스 실크 스카프도 포함되어 있었다. 찰리는 파리에 가면 그곳의 건물이나 예술작품에 대해 잘 아는 것처럼 보이려고 구입했던 가이드북을 마지못해 내려놓았다.

그들은 자기네가 일등상을 받을 거라고 확신했는데 일이 틀어진 것이 몹시 억울하고 분했다. 어떤 글이 일등상을 받았는지 알고 싶어 죽을 지경이었고, 꼭 알아내겠다고 생각했다.

월 부부는 스톤하우스의 주인인 치키 스타에게 전화를 걸어 그곳에 가는 날짜를 정했다. 그녀는 유쾌하게 전화를 받았고 구체적인 도움을 주었다. 기차 시간을 자세히 알려주고, 그들을 데리러 기차역에 나오겠다고 했다. 그녀가 아주 상냥하고 따뜻한 사람이라는 것은 그들도 인정할 수밖에 없었다. 그들이 노린 것이 이 휴가였다면 그들도 그녀에 대해 기뻐했을 것이다. 하지만 스타 부인은 이번 휴가가 월 부부에게 얼마나 초라한 위로인지 결코 알아서는 안 되었다.

그녀는 그들에게 채식주의자인지 묻고, 따뜻하고 방수가 되는 옷을 가져오라고 충고했다. 그곳에선 명품 스카프나 가방은 필요하지 않다는 사실을 그들은 깨달았다. 그녀는 그 지역에 대한 홍보 책자와 읽을거리를 보내주겠다고 했다. 그러면 무엇을 하고 싶은지 미리 결정할 수 있을 것이다. 자전거도 탈 수 있고, 야생 조류도 관찰할 수 있고, 저녁 시간에는 마음 맞는 사람들과 식사도 할 수 있다.

마음 맞는 사람들? 월 부부는 그럴 리 없다고 생각했다.

어느 누구도 그들처럼 차선이라는 기분에 휩싸인 채 그곳에 오지는 않을 것이다.

스타 부인은 그들이 이벤트 응모 당첨자라는 사실을 누구에게도 말하지 않겠다고 했다. 말하고 말고는 그들에게 달려 있었다. 월 부부는 어리둥절했다. 보통때라면 사람들에게 이벤트에 당첨되어서 왔다고, 돈을 쓰면서 온 것이 아니라 머리를 써서 왔다고 아주 뿌듯하게 말했을 것이다. 하지만 스타 부인은 사려 깊은 사람이었다.

마음은 무거웠지만 그들은 기차와 버스 시간에 합의했고, 이번 휴가를 매우 고대하고 있다고 거짓으로 말했다.

두 아들이 부모의 은혼식을 축하하러 아일랜드로 돌아왔다. 그들은 더블린에서 가장 유명한 레스토랑 중 하나인 퀜틴스로 부모를 데려갔다.

월 부부는 아이들이 얼마나 세련되게 변했는지 보고 깜짝 놀랐다. 앤디는 프리미어리그 축구선수가 되어 상류생활에 익숙했고, 매일 밤 이런 곳에서 식사를 하는 것처럼 메뉴를 훑어나갔다. 기사식당이나 후다닥 음식을 먹어치우고 다시 운전석에 앉는 장거리 기사들의 집합소를 주로 이용하는 로리조차도 마찬가지로 편안해 보였다.

아들들은 창피한 듯 관심을 보이며 최근에 응모해서 당첨된 이벤트는 없는지 물었다. 여행가방 세트, 색색 정원등, 나무를 깎아 만든 샐러드 볼과 샐러드 집게가 있었다.

앤디와 로리는 귓속말처럼 작은 목소리로 그 성과를 인정하고 격려했다. 그들이 자기네 생활에 대해 말할 때 월 부부는 잘 이해는 되지 않았지만 잠자코 들었다. 앤디는 이적과 리그 규정에 대해 말했고, 로리는 운송업 전체의 목을 죄어오는 새 규정과 짐을 운반할 때 불법 이민자들을 태워오면 돈을 주겠다는 제안이 끊임없이 들어온다는 이야기를 했다. 두 아들 다 사귀는 여자가 있었다. 앤디는 슈퍼모델과 데이트를 했고, 로리는 필라르라는 이름의 스페인 아가씨와 아파트에서 같이 살았다.

월 부부는 일주일 뒤에 아일랜드 서부로 간다고 말했다. 그들은 그 장소에 대해 설명하며 좋은 점을 낱낱이 말해주었다. 호텔 주인인 스타 부인이 마음에 든다는 말도 했다.

자식들이 진심으로 흥미를 보이는 것 같아 그들은 깜짝 놀랐다.

"뭔가 색다른 시도를 하시니까 좋은데요." 앤디가 감탄하며 말했다.

"상품으로 받은 게 아니라 직접 선택하신 거네요." 로리도 좋아했다.

월 부부는 사실대로 말해주지 않았다. 딱히 거짓말은 아니었지만, 그냥 말하지 않았다―사실 그것도 이벤트에서 받은 상품이라는 것을. 그 말을 하지 않은 것은 파리 여행을 놓친 것이 아직 분하기 때문이기도 했지만, 주된 이유는 이렇게 음울한 곳으로 간다는 결정을 자식들이 뜻밖에 좋아하는 것을 보면서 기분이 나아졌기 때문이었다.

아일랜드 서부로 가게 된 진짜 이유를 알려주면 흥분이 감소될 것 같았다. 그들은 그 기분을 좀더 누리고 싶었다.

앤디는 슈퍼모델 여자친구가 늘 자연 속에서 건강에 좋은 도보 여행을 즐기고 싶어했는데, 부모님께 선수를 빼앗겼다고 했다. 로리는 필라르가 〈말없는 사나이〉라는 옛날 영화를 여섯 번은 봤을 거라면서 그곳에 몹시 가보고 싶어했다. 이 호텔이 아마 그런 곳일 거라면서.

오랜만에 월 부부는 자식들과 한마음이 된 것 같았다. 아주 만족스러웠다.

일주일 뒤 그들이 기차를 타고 아일랜드 땅을 가로질러 갈 때 우울한 감정이 되살아났다. 비는 끊임없이 추적추적 내렸다. 그들은 비에 젖은 들판과 회색 산을 시큰둥하게 바라보았다. 바로 이 순간에 누군가는 파리 샤를드골 공항에 내렸을 것이다. 월 부부를 마중나왔어야 할 운전기사를 그 사람들이 만날 것이다. 날씨가 추울 때를 대비해 차에는 무릎담요가 준비되어 있을 것이다. 운전기사가 일류 오성급 호텔인 마르티니크로 그들을 데려갈 것이고, 방에 들어가면 얼음통에 넣어둔 샴페인이 있을 것이다. 방도 일반 객실이 아니라 정말로 스위트룸이었다. 오늘밤 그 부부는 호텔에서, 월 부부가 이미 인터넷으로 확인해본 메뉴 중 하나를 골라 식사를 하게 되겠지만, 그들이 지금 가고 있는 곳은 좋게 말해 호텔이지 베드 앤드 브렉퍼스트였다. 그곳에 가면 거센 바람 때문에 아마 실내에서도 코트를 껴입어야 할 것이었다. 그리고 일주일 내내 저녁마다 식사를 하게 될 곳은 스타 부인의 부엌이었다.

부엌이라니!

파리에서 샹들리에 불빛 아래 식사를 했어야 할 사람은 그들이었다.

서부로 가면서 들판은 더 작아지고 더 비에 젖은 듯 보였다. 서로 그런 말을 나눌 필요조차 없었다. 월 부부는 이미 모든 것을 공유하고 있었다. 각자 상대방이 무슨 생각을 하는지 알았다. 길고 실망스러운 일주일이 될 것이다.

기차역에서 그들은 치키 스타를 한눈에 알아보았다. 스톤하우스 홍보 책자에 실린 사진 그대로였다. 그녀는 그들을 따뜻이 반겼다. 그리고 그들의 가방을 밴에 옮긴 뒤 그 지역에 어떤 구경거리가 있는지를 편안하게 이야기했다. 치키는 시내에서 몇 가지 사갈 것이 있다고 말하고는 월 부부가 지켜보는 가운데 비싼 가방들을 차 지붕에 올렸다. 그들의 가방은 치키 스타가 들고 있는 수수한 가방이나 배낭과는 전혀 어울리지 않아 보였다.

그녀는 모르는 사람이 없는 것 같았다. 버스 운전기사에게는 시장이 북적거리는지 물었고, 교복 입은 학생들에게는 그날 참여한 시합이 어떻게 됐는지 물었다. 그녀가 어느 노인에게 차를 태워주겠다고 하자 노인은 며느리가 데리러 오기로 했다면서, 며느리가 올 때까지 앉아서 세상 돌아가는 것을 지켜보는 것도 좋다고 했다.

월 부부는 흥미롭게 지켜보았다. 어느 곳의 모든 사람들을 안다는 사실은 특별해 보였다. 사교적인 것은 틀림없지만 한편 폐소공포증을 일으키기도 했다. 스타 부인은 남편에 대해서는 전혀 언급하지 않았다. 앤 월은 그 점을 캐물어야겠다고 결심했다.

"남편분도 이 사업을 도와주시나요?" 그녀가 밝은 목소리로 물었다.

"슬프게도 세상을 떠난 지 좀 됐어요. 하지만 스톤하우스가 이렇게 문을 연 걸 보면 매우 기뻐할 거예요." 치키가 간단히 말했다.

월 부부는 미안해졌다. 결례를 한 것이다.

"아주 아름다운 곳에서 사시네요." 찰리가 가식적으로 말했다.

"정말 특별한 곳이지요." 치키 스타가 긍정했다. "뉴욕에서 아주 오래 살았어요. 그때는 매년 이곳에 잠시 와 있다 가곤 했어요. 그러고 나면 그해의 남은 시간 동안 필요한 에너지가 충전되는 기분이었어요. 저처럼 느끼는 사람들이 또 있을 것 같았어요."

월 부부는 그렇게 생각하지 않았지만 정말 그럴 것 같다며 중얼중얼 열심히 맞장구를 쳤다.

스톤하우스에 도착하자 그들은 깜짝 놀랐고 기분이 좋아졌다. 무엇보다도 따뜻했고 무척 편안했다. 침실은 아름답게 꾸며져 있었고, 활 모양으로 내밀어진 큰 창은 바다를 내다보고 있었다. 창가 작은 테이블에 크리스털 잔 두 개와 얼음통에 든 작은 샴페인 병이 있었다.

"이십오 년 동안의 행복한 결혼생활을 축하하는 의미로 저희가 준비했어요. 그런 결혼생활을 하신 것도 행운인데 그 사실을 기억하고 계신 건 더더욱 행운이에요." 치키가 말했다.

월 부부도 이번만큼은 침묵했다.

"솔직히 저희가 아주 행복한 결혼생활을 하긴 했어요." 앤 월이 말했다. "그런데 어떻게 아셨어요?"

"이벤트에 응모하신 글을 읽었어요. 아주 감동적이었어요. 일상의 것들에서 기쁨을 얻는 방법에 대한 글이요. 거기 마법의 가루를 뿌리고 싶어하셨지요. 저희가 이곳에서 두 분에게 마법의 가루를 뿌려줄 수 있기를 바랍니다."

그녀는 당연히 그들의 글을 읽었을 것이다.

그녀도 심사위원이었다는 사실을 그들은 잊고 있었다. 하지만 그녀가 감동을 받았을지는 몰라도, 그들이 꿈의 휴가를 즐기도록 표를 던지지는 않은 것이다.

"참가자들의 글을 다 읽으셨겠네요?" 찰리가 물었다.

"최종 후보자들 것만 받았어요. 최종까지 남은 서른 편만 읽었어요." 치키가 말했다.

"그러면 최종 우승은 누가……"

"전부 다섯 명이 상을 탔어요." 치키가 말했다.

"네, 하지만 일등상을 받은 사람들이요. 그 사람들은 어떤 글을 썼어요?" 앤 월은 기필코 알아내야 했다. 그 사람들은 어떤 글을 썼길래 그들을 물리치고 승자가 되었는가?

치키는 말해줄지 말지 망설여지는지 잠시 말을 멈추었다.

"정말 이상한 건 말이죠. 그분들의 글은 아주 달랐어요. 두 분의 글과는 완전히요. 노래에 가깝다고 할까, 〈I Love Paris In The Springtime〉에 노랫말만 다르게 붙인 것처럼요."

"노래요? 노래라는 말은 없었잖아요. 에세이라고 돼 있었어요." 월 부부는 붉으락푸르락했다.

"아시겠지만, 해석하는 방식은 다 다르니까요."

"하지만 다른 사람의 노래에 노랫말을 붙이다니…… 그거 저작권 위반 아닌가요?" 그들은 경악했다.

치키가 어깨를 으쓱했다.

"지혜가 담겨 있고 마음을 사로잡는 글이었어요. 모두 좋아했어요."

"원곡이 심금을 울리고 잘 쓰인 곡이긴 하지만, 그 사람들이 한 건 어쨌거나 패러디잖아요. 그런데도 그들이 파리에 가게 됐군요." 두 사람의 얼굴에 불편한 심기와 쓰라린 심정이 고스란히 떠올랐다.

치키는 그들을 차례로 쳐다보았다.

"이왕 오셨으니까 이곳도 좋아하실 거라고 기대해볼게요." 치키가 실망해서 말했다.

월 부부는 평소 모습으로 돌아가려 애를 썼지만 쉽지 않았다.

치키는 그들을 그냥 내버려두는 게 현명하겠다고 생각했다. 월 부부에게 이 휴가가 아주 초라한 차선이라는 사실은 너무도 명백했다.

"이 말이 위로가 될지 모르겠지만, 심사위원들 모두 일등상은 플레밍 부부에게 돌아갔어도 두 분 글이 정말 마음을 따뜻하게 해주었다고 했어요. 우리 모두 두 분의 관계를 부러워했고요." 치키가 이렇게 말했다.

하지만 소용없었다. 월 부부는 실망했을 뿐 아니라 속았다는 생각까지 하게 된 것이다. 이 일은 이제 그들의 마음에 영원히 응어리로 남을 것이다.

그들은 기분을 풀어보려 노력했다. 무척 노력했지만 쉽지는 않았다. 그들은 다른 손님들에게 말을 걸었고 손님들이 하는 말에 관심을 보이려 했다. 손님들은 있을 법하지 않은 조합이었다. 스웨덴에서 온 진지한 청년, 프리다라는 이름의 사서, 둘 다 의사라는 잉글랜드인 부부, 뭐가 못마땅한지 입을 꾹 다물고 있는 넬이라는 여인, 비행기를 놓쳐서 충동적으로 오게 됐다는 미국인, 그리고 위니와 릴리언이라는 친구 사이 같지 않은 친구. 이 사람들은 다 이곳에 무엇을 하러 왔는가?

호텔 주인의 조카라는 매력적인 올라가 내오는 음식은 모두 훌륭했다. 솔직히 흠잡을 것이 전혀 없었다. 플레밍 부부가 누군지는 몰라도 그들이 파리 휴가를 훔쳐갔다는 사실을 제외하면 정말이지 아무것도.

월 부부는 그날 밤 깊이 잠들지 못했다. 새벽 세시에 잠에서 깨어 방에서 차를 마셨다. 그들은 앉은 채 바깥에서 들려오는 바람 소리와 빗소리를, 그리고 물러났다 다시 밀려와 해안에 부딪치는 파도 소리를 들었다. 그 소리는 슬프고 처량하여 마치 그들의 마음을 대변해주는 듯 들렸다.

다음날 아침, 다른 손님들은 계획된 그날 일정을 시작할 만반의 준비를 마치고 잔뜩 신이 난 모습이었다. 월 부부는 발길 닿는 대로 걸음을 옮겼고, 어느새 길게 펼쳐진 쓸쓸한 해변을 걷고 있었다.

확실히 상쾌하고 건강한 곳이었다. 그 사실은 인정할 수밖에 없었다. 경치도 장관이었다.

하지만 파리가 아니었다.

그들은 치키가 알려준 퍼브에 가서 수프를 먹었다.

"엿새나 더 이걸 견딜 수 있을 것 같지 않아." 앤 월이 숟가락을 내려놓았다.

"내 수프는 괜찮은데." 찰리가 말했다.

"수프가 아니라. 원하지 않는 곳에 와 있는 것 말이야."

"그건 그래. 나도 같은 기분이니까. 어느 정도는." 찰리가 맞장구를 쳤다.

"게다가 그 사람들이 정당하게 그 상을 탄 것 같지도 않아. 치키도 그 사실은 인정하잖아." 앤 월은 아주 억울했다.

"그 사람들이 어떻게 지내는지 알고 싶지 않아?" 찰리가 말했다.

"그래. 한편으로는 알고 싶지 않지만 한편으로는 알고 싶어." 그들은 동지처럼 웃었다.

바 안쪽에 서 있던 여자가 그들을 흐뭇하게 쳐다보았다.

"어머나, 부부가 이렇게 잘 지내는 모습을 보니 정말 좋은데요." 그녀가 말했다. "마침 지난밤에 우리집 양반한테, 어느 부부가 들어오더니 각자 자기 잔만 쳐다보고 말은 한마디도 하지 않더라는 이야기를 했던 참이거든요. 그 양반은 그런 눈치도 못 챘던 모양이더라고요. 할말을 다 해서 그랬겠지, 그게 그 양반 생각이었어요."

월 부부는 스물네 시간 동안 두 번이나 둘의 사이가 좋다는 찬사를 듣자 기분이 좋아졌다. 이전에는 그것이 특별한 일이라고 생각하지 않았다. 치키도 심사위원들이 그들을 부러워했다는 말을 했었다. 물론 그들에게 일등상을 줄 만큼은 아니었지만……

그들은 자신들이 더블린에서 휴가를 보내러 왔으며 스톤하우스에서 지낸다고 말했다.

"치키가 참 잘하지요?" 그 여자가 말했다. "이 주변 사람들에게 멋진 본보기가 됐어요. 불쌍한 남편이─하느님, 자비를─뉴욕에서 끔찍한 자동차 사고로 숨진 뒤에 치키는 이곳에 돌아와 혼자 힘으로 완전히 새로운 인생을 살아보려고 마음을 먹었던 거예요. 겨울 동안 지역 사업에 활기도 불어넣고요. 우리 모두 치키가 잘되기를 바라고 있어요."

치키의 남편에 대한 이야기는 안타까웠다. 월 부부도 맞장구를 치긴 했지만, 그렇다고 꿈이 다른 곳에 있는데 이렇게 외진 아일랜드 땅에 마음을 붙이고 싶은 기분까지는 들지 않았다.

그들은 이 휴가가 이벤트에 응모해서 탄 상품이라는 말은 하지 않다가, 넷째 날 저녁식사 때가 되어서야 그 사실을 밝혔다. 이제 저녁때가 되면 모두 식탁에 둘러앉아 좀더 편안하게 시간을 보냈다. 그때쯤 그들은 어느 누구도 겉으로 보인 모습과는 같지 않았음을 깨달았다. 릴리언과 위니라는 두 여자는 사실 오래된 친구 사이가 아니었는데, 물에 빠져 죽을 뻔하다가 구사일생으로 구조되었다. 의사 부부는 긴장이 한결 풀린 듯했고, 니콜라는 영화배우로 밝혀진 미국인과 편안하게 대화를 나누었다. 스웨덴 청년은 음악에 열정을 품고 있었고, 도서관에서 일하는 프리다는 사람들의 인생에 대해 알아맞히는 비상한 재주가 있는 것 같았다. 넬은 아직도 못마땅한 표정이었다―그 사실만큼은 변하지 않았다. 그렇지만 그들은 우연히 한자리에 모인 이방인이라기보다 서로 잘 아는 사이 같았다.

이벤트에 응모해서 뽑혔다는 이야기에 사람들 모두 솔깃한 반응을 보였다. 그들 모두 뽑힐 사람은 이미 정해져 있다거나 아주 많은 사람들이 응모하니 자신한테까지는 기회가 오지 않을 거라고 생각했던 것이다.

월 부부는 그들이 받은 몇 가지 상품들을 말해주었고, 모두가 솔깃한 반응을 보이자 뿌듯해졌다.

"요령이 있을까요?" 올라가 알고 싶어했다. 올라는 오토바이를 상품으로 받아 유럽을 돌아다니면 좋겠다고 했다.

월 부부는 충고를 아끼지 않았고, 요령보다는 끈기와 단순함이 관건이라고 했다.

모두 후끈 달아올라서 이벤트에 응모하고 싶다고 난리였다. 이벤트를 하나 찾아낼 수 있다면. 치키와 올라가 후다닥 신문과 잡지를 가져왔다. 그들 모두는 응모할 만한 이벤트가 있는지 신문과 잡지를 샅샅이 뒤졌다.

동물원에 있는 동물 이름만 대면 되는 이벤트가 하나 있었다. 월 부부가 그 이벤트는 아이들을 대상으로 한 것이니 그 지역 학생 모두가 응모할지 모른다고 했다. 뽑히지 않을 확률이 아주 높았다. 그들은 스트레이트나 플러시 패를 가질 확률을 알려주는 포커 플레이어처럼 권위 있게 말했다. 나머지 사람들은 그들을 경이롭게 지켜보고 있었다.

그때 누군가가 아일랜드 서부 사람들이 읽는 지역 신문에서 '축제를 만들어보세요'라는 이벤트를 찾아냈다.

월 부부가 꼼꼼히 읽었다. 참가자들이 할 일은 아일랜드 서부의 지역사회에서 겨울 동안 사업을 활성화할 축제를 제안하는 것이었다.

이건 해볼 만했다. 스토니브리지에 어울릴 만한 축제로 어떤 것이 있을까?

사람들은 미심쩍은 표정을 지었다. 그들은 내심 멋진 표어나 재기 번득이는 리머릭을 만들어 보내는 이벤트를 바랐던 것이다. 축제를 제안한다는 것은 매우 어려운 일이었다.

월 부부도 확신할 수 없었다. 그들은 몇 가지 가능성을 탐색해볼 수 있다고 말했다. 겨울 축제여야 하니까 미인대회 같은 것은 안 된다―불쌍하게도 아가씨들이 얼어죽을 것이다. 굴 축제는 골웨이에서 이미 하고 있으니까 그것도 안 된다. 서핑이나 카약 산업은 다른 해안 지역에서 이미 차지했다.

암벽등반은 너무 전문적이었다. 물론 전통음악이 있었지만 스토니브리지는 클레어 카운티의 둘린이나 밀타운멀베이처럼 전통음악의 중심지가 아니었고, 과거에 전설적인 파이프 연주자나 바이올린 연주자가 있었던 것도 아니었다. 걷기 축제는 이미 있었고, 스토니브리지에는 겨울학교의 기반이 될 만한 내로라할 문인도 없었다.

이 지역에는 시각예술 전통도 없었다. 따라서 잭 예이츠나 폴 헨리 같은, 내세울 만한 인물이 없었다.

"스토리텔링 페스티벌은 어때요?" 가만히 있던 잉글랜드인 의사 부부 헨리와 니콜라가 제안했다. 모두 좋은 생각이라고 했지만 이웃 카운티에 스토리텔링 행사가 이미 정착되어 있었다.

안데르스가 아일랜드 음악 독학 세미나를 제안했지만, 나머지 사람들이 이곳에 이미 틴휘슬, 숟가락 연주, 보드란이라는 아일랜드 북을 배우려는 관광객들이 조금씩 찾아들기 시작했다고 말했다.

존 또는 코리라는 이름의 미국인은 뿌리 찾기 축제가 괜찮을 것 같다고 했다. 사람들이 조상을 찾을 수 있도록 족보를 제공하면 된다고 했다. 하지만 아일랜드에 이미 뿌리 찾기 사업이 활발하다는 것이 대체적인 의견이었다.

위니는 요리 축제를 제안했다. 지역 주민들이 관광객들에게 브라운 브레드나 포테이토케이크 만드는 법을 가르쳐주면 될 터였다. 특히 그들이 지난밤에 먹은 맛있는 무스를 만들 때 썼던 캐러진 해초의 활용법을 가르치면 된다. 하지만 이미 요리학원이 너무 많아서 경쟁하기가 어려울 것 같았다.

그들 모두 그 문제를 생각하며 잠들었다가 다음날 밤에 새로운 아이디어를 준비해서 식탁에 모이기로 했다. 즐거운 저녁 시간이었다. 월 부부는 자신들도 모르게 그 순간을 즐기고 있었다.

침실로 돌아가자 그들의 생각은 다시 파리로 돌아갔다. 오늘밤에는 오페라를 보러 갔어야 했다. 리무진이 그들을 태워 파리의 불빛 속을 미끄러지듯 달려야 했다. 그런 뒤에 다시 리무진을 타고 기분좋게 호텔 마르티니크로 돌아가는 것이다. 지금쯤이면 직원들이 얼굴을 알아보고 그들을 반길 것이다. 지배인은 잠자리에 들기 전에 피아노 바에서 술을 한잔 하고 가라고 권할 것이다. 그런데 지금 그들은 당첨되려면 어디서부터 시작해야 하는지도 전혀 모르는 이 낯선 사람들에게 그 방법이나 알려주고 있는 것이다.

줄곧 그랬듯 그 생각을 하는 것만으로도 그들은 심기가 불편해졌다.

"장담하건대 그 사람들은 그 기회를 고맙게 여기지도 않을 거야." 찰리가 말했다.

"그 사람들은 아마 오페라를 취소하고 퍼브에 갔을걸." 앤의 목소리에는 조롱이 가득했다.

그 순간 문득 그녀의 머릿속에 어떤 생각이 떠올랐다.

"그 부부한테 전화를 걸어서 어떻게 지내는지 물어보자. 적어도 그건 알 수 있잖아."

"파리로 어떻게 전화를 해?" 찰리는 깜짝 놀랐다.

"왜 안 돼? 그냥 안부만 묻는 건데. 잘 지내기를 바라는 마음에서 전화했다고 하면 돼."

"하지만 그 부부가 어디 있는지 어떻게 알아?" 찰리는 어안이 벙벙했다.

"호텔 이름을 알잖아. 그 사람들 이름도 알고. 어려울 게 뭐가 있어?" 앤에게는 간단한 문제였다.

월 부부는 이미 파리에서 휴가를 보낼 계획을 이벤트 노트에 꼼꼼히 기록해놓았다. 호텔 마르티니크의 전화번호까지 써놓았다. 말릴 틈도 없이 그녀는 휴대전화를 들어 그 호텔로 전화를 걸었다.

"므시외 에 마담 플레밍 디를랑드, 실부플레."* 그녀가 종이 울

---

* '아일랜드에서 온 플레밍 부부 부탁합니다'라는 뜻의 프랑스어.

리는 것처럼 또랑또랑하게 말했다.

"우리가 누구라고 할 거야?" 찰리가 저어하며 물었다.

"그때 가봐서." 앤은 평정을 되찾고 있었다.

그녀가 통화하는 내용을 찰리는 불안하게 듣고 있었다.

"오, 플레밍 부인. 휴가를 어떻게 보내고 계신지 확인차 연락드렸어요. 다 만족스러우시겠죠?"

"아, 네, 그래요…… 그러니까, 정말 감사합니다." 그 여인은 마지못해 말하는 것 같았다.

"마르티니크에서 보내는 일주일은 잘 즐기고 계세요?" 앤이 집요하게 물었다.

"호텔 담당자세요?" 그 여인이 불안하게 물었다.

"아니에요. 여긴 아일랜드인데 아무 문제 없이 잘 지내시기를 바라는 마음에서 전화드렸어요."

"음, 사실은 좀 불편해요. 말하기가 좀 곤란하네요. 여기는 아주 비싼 호텔이니까요. 우리도 그건 알지만, 기대했던 것과 많이 달라요."

"저런, 유감이네요. 정확히 어떤 면에서 그런가요?"

"음…… 우선은 스위트룸이 아니에요. 엘리베이터 근처에 있는 아주 작은 방인데, 엘리베이터가 밤새 오르내려요. 게다가 식당에서 밥을 먹는 것도 아니고요. 바우처에는 우리가 식사할 수 있는 곳이 '르 스낵바'라는 곳뿐이라고 되어 있어요."

"이런, 그건 명시되어 있지 않았어요." 앤이 그런 일이 있어서는 안 된다는 듯 말했다.

"그래요. 하지만 뭔가 대답을 들으려면 막힌 벽에다 말하는 기분이에요. 호텔측은 어깨만 으쓱하고는 그런 사항은 호텔과는 전혀 상관없는 일이라는 식이에요." 플레밍 부인의 목소리가 분통이 터지기 직전처럼 들리기 시작했다.

"운전기사는요?"

"딱 한 번 봤어요. 그 사람은 호텔 소속이라 온종일 VIP 고객들한테 불려다니는 것 같아요. 쉴 틈이 없더군요. 호텔에서 베르사유로 가는 버스 투어 바우처를 줬는데 정말 진이 빠졌어요. 돌멩이가 깔린 길을 한참 걸어가야 했어요. 샤르트르에는 가보지도 못했고요."

"그건 약속된 사항과 다르군요." 앤이 말도 안 되는 일이라는 듯 쯧쯧거렸다.

"아니, 불평은 하기 싫어요. 음, 아주 후한 상품이었으니까요. 다만…… 다만……"

"최고급 레스토랑은요? 그건 괜찮으셨어요?"

"네. 어느 정도는요. 아시겠지만 식사는 프리픽스 메뉴만 해당되는데요, 세트 메뉴. 그 메뉴는 우리가 먹지 않는 내장이나 토끼고기일 때가 많아요. 원래는 고급 요리를 고를 수 있다고 돼 있었는데 막상 가보니까 그건 안 된대요."

"어떻게 하실 건가요?"

"음, 솔직히 어떻게 할지 잘 모르겠어요. 그래서 여기로 전화를 해주신 게 놀라울 따름이에요. 잡지사에서 일하는 분이세요?"

"그렇지는 않아요. 관계가 있기는 하지만요." 앤 월이 말했다.

"그 문제로 투덜대거나 불평하고 싶지는 않아요. 그러면 고마워할 줄 모르는 사람으로 보일 테니까요. 다만 우리 기대에는 한참 못 미쳐요."

"알겠습니다." 앤은 진심으로 안타깝게 생각했다.

"호텔에서 일하는 분들 각각은 정말 좋아요. 정말로 괜찮고 좋은 분들이에요. 다만 호텔측은 우리가 받은 상품의 가치가 잡지에 실렸던 것보다 훨씬 낮다고 생각하는 것 같아요. 어떻게 하면 좋을까요?"

윌 부부는 서로 멀뚱히 쳐다보았다. 정말로 어떻게 하지?

"그 이벤트를 마련한 홍보회사와 연락해보는 건 어떨까요?" 앤이 마침내 말했다.

"저희 대신 연락해주실 수 있을까요?" 플레밍 부인은 분란을 일으키는 것을 좋아하지 않는 사람임이 분명해 보였다.

"직접 하시는 게 더 효과적일 거예요. 현장에 계시니까……" 앤은 어떻게든 책임을 다시 플레밍 부부에게 돌리려고 애썼다.

"하지만 아무 문제가 없는지 확인하려고 저희한테 전화를 거는 수고까지 하셨잖아요. 정확히 어디서 전화를 하신 건가요?"

"그냥 걱정하는 한 사람이에요." 앤 윌은 온몸에 전율을 느끼며 전화를 끊었다.

그들은 이제 어떻게 할 것인가?

우선 그들은 온몸으로 희열을 만끽했다. 파리에서 보내는 꿈의 휴가는 악몽이었음이 밝혀졌다. 그들은 그런 일을 겪지 않아도 되는 것이다. 지금까지는 대서양 연안의 이 어처구니없는 장소에서 그들이 그 부부보다 더 잘 지내고 있었다. 처음에는 이곳이 아주 실망스럽다고 생각했지만.

여기서는 약속된 것이 모두 지켜지고 있었다. 어쩌면 일등상을 받은 것은 결국 그들인지도 몰랐다.

　그들은 다음날 아침 홍보회사에 전화를 걸어, 호텔 마르티니크에서 보내는 휴가가 약속과 다르다는 사실을 알리기로 했다.

　그들은 처음으로 밤에 깨지 않고 깊은 잠을 잤다. 치밀어오르는 분노 때문에 세시에 벌떡 일어나 차를 마시면서 총체적으로 불공평한 인생과, 특히 불공평한 이 이벤트에 대해 따져보는 일도 없어졌다.

　월 부부는 점심 도시락을 들고 절벽과 험준한 바위를 따라 걷다가 폐허가 된 옛 교회를 발견했다. 거기서 쉬면서 점심을 먹으면 좋을 거라고 치키가 말했었다. 거센 바람을 피할 수 있고 미국이 곧장 바라보이는 곳이었다.

　그들은 도시락으로 싸온 맛있고 넉넉한 치킨파이를 꺼내고 수프가 담긴 보온병을 열면서 행복하게 웃었다. 생각해보라―플레밍 부부는 오늘도 파리에서 내장이나 토끼고기로 만든 점심을 먹어야 하는 것이다.

　앤 월은 홍보회사에 알쏭달쏭한 메시지를 남겼다. 모두를 위해 호텔 마르티니크에서 플레밍 부부가 어떻게 지내는지 확인해보는 게 좋겠다고, 그러지 않으면 아주 달갑지 않은 홍보 결과를 낳을지도 모른다고. 그들은 학교에 당분간 오지 말라는 말을 들은 배짱 좋은 아이들이 된 것 같았다. 그들은 이곳에서 지낼 나머지 시간을 즐겁게 누릴 것이다.

　그날 밤 치키의 식탁에 모인 사람들은 모두 축제에 대한 아이디어를 준비해 왔다. 그들은 식사를 마칠 때까지 기다리지도 못할 만큼 자신들이 준비한 아이디어를 말하고 싶어 안달이었다. 릴리언은 지난 며칠 사이 부드러워진 표정으로 요즘 축제의 본질은, 모두이 진부한 표현을 쓰는 것을 용서해준다면, '기분을 좋게 만드는 요소'라고 말했다. 사람들 모두 현자처럼 고개를 끄덕이며 필요한 것은 정확히 그것이라고 말했다.

치키는 최근에 공동체 의식이 점점 더 중요해진다고 말했다. 젊은 사람들이 처음에는 폐쇄된 작은 사회에서 달아나고 그것은 당연한 일이지만, 나중에는 다시 그 사회의 일원이 되고 싶어한다고.

올라는 가족 모임을 조직하는 것이 어떨지 제안했다. 사람들은 아이디어는 좋지만 범위를 정하기가 힘들 거라고 말했다. 씨족 모임으로 할 것인가? 서로 서먹서먹해졌던 사람들이 재회하는 모임으로 할 것인가? 릴리언은 영예로운 할머니 축제가 좋겠다고 했다. 모두 그런 할머니가 되고 싶어할 거라고, 단호하게 말했다. 위니가 그녀를 휙 돌아보았다. 이전에는 이런 주제를 꺼낸 적이 없었다.

헨리와 니콜라는 지역사회의 건강이 좋은 주제가 될 것 같다고 말했다. 요즘 사람들은 식생활이나 라이프 스타일, 운동에 관심이 아주 많았다. 스토니브리지가 그 전부를 제공하면 된다. 그때 안데르스가 불쑥 우정을 축하하는 축제는 어떠냐고 말했다. 뭐랄까, 옛 친구들이 함께 모인다거나 오랜 친지와 함께 여행을 한다거나 그런 것 말이다. 그들은 곰곰이 생각해보았다. 깊이 생각할수록 더욱더 괜찮은 아이디어 같았다.

그 아이디어는 가족도, 어떤 것도 배제하지 않았다. 친지라면 자매일 수도 있었고 친척 어른일 수도 있었다.

대부분의 사람들은 만나고 싶었지만 그러지 못했던 누군가를 만나 그동안 어떻게 살았는지 소식을 듣고 싶을 때가 종종 있을 것이다.

다양한 즐길 거리를 제공하는 축제가 있다고 가정하고, 이미 제안된 아이디어들을 우정이라는 이름으로 한데 모아 제공한다면? 아이디어가 넘쳐났다. 요리 시연, 건강 강좌, 도보 여행, 조류 관찰 여행, 농가에서의 차 한 잔, 노래 부르기, 지역 연극, 탭댄스 강좌 등등.

월 부부는 식탁에 둘러앉은 사람들이 계획을 세우고 메모를 하고 프로그램을 짜는 것을 지켜보면서 흥분이 더욱 커져가는 것을 느꼈다. 우승은 그들의 손에 쥐어 있었다.

그들은 신문을 다시 보면서 상품을 확인했다.

더블린의 큰 가게에서 1250유로만큼 쇼핑할 수 있었다.

월 부부가 그 문제를 정리했다. 상금은 모두 똑같이 나눠 가질 것이고, 안데르스의 아이디어를 채택했으니 그가 조금 더 가져갈 것이다. 그러면 되겠는가?

모두가 만족했다.

그들을 누구라고 할 것인가? 스톤하우스 신디케이트? 그렇다, 완벽한 것 같았다. 올라가 그 내용을 타이핑해서 모두에게 한 부씩 돌릴 것이다. 결과는 크리스마스 전주에 발표될 것이고 그들 모두 결과를 주시할 것이다.

축제가 열리면 그들 모두 다시 이곳으로 돌아와 축하할 것이다. 그리고 월 부부에게 무엇보다 좋은 것은, 지금 그들이 파도가 밀려와 해안에 부딪히는 이 아름다운 저택에서 일주일의 남은 나날을 보낼 수 있다는 사실이었다. 약속한 사항을 다 지켜주었을 뿐 아니라 더 많은 것을 안겨준 이곳에서.

말 그대로 낭만적인 감정이나 별빛이 마법처럼 뿌려진 것은 아니었지만, 그것은 좀더 깊은 무엇이었다. 자신이 중요하다는 느낌, 혹은 기분좋은 평화의 느낌 같은.

넬 하우

우드파크 여학교 학생들은 하우 교장이 은퇴했을 때 나이가 아흔이라고 생각했다. 실제로는 예순이었다. 별로 다를 것도 없었다. 어차피 늙은 거니까. 학생들은 하우 교장이 은퇴 이후 어떻게 하루, 한 주, 한 달을 보낼지 굳이 생각해보지 않았다. 노인들이란 끊임없이 이래라저래라 지시를 내리고 불평하고 투덜거리는 사람들이다. 그들은 그녀가 이날을 얼마나 두려워했는지, 이번 9월을 얼마나 두려워했는지 전혀 몰랐다. 사십 년 만에 처음으로, 희망과 크고 작은 계획들로 가득한 새 학기를 함께 시작하지 못하는 것이다.

하우 교장은 언제부터인지 알 수도 없을 만큼 오랫동안 그곳에서 근무했다. 그녀는 키가 크고 호리호리했고, 머리는 이마에서부터 단정히 빗어 넘겨 유행 지난 빗살핀으로 고정했다. 그녀는 짙은 색깔의 옷을 입고 그 위에 학위가운을 입었다. 과거에는 이 여학생들의 어머니들이나 친척들을 가르쳤지만, 교장이 된 뒤로 근래에는 교실에서 거의 볼 수 없었고 주로 교장실을 지켰다.

학생들은 교장실에 가는 것을 싫어했다. 우선 그곳에 간다는 것은 자신에게 뭔가 잘못되었거나 마땅치 못한 점이 있다는 것, 처벌이 기다린다는 것을 의미했기 때문이었다. 하지만 그것만은 아니었다. 그곳에서는 영혼이 느껴지지 않았다. 하우 교장은 아주 실용적인 사람이었고 책상은 늘 비워져 있었다. 그녀는 무질서나 어질러진 것을 못 견디는 성미였다.

한쪽 벽은 싸구려 책장이 차지하고 있었는데 교육에 관련된 책들이 가득했다. 수십 년 동안 교육에 종사한 사람에게 어울릴 법한 맞춤 책장은 없었다. 다른 쪽 벽에는 시간표와 다가오는 행사 목록, 근무편성표나 이런저런 계획표들의 세부 사항이 붙어 있었다. 커다란 철제 캐비닛 두 개—아마도 우드파크 여학생들의 몇 세대에 걸친 기록이 담겨 있을 것이다—와 커다란 컴퓨터 한 대가 덩그러니 자리잡고 있었다. 창문에는 우중충한 갈색 커튼이 달려 있었고 벽에는 그림 한 장 걸려 있지 않았다. 이 네 개의 벽 바깥에 존재하는 다른 삶을 암시하는 표시는 전혀 없었다. 사진도, 장식품도, 하우 교장이 우드파크 이외의 무언가에 관심이 있음을 암시하는 것은 전혀 없었다. 그녀가 유망한 학생들이나 학부모들, 새로 부임할지 모르는 교사들, 교육부 소속의 장학사들, 이따금 도서관이나 체육관에 돈을 기부하러 찾아오는 성공한 졸업생들을 면담했던 곳도 여기였다.

하우 교장은 아이린 오코너라는 이름의 비서를 두었다. 오랫동안 그 자리를 지킨 아이린은 모나지 않고 명랑한 성격이었다. 교무실에서는 그녀를 '하우 교장실의 간판 얼굴'로 불렀다. 그녀는 하우 교장이 자신에게 말을 한다기보다도 버럭거린다는 것을 모르는 듯했다. 교장은 아이린이 어떤 일을 해주건 고맙다는 말을 하는 법이 없었고, 껄끄럽거나 논쟁이 벌어지는 회의중에 아이린이 차와 비스킷을 내가면 늘 약간 당황하거나 심지어 성가셔하는 것처럼 보였다.

교장실에는 화분이나 꽃병도 없어서, 아이린은 칼랑코에가 심긴 놋쇠 화분을 갖다놓았다. 사실상 관리가 거의 필요하지 않은 식물이어서 교장이 물을 주지 않거나 아예 그 존재를 알아차리지 못한다 해도 괜찮았다. 아이린은 밝은 색깔 티셔츠에 짙은 색깔 재킷과 스커트를 입고 다녔다. 하우 교장을 자극하지 않으면서도 애도중인 분위기의 교장실에 색채를 입히려는 것처럼 보였다. 아이린은 성녀라고 해도 마땅한 사람이었다. 심지어 생전에 시성식諡聖式을 해도 될 것 같았다.

그녀는 교장실에 딸린 작은 공간을 자기 사무실로 썼다. 사람들이 그녀와 대화를 할 때 느끼는 그녀 특유의 성격은 그곳에서도 여지없이 드러났다. 제라늄이 무성했고, 벽에 건 메모판에는 친구들이 보내준 그림엽서들이 잔뜩 붙어 있었다. 책상에는 그녀의 사진이 든 액자가 놓여 있었다. 책장에는 스페인으로 여행을 다녀오면서 사온 기념품들과 그곳의 축제에 가서 프릴 달린 스커트에 커다란 솜브레로 모자 차림으로 찍은 사진들이 놓여 있었다. 하우 교장의 자존심과 자기만족을 대변하는 삭막한 공간과는 대조적으로, 이곳은 활기차고 행복한 삶의 기록으로 넘쳐났다.

그녀는 병약한 어머니와 죽은 언니의 아들 케니를 돌봐야 했기 때문에 매일 점심때면 집으로 갔다. 아이린과 어머니는 케니에게 좋은 가정환경을 제공했고, 케니는 훌륭한 청년으로 성장하고 있었다.

교무실에서 근무하는 교사들은 아이린의 인내심과 한결같은 유머감각을 경이롭게 생각했다. 이따금 그들은 그녀를 안타깝게 여겼지만, 아이린은 고용주를 험담하는 말에는 귀를 막았다.

"아니에요, 그렇지 않아요. 겉으로 보이는 태도만 그러신 거예요." 그녀가 말했다. "교장 선생님은 마음씨가 곱고, 여기는 제게 이상적인 직장이에요. 그 점을 이해해주세요."

교사들은 이 세상에서는 아이린 같은 사람들이 늘 하우 교장 같은 사람의 희생양이 된다고 입을 모았다. 아이린이 말한 '겉으로 보이는 태도만 그렇다'는 건 무슨 의미인가? 태도가 사람을 보여주는 법이다. 그렇게가 아니면 어떻게 그 사람을 알겠는가?

하우 교장에게는 '자기의 적은 자기'라는 별명이 붙었다. 딱 맞는 별명이었다. 사람들은 그 별명을 정말 영리하게 잘 지었다며 키득거렸고, 그 별명이 하우 교장의 기를 약간 눌러놓았다. 그녀는 교사들이 자신에 대해 그렇게 뒤에서 수런거릴 것 같을 때면 덜 무섭게 굴었다. 하지만 교사들도 학생들에게는 그 별명이 알려지지 않게 단단히 입조심을 했다.

하우 교장의 정년을 한 해 앞두고 누가 후임이 될지 추측이 난무했다. 현재 학교에 있는 교사들 중에서는 그녀를 대체할 만큼 연공서열이 되거나 권위를 지닌 사람이 없어 보였다. 미스 하우는 늘 그런 식으로, 누구에게 자신의 권한을 조금이라도 위임한 적이 없었기 때문이었다. 새로 임명될 사람은 외부인일 가능성이 가장 컸다. 교사들은 그것도 썩 내키지 않았다. 그들은 '자기의 적은 자기'에게 익숙해져 있었다. 그들은 하우 교장에게 대처하는 법을 알았고, 아이린이 교장의 심기를 누그러뜨릴 수도 있었다. 신임 교장이 어떤 것을 도입하고 싶어할지 누가 알겠는가? 완전히 생소하고 강압적인 악마보다는 잘 아는 악마가 나은 법이다.

그들은 아이린이 어떻게 될지도 궁금했다. 아이린은 남아서 새로운 황제를 섬길 것인가? 새로 부임할 교장과 그녀의 태도에 대해서도 옹호해줄 것인가? 새 교장이 아이린을 원하지 않으면 어떻게 하지?

그것도 변화였다. 그들은 변화가 두려웠다.

그리고 하우 교장에게 선물을 하는 문제가 남아 있었다. 교장의 관심사가 무엇인지 누구 하나 아는 사람이 없었다. 학기초에 자유롭게 대화를 나눠봤지만 무엇 하나 밝혀진 것이 없었다. 하우 교장은 휴가를 다녀온 이야기를 한 적이 없었다. 그런 이야기는 일절 없었다. 가족 모임을 했다는 말도, 집에 페인트칠을 다시 했다거나 정원의 땅을 갈아엎었다는 말도 한 적이 없었다. 결국 그들은 묻기를 포기했다.

이 여인이 우드파크에 바친 긴 세월을 기념하기 위해 대체 어떤 선물을 할 수 있을까? 크루즈 여행이나 온천에서 보내는 일주일, 워터퍼드 크리스털 세트, 예쁜 맞춤 가구는 가당치 않았다. 하우 교장의 취향은 전적으로 실용적이었다. 뭐든 작동만 잘하면 그만이었다.

교사들은 아이린에게 아이디어를 내보라고 졸랐다.

"매일 옆에서 지켜보잖아요. 날마다 이야기도 하고. 그분이 뭘 좋아할지 조금은 알겠지요." 그들이 통사정을 했다.

하지만 아이린은 떠오르는 것이 없다고 했다. 하우 교장은 사생활을 철저히 지키는 사람이었다. 개인적인 이야기를 시시콜콜 늘어놓는 사람이 아니었다.

학부모위원회도 아이린에게 같은 질문을 했다. 그들도 퇴임식을 기념하고 싶어했지만 어떻게 해야 할지 몰랐다. 아이린은 용기를 내서 고용주의 라이프 스타일을 더 알아내겠다고 결심했다.

하우 교장의 집주소를 알고 있었기 때문에 일단 찾아가보기로 했다. 교장의 집은 세인트잘라스 크레센트라는, 주택들이 다닥다닥 붙어 있는 거리에 있었다. 한때 노동자계급의 숙소로 여겨졌던 작은 집들이었지만 타운하우스로 재정비되었다. 지금은 물론 경기 침체 때문에 집값이 다시 폭락하고 있었다. 앞마당은 대부분 작지만 관리가 잘되어 있었고, 창밖에 윈도박스나 알록달록한 화단을 가꾸는 집도 많았다.

하지만 하우 교장의 정원은 꾸민 흔적이 전혀 없었다. 꽃을 피우는 관목이 두 그루 서 있고, 잔디가 잘 깎여 있을 뿐이었다. 문과 대문, 창턱에는 페인트를 다시 칠해야 할 듯했다. 관리를 잘 못했다기보다는 아예 신경을 쓰지 않은 것 같았다. 어디에도 단서는 없었다.

아이린은 더욱 용기를 내서 집안까지 들어가봐야겠다고 결심했다. 그럴 속셈으로 그녀는 다음날 아침 자기 가방에 하우 교장의 독서용 안경을 슬쩍 밀어넣었다. 그녀는 그 안경을 다시 갖다주려고 하우 교장의 집까지 찾아갔다. 책상에서 안경을 찾은 척할 생각이었다.

하우 교장은 문 앞에서 냉랭하게 아이린을 맞았다.

"이럴 필요까지는 없었어요, 아이린." 그녀가 차갑게 말했다.

"하지만 오늘밤 독서를 못하시면 어쩌나 해서요." 아이린이 더듬더듬 말했다.

"아니, 그것 말고도 할 일은 많아요. 어쨌거나 고마워요. 참 친절하군요."

"잠시 들어가도 될까요, 교장 선생님?" 아이린은 그렇게 물어놓고도 자신이 그런 용기를 냈다는 사실에 정신이 아찔했다.

잠시 침묵이 흘렀다.

"물론." 하우 교장이 문을 활짝 열어주었다.

우드파크 교장실처럼, 이 집의 어디에서도 사람 사는 느낌은 나지 않았다. 벽에는 그림 하나 없었다. 삐걱거리는 책장과 작은 구형 텔레비전이 전부였다. 식탁에는 저녁식사가 차려진 쟁반이 있었는데 치즈 약간, 토마토 두 개와 식빵 두 장뿐이었다. 아이린의 집에서는 매콤한 토마토소스 파스타를 먹을 것이다. 아이린은 케니에게 요리를 가르쳤고, 오늘밤 케니는 대황풀 디저트를 만들 것이다. 그들은 다 함께 스크래블게임을 할 것이고, 그뒤 아이린과 어머니는 텔레비전 드라마를 보고 열여덟 살이 된 케니는 친구들과 함께 놀러나갈 것이다.

이런 차갑고 쓸쓸한 곳과 비교하면 얼마나 행복한 가정인가.

하지만 여기까지 왔으니 지금 포기할 수는 없었다.

"교장 선생님, 고민이 하나 있는데요." 그녀가 말했다.

"그래요?" 하우 교장의 목소리는 얼음장 같았다.

"네. 선생님들과 학부모님들이 이번 여름에 교장 선생님이 은퇴하실 때 어떤 선물을 해드리면 좋을지 저한테 알아봐달라고 하셨어요. 모두 교장 선생님이 좋아하실 선물을 드리고 싶어해요. 그분들은 제가 하루종일 교장 선생님과 같이 지내니까 아는 게 있을 거라고 생각하시지만 저도 잘 몰라서요. 어떻게 해야 할지 모르겠어요. 그래서 말인데, 혹시 저한테 알려주실 수는……?"

"아무것도 필요 없어요, 아이린."

"하지만 교장 선생님, 그런 문제가 아니에요. 그분들은 뭔가 선물을 드리고 싶어해요. 적당하고 적합한 걸로요."

"왜죠?"

"교장 선생님을 소중하게 생각하니까요."

"나를 정말로 소중하게 생각한다면 그냥 내버려뒀으면 해요. 기념식을 그런 감상적인 분위기로 몰아가지 말고."

"그건 아니에요. 그분들이 그런 생각을 하시는 건 아니에요, 교장 선생님."

"그렇다면 아이린은 어떤 생각을 하고 있죠?"

"제가 이십 년 동안이나 교장 선생님을 도와 일했는데도 송별선물로 뭐가 적당할지 모른다면, 그분들은 저를 교장 선생님의 친구나 동료로서 딱하게 생각할 거예요."

하우 교장이 그녀를 물끄러미 쳐다보았다.

"하지만 우리가 친구나 동료 사이는 아니잖아요." 교장이 이윽고 말했다. "이건 완전히 다른 관계예요. 그 사람들은 아이린이 그런 걸 알 거라고 기대할 권리가 없어요."

아이린은 몇 번이나 입을 열려다가 다물었다.

교사들이 교무실에서 하우 교장을 험담하고 '자기의 적은 자기'라고 불렀을 때 그녀는 하우 교장의 편을 들었다. 이제는 그녀 자신도 왜 그랬을까 싶었다. 하우 교장은 정말로 피도 눈물도 없는 인간이었던 것이다. 친구도 없고 관심사도 없는 사람. 피크닉 바구니나 진공청소기나 사주라고 하지 뭐. 이제는 상관없었다. 아이린은 더이상 신경쓰지 않을 것이다.

그녀가 가방을 들고 문을 향해 걸어갔다.

"이만 가볼게요, 교장 선생님. 더는 방해하거나 저녁식사를 못 드시게 해서는 안 되겠네요. 그냥 안경을 돌려드리러 온 거예요. 그뿐이에요."

"나는 안경을 책상에 두고 오지 않았어요, 아이린. 나는 뭐든 책상에 두고 오는 일이 없어요." 하우 교장이 말했다.

아이린은 천천히 겨우 대문까지 걸어갔다. 거리로 나가 걸음을 조금 옮긴 뒤에야 다리가 후들거리는 것을 느꼈다.

오랜 세월 동안 그녀는 하우 교장을 위해 일했고, 발끈한 학부모들이나 불만을 품은 교사들, 반항적인 학생들로부터 교장을 두둔했다. 그런데 오늘밤 하우 교장은 그녀의 면전에 대고 자신을 친구나 동료라고 부르다니 가당치 않다고 말한 것이다. 그녀는 그저 교장을 위해 일한 누군가에 불과했던 것이다.

그녀는 자신의 위치를 그렇게 모르면서 어떻게 그토록 확신할 수 있었던가?

그녀는 마음을 추스르기 위해 한참 동안 건물 문을 잡고 서 있었다. 한 젊은 여자가 자기 집에서 나오더니 염려스러운 눈빛으로 그녀를 쳐다보았다.

"괜찮으세요? 안색이 백지장처럼 하얘요."

"괜찮은 것 같아요. 약간 어지러운 것뿐이에요."

"들어와서 좀 앉으세요. 제 직업이 간호사예요."

"알고 있어요." 아이린이 숨을 헐떡였다. "세인트브리짓 심장전문 병원에서 근무하시잖아요."

"맞아요. 거기 오시는 환자분은 아닌 것 같은데요?"

"어머니를 모시고 가요. 페기 오코너가 저희 어머니세요."

"아, 그렇군요. 저는 피오나 캐럴이에요. 페기가 늘 따님 이야기를 하시던데, 정말 착한 딸이라고요."

"제게도 좋은 점이 있다고 말해주시는 분이 있어서 기쁘네요." 아이린이 말했다.

"들어오세요, 오코너 씨. 차를 한잔 드릴게요." 피오나가 그녀의 팔을 잡았다. 아이린은 감사하는 마음으로 들어갔다. 하우 교장의 집과는 딴판이라 마치 다른 행성에 온 것 같았다. 피오나와 어린 두 아들이 초콜릿케이크와 차를 내왔고, 격려가 되는 말을 많이 해주었다.

아이린은 기분이 한결 나아졌다.

그녀는 친절한 피오나에게 힘든 마음을 내려놓고 싶은 충동을 느꼈지만, 신중하고 충직한 성격이라 그 유혹을 물리쳤다. 피오나도 아마 자신의 깐깐한 이웃을 알 테니 위로의 말을 해줬을지도 모르지만.

하지만 오래된 습관은 쉽게 없어지지 않는다.

아이린은 자기를 비서로 써주는 사람을 험담하며 다니고 싶지는 않았다. 그녀는 하우 교장과의 당혹스러운 대면에 대해 일절 언급하지 않았다. 이제 버스를 타고 집에 돌아갈 만큼 기운을 차렸다고 피오나를 안심시키며 일어나려던 찰나, 딩고라는 남자가 화단에 심을 식물과 표토를 가져왔다. 주말에 캐럴 부부가 정원을 손질할 예정이었다. 두 아들이 각각 화단을 하나씩 맡게 될 터였다.

"딩고가 집에 데려다줄 테니 타고 가요, 오코너 씨." 피오나가 설득했다. "딩고의 집도 그쪽이에요."

딩고는 흔쾌히 수락했다.

"참 화목한 가정이에요." 아이린이 밴에 올라타 앉으며 말했다. "가정이 있으시죠, 딩고 씨?"

"아니요. 저는 혼자 돌아다니는 걸 좋아하는 사람이에요." 그가 말했다. "제 말을 믿어도 좋아요, 오코너 씨. 모든 결혼이 피오나와 데클런 씨 부부처럼 좋지는 않아요. 어떤 부부는 번개를 후려치는 악마 같다니까요. 오코너 씨는 아직 결혼을 안 한 모양이군요?"

"안 했어요. 기회가 한 번 있긴 했는데, 그 남자가 도박을 했어요. 그래서 겁이 났죠. 게다가 어머니에겐 제가 필요해서, 그러다 보니 이렇게 되었네요." 그녀는 자신의 말이 패배자의 변명처럼 느껴졌다. 하지만 평소에는 그렇지 않았다. 하우 교장이 오늘 그녀를 이렇게 만든 것이었다.

딩고는 모른 척 차를 계속 몰았다.

"제 삼촌 네이시도 같은 처지예요. 삼촌도 예전에 좋아하던 사람이 있었는데 기회를 놓쳤다더군요. 걸핏하면 사십대 여자를 찾아 봐달라고 부탁해요. 혹시 사십대이신가요, 오코너 씨?"

"그쯤이에요." 아이린이 말했다. "내년에는 물어보지 마세요. 아니라고 대답해야 할 테니까요."

"그렇군요. 너무 늦기 전에 삼촌한테 말해야겠는데요." 딩고가
약속했다.

아이린은 집으로 돌아가 저녁식사를 준비했다. 그녀는 그날 있
었던 일을 어머니나 케니에게 말하지 않았다. 아이린이 하우 교장
을 위해 지금껏 바쳐온 그 모든 노력이 차갑고 냉정한 한마디 말로
무의미해졌다는 사실을 그들은 알 길이 없었다.

그들이 저녁을 먹으려고 앉은 그 순간에, 아이린에게 남편을 찾
아주려는 노력이 진행중이라는 사실도 그들은 알 길이 없었다. 딩
고는 아주 괜찮은 마흔아홉 살 여자를 만났다는 소식을 듣고 삼촌
네이시를 찾아갔다. 그가 확신에 차서 설득하자, 네이시도 아이린
에게 깊은 흥미를 느껴 더 알고 싶은 마음이 들었다……

다음 몇 주 동안 우드파크 학교의 교사들은 아이린이 어딘지 모
르게 바뀐 것을 알아차렸다. 그들이 하우 교장의 은퇴식을 어떻게
할 것인지, 어떤 선물을 줄 것인지 논의할 때 그녀는 열의보다는
시큰둥한 반응을 보였다.

"정말이지, 그게 중요한 것 같지는 않아요." 아이린은 그렇게 말
하면서 주제를 바꾸었다. 그들은 아이린이 직장을 잃을까봐 걱정
돼서 그런 것이라고 생각했다. 어쩌면 차기 교장이 새 비서를 직접
뽑고 싶어할지도 모르니까.

아이린은 언제나처럼 자기 일을 성실히 했지만 마음에서 우러나
오지 않았고 열의도 없었다. 하우 교장이 설령 눈치를 챘다 하더라
도 뭔가 이상하다는 것을 알아차렸다는 기색은 전혀 없었다. 아이
린은 이제 껄끄러운 회의 자리에 차나 비스킷을 내가는 것도 그만
두었다. 작은 칼랑코에 화분도 다시 가져와 영양제를 주며 그녀의

사무실에서 건강하게 자라도록 관리했다. 아이린이 즐거운 세상 이야기를 들려주던 날들은 사라졌다.

하지만 이제 아이린은 하우 교장이 전혀 모르는 사적인 만남을 갖고 있었다. 네이시가 전화를 걸어, 그의 바보 같은 조카가 아주 좋은 사람이 있다고 말해주었는데 혹시 시간이 되면 같이 영화를 보러 갈 수 있는지 물어본 것이다. 그들은 영화를 본 뒤 볼링을 치고 노래를 부를 수 있는 퍼브에 갔다. 그는 자신의 원래 이름은 이그네이셔스라고 알려주면서, 그 이름이 적어도 이기라고 불리는 것보다는 낫다고 했다. 학교에 다닐 때 다른 친구가 이기라고 불렸다는 것이다. 그는 멀론 씨네 정육점에서 일했고, 멀론 씨가 이 세상에서 발 딛고 사는 사람 중 가장 점잖은 분이라고 말했다.

아이린의 집에 갈 때 그는 가장 육질이 좋은 양갈비와 맛좋은 돼지고기 스테이크를 가지고 갔다. 아이린의 어머니 페기는 그가 마음에 들었는지, 틈날 때마다 아이린이 얼마나 훌륭한 여성인지 칭찬을 늘어놓았다.

"저도 잘 알고 있어요, 오코너 부인. 아이린 칭찬을 그렇게 하지 않으셔도 돼요. 저는 이미 푹 빠진걸요." 그가 이렇게 말하자 페기는 기뻐서 얼굴이 달아올랐다.

네이시는 아일랜드 서부 출신이어서 더블린에는 가족이 거의 없었다. 조카가 둘 있었다. 딩고는 아이린이 이미 만나본 조카로, 밴을 몰면서 사람들이 부탁하는 이런저런 일을 처리해주었다. 그리고 여동생 눌라와 눌라의 아들 리거가 있었다. 그 아이는 인생이 잘 풀리지 않아 많은 시간을 소년원에서 보냈다. 그후에 아일랜드 서부로 보내졌는데, 그곳에서 잘못을 뉘우치고 마음을 잡은 것 같왔다. 괜찮은 여자도 찾았고, 채소와 닭도 키웠다. 지금 개축중인 건물에서 매니저 비슷한 일을 했다. 이렇게 말해도 된다면, 그 건물은 리거에게 일종의 작은 '빅 하우스'*였다. 절벽 위에 자리잡은 집인데 전망이 사람들의 시선을 사로잡는다고 했다. 네이시는 언젠가 아이린과 그녀의 어머니를 그곳으로 데려가 그 전부를 보여주겠다고 약속했다. 그들은 정말 가보고 싶어했다.

케니도 네이시가 오는 것을 좋아했다. 아이린과 네이시를 두 마리 잉꼬라고 부르면서, 그들이 밖에서 데이트를 하고 싶으면 할머니는 자기가 돌보겠다고 했다.

그러던 어느 날, 사귄 지 육 개월 만에 네이시가 아이린에게 청혼했다. 학기가 끝나기 직전이었다. 그들은 소박한 결혼식을 올리기로 했다. 아이린이 그 소식을 알리자 케니는 결혼식 때 자기가 이모를 데리고 입장하겠다고 했다. 하지만 아이린은 할말이 따로 있었다. 그녀는 페기가 잠들 때까지 기다렸다.

"말할 게 있어, 케니." 아이린이 말문을 열었다.

"알고 있었어요." 그가 간단히 말했다. "아홉 살 때 이모가 엄마라는 사실을 알았어요."

"왜 말하지 않았니?" 그녀는 깜짝 놀랐다.

"중요하지 않았으니까요. 제가 필요로 할 때 항상 옆에 계시다는 걸 알았거든요."

"나한테 물어보고 싶은 건 없어?" 그녀가 나직하게 말했다. 그리고 울기 시작했다.

---

* '교도소'를 뜻하는 속어.

"그때 무섭고 외로웠어요?" 그가 옆에 앉아 그녀의 어깨를 감싸 안았다.

"약간. 하지만 그 사람은 혼자가 아니었어. 네 아빠는 이미 결혼 한 사람이었어. 그 사람이 가진 모든 것을 파괴하는 건 옳지 않은 일 같았어. 그때 잉글랜드에서 살던 모린이 세상을 떠났고, 우리는 너를 모린의 아이인 것처럼 해서 키운 거야. 네 할머니를 위해서. 네 할머니는 손자를 데리고 살고 나는 내 아들을 데리고 살 수 있 으니까. 우리 모두 잘해왔어." 이제 아이린은 눈물을 흘리면서 웃 고 있었다.

"네이시 아저씨도 알아요?"

"응. 처음에 다 말했어. 네이시는 네가 아마 눈치챘을 거라고 하 던데. 그 사람 말이 맞았구나."

"아저씨가 여기 와서 같이 살게 되나요?"

"너만 괜찮다면." 아이린이 말했다. "네 할머니한테도 아주 잘해 주니까."

"제가 모를까봐서요? 세 분이 밤에 열을 올리면서 브리지게임 하시는 거 보기 좋아요. 세 분을 보는 게 라스베이거스 도박장보다 훨씬 재미있어요." 그는 여행을 떠날 생각이라서, 네이시가 와 있 으면 정말 좋겠다고 했다. 미국에 가볼 기회가 있다고 했다. 이제 는 자유롭게 계획을 세울 수 있게 됐다면서.

십팔 년 동안 아이린은 케니에게 이 말을 해야 하는 순간이 두려 웠다. 지금 그 순간은 그 사실에 대한 언급도 거의 없이 지나갔다. 인생은 아주 이상한 것이있다.

아이린은 일하러 갈 때도 약혼반지를 꼈다. 하우 교장은 아무 말도 하지 않았고 아이린도 그 이야기를 꺼내지 않았다. 교사들은 물론 모두 눈치를 챘다. 아이린은 어머니가 신부 들러리 대표가 될 것이고, 네이시의 조카 리거가 스토니브리지에서 올 것이며, 딩고가 신랑 들러리가 될 거라고 말했다. 8월의 마지막 토요일에 퍼브에서 샌드위치와 케이크를 준비할 텐데 선생님들 모두 와주면 좋겠다고 했다. 교사들은 결혼 선물을 준비하면서 몹시 들떴다.

아이린의 선물은 고르기가 쉬웠다. 그녀는 뭐든 좋아했다. 스페인에서의 휴가 선물도 괜찮겠고, 정원 창고, 코네마라* 풍경화, 성에서 보내는 주말, 바퀴 달린 여행가방 세트, 크로케 용품 세트, 천사가 달린 커다란 장식 거울도 괜찮을 것이다. 아이린은 뭐든 좋아할 것이고 선물을 받으면 침이 마르도록 찬사를 늘어놓을 것이다.

하우 교장의 퇴임식 선물은 여전히 결정이 나지 않았다.

어떤 선물을 할지 정해달라는 압력이 아이린에게 자꾸 가해졌다. 그녀는 아무래도 상관없었지만, 교사와 학생들을 위해 뭐라도 생각해내야 할 것 같았다. 그들을 실망시키고 싶지 않았다. 저녁에 일을 마치고 돌아가 네이시에게 모든 이야기를 할 수 있다는 사실이 정말 행복했다.

네이시가 선물 문제를 좀 생각해보겠다고 했다. 한편 그도 알려줄 소식이 있었다. 조카 리거와 통화를 했다고 했다.

"스톤하우스에서 걱정이 태산이래요. 문을 여는 주에 확실히 예약된 사람이 없대요. 리거와 치키가 온갖 수고를 다 했는데 그 모든 게 허사가 될까봐 두려운가봐요."

---

* 아일랜드 서해안 골웨이 카운티에 있는 곳으로 호수와 늪이 많다.

"음," 아이린이 말했다. "리거에게 홍보 책자를 보내달라고 해야 겠어요. 학교에 가져가서 돌려볼게요. 좋아하는 선생님들이 있을 거예요."

"교장 선생님을 거기로 보내는 건 어떨까요?" 네이시가 제안하 며 거의 환호성을 질렀다.

"하지만 그분이 어지간해야 말이죠. 그분 때문에 누를 끼치게 되 지는 않을까요?"

"학교 밖에선 그 정도까지는 아니겠죠. 음, 밖에서 돌아다니면 되니까요. 많은 사람들한테 폐를 끼치지는 않을 거예요." 네이시는 성격이 낙천적이라 아이린의 상사를 그렇게까지 나쁘게 생각하지 는 않았다.

"말은 해볼게요. 그게 최선의 해결책일 수도 있겠네요." 아이린 이 말했다.

"교장 선생님 때문에 하룻밤 사이에 호텔 문이 닫히진 않기를 바 라야겠어요." 네이시가 활짝 웃으며 말했다. 그러고는 다시 결혼식 이야기로 돌아갔다.

교사들은 요즘 '자기의 적은 자기'가 평소보다 더 입을 다물고 지내고, 학기말의 들뜬 분위기에 어느 때보다도 엄격하다는 사실 을 알아차렸다. 학생들의 미래보다는 시험 결과를 더 염려했고, 심 지어 자기 자신에 대해서도 어떤 면이든 가차없이 몰아붙였다.

교장의 차가 밤에 학교 운동장을 빠져나가는 시간이 점점 늦어 지고 아침에는 더 일찍 나타난다고 했다. 하우 교장이 우드파크가 아닌 곳에서 보내는 시간은 하루에 일고여덟 시간이 고작이었다.

이건 자연스럽지 않았다.

마침내 그녀가 아이린에게 결혼식 이야기를 꺼냈다.

"학부모 하나가 말해주던데 결혼을 할 생각이라고요, 아이린."
하우 교장이 비아냥거리듯 작게 웃었다. "그분 말이 맞아요?"

"네 맞아요, 교장 선생님. 8월 말에 해요." 아이린이 말했다.

"그런데 나한테는 말하지 않을 생각이었어요?" 교장의 목소리
에서 괘씸함과 서운함이 느껴졌다.

"네. 교장 선생님이 말씀하셨듯이 저는 동료도 아니고 친구도 아
니니까요. 저는 그냥 일하는 사람이잖아요. 결혼식은 휴가 기간에
올리니까 말씀드려봤자 의미가 없을 것 같아서요."

아이린의 목소리는 엄밀히 말해 무례하지는 않았지만 뭔가 통명
스러운 느낌이 들었는지 하우 교장이 확 올려다보았다. 지금은 아
주 잘됐다고 말하면서 아이린의 행복을 빌어줘야 하는 순간이었
다. 심지어 사실은 아이린을 친구이자 동료로 생각했다고 말해줘
도 좋을 순간이었다.

하지만 그러지 않았다. 오랫동안 '자기의 적은 자기'였던 그녀는
또다시 자신의 적이 되어 비아냥거리듯 웃었다.

"그렇게 늦은 나이에 가정을 이룰 마음이 있었다니 뜻밖이군
요." 교장은 그런 생각이 아주 재미있다는 듯 말했다.

아이린은 웃지 않고 그녀의 시선을 되받았다. "아니요, 교장 선
생님. 저한테는 벌써 열여덟 살 된 아들이 있는걸요. 축복이지요.
네이시와 제가 아이를 더 낳을 생각은 없어요."

"네이시라고!" 하우 교장은 자기도 모르게 말이 튀어나왔다. "그
게 그 사람 이름이에요? 세상에!"

"네, 그게 그 사람 이름이에요. 그리고 '세상에' 그만큼 착한 사람도 없을걸요. 그 사람은 진짜로 착해요. 저한테도, 제 아들 케니나 제 어머니한테도요. 참, 이것도 재미있게 생각하실지 모르겠는데 그 사람은 도축업을 해요."

"진정해요, 아이린. 지나치게 흥분한 것 같군요. 지금 두 가지 이상한 점을 발견했어요. 당신은 늘 케니 사진을 보여주면서 조카라고 하지 않았던가요."

"제가 결혼을 하지 않았으니까 그러는 편이 더 신중하다고 생각했거든요."

"하지만 네이시라는 사람 덕분에 아이린 씨가 남부끄럽지 않게 되겠군요, 그렇죠?"

아이린은 겉보기와는 다른 분이라고 하우 교장을 변명해준 것은 물론, 애초에 자신이 어떻게 이런 여자를 위해 이십 년 동안이나 일을 할 수 있었는지 놀라웠다. 하우 교장은 피도 눈물도 없는 사람이었다.

"저는 늘 자신을 남부끄럽지 않은 사람이라고 생각했어요. 그리고 저를 아는 사람 모두 그렇게 생각하고요. 하지만 어차피 교장 선생님은 저를 전혀 모르시니까요. 지금까지 그래오셨고요."

"내가 떠난 뒤에도 계속 여기서 일하고 싶겠지요? 그리고 그……결혼을 하고 난 뒤에도?" 하우 교장의 눈동자에 분노가 이글거렸다.

"그럼요. 저는 이 학교도 좋고 선생님들이나 학생들도 좋아요."

"그러면 말조심하는 게 좋을 거예요, 아이린. 나한테서 좋은 추천서를 받고 싶다면 말이지요. 후임 교장이 비밀 많고 태도가 나쁜 사람을 그대로 쓴다는 보장은 없으니까요."

"추천서는 쓰고 싶은 대로 쓰세요, 교장 선생님. 어쨌든 그렇게 하실 거잖아요."

"이 모든 문제에 턱없이 근시안적이로군요, 아이린."

"감사합니다, 교장 선생님. 아직 이 직장에 붙어 있으니 저는 가서 일을 해야겠어요." 아이린은 뒤도 돌아보지 않고 나갔다.

아이린은 부들부들 떨며 책상 앞에 앉았다. 휴대전화가 울렸지만 받을 기운도 없었다.

어머니가 굉장한 소식을 알려왔다. 네이시가 점심시간에 집에 와서, 인터넷으로 신부 어머니 의상을 고르는 법을 알려주었다고 했다. 어머니는 감청색과 흰색으로 된 드레스와 재킷을 고를 거라고 했다. 아이린의 결혼식 계획과 잘 어울릴까?

아이린에게 착한 마음이 돌아왔고 흥분이 되살아났다. 감옥 같은 교장실 문 뒤에 도사린 하우 교장의 독하고 싸늘한 외로움이 서서히 물러가고 있었다.

차기 교장은 이미 정해져 있었다. 윌리엄스 여사였다. 잉글랜드에서 큰 여학교의 교장으로 일했고 남편과는 사별했는데, 이제는 아일랜드에 사는 가족들에게 돌아오고 싶어했다. 자신이 쓰던 집기를 교장실로 옮겨올 것이고 현재의 관리 수준을 기꺼이 유지하겠다고 했다. 아이린이 7월과 8월의 얼마 동안 신임 교장의 정착을 도울 것이다. 신임 교장은 아이린이 삼 주 동안 휴가를 떠났다가 학기 첫날에 돌아온다는 사실을 이미 알고 있었다.

전체 교직원과 학생들이 하우 교장에게 송별인사를 하기 위해 모였다. 하우 교장이 매일 아침 그랬듯 강당 연단에 올라섰다. 변함없이 검은색 학위가운을 입었고, 머리 모양도 한결같이 빗살핀으로 고정시켰다. 얼굴에는 여전히 아무 표정이 없었다.

여러 교사들이 하우 교장의 공적을 기리는 기념사를 낭독했다. 학생회장이 송별사를 했고, 학부모위원회 위원장이 우드파크 학교에서 하우 교장 덕분에 성공한 학생들을 대신해 감사의 마음을 표현했다. 이제는 휴식을 취해야 마땅하다거나 진짜 인생이 시작되려고 한다는 내용 같은 것은 전혀 없었다. 마침내 모두의 감사하는 마음을 담은 봉투가 건네졌다. 아일랜드 서부에 새로 문을 여는 스톤하우스에서 첫 주 동안 묵을 수 있는 휴가 바우처였다. 하우 교장은 누구에게도 고맙다는 말을 하지 않았다. 선물이 공개되었을 때도 얼굴 근육 하나 씰룩거리지 않았다. 사실 다른 반응을 예상했던 사람도 없었다.

윌리엄스 교장도 하우 교장의 퇴임식에 초대받았지만 거절했다. 괜히 관심을 분산시키고 싶지 않다고 했다. 그날은 하우 교장의 날이니까.

사실 사람들은 윌리엄스 교장이 왔다면 기뻐했을 것이다. 그녀가 고문 같았던 퇴임식과 그후의 끝나지 않을 듯 이어진 와인과 치즈 파티를 어색하지 않게 만들어줬을 테니까. 사람들은 언제쯤 떠나도 괜찮은 시간이 될지 애타게 손목시계를 쳐다보았다. 시간이 이리도 느리게 흘러간 적이 있었던가? 이처럼 지루하게 이 시대의 교육 동향만 한탄하다 끝난 연설이 있었던가? 그녀는 학교에서 훈육의 필요성과 암기 교육을 강조했고, 이른바 창의성이라는 것은 훌륭한 옛날식 교육의 기본 바탕을 절대 넘볼 수 없다고 목소리를 높였다.

그 자리에 모인 모두가 이 자리가 얼른 끝나기만을 기다렸다. 철저하면서도 흥미로운 교과과정을 구성하기 위해 최선을 다하는 교사들도, 딸들이 좋은 성적을 얻어 대학에 들어간 것에 안도감과 함께 죄책감을 느끼는 학부모들도, 방학이 얼른 오기를 학수고대하는 학생들도.

아이린은 자신의 소지품을 챙기려고 사무실에 들렀다. 얼른 집에 돌아가 우드파크 교직원들이 준 결혼 선물이 뭐였는지 네이시에게 말하고 싶어 조바심이 났다. 선물은 가스로 불을 켜는 멋진 바비큐 화로였다. 그뿐만이 아니었다. 정원 업체가 작은 파티오를 만들고 그 공간에 특별한 벽도 세워줄 것이다. 이제 그들은 평생 여름 동안 야외에서 음식을 먹으며 즐기기만 하면 되었다!

교장실에서 무슨 소리가 들리자 그녀는 깜짝 놀랐다. 그녀가 문을 두드렸다. 하우 교장이 책상 뒤에 혼자 서 있었다. 책상에는 자동차 열쇠 말고는 아무것도 없었다. 하우 교장 뒤의 창문으로 텅 빈 학교 운동장이 내다보였다. 창가 양쪽 가장자리에는 무거운 짙은 갈색 커튼이 내려져 있었다.

"누가 침입했나 해서 확인차 들어온 거예요." 아이린이 물러서 나가려 했다.

"잠시만, 아이린. 결혼 선물을 주고 싶어요."

이것은 그녀가 전혀 예상치 못한 일이었다.

"뭘 이런 걸 다 준비하셨어요, 교장 선생님. 정말 친절하시네요."

하우 교장이 번쩍거리는 화려한 쇼핑백을 건넸다. 교장에게서 이런 선물을 받을 거라고는 기대하지 못했었다. 아이린은 무슨 말을 해야 할지 알 수 없었다.

가장 먼저 죄책감이 들었다. 그녀는 하우 교장이 떠나게 될 여행 바우처에 한푼도 내지 않았다. 카드에 이름도 써넣지 않았고 행복도 빌어주지 않았다. 이제 그녀는 부끄러운 마음이 들었다.

"신경쓸 거 없어요. 그저 나를 잊지 말아달라는 작은 선물이에요."

"교장 선생님을 위해 일했던 걸 잊지 않겠어요."

"윌리엄스 교장이 당신을 계속 데리고 있기를 바라겠어요."

"네, 그러면 좋겠어요. 선물 고맙습니다. 지금 풀어봐도 될까요?"

"아, 그러지 말아요……" 하우 교장은 선물을 풀어보면 이 텅 빈 공간이 더럽혀지기라도 할 것처럼 난색을 표했다.

책은 이미 치워졌지만 싸구려 합판 책장은 텅 빈 채 그대로 서 있었다. 며칠 뒤면 그것도 치워지겠지만, 하우 교장은 그 사실을 몰랐다. 이 공간에서 누군가가 그토록 오랫동안 일을 했다는 표시는 어디에도 남아 있지 않았다.

"음, 오늘밤에 풀어볼게요. 수고스럽게 선물을 골라주셔서 감사합니다." 아이린의 온몸에서 진심이 풍겨나왔다.

하우 교장은 아이린의 친근한 태도에 몸서리를 치는 듯했다.

"음, 선물이 적당한 거라면 좋겠군요. 정말로, 어떤 선물을 받게 될지 모르니까요. 특히 늦은 결혼일 때는요."

"무슨 말씀이세요?"

"젊은 애들이야 새로 가정을 꾸민답시고 호들갑을 떨겠지만, 아이린 씨는 아마 모든 걸 이미 가지고 있을 테니까요."

아이린은 선물을 받은 뒤의 좋은 기분에 찬물을 끼얹고 싶지 않았다.

"물론 그렇지는 않아요. 하지만 저희한테도 결혼은 새롭고 흥분되는 일이에요. 저희 둘 다 결혼은 처음 하는 거라서요."

"그렇겠죠." 하우 교장은 못마땅한 듯 입을 꾹 다물었다.

"아무튼 행복하시기를 바랄게요, 교장 선생님. 앞으로 여러 가지 일들을 계획해두셨을 거라고 믿어요." 하우 교장은 아이린의 친절한 말에 고맙다고 대답할 수도 있었을 것이다. 정말로 할 일이 많다고 애매하게 둘러댈 수도 있었을 것이다. 하지만 넬 하우는 애매한 말도, 기분좋은 말도 하지 않았다. 오히려 이렇게 말했다. "아이린 씨는 진부하기 짝이 없는 멋진 동화 속에서 살고 있군요. 깊은 생각 없이 살면 참 편하겠지요." 그러고는 자동차 열쇠를 집어들고 그곳을 떠났다.

아이린은 창문으로 넬 하우가 작은 차에 올라타고 그토록 오랜 시간을 보낸 유일한 삶에서 멀어져가는 것을 지켜보았다. 그녀는 넬 하우의 차가 우드파크 교문을 빠져나간 뒤에도 한동안 그렇게 서 있었다. 하우 교장은 오늘밤, 그리고 앞으로 다가올 많은 밤낮에 무엇을 할까? 그 추운 방에는 늘 식사 쟁반이 놓여 있을까? 그녀와 식사를 함께할 사람은 있는 걸까?

그녀의 퇴임식에 친구나 친척은 단 한 명도 참석하지 않았다. 평생 살아오면서 자신의 퇴임식에 초대할 사람이 한 명도 없는 사람이 또 있을까?

아이린은 아주 너그러운 사람이었다. 자신을 모욕한 여자, 마지막 순간까지 자신을 조롱하려고 했던 여자였지만 그녀를 나쁘게만 생각할 수는 없었다. 어쨌거나 하우 교장은 결혼 선물을 주지 않았는가. 더 중요한 것은 그날 아이린이 하우 교장의 집에 찾아가지 않았다면 딩고를 만나지 못했을 것이 아닌가. 딩고가 그녀를 네이시에게 소개해준 것이다.

그녀는 한숨을 쉬며 집으로 돌아가는 버스를 탔다. 결혼 선물이 들어 있는 반짝이는 쇼핑백을 꼭 쥐고서.

그들은 저녁식사 시간에 선물을 풀어보았다. 가장자리를 레이스로 두른 쟁반보였다. 쟁반보에는 작은 장미꽃 봉오리들이 날염되어 있었다. 아이린은 그것을 보고 깜짝 놀랐다. 하우 교장이 가게에 가서 이런 것을 골랐을 거라고는 믿을 수가 없었다. 실용적이지 않을뿐더러 약간 구식이었다. 하지만 얼마나 자상한가.

그런 생각을 하며 가방 안을 들여다보는데 밑에 카드가 든 봉투가 보였다. 아이린은 카드를 펴서 읽었다. 하우 교장 선생님께. 저희 딸을 열심히 공부시켜 다른 인생을 살게 해주신 것에 감사드립니다. 최근에 큰 장학금을 받고 대학에 진학한 학생의 부모 이름이 적혀 있었다. 하우 교장은 선물을 풀어보지도 않고 전달한 것이었다. 심지어 감사의 말이 담긴 카드도 읽지 않았다.

아이린은 카드를 얼른 구겨버렸다.

"뭐라고 썼어?" 페기 오코너는 심장박동 수까지 일일이 다 알고 싶어하는 성격이었다.

"그냥 행복하기를 바란다고요." 아이린이 말했다. 마음속으로는 하우 교장을 다시는 생각하지 않겠다고 결심했다. 자신의 마음속에서, 자신의 인생에서 지워버릴 것이다. 정말 형편없는 여자였다. 두 번 다시 생각할 가치도 없었다.

하지만 일주일 뒤 윌리엄스 교장이 부임했을 때 아이린은 하우 교장을 다시 생각하지 않을 수 없었다. 윌리엄스 교장이 공간을 아주 많이 바꿔놓아서 같은 교장실이라고는 도저히 믿어지지 않았다.

덩치 큰 컴퓨터는 작은 노트북으로 바뀌어 있었다. 수공으로 깎아 만든 책상에는 라피아야자 섬유로 만든 예쁜 쟁반들이 놓여 있었고, 밝은 색깔의 서류철과 고인이 된 남편 사진도 있었다. 새 책장에는 책들이 꽂혀 있었지만 장식품이나 작은 화분을 올려놓은 공간도 있었다. 윌리엄스 교장은 식물들이 제대로 보살핌을 받을 수 있게 작은 물뿌리개도 손닿는 곳에 두었다.

딱딱한 의자는 덜 위압적인 의자로 교체되었다. 그녀는 선임자보다 좀더 일반적이고 덜 강압적인 일상을 만들어놓은 것이다. 그녀는 아이린을 만족스러워하는 것 같았고, 아이린이 능률적으로 일하고 자신을 잘 보좌한다고 끊임없이 칭찬했다. 하우 교장에게는 무뚝뚝한 침묵 이상을 바랄 수 없었는데, 그런 침묵에 익숙해 있던 아이린에게 이런 경험은 처음이었다.

그들이 그날 할 일을 점검해나갈 때 윌리엄스 교장이 고개를 들고 말했다. "그런데 왜 나한테 결혼한다는 말을 하지 않았어요?"

"개인적인 일로 심려를 끼쳐드리고 싶지 않아서요. 하지만 이젠 말씀드리고 싶어지는데요!" 아이린이 미안하다는 듯 웃었다.

"음, 결혼식 이야기조차 하지 않는다면 우리가 대체 무슨 이야기를 하겠어요?" 윌리엄스 교장은 정말로 궁금한 것 같았다. "다 이야기해봐요."

아이린은 네이시에 대해, 그가 정육점에서 계약 기간을 다 끝냈고 자기 아파트를 팔고 그녀와 그녀의 어머니가 사는 아파트로 들어와 같이 살기로 했다는 이야기를 했다. 집에 욕실도 하나 더 만들 거고…… 그녀는 잔뜩 신이 나서 이야기를 풀어놓았고, 결혼식 날이 멋진 날이 되기를, 우스꽝스럽거나 하지는 않기를 바란다고 했다.

윌리엄스 교장이 책상에 올려놓은 사진을 보며 자신의 결혼식 날이 어제 일처럼 생각난다고 말했다. 모든 것이 다 좋았다고.

"날씨는 화창했어요?" 아이린이 물었다.

윌리엄스 교장은 기억하지 못했다. 날씨는 그렇게 중요하지 않았기 때문이다. 모두가 행복했고, 중요한 것은 그것이었다.

그 순간 직통전화가 울렸다. 아이린은 약간 허둥댔다. 그 전화선으로 직통전화를 받을 수 있다는 사실을 처음 알았던 것이다. 교장의 편의를 위해 그렇게 한 것이었다. 전체 시스템을 통하기보다 신속하게 전화를 이용하고 싶을 경우를 대비하여. 윌리엄스 교장이 고개를 끄덕이자 아이린이 전화를 받았다.

한 남자가 넬 하우와 통화를 하고 싶다고 했다.

"하우 교장 선생님은 은퇴하셔서 이제 근무하지 않으십니다. 새로 부임하신 윌리엄스 교장 선생님과 통화하시겠어요? 어떤 관계인지 말씀해주실 수 있을까요?"

"넬 하우가 어디 사는지만 말해줘요." 그가 말했다.

"죄송하지만 교직원 주소는 알려드릴 수 없습니다."

"방금 은퇴했다고 했잖아요."

"죄송합니다. 알려드릴 수 없습니다. 지금은 하우 교장 선생님과 연락을 하지 않아요. 저는 메시지를 전달해드릴 수 있는 입장이 못 되고요." 아이린이 말하자 남자는 전화를 끊었다.

아이린과 윌리엄스 교장은 어리둥절해서 서로를 쳐다보았다.

결혼식을 올리기 한 주 전에 아이린은 거리 맞은편에 있는 넬 하우를 보았다. 그냥 지나칠 수가 없었다. 그녀는 길을 건너갔다.

"교장 선생님. 반가워요."

넬 하우는 그녀를 냉랭하게 쳐다보더니 말하는 데 대단한 노력이 들어가는 것처럼 메마르게 내뱉었다. "아이린."

"네, 교장 선생님. 어떻게 지내셨어요? 한번 연락을 드리려고 했었는데요."

"그랬어요? 그런데 왜 하지 않았어요?"

"어디 가서 커피 한잔 하실래요? 어떠세요?" 아이린이 제안했다.

"왜 그래야 하죠?" 하우 선생은 그 제안이 지나치게 친근해서 놀란 것 같았다.

"말씀드릴 게 있어요."

"음, 이 근처에는 적당한 장소가 없을 텐데요." 하우 선생은 그 동네를 무시하는 투로 말했다.

"여기 작은 카페의 커피가 맛있어요. 교장 선생님……"

하우 교장은 어쩔 수 없다는 듯 그녀를 따라 들어갔다. 거품이 많은 이탈리아 커피를 마시며 아이린은 결혼식 계획과 신혼여행에 대해 말했다. 그녀는 하우 교장에게 겨울 여행을 떠나는 날이 기다려지느냐고 물었다.

"어느 때건 그렇게 외진 곳으로 떠나고 싶어할 이유가 뭔지를 모르겠군요." 대답은 그것뿐이었다.

아이린이 주제를 바꾸었다. 한 남자가 전화를 걸어왔는데 태도가 이상했다고 말했다.

"혹시 짐작 가는 분이 있으세요?" 그녀가 물었다. "메시지는 남기지 않았고 전화번호도 알려주지 않았어요."

"틀림없이 남동생일 거예요." 하우 교장이 말했다.

"남동생이요?"

"그래요, 남동생 마틴. 못 본 지 한참 됐군요."

"왜요?" 아이린은 심장이 펄떡거렸다. 하우 교장이 그런 이야기를 아무렇지 않게 하는 것이 그녀는 몹시 당혹스러웠다.

"왜냐고요? 오, 그 일은 아주 오래전으로 거슬러올라가지요." 하우 교장의 표정은 종잡을 수 없었고 얼굴은 경직되어 있었다. "게다가 아이린 씨가 알 바는 아니잖아요? 그거예요? 그것뿐인가요?" 하우 교장은 싸늘하게 고개를 끄덕인 뒤 카페를 떠났다.

결혼식을 올리기에 더없이 멋진 날이었다. 케니가 신부를 데리고 입장하자 페기는 뿌듯해서 가슴이 터질 것 같았다. 딩고는 새 양복을 말쑥하게 차려입고 신랑 들러리를 섰고, 축하사에서 자기가 이 행복한 커플을 중매했다는 사실이 매우 자랑스럽다고 말했다.

카멀과 리거는 시간을 내서 결혼식에 참석했다. 리거의 어머니이자 네이시의 동생인 눌라도 왔다. 아침부터 저녁 늦게까지 환한 햇살이 비쳤다. 윌리엄스 교장도 퍼브에 와서 교사들, 멀론 정육점의 종업원들, 친구들, 이웃들 전부와 어울렸다. 가엾은 하우 교장은 백만 년이 지나도 그렇게 어울리지 못할 것이었다.

아이린은 스페인으로 신혼여행을 갔다 온 뒤 우드파크로 돌아와 일할 예정이었다. 이전 집권기보다 훨씬 편하고 즐거운 생활이 약속되어 있었다.

리거와 카멀은 스톤하우스를 떠나 있을 때에도 그곳 일을 계속 확인했다. 하우 교장을 위해 만든 바우처 덕분에 더 많은 아이디어가 떠올랐다. 스톤하우스에서 보내는 일주일 동안의 휴가를 잡지의 이벤트 상품으로 내걸 예정이었다. 예약이 슬슬 차고 있었다. 치키 스타의 호텔이 문을 여는 주에 손님이 다 찰 수도 있을 것 같았다. 리거는 그의 어머니가 곧 와볼 거라고 했다. 어머니가 스토니브리지에 돌아오는 것은 처녀 때 이후로 처음이 될 것이다.

그녀는 스톤하우스에서 지내고 싶지 않다고 했지만 리거와 치키가 계속 설득하고 있었다. 멋진 귀향이 될 거라면서.

아이린은 하우 교장이 아주 까다로울 거라고 경고했다.

"저희가 감당할 수 있을 거예요." 리거가 명랑하게 말했다. "아주 좋은 연습이 되겠네요. 저희는 하워드와 바버라도 겪었는걸요. 교장 선생님은 전혀 문제되지 않을 거예요."

하우 교장은 야간 기차를 타고 도착했다. 리거가 마중을 나갔다. 키가 크고 엄격해 보이는 여자가 작은 가방을 든 채 조바심을 내며 기차역을 둘러보고 있었다. 이 사람일 것이다.

그는 자신을 소개하며 그녀의 가방을 받아들었다.

"스타 부인이 마중나올 거라고 들었는데요." 여자가 말했다.

"지금 호텔에서 다른 손님들을 맞고 계셔서요. 저는 매니저 리거라고 합니다. 스톤하우스 부지 내에 살고 있어요." 그가 말했다.

"알아요. 이름은 이미 말했잖아요." 그녀는 몹시 못마땅한 듯 말했다.

"여기서 멋진 한 주를 보내시길 바랍니다. 교장 선생님. 아주 편안한 곳이에요."

"바라던 바로군요." 그녀가 말했다.

리거는 얼른 치키에게 마음의 준비를 하라는 경고를 해줘야겠다고 생각했다.

치키는 경고가 필요하지 않았다. 하우 교장이 즐거운 손님이 되지 않을 거라는 경고는 그녀의 몸짓만으로도 충분했다. 사람들은 큰 부엌에 모여 즐거워하고 있었지만, 하우 교장만은 경직되고 완강한 모습으로 서 있었다. 그녀는 셰리주나 와인을 거절한 뒤 얼음과 레몬을 넣은 토닉워터 한 잔을 달라고 했다. 다른 손님들에게 소개되자 아무 말 없이 고개만 까딱했다.

그녀는 방을 구경하거나 씻을 필요도 없다고 했다. 자신이 마지막으로 도착한 사람 중 하나이니, 자리를 비워서 식사시간을 지연시키고 싶지는 않다고 했다. 하우 교장은 간단한 한마디로 대화를 끝내버리는 재주가 있었다.

그녀는 치키가 제안한 관광이나 즐길 거리에 전혀 관심이 없었다. 손님들도 한 명씩 그녀를 포기했다.

어떤 일을 하시느냐고 미국인 남자가 묻자, 그녀는 미국에서와는 달리 이곳 사람들은 타인을 현재나 과거의 직업으로 판단하지 않는다고 대답했다.

스웨덴 청년은 이번이 두번째 아일랜드 여행이라고 말을 꺼냈지만, 그가 첫마디를 채 마치기도 전에 그녀가 따분하다는 표시를 확연히 드러냈다.

위니라는 간호사가 하우 교장에게 이전에 서부를 여행한 적이 있었는지 묻자, 그녀는 어깨를 으쓱하며 자신이 기억하는 한은 없다고 말했다. 잉글랜드에서 온 예의바른 두 의사는 그녀에게 이곳 풍경이 숨막히게 아름답다고 말했다. 하우 교장은 자신은 깜깜할 때 도착해서 지금까지 이렇다 할 풍경은 보지 못했다고 대꾸했다.

올라가 식탁에 음식을 내면서 식사가 만족스러운지 묻자, 하우 교장은 만족스럽지 않았다면 틀림없이 그 말을 했을 거라고 했다. 솔직한 생각을 말하지 않으면 이 시설에 도움이 되지 않을 거라면서.

저녁식사를 마친 뒤 치키 스타는 방을 보여주면서, 하우 교장이 아름다운 가구나 침대에 깔아놓은 깨끗한 새 리넨 침대보나 최고급 도자기 찻잔 세트를 올려놓은 쟁반을 보고 조금이라도 기뻐하는 표시를 하기를 기다렸다…… 다른 사람들은 모두 감탄했었다.

하우 교장은 그저 고개만 까딱했다.

"여기까지 오시느라 피곤하실 거예요." 치키 스타는 실망감을 삼키며 교장의 무반응을 넘겨버리려고 애썼다.

"그다지. 더블린에서 오는 내내 기차에 앉아만 있었어요." 하우 교장에게선 유연함이란 찾아볼 수가 없었다.

이어지는 여러 날 동안 손님들 중에서 유독 하우 교장만 어떤 칭찬도 하지 않았고 어떤 자연 풍경에도 즐거워하지 않았다. 올라와 치키가 저녁마다 차려주는 음식에 대해서도 감사를 표하지 않았다.

치키는 손님들이 대화할 줄 모르는 이상한 여자에게 말을 거는 고역을 덜어주려고 스스로 하우 교장의 옆자리에 앉았다. 재미없는 남자 공사장 일꾼들이 득시글한 뉴욕 게스트하우스에서 오랫동안 일했던 치키에게조차 이 상황은 힘겨웠다.

하우 교장은 질문을 하지도 않았고 그렇다고 가만히 지켜보는 것도 아니었다. 그녀의 삶은 뭐가 잘못돼도 한참 잘못되어 있었다.

넷째 날 아침이 되어도 하우 교장은 해안선을 돌아볼 만큼의 관심도 보이지 않았다. 치키는 리거에게 그녀를 차에 태우고 장이 서는 마을에 갔다 와달라고 부탁했다.

"맙소사, 치키. 꼭 그래야 해요? 저분은 멀쩡한 우유도 상하게 만들 양반이에요."

"부탁이야, 리거. 안 그러면 하루종일 앉아서 나만 쳐다볼 텐데 나는 만들 음식이 많단 말이야."

리거는 착하게도 그 부탁을 들어주었다. 하우 교장만 빼면 한 주는 더없이 순조롭게 흘러갔다. 여기 온 모든 사람들이 이곳을 침이 마르게 칭찬할 것이다. 그들이 줄곧 믿어온 것처럼 스톤하우스는 대번에 유명해질 것이다. 하우 교장과 하루를 보낸다고 해서 그가 죽지는 않을 것이다.

하우 교장에게 휴가를 즐기고 있는지를 어떤 식으로 물어도 돌아오는 반응은 단단한 벽뿐이어서, 리거는 자기 자신의 삶에 대해 즐겁게 이야기하기 시작했다. 자신의 두 아이에 대해 말했다. 쌍둥이 로지와 매켄. 그러고는 밴의 계기판에 붙여놓은 사진을 쳐다보며 자랑스럽게 고개를 주억거렸다.

"애들이 엄마를 빼닮았어요." 그가 자랑스럽게 말했다. "머리도 엄마를 닮으면 좋겠어요! 아빠 쪽 머리는 썩 좋지 않으니까요."

"부모님이 머리가 나빴나보죠?" 그녀가 물었다. 목소리는 냉랭했지만 대화에 흥미를 보이는 것 같았던 순간은 그때가 처음이었다.

"엄마는 그렇지 않아요. 아버지는 누군지 모르고요." 그가 말했다.

대부분의 사람들은 안타깝다거나 유감스럽다거나 그런 말을 했겠지만 하우 교장은 아무 말도 하지 않았다.

"교장 선생님의 부모님은 똑똑하셨어요?" 리거가 물었다.

그녀는 잠시 뜸을 들였다. 대답을 할지 말지 망설이는 것 같았다. 마침내 그녀가 말했다. "아니요, 전혀. 어머니는 자식들을 키우기에는 아주 부적절한 사람이었어요. 내가 열한 살 때 집을 나갔고 그뒤부터 아버지는 엉망진창이 됐지요. 직장도 잃고 술만 퍼마시다가 돌아가셨어요."

"이런 맙소사. 시작이 좋지 않았네요. 그러면 교장 선생님을 지켜준 형제분은 없으셨어요?"

"남동생이 하나 있는데 유감스럽게도 잘 자라지 못했어요. 이룬 게 하나도 없죠."

"남동생을 돌봐준 사람도 없었어요?"

다시 침묵이 흘렀다.

"어쩌다보니 없었군요."

"정말 슬픈 일이네요. 선생님은 남동생을 도와주기에는 너무 어리셨고요. 저는 운이 좋았어요. 말썽도 좀 피웠지만 엄마가 늘 저를 돌봐주셨거든요. 제가 소년원에 갔을 때도 엄마는 매주 꼬박꼬박 편지를 보내주셨어요. 저를 위해 최선을 다하셨죠. 제가 여기까지 와서야 정신을 똑바로 차리긴 했지만요. 저는 읽기나 쓰기 같은 옛날식 교육에는 뒤처져 있었어요. 따라잡기까지 시간이 걸렸죠. 시험 같은 건 치지 않았지만 정신은 확실히 차렸어요."

"어머니가 왜 시험을 치게 하지 않았어요?"

"아, 엄마도 제가 절대 교수는 되지 못한다는 걸 아셨거든요. 엄마는 식탁에 먹을 것이 떨어지지 않게 하려고 늘 열심히 일하셨지만, 그래도 나한테 돈이 없을 때 돈이 있는 다른 사람을 보기란 힘든 일이죠."

"다시 말썽을 피웠나요?" 하우 교장의 입술은 그가 나쁜 길로 빠졌기를 바란다는 듯 꼭 다물려 있었다.

"이전에 알고 지내던 아이들을 죄다 만났어요. 다들 잘 지내고는 있었지만 합법적인 방법으로는 아니었어요. 무슨 말인지 이해하시죠? 그애들이 뭔가를 같이 하자면서, 되게 쉬운 일인데다 잡히지도 않는댔어요. 하지만 네이시 삼촌이 하느님의 무서움을 알게 해주었죠. 삼촌은 제가 이 고장에서 새 출발을 해야 한다고 생각했어요. 저는 딱 싫었어요. 소나 양도 무섭고, 더블린과 비교하면 여기는 아주 따분하니까요. 하지만 엄마가 어렸을 때 여기 살았다면서, 이곳을 사랑했다고 했어요."

"그런데 왜 여기를 떠났대요?" 하우 교장은 애매모호한 것을 싫어했다.

"문제가 생겼대요. 엄마가 결혼할 수 없는 남자와 만난 거예요."

"그러면 어머니가 당신을 다시 여기로 데려온 건가요?"

"아니요. 엄마는 여기 돌아온 적이 없으세요. 하지만 오실 거예요. 곧이요."

시장은 북적거렸다. 하우 교장은 리거가 달걀과 염소젖으로 만든 치즈를 파는 것을 지켜보았다. 그는 밴의 짐칸에서 부거운 채소 봉지들을 꺼내고 냉장고에 곧장 넣을 커다란 고깃덩이를 다시 그

안에 넣었다. 작은 오리도 두 마리 샀는데, 치키의 식탁에 올라갈 요리 재료가 아니라 아이들의 애완동물로 키울 거라고 했다.

그는 도중에 만난 사람들을 모두 아는 것 같았다. 사람들은 치키 스타가 어떻게 지내는지, 리거의 아이들이, 올라가 어떻게 지내는지 안부를 물었다. 리거는 달걀과 치즈를 전해주러 아내의 친정에 들렀다. 하우 교장은 밴에 있겠다고 했다.

"차와 애플타르트를 주실 거예요." 그가 말했다.

"그럼 들고 와요, 리거. 나는 혼자 생각할 게 좀 있어요." 그녀는 사람들이 농가 창문으로 내다보는 것을 보았지만, 작고 답답한 부엌에서 낯선 사람들과 시시한 대화를 나눌 생각은 추호도 없었다.

성공적인 외출이라고 할 수는 없었지만 치키는 리거에게 고마워했다.

"저분에 대해 알아낸 게 있니?" 그녀가 물었다.

"약간요. 차 안이 고해실이 된 것 같았어요. 저한테 그런 말을 한 걸 아마 후회할걸요."

"그냥 내버려두자." 치키가 말했다.

다음날 하우 교장이 정원 끝에 있는 리거의 집으로 카멀을 찾아갔다. 자초지종을 알고 있는 카멀은 하우 교장을 따뜻하게 맞아주었다. 카멀이 자기 뜻대로 할 수 있었다면 그렇게까지 따뜻하게 맞이하진 않았을 것이다. 그녀는 아기들에게 하우 교장을 소개했고, 아기들은 방싯거리며 기분좋게 옹알댔다. 그들은 다 같이 토끼와 거북과 새로 사온 오리들을 보러 갔다. 오리 이름은 프린세스와 스퍼드였다.

하우 교장은 머그잔에 따른 차를 마셨다. 스톤하우스나 휴가 전반에 대해 칭찬하는 말은 전혀 없었다. 그래도 카멀은 견뎠고, 심지어 하우 교장이 시 암송의 장점에 대해 설교를 늘어놓을 때에도 버텨냈다.

하우 교장이 느닷없이 카멀과 리거의 서재에 무슨 책이 꽂혀 있는지 보고 싶다고 했다.

"저희는 집에 서재를 마련할 만한 사람들은 못 돼요." 카멀이 말했다.

"흠, 그렇다면 자식들에게 나쁜 본보기가 되겠군요." 하우 교장이 비아냥거렸다.

"저희가 할 수 있는 한 최선을 다할 거예요."

"사전도, 지도책도, 시집도 없는데 어떻게요? 집에 배움의 흔적이 없다면 아이들이 어떻게 배움의 중요성을 알겠어요?"

"학교에 보낼 거예요." 카멀이 방어적으로 말했다.

"그럴 줄 알았어요. 모든 걸 학교에 떠넘기고 뭔가 잘못되면 학교 탓을 하죠."

하우 교장의 목소리가 차츰 위협적으로 변해갔다. 즐거운 휴가를 보내게 해주려고 노력하는 친절한 여인에게가 아니라 학교에서 말을 듣지 않는 학생에게 말하는 것 같았다.

"저희는 학교 탓은 하지 않을 거예요. 저희는 그런 사람들이 아니에요."

"하지만 아이들한테 뭘 제공해줄 수 있죠? 다음 세대가 탄탄한 기반에서 제대로 시작하지 못한다면 무슨 의미가 있다는 건가요? 아이들이 교육도 받지 못한 채 키멀 씨 남편처럼 소년원에서 썩기를 바라는 건 아니겠죠?"

카멀은 더는 참을 수가 없었다.

"죄송합니다. 선생님. 제 남편을 모욕하는 것은 참을 수가 없네요. 제 남편이 지난날에 대한 이야기를 했다면—치키가 말하지는 않았을 테니 남편이 말한 거겠지만—비밀을 털어놓는 심정으로 그랬을 거예요. 그 말이 비난이 되어 돌아올 거라고 생각한 게 아니라요." 카멀도 자신의 목소리가 악을 쓰는 것처럼 들리는 걸 알았지만 어쩔 수가 없었다. 이 여자는 도대체 뭐가 잘못된 거지?

"죄송합니다만 여기서 나가주시면 좋겠어요. 지금 당장이요. 제가 너무 화가 나서 나중에 후회할 말을 하게 될 것 같아요. 저는 선생님도, 선생님의 인생도, 선생님이 왜 모든 사람에게 그토록 고약하게 구는지도 모르겠지만, 아주 오래전에 누가 선생님한테 그만 좀 하라고 소리를 질렀어야 했을 것 같군요."

돌연 하우 교장의 얼굴이 구겨졌다. 그녀는 갑자기 식탁에 고개를 숙이고는 온몸을 들썩이며 서럽게 울기 시작했다.

카멀은 깜짝 놀랐다. 잠시 어떻게 해야 할지 몰랐지만, 위로를 하려고 하우 교장의 어깨에 손을 얹었다.

하우 교장이 경직된 동작으로 그 손을 치웠다. 그녀의 길고 파리한 얼굴에 두 볼만 빨갛게 상기되어 있었다.

카멀은 차를 새로 한 주전자 끓여 반갑지 않은 손님 앞에 내려놓고 말없이 그녀를 바라보았다.

머뭇거리며, 하우 교장이 천천히 입을 열었다.

"1963년이었어요. 나는 열한 살이었고요. 마틴은 여덟 살이었지요. 우리 둘만 있었어요. 그해 케네디 대통령이 아일랜드를 방문했고 우리는 전부 대통령이 지나가는 길목에 구경하러 나갔어요."

하우 교장이 오십 년 전의 개인적인 이야기를 하다니, 참으로 있을 법하지 않은 일이었다.

"문득 우리집 아래층 창문을 잠그지 않은 게 기억났어요. 그건 내 책임이었고요. 집은 비어 있었어요. 아빠는 직장에 있었고 엄마는 이모네 집에 갔는데, 두 분 모두 문을 잠그는 문제에 매우 엄격하셨지요. 나는 그 자리를 뜨고 싶지 않았지만 내가 차지하고 있던 좋은 자리를 포기하고 어쩔 수 없이 집으로 달려갔어요. 누군가가 다쳤는지 집에서 끙끙거리는 소리가 나길래 이층으로 올라갔어요. 엄마와 어떤 남자가 침대에 알몸으로 누워 있었어요. 나는 그 남자가 엄마를 죽이려고 하는 줄 알고 남자를 끌어내려고 했는데……그때 엄마가 무릎을 꿇더니 아빠한테는 말하지 말아달라고 빌었어요. 이 작은 비밀만 지켜주면 내게 평생 잘해주겠다면서요. 그 남자는 주섬주섬 옷을 입었고 엄마는 이 말만 되풀이했어요. '가지 마, 래리. 넬은 이해해줄 거야. 넬도 다 컸어. 이제 열한 살이나 된걸. 어떻게 해야 할지 알 거야.' 나는 집밖으로 뛰쳐나가 직장에 있는 아빠한테 전화를 걸었고, 아빠한테 얼른 집에 오라고, 래리라는 남자가 엄마를 아프게 하고 있다고, 엄마는 나더러 그 사실을 비밀로 해달라고 부탁했다고 말했어요. 아빠가 집에 돌아와서는……"

"선생님은 어린아이였잖아요." 카멀이 위로하듯 말했다.

"아니요, 나도 알고 있었어요. 엄마의 행동이 잘못되었다는 걸, 엄마가 벌을 받아야 한다는 걸 알았어요. 나는 비밀의 일부가 되고 싶지 않았어요. 내가 바란 건 엄마가 벌을 받는 거였어요. 래리가 아빠의 가장 친한 친구라는 사실은 몰랐어요. 알았다 하더라도 말했겠지만요. 그건 잘못이었어요, 명백히."

"아빠는 어떻게 하셨어요?"

"그건 몰라요. 하지만 마틴과 내가 케네디 대통령에게 손을 흔들다 돌아오니 엄마가 집을 나갔더군요. 다시는 돌아오지 않았어요."

"어디로 가셨어요?" 카멀은 두려움을 들키지 않으려고 애썼다.

"소식은 못 들었어요. 아빠가 우리를 키웠지만 형편없이 서툴렀고 결국 술독에 빠졌어요. 아빠는 자신의 아내가 창녀라는 사실을 알려줘서 고맙다고 거듭 말했고, 별것 아닌 이유로 걸핏하면 마틴을 때렸어요. 마틴은 학교에서 나쁜 아이들이랑 어울렸고 공부는 아예 접었어요. 나는 두 손으로 귀를 막고 하느님이 허락해준 시간만큼 공부만 했어요. 줄곧 장학금을 받았고, 아빠가 술 때문에 돌아가셨을 때 겨우 독립할 수 있었어요. 마틴은 내가 자기 인생을 두 번 망쳤다더군요. 처음은 엄마를 떠나게 해서, 이제는 아빠까지 잃게 만들어서."

"마틴은 선생님을 용서하지 않았나요?"

"그랬죠. 마틴은 별 볼 일 없는 인간이 됐어요. 동생을 못 본 지 한참 됐지요. 얼마 전에 학교로 전화를 했다더군요. 이유는 모르겠지만. 다시는 보고 싶지 않아요."

"그러면 그때부터 남동생이 선생님 인생에서 빠진 건가요?" 카멀이 슬픈 목소리로 물었다. 그녀가 바랄 수 있는 최선은 더 많은 고백을 듣기 전에 이 상황을 피하는 것이었다. 그녀는 이미 하우 교장이 자제력을 잃은 것에 대해 자기 자신을 절대 용서하지 않으리라는 것을, 그리고 카멀도 용서하지 않으리라는 것을 알고 있었다. 카멀이 대화를 끝내고 싶어 안달이 난 것이 표시가 났는지 하우 교장도 알아차렸다.

"좋습니다. 내가 여기를 떠나길 바라는 거겠지요. 나가지요. 상관없어요!"

카멀이 악수를 하려고 손을 내밀었다. "작별을 고해야겠군요. 앞으로 행복하시고요."

"작별을 고한다고요. 작별을 고한다, 아무렴 그렇겠죠." 하우 교장이 코웃음을 쳤다. "저 불운한 아이들에게 그런 진부하기 짝이 없는 표현을 가르치겠군요. 아이들과 그애들 미래를 생각하니 눈물이 나네요."

"그러면 가서서 아이들을 생각하며 울어주세요. 우리는 아이들을 사랑하고 한결같이 돌봐주며 아이들에게 멋진 인생을 안겨줄 테니까요." 카멀이 슬픈 목소리로 말했다.

"이 밤이 다 가기 전에 당신네 부부는 내가 한 이야기를 이 마을 전체에 퍼뜨리겠지요." 하우 교장이 비장하게 말했다.

"아니요, 교장 선생님. 우리는 그런 행동은 하지 않아요. 리거와 저는 품위가 있고 예의를 아는 사람들이지 소문이나 퍼뜨리고 남 탓을 하는 사람들이 아니에요. 저한테 하신 이야기는 교장 선생님의 문제니까 더 퍼져나가지는 않을 거예요."

하우 교장이 떠나자 카멀은 식탁에 앉아 바들바들 떨었다. 리거는 화를 낼 것이다. 치키는 속상해할 것이다. 자신은 왜 성질을 참지 못했을까? 하우 교장은 자신의 과거를 알게 된 그녀를 용서하지 않을 것이다.

"교장 선생님이 다시는 우리집에 오지 않으면 좋겠어." 리거가 돌아오자 그녀가 말했다. "우리가 무식한 부모고 로지와 매켄을 생각하면 눈물이 난대."

"그렇다면 교장 선생님은 이 아이들 때문에 울 유일한 사람이 되는 거지." 리거가 말했다. "다른 사람들은 전부 우리 애들을 보면 즐거워하잖아. 교장 선생님이 뭐라고 하든 무슨 상관이야?"

카멀이 그를 보며 웃었다. 그 말은 사실이었다. 카멀이 머리를 빗은 뒤 그들은 해변으로 산책을 나갈 것이다. 축축한 모래밭을 거닐며 조개껍데기를 줍고, 얼굴은 짭조름한 공기 때문에 따끔거릴 것이다. 그들은 아들과 딸에게 그들이 줄 수 있는 최고의 인생을 선사할 것이다.

그날 나중에 리거는 치키에게, 카멀과 하우 교장 사이에 언쟁이 있었다는 사실을 알려줘야 할 것 같다고 속삭였다.

"걱정하지 마." 치키가 말했다. "그분이 곤란한 일을 일으킬 것 같지는 않아. 오늘밤 더블린으로 돌아가겠다고 했거든. 잠시 뒤면 여기를 떠나 우리 인생에서 사라질 거야. 카멀한테 더 고민할 필요 없다고 말해줘."

"정말 대단하세요, 치키."

"아니, 그렇지 않아. 나는 그저 운이 좋았던 거지. 너도 그렇고. 하우 선생님은 그렇지 않았던 거고."

"행운의 일부는 우리가 만드는 거예요."

"어쩌면. 하지만 우리는 사람들이 우리를 도와주려 할 때 귀를 기울였어. 그분은 그걸 못했지."

저녁을 먹기 전에 치키가 하우 교장의 작은 가방을 밴에 실었다.

"마음에 드셨던 부분도 조금은 있었으면 좋겠네요." 그녀가 말했다. "날씨가 더 좋아지면 다시 와주시겠어요?" 치키는 변함없이 공손했다.

"그럴 것 같지는 않군요." 하우 교장이 말했다. "나한테 맞는 휴가는 아니었어요. 나는 사람들한테 말을 하면서 내 인생을 다 썼어요. 이런 휴가는 아주 부담스럽군요."

"이제 평화롭고 고요한 공간으로 돌아가게 되어 기쁘시겠네요." 치키가 말했다.

"한편으로는 그래요."

그녀는 잔인할 만큼 솔직했다. 그것이 그녀의 약점이었다.

"이곳에서 뭔가 깨달은 게 있으세요? 사람들이 종종 그렇다는 말을 하거든요."

"인생은 아주 불공평하고 그에 대해 우리가 할 수 있는 건 아무것도 없다는 사실을 깨달았어요. 그렇지 않은가요, 스타 부인?"

"꼭 그렇지는 않은 것 같아요. 하지만 그 말씀도 일리는 있네요."

하우 교장이 만족한 표정으로 고개를 끄덕였다. 그녀는 떠날 때조차 음울한 분위기를 풍겼다. 그녀는 더블린으로 돌아가는 기차에 혼자 앉을 것이고, 내려서 자신의 외로운 집으로 돌아가는 버스에 탈 것이다. 그녀는 리거가 기차역에 데려다줄 때까지 앞만 쳐다보고 있었다.

프리다

프리다 오도너번이 열 살이었을 때 어머니의 친구였던 스컬리 부인이 다과 파티에서 사람들의 손금을 봐주었다. 스컬리 부인은 누구의 손금을 보건 앞으로 행운이 올 것이고 자식을 많이 낳을 것이며 오래오래 행복한 결혼생활을 할 거라고 말했다. 외국 여행을 하게 될 것이고 예상치 못했던 사람들로부터 소소한 유산도 물려받게 될 거라고 했다. 그녀와 함께 있으면 모두 즐거워했다. 파티는 매우 성공적이었다.

"제 미래도 봐주실래요?" 프리다가 부탁했다.

스컬리 부인은 작은 손을 유심히 들여다보았다. 키가 크고 잘생긴 남자와 결혼을 하겠고, 활발한 아이들 세 명이 보인다고 했다. 해외로 휴가를 떠나는 일이 많을 거라고도 했다—프리다는 생각했다, 앞으로 스키를 좋아하게 될까? "영원히 행복하게 살겠구나." 스컬리 부인은 프리다를 내려다보며 웃어주었다.

정적이 흘렀다. 긴 듯한 한순간이 지난 뒤 이윽고 프리다가 한숨을 쉬었다. 어머니는 방금 들은 내용에 만족한 것 같았지만 프리다는 혼란스러웠다. 그녀는 그 이야기 중 어떤 것도 사실이 아님을 알았다.

"제가 알고 싶은 건 정말로 일어날 일이란 말예요." 프리다는 떼를 썼고 기어코 울기 시작했다.

"도대체 뭐가 문제니? 밝은 미래가 기다린다는데." 어머니는 딸에게 바보 같은 운세 때문에 난리를 피우는 짓은 제발 하지 말아달라고 애원했다.

하지만 프리다는 그런 말은 아랑곳없이 더욱 악을 쓰고 울었다. 이 예언은 자신과는 관계없는 것이었다. 맞는 예언이 아니었다. 그녀는 알고 있었다. 이따금 그녀는 앞으로 무슨 일이 일어날지 자신이 알고 있는 것 같았다. 하지만 속으로만 간직하는 법을 이미 배운 터였다.

프리다에게는 남편과 세 아이가 보이지 않았다. 영원히 행복하게 사는 자신의 모습도 보이지 않았다. 그녀는 더 서럽게 울었다.

프리다의 어머니는 딸이 왜 그렇게 심통이 났는지 이해할 수 없었다. 그녀는 지금껏 살면서 스컬리 부인에게 아이의 미래를 말해달라고 졸랐던 것만큼 후회한 일이 없었다. 앞으로는 절대 그런 일이 일어나지 않게 할 것이었다.

그뒤로 스컬리 부인은 미래를 점쳐달라는 청을 들어주지 않았다. 그리고 프리다는 자신이 본 미래를 어느 누구에게도 말하지 않았다.

프리다와 두 언니에게 가정생활은 조용하고 비교적 검소한 것이었다. 아버지가 일찍 돌아가셨기 때문에 중앙난방이나 해외 휴가 같은 사치스러운 일에 쓸 돈이 없었다. 어머니는 세탁소에서 일했다. 프리다는 학교에서 아주 평범한 시간을 보냈지만 머리가 영리한데다 열심히 공부했기 때문에 장학금을 받았다. 그녀는 도서관 사서가 되기로 결심했다. 가장 친한 친구 레인은 극장에서 일하고 싶어했다. 두 사람은 단짝이었다.

프리다는 자신이 남다른 투시력을 가졌다는 사실을 어렴풋이라도 깨달은 것이 언제였는지 기억나지 않았다. 투시력을 설명하기는 어려웠다. '느낌'이라는 단어만으로는 충분한 설명이 되지 않았는데, 투시력은 그것보다 더 생생했기 때문이었다. 다른 사람들은 그런 투시력을 가지고 있지 않다는 것을 언제 처음 깨달았는지도 그녀는 기억나지 않았다. 하지만 한 해 두 해 지나면서 자신이 본 것을 누구에게도 말하지 않게 되었다. 그녀가 무슨 말이라도 하면 사람들은 늘 당혹스러워했고, 그래서 그녀는 입을 다물어버렸다. 심지어 레인에게도 그런 이야기는 하지 않았다.

열정적인 연애를 한 적도 없었다. 학창 시절에 클럽이나 바에 가서 남자를 만나봤지만 가슴을 뛰게 만든 사람은 없었다. 어머니는 프리다의 사생활에 지나친 호기심을 보이는 경향이 있었지만, 연애에 관심이 없다는 말을 들으면 왠지 실망하는 듯했다.

프리다는 책을 사랑했다. 사서 자격증을 받고 운좋게 지역 도서관에서 사서보조로 일하게 되자 모든 것을 손에 쥔 것 같았다. 하지만 언니들은 프리다를 연애 경험이 없다고 얕보았다.

"네가 남자를 못 만나는 건 당연해. 네가 책 말고 무슨 이야기를 하겠어." 마사가 말했다.

"네가 노력했다면 좀 나았을 수도 있겠지." 로라는 콧방귀를 뀌었다.

프리다가 정말로 상심한 듯 보여서, 언니들은 그렇게 말해놓고 양심의 가책을 느꼈다.

"네가 완전히 실패라는 말은 아니야." 마사가 달래듯 말했다. 마사는 웨인이라는 청년과 폭풍 같은 연애를 하고 있었고 남자를 불신하는 성향이 있었다.

"너는 이제 도서관 사서보조가 됐으니까 어디 가든 돈을 벌 수 있잖아." 로라는 속이 좁았지만 미인이었다. 그녀는 심하게 잘난 체하는 필립이라는 은행원과 데이트를 했는데, 그에게는 스타일과 평판이 모든 것이었다.

그들의 조언은 객관적이지 않았다.

프리다가 또 한번 어떤 '느낌'을 받은 것은 크리스마스를 준비하던 때였다. 크리스마스 계획을 세우려고 가족들이 모여 점심을 먹고 있었다. 프리다는 크리스마스 때 확실히 오겠다고 했지만, 로라는 필립의 부모님이 마련하는 성대한 크리스마스이브 파티에 가겠다고 했다. 마사는 웨인이 아무 계획도 세우지 않은 것 때문에 매우 격분해 있었다. 도대체 어떤 인간이 크리스마스에 아무 계획도 없단 말인가?

어머니는 대화 주제를 칠면조 요리로 되돌렸다. 그날 오후 세시에 같이 식사를 하고 싶다는 사람이 있으면 누구든 데리고 와서 크리스마스 점심을 먹으라고, 그래도 괜찮다고.

로라가 안절부절못했다. 뭔가 하고 싶은 말이 있는 것 같았다. 절대 확신하는 것은 아니지만 필립이 크리스마스이브에 청혼을 할 것 같다고 했다. 그가 부모님이 마련하는 파티에 대해 아주 애매하게 둘러댔다는 것이다. 보통 그는 그런 행사를 아주 중요하게 생각해서 누가 참석하는지 미리 전부 말해주곤 했다. 이번에는 그러지 않았으니 더 큰 계획이 있다는 뜻이었다. 로라는 흥분해서 얼굴이 발그레해졌다.

그리고 갑자기 프리다는 알게 되었다. 필립은 크리스마스가 되기 전에 로라와 헤어질 생각을 하고 있었다. 짐작이 아니라 그냥 알았다. 다른 여자가 그의 아이를 가졌다고 말할 것이다. 그 내용이 신문 머리기사로 올라 있는 것을 본 듯 선명했다. 프리다의 얼굴에 핏기가 사라지는 것 같았다.

"아무 말이나 해봐!" 로라는 이렇게 비밀스럽고 대단한 소식을 알렸는데도 아무 반응이 없자 속이 상했다.

"정말 근사하겠구나." 어머니가 말했다.

"잘됐어." 마사가 말했다.

"확실해?" 프리다가 불쑥 물었다.

"아니, 물론 확실하지는 않지. 너한테 얘기하지 말 걸 그랬어. 너더러 네 짝을 찾지 못할 거라고 해서 그런 말을 하는가본데, 그건 그냥 골려주려고 한 말이야."

"언니랑 필립은 결혼에 대해 얘기해봤어?" 프리다가 물었다.

"아니, 하지만 사랑에 대해서는 얘기했지. 그만해, 프리다. 네가 뭘 안다고?"

"하지만 언니가 오해한 걸 수도 있잖아."

"그렇게 고깝게 굴지 마."

"파티 전에 필립이랑 얘기할 거야?"

"응, 오늘 저녁에 필립을 만날 거야. 내 아파트로 일곱시에 온댔어."

프리다는 아무 말도 하지 않았다. 오늘밤 필립이 말할 것이다. 그 느낌이 목구멍에 걸린 음식물처럼 하루종일 가슴에 묵직하게 얹혀 있었다. 아홉시가 되자 프리다는 언니에게 전화를 걸었다.

로라의 목소리는 제대로 분간도 가지 않았다.

"너는 다 알고 있었지? 알고 있었어. 그리고 나를 비웃었어. 그래, 이제 행복하니?"

"몰랐어. 정말이야." 프리다가 호소하듯 말했다.

"다 알고 있었어. 네가 미워. 너를 절대 용서하지 않을 거야!" 로라가 말했다.

그뒤로 몇 주 몇 달이 지나는 동안 로라는 프리다에게 지독히 쌀쌀맞게 굴었다. 크리스마스이브에 필립의 약혼이 발표되었고, 로라는 울었다. 그는 루시라는 여자와 1월에 결혼식을 올린다고 했다.

로라는 죽는 날까지 프리다가 사전에 루시의 존재를 몰랐다는 사실을 믿지 않을 거라고, 마사는 말했다. 다른 설명은 없었다.

"그냥 느낌이 왔어. 그것뿐이야." 프리다가 인정했다.

"느낌이 왔다고!" 마사는 콧방귀를 뀌었다. "나랑 웨인의 관계에 대해서도 느낌이 오면 알려줘, 알겠니?"

"누구한테건 다시는 내 느낌을 말하지 않을 거야." 프리다는 격앙된 목소리로 말했다.

'핀 로드 도서관 친구들'이 9월 12일 목요일 저녁 여섯시 삼십분에 도서관에서 첫 모임을 갖습니다. 여러분 모두를 환영합니다. 도서관에 바라는 제안이나 아이디어를 생각해 오시길 바랍니다.

프리다는 도서관에서 공지문을 인쇄한 지 몇 분 지나지 않아 모든 일이 술술 풀려나가지는 않을 것임을 알았다. 그것을 알아내는 데 영적인 힘 같은 건 필요 없었다. 프리다의 어깨 너머로 내려다보던 사서 더피 선생의 얼굴이 못마땅한 듯 굳어졌다. 이 도서관은 친구들이 필요하지 않아요. 그녀의 표정이 말하는 듯했다. 여기는 데이트 주선 업체가 아니잖아요. 여기는 사람들이 와서 책을 빌려가고, 더 중요한 건 그 책을 반납하는 장소예요. 도서관에서는 이런 일이 일어나서는 안 돼요. 가혹하게 들리겠지만, 가당치 않아요.

프리다는 얼굴에 미소를 단단히 고정하고 있었다. 이런 일에 맞닥뜨릴 경우를 대비해 더 진지해 보이려고, 미리 길고 곱슬곱슬한 짙은 색 머리를 뒤로 넘겨 리본으로 묶어두었다. 지금은 업무에 충실해 보일 때였다. 심각한 싸움을 시작할 시점은 단연코 아니었다. 뜻을 이루지 못하면 기다렸다가 다시 시도하면 된다.

그녀가 도서관을 지역사회에 개방하고 도서관 문턱도 넘어보지 않은 사람들을 끌어오기 위해 얼마나 굳게 결심했는지, 더피 선생에게는 절대 알리지 않을 것이었다. 프리다는 도서관을 찾는 사람들에게 환영받는 느낌과 이곳의 일부가 되는 느낌을 주고 싶은 열정에 불타 있었다. 더피 선생은 동네에 도서관이 있다는 사실만으로도 복을 받았다고 믿는 다른 시대 사람이었다. 그 이상을 바라는 것은 안 될 일이었다.

"제가 여기 지원했을 때 선생님은 우리 사서의 역할 중에는 사람들이 도서관을 더 찾게 만드는 것도 있다고 말씀하지 않으셨나요?"

"도서관 이용자들은 더 늘어나야죠. 하지만 친구들로서는 아니에요." 더피 선생은 친구들이라는 단어에 일부러 비난하는 어투를 실었다.

프리다는 더피 선생이 늘 이런 식이었는지 궁금했다. 아니면, 더피 선생에게도 한때는 이런 퀴퀴하고 낡은 건물에서 희망과 꿈을 이루고 싶었던 시간이 있었는지.

"이용자들이 스스로 도서관 친구들이라고 생각한다면 훨씬 많은 도움을 줄 거예요." 프리다가 희망에 부풀어 말했다. "기금 모금이나 작가들이 책을 기부하게 만드는 데도 도움이 될 거고요…… 여러 가지 측면에서요."

"방금 선생이 말한 대로, 해로울 것은 없겠지요. 하지만 그 사람들이 정말로 나타나기라도 한다면 어디에 앉히죠?"

"제 친구 레인이 일하는 극장에 접이의자가 많아요. 그날 밤에는 그 의자가 필요 없대요."

"오, 극장, 그렇군요." 더피 선생은 길가의 작은 실험극장에 대해 거의 관심이 없었다.

프리다는 기다렸다. 더피 선생의 동의를 얻어내기 전에는 게시판에 공지문을 붙일 수 없었다. 더피 선생은 거의 동의했지만, 확실한 것은 아니었다.

"제가 그 모임을 진행해볼게요. 먼저 선생님을 사서로 소개하고, 선생님이 본격적인 진행은 제가 할 거라고 말씀해주시면…… 그러니까, '도서관 친구들'에게 말이에요." 프리다는 숨을 죽였다.

더피 선생이 목을 큼큼거렸다. "흠, 그렇게 열의가 높다니 공지문을 게시하고 어떻게 되는지 지켜보기로 하죠."

프리다는 다시 숨을 쉴 수 있었다. 그리고 공지문을 게시판에 붙였다. 그녀는 뜻을 이룬 데서 오는 흥분을 들키지 않으려고 일부러 천천히 걸어갔다. 더피 선생이 책상에 다시 앉은 것을 확인한 뒤 그녀는 휴대전화를 꺼내 친구 레인에게 전화를 걸었다.

"레인, 나야. 조용히 할 말이 있어."

"당연히 그렇겠지. 네가 일하는 곳은 도서관이니까." 레인이 진지하게 말했다.

"더피 선생님이 '도서관 친구들' 아이디어를 통과시켜줬어. 이제 됐어. 이제 시작하는 거야!"

레인은 도서관에서 조금 떨어진 곳에서, 자신이 일하는 작은 극장을 후원해달라는 편지들을 쓰다 말고 전화를 받은 참이었다.

"멋져, 잘했어, 프리다! 끝내주는 사서인데."

"아니야, 그런 말은 하지도 마. 재앙을 부를지도 모르니까. 아무도 나타나지 않을 수도 있어!" 프리다는 이만큼 해냈다는 사실이 기뻤지만, 모든 것이 와르르 무너져버릴까봐 두려웠다.

"어떻게든 사람들을 모아보자. 우리 극장 단원들도 참석시킬게. 공지문을 극장에 붙여서 우리 관객도 모아볼게. 그럼 축하하는 의미에서 같이 점심 먹을까?" 레인은 이 순간을 함께 기념하고 싶어 했다.

"안 돼, 레인. 나갈 수 없어. 시간이 없어. 예산 분배 때문에 일을 해야 해." 생각해보라―사람들은 도서관에서는 우두커니 서 있는 것 말고는 할 일이 없는 줄 안다! "약속대로 오늘밤 에바 고모네 집에서 만나자."

　에바 오도너번은 프리다와 레인이 저녁을 먹으러 온다는 사실이 기뻤다. 이제 기운을 차리고 하루를 시작해야 하는 것이다. 우선 매주 신문에 기고하는 조류 칼럼인 '깃털'을 마쳐야 했다. 에바는 원고를 노트북으로 깔끔하게 작성해서 일찌감치 제출하면 신뢰를 얻어 터무니없는 의견은 피할 수 있다는 사실을 알게 되었다.

　원고를 끝내면 두 아가씨가 먹을 만한 것이 있는지 냉동실을 뒤져봐야 한다. 그들은 점심을 제대로 먹지 않아서 늘 허기져 있었다. 게다가 그들이 앨라배마 슬래머를 몇 잔 마신 뒤 풀어진 모습은 보고 싶지 않았다. 그녀는 냉동실의 내용물을 유심히 살폈다.

　피시 앤드 토마토 베이크가 있었다. 그들이 오면 신선한 토마토와 바질과 함께 그것을 오븐에 넣을 것이다. 그녀는 프렌치 브레드를 해동했다. 고민할 이유가 없었다. 그저 미리 생각만 좀 하면 되는데, 사람들은 요리를 해야 하는 상황만 되면 수선을 피웠다.

　그녀는 북유럽에서 큰 무리를 지어 날아온 여새들에 대한 칼럼을 마친 뒤 '보내기' 버튼을 눌렀다. 그러고는 컬러풀한 긴 숄과 모자를 골랐고 작은 칵테일 테이블에 칵테일 재료를 늘어놓았다. 이렇게 하는 데 거의 하루가 다 걸렸다.

　체스트넛 그로브는 에바 말고는 누구와도 어울리지 않는 집이었다. 수리해야 할 부분이 많았고, 정원 식물은 자연 상태에서처럼 제멋대로 자랐다. 배관은 부실하기 짝이 없고 전기는 걸핏하면 나갔다. 집을 제대로 관리할 비용을 감당할 수 없으니 그 집을 파는 게 더 지각 있는 행동이었을 것이다—하지만 에바가 언제 지각 있는 행동을 한 적이 있었던가? 게다가 정원에는 새들이 가득 날아들었다. 새들은 주기적으로 둥지를 틀었고, 훌륭한 칼럼 소재가 되어주었다.

서재에는 벽면 가득 새들의 사진과 그 지역의 여러 환경보호 단체나 조류 관찰 단체에서 보내준 보고서가 붙어 있었다. 책장에는 잡지와 간행물이 잔뜩 꽂혀 있었다. 에바의 노트북도 반쯤 종이에 파묻힌 채 거기 놓여 있었다. 이 집의 다른 방들처럼, 이 방에도 누가 하룻밤 자고 싶다는 말만 꺼내면 단박에 펼쳐 쓸 수 있는 소파 겸용 침대가 있었다. 종종 자고 가는 사람들이 있었다.

방마다 옷들이 걸려 있었다. 거의 모든 벽에 옷걸이가 있어서 컬러풀하고 값싼 드레스들이 걸려 있었고, 그에 어울리는 긴 숄과 모자도 함께 걸려 있었다. 에바는 시장에서, 중고품 시장에서, 마감 세일에서 그런 옷들을 골랐다. 평범한 가게에서 평범한 옷은 절대 사지 않았다. 에바는 브랜드 의류를 비싸게 파는 이유를 도무지 이해할 수가 없어서 그에 대해서는 더이상 생각도 하지 않았다.

여자들이란 브랜드나 유행이나 인위적인 스타일이 중시되는 세상에 편입되는 족속이란 말인가? 에바는 점점 더 이해할 수가 없어졌다. 그녀에게 스타일은 두 가지만 잘 지키면 충분했다—쉬운 관리와 밝은 색깔. 그래도 그녀의 차림새는 어느 자리에 가건 흠잡을 데가 없었다.

에바는 하이볼 잔을 꺼낸 뒤 서던컴퍼트, 아마레토, 슬로진을 늘어놓았다. 칵테일 바의 구색은 잘 갖춰놓았지만 그녀 자신이 칵테일을 마시는 일은 드물었다. 에바가 칵테일을 만들어 대접하는 것은 잘 짜인 각본이자 연출 같았고, 희미하게 퇴폐적인 분위기를 풍졌다.

프리다와 레인은 체스트넛 그로브의 뒷문으로 들어가 식물이 제 멋대로 자란 넓은 정원을 지났다. 이렇다 할 화단도, 잔디밭도, 잘 꾸민 파티오나 테라스도 없었다. 오히려 덤불과 야생딸기나무 천지라, 조심성 없는 사람은 어둠 속에서 걷다가 발이 걸려 넘어지기 십상이었다. 대체로 텔레비전의 리얼리티쇼에서처럼 싹 갈아치우고 새 단장을 해야 할 장소로 보였다.

"부모님의 정원하고는 많이 달라." 레인이 아래로 드리워진 독가시가 솟은 나뭇가지들을 피하며 말했다. "부모님의 정원은 늘 상을 받으려고 시합에 나간 것처럼 보이거든."

"네 부모님은 정원을 아주 잘 가꾸시니까. 여기서처럼 목숨 걸고 지나가지 않아도 될걸." 프리다가 말했다.

"그렇지. 하지만 아빠는 채소를 눈에 띄는 곳에 심는 걸 용납하지 않아. 감자나 누에콩이 심어진 것을 보면 이웃들이 뭐라고 하겠느냐는 거지."

그들이 집 건물에 가까워지자 에바가 달려나와 그들을 맞았다. 짙은 오렌지색 카프탄을 입고 같은 소재의 스카프로 머리를 올려 묶었다. 동물원 조류관에서나 볼 수 있는 아주 이국적인 새 같았다. 모로코 결혼식이나 화려한 드레스 파티, 미술 전시회의 오프닝에 간다고 해도 될 것 같았다.

"이맘때 정원이 아주 멋지지 않아?" 그녀가 우렁차게 말했다.

프리다와 레인이라면 그들이 방금 헤쳐나온 거대한 자연을 묘사하기 위해 멋지다는 표현을 가장 먼저 고르지는 않았을 것이다. 하지만 에바의 열광적인 반응에 휘말리지 않기란 불가능했다.

"정말로 색깔이 화려하고 예쁘네요." 레인이 말했다.

"하늘을 배경으로 보이는 나뭇가지들, 내가 좋아하는 건 그런 거야." 에바는 그들을 데리고 응접실로 가서 칵테일을 만들었다.

"도서관과 사랑하는 프리다를 위하여, 그리고 그날을 축하하기 위해 모일 많은 '도서관 친구들'을 위하여."

그녀가 진심으로 기뻐하자 프리다는 목이 멨다. 그녀가 이런 큰 걸음을 내디딘 것을 레인과 에바 고모 말고 누가 이해하고 신경써 줄 것인가. 이들이 있으니 그녀는 얼마나 행복한가. 대부분의 사람들에게는 이처럼 신나는 일을 함께 나누거나 축하할 사람이 없었다.

칵테일을 마시자 알딸딸해졌다. 프리다는 칵테일을 조심해서 내려놓았다. 에바는 잔을 단번에 비우는 것을 좋아하지 않았다. 가지각색의 맛을 모두 음미해주길 원했다. 이 안에는 다섯 가지가 들어 있다고 프리다는 생각했다. 오렌지주스만 빼면 모두 술 종류로. 그녀가 칵테일을 대하는 태도는 큰 존중의 그것이었다.

에바는 도서관의 새 프로젝트에 대해 낱낱이 알고 싶어했다. 더피 선생이 마뜩잖아하는가? 적대적인가? 마지못해 찬성하는가? 모임이 구성되면 에바는 '도서관 친구들'을 어떻게 이끌고 싶은가?

에바가 어찌나 열의를 보이는지 그에 비하면 프리다와 레인은 시큰둥하고 느긋해 보였다. 에바가 도서관을 운영한다면 주변에는 꼬마전구를 매달고 안에는 음악이 흘러나오게 할 것이다. 로비에는 칵테일 바를 만들 것이다. 그녀의 인생은 그녀의 집과 같았다─간절히 바라면 뭐든 가능해지는 화려한 판타지였다.

더피 선생은 '도서관 친구들'이 되고 싶어하는 사람들을 응대하고 있었지만 썩 잘해내진 못했다. 그들에게 프리다가 준비한 홍보지를 건네면서 '도서관 친구들'이 모이는 날 모두를 위한 환영 행사가 있을 거라고 했다. 하지만 행사 내용을 물어보자 그녀는 애매하게 둘러댔다.

사람들이 근심스러운 표정으로 입장료나 기부금 같은 것을 내야 하는지 물어보았다. 아니요, 그런 건 아닙니다, 더피 선생이 말했다. 하지만 그녀도 잘 몰랐다. 프리다가 이날 기금 모금 같은 것도 한다고 했던가?

한 남자가 어떤 책을 읽을지 조언해주는 시간도 있는지 물었다. 더피 선생도 몰랐다. 두 소녀가 모임에 들어가려면 시험을 쳐야 하는지, 아니면 누구나 참석할 수 있는지 물었다. 더피 선생은 시험은 없을 거라고 했지만 '누구나'라는 표현에 자신의 얼굴이 찌푸려졌다는 것을 그녀 자신도 알았다.

불안해 보이는 한 청년이 와서는, 자기는 학교에 다닐 때 시를 써서 상을 많이 받았는데 그 시를 낭송해도 되는지 물었다. 그는 수줍고 어색한 듯, 그런 제안을 했다고 더피 선생이 자신에게 꺼지라고 소리치기라도 할 것처럼 그녀를 쳐다보고 있었다.

더피 선생은 이 모든 것이 잘못된 아이디어였다고 느끼기 시작했다.

"오, 이제야 왔군요, 오도너번 선생." 프리다가 반시간 넘게 일찍 왔음에도 그녀가 소리를 질렀다.

프리다는 불안하게 손목시계를 쳐다보았다.

"'도서관 친구들'에 대해 문의하는 사람이 너무 많아서 우리 일과에 지장을 주고 있어요."

프리다의 얼굴이 밝아졌다. "죄송해요, 더피 선생님. 하지만 정말 좋은 소식이네요! 관심이 있다는 말이니까요." 프리다는 코트를 걸고 당장 일하기 시작했다.

더피 선생은 수그러들었다. 이런 태도에 어떻게 기분이 좋아지지 않을 수 있겠는가? 이 어리석은 아가씨 때문에 문의가 더 많아지고 이 아가씨에게 더 많은 골칫거리와 일거리가 주어진다고 해도, 프리다는 이 일을 하면서 더없이 행복해 보였다.

"주말은 잘 보냈나요, 오도너번 선생?" 자신이 부린 짜증은 심각한 것이 아니었음을 보여줄 요량으로 그녀가 물었다.

프리다는 놀라서 고개를 들고 더피 선생을 쳐다보았다. 그러고는 싱긋 웃으며, 주말을 아주 잘 보냈지만 다시 핀 로드에 와서 일하는 게 행복하다고 말했다. 그녀가 잘 대답한 것이었다.

더피 선생은 더 자세히 알려고 하지 않았다. 열심히 한다는 것만 알면 충분했다.

프리다는 문의 내역을 쭉 훑어보았다. 그러고는 어떤 책을 읽을지 조언을 얻는 시간이 있느냐고 물어본 남자에게 전화를 걸어 그렇다고, 원하는 사람들이 있으면 그렇게 할 거라고 말했다. 그리고 모임에 들어오려면 시험을 봐야 하는지 물어본 소녀들에게는 전화를 걸어 재미있는 저녁 시간이 될 거라고 말했다―친구들을 다 데려오라고. 라이어널이라는 이름의 젊은 시인에게는 도서관에 오고, 만나서 이야기하자고 했다.

정말로 중요한 일이 벌어질 것 같은 간질거리는 느낌을 그녀는 애써 모른 척했다.

'핀 로드 도서관 친구들'의 다음 모임에서는 이 지역의 역사를
다룰 예정입니다. 입장료는 없습니다. 사진이나 이야기를 준비해
주세요. 여러분 모두를 환영합니다!

사람들은 며칠 동안 '도서관 친구들' 저녁 행사에 대해 이야기할
터였다. 그날 밤 비가 왔음에도 불구하고 그 행사는 여러 면에서
아주 성공적이었다. 더피 선생조차 열광적인 반응을 보였다.

그들 모두 행사에 나타났다. 젊은 시인 라이어널은 흑백조에 대
한 아름다운 시를 낭송했다. 그는 사람들의 반응에 고무되었고, 프
리다가 그를 에바 고모에게 소개해주자 더욱 들떴다. '깃털' 칼럼
의 저자라니, 역시!

여학생 대여섯 명이 나타나자 더피 선생은 미심쩍은 시선으로
바라보았지만, 결과적으로 그들은 독서 모임에 대해 아주 많은 제
안을 했다.

"이 말은 안 하고 넘어갈 수 없겠네요. 사람들이 우리를 그토록
존경한다는 걸 알고 깜짝 놀랐어요." 다음날 더피 선생이 말했다.
레인과 프리다는 그곳을 말끔하게 치운 뒤 의자는 극장에 돌려주
었다. 더피 선생이 불평할 것은 아무것도 없었다. 오히려 그녀는
즐기고 기뻐하기로 한 것 같았다.

프리다는 그 계획이 실패로 돌아가면 자신이 비난을 다 떠안겠
지만 잘된다 해도 그 공은 받지 않겠다고 오래전부터 결심하고 있
었다.

"다 선생님이 하신 거예요." 프리다는 모든 것이 더피 선생의 아이디어였던 것처럼 말했다. "이곳에서 오랫동안 일하시면서 도서관을 이만큼 만드신 거잖아요. 사람들이 마땅히 선생님의 공을 기리고 도서관이 자신들에게 얼마나 큰 의미를 지녔는지 말해야 해요."

더피 선생은 그 전부를 자기 공으로 감사히 받아들였다.

다행이었다. 덕분에 프리다가 업무를 처리할 시간이 생겼다. 평소 근무하는 날은 할 일이 아주 많았다. 현재 대출중인 책들을 확인해야 했다. 연체된 도서에 대한 메시지도 보내야 했다. 신청된 책이 있는지 살펴보고 그 상태를 보고해야 했다. 오늘은 구입할 도서를 선정하는 회의도 있었는데, 모두가 더피 선생과 함께 앉아 새로 주문할 책을 고르는 것이었다. 견본으로 받은 책들을 검토할 것이고 도서 잡지에 실린 신간 소개도 참고할 것이었다. '도서관 친구들'에 대해 생각할 시간은 거의 없었고, 다음 모임을 논의할 시간도 없었다. 그녀는 왜 이렇게 기운이 빠지는지 알 수 없었다. 무슨 일인지 모르지만 반드시 일어나게 될 일이 아직 일어나지 않은 느낌이었다.

더피 선생은 아주 비싸고 큰 꽃다발이 배달되자 깜짝 놀랐다. 메시지는 간단했다. 저는 이미 도서관 친구가 되었습니다…… 이제 도서관 사서 선생님의 친구가 되고 싶습니다. 그날 저녁 모임은 물론 성공적이었지만, 대체 누가 감사의 표시로 이런 걸 보냈을까? 더피 선생에게 꽃을 보낸 사람은 지금까지 그녀의 여자 형제뿐이었고, 그 여자 형제도 꽃다발보다는 제비꽃 화분을 보내는 유형이었다. 그렇다면 이 꽃다발은 누가 보냈을까? 더피 선생은 그 꽃다발을 보며 또다시 감탄했다. 오도너번 선생이 예쁘게 꽂아줄 수 있겠지. 이만한 꽃을 꽂을 만큼 큰 꽃병이 있다면 말이야.

물론 프리다는 꽃병을 찾아냈다. 그녀는 창고로 가서 커다란 유리병을 꺼냈다. 이 꽃을 사려면 돈이 많이 들었을 것이다. 도대체 누가 이런 것을 보냈지?

더피 선생은 애매모호하게 친구가 보낸 거라고 했다. 그녀는 유리문에 자기 모습을 비춰 보면서 머리를 몇 번이나 매만졌다. 눈빛은 생각에 잠겨 있었다.

프리다는 단념했다.

그 카드를 발견한 것은 프리다가 더 예쁘게 꽃을 꽂으려고 긴 장미꽃대를 녹색 양치식물로부터 분리했을 때였다.

……이제 도서관 사서 선생님의 친구가 되고 싶습니다. 그 말은 바로 프리다에게 한 것이었다. 그녀는 그 사실을 깨달았고, 그 충격이 거의 온몸으로 느껴졌다. 하지만 누구지? 무슨 뜻으로 보낸 거지? 카드에 프리다의 이름을 써넣지 않아 더피 선생을 착각하게 만든 이유는 뭐지? 그녀는 모든 것이 느리게 움직이는 것 같은, 약간 비현실적인 느낌이 들었다. 여러 의문이 떠올랐다. 그녀는 이렇게 마음이 불안하고 몸이 약간 떨리기까지 하는 이유를 혼자 가만히 생각해보고 싶었다.

레인은 바다오리의 다리 색깔을 물어보려고 에바에게 전화를 걸었다.

에바는 지체 없이 대답했다. "오렌지색. 그건 왜?"

"부리는요? 극장에서 풍경화를 그리고 있거든요. 부리만 알면 돼요. 모양 같은 건 다 아니까 색깔만요."

"파란색, 노란색, 오렌지색. 하지만 색깔을 순서에 맞게 써야 해."

"조류관에 있는 외국산 바다오리 같은 거 말고요. 아일랜드산 바다오리여야 해요."

"그래, 그거. 아일랜드산 바다오리. 도서관에 올래? 마침 도서관에 가는 길이니까. 그 책이 어디 있는지 알려줄게."

"그러는 게 좋겠네요. 파란색, 노란색, 오렌지색 부리를 가진 새들이라니! 아일랜드에서 그 새를 보려면 뭔가 획기적인 일을 해야겠어요."

그들은 계단에서 만났다.

"다음 작품에 사용할 거대한 무대배경을 그리고 있어요." 그녀가 설명했다. "바다오리의 부리와 다리를 확실히 알아야 해요. 그게 정말로 그렇게 무지개 색깔인가요, 아니면 농담을 하신 거예요?"

"부리는 색깔이 세 가지야. 다리는 오렌지색이고—주로 번식기에. 겨울에는 색깔이 훨씬 옅어져." 에바가 자신 있게 말했다.

"하느님도 참 자비로우셔라. 아일랜드에 그런 새들이 있다니!"

"같이 대서양 연안에 가보면 그 새들의 군락을 볼 수 있어." 에바가 나무라듯 말했다. "스토니브리지라는 곳이 있어. 우리 같이 가보자."

그들이 도서관 안으로 들어갔을 때 프리다는 출납대에서 누군가와 대화를 하고 있었다. 그 여자가 홍보 책자를 가리키자 프리다가 머리를 흔들며 웃었다. 프리다의 눈빛이 반짝거렸다. 그녀는 아주 어려 보였고, 이렇게 오래된 회색 건물에 생기 넘치고 활기찬 모습으로 서 있었다. 더피 선생은 평소처럼 작은 흰색 레이스칼라가 달린 감청색 양모 카디건을 입고 있었다. 더피 선생에게서는 정숙하고 묵직한 무게감이 느껴졌다. 프리다는 대조적으로 검은색 바지에 빨간색 셔츠를 입고 있었다. 곱슬곱슬한 검은색 머리는 뒤에서 커다란 빨간색 리본으로 묶었다. 프리다는 그 공간의 중심에 있는 한 송이 화려한 꽃 같다고 레인은 생각했다. 그들 모두 프리다에게 말을 걸려고 줄을 서는 것도 당연했다.

다음 차례는 캐시미어 스카프를 매고 말쑥한 외투를 입은 남자였다. 그는 프리다를 뚫어져라 쳐다보고 있었다.

레인이 갑자기 주춤했다. 이유는 몰랐지만 어딘지 모르게 불편했다.

"왜 그래?" 에바가 물었다.

"저 남자, 프리다한테 말하려고 기다리는 저 남자요." 레인이 소곤거렸다.

"안 보여." 에바가 투덜거렸다.

"이쪽으로 와보세요. 그 남자가 보일 거예요. 프리다가 이쪽을 쳐다보게 하지 말고요."

두 사람은 프리다가 그녀에게 다가온 남자를 쳐다보는 모습을 보았다. 그녀가 무슨 말을 하는지는 너무 멀어서 들리지 않았지만 얼굴 표정이 완전히 달라져 있었다.

그 사람이 누군지는 몰라도 중요한 인물임에는 틀림없었다.

레인은 보자마자 그 남자가 싫었다.

"제가 보낸 꽃은 마음에 드셨어요?"

"더피 선생님에게 보낸 꽃이요? 아름답던데요. 더피 선생님을

414

불러드릴까요?"

그는 잠시 장미 한 송이의 냄새를 맡았다. "당신에게 보낸 꽃이었어요, 프리다." 잘생긴 그의 얼굴에 너무도 따뜻한 미소가 떠올랐다.

프리다는 같이 웃어줄 수가 없었다. 설령 상대방을 유혹하는 방법을 알고 있었다 하더라도 그 요령을 잊어버린 것 같았다.

"'도서관 친구들' 모임에는 오지 않으셨죠." 그녀가 말했다. "오셨다면 제가 기억을 했을 텐데요."

"저 여기 왔었어요. 그 모임에 대해서는 몰랐고요. 그날 비가 퍼붓길래 비를 피해 이 안으로 들어왔어요. 저기 뒤쪽에 잠시 서 있었어요." 그가 후문 옆 기둥을 가리켰다.

"자리에 앉지는 않으셨군요?"

"네, 그저 폭우만 피할 생각이었거든요. 도서관에서 하는 모임은 따분할 거라고 생각했어요."

"정말 따분했나요?" 그녀는 아픈 이가 쑤시는 기분이었다.

"아니요, 프리다. 멋진 저녁 시간이었어요. 이 공간 전체에 온기와 열정과 희망이 떠돌았어요. 그래서 계속 있었던 거고요."

그녀도 정확히 그런 느낌을 받았었다. 그날 밤 그녀는 사람들이 활기를 얻어 돌아갔다고 생각했다. 그들은 뭔가 새로운 것, 뭔가 참여할 것을 애타게 찾고 있었다. 그들은 모두 어떻게든 도움이 되고 싶어했다. 그녀는 말없이 그를 쳐다보았다.

"같이 저녁식사를 하자는 말을 하려고 왔어요." 그의 목이 약간 붉어졌다. 갑자기 그는 자신감이 없어 보였다. "저기, 꼭 저녁식사가 아니어도 괜찮아요. 산책이나 커피를 마시러 가는 것도 괜찮고,

영화를 보거나 뭐든 하고 싶은 걸로요. 오…… 잠깐…… 제 이름은 마크예요. 마크 멀론. 같이 가겠어요?"

"저녁식사라면 좋지만……" 그녀 자신도 모르게 말이 흘러나왔다.

"그럼 됐어요. 오늘밤 식사 예약을 할까요?"

프리다는 처음에 자신이 이런 말을 했다는 것이 믿기지 않았다. "음, 좋아요. 오늘밤이 괜찮겠네요." 그녀가 마침내 말했다.

"어디로 가고 싶으세요?"

"모르겠어요…… 어디든 괜찮아요. 부두로 가는 길에 있는 엔니오스 레스토랑도 좋아요. 가끔 특별한 일이 있을 때 친구들이랑 같이 가거든요."

"음, 친구분들과 보내는 특별한 장소를 제가 침범해서는 안 될 것 같군요. 퀜틴스는 어때요? 거기도 좋아요. 여덟시면 괜찮아요?"

"여덟시로 해요." 프리다가 말했다.

그가 싱긋 웃었고 여봐란듯이 그녀의 손을 잡아 입을 맞추었다.

그가 떠나자 프리다는 손을 뺨에 가져가 한참 동안 대고 있었다. 그녀는 모르고 있었지만 에바 고모와 친구 레인, 더피 선생, 시인 라이어널, 마침 청소부 자리를 알아보러 온 젊은 아가씨까지 모두 그 장면을 지켜보고 있었다.

프리다가 손을 다시 천천히 입술로 가져갈 때 그들 모두 프리다의 얼굴을 쳐다보았다. 그 남자가 입을 맞추었던 그 손이었다. 그들의 눈앞에서 뭔가 엄청난 일이 일어난 것이다.

남은 하루가 흘러갔다. 어찌어찌.

레인이 말했다. "나한테 할말 없어?"

프리다가 물었다. "바다오리에 대해서?"

"아니, 도서관에 와서 네 손에 키스하는 남자들에 대해서."

내일 말할게, 프리다가 약속했다.

프리다가 퀸틴스에 들어가자 그는 이미 도착해 있었다. 짙은 회색 정장에 빳빳한 흰색 셔츠를 입고 있었다. 아주 근사한 모습이었다. 주인 겸 매니저인 브렌다가 기품이 넘치는 태도로 프리다를 테이블로 안내하자, 그는 싱긋 웃고는 그녀를 맞으러 일어섰다.

"샴페인을 드시고 싶어하지 않을까 생각했지만 주문은 하지 않았어요." 그가 말했다.

"두 가지 다 잘하셨는데요." 프리다가 웃으며 말했다. "정말로 샴페인을 마시고 싶긴 하지만, 미리 단정하지 않으신 건 감사해요."

"그러지 않으려고 하죠." 그가 말했다. "이렇게 만나게 되어 반갑네요. 아주 멋지신데요."

"감사합니다." 그녀가 간단히 말했다.

"정말로, 정말로 아름다우세요. 하지만 저녁을 같이 하자고 했던 이유가 그건 아니에요."

"이유가 뭐였나요?" 그녀는 정말로 알고 싶었다.

"제 마음에서 당신을 지워낼 수가 없어서요. 당신이 그 남자분의 시에 대해, 그 우아함과 슬픔에 대해 말한 게 좋았어요. 다른 사람 같았으면 같은 말을 두 배로 길게 했을 거예요. 그리고 여학생들의 독서 모임에 대해서도 열의를 보이셨잖아요. 당신은 그날 모인 모든 사람들에게 열정을 불어넣었어요. 에너지가 넘치고 활기가 뿜어져나오는 분 같아요. 도서관에서 처음 본 순간 알아차렸어요. 지금 이곳에서도 느껴지고요. 저도 그 일부가 되고 싶어요. 그것뿐이에요."

"무슨 말을 해야 할지 모르겠네요. 저는 운이 좋은 사람이에요. 이 일을 하는 것도 아주 행복하고요. 제 인생도 그렇고, 제 모든 것이 다 그래요."

"여기 있는 것도 행복한가요? 이 순간에도요?"

"아주요." 프리다가 말했다.

대화가 술술 풀려나갔다.

그는 그녀에 대해 모든 것을 알고 싶어했다. 어느 학교를 다녔는지, 대학은 어디를 졸업했는지, 부모님과 여자 형제들과 같이 살았던 집은 어땠는지, 핀 로드 도서관에서는 어떻게 일하게 되었는지, 지금 사는 빅토리언 양식의 큰 건물 꼭대기에 있는 작은 아파트는 어떤지, 신문에 오랫동안 '깃털'이라는 칼럼을 기고하고 프리다를 조류 관찰 여행에 데려가는 괴짜 고모는 어떤 사람인지.

"당신은 종달새처럼 말하는군요." 그가 근엄하게 말했다.

"종달새보다 더 잘할 수는 없죠." 그녀가 흥흥거리며 웃었다. "이제 다시 당신의 제비갈매기가 나설 차례예요."* 둘 다 배꼽을 잡고 웃었다.

그는 그녀가 지금껏 이루어온 모든 일에 관심이 있는 것 같았다. 대화 주제는 휴가로 흘러갔다. 일주일 동안 햇볕을 쬐러 멀리 떠나

---

* 원문은 "It's your tern again"으로, 차례라는 뜻의 'turn' 대신 같은 발음인 제비갈매기라는 뜻의 'tern'을 써서 언어적 재미를 더했다.

는 것이 그토록 수선을 피울 가치가 있는 일인가, 혹은 스키를 타려면 운동신경이 좋아야 하는가. 정말 놀라웠다─그도 그녀가 갔던 그리스의 섬에 가봤던 것이다. 세상은 정말 좁지 않은가? 그들은 같은 영화, 같은 노래를 좋아했다. 심지어 프리다가 좋아하는 책 중에 그가 읽은 것도 있었다.

프리다는 그가 살아온 인생에 대해서도 물었다. 결국 그 시간은 일종의 소개팅 같았다. 그들은 서로에 대해 아무것도 몰랐지만 여기 더블린에서 가장 좋은 레스토랑에 앉아 저녁을 먹고 있었다. 그는 잉글랜드에서 살았지만 아일랜드 가정에서 성장했다. 그의 부모는 아직 잉글랜드에 살고 있었고 남동생도 마찬가지였다. 그들을 자주 찾아가보지는 못한다고 그가 슬프게 말했다. 그는 괜찮다는 듯 어깨를 으쓱했지만 프리다는 그가 가슴 아파한다는 사실을 알 수 있었다.

그는 잉글랜드에 있는 대학에 다니면서 마케팅과 경제학을 공부했지만, 대학 교육은 레저산업에서 쌓은 실무 경험만큼 중요하지 않았다. 그는 렌터카 업체에서, 요트 임대 업체에서, 케이터링 업체에서 일하면서 무엇이 사업을 돌아가게 하는지 배워나갔다. 런던과 뉴욕에서 일했고 지금은 더블린에서 일하고 있었다. 어렸을 때 휴가로 온 적은 있었지만 이곳은 여전히 그에게 새로운 도시였다. 그는 지금 홀리스 호텔에 투자를 하려는 레저 그룹에서 일하고 있었다. 홀리스 호텔을 큰 레저 단지로 개발할 계획이라고 했다.

"아주 따분하게 들리겠지만, 정말 흥미로워요. 오직 돈 때문만은 아니에요." 그가 진지하게 말했다. "그래서 이 지역 역사를 더 많이 알고 싶어요. 도움을 많이 주실 수 있을 것 같아요."

그는 아직 지낼 만한 장소를 찾지 못해 호텔에 묵고 있다고 했
다. 해당 부지에서 지내면 그 공간을 사업적 관점에서 어떻게 개발
할지 알 수 있어서 좋다고 했다. 그곳은 혼자 머리를 식히기 좋은
곳, 사람들이 자신만을 위한 공간을 찾아냈다고 기뻐할 만한 곳이
었다. 호텔 직원들이 손님의 이름을 기억하는 곳, 손님이 이곳에서
지내는 시간을 즐거워할 수 있도록 열과 성의를 다하는 곳이었다.
호텔이 잘되는 것도 놀라운 일이 아니었다.

폭풍우가 치던 날 그는 개발자들과 회의를 했는데, 회의가 늦게
끝나서 폭우가 가장 심한 순간에 핀 로드를 뛰어가게 되었다. 그가
도서관 문이 열려 있는 것을 보고 잠시 비를 피하기로 한 것은 행
복한 우연, 순전한 우연이었다. 그녀를 본 것이 그때였으니까. 그
가 그냥 계속 달려갔다면? 회의가 제시간에 끝나서 비가 쏟아지기
전에 이미 그 앞을 지나가버렸다면?

"우리는 영원히 만나지 못했을 수도 있어요." 그가 웃었고, 이것
이 운명적인 만남인 것처럼 부르르 몸을 떠는 시늉을 했다.

프리다는 어깨가 풀어지는 것을 느꼈다. 그녀는 지금 그대로의
홀리스 호텔을 사랑했다. 뭔가를 축하하는 장소로 좋았던 곳, 그곳
이 '레저 단지'로 바뀐다고 생각하니 끔찍했다. 하지만 이렇게 흥
미로운 남자를 만나게 된 우연에 비하면 그런 것은 중요하지 않았
다. 이 남자는 도무지 이해할 수 없는 이유로 그녀에게 푹 빠진 것
같았다. 그녀는 오롯한 즐거움을 느끼며 한숨을 내쉬었다.

그가 그녀를 보고 웃자 그녀의 가슴이 녹아내렸다.

프리다는 그가 그녀의 집에 같이 들어가지 않기를 바랐다. 집이
엉망진창인데다, 첫번째 데이트부터 헤픈 여자로 생각될 위험이

있었다. 그가 그녀의 집에 온다면 집을 일주일은 치워야 할 것이다. 그가 홀리스 호텔로 가자고 하면 어쩌지?

그러지는 않을 것이다. 안 그렇겠는가. 그는 품위가 있는 사람이었다.

게다가 그 정도 관계는 그가 원하지 않을지도 몰랐다.

그들은 그 레스토랑에서 가장 마지막에 나왔다. 종업원이 택시를 불러주었다. 마크는 그녀를 집까지 데려다주겠다고 했다. 택시가 멈추자 그는 내려서 그녀를 문 앞까지 데려다주었다.

"예상했던 대로 멋진 곳이네요." 그가 이렇게 말한 뒤 그녀의 양볼에 키스하고 다시 택시에 올라탔다.

프리다는 계단을 올라가 그녀의 작은 아파트로 들어갔다. 집안은 강도가 침입한 것처럼 어질러져 있었지만 사실은 그녀가 나올 때 그대로였다. 그녀는 그가 같이 들어오지 않은 것을 다행으로 여겨야 할지, 아니면 실망해야 할지 알 수가 없어서 침대 모서리에 가만히 앉아 있었다.

그녀가 도서관에 대해 이야기할 때, 그는 그 공간에 오직 그녀만이 존재하는 것처럼 한마디 한마디에 귀를 기울였다. 하지만 그가 누구에게나 그러는 사람이라면? 그는 그녀를 정말로 좋아하는 걸까? 물론 아닐 것이다. 어떻게 그럴 수 있겠는가? 그녀는 일개 사서에 불과했다. 그는 아주 똑똑했고 전 세계를 돌아다닌 사람이었다.

오늘밤 문득 그녀는 외로움을 느꼈다. 말을 붙일 고양이를 키울 수도 있을 것이다.

하지만 에바가 말렸다. 고양이는 새들의 천적일뿐더러 어쨌거나 고양이를 좋아하게 되면 여행 같은 건 떠날 수 없을 거라고 했다. 하지만 고양이를 키우면, 녀석이 그녀의 품에 안겨 가르랑거릴 것이고, 큰 건물의 꼭대기에 자리잡은 이 텅 빈 공간에서 뭔가가 존재함을 느끼게 해줄 것이다.

그녀는 잠을 설쳤다. 꿈속에서 그녀는 페리에 타려고 애를 썼지만 페리는 그녀가 올라타기도 전에 자꾸만 해안을 떠나버렸다.

"말해봐, 프리다. 우리는 애매하게 숨기는 걸 싫어하잖아." 레인이 다음날 아침 작은 극장에서 커피를 마시며 말했다.

"애매하게 숨기는 게 아니야. 나는 메뉴 맨 끝에 나온 Q 모양 초콜릿까지 모조리 얘기했어." 프리다는 짜증이 났다.

"하지만 그 남자는 어땠어? 마음에 들었어? 대화는 잘됐고?"

"괜찮은 사람이었어. 아주 상냥하고 아주 매력적이고. '레저산업'에 종사한대."

레인이 경멸스럽다는 듯 콧방귀를 뀌었다.

"……여기에는 홀리스에 투자하는 문제로 왔고. 홀리스가 확장을 하고 싶어한대."

"홀리스는 확장할 필요가 없어. 지금 그대로가 좋아. 혹시 너……?"

"아니야."

"그 사람이 혹시……?"

"이번에도 아니야. 자, 그럼 성적인 문제에 대한 것까지 모든 질문에 답한 셈이지?" 프리다가 대꾸했다.

레인은 마음에 상처를 입은 것 같았다. "우리는 서로 숨기는 게 없잖아. 그래서 물어본 거야."

"이미 다 말했잖아. 모조리, 싹 다, 남김없이."

"그래. 하지만 말할 게 더 생기면 말해줄래?" 레인이 미리 다짐을 받았다.

"모르는 일이지, 어떻게 알겠어?" 프리다의 목소리는 그녀의 기분보다 더 밝았다.

"내가 그 마크라는 남자와 가깝게 지내지 말라고 하면 어쩔 거야?" 레인의 표정은 사뭇 진지했다. 왜인지 콕 집어 말할 수는 없었지만, 레인은 그 남자가 어쩐지 마음에 걸렸다. "내가 그 사람에게 신뢰가 가지 않는다면? 너는 그 사람에 대해 아는 게 하나도 없다고 하면? 그 사람이 너한테 말만 번드르르하게 하는 거라면? 내가 그런 말을 하면 친구를 잃게 되는 거니?"

"나한테 경고할 건 없어. 더피 선생님 손에 들어간 장미 꽃다발, 저녁식사 한 번…… 그게 대단한 일은 아니잖아."

"조만간 그 남자는 다시 올 거야. 확실해." 레인이 침울하게 말했다.

그날 밤 조 더건이 파티에 같이 가자고 프리다에게 전화를 걸어왔다. 그를 마지막으로 본 것은 오 년 전 대학에서였다. 프리다는 기억도 가물가물한 남자와 함께 낯선 사람들 무리에 끼고 싶지는 않았지만, 늘 그러듯 예의를 차려 요즘 어떻게 지내는지 물었다.

"테크놀로지 강의를 하고 있어. 주로 그쪽에 깜깜한 사람들한테." 그가 말했다. "기계를 두려워하지만 뒤처지는 건 싫은 사람들 말야. 사실 내가 강의를 좀 하는 편이야. 기계는 어리석다고 말해주면 사람들이 좀 안심하는 것 같아."

"조, 너한테 잘 맞는 일을 줄 수 있을 것 같아. 금요일에 도서관에 나를 만나러 올래?" 프리다가 말했다. 다음 '도서관 친구들' 모임은 이걸로 하면 될 것이다.

완벽했다.

더피 선생은 시계도 멈추게 할 얼굴을 하고 있었다.

"오도너번 선생, 사교적인 용무를 다 마쳤으면 연체료 관리를 좀 도와주겠어요? 그리고 출납대에 오도너번 선생의 관심이 필요한 사람들 몇 명이 기다리고 있군요."

줄을 선 첫번째 사람은 마크 밀론이었다. 그는 아무 말도 하지 않고 그저 그녀를 쳐다보기만 했다.

"오늘 출근은 안 하세요?" 그녀가 대화를 가볍게 이끌어나가고 그의 뚫어질 듯한 시선을 끊어버리기 위해 말했다.

"저는 아주 열심히 일해요." 그가 말했다. "종종 밤늦게까지 일하죠. 하지만 오늘 아침에는 당신을 보려고 일부러 시간을 냈어요."

"저녁식사는 아주 감사했어요." 프리다가 말했다. "사실 그날 얼마나 즐거웠는지 말씀드리려고 짧은 편지를 쓸 생각이었어요."

"뭐라고 썼을까요?"

"아주 따뜻하고 넉넉한 저녁이었다고, 감사하다고요." 그녀는 단호한 태도를 유지하며 말했다. 딱 한 번이었고, 고마웠지만 아쉬움은 없다는 듯이.

"내일 쉰다고 말씀하셨지요." 그가 말했다.

대체로 쉬는 날이면 프리다는 이런저런 집안일을 했다. 그녀와 레인은 그것을 일상생활 업무라고 불렀다. 침대 시트와 수건을 세탁소에 가져가고 슈퍼마켓에서 쇼핑을 했다. 레인에게 느긋한 점심식사를 같이 하자고 조를 때도 있었다. 이따금 미술 전시회에도 갔고 부티크를 돌아다니며 윈도쇼핑도 했다. 봄을 기다리며 창밖 윈도박스에 알뿌리를 심거나, 저녁에는 친구들과 같이 와인바에 가기도 했다.

하지만 내일은 아니었다. 내일은 아주 특별한 날이 될 테니까.

마크는 프리다에게 같이 위클로 카운티에 갈 수 있는지 물었다. 그곳에 가서 미스 홀리와 회의를 할 거라고 했다. 어쩌면 거기서 프리다와 점심을 먹을 수도 있을 것이다. 샤워를 하면서 프리다는 그날의 계획을 세웠다. 둘이 오후에 산책을 하고 집으로 돌아올 테고, 그녀가 저녁식사를 준비할 것이다. 어쩌면 홀리스에서 잠을 잘 수도 있을 것이다. 어떻게 하든 그는 그녀가 아주 아름답다고 말해줄 것이다. 그리고 그녀를 품에 안을 것이다.

"더 기다릴 것 없어요." 그가 말할 것이다. 어쩌면 이렇게 말할지도 모른다. "당신 없이 오늘밤을 지낼 수는 없을 것 같아요." 그비슷한 말을. 어떤 말이든, 그건 중요하지 않았다.

그녀는 오늘이 어떤 하루가 될지 궁금했다. 그에게 매력적으로 보이고 싶었다. 그를 제대로 즐겁게 해주고 싶었다. 하지만 그녀는 그런 방면에 경험이 많지 않았다. 확실히 최근에는 아무도 없었다.

그녀가 마지막으로 연애를 한 건 거의 이 년 전이었다. 휴가 동안 앤디라는 잘생긴 스코틀랜드 청년과 만났다. 그는 그녀와 계속 연락할 것이며 그녀를 보러 아일랜드로 다시 오겠다고 약속했다.

하지만 그는 연락도 하지 않았고 아일랜드로 돌아오지도 않았다. 그에게는 대단한 사건이 아니었던 것이다. 앤디는 이미 인생 계획이 서 있었다. 은행에서 일하고 부모와 결혼한 형제들 근처에서 살며 골프를 많이 치는 것이 그의 계획이었다.

지금 왜 앤디가 떠오르는지 알 수 없었지만 프리다는 자신이 그런 방면에는 전혀 능숙하지 않아서, 그가 연락을 끊은 것도 그 때문은 아닌지 걱정이 되었다. 어쩌면 애인으로서 그녀는 시원찮았을지도 모른다. 그녀는 그때 마법 같은 여름휴가를 만끽했고 앤디도 그랬을 거라고 생각했다. 하지만 정말 그랬는지 어떻게 알겠는가.

그런 방면에 자신감이 있으면 정말 좋을 것이다. 그때 잠깐 즐기고 이만큼 세월이 지난 뒤 지금 앤디에게 은행으로 전화를 걸어, 그때 그녀가 얼마나 잘했는지 알려달라고 물어보는 것을 상상하자 프리다는 쓴웃음이 나왔다.

하지만 마크는 섹스를 잘하는 선수를 찾는 것이 아니었다. 그가 그런 사람일까? 그는 십대 때부터 쫓아다니는 여자들이 많았을 것이다. 그녀는 그에 대해, 그가 뭘 원하는지에 대해 더 많이 알면 좋겠다고 생각했다.

그리고 가장 예기치 않았던 순간에 프리다에게 '느낌'이 왔다. 부동산중개소 카탈로그에 실린 광고를 보는 것처럼 뚜렷했다. 거실과 작은 부엌, 커다란 침실 두 개, 뭔가 잔뜩 어질러진 책상이 있는 서재, 벽면 가득 책이 꽂힌 아파트. 창문으로 바다가 내려다보였다. 문에는 모호하고 걱정스러운 미소를 띤 짧은 금발의 자그마한 여성이 체인에 매달린 독서용 안경을 목에 건 채 서 있었다.

그 여자가 말했다. "여보, 왔군요. 당신이 집에 돌아오니 기뻐요!" 문을 열고 들어오는 남자에게 한 말이었다. 그 여자는 누구인가? 누구에게 말하고 있는 건가? 프리다의 몸에서 숨이 훅 빠져나갔다. 머릿속이 아찔하고 다리가 종이로 변하는 것 같았다. 그 남자는 마크인가?

그럴 리가 없었다. 잘못됐다. 그 느낌은 잘못됐을 것이다. 그녀는 그 남자를, 문 앞에 도착했던 사람이 누구인지를 보지 못했다. 마크일 리가 없었다. 그럴 리가 없었다.

그녀는 부들부들 떨며 옷을 입었고, 여전히 떨리는 손으로 마스카라와 립스틱을 발랐다. 머리를 올리고 멋진 부츠를 신고 준비를 끝냈다. 전율이 일었다. 이 데이트에 대한 이야기를 누구에게도 하지 않았던 것이 다행이었다.

인터폰 소리가 날카롭게 울렸다. 그가 건물 앞까지 온 것이다.

"곧 내려갈게요." 그녀가 인터폰에 대고 말했다.

그는 현관에서 계단을 내려오는 그녀를 보고 감탄해 마지않았다. "정말 아름다워요." 그가 말했다.

프리다는 아직도 떨렸다. 그녀는 이 강렬한 느낌을 물리치기 위해 농담 같은 말을 하고 싶었다. 고맙다는 말을 하는 것도, 그런 칭찬을 당연하게 받아들이는 것도 그녀에겐 익숙지 않았다. 그래서 머릿속에 가장 먼저 떠오른 긍정적인 말을 했다.

"당신도 아주 근사해요. 정말로 멋져요."

그는 머리를 뒤로 젖히고 웃었다. "그런 말을 해주시다니 정말 친절한데요! 이제 서로 칭찬은 그만하고 차에 탑시다. 날씨가 춥네요." 그가 진녹색 메르세데스의 문을 열어주었다.

위클로까지 가는 길은 순식간이었다. 프리다는 그들이 어떻게 도착했는지도, 서로 무슨 대화를 나누었는지도 기억나지 않았다. 그녀는 운전에 집중한 마크의 얼굴과, 이따금 그녀를 보고 웃어줄 때의 얼굴만 볼 수 있었다.

마크가 미스 홀리와 호텔 임원과 회의를 하러 간 동안 프리다는 라운지의 벽난로 옆 친츠 천을 씌운 큰 의자에 앉아 있었다. 무릎에는 잡지를 올려놓았지만 읽지 않았고, 옆에 있는 작은 테이블에 놓인 커피는 마시지 않은 채였다. 그녀는 불꽃을 쳐다보며 무슨 일이 일어나고 있는지 생각했다. 그 순간 그녀의 마음속에 난데없이 어떤 장면이 떠올랐다. 그것을 물리치려고 눈을 감았다 떴지만 그 장면은 사라지지 않고 그대로 있었다. 마크가 소리를 지르는 사람들과 한 공간에 있었다. 미스 홀리가 구석에 앉아 울고 있었다. 마크는 침착해 보였고 냉정했다. 그가 그녀에게 아주 기분 나쁘고 무서운 말을 했다. 무슨 말인지는 몰라도 잘못됐다. 아주 잘못됐다.

프리다는 부들부들 떨면서 그 환시를 밀어냈다. 터무니없었다. 아무 의미도 없었다. 그저 꾸벅꾸벅 졸며 어리석은 꿈을 꾼 것뿐이었다. 그녀는 한숨을 쉬고는 또다시 그 이미지들을 몰아내려고 애썼다. 하지만 머리가 어질어질해지면서 더욱 혼란스러워졌다.

곧 그가 돌아왔다.

"어떻게 됐어요?" 그녀가 물었다.

"묻지 말아요. 여기서 벗어나면 말해줄게요. 갑시다. 당신과 나는 이제 자유의 몸이에요. 우리를 기다리는 사람은 아무도 없어요. 우리가 원하는 곳이 아닌 다른 곳에 있을 필요가 없어요."

"돌아가야 해요. 내일 도서관 문을 열어야 하거든요. 여덟시 전에는 도착해야 해요."

그가 싱긋 웃었다. "알았어요. 식사만 할 거예요. 서로 일 이야기
는 하지 않기로 해요. 됐어요?"

"좋아요." 프리다가 말했다.

차에서 그들은 말이 없었다. 프리다는 그의 얼굴을 살펴보았지
만 마크는 여유롭고 행복해 보였다. 프리다는 그저 미친 꿈이었다
고 느껴지기 시작했다. 그는 그녀가 차에서 내리도록 도와주면서
키스했다. 저녁 내내 그녀는 다른 생각을 할 수 없었다.

그날 밤 그들은 처음으로 사랑을 나누었다.

다음날 밤에 그들은 영화관에 갔다. 프리다는 나중에 영화 내용
을 제대로 기억하지도 못했다. 그저 그녀의 어깨가 그의 어깨에 닿
아 있던 느낌만 기억했다. 나중에 그들은 그녀의 아파트로 갔다.

그가 금요일에 콘서트를 보러 가자고 했지만, 그녀는 컴퓨터 전
문가 조 더건과의 약속 때문에 망설였다. 마크의 얼굴이 흐려졌다.
크게 실망한 듯 보였다. 뭔가 대책을 세워야 할 것 같았다.

그녀는 레인에게 전화를 걸었다.

"앞으로 평생 네가 해달라는 일은 뭐든 다 할게. 뭐든. 극장 바닥
을 닦으라면 닦고……"

"내가 누굴 죽이면 돼?" 레인이 물었다.

"아니야. 조 더건이라는 남자가 다음주에 강의를 할 거야. 오늘
밤 도서관에서 만나기로 했는데, 나는 못 가게 됐어. 네가 나 대신
만나서 설명 좀 해줄래?"

"프리다. 안 돼."

"무릎 꿇고 빌게."

"안 돼. 극장에서 일해야 해. 사서는 너야."

"그냥 실없는 잡담 같은 걸 하면 돼. 너도 그런 사람들이 뭘 원하는지 알잖아."

침묵이 흘렀다.

"레인?"

"너답지 않아. 실없는 잡담 때문이 아니야. 이건 네가 준비한 거야. 많은 사람들이 너를 의지하고 있어."

"다시는 부탁 안 할게. 이번 한 번만! 조한테는 월요일 아침에 연락하겠다고 내가 말할게."

"내가 안 한다고 하면?"

"나도 내가 어떻게 할지 모르겠어." 프리다가 울컥해서 말했다.

"이렇게 비루한 부탁은 들어본 적이 없는 것 같아." 레인이 말했다.

"들어줄 거지?"

"알았어."

"고마워, 레인. 진심으로……" 프리다가 말했다.

"끊어, 프리다."

프리다는 마크에게 전화를 걸었다.

"무슨 일이에요?" 그가 말했다.

"오늘 저녁에 시간 괜찮아요." 그녀가 말했다.

"그러기를 정말 바라고 있었어요." 마크가 말했다.

콘서트는 더없이 좋았다. 콘서트가 끝난 뒤 같이 저녁을 먹으면서 그는 그녀 같은 사람은 만난 적이 없다고 했다. 그는 그녀가 하는 일을 정말로 존경한다면서, 심지어 '도서관 친구들'의 밤에 대한 아이디어도 냈다. 그는 모든 시간을 그녀와 함께 보내고 싶어했고, 서로를 만나지 못했던 시간까지 보상하고 싶어했다. 그녀는 거부할 수 없었다. 그가 어찌나 다정하고 자상한지, 그의 손만 닿아도 그녀는 스르르 녹아버릴 것만 같았다.

너무 급작스럽고 너무 빠르게 진행된다고, 그녀는 혼잣말을 했다. 하지만 만날 사람은 언제 어디에서든 만나게 마련이다. 그들이 댄스홀에서, 클럽에서, 북적거리는 바에서 만났다고 한들 달랐겠는가? 그녀는 여전히 물살에 휩쓸리는 듯한 불안을 느꼈다. 하지만 그가 전화를 해올 때마다, 그들이 함께 있을 때마다 그녀는 그런 의혹을 까맣게 잊었다.

'도서관 친구들'에서는 컴퓨터에 대해 전혀 모르지만 배우고 싶어하는 모든 분들을 환영합니다. 조 더건이 금요일 밤 이곳에서 테크놀로지 세상의 주민이 되고 싶은 모든 연령대의 분들을 도와드릴 것입니다.

마크가 주말여행을 제안하자 그녀는 또 한번 망설였다. 그가 결혼한 남자라면 그녀와 같이 여행을 가지는 못할 것이다. 그건 불가능하다. 하지만 그 꿈이 자꾸 되돌아왔다. 짧은 금발 여자의 얼굴이 사라지지 않았다. 그녀는 그 여자가 반기는 사람이 마크인 것을 알았고 꿈속에서 결혼반지까지 보았다.

그가 결혼한 남자라면 프리다에게 더블린에 있는 산에 같이 오르자고 하면서 아내에게는 뭐라고 하겠는가? 프리다는 몹시 혼란스러웠다. 하지만 그런 행복의 기회를 놓치고 싶지 않았다.

그녀는 또다시 조와의 약속을 대신 지켜달라는 부탁을 하려고 레인에게 전화를 걸었다. 레인은 별다른 말이 없었다. 친구의 말을 들은 뒤 그냥 알겠다고만 했다.

"조를 위해서야. 너를 생각해서가 아니라." 그녀가 얼음장같이 차갑게 덧붙였다.

프리다는 친구를 생각하면 마음이 불편했지만, 그 대신 마크와 보낼 주말을 생각했다. 마크는 여러 면에서 프리다를 필요로 했고 그것은 분명한 사실이었다. 그는 섹스 상대로서뿐 아니라 동반자로서, 친구로서, 자신을 지지해주는 사람으로서 그녀를 필요로 했다. 그는 그녀를 사랑했고, 그렇게 말해주었다. 결혼생활은 편의를 위한 수단일 뿐이라고 그녀는 확신했다.

에바는 이 연애가 빨리 정착되어 프리다가 마크 멀론 외의 다른 것에도 관심을 쏟을 수 있기를 바랐다. 프리다는 그 남자에게 푹 빠져 있었다. 에바도 어느 정도 그 이유를 알 것 같았다. 그는 아주 매혹적이었고 열정적이었다. 여러 면에서 프리다와 잘 맞았다. 하지만 에바는 또한 그들이 아주 다르다고 생각했다. 마크는 더 강했고 자신의 목표가 무엇이건 그것을 일절 타협 없이 추진해나갔다. 프리다는 지금 그대로의 인생을 행복하게 받아들였다.

그와 레인은 처음부터 삐끗했지만 그것도 시간이 지나면 해결될 것이다. 레인은 마크에게 심한 반감을 느끼고 있었다. 그녀는 프리다가 다른 것에는—일도, 친구도, 인생도—일체 흥미를 잃었다고 불평했다. "뭔가 안개 같은 것이 프리다를 휘감은 듯해요." 레인은 그렇게 말했다. "그 사람이 프리다의 모든 행동을 조종하고 있어요."

그들이 함께 그를 만난 것도 벌써 여러 번이지만, 레인은 아직도 마크를 신뢰하지 않았다.

어리석은 고민 상담가 아줌마, 에바는 자신을 향해 혼잣말을 했다. 이 문제를 논리나 이성으로 풀려고 해봤자 소용없었다. 하지만 이 문제는 역시나 걱정거리였다. 그랬다. 앞으로 폭풍이 몰아칠지도 몰랐다. 레인은 그를 좋아하지 않았고 믿지도 않았다. 그는 레인과 프리다의 튼튼한 우정을 위협한 최초의 남자였다. 대체로 그들은 남자친구가 생기면 서로 격려하고 열렬히 지지해주었다.

프리다는 레인에게 반한 사색적인 젊은 남자들이 수두룩하다고 말했다. 그러면 레인은 웃어넘기며 죄다 일거리가 없는 배우들이라고 말했다. 그 사람들의 바람은 오직 그녀의 극장에서 두 주 동안 일하는 거라면서. 레인은 책을 펴보기 위해서가 아니라 프리다에게 말을 붙일 속셈으로 도서관을 찾는 사람들을 적어도 세 명은 알고 있다고 말했다. 그들은 늘 프리다에게 데이트 신청을 하고 싶어하지만, 프리다는 절대 알아차리지 못하고 그들에게 책만 줄기차게 찾아주는 것 같다고……

하지만 마크 멀론에 대한 둘의 반응은 좋고 나쁨이 극명했고, 이는 평소 두 사람의 모습과 아주 달랐다.

지난주 조 더건의 '테크놀로지를 두려워하지 마세요' 강의가 성황리에 끝난 데 힘입어, '핀 로드 도서관 친구들'은 이 주제를 매주

2회씩 진행하기로 결정했습니다.

프리다는 에바를 찾아가 비즈가 박힌 검은색 재킷을 빌려달라고 했다. 이 주 뒤에 홀리스 호텔에서 열리는 술자리에 초대를 받은 것이다. 마크가 사교를 위한 술자리에 기자들과 여행업자들을 불러모았다. 호텔 프로젝트에 기자단을 개입시키려는 오랜 계획의 일부였다.

에바는 프리다에게 점심을 먹고 가라고 했다.

"고모, 시간이 그렇게 많지가 않아서요…… 당장 해야 할 일이 너무 많아요." 프리다가 미안한 듯 말했다.

에바가 그녀를 똑바로 쳐다보았다.

"정확히 어떤 일을 해야 하니?"

"아시잖아요. 도서관에서 하는 일이죠 뭐. 이번주 '도서관 친구들' 모임은 조 더건 덕분에 정말로 성황리에 끝났어요. 그의 강의가 정말 훌륭했나봐요."

"하지만 네 덕분은 아니지."

"무슨 의미죠?" 프리다가 깜짝 놀랐다.

"너는 도서관에 나타나지도 않았어. 조 더건한테 도서관을 구경시켜준 건 나랑 레인이었어. 그리고 조 더건의 강의가 있던 날 너는 마크와 주말여행을 떠나버렸지."

"그랬어요." 프리다는 바닥을 내려다보았다.

"그래서 나 같은 늙은 바보와 실험극장 매니저가 더그의 준비를 도왔지. 더그가 그날 진짜 사서의 도움을 받았다면 얼마나 더 잘할 수 있었을지 누가 알겠니."

"정말 멋지게 해주셨어요. 고모도, 레인도요. 감사해요. 훌륭하세요."

"너는 그날 없었어." 에바는 단호했다.

"아시잖아요…… 어떤 상황인지 알고 계시잖아요."

"아니, 나는 몰라. 정말로 몰라. 왜 나랑 딱따구리를 찾아보러 가지 않니? 왜 마크한테 같이 가자고 하지 않아?"

"정말 감사해요, 에바. 하지만 제가 바쁘다고 할 때는 정말 바빠서 그러는 거예요. 뒤늦게 처리할 일이 몇 가지 있어요. 제 말뜻을 아실 거예요."

"무슨 뜻인지는 알지."

프리다는 에바 고모의 말이 옳다는 것을 알았다. 레인 쪽에서는 그들의 우정에 막이 내렸다고 느끼는 것 같았다. 레인은 예의바른 표정을 지었지만 화난 얼굴보다 그런 얼굴이 프리다에게는 더 불안했다. 아주 멀게, 아주 냉랭하게 느껴졌다.

레인은 조 더건이 강의를 한 날 밤에 프리다가 사라져버린 것을 용서하지 않았다.

프리다는 레인이 이런 식으로 나오는 것이 정말로 속 좁은 듯 느껴졌고 억울했다. 조의 강의는 대성공이었다. 그는 연속 강의를 맡게 될 것이었다. 프리다는 도서관에서 여러 해 동안 근무했지만 이전에는 이런 식으로 시간을 낸 적이 없었다. 게다가 그 시간은 도서관 정규 운영시간도 아니었다. 그녀가 자원해서 마련한 행사였다.

조는 이해해주었다. 그는 그녀에게, 그린 좋은 사람이 자신을 맞아주도록 해준 일에 대해 참 고맙다는 말을 했다. 그녀가 그를 소홀히 대했다는 식이 아니었다.

아무것도 아닌 일에 왜 이리 소란인가.

마크가 런던에 며칠 가 있는 동안, 프리다는 맘 편히 레인과 에바에게 엔니오스 레스토랑에서 저녁식사를 하자고 제안했다. 프리다는 그들이 자신의 감정을 이해해주기를 바랐다. 별일 없을 것이다.

프리다, 레인, 에바는 엔니오스 레스토랑에서 파스타를 먹으면서 그동안 하지 못했던 이야기를 나누며 행복한 저녁 시간을 보냈다.

에바는 아일랜드 서부로 떠나는 조류 관찰 여행을 계획하고 있었다. 몇 주 뒤면 스토니브리지 절벽에 새로 문을 여는 호텔이 있었다. 조류 관찰자들에게는 완벽한 곳이었다. 에바는 이미 그곳에 가려고 계획하고 있었다.

에바가 느닷없이 말을 멈추고 건배를 제의했다. 그리고 선언했다. "너희 둘이 싸워서는 안 돼. 내가 허락하지 않아. 더욱이 남자 같은 어리석은 문제 때문에."

이때쯤에는 프리다도 레인도 웃고 있었다.

"고모는 정말 선동가 같아요. 안 싸워요." 프리다가 말했다.

"프리다랑은 절대 싸우지 않을게요." 레인이 약속했다.

"좋아. 이제 된 거야."

레인과 프리다는 어쩔 수 없다는 듯 서로를 바라보았다.

"고모는 별것 아닌 일로 호들갑이에요!" 프리다가 말했다.

"고모는 우리가 뭣 때문에 싸울 거라고 생각했을까?" 레인이 물었다.

"나는 마크 멀론을 사랑한다고 하고 너는 그 사람을 쓰레기라고 하니까…… 그래서 고모가 그런 생각을 하게 됐겠지."

"마크에 대해 다시는 그런 말 하지 않을게. 나는 그저 조가 강의할 때 너도 그 자리에 있고 싶었을 거라고 생각했어. 아무튼 결과적으로는 잘됐어. 조가 나한테 데이트 신청을 했거든. 그러니까 용서해줄게." 레인이 말했다.

프리다가 몸을 숙이며 그녀의 손목을 톡톡 쳤다. 바로 그때 전화가 왔다. 프리다는 식사를 하다 말고 전화를 받으러 갔다. 종업원이 예약 장부를 두는 작은 데스크로 그녀를 데려가 전화기를 건넸다.

"여보세요?" 프리다는 자신이 여기 있는 것을 누가 아는지 전혀 짐작이 가지 않았다.

"차오, 벨라."* 전화기 속 목소리가 말했다.

"마크!"

"자기를 보고 싶어한다는 걸 알려주고 싶었어. 우리가 같이 있어야 할 시간에 나는 여기서, 당신은 거기서 지루한 식사를 한다는게 참 웃기지만."

"나에겐 지루한 식사가 아니야. 말했잖아, 친구들을 만난다고. 어쨌든 내일 돌아올 거지?" 그녀가 말했다.

"아니, 안타깝지만 그럴 수가 없어. 여기 계속 있어야 해. 회의가 더 잡혔어. 많이 길어지지는 않을 거야. 되도록 일찍 끝내고 갈게."

그녀의 얼굴에서 웃음이 걷혔다. "안 돼, 휴가도 미리 신청해뒀는데!"

"앞으로는 약속을 많이 잡지 않을게. 됐어? 내가 회의를 취소하

---

* '안녕, 아름다운 여인'이라는 뜻의 이탈리아어.

면 좋겠어?" 그는 화가 난 것 같았다.

"미안. 그런 뜻은 아니었어." 프리다는 혼란스러웠다.

잠시 침묵이 흘렀다.

"알았어." 그가 마침내 말했다. "미안. 일에 치여서 그래. 내일 이야기하자. 내일이면 좀더 구체적으로 알게 될 거야."

"그러면 내일 이야기해." 그녀는 혼란스러운 기분으로 그러자고 했다. 그 순간 퍼뜩 어떤 생각이 떠올랐다. 그녀가 물었다. "마크, 왜 내 휴대전화로 걸지 않았어?"

"휴대전화를 가져오지 않았어. 그래서 전화번호가 없어." 그가 부드럽게 말했다. "자기가 엔니오스라고 했던 게 생각나서 전화번호부에서 찾아봤어."

"그러면 내일 이야기해." 그녀가 말했다.

테이블로 돌아가자 레인이 물었다. "그 사람이야?"

프리다가 빙긋 웃었다. "응."

"왜 휴대전화로 하지 않았대? 네가 정말로 네가 말한 곳에 있는지 확인하는 거야?"

에바가 고개를 홱 들었다.

레인은 가볍게 한 말이었지만, 프리다의 마음은 매우 예민하게 반응했다. 어쨌거나 그녀도 마크에게 똑같은 질문을 했던 것이다. 하지만 레인에게 그런 말은 절대 하지 않을 것이다.

"물론이지. 바로 그거야. 그 사람은 질투의 화신이야." 그녀가 작게 거짓으로 웃으며 말했다.

"무슨 걱정이 있니?" 에바가 물었다.

"아무것도 아니에요." 프리다가 말했다. "런던에 계속 있어야 한

대요."

    도서관에서 일한 뒤 처음으로, 프리다는 도서관에 가기가 싫었
다. 시간을 빼앗기는 곳이 너무 많았다. 레인은 여전히 마크를 이
해하지 못했다. 에바조차 인내심을 잃었다. 그들은 이해해주지 않
았다. 더피 선생은 도서 분류에 대해 너무 까다로운 요구를 했다.
'잘못 분류된 책은 잃어버린 책이나 다름없다.' 이것이 더피 선생
에게는 가장 중요한 신조였다.

    한 오만한 여자는 포르노그래피나 다름없는 책을 잘못 알고 체
스트넛 코트에 있는 독서 모임에 추천했다고 불평을 늘어놓았다.
또다른 누군가는 제인 그레이의 책이 없다고 짜증을 부렸다. 그런
일 말고도 프리다는 조 더건에게 연락해서 강연 때 자리를 지키지
못한 것에 대해 다시 한번 사과를 해야 했다.

    전날 밤에 그들이 그런 꺼림칙한 대화를 나누지 않았다면 그녀
는 어떤 일이든 잘 처리할 수 있었을 것이다. 그녀는 또다시 금발
여자가 나오는 꿈을 꾸었고, 이제는 마크가 유부남임을 확신했다.
하지만 상관없었다. 그는 프리다를 사랑했다. 그는 프리다를 사랑
한다고 수없이 말했다.

    그녀는 어깨를 펴고 계단을 천천히 걸어올라갔다. 평소 같았으
면 출근할 때 한 번에 두 계단씩 올라갔을 것이다.

    며칠 뒤 에바가 레인에게 같이 점심을 먹자고 했다.
    "호수 반대쪽에 검둥오리들이 떼지어 날아들었다는 보도를 들
었어. 그중에 희귀종이 있을지도 몰라."

"흔하지 않은 검둥오리*라고 하면 되겠네요?" 레인이 제안했다.

"음, 벨벳 검둥오리야. 원래 이름은."

"벨벳이요? 멋진데요."

"바다오리야. 수컷은 몸통은 새까만데 부리만 노랗고, 암컷은 목은 흰색이고 부리는 충충한 회색이야. 겨울 손님들이지. 나하고 차로 가다가 퍼브에 들러 샌드위치를 먹자." 에바가 제안했다.

"뭘 입고 가면 돼요?"

"너무 밝은 색깔은 피하고. 검둥오리들이 놀랄 테니까. 날씨가 어떤 변덕을 부릴지 모르니까 방수 파카랑 스카프, 스웨터를 여러 벌 가져와. 그리고 배낭이나 주머니를 많이 가져오고."

레인에게는 최고의 제안이었다. 프리다는 족제비처럼 풀이 죽어 있었다. 마크가 계획을 세웠다가 마지막 순간에 취소해버렸기 때문이었다. 그가 이곳에 없으니 프리다는 벨이 울리기를 기다리며 하염없이 전화기만 쳐다보고 있었다. 레인은 기꺼이 같이 가겠다고 했다.

그들이 큰길을 빠져나와 바다로 향할 때 에바가 새로 날아든 철새들을 가리켰다. 검둥오리, 백조, 북극에서 내려온 섭금류뿐 아니라 배쪽이 흰색인 기러기도 있었다. 구경할 것이 아주 많았다.

에바는 붐비는 차들을 쳐다보며 운전에 집중했다.

"주차하기 쉬운 데로 갈까?" 그녀가 제안했다. 그들이 바다 근처 어두컴컴한 와인바를 고른 것은 그래서였다.

---

* 원문에서 '검둥오리'에 해당하는 단어는 'Common Scoter'로, 여기서 '흔하지 않은(uncommon) 검둥오리'는 흔하다는 뜻의 'common'이라는 단어로 농담을 한 것이다.

그리고 그곳에서 그들은 잉글랜드에서 열린다는 콘퍼런스에 가 있어야 할 마크 멀론을 보았다.

그는 창가 테이블에 앉아 있었다. 맞은편에는 금발 여자가 청바지와 두꺼운 아란 스웨터를 입고 앉아 있었다. 그들 사이에는 어린 여자아이가 있었다. 아주 어리고 아주 행복해 보였다. 그곳에 그들 셋 말고는 아무도 없는 것처럼 더없이 행복한 가족이었다.

마크와 여자는 포크로 파스타를 가득 집어 서로 먹여주면서 한 입 먹을 때마다 웃었다. 어린 소녀도 그들을 쳐다보며 까르륵 웃었다. 세 사람 사이에 애정과 친밀감이 흘렀다. 그들이 한 가족이라는 사실에는 의심의 여지가 없었다.

에바와 레인은 망연자실해서 그들을 쳐다보았다.

두 사람은 레스토랑에서 나오려고 했지만 들키고 말았다. 마크가 고개를 들고 그들을 쳐다보았고, 그의 얼굴은 분노의 가면을 쓴 것처럼 얼어붙었다.

에바와 레인은 서로를 바라보며 정확히 똑같은 순간에 똑같은 말을 했다. "개자식!" 그러고는 한마디도 더 하지 않고 밖으로 나와 에바의 차에 올라타고 도시로 차를 돌렸다.

돌아오는 길에 레인이 물었다. "새들도 저러나요? 저렇게 바람을 피워요?"

"복잡한 문제야."

"정말 그렇겠네요."

"말해줘야 할까?" 에바가 고민하며 물었다.

"물론 그래야죠. 문제는 어느 쪽에 말하느냐예요. 프리다에게 해요, 마크에게 해요?"

"우리가 거기에 들어가지 않았다면……" 에바가 말했다.

"어쩌겠어요. 들어갔는걸요. 그리고 마크를 봤고요. 프리다가 바보처럼 당할 수는 없어요."

"하지만 우리가 말하면 창피해할 텐데……" 에바는 감싸주려고 했다.

"글쎄요, 말하지 않으면 더 창피해질 텐데요." 레인이 화난 듯 맞섰다.

"사실 확실한 건지도……"

"당연히 확실하죠. 그 여자는 직장 동료도 아니고 여동생도 아니었어요. 그 아이는 마크의 아이였고요. 솔직히, 제 애인이 아내와 딸과 같이 있는 걸 보고도 친구가 말해주지 않는다면 저로서는 진짜 친구라고 생각할 수 없을 거예요."

"지금은 그렇게 말해도, 그런 일이 정말로 네게 벌어지면 생각이 달라질지도 몰라."

"글쎄요, 어쨌거나 우리가 이 사실을 분명히 알았으니 다행이네요. 저라면 그런 이야기는 꼭 들어야 할 거예요. 그래야 다시 공이 제 골대에 들어오게 되니까요. 그래야 결정권이 저한테 오지요."

"하지만 프리다한테 사실을 말할 수는 없어. 잘 생각해봐."

"마크가 런던에 있다고 거짓말을 하고는 들킬 염려가 없는 와인 바에 숨어 있다는 사실은 중요해요."

"마크는 그렇게 생각한 거지." 에바가 말했다. "말하지 마, 레인. 프리다가 무척 상심할 거야."

"프리다가 알아야 해요. 그래도 원한다면 마크를 받아주면 될 테고요. 하지만 프리다도 알 권리는 있어요."

"그냥 둬. 잠시만이라도."

결국 어느 누구도 말할 필요가 없었다. 마크가 먼저 폭로했다.

홀리스에서 리셉션이 있던 밤이었다. 프리다는 하루종일 마크의 연락을 받지 못했지만 그가 바쁠 것은 뻔했다. 그녀는 오늘밤 그에게 자랑스러운 사람이 되고 싶었다. 에바의 검은색 재킷은 그녀에게 썩 잘 어울렸다. 그녀는 진홍색 실크 스커트를 입었고 검은색과 빨간색으로 된 멋진 구두를 신었다. 마크는 계속 돌아다녀야 할 테니 그녀 혼자 알아서 시간을 보내야 하겠지만 나중에는 둘만의 시간을 가질 수 있을 것이다.

리셉션이 한창일 때 프리다가 호텔에 도착했다. 대화 소리는 시끄러웠고 카나페가 아름답게 놓인 쟁반들이 돌았다.

그녀는 마크를 알은체하지 않고 파티장에 들어갔다. 그는 창가에서 웃고 있는 무리 한가운데에 서서 이야기를 하고 있었다. 프리다는 그 반대쪽으로 가서 그가 말하는 모습을 지켜보았다. 그는 활기가 넘쳤고 대화 주제가 뭐건 주변 사람들 모두를 그의 주위로 끌어들였다. 그의 편안한 미소가 이 사람, 저 사람에게 옮겨다녔다. 그러다 그는 슬며시 다른 무리로 옮겨갔다.

그녀는 가구처럼 서서 그를 바라보고 있을 수만은 없었다. 그녀도 초대받은 손님이었다.

그녀는 몇몇 얼굴을 알아보았다. 텔레비전 토크쇼 호스트, 여성 칼럼니스트, 유명한 텔레비전 기자. 그가 자신에게 필요한 사람을 불러모은 것은 확실했다. 나중에 그는 기분이 좋을 것이다.

그녀는 주변 사람들과 편안하게 대화를 나누었고, 잔뜩 취하지 않도록 술을 조금만 마셨다. 그녀는 대기업에서 IT 업무를 담당하는 남자를 만났다. 그는 매주 최신 테크놀로지가 등장하지만 한두 해 뒤면 완전히 쓸모없어지니 엄청난 낭비라는 사실에 대해 프리다와 의견이 같았다. 프리다는 구식이 된 컴퓨터는 어디에 쓰는지 물어본 뒤, 핀 로드 도서관에 기부하는 문제를 고려해달라고 강력히 호소했다. 그녀가 컴퓨터 강의에 대해 말하자 그는 큰 흥미를 느끼는 듯 보였다. 그 순간 마크가 그쪽으로 시선을 돌려 그녀를 이상한 눈빛으로 쳐다보았고, 그녀는 서둘러 화제를 돌려 이 호텔이 얼마나 멋진 곳인지 말했다. 보석 같은 곳이라 모두 이곳을 자기만의 작은 비밀로 여긴다고.

"그래서 이곳을 바꾸려는 것이 미친 발상이라는 거예요." 남자가 말했다.

"하지만 이곳이 살아남으려면, 손님들이 꾸준히 찾아오게 하려면……" 그녀는 지금 마크의 말을 그대로 따라 하고 있었다.

"대규모 콘퍼런스 시설, 스파, 버스로 사람들을 실어나르는 오락 시설이 있는 호텔은 수두룩해요. 홀리스는 달라요. 다른 그대로 존재해야 해요." 그가 말했다.

"확장을 두려워하다가 호텔이 퇴출되면, 다른 호텔들이 짓밟아버리면 어떡해요?"

"이미 넘어갔군요." 남자가 말했다. "이미 뼛속까지 세뇌를 당했어요. 남아서 이 사람들이 하는 말을 들을 필요도 없겠네요."

"무슨 뜻으로 하는 말씀이신지 잘 모르겠어요."

"아, 이런 고색창연한 장소에서 여러분 모두를 만나서 반갑다고 따뜻한 환영의 말을 하겠지만 실제로 하려는 말은 따로 있다는 거죠. 이제 우리가 이곳을 바꾸어 파괴할 거라고 말입니다."

"그렇게 한대요?" 프리다는 숨도 제대로 쉴 수 없었다.

"아직은 몰라요." 그가 말했다. "우리 이사진 몇 명은 호텔을 지금 이대로 유지시켜야 한다고 주장하지만, 나머지는 휘황찬란한 미래를 꿈꾸면서 홀리스 브랜드의 프랜차이즈 사업이 해외로 확장되기를 바라거든요. 그 사람들이 여기를 허물어뜨릴 게 분명해요. 이 작은 파티는 언론사에서 일하는 친구들을 불러모아 설계 허가를 받을 때 도움을 받으려는 거지요. 이 이야기는 이쯤에서 접죠. 도서관 이름이 뭔가요? 어쩌면 컴퓨터 몇 대를 보내드릴 수도 있을 거예요."

그들은 더 자세한 사항을 주고받았다. 그 순간 마크가 바로 옆에 나타났다.

"도서관을 후원할 사람을 찾아 이곳을 돌아다니는 건 아닐 테고요, 오도너번 씨?" 그가 말했다.

"이건 오로지 내 제안이었어요, 마크. 이 아가씨는 자신의 삶에서 뭔가 가치 있는 일을 하고 있어요. 요즘 세상에서는 보기 드문 일이지요."

마크가 그녀의 팔꿈치를 꽉 잡고서 끌고 갔다.

"저 사람은 누구야?" 프리다가 소곤거렸다.

"저 사람이 누군지는 신경쓰지 마. 도대체 뭐하는 거지?" 마크가 소곤거렸다. "여기서 뭘 하고 있는 거냐고? 내 행사를 방해하려는 수작인 거야? 누가 당신더러 그런 걸 하랬지? 아니, 말하지 마. 당신이랑 젠장, 그 친구들……"

"마크?" 프리다는 영문을 알 수 없었다. 그의 얼굴에 떠오른 표정을 보고 그녀는 깜짝 놀랐다. 도대체 무슨 일이 일어난 거지?

"무슨 짓을 하려고 온 거야?" 그의 시선이 그녀의 얼굴을 훑었다. "여기서 일어나 나를 비난하려고? 내 기회를 망쳐버리려고?" 그녀를 계속 문 쪽으로 끌고 가면서도 그의 얼굴은 억지 미소를 띠고 있었다. 하지만 목소리에는 날카로운 분노가 서려 있었다.

"무슨 이야기를 하는 건지 모르겠어." 그녀는 명랑하게 말하면서 팔꿈치를 잡은 그의 손을 풀려고 했다. "뭐가 잘못된 건지 모르겠어. 내가 내일 전화를 걸게. 내일밤 편안하고 좋은 시간을 가지면서 그 문제를 해결하기로 해. 됐어?" 그녀는 자신의 목소리가 비장하고 공허하게 들리는 것 같았다. "아니면 오늘밤 늦게 우리집에 와서 도대체 무슨 일인지 말해주든가." 그녀는 매달리는 것처럼 들리지 않기를 바랐다.

"그럴 것 없어." 그가 조롱하듯 말했다. "그러기에는 너무 늦었어. 친구들을 보내서 나를 염탐하다니! 왜 그대로 내버려두지 않은 거지? 당신이 어리석게도, 바보같이……" 그는 차마 더는 말하지 못했다. "어떻게 그렇게 어리석었던 거지? 당신이 모든 걸 다 망쳐놨어. 내가 당신을 얼마나 사랑했고 당신 때문에 어떤 위험을 감수했는지 생각하면."

그녀는 이제 무서웠다. "말해봐. 무슨 일이야? 내가 뭘 어떻게 했어? 그게 뭔지는 모르지만 끔찍한 우연이었을 거야. 내가 뭘 잘못했든지 간에, 미안해……"

이때쯤 그들은 호텔 정문에 다다라 있었다. 프리다는 정신이 하나도 없었지만, 그녀를 반쯤 밖으로 끌어내는 마크의 표정은 차가웠다.

"다시는 연락하지 마. 전화도 하지 말고, 문자도 하지 마. 이메일도 보내지 마. 내 인생에서 빠져줘. 당신이든 당신 친구들이든 앞으로 내 아내와 아이 근처에는 얼씬도 하지 마⋯⋯"

그는 돌아서서 그녀로부터 멀어져 호텔로 돌아갔다. 프리다는 절망에 빠져 말없이 그를 지켜보았다. 문이 닫혔다.

그녀는 택시들이 서 있는 것도 보지 못한 채 택시 줄을 지나쳤다. 눈물이 앞을 가렸다. 호텔이 보이지 않는 곳에 이르자 그녀는 걸음을 멈추고 참았던 울음을 터뜨렸다. 에바의 검은색 비즈 재킷을 입고 그곳에 서서, 그렇게 울었다.

지나가는 사람들이 걱정스러운 눈빛으로 그녀를 쳐다보았다. 심지어 도움이 필요한지 물어보려고 걸음을 멈춘 사람도 있었지만 프리다는 더 서럽게 울기만 했다. 그때 그녀의 어깨에 누군가의 팔의 무게가 느껴졌다. 아까 대화를 나누었던 IT 종사자였다.

"찾아갈 만한 사람은 있어요?" 그가 친절하게 물었다.

그녀는 괜찮다고, 어리석은 개인사 때문이라고, 괜찮아질 거라고, 울면서도 그를 안심시켰다.

그녀는 그가 누군가를 불러주길 바랐을까?

그녀는 늘 자신의 주변에 친구들이 많다고 생각했지만, 오늘밤 전화를 걸 수 있는 사람은 사실상 아무도 없었다.

그는 그녀를 택시에 태워주었다. 나중에야 그녀는 그가 운전기사에게 택시요금을 미리 지불한 것을 알게 되었다. 택시 뒷자리에 앉아 그녀는 이십 분 동안 앞만 쳐다보았다. 그녀의 작은 아파트에는 모든 것이 완벽하게 준비되어 있었다. 테이블과 장작 받침대에 예쁘게 올려놓은 초는 불을 다 켜는 데 몇 분도 걸리지 않을 것이었다. 냉장고 안에는 음식과 와인이 있었다. 창턱에는 향기가 짙은 백합을 담은 그릇이 있었다.

따뜻한 환영의 공간. 그 공간이 그녀의 희망과 확신을 비웃고 있었다.

벽들이 그녀를 향해 점점 좁혀오는 것 같았다. 그녀는 숨을 쉴 수 없을 것 같았다.

프리다는 밤중에 벌떡벌떡 잠을 깼고, 그때마다 이 모든 일이 상상은 아닐까 생각했다. 그날 밤 홀리스 호텔에서 일어난 일은 죄다 한낱 꿈이나 환상일 것이다. 그녀는 그를 아주 잘 안다고 생각했었다. 그는 상냥하고 재미있고 다정했다. 그가 스스로 맹세한 것처럼 그녀를 사랑한 게 아니라면 지금까지 그녀와 시간을 보냈을 리가 없었다.

결국 에바와 레인이 그 이야기를 털어놓았다. 당일치기 여행, 점심 식사, 마크, 금발 여자, 그리고 아이. 그 아이까지. 그에게는 딸이 있었다. 그녀는 애써 억눌렀던 모든 환시들을 다시 떠올렸다. 이 환시가 줄곧 떠오르는 동안에도 딸이 나타난 적은 없었다. 하지만 아내는 보지 않았는가? 환시에서 본 금발 여자는 정말로 그의 아내였다. 프리다는 아내를 똑똑히 봤지만 결국 아무 행동도 하지 않던 것이다.

이어지는 며칠 동안 프리다는 살이 쑥 빠졌다. 얼굴은 핼쑥해지고 주름이 생겼다.

에바는 정말로 걱정이 되었다. 처음에는 같이 가슴 아파하다가,

곧 어리둥절해하다가, 그다음에는 진심으로 걱정했다. "내가 너한테 아무 도움이 못 되는구나." 그녀가 슬프게 말했다.

"어떻게 해야 할지 모르겠어요." 프리다가 눈물을 쏟았다. "그 사람을 정말 사랑했어요. 그 사람도 저를 사랑한다고 생각했어요. 이제 어떻게 해야 해요?"

"죄의식에 휩싸여 있구나." 에바가 말했다. "그럴 필요는 없는데 지금 너는 그런 상태 같아. 상황을 어떻게든 바로잡고 싶겠지만 그럴 수는 없어. 지금은 미래를 바라볼 때야."

에바가 결정을 내렸다. 프리다는 이곳을 떠나 있을 필요가 있었다. 공간을 바꾸어야 했다. 마크 생각이 매일 나지 않는 곳, 상황을 다시 똑바로 바라볼 수 있는 곳에 가 있어야 했다. 에바가 전화를 두 통 했다. 한 통은 예약을 변경하기 위해 아일랜드 서부 스톤하우스의 스타 부인에게, 또 한 통은 더피 선생에게. 프리다의 건강이 좋지 않다고. 회복하는 데 며칠이 걸릴 것 같다고……

스톤하우스에 가까워지면서, 프리다는 이것이 실수일지도 모르겠다고 생각했다. 이곳에서라고 더 나아질 것 같지도 않았다. 아는 사람도 전혀 없었다. 행복했던 지난날을 돌이켜 생각하다 또다시 비탄에 빠져드는 것이 고작일 것이다. 여기는 왜 왔을까? 내려놓을 가벼운 기억은 없었다. 깊은 사랑의 생생한 기억뿐이었다.

스타 부인이 따뜻하게 맞아주었다. 그녀는 프리다를 집의 측면에 있는 예쁜 방으로 안내했다. 그리고 에바가 모든 조류 관찰 기회에 대해 꼭 알려주라며 신신당부했다는 이야기를 전했다. 프리다는 창밖을 심드렁하게 바라보며 바람에 나뭇가지가 흔들리는 것을 지켜보았다. 흘름 오크나무로구나. 그녀가 생각했다. 슬픔이 밀려왔다. 홀리 오크나무. 수치스러운 기억이 다시 홍수처럼 밀려왔다.

이상하게도 바람이 나뭇가지 하나만 흔드는 것 같았다. 프리다는 검은색과 흰색의 작은 얼굴 하나가 나뭇잎 사이에서 빠끔 나타나 잠시 그녀를 빤히 쳐다보다가 다시 나뭇잎 속으로 숨는 것을 꼼짝 않고 지켜보았다. 작은 고양이가 나무를 타고 점점 더 높이 올라가는 것을 지켜보며 그녀는 숨을 죽였다. 이따금 검은색과 흰색이 여기저기 나타났다 사라지곤 했다.

"걱정 마세요." 치키 스타가 프리다의 불안한 눈길을 쫓으며 말했다. "글로리아예요. 괜찮아요. 저 녀석은 무서워하는 게 없지요. 뭘 쫓는 건지는 모르지만 그게 사라진 걸 깨달으면 다시 내려올 거예요. 괜찮으시면 녀석을 소개해드릴게요. 부엌에 내려오시면 녀석이 좋아하는 고양이 먹이를 드릴게요. 세 조각 이상은 안 된다는 것만 유념해주시고요."

치키는 부엌으로 내려가 옆문을 열고 휘파람을 불었다. 글로리아는 순식간에 내려와 희망에 찬 눈빛으로 치키의 다리에 제 몸을 감았다. 그러더니 갑자기 앉아서 제 다리를 핥아댔다.

"세 조각이에요." 치키가 먹이 상자를 건네며 프리다에게 상기시켰다. "더 달라고 졸라도 넘어가시면 안 돼요."

프리다가 벽난로 옆에 앉자마자 글로리아가 무릎에 뛰어올라 기대하는 눈빛으로 크게 가르랑거렸다. 프리다는 말린 음식 조각을 하나씩 내밀었다. 글로리아가 쏙쏙 받아먹었다. 그러고는 작은 공처럼 몸을 단단히 웅크리더니 금세 잠이 들었다.

프리다는 글로리아의 머리를 쓰다듬으며, 이 따뜻한 털 짐승을 무릎에 앉히고 일주일 내내 벽난로 옆에 앉아 있기만 해도 좋겠다고 생각했다. 움직이지 않아도 된다면, 누구를 만나지 않아도 된다면, 대화를 나누지 않아도 된다면 얼마나 좋을까. 그녀는 다른 손님들을 만나는 순간이 두려웠다.

사람들이 식전주를 마시려고 치키 스타의 부엌에 모여들었다. 다른 사람들을 만나야 할 때가 되자 프리다의 두려운 감정은 더욱 커졌다. 모두 아주 괜찮은 사람들 같았다. 프리다는 그들의 얼굴을 하나씩 쳐다보며, 이 여행자들 모두 마음속 깊은 곳에 사연이 하나씩 있다고 느꼈다. 하지만 이 사람들과 이야기를 해야 한다고 생각하니 마음이 무거워졌다. 혼자 입을 꾹 다물고 있으면 아마 사람들도 그녀를 내버려둘 것이다.

물론, 결국 그렇게 되지는 않았다. 치키 스타는 따뜻하게 모두를 맞아주었고, 사람들은 벽난로에서 활활 타오르는 장작불 옆에 모였다. 분위기는 여유롭고 편안했고, 대화는 이내 활기가 넘쳤다. 프리다는 문득 완전히 낯선 이 사람들과 대화를 나누는 것이 전혀 힘들지 않다는 것을 깨달았다. 한동안 그녀도 활기차던 옛 모습을 되찾았다.

그녀는 멋진 스웨덴 청년과 이야기를 나누었다. 그는 아일랜드 음악에 관심이 많다고 했다. 자기도 모르는 사이, 그녀는 다음날 아침 그 청년과 시내에 나가 음악을 연주하는 퍼브를 찾아보기로 약속했다. 다른 쪽 옆에는 은퇴한 교사가 오늘날 젊은 사람들의 읽기와 쓰기 실력에 대한 기준을 놓고 열띤 토론을 벌이고 있었다.

하우 교장에게 '핀 로드 도서관 친구들'과 여학생들의 독서 모임에 대해 말할 때 프리다는 기분이 좋아지는 것을 느꼈고, 그 사실이 놀라웠다.

그날 밤 그녀는 침대에 누워 그날 일어난 일을 생각했다. 그러고는 갑자기 벌떡 일어나 조용히 문을 열었다. 복도의 작은 테이블 위에 켜진 작은 램프 불빛으로 주위에 아무도 없다는 사실을 알 수 있었다. 그녀는 나직이 휘파람을 불었다. 처음에는 아무 반응이 없다가 잠시 뒤 툭툭거리는 소리가 조그맣게 들렸다. 그러고는 작은 발이 이쪽을 향해 움직였다.

프리다는 그날 밤 글로리아를 데리고 잠들었다. 다음날 아침 그녀는 안데르스와 함께 길을 나섰고 그의 열정이 이끄는 대로 자신을 내맡겼다. 점심때는 그의 이야기를 들으며 소리 내어 웃었고 오후에는 구슬픈 음악을 들으며 눈물을 흘렸다.

프리다는 서서히 기분이 좋아졌다. 그날 밤 저녁식사 자리는 전날 밤보다 더 쉽게 느껴졌다. 폭풍이 다가오는 꿈을 꾸었지만 아무 말도 하지 않았다. 사람들에게 미리 경고를 하겠다는 생각은 아예 접었다. 위니와 릴리언이 무사히 발견되었을 때는 안심했다.

넷째 날 치키는 프리다와 글로리아가 미스 시디의 방에서 벽난로 옆에 같이 있는 것을 발견했다. 글로리아는 꿈을 꾸는지 작은 분홍색 발을 꼼지락거리며 갸르릉 소리를 냈다. 프리다는 글로리아의 털을 쓰다듬으며 몽상에 빠져 있었다.

치키는 찻주전자와 컵 두 개가 놓인 쟁반을 들고 있었다. 그녀가 작은 테이블에 쟁반을 내려놓자 프리다가 깜짝 놀라며 그녀를 쳐다보았다. 글로리아는 화들짝 놀라 바닥에 뛰어내렸다. 그러고는 공중에 발을 쳐들고 드러누운 채 심각하게 방을 살폈다.

"차를 마시고 싶어할 것 같아서요." 치키가 말했다. "글로리아도 여기는 금지 구역이라는 걸 알아요. 하지만 서로 확실히 단짝이 된 것 같네요."

사실이었다. 프리다와 글로리아는 이제 떼어놓을 수 없는 사이가 되어 있었다. 검은색과 흰색의 작은 고양이는 프리다가 호텔 안 어디로 가든 그녀를 따라다녔다. 프리다가 정원을 걸어갈 때도 따라갔다. 카멜의 쌍둥이를 보고 감탄할 때도, 새 식구가 된 오리 두 마리 스퍼드와 프린세스를 공식적으로 소개받을 때도 함께였다. 글로리아는 안전한 거리만큼 충분히 떨어져서 한참 오리들을 쳐다보다가, 담장 말뚝 위로 뛰어올라가 생각에 잠긴 듯 앞발을 얼굴에 비벼 고양이 세수를 했다.

치키는 프리다에게 미스 퀴니가 글로리아를 구해내서 코트 주머니에 넣고 집으로 데려온 얘기를 해주었다. 그 당시 리거는 미스 퀴니가 미쳤다고 생각했지만, 다른 사람들과 마찬가지로 그도 미스 퀴니와 고양이를 아주 좋아하게 됐다는 말도 했다. 이 방의 이름은 미스 퀴니의 이름을 딴 거라고, 그녀는 말했다.

"사실인지는 모르겠지만요." 치키가 말했다. "물어본 건 아니라서요. 아무튼 옛날에 이곳을 여행한 어떤 여자가 세 자매 모두에게 앞날에 불행한 결혼이 기다리고 있을 거라고 했대요. 그래서 세 자매 모두 어떤 청혼이 들어와도 다 거절했다고요."

그러자 프리다는 미래를 본 경험을, 그것을 말했다가 후회했던 이야기를, 그뒤부터 어떤 것을 알게 되더라도 말하지 않고 애써 참아왔던 사실을 치키 스타에게 이야기했다. 어떤 느낌이 왔다 하더라도 혼자 간직하는 법을 배웠다고 했다. 말을 해줘도 바꿀 수 있는 것은 없었다고. 사람들이 그녀를 멀리하거나, 알게 된 사실에 화만 내더라고. 자신이 말을 하건 하지 않건 자신에게 득이 될 것은 없었다고.

그러고는 마크 멀론에 대해 이야기했다. 그가 유부남일지 모른다는 사실을 일부러 외면했다고.

치키는 주의깊게 들었다. 어떤 판단도 내리지 않았다. 프리다가 마크를 사랑했기 때문에 그런 두려움을 외면했던 것을 전적으로 이해하는 것 같았다.

"그런 걸 미리 봤다고 말하는 것이 왜 걱정되세요?" 치키가 물었다.

프리다는 자신이 그런 것을 미리 봤다고 치키가 전적으로 믿어주는 것이 좋았다. 그것이 상상일 뿐이라고, 꿈이라고, 우연이라고 설득하려 들지 않았다.

"그래봤자 슬프기만 했지 좋은 일은 아무것도 없었으니까요."

"저한테서도 지금 뭔가를 봤다면요? 그러면 말해주겠어요?"

"아니요. 말하지 않을 것 같아요."

"제가 큰 실수를 하게 내버려둘 건가요? 피할 수 있는 일인데도 말하기가 두려워서요?"

"하지만 저한테 그런 능력이 있다는 걸 인정하고 싶지 않아요. 말을 하지 않으면 그 사실과 대면하지 않아도 되니까요. 그런 느낌이 언제 올지도 몰라요. 그래서 불안한 거고요."

치키는 프리다의 말을 들으며 고개를 가로저었다. 하고 싶은 말이 더 많았지만 부엌이 시끌벅적했다. 리거가 오늘밤 저녁식사에 쓸 채소를 싣고 온 것이다. 가서 일할 시간이었다. 치키는 프리다의 팔을 가볍게 토닥인 뒤 그녀를 글로리아와 함께 두고 떠났다. 글로리아는 벽난로 옆에 깔아놓은 러그를 응징하기로 결심한 듯 그 가장자리를 맹렬히 물어뜯었다.

다음날 저녁 헨리와 니콜라가 이곳에 남아 병원을 맡겠다고 선언하자 식탁에 둘러앉은 모두가 환호했다. 프리다는 이렇게 즐거운 사람들과 함께 시간을 보낼 수 있어서 행복했다. 그녀는 편안함과 흐뭇함을 느끼며 잠자리에 들었다.

앞서 하우 교장이 갑자기 떠난다고 해서 약간 소란이 일었다. 리거가 기차역까지 데려다주기로 했고, 하우 교장은 다른 손님들에게는 한마디 말도 없이 떠났다. 밴에 올라탈 때 그녀의 축 처진 어깨가 어쩐지 아주 슬퍼 보였다. 모든 것이 조금 불안해 보였다.

어쨌든 이번 휴가는 대성공을 거두고 있었다. 날마다 새로운 일을 경험했다. 자연 풍경도 그렇고 안데르스와 함께 시내에 음악을 들으러 갔다온 것도 그랬다. 밤에는 맛있는 음식을 먹으며 대화를 나누었고 매일 적어도 여덟 시간은 잤다. 프리다는 날마다 더 건강해지는 것 같았고 기분도 더 좋아졌다.

그리고 휴가의 마지막 날, 저녁을 먹기 직전에 치키가 프리다에게 부엌으로 오라고 손짓했다.

"어떻게 하면 좋을지 떠올라서 말씀드리고 싶었어요. 그 문제 말이에요."

"그래요?"

"전략을 바꿔야 할 것 같아요." 치키가 저녁 식탁을 차리면서 말했다. "그런 힘이 있다고 알려지는 게 두려워서 계속 비밀로 숨겨왔다고 하셨잖아요."

"제가 하는 말이 사실이 될 수도 있다는 걸 누구한테도, 심지어 저 자신한테도 인정하고 싶지 않아요."

"그게 문제예요. 제 생각에는, 누구를 만나든 나한테는 영험한 힘이 있어서 미래를 내다볼 수 있고 무슨 일이 일어날지 미리 알 수 있다고 말해야 할 것 같아요. 손금이나 찻잎점, 카드점을 봐준다고 하세요. 그러면 모두가 다 아는 일이 되잖아요."

"그게 어떻게 도움이 되죠?"

"그렇게 해서 그 마력을, 그 비밀을, 그 힘을 빼내는 거예요. 사람들은 당신 말이 엉터리라고 생각할 테고, 그러면 그 말의 가치가 얼마간 사라질 거예요. 그걸 바라시는 거 아닌가요?"

"네. 어쩌면요."

"그렇다면 이 방법을 써보세요. 이런 식으로 그 말의 가치를 없애는 거죠. 그러면 어떤 것을 보건, 무엇을 말하건 간에 아무도 심각하게 생각하지 않을 거예요."

"사람들에게 저한테 예지력이 있다고 말하라는 거예요?"

"그 능력을 뭐라고 부르던 간에요. 미래에 대해 뭐든 모호하고 희망적인 이야기를 해서 사람들 기분을 좋게 만들어주세요. 사람들이 별점에서 기대하는 것도 그런 거예요. 그렇게 하면 그 능력도 길이 들어서 해롭지 않게 될 거예요. 제가 지금 보기로는, 그런 환시 때문에 죄의식에 빠져 계신 것 같아요. 그것을 대수롭지 않게 만들려고 해보셔야 해요. 사람들한테 생각이 떠오르는 것처럼, 그것도 그냥 생각이에요. 그뿐이에요."

프리다는 스톤하우스 부엌에 선 채로 모든 것이 약간 가벼워지는 걸 느꼈다. 뭔가가 빠져나가는 느낌과 함께 어마어마한 안도감이 찾아왔다. 그녀는 줄곧 마크가 자신을 사랑한다고 생각했다. 하지만 왜 그렇게 믿었는가? 그녀가 그저 잠시 즐긴 상대였다는 것 외엔 다른 증거도 없는데. 자유로워지는 것 같으면서도, 한편 슬픔이 밀려왔다.

"저녁식사 때 말해볼게요." 프리다가 말했다. "내가 그런 힘을 가졌다고 모두에게 말해볼게요."

"어떻게 되는지 지켜보기로 해요." 치키가 말했다. "그러면 돼요, 프리다. 말하면 사람들이 깜짝 놀랄 거예요."

치키 스타의 손님들이 일주일 동안 함께한 겨울 휴가의 마지막 저녁식사를 하려고 식탁에 둘러앉았을 때, 프리다는 이 낯선 사람들에게 자신의 영험한 힘에 대해 말했다. 사람들은 웅성거리며 크고 작은 관심을 보였다.

미국인 존은 자기 나라에 있는 많은 친구들이 정기적으로 점을 보러 간다고 했다. 두 의사는 덜 열광적이었지만 그럼에도 호기심을 보였다. 위니는 따로 약속을 잡고 싶다고 유쾌하게 말했고, 릴리언은 이른바 점을 본다는 많은 사람들이 사기꾼인 것은 유감이라고 했다. 물론 지금 이 자리에 있는 사람을 제외하고. 안데르스는 아버지 회사 고객 하나는 점성술사에게 물어보지 않고는 한푼도 투자를 하지 않는다고 했다.

그 이야기는 편안한 대화 주제가 되었다. 그녀가 도서관 사서라고 말했을 때보다 훨씬 더 많은 이야기가 오갔다. 두려운 감정이 서서히 물러났다.

저녁 시간은 점점 활기를 띠어갔다. 손님들은 이벤트에 응모할 멋진 아일랜드 축제를 계획하느라 여전히 분주했다. 그때 누군가가 프리다에게 그들의 미래를 알려달라고 했다. 프리다는 불안하게 주변을 돌아보았다. 이런 일은 계획에 없었다. 치키 스타가 그녀를 구해주러 왔다.

"프리다도 자신의 일에서 휴식을 취하려고 휴가를 온 걸 테지요. 그런 부담을 지우면 안 될 것 같아요."

모두 실망한 표정이었다. 그때 프리다는 치키가 했던 말을 기억해냈다. 사람들이 바라는 것은 미래에 대한 불확실하지만 좋은 말과 약속이라고 했던가. 그녀는 그들을 둘러보았다. 그들 앞에 멋진 삶이 펼쳐져 있다고 말하는 것은 해롭지 않거니와 어렵지도 않을 것이었다.

그녀는 그들의 손을 잡고 온갖 좋은 예언을 다 해주었다. 성공과 도전과 평화와 지속적인 관계를.

위니에게는 조만간 결혼을 하게 될 거라고, 앞으로 큰 행복이 기다릴 거라고 말했다. 릴리언에게는 그 결혼식 때 누군가를 만나게 되는데 어쩌면 사랑을 하게 될 수도 있지만 친구가 되는 것은 확실하다고 말했다. 릴리언은 기쁜지 얼굴이 발그레해졌다.

지금까지는 잘됐다.

헨리의 손금에서는 새 출발을, 행복한 삶을 보았다.

니콜라의 손금에서는 아이를 보았다. 니콜라가 의아해했다. 아이요? 그럼요, 프리다는 단언했다. 그때 프리다의 입에서 불쑥 이런 말이 나왔다. "지금 아이를 가졌는데요. 귀여운 여자아이. 그 아이가 보여요. 예쁜데요!" 그녀는 작은 여자아이가 니콜라의 목을 감싸안는 것을 보았다. 니콜라의 이마에서 긴장이 사라지고 얼굴 가득 웃음이 번지자, 프리다는 정말로 자신이 사람들에게 기쁨을 가져다줄 수 있다는 사실을 처음으로 깨달았다.

존 또는 그들이 알고 있기로 코리에게는 완전한 방향 전환을 맞게 될 거라고 했다. 다른 곳에서 다른 일을 하며 살게 될 거라고. 라이프 스타일이 훨씬 단순해질 것이고 손자가 그의 삶 일부를 차지하게 될 거라고. 그가 눈물을 글썽이는 것을 보자 그녀의 마음도 찡해졌다.

안데르스는 깊이 사랑하는 사람이 있었다. 집으로 돌아가면 당장 청혼해야 한다. 그렇게 해야 사업에 성공할 것이다.

윌 부부에게서는 크루즈를 보았다. 따뜻한 어딘가의 해수면에서 햇빛이 반짝거렸다.

그리고 마지막이 치키 스타였다. 프리다는 그녀의 손을 잡고 정신을 집중했다. 아무것도 보이지 않았다. 그녀는 잠시 그렇게 있다가 머뭇머뭇 스톤하우스가 크게 성공할 거라고, 그리고 남자가 나타날 거라고 했다. 어쩌면 이미 아는 남자일 수도 있다고.

그리고 그때 프리다는 알았다. 자동차 사고는 없었다는 것을. 결혼식 같은 것은 아예 없었다. 하지만 그런 것은 중요하지 않았다. 치키는 잘 지낼 것이다. 그녀가 빙긋 웃었다. 모두 잘될 것이다.

그들은 그녀의 말을 들으며 즐거워했다. 그 덕분에 모두의 일주일이 기분좋게 끝나는 것 같았다.

그들은 이름과 전화번호, 이메일 주소를 교환했다. 치키를 위해,

리거와 그의 가족을 위해, 올라와 스톤하우스를 위해 건배했다.

모두 방명록에 따뜻한 말을 남겼다. 다음날 일정이 정해졌다. 기차로 돌아가는 사람들은 리거와 치키가 기차역까지 태워주기로 했다. 카멀은 스톤하우스에서 만든 마멀레이드를 병에 담아 손님 모두에게 하나씩 건넸다.

그날 밤 프리다는 창가에 서서 구름이 달을 지나가며 만들어내는 무늬를 바라보면서 조용히 가르랑거리는 글로리아를 쓰다듬었다. 돌아가자마자 레인과 에바에게 전화할 것이다. 엔니오스 레스토랑에서 저녁식사를 할 때가 되었다. 그사이 나누지 못한 이야기가 많았다.

모두를 제시간에 떠나보내느라 아침 시간은 시끌벅적했다. 마침내 치키 스타는 손님 하나하나에게 작별인사를 하며 손을 흔들어주었다. 프리다만큼은 특별히 안아주었다. 그녀는 처음 도착했을 때보다 훨씬 행복한 모습이었다.

몇 시간 뒤면 새로 도착할 손님들을 맞을 준비를 해야 했다. 방을 치우고 침대 시트를 바꾸는 등 새 손님을 맞이할 만반의 준비를 돕기 위해 카멀이 도착했다. 치키는 캐서롤을 만들 것이다. 다 익는 데 시간이 걸릴 것이고, 사람들이 필요로 하면 언제든 내갈 것이다. 갓 구운 빵도 준비할 것이고 디저트로 초콜릿 무스도 준비할 것이다.

치키는 스톤하우스의 첫 주를 이렇게 성공적으로 끝마치게 해준 이들을 그리워하겠지만, 새로운 과제와 요구를 갖고 올 손님들을 맞이할 순간 또한 고대했다. 그녀는 바다 공기를 깊이 들이마셨다.

손님들을 맞을 준비는 끝났다.

글로리아가 치키의 발을 감았다. 치키는 글로리아를 들어올려 귀를 긁어주었다. 둘은 스톤하우스로 들어갔다.

다음 손님은 당신

"손님들은 있을 법하지 않은 조합이었다. 스웨덴에서 온 진지한 청년, 프리다라는 이름의 사서, 둘 다 의사라는 잉글랜드인 부부, 뭐가 못마땅한지 입을 꾹 다물고 있는 넬이라는 여인, 비행기를 놓쳐서 충동적으로 오게 됐다는 미국인, 그리고 위니와 릴리언이라는 친구 사이 같지 않은 친구."(337쪽) 그리고 이벤트에 당첨되어 여기 아일랜드 서부의 스톤하우스 호텔로 오게 되었지만 그 사실이 못내 불만인 월 부부. "이 사람들은 다 여기 무엇을 하러 왔는가?"

글에서 사람의 체온이 느껴지는 작가들이 있다. 그런 작가들이 쓴 글은, 글 자체의 온도가 스펙트럼의 따뜻함 쪽으로 기울어 마치 글이 사람인 것처럼 옆에 가면 온기가 돌고 글자들이 튀어나와 통통 돌아다니며 직접 이야기를 들려주는 듯 가깝게 느껴진다. 『그 겨울의 일주일』의 작가 메이브 빈치는 확실히 그런 글을 쓰는 사람이다. 그녀가 자신에 대해 말이 많고 빠르고 목소리가 커서 자기는 아무래도 "수다스러운 의식의 흐름" 같다고 인터뷰한 글이 있었는데, 풋 웃음이 나면서 이 소설만 읽어도 정말 그런 것 같아, 고개를 끄덕이게 된다.

아일랜드 작가 메이브 빈치는 1940년에 출생했고 2012년에 타계했다. 72세였다. 『그 겨울의 일주일』은 사후에 출간되었다. 관절염으로 심한 고통을 받고 있었지만 죽음을 앞두고 진행된 〈아이리시 타임스〉와의 인터뷰에서 "나는 운이 좋았고 아직 곁에는 좋은 친구들과 가족이 있어 행복한 노년을 보내고 있다"라고 말했다. 그녀는 자신의 고통보다 타인의 고통을 먼저 생각하는, 과연 글처럼 넉넉하고 푸근하고 따뜻한 사람이었다.

그녀의 유작이 된 이 소설은, 그래선지 그녀가 지금껏 살면서 경험한 모든 일과 그녀가 만나온 모든 사람과 그 순간순간의 모든 비밀이 압축된 하나의 집약체라 해도 될 듯하다. 그녀의 눈길이 가닿은 자리마다 한 포기 풀이 자라고 한 송이 꽃이 피어날 것처럼 그녀는 모든 만남을 이야기로 풀어낼 수 있을 것 같다. 그렇게 한 장면이나 인물을 스케치하고 디테일을 넣어 만들어낸 풍경이 하나둘 모여 더 큰 풍경, 점점 더 큰 풍경이 되는 것이다. 반대로, 인간 존재라는 큰 풍경, 세상살이라는 큰 풍경에서 한 조각 한 조각 떼어내면 그녀가 그려내는 장면 하나하나, 인물 하나하나가 커다랗게 부각되어 나타날 것이다. 그렇게 생명을 불어넣은 인물들을 통해 72세의 노작가가 타계 직전 하고 싶었던 말은 무엇이었을까?

이 소설의 도입부를 접했을 때 동화 같다는 생각을 했다. 옛날

옛적 어느 시골 마을에 한 가족이 살았어. 엄마, 아빠, 치키 그리고 언니들이었지. 치키는 마음이 여린 아이였고, 언니들은 심성이 그리 곱진 않았어. 이야기가 그렇게 치키는 착한 아이, 엄마나 언니들은 계모나 심술쟁이 식의 선악 구조로 흘러가는 것은 당연히 아니고, 그녀가 글을 쓰는 방식이 구전 전승의 맥락에 닿아 있는 느낌이었다는 말이다. 그녀는 글을 어렵지 않게 쓰는 사람 같고 누가 한 문장만 던져주면 실타래에 감긴 실처럼 이야기를 술술 풀어낼 것만 같다. 게다가 그녀에게는 그것이 언제라도 가능한 즐거운 일 같다. 아니나 다를까 그녀의 인터뷰를 찾아보면 이런 말들로 가득하다. "나는 이야기하는 걸 정말 좋아해요. 내 머릿속은 이야기로 가득하죠. 나는 학교에서 신나는 하루를 보낸 뒤 무슨 일이 일어났는지 조잘거리는 여학생 같아요." "나는 말하는 것처럼 써요. 그게 나한테는 도움이 됐어요. 말을 하면 진실에 가까워지고 자기 자신에 가까워져요. 나는 친구에게 하듯이 이야기해요." "나는 글로 사람들을 즐겁게 하고 위로하고 격려하고 그들의 친구가 되고 싶어요." 이렇게 독자들을 친구로 만들어버리는 그녀의 재능은 작중인물들도 우리의 친구로 만들어버린다. 이 한 편의 소설에 담긴 인물은 차례의 제목이 되는 주인공들뿐 아니라 그 주변 인물들까지 포함하여 아주 많다. 주인공들이 어떻게 이곳 아일랜드 서부 스토니브리지의 스톤하우스로 오게 됐는지는 물론이고, 그 한 사람 한 사람에 대해 우리는 새 친구를 사귀듯 그들이 어떻게 살아왔는지, 어떤 아픔과 시련을 겪었는지, 지금 어떤 갈림길에 서 있는지, 어떤 선택을 하는지 알고 싶어진다.

아일랜드는 참 독특한 느낌을 일으키는 곳이다. 그것을 만들어낸 것이 지형이든 삶의 방식이든 역사든 혹은 다른 무엇이든 그 자체가 주는 느낌은, 술 좋아하고 목소리 큰 사람 많고 시끌벅적 소란스러울 것 같은 곳이면서도 길을 걷다 고개 돌려 뒤돌아보면 구슬프고 애처로운 분위기가 울컥 마음을 흔들어놓을 것 같은 그런 것이다. 섬나라, 바다에 둘러싸여 있다는 사실만으로 떠나는 것이 일상의 꿈이 되고 떠나보내는 것이 일상의 아픔이 되는 곳. 대륙의 대도시에서는 결코 느낄 수 없는 숙명의 정서가 깃들어 있는 곳. 특히 이 소설의 배경인 아일랜드 서부는 "연중 대부분 비가 오고 바람이 거세고 쓸쓸한 곳", 이곳에서 살아보지 않은 누군가의 눈에는 "음울"하게 비치는 곳이다. 하지만 그곳에서 자란 올라는 그렇게 느끼지 않는다. 그리고 그곳에도 어느 곳과 마찬가지로 떠남과 돌아옴, 그리고 머묾이 있다.

그곳을 거의 떠나본 적 없이 평생을 산 미스 퀴니, 그곳을 떠나 미국에서 살다 돌아온 치키, 그곳이 어머니의 고향이었을 뿐 자신에게는 처음 와보는 곳인 리거, 그곳을 떠났다 돌아왔지만 언젠가 다시 떠날 올라. 그들이 스톤하우스 호텔의 오픈을 준비하고, 그 과정이 끝나자 첫 손님으로 각지에서 사람들이 그곳을 찾아온다. 온갖 사연을 가진 모든 사람들의 장소 스톤하우스. 다양한 연령대, 다양한 가치관, 다양한 고민, 다양한 사랑, 다양한 좌절, 다양한 관계, 다양한 삶의 깊이. 하지만 그들이 끌어안고 온 사연은 모두 평범하면서도 특별하다. 메이브 빈치의 말이 떠오른다. "나는 우아하고 부유한 주인공들을 그리고 싶지 않아요. 내가 그리고 싶은 것은 평범한 사람들이에요." "누구의 삶도 평범하지 않아요. 우리는 모두 운명과 이겨내야 할 결점을 지닌 주인공들이에요." 소설에도 이런 대화가 나온다. "너는 이곳을 특별한 곳으로 만들 거야. 너 같은 사람들을 위한 장소로 말이지." "저 같은 사람은 없어요. 저처럼 유별나고 사연 많은 사람은요." "그런 사람들이 얼마나 많은지 알면 놀랄걸, 치키."(34쪽)

이처럼 평범하면서도 특별한 사람들의 평범하면서도 특별한 이야기들은 삶에 대한 평범하면서도 특별한 비밀들의 보고寶庫가 된다. 사실 삶의 비밀이랄 게 별거 있겠는가. 미처 모르고 있다가, 혹은 어렴풋이 알고 있다가 생생히 깨닫는 순간이 바로 비밀이 풀려나오는 순간 아니겠는가. 그런 비밀을 웅장하고 비장한 교향곡처럼 풀어낼 수도 있겠지만 어느 한 선율에 더 귀기울이게 되는 협주곡처럼 풀어낼 수도 있을 테고 혹은 모든 소리에 고루 집중하게 되는 사중주처럼, 마음을 두드리는 피아노 독주처럼, 심장을 긋는 첼로 독주처럼 풀어낼 수도 있을 것이다. 『그 겨울의 일주일』은 슬프거나 기쁘거나 각자의 음색이 각자의 선율과 리듬으로 합쳐져 불협화음마저 하나의 화음으로 통합해내는 고즈넉한 합창곡 같다. 삶을 격려하는, 삶을 위로하는, 삶의 비밀을 알려주는 종소리처럼.

어떻게 하면 사람들의 마음을 사지? 어떻게 하면 사람들이 모이지? 어떻게 하면 사람들이 멀어지지? 어떻게 하면 마음의 상처를 치유할 수 있지? 어떻게 하면 나답게 살 수 있지? 공공연히 드러나 있으나 눈에 잘 띄지 않는, 눈에 띄어도 그래, 그런가보네, 그래서 뭐, 하고 지나치기 쉬운, 혹은 나는 안 될 거야, 설레설레 고개부터 내젓게 되는, 알아도 안다는 것 이상은 아닌 삶의 비밀들. 이 소설의 주인공들은 모두 그런 비밀을 알고 있다. 무책임하거나 타인에게 상처를 주는 주인공이라 해도 뭔가 하나는 안다. "인생이 여러 개면 뭐 그래도 좋겠지만, 인생은 하나뿐이니." "세상은커녕 세상의 일부인 자기 자신조차 뜻대로 할 수 없다는 사실을 깨달은 것이다." "지금 가. 안 그러면 너무 늦어져. 그러면 돌아가는 게 아주 큰일이 되거든." "살다보면 별일이 다 생기니까. 그걸 깨달았다면 너도 반쯤은 온 거야." "크게 보면 그런 건 중요하지 않다는 네 말도 맞지만, 그 작은 걸 할 수 있다면 사는 게 더 쉬워질 거야." "문제가 그 자체로 말끔히 풀리지 않는 것은 우연들 때문이다. 문제가 풀리는 것은 결심을 할 때다." 등등.

메이브 빈치가 들려주는 이런 비밀들 속에는 어떤 계기가 나를 찾아온 순간에 관한 것도 들어 있다. 어떤 사람들은 변화의 계기가 찾아왔을 때 망설이다 흘려보내고, 또 어떤 사람들은 변화의 흐름에 자신을 내맡기다 변화가 일어나기 직전에 원래 모습으로 돌아가고, 또 어떤 사람들은 지금까지는 차마 내지 못하던 용기를 내서 새로운 삶의 물결을 탄다.

게다가 여행지는 계기를 찾기에 가장 좋은 곳이지 않은가. 변화를 꿈꿔볼 수 있고 그런 용기를 내볼 수 있는 에너지가 가장 크게 솟구치는 곳이 아닌가. 어쩌면 우리가 여행을 떠나면서 내심 바라는 것도 그런 것 아니던가. 여행지에서는 서로의 마음을 확인할 계기가 주어지고 내 마음을 돌아볼 계기가 주어지고 새로운 관점을 만날 기회가 주어진다. 그리고 나다운 나를 찾을 수 있는 용기를 내게 된다. "앞으로 무슨 일이 일어날지 모른 채 작고 흔들리는 배에 타고 출렁거리는 바다로 나아갈 용기는 누구에게나 있었다."(43쪽)

물론 우리는 눈앞에 들이밀어지는 현실과 함께 그건 아니지, 하고 제어하는 목소리를 듣는다. 그 목소리는 내 안에 있기도 하고 내 가장 가까운 사람을 통해 들려오기도 하고 사회 전체의 시류와 분위기에 스며들어 있기도 하다. 그 목소리를 완전히 무시해버릴 수도 없다. 하지만 그럼에도 계기는 언제나 어디에나 있다. 이 소설에서처럼 비행기 시간, 밀물, 친구의 결혼, 속을 터놓는 대화…… 그런 계기를 붙잡아 고여 있던 자신의 삶에 물결을 일으키는 사람도 있을 것이고 고여 있는 자기 안에 다시 숨어버리는 사람도 있을 것이다. 그것이 결국 우리에게 주어진 선택 아닐까. 계기를 붙잡거나 예전의 자신에게 붙들리거나. 우리 삶에는 탄생과 죽음이 있고 그 사이에 그런 무수한 계기들이 있다. 메이브 빈치의 주인공들을 만나면서, 탄생에서 죽음으로 이어지는 물살은 우리에게 이미 주어진, 우리가 거스를 수 없는 것이지만, 그 방향을 잡아가는 것은, 그리하여 운명을 바꾸는 것은 그런 계기들에 대한 우리의 자세가 아닐까 생각해보게 된다. "어쩌면. 하지만 우리는 사람들이 우리를 도와주려 할 때 귀를 기울였어. 그분은 그걸 못했지."(392쪽)

이 작품을 번역한 것은 다분히 개인적인 이유에서였다. 오래전 열병을 앓듯 그곳에 가야만 했고 기어코 갔고 "또 오면 되지 뭐," 마음만 먹으면 언제든 다시 올 수 있을 것처럼 여행자 특유의 아쉬운 자만에 빠졌으나 그 이후 다시 가지 못한 아일랜드. 당시 내가 몹시 가보고 싶었던 곳도 서부였고, 그곳은 그렇게 내 기억 속에서 가장 아름다운 장소가 되었다. 보름 동안 혼자 여행하며 만났던 아일랜드와 그곳 사람들의 풍경을 늘 가슴에 담고 있었다. 그러다 필연처럼 이 작품을 만난 것 같다. 번역하는 과정은 내가 느끼고 젖어들었던 아일랜드의 정서를 다시 만날 수 있어 행복한 시간이었다. 언젠가 그곳으로 되돌아갈 날이 있기를, 그 여행이 『그 겨울의 일주일』에서와 같은 시간이 되기를 꿈꾼다. 하지만 이번 겨울 그곳 스톤하우스를 방문하는 다음 손님은 당신이 되기를 바란다. 그리하여 그 따뜻함에 몸을 녹이고 당신의 삶에도 기분좋은 물결이 출렁이기를, 그리고 그곳에서 들려주는 당신의 이야기를 우리도 들을 수 있기를.

정연희

옮긴이 **정연희**
서울대학교 영어교육과를 졸업하고 미국 펜실베이니아대학교에서 석사학위를 받았다.
전문 번역가로 활동하고 있으며, 옮긴 책으로 『체스트넛 스트리트』 『비와 별이 내리는
밤』 『엘리너 올리펀트는 완전 괜찮아』 『디어 라이프』 『바닷가의 루시』 『오, 윌리엄!』 『다
시, 올리브』 『내 이름은 루시 바턴』 『버지스 형제』 『운명과 분노』 『헬프』 『작가와 연인
들』 『정육점 주인들의 노래클럽』 『더치 하우스』 등이 있다.

문학동네 세계문학
그 겨울의 일주일

1판 1쇄 2018년 1월 12일 | 1판 22쇄 2024년 9월 3일

지은이 메이브 빈치 | 옮긴이 정연희
기획·책임편집 이현자 | 편집 윤정민 신소희
디자인 김선미 이원경 | 저작권 박지영 형소진 최은진 오서영
마케팅 정민호 서지화 한민아 이민경 안남영 왕지경 정경주 김수인 김혜원 김하연 김예진
브랜딩 함유지 함근아 박민재 김희숙 이송이 박다솔 조다현 정승민 배진성
제작 강신은 김동욱 이순호 | 제작처 영신사

펴낸곳 (주)문학동네 | 펴낸이 김소영
출판등록 1993년 10월 22일 제2003-000045호
주소 10881 경기도 파주시 회동길 210
전자우편 editor@munhak.com | 대표전화 031) 955-8888 | 팩스 031) 955-8855
문의전화 031) 955-1927(마케팅) 031) 955-2685(편집)
문학동네카페 http://cafe.naver.com/mhdn
인스타그램 @munhakdongne | 트위터 @munhakdongne
북클럽문학동네 http://bookclubmunhak.com

ISBN 978-89-546-4989-6 03840

잘못된 책은 구입하신 서점에서 교환해드립니다.
기타 교환 문의 031) 955-2661, 3580

www.munhak.com